중국의 삼국시대 지도

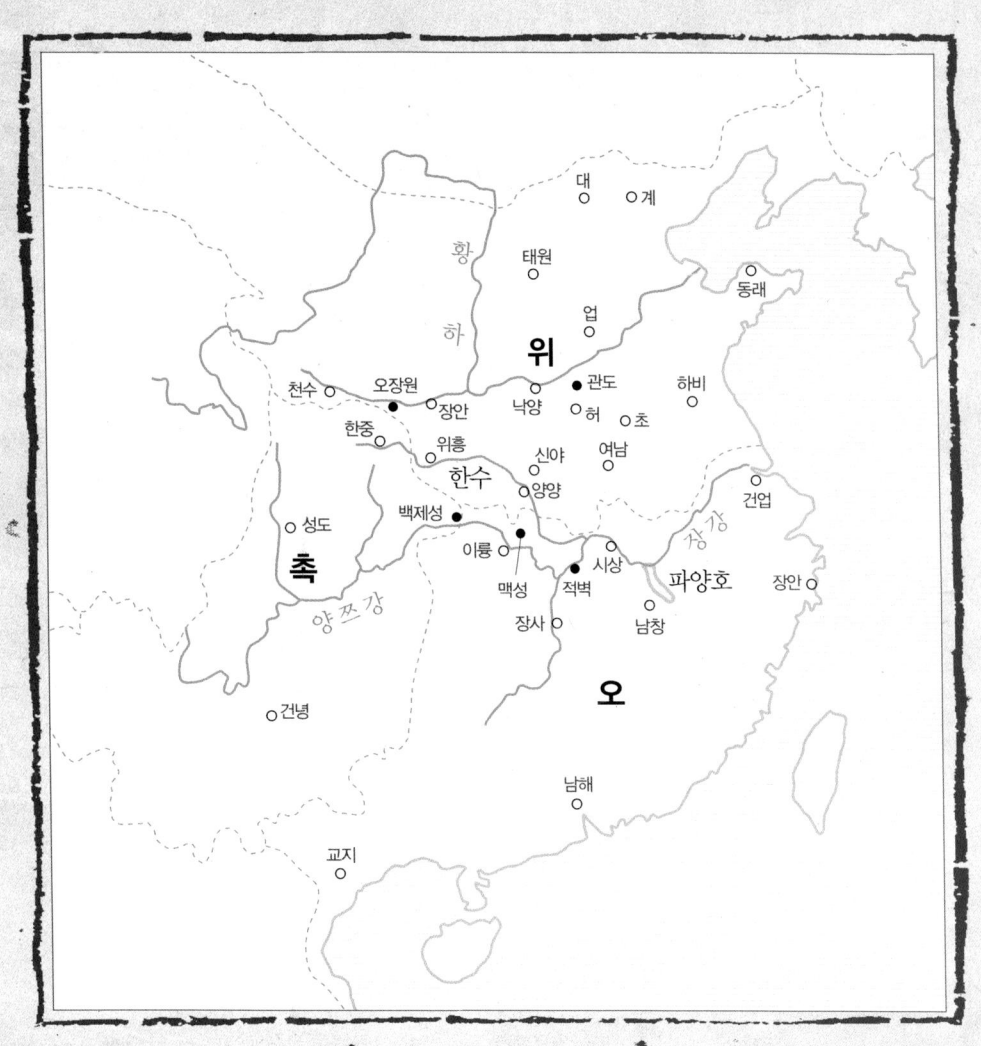

주요 등장인물

유비 | 161~223년

어린 나이에 아버지를 여의고 신발이나 돗자리를 팔아 어렵게 생계를 꾸려 나갔다. 황건적이 난을 일으키자 이들을 물리친 공으로 벼슬길에 올랐다. 의형제인 관우, 장비와 명참모 제갈공명의 도움을 받아 세력을 확장하여 장강 중류와 상류 지역을 다스렸다. 한 황실의 혈통을 이어받아 유황숙이 되고, 국호를 '촉한'이라고 하여 나라를 세웠다.

관우 | ?~219년

후한 말 탁현에서 유비와 장비를 만나 의형제를 맺었다. 천하무적의 호걸로, 의리가 강하나 인정에는 약하다. 조조와 손권도 그의 당당함과 무력에 벌벌 떨었다고 한다. 그는 삼국지 인물 중에서 가장 절개 있는 인물로 꼽힌다. 조조와 손권의 공격을 받고 사로잡혀 죽임을 당했다.

장비 | ?~221년

유비, 관우와 의형제로 호탕한 인물이며 최고의 용장으로 알려져 있다. 후한 말 많은 전쟁에서 용맹을 떨쳐 공을 세웠다. 특히 유비가 익주를 공격할 때 큰 공을 세웠다. 유비가 관우의 복수를 위해 오나라를 치려고 할 때 함께 참전하려고 했으나, 부하에게 죽임을 당했다. 성질이 급하고 화를 잘 냈다고 한다.

제갈공명 | 181~234년

아버지를 일찍 여의어 숙부 제갈현의 손에서 자랐다. '와룡선생'으로 불리며 와룡강에 숨어 살다가 유비의 정성에 감격하여 세상으로 나왔다. 천문, 지리, 전술에 정통하여 전투가 벌어질 때마다 기발한 계책을 생각해 냈다. 자신이 발명한 무기를 전쟁에 사용했을 만큼 기계 제작에도 능했다. 오나라의 손권과 연합하여 조조의 대군을 적벽에서 크게 물리쳤다.

조운 | ?~229년

처음에는 공손찬을 모셨으나 그가 죽은 후 유비의 참모가 되어 여러 번 위기에서 유비를 구했다. 특히 백만이나 되는 적군 속에서 유비의 아들을 구해 낸 일화가 유명하다. 조운은 유비가 죽은 후에도 제갈량을 도와 나라를 위해 싸웠으며, 무예가 출중하여 수많은 적장의 목을 베었다. '조자룡'이라고도 하며 권력이나 부에 욕심이 없고 충과 의를 중요하게 여겼다.

황충 | ?~220년

관우와의 싸움에서 진검승부를 펼친 것으로 유명하며 활솜씨가 매우 뛰어나 신궁이라 불렸다. 관우, 장비, 조운, 마초와 함께 촉나라의 5호 장군으로 활약했으며, 70세가 넘는 나이에도 많은 전쟁에서 공을 세웠다.

주요 등장인물

조조 | 155~220년

황건적이 난을 일으키자 관군으로 나가 큰 공을 세웠다. 그 후 허창에 도읍을 정하고 황제를 받들며 재상이 되어 실권을 장악했다. 하북의 원소를 멸망시켜 황하 유역을 완전히 장악하는 한편, 장강 유역까지 세력을 확장하여 촉, 오와 대립했다. 적벽에서 촉과 오의 연합군에 패했다.

하후돈 | ?~220년

조조의 오른팔이라고 할 수 있으며, 하후연과 함께 조조에게 충성을 다했다. 젊었을 때 스승을 모욕한 자를 죽일 정도로 강직했으며, 여포와의 전쟁에서 왼쪽 눈에 화살을 맞자 스스로 그 눈알을 먹었다고 한다.

동탁 | ?~192년

어린 시절부터 말타기와 활쏘기를 배웠고, 친구들과 사냥을 하면서 전쟁 방식을 익혔다. 냉혹한 현실을 먼저 깨달은 그에게 우정이나 신의는 없었다. 황건적의 난이 일어나고 궁정 안팎에서 세력들 간의 싸움이 벌어지자 그 틈을 이용해 권력을 잡고 온갖 포악무도한 짓을 했다. 그러나 왕윤의 계략으로 여포에게 배신당했다.

여포 | ?~199년

검술이 뛰어난 호걸이다. 말타기와 활쏘기를 잘해 '날아다니는 장수'라고 불렸다. 참모들의 조언에도 귀 기울이지 않다가 결국 조조와 유비에 의해 죽임을 당했다. 왕윤과 공모해 동탁을 죽이는 데 한몫을 했다.

손견 | 156~192년

호족 출신으로, 오나라 군주 손권의 아버지이자 춘추전국시대의 병법가 손자의 후손이다. '강동의 호랑이'라고 불린다. 17세에 해적을 물리치고 23세에 황건적을 토벌했다. 동탁을 처단하기 위해 조조가 군사를 일으키자 원술의 부하로 참전했다.

위연 | ?~234년

용맹하고 호탕하며 지략이 뛰어났지만, 항상 자만에 빠져 있었다. 장사 태수 한현의 부하로 있다가 유비의 부하가 되었다. 제갈공명이 자신의 능력을 의심하는 것에 대해 늘 불만을 갖고 있었는데, 제갈공명이 죽은 뒤 병권을 두고 양의와 다투다가 마대에게 죽임을 당했다.

진수의 역사서 《삼국지》와 나관중의 소설 《삼국지》

역사서 《삼국지》는 진나라의 진수(233~297)가 편찬한 것으로, 〈위서〉 30권, 〈촉서〉 15권, 〈오서〉 20권으로 된 책이다. 다시 말해 중국의 위나라, 촉나라, 오나라의 역사를 기록한 책이다. 이 역사서는 조조가 세운 위나라에 정통성을 부여하고 있는데, 그것은 진수가 위나라를 계승한 진나라에서 벼슬을 한 사람이기 때문으로 풀이된다.

또한 진수는 〈촉서〉를 집필하면서 마땅한 역사서를 찾지 못해 많은 고민을 했는데, 결국에는 주변 사람들의 들은 이야기나 당시에 관직에 있던 사람들의 기억에 의존해 기록하기도 했다. 그러나 삼국의 역사적 사실을 매우 근엄하고 간결하게 기록해서 '정사正史 중의 정사'라고 일컬어진다.

《삼국지》의 〈위서〉 '동이전'에는 우리 민족의 고대사를 연구하는 중요한 단서가 실려 있다. 그것은 부여, 고구려, 동옥저, 읍루, 예, 마한, 진한, 변한, 왜인 등에 관한 기록이 있기 때문이다.

소설 《삼국지》는 원나라 사람인 나관중이 지은 책으로, 《삼국지연의》의 줄임말이다. 본래는 《삼국지통속연의》였는데, 이 뜻은 진수가 지은 역사서 《삼국지》를 알기 쉽게 풀어쓴 이야기 책이라는 뜻이라고 한다. 한편 나관중이 송나라와 원나라에서 유행하는 이야기들을 기초로 해서 구어체로 《삼국지》를 썼다고 전해지기도 한다. 《삼국지》는 《서유기》, 《금병매》, 《수호지》와 함께 중국의 4대 고전 중 하나로 꼽힌다.

중국의 역사와
《삼국지》의 역사적 배경

중국은 은 왕조를 시작으로 주나라, 춘추전국시대, 진나라를 거쳐 《삼국지》의 역사적 배경이 되는 후한 시대에 이른다. 은 왕조는 농업과 청동기를 바탕으로 형성된 문명으로, 주나라에 의해 멸망한다. 그러나 주나라도 여러 지역의 제후들이 경제적·군사적·정치적으로 일부 지역들을 지배하면서 분열되어 춘추전국시대로 접어든다.

춘추시대에는 주나라를 섬기는 제후들이 있었지만, 전국시대에는 세력이 강한 나라가 약한 나라를 멸망시키는 형국이었다. 이때 '전국칠웅戰國七雄'이라는 말이 생겨났는데 제, 조, 위, 한, 연, 초, 진 등을 일컫는 말이다. 이 중에서 진秦이 전국을 통일하여 중국은 비로소 하나의 군주를 모시게 되었으니, 그가 바로 '진시황제'이다. 30여 년의 통치 끝에 진시황이 죽고 전국은 혼란에 빠진다. 이 틈에 유방은 항우와 연합해 한나라를 세운다.

전한 시대에는 호족세력들에 의해 혼란에 빠지다가 후한 시대에 접어들면서 훌륭한 황제들에 의해 진나라의 영광이 재현되고 백성들은 풍족한 생활을 누리게 된다. 그야말로 후한의 전성기였다. 그러나 외척세력이 정치에 개입하면서 전국은 혼란의 소용돌이 속으로 빠져 든다. 그뿐만 아니라 환관 세력이 득세하고 계층간의 갈등은 더욱더 심해지게 된다. 결국 황건적의 난이 터지자 황건적 토벌을 위해 도원에서 의형제를 맺은 유비, 관우, 장비 등 영웅호걸들이 등장한다.

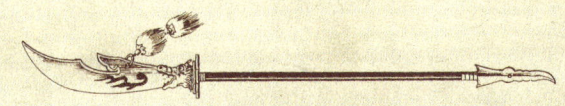

《삼국지》한숨에 읽기

삼국지는 후한 말 황건적의 난 무렵부터 위나라, 촉나라, 오나라의 삼국이 정립되는 과정을 거쳐 진晉나라로 통일되기까지 약 100년간의 중국의 흥망성쇠를 기록한 역사소설이다. 이 이야기의 시작은 황건적이 여러 지역에서 난을 일으키자 유비, 관우, 장비가 도원에서 의형제를 맺고 황건적의 난을 진압하면서부터이다. 전국에서 조조, 손견 등의 영웅들 역시 거사에 참여하여 자신들의 입지를 넓히면서 이야기는 전개된다. 이때 유비는 서서라는 책사에게서 제갈공명을 추천받고 삼고초려를 한 끝에 마침내 공명을 얻게 된다. 공명은 적벽대전에서 조조군을 크게 무찌르고 천하를 위나라, 촉나라, 오나라로 삼분하여 삼국정립시대를 이끌어 낸다. 그 후 관우가 오나라 여몽에게 살해되고 조조, 장비, 유비가 차례로 세상을 떠나면서 삼국의 정세는 새로운 국면으로 접어든다. 유비에게서 후사를 부탁받은 제갈공명은 인내를 가지고 상대가 숙여 들어오기를 기다리는 칠종칠금의 계책으로 남만을 정벌하고, 마침내 황제에게 출사표를 내고 북벌을 감행한다. 그러나 오장원에서 사마의와 대치하던 중 병을 얻어 세상을 등지고 만다. 제갈공명이 없는 촉은 마치 바람 앞에 촛불 같은 운명에 처하고, 결국 이 같은 상황을 극복하지 못한 채 사마의의 아들 사마소에게 항복을 하고 만다. 사마소의 아들 사마염은 위나라 황제 조환을 퇴위시키고 진나라를 세운다. 또한 얼마 되지 않아 오나라도 진나라에 항복하고 말았으니 이리하여 삼국정립시대는 다시 진나라로 통일되면서 막을 내리게 된다.

청소년을 위한

삼국지

청소년을 위한 삼국지

천하는 한 사람의 천하가 아니라 천하 사람들의 천하이니, 덕이 있는 자만이 천하를 차지한다.

［나관중 지음｜이상인 편역｜구수한 그림］

평단

차 례

제1편 어지러운 세상에 꽃 피운 의로움

황건적, 난을 일으키다 · 11
도원에서 형제가 되다 · 14
유비와 난세의 영웅들 · 22
가시덤불 속의 영웅 · 35
십상시의 난리 · 40
천하장사 여포 · 51
실패한 조조의 계책 · 56
구름처럼 몰려드는 영웅들 · 60
단결이 안 되는 동맹군 · 65
호로관 전투 · 74
동탁, 낙양성을 버리다 · 78
옥새를 손에 넣은 손견 · 80
유비, 조운을 만나다 · 82
스러지는 강동의 호랑이 · 87
미인계로 역적을 처단하다 · 94
조조, 서주를 치다 · 99
조조와 여포의 싸움 · 105

| 서주 태수가 된 유비, 여포를 받아 주고 · 112

제2편 운명을 달리한 영웅들

| 대권을 잡은 조조 · 121
| 서주성을 빼앗긴 장비 · 128
| 손책, 일어서다 · 139
| 유비, 여포를 피해 조조에게로 · 148
| 조조의 대실수 · 154
| 여포의 최후 · 158
| 천둥 속에 엎드린 영웅 · 170
| 용을 바다에 놓아주다 · 181

제3편 변하는 것이 세상이다

| 덕으로 시련을 극복하다 · 189
| 실패한 반란 계획 · 201

관우의 세 가지 조건 · 211
조조에게 보답하는 관우 · 222
그리운 주군에게로 · 229
다시 만난 의형제 · 240
손책과 원소의 죽음 · 247
조조의 함정에 빠진 유비 · 254
채씨 남매의 음모 · 261

제4편 영웅의 비상

와룡과 봉추 · 273
떠나는 서서, 공명을 천거하니 · 278
삼고초려 끝에 와룡을 얻다 · 289
공명, 싸움에서 크게 이기다 · 302
백성은 나라의 근본 · 312
헤어진 장수들, 다시 뭉치다 · 321
손권을 찾아간 공명 · 338
불타는 적벽 · 348
조조, 세 번 웃고 울다 · 376
날개를 펴는 유비 · 382
유비, 서촉을 차지하다 · 388
봉추, 낙봉파에서 지다 · 395
한중왕이 된 유비 · 405

제5편 하늘로 돌아간 용

주인을 잃은 적토마 · 419
의형제 중 유비만 남다 · 436
슬프다! 꿈을 이루지도 못하고 · 446
잡았다 놓아주기를 일곱 번 · 462
공명, 드디어 출사표를 올리고 · 465
오장원에 떨어지는 별 · 484
천하통일 · 497

제 1 편
어지러운 세상에 꽃 피운 의로움

세 사람은 차례로 제단에 향을 사른 후 엎드려 절을 했다. 그리고 유비가 천지신명께 아뢰었다. "유비, 관우, 장비는 성은 다르나 한 형제가 되어, 위로는 하늘의 뜻을 세우고 아래로는 만백성을 편안케 하려 합니다. 천지신명이시여, 조상님들이시여, 굽어 살피시어 저희들의 소원을 이루게 하여 주소서." 그러자 이번에는 관우가 유비의 말을 받아 계속했다. "다시 하늘에 고합니다. 우리 셋은 같은 날 태어난 것은 아니나, 같은 날 죽게 해 주시고, 만일 이 맹세를 어기고 의리를 저버리는 자가 있거든 하늘의 칼로 엄히 베어 주소서."

황건적, 난을 일으키다

 유방에 의해 통일된 한나라는 이미 나라의 운명이 다해 가고 있었다. 천하는 다시 어지러워지고 나라의 정사는 날로 문란해져, 백성들은 비참하게 살아 가고 있었다. 이를 근심한 천자 영제가 조칙을 내려 모든 신하들에게 그 이유를 물으니, 의랑 채옹이 상소를 올렸다.

 "이는 모두 여자와 환관들이 나랏일에 관여했기 때문입니다."

 상소문을 읽은 영제는 깊게 한숨을 내쉬었다. 틀린 말이 아니었다. 영제도 이제 그것을 느끼고 있었다. 환관 조절은 이러한 영제의 모습을 엿보고 있었다. 그는 몰래 채옹이 올린 상소문을 읽고 주위의 환관들에게 이 사실을 알렸다. 그러자 환관들은 자신들의 목숨마저 위태로울 것임을 알고 채옹을 그냥 놔 둘 수가 없다고 의견을 모았다. 결국 채옹은 환관들에게 쫓겨나고 말았다.

 그 후 영제의 주위에는 '십상시'라 불리는 환관 열 명이 있을 뿐이었다. 장양, 조충, 봉서, 단규, 조절, 후람, 건식, 정광, 하운, 곽승이 그들이었다.

 그 뒤로 나라는 더욱 혼란에 빠지고 천하의 인심은 크게 사나워졌다. 마침내 도적의 무리들이 각처에서 벌 떼처럼 일어나게 되었다. 거록군의 장각, 장보, 장량 삼형제가 바로 그중 하나였다.

 중평 원년 정월, 때마침 전염병이 크게 돌자 장각은 이때를 놓치지 않았다. 수하에 있는 무리 5백 여 명을 풀어 각지로 돌아다니며 백성들에게 부적을 써 주고 주문을 외게 하니, 따르는 백성들이 날로 늘어났다.

또한 장각은 심복 마원의를 시켜 몰래 금과 비단을 지니고 낙양으로 가서 환관 봉서와 사귀어 궁궐 안에서 작당하도록 꾸미고 있었다. 그러고는 두 아우를 불렀다.

"민심이란 지극히 얻기 어려운 것이다. 지금 백성들의 마음이 우리에게 쏠렸으니 이 기세를 타고 천하를 차지하지 않는다면 언제 때를 만나겠느냐?"

장각은 군대에서 쓰는 누런 깃발을 만들면서 날짜를 정해 거사하기로 하고, 제자 당주를 시켜 봉서에게 급히 글을 전하게 했다. 그러나 당주는 곧장 궁궐로 달려가 조정에 변란變亂을 고발해 버렸다.

영제는 대장군 하진을 불러 군사를 풀어 마원의를 잡아 목을 치게 하고, 봉서를 비롯해 관련된 자들을 붙잡아 감옥에 집어넣었다. 일이 탄로났다는 소식을 들은 장각은 그날 밤으로 군사를 일으켰다. 자신은 '천공장군', 장보는 '지공장군', 장량은 '인공장군'이라 부르고, 무리들에게 외쳤다.

"이제 한의 운수가 끝나 큰 성인이 나왔다. 너희는 모두 하늘의 뜻에 따라 옳은 길에 들어서서 태평세월을 즐기도록 하라."

누런 수건을 이마에 둘러쓰고 장각을 따라 반란에 가담하는 백성들이 사방에서 일어나 그 수가 40~50만 명에 이르렀다. 고을과 현에 이르면 불을 지르고 사람을 죽이는데, 도적의

황건적의 난은 이미 기울어진 한나라 각지에서 수많은 영웅들이 그 위세를 떨치는 계기를 만들어 주었다.

기세가 엄청나 관군은 그들이 온다는 소문만 듣고도 뿔뿔이 흩어질 지경이었다.

하진은 영제에게 아뢴 후 급히 조서를 띄워 여러 곳에서 단단히 방어하면서 도적을 토벌해 공을 세우라는 명을 내리고, 궁궐을 호위하는 중랑을 거느린 중랑장 노식, 황보숭, 주준에게 각각 군사를 주어 도적을 토벌하도록 했다.

이즈음 장각의 한 무리 군사가 나라 동북쪽 끝에 있는 유주를 침범했다.

유주를 다스리는 태수 유언은 강하군 경릉현 사람으로 전한의 노공왕 유여의 후예였다. 도적의 무리가 곧 유주에 들어온다는 말을 듣고 유언은 군관인 추정을 부르니, 추정이 말했다.

"도적의 무리는 셀 수가 없을 정도인데 우리 군사는 보잘것없습니다. 천자께서 이미 여러 곳에서 적을 토벌하라는 조서를 내리셨으니, 속히 군사를 모집해 적과 맞서야 합니다."

유언은 추정의 말을 옳다고 여겨 의병을 모집하는 방문을 내붙이라 명했다.

도원에서 형제가 되다

〈의병을 모집하노라. 황건적 세력이 날로 팽창하여 그 피해가 극심하도다. 이제 천하의 용사들을 모집하노니, 뜻있는 자들은 이 깃발 아래 모여 공을 세우도록 하라.〉

화창한 봄날이었으나 방문 앞에 모여든 사람들 속에서 수심에 찬 얼굴로 그것을 지켜보던 사람이 있었다. 한눈에도 범상치 않은 인물이었다.

원래 큰 뜻을 품어 오로지 천하의 호걸들과 사귀기를 좋아하는 이 사람은 키가 일곱 자 다섯 치에 두 귀는 어깨까지 처져서 눈으로 자신의 귀를 볼 수 있을 정도였고, 팔이 어찌나 긴지 두 손을 드리우면 무릎을 지났다. 얼굴은 관옥같이 말쑥하고 입술은 연지를 바른 듯 붉었다. 그가 바로 유비였다.

유비는 길게 한숨을 지었다. 그때 뒤에서 누군가의 거침없는 목소리가 들려왔다.

"나라를 위해 싸우지는 못할망정 한숨은 웬 한숨이오?"

유비는 깜짝 놀라 뒤를 돌아보았다. 장대같이 키가 크고, 고리눈에 제비턱, 귀밑부터 턱까지 호랑이 수염을 기르고 있었다. 한눈에도 분명 호걸임이 틀림없었다.

"댁은 대체 뉘시오?"

"이 몸은 성이 장이고 이름은 비, 자는 익덕이라 하오. 탁군에서 돼지를 잡고 술을 팔아 살아가면서 천하의 호걸들과 사귀기를 좋아하는 사람이오. 방금 공이 방문을 보고 나아가 싸우지는 못할망정 한숨을 짓기에 한마디 한 것이오."

"나는 원래 한나라 황실의 종친으로 성은 유, 이름은 비, 자는 현덕이라 하오. 지금 황건이 난리를 일으켰다는 소식을 듣고, 도적을 물리치고 백성을 편안히 할 뜻을 품었건만 한스럽게도 힘이 없어 길게 한숨을 쉰 것이오."

유비의 말에 장비는 입가에 미소를 띠었다.

"자, 주막으로 가서 이야기나 합시다."

두 사람이 주막으로 들어가 한참 술잔을 나눈 뒤였다. 장비가 불쑥 물었다.

"아까 그 포고문을 어떻게 생각하십니까?"

"뭘 말입니까? 성문에 붙은 방문 말입니까?"

"그렇습니다. 당신은 황건적이 날뛰는 꼴을 가만히 구경만 하실 작정이오? 내 재산이 꽤 있으니 마을의 용사들을 모집해서 공과 함께 큰일을 벌리고 싶소이다. 어떠하오?"

유비는 매우 기뻐했다. 두 사람이 한창 술을 마시고 있을 때였다. 몸집이 웅장한 사나이가 술집으로 들어섰다. 유비가 그 사람을 보니 키가 아홉 자에 기다란 수염은 두 자나 되었다. 얼굴은 무르익은 대춧빛이요, 봉황의 눈에 누운 누에 같은 눈썹이 인상적이었다. 생김새가 당당하고 위풍이 늠름한 자였다. 유비는 그를 청해 성명을 물었다.

"처음 뵙겠습니다. 저는 하동 해량현 사람으로 이름은 관우, 자는 운장이라고 합니다. 고향의 탐관오리를 죽인 탓으로 5~6년 동안 강산을 떠돌다가, 요즘에는 이 근처 마을에서 하는 일 없이 세월만 보내고 있었습니다만, 일찍이 마음속으로 뜻을 품고 나서는 길입니다."

관우는 매우 침착하고 예의가 바른 사람이었다. 유비도 곧 무릎을 꿇고 맞절을 했다.

"저는 누상촌에서 오랫동안 살아온 유비 현덕이라는 사람이올시다. 오늘 귀공과 같은 대장부를 만나게 되다니 즐겁기 한이 없습니다."

유비가 두 사람의 뜻을 말해 주자 관우는 대단히 기뻐했다.

"저는 장비라는 사람입니다. 여기서 이러고 있을 것이 아니라 저희 집으로 가시지요."

세 사람은 장비의 집에서 앞일을 의논했다. 장비가 걸걸한 목소리로 말했다.

"내 정원 뒤에 복숭아나무가 우거진 밭이 있는데, 마침 꽃이 활짝 피었소이다. 내일 그 도원에서 흰말과 소를 잡아 하늘과 땅에 제사를 지내 고하면서, 우리 셋이 형제가 되어 힘을 합쳐 큰일을 도모합시다. 어떻소이까?"

유비와 관우도 흔쾌히 받아들였다.

이튿날 복숭아밭에는 성대한 제물이 차려졌다. 그들은 엄숙한 마음으로 제단 앞에 섰다. 향을 피우고 막 절을 하려는 순간이었다.

"잠깐, 제사를 드리기 전에 할 이야기가 있소."

관우가 유비와 장비의 얼굴을 번갈아 쳐다보며 말했다.

"모든 일에는 질서가 있어야 합니다. 아래위가 있자면 자연히 그 중심이 되는 사람이 있어야 하는 법입니다. 우리가 지금 장차 큰일을 위해 천지신명께 제사를 드리는 마당에 그것도 우선 정해 놓지 않는다면 아니 됩니다. 우리 셋은 지금 비록 무기며 말 한 필 없이 의리로 뭉쳤지만 우리를 이끌어 갈 주군이 있어야 되지 않겠습니까? 이 관우가 오늘까지 방랑 생활을 한 것도, 오직 목숨을 바쳐 섬길 만한 주군을 찾기 위함이었습니다."

관우는 잠시 두 사람의 표정을 살핀 다음 다시 힘주어 말했다.

"하온데, 저는 유비 현덕님과 같은 한나라 황족의 혈통을 받으시고 큰 뜻을 지닌 인물을 만났습니다. 저는 이분을 주군으로 받들어 어지러운 이 나라를 바로잡고 싶습니다."

그러자 곁의 장비도 진심으로 관우의 제의에 찬성했다.

"맞는 말씀입니다. 당장 이 자리에서 그렇게 정하십시다."

그러나 정작 유비만은 깊은 생각에 잠긴 듯 오랫동안 말이 없었다.

"물론 이 사람은 한 황실의 피를 받은 사람임에는 분명하나, 그렇다고 아직 내세울 학문도 벼슬도 없는 한낱 돗자리 장수에 불과하오. 훗날 우리가 무엇을 이루었을 때면 몰라도 지금은 이대로가 좋을 듯하오. 그러나 두 분이 그게 섭섭하다면 이렇게 정합시다. 의형제를 맺어 의리상의 위와 아래를 정하는 거요. 두 분의 생각은 어떻소?"

그리하여 세 사람은 그 자리에서 의형제를 맺었다. 나이를 따져 보니 유비가 제일 많아 큰형, 다음이 관우, 그리고 장비가 막내가 되었다. 세 사람은 차례로 제단에 향을 사른 후 엎드려 절을 했다. 그리고 유비가 천지신명께 아뢰었다.

"유비, 관우, 장비는 성은 다르나 한 형제가 되어, 위로는 하늘의 뜻을 세우고 아래로는 만백성을 편안케 하려 합니다. 천지신명이시여, 조상님들이시여, 굽어 살피시어 저희들의 소원을 이루게 하여 주소서."

그러자 이번에는 관우가 유비의 말을 받았다.

"다시 하늘에 고합니다. 우리 셋은 같은 날 태어난 것은 아니나, 같은 날 죽게 해 주시고, 만일 이 맹세를 어기고 의리를 저버리는 자가 있거든 하늘의 칼로 엄히 베어 주소서."

삼국지 고사성어

도원결의 桃園結義
복숭아밭에서 의형제를 맺는다는 뜻으로, 같은 목표를 위해 의리를 다짐할 때를 비유하는 말이다.

도원에서 형제가 되다 · 17

이리하여 하늘의 축복을 비는 제가 끝나자, 동네 사람들을 모두 불러 모아 잔치를 베풀었다.

그렇게 하루를 보낸 그 다음 날 아침, 드디어 세 사람은 머리를 맞대고 앞으로의 일을 의논하기 시작했다. 우선 그들의 계획을 실행에 옮기자면 군사가 필요했으며, 다음으로 그 군사들을 먹이고 입힐 군수품, 그리고 무기와 말이 있어야 했다.

첫번째로 그들은 누상촌을 비롯한 이웃 마을로 다니며 뜻있는 젊은이들을 모았다. 뜻밖에 이들의 의로운 뜻을 헤아려 모인 젊은이들이 5백여 명에 이르렀다. 이만하면 황건적 소부대들과는 싸워 볼 만했다. 장비는 지원해 온 젊은이들을 훈련시키기 전에 제법 그럴듯하게 훈시를 했다.

"누구든지 주군의 명령에 절대 복종하라. 우리의 적은 언제나 나라를 어지럽히는 도적의 무리이며, 또한 백성을 괴롭히는 자 모두 우리의 원수니라. 적과 싸울 적에 게으른 자는 엄벌을 내릴 것이며 군기를 문란케 하는 자, 백성의 재물을 약탈하는 자는 그 목을 가차 없이 벨 것이다."

사기는 하늘을 찌를 듯했다.

"또한 우리 모두 고생을 각오하고 여기 모였으므로 배불리 먹을 것을 바라서도 안 된다. 우선은 각자 가지고 온 식량을 나누어 먹도록 한다. 여기에 불만이 있는 자는 지금 당장 집으로 돌아가되, 이후 남은 자는 일체의 불평을 금한다. 알겠느냐!"

대답은 우렁차고 표정은 진지하기만 했다. 그때 뜻하지 않은 경사가 벌어졌다. 유비가 큰 뜻을 품고 군사를 모은다는 소식을 듣고 인근 마을의 부자인 장세평과 소쌍이란 상인이 말 50필과 무쇠 1천 근, 가죽과 직물 100단, 금은 5천 냥을 가지고 왔던 것이다.

"유공, 소인은 겁이 많아 군인이 될 수는 없습니다. 하오나 이것으로 적을 무찌르고 백성을 구해 내는 데 도움이 된다면, 그것 또한 군대에 참여한 거나 다를 게 뭐 있겠습니까? 부디 거두어 주십시오."

두 상인은 매우 겸손하고 정의감이 깊은 사람이었다. 유비는 거듭 상인들에게 감사의 인사를 표했다. 유비는 그것으로 군사들의 갑옷과 투구, 창, 칼을 만들게 했으며, 또한 관우 것으로 82근의 청룡언월도, 장비 것으로 18자 길이의 장팔사모를 만들게 했다. 이로써 군대로서 모양이 갖춰진 셈이었다.

세 사람은 지원한 용사들과 함께 유주의 군관 추정을 찾았다. 추정은 그들을 태수 유언에게 데려갔다. 세 사람이 유언을 만나 각기 성명을 말하는데, 유언은 유비가 한나라 황실의 종친이라는 사실을 알고는 대단히 기뻐했다.

"황실 종친이라니 공을 세운다면 반드시 자네를 큰 뜻을 위해 쓰겠네."

그리고는 유비를 조카로 삼았다.

삼국지 고사성어

도원결의 桃園結義
복숭아꽃 무성한 정원에서 의를 맺다

후한 말, 환관의 횡포로 나라의 정사가 문란해지고, 곡식은 흉년이 들어 백성들의 굶주림은 극에 달했다. 이때 누런 수건을 머리에 맨 '황건적'의 무리들이 한 왕조의 타도를 외치며 일제히 봉기해 도읍인 낙양으로 몰려갔다. 당황한 조정은 전국에 방문을 붙여 의용병을 모집했다.

유주 탁현에 살던 유비는 이러한 시대 속에서 황건적을 토벌하고 도탄에 빠진 백성을 구하고 싶다는 큰 뜻을 품고 있었지만 실천할 길이 없었다. 그때 한숨만 짓고 있는 유비를 꾸짖으며 다가온 이가 있었으니, 장비였다. 둘은 서로 같은 뜻을 품고 있음을 알고 주막으로 자리를 옮겼고, 거기서 범상치 않은 모습의 관우를 만났다. 역시 서로의 마음이 통하고 있음을 알게 된 그들은 복숭아밭에서 제를 올리며 의형제를 맺고 같은 해, 같은 날에 죽기로 맹세했다. 이리하여 세 사람은 그 고장의 젊은이 5백여 명을 이끌고 황건적을 토벌하여 위나라의 조조, 오나라의 손권과 함께 천하에 이름을 알렸다.

이 이야기는 명나라 시대의 장편소설 《삼국지》의 첫머리에 나오는 유명한 장면으로, 사람들 사이에서는 의형제를 맺을 때 모범이 되는 이야기로 전해져 오고 있다.

桃: 복숭아(도), 園: 동산(원), 結: 맺을(결), 義: 의리(의)
복숭아밭에서 의를 맺는다는 뜻이다. 즉, 사사로운 욕심이나 야망을 버리고 어떤 목적을 향해 몸과 마음을 함께하는 것을 비유하는 말이다.
[출전] 《삼국지》

유비와 난세의 영웅들

"지금 도적들이 정원지를 앞세워 군사 5만 명을 이끌고 탁군으로 오고 있다고 하옵니다."

며칠 지나지 않아서였다. 태수 유언은 비장한 얼굴로 추정에게 유비와 관우, 장비 세 사람을 이끌고 군사를 거느리고 나아가 싸우게 했다. 유비는 지체없이 곧바로 군사를 거느리고 대흥산 아래에 이르렀다. 정원지를 앞세운 도적들은 '누런 수건으로 이마를 질끈 동여매고 있었다. 양쪽 군사가 마주치자 유비가 말을 타고 기세 좋게 앞으로 나갔다. 그 왼쪽에는 관우, 오른쪽에는 장비가 따라 나섰다. 유비가 큰 소리로 꾸짖기 시작했다.

"나라를 배반한 역적들아! 어찌하여 항복하지 않는 것이냐?"

정원지는 이에 화가 치밀어 올라 부장 등무를 내보냈다. 그러자 장비가 장팔사모를 들고는 곧장 달려 나갔다. 등무가 칼을 휘두르려는 순간, 이미 장비의 창날이 그의 가슴팍에 꽂혔다. 등무는 몸을 뒤로 젖히며 말에서 떨어졌다.

"내가 상대해 주겠다. 이놈!"

등무가 떨어지는 것을 보고 화가 치민 정원지는 말을 다그쳐 칼을 휘두르며 나섰다. 그러자 이번에는 관우가 큰 칼을 휘두르며 마치 춤추듯 말을 타고 달려 나갔다. 이미 등무의 죽음으로 기세가 꺾인 데다 말을 타고 달려 나오는 관우의 위세에 흠칫 놀란 정원지는 순식간에 관우의 칼을 맞았다. 정원지의 처참한 죽음을 목격한 도적들은 모두 혼비백산하여 병장기를 버리고 달아나기 시작했다. 유비군의 대승이었다. 유비가 돌아오자 태수 유언은 친히 나와 그들을 맞이했다.

"청주성이 황건적들에게 함락당하기 직전이라 하네. 가서 구할 수 있겠는가?"

"제가 가서 구하겠습니다."

유비의 군대는 적과의 싸움에서 제일 위험한 선봉이었다. 모두 머리를 풀고 누런 수건으로 이마를 감싼 도적들은 8괘를 그려 기호로 삼고 있었다. 군사가 적은 것은 유비 쪽이었다. 적은 한 길이나 되는 갈대밭 속에 본진을 숨긴 채 계속해서 소극적인 공격을 가해 오고 있었다.

"이놈들, 그렇다면 내게도 생각이 있다."

유비는 관우와 장비를 불러 계책을 지시했다. 그날 밤 유비군은 세 편으로 나누어 적의 본진을 에워싸면서 일시에 공격을 개시했다. 유비군의 손에는 저마다 화염병이 들려져 있었으며, 적의 본진에 이르자 일제히 화염병에 불을 붙여 갈대밭 속으로 던졌다. 이날따라 바람은 적의 본진을 향해 강하게 불고 있었다.

"빈대 잡듯 모조리 태워 죽여라!"

유비의 음성은 산야에 메아리쳤다. 잠자리에 들었던 적들은 무장을 갖추지도 못한 채 무서운 불길 속에서 절반 이상이 불에 타 죽었고, 나머지는 흩어져 도망치기 시작했다.

"한 놈도 살려 둬선 안된다!"

유비군은 북을 울리며 달아나는 적을 무섭게 추격했다. 특히 관우와 장비의 칼날에 쓰러지는 적의 시체는 작은 산을 이룰 만했다.

그때였다. 붉은 기를 앞세운 한 무리의 군사가 나타났다. 그들은 달아나던 적들을 손쉽게 짓밟으며 유비 쪽으로 다가서고 있었다.

"멈춰라! 그대들은 누구냐?"

"그렇게 묻는 그대들은 누구인가?"

유비가 관우, 장비와 함께 수백 보 앞으로 내닫자, 붉은 기를 든 군사들 앞으로 장수 하나가 나타났다. 키는 일곱 자요, 눈은 가느스름하고 수염이 긴 장수였다.

"우리는 어명을 받들어 낙양에서 파견된 관군이다!"

"그렇소이까? 저는 의병 대장 유비라고 하는 사람입니다."

두 대장은 곧 의심을 풀고 서로 가까이 다가갔다. 유비는 다시 한 번 상대방을 찬찬히 살폈다. 얼굴빛은 곱고 깨끗했으나 가늘고 긴 눈은 차갑고 날카롭게 빛나고 있었다. 새까만 턱수염 또한 길게 늘어져 역시 보통의 인물로는 보이지 않았다.

"저는 패국 초군 출신으로 조조라고 합니다. 오늘 이곳으로 진격하는 도중 뜻밖에 귀공의 화공에 쫓기는 적들과 맞닥뜨려 본의 아니게 귀공의 공을 가로채는 꼴이 되었소이다. 이 점 용서를 바라오."

"그게 무슨 겸손의 말씀이오. 적을 제압하는 데 누구의 공이라니 그게 어디 될 법이나 한 소립니까?"

"과연……. 아직 이 땅에 유공 같은 인물이 있을 줄은 몰랐소."

유비와 조조는 말머리를 나란히 하여 오랜 친구처럼 많은 대화를 나누었다. 관군의 장수와 일개 의병대장의 격의 없는 대화였다.

"유공, 앞으로 서로 도와 이 땅의 평화를 위해 전력을 다합시다."

유비는 내심 이 조조라는 관군의 장수에게 놀라기도 했으며, 또한 그 인물 됨됨이에 반하기도 했다. 지

삼국지 고사성어
월단평 月旦評
'매달 첫날의 평'이라는 뜻으로, 한 인물에 대한 사람들의 평가를 말한다. 월단평은 조조가 난세에서 간웅이 될 거라고 했다.

금까지 보아 온 관군의 장수 중 이처럼 생각이 깊은 인물을 보지 못했던 것이다. 조금은 도도하여 거만한 인상이나, 때를 잘 만나면 천하를 호령할 만한 인물이라고 유비는 직감했다.

그러나 유비군이 적을 섬멸하고 돌아오자 관군의 총대장 주전은 환대하기는커녕, 오히려 유비의 공을 자기 것으로 하고자 서둘러 유비군을 자기의 진영에서 내몰았다. 황건적을 물리치는 데 자신은 별다른 공이 없었기 때문이다.

"적장 장보와 장량은 불과 2만여 명의 적들을 모아 도망쳤으니 영천 땅의 적은 이미 소탕된 거나 마찬가지요. 귀공은 오늘 즉시 광종의 노식 장군에게 가 장각의 총공세에 대비하시오."

"이 비기 옛적에 스승으로 모신 적이 있는 분이오니, 어찌 가지 않겠습니까?"

그러나 그것은 무례한 명령이었다. 한바탕 싸움을 치른 후였으므로 병사들과 말들이 휴식을 취해야 했음에도 유비의 군대는 지친 몸을 이끌고 길을 떠나지 않을 수 없었다.

유비군은 패잔병들처럼 초라한 꼴로 광종의 땅을 향해 밤낮을 가리지 않고 행군을 했다. 그러나 그들이 겨우 광종 땅 어귀에 이르러 보니 그들을 반겨 줄 노식 장군은 이미 그곳에 없었다.

"지난번에 황제의 칙사 좌품이란 자가 시찰을 하러 온 적이 있었습니다. 그런데 워낙 성품이 대나무처럼 곧고 바른 노식 장군인지라, 좌품이 뇌물을 원해도 그 뜻을 따르지 않았습니다. 좌품은 터무니없는 죄명을 달아 황제에게 고해 바쳤고, 이에 노식 장군은 장군직을 박탈당하고, 낙양으로 압송되었습니다."

유비는 그간의 이야기를 듣고 눈물을 흘리며 탄식했다.

"아아, 우린 무엇 때문에 이렇게 싸우고 다니는 것일까? 황건적만 세상을 어지럽히는 도적이 아닌 것을……."

"형님, 고향으로 돌아갑시다. 노식 장군님도 없는 이 마당에 광종 땅으로 들어가 무엇하겠소. 훗날을 기약합시다."

"글쎄……. 장비, 자네의 생각은 어떤가?"

유비는 입이 무거운 관우의 말에 마음이 흔들렸던 것이다.

"관우 형님의 의견에 찬성입니다."

장비도 쾌히 승낙했다. 유비군은 드디어 탁현 누상촌으로 말머리를 돌렸다. 그때였다. 갑자기 광종 땅 쪽에서 요란한 군마 소리가 들려왔다.

장비는 쏜살같이 말을 몰아 그곳의 동태를 정찰하고 돌아왔다.

"도망치는 관군을 황건적의 괴수 장각이 추격하여 살육하고 있습니다."

유비는 길게 탄식하면서 관우의 얼굴을 쳐다보았다.

"자네 생각은 어떤가? 이대로 내버려 둘 텐가?"

"형님, 백성들을 괴롭히는 도적들을 소탕하여 이 땅을 평화롭게 하는 게 우리의 본래 뜻이 아닙니까? 아무리 관군이 밉다 한들 팔짱 끼고 구경만 할 수야 없지 않겠습니까?"

"옳다! 전투 태세를 갖춰라!"

유비군은 곧장 적의 추격군을 좌우에서 협공하여 장각의 본진으로 쳐들어가 눈 깜짝할 사이에 전세를 역전시켰다. 이제 쫓기는 것은 관군이 아니라 도적의 무리였다. 유비의 지원으로 세력을 다시 만회한 관군은 유비군과 함께 황건적의 무리를 광종 땅에서 멀리 내쫓고 돌아왔다. 그때 관군의 총사령관은 노식 장군의 후임으로 온 동탁이라는 자였다. 그는 부하 장수들을 불러 모아 놓고 물었다.

"오늘 우리 군에 합세하여 적의 추격군을 쳐부수고 우리를 위험에서 구해 준 그들은 도대체 어떤 군사들이냐?"

"글쎄요……. 처음 보는 자들이었습니다."

"빨리 그들이 누군지 알아보고 그 부대의 장군을 이리로 모셔 오너라."

유비는 관우와 장비를 옆에 거느린 채 동탁의 처소로 갔다.

"그대들의 용맹에 감탄했소. 당신들은 누구 휘하의 관군들이며 관직은 뭐요?"

"관군이 아니옵고, 탁현에서 나온 의병이옵니다."

"그런가? 그렇다면 잡군이군."

동탁은 갑자기 태도를 바꾸고 노골적으로 경멸하는 미소를 띠었다.

"수고들 했네. 그만 물러가게."

동탁은 자리를 같이하는 것조차 자존심이 상한다는 듯한 표정으로 서둘러 군막 안으로 사라졌다. 말하자면 유비군은 동탁의 은인인 셈인데, 이게 무슨 꼴인가! 기가 막히고 어처구니가 없어 입이 다물어지지 않았다.

유비 일행은 할 수 없이 의병의 진영으로 돌아온 뒤, 그날 밤 곧장 군장을 챙겨 동탁의 진을 떠났다. 명예도 이름도 반겨 줄 곳도 없는 초라한 의병군은 어둠이 짙은 광야를 조용히 행군해 나갔다. 밤바람은 차기만 한데, 하늘을 가로지르는 기러기의 울음소리는 그칠 줄을 몰랐다. 그러나 그들이 지금 고향 땅을 향해 가는 것은 아니었다. 동탁에게 받은 수모가 오히려 이들을 자극하여 계획을 바꾼 것이다.

"사내 대장부가 한 번 큰 뜻을 품고 고향을 떠난 이상 그까짓 시련을 참지 못해 중도에서 발길을 돌린대서야 말이 되느냐!"

유비는 두 아우와, 가족이나 다름없는 의병을 이끌고 또다시 정처 없는 방황을 계속했다. 그리하여 유비군이 우연히 들른 곳은 뜻밖에도 황건적 토벌군인 주전의 군대가 있는 영천 땅이었다.

그때 영천 땅에는 유비군의 화공 작전으로 대패한 장각의 아우이자, 산악전에 능통한 장보가 다시 세력을 키워 백성들을 괴롭히고 있었다. 이때 조조와 황보숭은 장양을 쫓아 곡양 땅에서 대접전을 벌이고 있었다.

유비군이 영천 땅에 들어와 있다는 소식을 들은 관군대장 주전은 급히 부하를 보내 유비군을 자신의 진지 안으로 불러들였다.

"먼 길을 오시느라고 수고가 많았소이다."

내쫓다시피 한 전날과는 달리 말씨부터 정중했으며 소를 잡는다, 술을 준비한다, 그 대접이 대단했다. 유비에 대한 주전의 환대는 의병들의 용맹함을 이용하자는 것이요, 그들의 피와 목숨을 요구하는 것이었다.

"무인이란 오로지 자신을 알아주는 자를 위해 죽는다 했소. 유공께서 저들을 무찔러 주시오. 낙양으로 돌아가거든 내 그 은혜 잊지 않고 상부에 주청해 큰 상을 내리도록 하겠소."

주전의 수작이 얄밉고 괘씸했지만 유비로서는 지금 그것을 거절할 만한 처지가 아니었다. 의병들은 물자가 바닥이 나 굶주림으로 몹시 지쳐 있었다.

유비는 의병들을 배불리 먹여 원기를 회복시킨 뒤, 주전의 병사 3천 명을 더 얻어 산악전에 나섰다. 과연 듣던 대로였다. 산이 워낙 깊고 험해 병사들을 쉽게 투입시킬 수 없었고, 적의 요새는 사방이 절벽으로 둘러싸인 산꼭대기에 있어 전혀 접근할 수가 없었다. 공격이 거듭되면 거듭될수록 유비군의 희생만 커 갈 뿐이었다.

"주전이 우리를 그토록 환대했던 까닭을 이제야 알겠구나."

유비는 침통한 표정으로 관우와 장비의 얼굴을 바라보았다.

"형님, 이런 방법으로는 저들을 처부술 수 없습니다. 산꼭대기의 적진지에 이르자면 벼랑 사이의 좁은 샛길을 지나야 하는데, 적들이 그곳을 완강히 막고 있어 그것은 불가능합니다. 또한 적들은 산 위에서 우리의 동태를 한눈에 살필 수 있어 싸우기도 전에 우리는 지고 있는 것입니다."

"그래, 자네에게 무슨 수가 있나?"

유비는 관우에게 어떤 생각이 있는 듯하여 바짝 긴장을 했다.

"단 하나, 적들이 예측하지 못하는 지점으로 일시에 쳐들어가는 것입니다."

"글쎄, 저 깎아지른 절벽 위를 올라갈 수 있을까?"

그때 두 사람의 이야기를 듣고만 있던 장비가 끼어들었다.

"누구도 생각하지 못한 절벽을 기어오르는 것이 바로 기습입니다. 쉽게 오를 수 있다면 그것은 기습이 아닙니다."

"호오, 오랜만에 장비의 입에서 그럴듯한 소리를 다 듣는구나. 맞다. 오를 수 없다고 단정해 버리는 것은 인간의 생각에 불과한 것인지도 모른다."

유비군의 눈에서는 또다시 뜨겁게 투지가 불타올랐다. 다음 날 아침, 주전의 관군 중 약 절반의 병사들에게 수많은 깃발을 들게 하고 징과 북을 울리게 해 적의 시선을 빼앗은 뒤, 관우와 장비를 비롯하여 주전의 남은 병력을 거느린 유비는 10리를 돌아 산채의 뒤쪽 절벽 밑으로 숨어들어 갔다. 그리고 갖은 고생을 다한 끝에 드디어 절벽 위의 적진지 가까이 접근하는 데 성공했다. 그러나 적들은 아직도 절벽 밑의 위장 공격만을 의식하여 그곳으로만 병력을 투입하고 있었다.

"때는 왔다. 자, 공격하라!"

유비의 신호가 떨어지기가 무섭게 우뢰와 같은 함성이 터져 나왔다. 관우와 장비 두 장수가 거느린 공격군은 장보의 본거지로 밀고 들어가 산채를 송두리째 짓밟기 시작했다.

"저게 무슨 소리냐? 우리 중에 배반자가 나왔단 말이냐?"

그러나 그것은 내부의 반란이 아니라 관군이었다. 장보는 그들이 산채 뒤의 절벽을 기어 올라왔다는 것을 믿을 수 없었다.

"이놈 장보야, 그만큼 살았으면 이제 목을 내놓거라!"

천지를 진동하는 듯한 장비의 호령에 놀라 사방을 살펴보니 산채는 이미 시뻘건 불꽃에 덮여 있었다.

전세가 기운 것을 직감한 장보는 골짜기 입구 쪽으로 말머리를 돌렸다.

"모두 산채를 버리고 후퇴하라!"

그러나 그것도 불가능했다. 지금까지 위장 전술을 펴 오던 골짜기 입구의 관군들이 적극적인 공격으로 쳐들어왔던 것이다. 그야말로 사면초가四面楚歌(사방이 적으로 둘러싸인 상황, 고립된 상태)였다. 우왕좌왕하는 사이에 장보의 황건적들은 유비군에 의해 모조리 섬멸되어 이제 장보 곁에 남아 있는 부하는 고작 수십 명에 불과했다.

"그래도 살고 싶단 말이냐?"

마지막 순간에 장보에게 달려든 것은 관우였다. 눈 깜짝할 사이에 관우의 청룡언월도가 장보의 몸뚱이를 두 쪽으로 갈라 놓았다. 목이 잘린 시체가 만여 개, 새까맣게 타 죽은 시체만도 수천이 넘었다.

유비군의 대승리로 전국을 휩쓸던 황건적의 기세는 점차 꺾이기 시작했다. 곡양으로 도망쳐 진지를 구축하고 있던 장보의 형 장양도 몇 개월 뒤에 황보숭과 조조의 관군에 의해 전멸되었다. 남은 것은 광종 땅에 있는 황건적의 총두목 장각뿐이었다.

아직도 광종 땅의 관군 사령관은 동탁이었다. 그는 장각의 황건적과의 싸움에서 번번이 패했다. 그는 그다지 훌륭한 장군이 아니었다. 이를 지켜본 조정에서는 동탁을 사령관직에서 해임하고 대신 황보숭을 광종의 총책임자로 임명했다. 그런데 황보숭이 운이 좋았던지, 그가 부임하자마자 황건적의 괴수 장각이 병으로 죽었다. 대장을 잃은 그의 부하들은 관군의 대공격을 받아 대부분 목숨을 잃거나 전국 각지로 흩어져 갔다. 천하를 어지럽히던 황건적 일당은 장각, 장양, 장보 등 삼형제의 죽음으로 인해 평정된 듯했다.

그러나 아직도 끈질기게 남아 있는 잔당들이 있었다. 그들은 조홍, 한충, 손중이라는 자들로서 이들이 거느리고 있는 황건적의 무리가 수만 명이나 되었다. 이들은 장각과 장양과 장보의 원수를 갚는다고 각처로 돌아다니며 백성들의 집에 불을 지르고 노략질을 일삼고 있었다.

황제는 주전에게 칙사를 보내 남은 잔당들을 소탕하라고 명령했다. 이에 주전은 이번에도 유비에게 이 임무를 함께 맡아 줄 것을 청했다. 황건적 잔당들은 무서운 기세로 완성 땅을 빼앗아 이곳을 자신들의 본거지로 삼고 주전과 유비의 토벌군에 대항했다.

토벌군은 완성 10리 밖 들판에 진을 치고 밤낮을 가리지 않고 공격을 거듭했다. 역시 죽음을 눈앞에 둔 적들인지라 그 힘이 대단했다. 그들은 완강히 토벌군의 공격에 저항하며 성 안에 숨어 있었다. 아무리 용맹이 뛰어난 관우와 장비가 곁에 있다 한들 성 밖으로 적이 나오지 않는 한 뾰족한 수가 없었다.

그때 홀연 한 떼의 군마가 관군의 진영으로 들어와 지원할 것을 제의했다.

"소장은 오군 부춘에 사는 손견이라고 하온데 관군이 이곳에서 도적들과 일전을 치른다 하기에 조금이나마 나라의 은혜에 보답키 위해 부하 1천 5백 명을 데리고 왔습니다."

손견이라는 젊은 장수는 허리를 굽혀 주전에게 인사했다. 당당한 태도, 빛나는 눈동자, 우렁찬 목소리……. 이 낯선 젊은이는 호랑이 체격에 강인해 보이는 곰 같은 허리를 갖고 있었다.

"오, 감사하오."

주전은 뜻밖의 지원군을 만나 기쁘기 그지없었다. 유비 삼형제는 서로 얼굴을 마주보았다. 영천벌의 싸움에서는 조조를 보았고 지금 여기에서는 손견이라는 한 인물을 보았던 것이다.

'세상은 뛰어난 인물들을 감추고 있었구나! 난세에 영웅이 난다더니……'

유비는 손견을 마주하고 가벼운 전율까지 느꼈다.

다음 날 아침 주전의 관군과 유비의 의병, 그리고 손견의 지원군은 일제히 완성을 향해 최후의 결전을 감행했다. 주전은 동문, 유비는 서문, 손견은 남문을 각기 때려 부수고 성 안으로 밀고 들어갔다. 물론 성으로 들어가기까지 적병보다는 아군의 피해가 세 배 이상은 컸다.

"적장 조홍을 먼저 베어라!"

누군가가 그렇게 외치자 손견은 적진 깊숙이 휘젓고 들어가 대장기 밑의 조홍을 잽싸게 창으로 찔러 말에서 떨어뜨렸다. 참으로 놀라운 솜씨였다. 유비군의 부장 관우는 도적들을 이끌고 성 밖으로 달아나려는 손중을 발견하고는 급히 말을 몰아 그의 목을 베었다.

"장비야, 너는 한충 저놈의 목을 베어 오너라!"

유비는 망루 옆의 성벽을 기어 올라 도망치려는 적의 마지막 부장을 가리켰다.

여지없이 장비의 장팔사모가 한충의 목덜미를 사정없이 내리쳤다. 조홍과 손중 그리고 한충을 잃은 적병들은 물 끓는 가마솥의 미꾸라지처럼 사방팔방으로 뛰었다. 토벌군은 수만의 도적을 베었으며 항복하는 적의 수는 헤아릴 수 없었다. 이제야 비로소 황건적의 그림자는 이 땅에서 사라지게 된 것이었다.

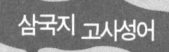

월단평 月旦評

매달 첫날에 인물의 평을 하다

후한 말, 12대 황제인 영제 때 일어난 황건적의 난에서 아직은 조조가 큰 공을 세우며 두각을 나타내기 전의 일이다.

그 무렵 여남 땅에 허소와 허정이라는 유명한 사촌형제가 살고 있었다. 이들은 매달 첫날이면 허소의 집에서 여러 인물들을 뽑아 평을 하고는 했는데 그 평이 매우 적절하다 하여 소문이 자자했다. 그래서 당시 '여남의 월단평'으로 불리던 이 인물평을 듣고 싶어하는 사람들이 많았다.

그런데 어느 날, 조조가 허소를 찾아와서 자신에 대한 평을 청했다. 그러나 허소는 선뜻 청에 응하지 않았다. 조조가 계속 재촉하자 허소는 마지못해 입을 열었다.

"그대는 태평한 세상에서는 유능한 관리가 되지만, 어지러운 세상에서는 간사한 영웅이 될 인물이오."

이 말을 듣고 조조는 크게 기뻐했다. 그리고 황건적을 치기 위한 군사를 일으켰다고 한다.

月 : 달(월), 旦 : 아침(단), 評 : 평론할(평)

'매달 첫날의 평'이란 뜻으로, 인물에 대한 품평을 일컫는 말이다.
[준말] 월단月旦
[동의어] 월조평月朝評
[출전] 《후한서後漢書》〈허소전許劭傳〉

가시덤불 속의 영웅

낙양성 밖에 수하 군사 5만 명과 함께 머물고 있는 유비, 관우, 장비 세 사람은 마음이 울적했다. 크고 작은 수십 번의 싸움에서 목숨을 내놓고 황건적과 싸운 것은 나라를 지키고 백성을 편안하게 하기 위해서이지, 결코 관직이 탐이 나서는 아니었다.

그러나 나라가 어지러운 데다 십상시들의 농간으로 상벌조차 분명하지 않았다. 아무리 큰 공을 세웠어도 위로 뇌물을 쓰지 않으면 작은 벼슬도 얻기 힘드니, 거기에 사람들의 불만이 쌓여만 가고 있었던 것이다. 그러자 십상시들은 몇몇 사람들에게 조그만 벼슬이라도 주어 이를 막으려 했다.

이로 인하여 유비도 정주 안희현이라는 작은 고을의 현위 자리를 하나 얻게 되었다. 유비는 그동안 고락을 같이한 수하 군졸 5백 명에게 적게나마 노자를 마련해 주어 고향으로 돌아가게 하고, 다만 20여 명의 가까운 사람들만 데리고 임지로 부임했다.

그러나 부임한 지 넉 달도 못 되어서 안희현을 감찰하러 독우가 내려왔다. 유비는 관우, 장비와 함께 멀리까지 나가 정중히 예를 베풀고 영접했으나, 독우는 관역에 이르자 유비를 섬돌 아래 세워 놓고 대

> **삼국지 고사성어**
> **논공행상** 論功行賞
> 공을 따져 상을 준다는 말로, 공의 크고 작음을 조사하여 공정하게 상을 준다는 뜻이다.

뜸 호령부터 쳤다.

"네가 황건란 때 세운 하찮은 공을 믿고 정무를 소홀히 한다는 말을 들었다. 너 같은 무능한 관리가 있기에 조정에서 나를 보내시어 감찰을 시키시는 것이다."

유비는 그의 앞을 물러나 현아로 돌아와서 현리를 불러들여 독우의 행태를 자세히 이야기한 다음 그 연유를 물었다. 현리가 잠시 망설이다가 마침내 아뢰었다.

"독우가 뇌물을 바라는 것이니, 금은보화를 후히 보내시면 무사할 것입니다."

그 말을 듣자 유비는 한숨을 쉬며 말했다.

"내가 조금도 백성들에게 빼앗은 것이 없거늘, 저에게 줄 금은보화가 어디 있단 말이냐?"

이튿날 독우는 먼저 현리를 관역으로 잡아다 놓고, 유비가 백성들을 토색질했다고 말하라 하며 목청을 높여 댔다.

이때 장비가 울적한 마음을 달래려고 몇 잔 술을 마시고 말에 올라 관역 앞을 지나는데 현민들이 문전에 모여 서서 길게 탄식을 하고 있었다. 장비가 그 연고를 묻자, 한 늙은 노인이 대답했다.

"독우가 현위께 없는 죄를 씌우러 해서 저희들이 그 부당함을 아뢰려고 왔더니, 안으로 들어가 보지도 못하고 그가 데려온 문지기에게 죽도록 맞기만 했습니다."

이 말을 듣고 나자 장비는 크게 노했다. 고리눈을 부릅뜨고 이를 갈며 그대로 안으로 들어가니 그 기세가 바로 성난 호랑이라, 몇 명의 문지기쯤으로 그의 앞을 막을 수가 없었다. 장비는 바로 당상으로 뛰어올랐다.

"이 백성을 해치는 도적놈아, 내가 누군지 알겠느냐!"

벽력같이 소리 지르며 장비는 독우의 머리를 움켜쥐고 관역에서 아문 앞까지 질질 끌고 갔다. 아문 앞에 말고삐를 매어 두는 기둥이 있었는데 장비는 그곳에다

독우를 붙들어 매고, 옆에 있는 버드나무 가지를 꺾어 그의 두 넓적다리를 터져라고 쳤다. 새파랗게 질린 독우는 연신 비명을 질러 대고 있었다.

이때 유비는 아문에 홀로 앉아 탄식하다가 전갈을 듣고 밖으로 뛰어나오며 소리 질렀다.

"이게 무슨 짓이냐!"

그러나 독우의 행태에 관우도 화가 잔뜩 나 있던 참이었다.

"형님께서 큰 공을 세우시고도 겨우 현위 자리 하나를 얻으신 터에 독우 따위에게 이처럼 욕을 보시니, 가시덤불은 난봉鸞鳳(뛰어난 인물)이 깃들일 곳이 아닌가 봅니다. 차라리 이 독우 놈을 죽이고 벼슬을 버린 다음 고향으로 돌아가 다시 좋은 길을 찾아보는 것이 어떻겠습니까?"

유비는 잠시 관우의 얼굴을 물끄러미 바라보았다. 관우, 장비의 아픈 마음을 모를 그가 아니었다. 유비는 곧 인수印綬를 가지고 오라 하여 독우의 목에다 걸었다.

"너의 죄는 죽여 마땅하지만, 구차한 너의 목숨만은 붙여 주마."

엄한 목소리로 꾸짖은 유비는 그날로 관우, 장비와 함께 안회현을 떠났다.

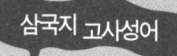

논공행상 論功行賞
공을 따져 상을 주다

241년 손권은 전종을 선봉으로 삼고 위나라 장수 왕릉과 싸우다 크게 패했다. 그때 수춘에서 작전을 짜고 있던 장휴와 고담의 아우 고승은 왕의 패전 소식을 듣고 달려와 왕릉의 군대를 저지했다. 전종의 두 조카 전서全緖와 전서全瑞도 위나라 군대의 추격이 저지당했다는 것을 알고 반격을 시작했다. 적들은 반격을 견디지 못하고 패하여 달아났다.

전투가 끝난 후 오나라에서는 공적에 따라 장수들에게 상을 주었는데, 적의 군대를 저지한 고승과 장휴가 적에게 반격을 가한 두 전서보다 큰 상을 받았다. 전종의 아들 전기는 평소 고담을 싫어하였는데, 이 일로 전종 부자는 고담 형제를 더욱 미워하게 되었다.

"고승과 장휴는 전공을 거짓으로 보고하여 주군을 기만하였습니다."

이러한 전종 부자의 말을 듣고 손권은 장휴를 체포하고 고담에게는 사죄하면 용서한다고 했다. 모든 일을 막힘없이 처리하여 사람들에게 존경을 받는 고담은 자기 주장을 솔직하게 말하는 사람이었다. 고담은 사죄는 않고 오히려 잘못된 말에 귀를 기울인 손권 만을 탓했다. 화가 난 손권은 고담, 고승 형제를 지방으로 좌천左遷시켰고, 고담은 2년 뒤에 그 땅에서 죽었다.

論: 말할(논), 功: 공(공), 行: 다닐(행), 賞: 상(상)
공의 유무나 크고 작음을 따져서 그에 합당한 상을 준다는 뜻이다.
[출전] 《삼국지》〈오서吳書 고담전顧譚傳〉

십상시의 난리

 대장군 하진은 원래 소나 돼지를 잡는 천한 사람이었다. 그러나 낙양 제일의 미인인 그의 여동생이 궁녀로 뽑혀 들어가 영제의 사랑을 받아 황태자 변을 낳았다. 따라서 하진의 여동생은 일약 황후가 되어 하태후라고 불렸으며, 그는 황제의 매부가 되어 대장군이라는 벼슬을 받아 한나라의 권력을 한손에 움켜쥐게 되었다.
 그러나 영제에게는 황태자 변 이외에도 또 하나의 황태자가 있었으니 그가 바로 왕미인이라는 궁녀가 낳은 황태자 협이었다. 영제는 왕미인과 황태자 협을 더 사랑했다. 이를 시기한 하태후는 독약을 써서 왕미인을 살해했다. 그러나 누구 하나 하태후를 벌할 수는 없었다. 대장군 하진의 세력이 너무도 막강했기 때문이다.
 그렇게 십수 년이라는 세월이 흐른 지금, 영제가 다시는 일어설 수 없는 중병을 얻어 목숨이 위태롭게 되자 황제인 영제와 그의 어머니인 동태후는 황태자 변 대신 죽은 왕미인이 낳은 황태자 협을 황제로 책봉하려는 비밀 계획을 세웠다. 그것은 황태자 변의 외삼촌이자 실질상의 권력자인 대장군 하진의 죽음을 의미했다. 궁궐 내의 십상시들도 하진을 미워하여 황제의 이 계획에 협조를 아끼지 않았다.
 "황제 폐하께서 위독하시니 곧 입궐하라는 분부가 있었습니다."
 하진의 집에 황제의 칙사가 당도하여 이렇게 전했다. 그러나 하진은 고개를 갸우뚱했다.

'이상하군. 어제 저녁에 입궐했을 때만 해도 그토록 위독하시진 않으셨는데.'

하진은 급히 부하를 시켜 궁궐 내의 동태를 살펴보고 오라고 명령했다. 아니나 다를까 황제의 측근과 십상시 등이 아무래도 심상치 않다는 보고가 들어왔다. 하진은 급히 대신들을 모아 대책을 논의했다. 그중에는 전군 교위인 조조와 사예 교위인 원소 등이 있었다.

"황제 측근의 동태후 무리들과 십상시들이 나를 암살하려 한다는 보고가 들어왔소. 그들은 나를 죽인 뒤 황태자 협을 황제로 세우려는 속셈인 모양이오."

하진이 좌중을 둘러보며 몸을 부르르 떨자 원소가 벌떡 자리에서 일어났다.

"여우 같은 놈들! 저에게 병사 5천만 주십시오. 곧 궁궐로 처들어가 동태후 주위의 벼슬아치들과 십상시 무리들을 모조리 베어 버리겠습니다."

좌중의 시선이 일제히 원소에게 쏠렸다. 아무리 그렇기로서니 황제가 있는 궁궐로 처들어갈 수는 없었다. 그때 구석 자리에서 얼굴이 희고 갸름한 젊은 무사가 일어났다. 그 눈매가 날카로웠다.

"전군 교위 조조가 한 말씀 드리겠사옵니다. 원공의 말씀은 참으로 지당하신 말씀이라고 생각합니다. 그러나 아직은 황제 폐하가 살아 계시므로 때가 아닌 줄 아옵니다. 그리고 또 한 가지 십상시와 그 무리들의 세력은 궁궐 안에서만큼은 상상 외로 강할 것입니다. 대장군께서 아무리 막강한 실력을 갖추고 계시더라도 잘못 손을 대면 역적으로 몰려 멸족의 화를 당하실지도 모를 일입니다. 따라서 무엇보다도 완벽한 사전 계획이 필요한 줄로 아옵니다."

"그건 그래. 일단 거사 시기를 황제가 돌아가신 직후로 잡고 오늘은 그 방법에 대해서 의논하기로 합시다."

하진은 참으로 보잘것없는 말단 직위에 있는 조조를 새삼 눈여겨보면서 조용히 고개를 끄덕였다.

며칠 후 드디어 영제가 돌아가셨다는 소식이 하진에게 전해졌다. 하진은 지체 없이 명령을 내렸다.

"궁궐로 쳐들어가라!"

철갑으로 무장한 원소의 5천 병사는 일시에 몰려들어 궁궐을 손아귀에 넣어 버렸다. 뒤이어 하진을 비롯하여 원로 대신 30여 명이 줄을 지어 입궐한 뒤 황태자 변의 즉위식을 가졌다. 모든 신하들은 만세를 부르며 새 황제의 즉위를 축하했다. 이로써 말 그대로 조정은 하진의 세력 밑에 들게 되었다.

십상시들은 살아남기 위하여 갖은 수단을 다 동원했다. 그들은 우선 하진의 누이 동생이며 현 황제의 어머니인 하태후에게 금은보화를 가져다 애걸했다.

"저희들의 좁은 소견을 용서해 주옵소서. 한 번만 살려 주신다면 죽도록 충성을 다할 것입니다. 생각해 보면 애초에 하태후님을 궁궐에 천거한 것도 저희들이 아니었나이까?"

십상시들을 돌려보낸 뒤 하태후는 하진을 불렀다.

"오라버니, 어째서 십상시들을 죽이려 하시오? 우리 남매가 오늘날과 같은 부귀영화를 누리게 된 것도 애당초 저들의 추천 덕이 아니었소?"

하진은 누이동생의 말을 듣고 보니 옛날 백정으로 지내던 무렵의 초라한 자기 모습이 떠올랐다.

"제 뜻은 그게 아니오라 나를 주살誅殺하고 협 태자를 황제에 앉히려던 동태후만을……."

"맞소. 십상시들은 동태후의 꼬임에 빠져 잠시 눈이 어두웠던 거요. 그러니 십상시들은 가볍게 문책한 뒤 풀어 주고 동태후만을 무거운 죄로 다스리시오."

하태후는 평소에 자기와 사이가 나빴던 동태후를 생각하면 이가 갈렸던 것이다. 결국 하진의 살해 음모의 모든 죄를 동태후 혼자 뒤집어쓴 채 죽음을 맞이했다.

이제 십상시들은 하태후의 비호 아래 제멋대로 날뛰고 있었다. 그러나 하진으로서는 하태후가 그들을 감싸고 있었으므로 어쩔 도리가 없었다. 사태가 이 지경에 이르니 오히려 하태후마저 십상시들의 이간질에 놀아나 오라비인 하진을 멀리하게까지 되었다. 마음만 굳게 먹는다면 새 황제의 외삼촌이자 대장군인 하진으로서는 내시의 무리인 십상시쯤이야 깡그리 쓸어 낼 수 있었다. 그러나 하진은 그럴 만한 용기도 없었고, 또 누이 동생인 하태후의 말을 거역할 만한 사람도 못 되었다.

그는 현재의 권세를 유지하기 위하여 부지런히 뇌물을 받아들였으며, 죄 없는 사람들을 숱하게 죽였다. 하진이 믿고 있는 방법은 그뿐이었다.

어느 날 원소가 하진의 집을 찾아왔다. 원소는 십상시들을 단호하게 제거할 것을 강력하게 주장했다. 그러나 하진에게서는 흐릿한 대답뿐이었다. 원소는 고개를 설레설레 흔들며 돌아갔다. 원소와 하진의 이 밀담이 첩자들에 의해 십상시의 귀에 들어갔다.

십상시들은 언제나처럼 하진의 누이 동생인 하태후에게 달려가 애걸했다.

"걱정 마시오."

하태후는 십상시들의 간계에 놀아나는 하나의 꼭두각시에 불과했으나 하진에겐 황제의 어머니로서 권위가 있었다.

"하진에게 입궐하라 일러라!"

하진이 서둘러 입궐하자 하태후가 호통을 쳤다.

"대장군이 새 황제를 보좌하는 막강한 자리에 있다 하여 이 평화로운 궁궐을 살벌한 지옥으로 만들려 한다니 이게 무슨 말이오? 환관들에게 궁궐 안의 잡무를 맡아 보게 하는 것은 한 황실의 전통이거늘 그들을 미워하여 죽이는 것은 황실에 대한 크나큰 불충이란 것을 모른단 말이오?"

"그런 것이 아니오라……."

하진은 모호하게 얼버무리고 궁궐을 물러나왔다. 기다렸다는 듯 원소가 물었다.

"환관들 문제였습니까? 십상시들을 없애자는 건 어찌되었습니까? 말씀드렸습니까?"

"내가 그걸 말씀드리기 전에 이미 우리의 계획을 알고 계신 듯 십상시들에게 손대지 말라고 호통을 치셨소."

"그건 안 됩니다. 대장군께서 하태후의 말을 거역지 못한다는 것을 그들이 교묘하게 이용하는 것입니다."

하진은 땅이 꺼져라 한숨을 토했다. 한동안 말이 없던 원소가 조심스럽게 말을 꺼냈다.

"그렇다면 이렇게 하시지요. 전군 각지에 격문을 띄워 영웅호걸들을 장안으로 불러들인 다음 그들에게 십상시들을 죽이도록 한다면 하태후께서도 어쩔 수 없이 받아들일 게 아닙니까?"

"좋아! 그거 참 묘안이오!"

이튿날 아침 하진은 동지들을 불러 놓고 원소의 말대로 격문을 띄울 것을 제의했다. 대신들 대부분은 언제나 하진이나 원소의 의견을 그대로 받아들이는 무능한 사람들이었으므로 문제될 것이 없었다. 그러나 젊은 조조는 달랐다.

"그건 안 됩니다. 환관의 피해는 어느 황제 시절이고 늘 있어 왔던 것이고 마음만 먹는다면 그까짓 환관쯤은 간단히 몰아낼 수가 있습니다. 지금 당장이라도 군졸을 보내 옥에 가두든지 목을 베면 될 일을 하태후의 눈치를 보느라 천하 호걸들의 손을 빌린다면 그것은 토끼를 잡자고 호랑이를 불러들이는 꼴이 될 것입니다. 만일 조정의 이런 혼란을 눈치챘다면 필시 그들은 제각기 큰 야욕을 품어 세상은 더욱 어지러워질 것이니……."

"닥쳐라! 너 따위가 뭘 안다고 함부로 입을 놀리느냐!"

하진은 자신의 뜻에 맞서는 젊은 조조에게 쏘아붙였다. 조조는 벌떡 자리에서 일어나 밖으로 나갔다.

드디어 하진의 격문이 중국 천지를 향해 은밀히 퍼져 나갔다. 하진의 격문을 받고 먼저 달려온 사람은 서량의 자사 동탁이었다. 그는 황건적의 난 당시 패전을 거듭한 끝에 조정의 문책을 받아 토벌대장의 직위에서 쫓겨났으나 환관인 십상시 무리를 교묘하게 매수하여 오히려 서량의 자사로 봉해져 군사 20만을 거느리고 있었다.

동탁의 서량군을 하진이 낙양으로 끌어들인다는 소문은 즉각 십상시들에게도 전해졌다. 십상시들은 자신들이 다치기 전에 먼저 손을 써 하진을 죽일 것을 결의한 후 하태후에게 조서를 내려 하진을 대궐로 들라 했다. 그러나 하태후는 하진의 살해 음모를 까맣게 모르고 있었다. 태후의 조서를 하진이 받아 오자 원소는 하진에게 간곡히 말했다.

"이번 조서는 믿을 수가 없습니다. 그들 환관들은 서량군의 출정을 이미 알고 있으며 자신들의 생명이 경각에 달렸음도 깊이 깨닫고 있을 겁니다. 아무래도 수상하니 입궐하지 마십시오."

"무슨 소리요? 하태후는 나의 누이요. 누이가 오빠를 살해하기 위해 거짓 조서를 내렸단 말이오? 오히려 입궐을 않는다면 의심이 많은 자라고 내가 웃음거리가 될 판이지 않소?"

하진은 태평이었다. 하진이 수레를 불러 입궐을 서두르자 원소는 예감이 좋지 않아 전군 교위 조조와 더불어 병사 5백을 거느리고 하진의 경호에 나섰다. 아니나 다를까 하진의 수레가 궁궐문에 이르자, 수문장이 말했다.

"대장군님만을 뵙겠다고 하니 병사들은 문 밖에서 대기하시오."

할 수 없이 하진만이 두서너 시종만을 데리고 문 안으로 들어섰다. 그때였다. 수문장이 재빨리 빗장을 질렀다. 그 순간 하진은 자신의 경솔함을 깨달았으나 이미 때는 늦었다.

십상시 무리들과 궁궐 내 군사가 일제히 그를 에워쌌다.

"이제야 속은 것을 알았느냐? 배은망덕한 놈, 백정 놈을 출세시켰더니 오히려 우리들을 잡아먹으려 들어?"

십상시 일당은 일시에 몰려들어 하진의 온몸에 단검을 꽂았다.

한편, 청쇄문 밖의 원소와 조조는 일이 심상치 않음을 눈치채고 굳게 잠긴 궐문을 두드렸다.

"이놈들아, 무슨 짓들을 하고 있느냐? 어서 문을 열지 못할까!"

그때 성문 위의 성루에서 환관 하나가 머리를 내밀었다.

"너희들의 두목 하진은 역모를 꾀한 죄로 황제의 명령에 의해 참수를 당했느니라. 이거나 수레에 싣고 썩 물러들 가거라!"

성 위에서 시커먼 물건이 굴러 떨어지기에 살펴보니 입술을 깨물고 죽어 있는 하진의 머리였다. 원소는 온몸을 부르르 떨며 병사들에게 소리쳤다.

"성문을 부숴 버려라! 십상시들을 모조리 잡아 죽여라!"

병사들은 노기충천하여 궐문을 불질러 넘어뜨리고 물밀듯이 안으로 쳐들어갔다. 뒤이어 원소의 동생 원술이 거느린 군사도 이에 합세하여 대궐 안으로 뛰어들었다.

원소, 원술, 조조 이렇게 세 장수가 이끄는 군사는 대궐 안으로 종횡무진 휘저으며 환관이라고 생각되는 자는 모조리 목을 베거나 찔러 죽였다.

태양은 어둡고 대지는 불탔다. 궁궐은 생지옥이었으며 그 비명 소리가 구름에 닿고 땅을 흔들었다. 그 혼란 중에서도 하태후는 조조에게 구출되어 안전한 내궁에 모셔졌으나 정작 황제와 진류왕인 황태자 협은 불타는 궁전을 간신히 빠져 나가 도망쳤다. 오직 환관들만을 제거하기 위한 침공이었으나, 어린 황제와 진류왕은 원소군을 일종의 반역의 무리로 착각한 것이었다.

어린 황제와 진류왕은 허겁지겁 낙양성에서 20리 정도 떨어진 강가까지 도망쳤다. 밤이 깊어 황제와 진류왕은 강가의 민가로 찾아가 하룻밤 묵을 것을 청했다.

"그대들은 뉘시오?"

주인이 의아한 눈빛으로 두 소년을 쳐다봤다. 의복은 흙투성이었으나 그 차림새가 매우 귀한 사람으로 보였던 것이다. 진류왕은 침착하고 또렷이 대답했다.

"황제 폐하시니라. 궁에 난이 일어나 신하들과 헤어져 피신 중이니라."

주인은 깜짝 놀라 무릎을 꿇었다.

"안심하십시오! 누추한 곳입니다만 제가 편히 모시겠습니다."

마침 주인은 그의 아들 하나가 원소 휘하의 병졸로 있었으므로 황제의 행방이 묘연하여 조정이 이리저리 수소문을 하고 있다는 소식을 알고 있었다.

"환관들이 작당하여 하진 대장군을 죽였으므로 하진 장군 휘하의 장수들이 분노하여 대궐로 쳐들어간 것이라 하옵니다."

"그랬구나……. 모두 짐이 어리고 나약하기 때문이로다."

황제는 길게 한숨을 토해 냈다. 동이 트자마자 주인 사내는 급히 낙양으로 들어가 황제의 행방을 찾고 있는 원소를 자기 집으로 안내해 왔다.

"폐하, 여기 계셨사옵니까! 사예 교위 원소이옵니다."

황제와 진류왕은 기쁨을 감추지 못했다. 그리고 원소가 엎드려 배례를 올리자 울음을 터뜨렸다.

"폐하, 수레를 대령했사옵니다. 어서 궁으로 돌아가시옵소서."

드디어 황제가 수레에 오를 즈음 사도 왕윤을 비롯한 조정 대신들이 군사를 이끌고 와 통곡했다. 이리하여 황제의 수레가 낙양성 근교에 이르렀을 때였다. 돌연 저편 언덕으로부터 무수한 병마의 깃발을 휘날리면서 한 떼의 군사가 먼지를 일으키며 달려오고 있었다.

"저 군사들은 어디에서 온 누구의 군사더냐?"

황제를 비롯하여 조정 대신들이 얼굴이 파래져 우왕좌왕할 때 원소가 말을 몰아 앞으로 뛰어나갔다.

"무엄하다! 그대들은 대체 어느 군사길래 황제의 행차를 막아서느냐?"

무수한 창검의 대열 중앙에서 장수 하나가 말을 몰아 원소 앞으로 달려 나왔다. 이 자야말로 낙양성 교외에 군사를 주둔시킨 채 하진이 누차 불러도 움직이지 않던 늑대 같은 서량 자사 동탁이었다.

"무례하오! 황제의 행차요. 길을 비키시오!"

원소가 호통을 쳤으나 동탁은 원소 따위는 안중에도 없다는 듯 수레 앞까지 다가갔다.

"폐하, 서량 자사 동탁이옵니다. 폐하를 호위하러 왔습니다."

동탁은 엎드려 배례를 한 뒤 거만하게 여러 대신들을 돌아보며 말했다.

"여러분, 수고 많았소이다. 이제부터 이 동탁이 황제 폐하를 호위하여 궁으로 돌아갈 것이오."

이제까지 팔짱을 낀 채 구경만 하고 있던 동탁이었으나 공을 다투는 데는 참으로 민첩하고 약삭빨랐다. 동탁의 무례한 행동이 얄미웠으나 누구 하나 이의를 제기하지 않았다. 동탁의 뒤에는 20만이라는 어마어마한 군대가 있었던 것이다.

천하장사 여포

　동탁은 황제를 궁으로 호위해 온 뒤에도 서량 땅으로 물러갈 기미를 보이지 않았다. 오히려 황제 곁에 붙어 조정의 원로 대신들에게 제멋대로 명령을 내렸으며 자신의 병사들을 궁궐 안으로 불러들였다. 쉽사리 동탁은 궁궐의 세력을 잡은 것이었다. 하진의 부하들과 원로 대신들까지 매수하여 버젓이 조정의 제1 인자로 행세하기 시작했다. 이제 거칠 게 없었다.

　동탁은 자신의 심복 장수들을 데리고 낙양성을 활보하면서 백성들의 재산을 마구 빼앗았으며 비위에 거슬리는 자가 있으면 언제고 목을 베어 버렸다. 두려움과 나라의 안위를 걱정하는 백성들과는 달리 원소를 비롯한 명장들은 동탁과의 직접적인 충돌을 피하고 있었다. 어느 날 동탁은 조정의 모든 대신들이 한자리에 모인 연회석상에서 차마 입에 담을 수 없는 말을 서슴없이 꺼냈다.

　"오늘날 십상시의 난리를 비롯해 크고 작은 난리들이 끊임없이 일어나는 원인이 무엇이라 생각들 하시오? 그것은 바로 황제가 나약하고 무능하기 때문이 아니오? 지금 황제로서 어떻게 이 어려운 시기를 헤쳐 나갈 수 있단 말이오? 그래, 내 생각으로는 현재의 황제를 폐하고 그 대신 진류왕을 황제로 세웠으면

삼국지 고사성어

발호 跋扈

통발을 뛰어넘는다는 뜻이다. 즉, 통발에 물을 넣으면 힘이 없는 작은 물고기와 달리 큰 물고기는 통발을 뛰어넘어 달아난다는 말로, 자기 마음대로 윗사람에게 권세를 휘두르는 것을 비유하는 말이다.

하는데, 여러분의 생각은 어떠시오?"

한순간 조정 대신들은 크게 놀라 얼굴빛이 새파랗게 변했다. 그러나 누구도 감히 나설 수가 없었다. 동탁의 호위 무사들이 창칼을 번뜩이고 있었기에 숨조차 제대로 쉴 수가 없었다. 그러자 동탁은 짐짓 위엄을 더해 목소리를 높였다.

"반대하는 사람은 일어나서 말해 보시오!"

한동안 살기 어린 침묵만이 온 좌중을 휩쓸었다. 그때였다. 누군가 자리에서 벌떡 일어섰다. 형주 자사 정원이었다.

"대체 네가 누구인데 감히 그따위 말을 입에 올리느냐! 현재의 황제는 황실의 정통을 이으신 어엿한 적자로서 조금도 허물이 없으신 분이다. 네가 역적이 아니라면 어찌 그런 말을 입에 담을 수 있단 말이냐?"

"무, 무엇이? 네 목이 몇 개쯤 되기에 감히 내게 대드느냐!"

동탁
제멋대로 황제를 폐하고, 폭정을 일삼은 동탁은 권력을 얻기 위해서라면 우정도 기꺼이 버렸다. 이제 폭군 동탁이 천하장사 여포를 얻었으니 두려울 게 없었다.

동탁은 자신의 장검을 빼 들어 정원을 치려 했다. 그러나 순간 동탁은 움찔거렸다. 정원의 바로 뒤에서 체격이 우람하고 위풍당당한 사내가 나섰기 때문이다. 금방이라도 동탁을 박살내고 말 것처럼 한 손에 방천화극을 움켜쥔 채 눈을 부릅뜨고 동탁을 노려보고 있었다. 동탁이 그만 그 사내의 살기에 눌려 잠시 주춤하고 있을 때 동탁의 책사인 이유가 달려들어 싸움을 말렸다.

"국가의 중요한 큰일을 이 자리에서 결정함은 옳지 못한 듯싶소이다. 그 일은 따로 시기를 정해 결정하도록 하십시오."

동탁은 못 이기는 척 칼을 거뒀다. 정원은 여전히 분이 삭지 않은 얼굴로 자리를 떠나 밖으로 나갔다. 잠시 후 동탁은 이유를 가까이 불러 물었다.

"아까 정원을 호위하던 그 자가 누구인가?"

"정원의 양아들 여포라는 자이옵니다. 자가 봉선이온데, 천하무적의 장수로 알려져 있습니다. 그 자는 그저 못 본 척하는 것이 상책이옵니다."

"……"

다음 날 형주로 돌아갔으리라고 생각한 형주 자사 정원이 군사를 이끌고 성 밖 동탁의 진지로 와 싸움을 걸었다. 정원은 끝내 동탁의 목을 베고 말겠다는 결심인 모양이었다.

"천하의 역적 동탁아! 목을 늘이고 나오너라!"

동탁은 울화가 치밀어 견딜 수가 없어 급히 갑옷을 걸치고 진두로 나갔다.

"정원의 형주군을 모조리 쓸어 버려라!"

동탁의 서량군과 정원의 형주군은 일시에 북을 울리며 대접전을 벌였다. 그러나 서량군은 접전 초기부터 밀리기 시작했다. 어제의 그 젊은 장수임이 틀림없는 여포가 황금 투구에 백회 전포를 입고 방천화극을 종횡무진 휘두르며 서량군을 무자비하게 죽이고 있었다.

동탁은 그 놀라운 광경에 내심 소름이 끼칠 정도였다. 그날의 싸움은 동탁의 참패로 막을 내렸다. 동탁은 남은 군사들을 불러 모아 간신히 진지로 퇴각했다.

"저 여포란 자를 내 부하로 삼을 방도가 없겠는가?"

"여포란 자는 용맹하긴 하나 지혜가 없고 재물을 위해서라면 의리마저 저버리는 몰염치한 자입니다. 제가 여포를 장군님의 부하로 만들어 보이겠습니다."

이유는 이숙이라는 어릴 적 여포의 친구를 정원의 진지로 비밀리에 잠입시켜 여포를 동탁의 편으로 끌어들이는 데 성공했다. 허나 그것은 간단히 이루어진 것은 아니었다. 금은보화 한 상자와 동탁이 아끼는 명마인 적토마를 여포에게 준 뒤의 일이었다.

여포는 자기를 친아들처럼 보살펴 주고 키워 준 양아버지 정원의 목을 잘라 적토마에 얹고 동탁의 진지로 달려왔다.

"장하다, 여포!"

동탁이 기뻐 어쩔 줄 몰라 하며 여포의 등을 두드리자 여포는 감격하여 무릎을 꿇었다.

"새는 나무를 보고 둥지를 만들고, 무사는 자기를 알아주는 자를 위해서 죽는다고 했습니다."

여포가 이처럼 쉽게 주인을 바꾼 것은 값진 보화나 성城 한 개와도 안 바꾼다는 적토마를 얻게 된 때문이기도 했지만, 더 직접적인 동기는 정원보다는 동탁이 장차 천하를 호령할 영웅이라고 판단하고 있었기 때문이다. 그러나 그것은 여포의 일생 중 최대의 실수였다.

> 삼국지 고사성어

발호 跋扈
권세를 휘둘러 함부로 날뛰다

후한은 외척과 환관들 때문에 멸망했다고 해도 틀린 말이 아닙니다. 외척 중에서 가장 폐단을 일삼은 사람은 10대 순제 때 황후의 오빠인 양기로, 20년간에 걸쳐 실권을 장악하며 고위직 신하들에게 횡포를 부렸다.

순제가 죽자 두 살짜리 조카를 충제에 즉위시켰고, 충제가 세 살에 죽자 이번에는 여덟 살짜리를 9대 질제에 즉위시켰다. 그러나 질제는 어릴 때부터 총명하여, 양기의 횡포와 교만한 행동을 싫어했다.

어느 날 여러 신하들을 배알한 자리에서 질제는 양기를 향하여, "발호장군이로군" 하고 말했다.

양기는 이 말을 듣고 질제를 몹시 미워하였고, 측근을 시켜 짐새의 독(독이 있는 짐새의 날개를 술에 담그면 독주가 된다고 한다)을 떡에 넣어 질제를 죽였다. 그때 질제는 즉위했을 때의 나이인 여덟 살이었다.

'발호跋扈'의 '발'은 뛰어넘는다는 뜻이고, '호'는 대나무로 엮은 통발을 말한다. 작은 물고기들은 통발에 남지만, 큰 물고기들은 그것을 뛰어넘어 도망쳐 버린다. 즉 내 마음대로 행동하는 것을 '발호'라고 한다. 흔히 신하가 권위를 마음대로 휘둘러 윗사람의 권세를 침범하는 것을 뜻한다.

跋 : 뛰어넘을(발), 扈 : 통발(호)
권세나 세력을 휘둘러 함부로 날뛰는 것을 말한다.
[출전] 《후한서》〈양익전梁翼傳〉

실패한 조조의 계책

 천하의 여포를 얻고 정원의 군대마저 수중에 넣은 동탁의 기세는 하늘을 찌를 듯했다. 그는 황제를 폐하고 진류왕을 황제의 자리에 앉히니, 그가 후한 제14대 황제인 헌제였으며 때는 서기 189년 9월이었다. 동탁은 전 황제와 그의 생모 하대후를 독살시켜 없애 버린 뒤 스스로 상국이라는 벼슬에 올라 어린 황제인 헌제를 마음대로 조종하기 시작했다.

 그는 자신에게 불만을 품어 왔던 조정의 원로 대신들의 벼슬을 빼앗고 죄를 뒤집어씌워 목을 베어 버렸다. 하지만 사예 교위 원소는 그 세력이 커, 멀리 발해군의 태수로 내쫓아 버릴 수밖에 없었다.

 그러던 어느 날 사도 왕윤은 생일잔치를 핑계로 대신들을 집으로 초대했다.

 "여러분, 오늘이 제 생일이라고 한 것은 동탁의 눈을 피하기 위한 거짓이었소. 역적 동탁이 이 나라를 망치고 있는데도 가만히 두고만 보아야 하니 그것이 원통하고 분해서 여러분과 은밀히 의견을 나누고 싶었던 겁니다. 하늘을 속이고, 황제를 폐하여 죽이고, 어린 새 황제를 세워 제멋대로 날뛰는 저 역적을 두고도 우린 가만히 있어야 하니 이 일을 어찌하면 좋단 말이오?"

 왕윤은 그만 얼굴을 가리고 흐느껴 울었다. 그러자 그 자리의 모든 관리들도 일제히 눈물을 떨구며 흐느꼈다. 한탄과 흐느낌이 온 방 안을 가득 채웠다. 그러나 유독 한숨도 흐느낌도 없는 젊은이가 있었으니, 그는 바로 전군 교위 조조였다.

"그치시오! 이게 무슨 꼴이란 말이오. 한숨 쉬고 흐느끼고, 또 한숨 쉬고 흐느끼고 운다고 해서 어쩌자는 거요? 모처럼 이런 자리가 마련됐는데도, 또 넋두리로 끝을 낼 겁니까? 계책을 세워야 합니다!"

조조의 분노에 찬 날카로운 비난에 모두 고개를 들어 그를 향했다. 사도 왕윤이 제일 먼저 눈물을 거두고 조조에게 물었다.

"참으로 귀공의 말에 몸둘 바를 모르겠소. 우리는 벼슬만 높았지, 힘이 없어 한숨으로 날밤을 지새웠소. 그래, 귀공에게 무슨 좋은 계책이 있단 말이오?"

"있고 말고요. 다 알다시피 저는 동탁을 가까이서 경호하는 무사입니다. 동탁은 저를 크게 신용하고 있습니다. 하오나 저의 집안은 대대로 한나라의 은혜를 입었는데 제가 어찌 진심으로 동탁 같은 역적의 부하가 되겠습니까? 듣자 하니 사도께서는 보석이 박힌 귀한 명검을 가보로 지니셨다는데 그것을 제게 빌려 주십시오. 반드시 동탁을 찔러 죽이겠습니다."

"참으로 장하오! 동탁을 죽일 수만 있다면 보검이 문제겠소."

왕윤은 선뜻 보검을 내밀었다. 조조는 왕윤에게 칼을 받아 들고 먼저 자리를 떴다. 모든 사람들도 조조의 성공을 간절히 바라면서 술잔을 높이 들었다.

다음 날 조조는 보검을 차고 승상부로 나갔다. 조조가 내실로 들어가 보니 동탁은 아직 침대에 누워 있고 여포가 그 곁을 지키고 서 있었다.

"맹덕은 왜 이리 출근이 늦었는가?"

동탁이 반가운 낯으로 물었다.

"죄송하오나 제 말은 늙어 걸음이 느립니다. 용서하십시오."

"그런가? 그렇다면 그거야 안 되지. 여포 자네가 지금 곧 마구간으로 가 좋은 말을 하나 골라 주게."

"예."

여포가 내실을 떠나자 조조는 내심 기뻐 어쩔 줄을 몰랐다. 그러나 침착하게 때를 기다리고 있었다. 이윽고 동탁은 피로가 깊은지 다시 잠을 청하려는 듯 뚱뚱한 몸을 모로 눕혔다.

'지금이다!'

조조는 허리에서 보검을 빼 들고 조용히 동탁에게 다가갔다. 그때 보검의 칼날 빛이 동탁 바로 앞에 있는 거울에 반사되었다. 아차차. 그 순간 동탁이 깜짝 놀라 몸을 틀어 조조를 바라보았다. 조조는 순간 당황했으나 짐짓 태연하게 행동했다.

"제게 훌륭한 보검이 하나 생겼기에 상국님께 드리려고 가져왔습니다."

조조는 칼을 동탁에게 내놓으면서 애써 미소를 지었다.

"그래? 어디 이리 내 보게."

그때 여포가 내실로 들어왔다. 과연 조조가 내민 칼은 보기 드문 보검이었다.

"으음, 진귀한 칼이군. 여포, 이걸 받아 두게."

"여기 칼집도 있습니다."

조조는 허리에서 칼집까지 끌러 여포에게 내밀었다. 여포는 잠자코 칼을 받아 한쪽 문갑 위에 올려 놓은 다음 조조에게 말했다.

"말을 골라 놨으니 나가 보시오."

"상국님, 고맙습니다."

조조는 침상의 동탁에게 고개를 숙이고 급히 밖으로 나갔다. 등에서는 식은땀이 흐르고 있었다. 조조는 대뜸 말 안장에 뛰어올라 채찍을 휘둘렀다. 그리고 승상부 문 밖으로 곧장 나간 뒤 돌아오지 않았다. 조조의 근무처는 승상부였다. 그가 한낮이 지나도록 돌아오지 않자 동탁은 부하들을 시켜 조조의 숙소를 둘러보고 오라고 지시했다. 그러나 조조는 흔적도 없었다.

"괘씸한 놈. 생각해 보니, 보검을 내게 준 것은 나를 찌르려다 그것이 탄로나서 잔꾀를 부린 거야. 재주가 있어 은혜를 베풀어 총애했더니 나를 배반해? 갈기갈기 찢어 죽여도 시원치 않을 놈! 놈을 잡아들여라!"

그 즉시 포고문을 지닌 병사들이 전국으로 퍼져 나갔다.

한편, 낙양을 뒤로하고 남쪽으로 말을 몰아 달리던 조조는 어느덧 중모현의 관문에 이르렀다. 그가 막 관문에 들어서려는 찰나였다.

"낙양에서 보내온 얼굴 사본으로 보아 저놈이 틀림없는 조조다!"

관문을 지키고 있던 관군들이 일시에 달려들었다. 조조는 관군의 번개 같은 공격을 당해 내지 못하고 그 자리에서 체포되었다. 그러나 이곳의 현령 진궁은 부하들이 조조를 체포해 오자 조조를 낙양으로 호송하기는커녕 오히려 조조의 결박을 풀어준 뒤 함께 중모현을 탈출했다. 그는 평소 동탁 밑에서 관리 노릇을 하는 것을 부끄럽게 생각해 오던 차였다.

구름처럼 몰려드는 영웅들

조조와 진궁은 조조의 고향을 향해 밤낮을 가리지 않고 말을 몰았다. 조조는 고향 진류로 돌아가 여러 지방의 영웅들을 모아 의병을 일으킬 속셈이었던 것이다. 그는 고향에 이르자마자 아버지 조숭의 친구인 부호 위홍을 찾아가 군자금을 청했다.

"나라를 이대로 내버려 둘 수는 없습니다. 반드시 새 세상이 와야 합니다."

조조는 칼날처럼 눈을 빛내며 위홍을 설득해 나갔다.

"지금 한나라는 황제가 계시나 실은 동탁이 이 나라의 주인입니다. 그는 어진 신하들을 죽이고 백성들을 해치고 있습니다. 저의 힘이 부족하오나 충성으로 몸을 바쳐 큰일을 도모할 작정입니다. 저를 도와주십시오!"

"좋아! 그대의 충의에 감동했네. 나도 이 어지러운 세상을 한탄하고 있었네. 군자금을 마련해 줄 터이니 부디 백성들을 이 도탄에서 구원하게나."

"고맙습니다! 곧 이 하남 땅 가득히 군병을 모아 보겠습니다."

조조는 즉각 진궁과 의논하여 지방 각처로 의군을 모집한다는 격문을 띄움과 동시에 '충의忠義'라는 두 글자를 새겨 넣은 백기를 자신의 집 뜰에 꽂아 놓았다.

비록 조조의 집안은 지금은 몰락하여 지방의 유지에 불과했지만 한때는 조정의 큰 은혜를 받은 명문 귀족이었다. 또한 그 집안의 장남인 조조는 재주가 뛰어난 총기 있는 인물임을 그 인근 사람이면 누구나 알고 있었으므로 조조의 격문이며 선전을 누구나 사실로 받아들였다.

"아, 이 나라 이 백성을 구하시려고 하늘이 조조를 내리신 거야."

"암, 저렇듯 군자금이 풍부한 것을 보니 정말 황제의 밀명을 받은 게 틀림없어."

조조의 의군에 참가하겠다고 모여드는 사람은 매일 인산인해를 이루었다. 그러나 보다 중요한 것은 하나둘 모여드는 의군이 아니라 여러 지방의 영웅호걸들이 자신의 군사들을 거느리고 조조의 진영으로 속속 모여든다는 것이었다.

동탁이 눈엣가시처럼 여기고 있는 발해 태수 원소, 훗날 용맹을 떨치게 되는 위나라 태생의 장수 악진, 패나라 초군에서 온 하후돈·하후연 형제, 산양 거록 태생의 이전, 서주 자사 도겸, 서량 태수 마등, 북평 태수 공손찬, 북해 태수 공융 등 모두 내로라하는 호걸들이 각기 수천 수만의 군사를 거느리고 모여들었다.

그리고 마지막으로 달려온 것은 강동의 호랑이라고 이름이 나 있는 태수 손견인데 그는 후일 조조의 군사를 여지없이 때려 눕힌 정보, 황개, 한당 등 세 장수를 대동하고 있었다.

한편, 시골로 숨어들어 가 피신한 유비 삼형제는 사천, 어양 지방에서 일어난 도적의 무리를 소탕하고 있던 유주 태수 유우의 토벌군에 가담하여 큰 공을 세우게 되었다. 유우는 조정에 유비의 죄를 사하여 달라는 상소문을 올렸다.

"유비란 인물은 이번에 도적 떼를 소탕했을 뿐만 아니라 지난번 황건적의 난을 평정할 때에도 공이 컸던 훌륭한 사람입니다. 일시적인 잘못을 용서하시어 나라의 재목으로 써야 마땅한 줄로 압니다."

그리고 당시 조정에 나가 있던 공손찬이라는 유비의 어릴 적 글방 동료도 유비의 죄를 용서해 줄 것을 건의했다. 따라서 조정은 전날의 죄를 사함과 동시에 황제의 명령을 통해 유비를 평원현의 현령에 봉했다. 유비는 곧 관우, 장비와 함께 평원으로 내려갔다.

그곳은 땅이 비옥하고 풍요로워 곡식이며 물자가 창고마다 차고 넘쳤다.

"실로 하늘의 도우심이다."

유비는 현민을 어진 정책으로 잘 다스리는 틈틈이 말을 키우고 병사들을 훈련시켜 때가 오기만을 기다리고 있었다. 이즈음 세상은 다시 걷잡을 수 없이 어지러워지고 조조가 천하의 영웅들을 불러 모으기 시작한 것이다. 유비는 그동안 잘 길들여진 말과 훈련으로 단련된 병사들을 이끌고 공손찬의 진중으로 찾아갔다. 때마침 공손찬도 조조의 의군에 가담키 위해 출전 중이었다.

한 주의 태수쯤 되는 공손찬으로서는 작은 고을의 현령인 유비 정도는 보잘것없는 인물이었다. 그러나 유비의 사람 됨됨이를 잘 알고 있는 공손찬은 유비를 반갑게 맞았다.

"황건적의 난 이후 평원현에 있다는 소식은 들었소. 이렇게 만나 보게 되니 반갑구려."

"공 장군, 우리 삼형제는 의군에 가담하기로 했사오니 우리 군사를 장군의 군대에 편입시켜 이끌어 주십시오."

"뜻이 정히 그러하다면 여부가 있겠습니까? 그런데 지금 삼형제라 하셨소?"

"소생의 의형제들이지요. 마궁수 관우와 보궁수 장비입니다."

유비는 아우들을 공손하게 소개했다.

"오오, 이렇듯 기골이 장대한 대장부들을 애석하게도 일개 병졸로 썩히셨군요. 좋습니다."

"고맙습니다. 최선을 다해 동탁을 쳐부수는 데 앞장을 서겠습니다."

이제 조조는 거칠 것이 없었다. 하남 땅을 군사들로 가득 채워 보이겠다던 그의 큰소리는 현실로 이루어졌다. 조조는 군대를 질서 있게 편성해야겠다고 생각했다. 그는 즉시 의군 대장인 제후들을 불러 모아 회의를 열었다.

"우리는 모두 역적 동탁을 쳐부수고 한나라 조정을 새롭게 하기 위해 제각기 자신의 군사들을 거느리고 여기 모였습니다. 하오나 무질서하게 낙양으로 진군해서는 아니 되리라 생각하오. 반드시 동맹군의 총대장을 뽑은 다음에 여러 태수들이 총대장의 명령에 복종하여 질서 있게 작전대로 진군해야 할 것입니다."

조조의 제의는 즉시 받아들여져 한나라의 유명한 정승 집안의 후예인 원소가 총대장으로 선출되었다. 다음 날 원소는 여러 제후와 병사들을 정렬시켜 놓고 대에 올라 그 위용을 과시했다.

"조정이 힘을 잃고 역적 동탁이 백성들을 학대하여, 우리는 죽기를 맹세하고 의군을 일으킨 것이다. 만약 누구라도 이 맹세를 저버리는 자가 있다면 이 칼이 그의 목을 떨어뜨릴 것이다. 자, 때는 왔다! 낙양성을 향해 진군하라!"

병사들이 일제히 함성을 올리며 창검을 높이 드니 그 기세가 하늘에 닿을 듯했다. 손견의 부대를 선봉으로 하고 동맹군은 물밀듯이 낙양성을 향해 나아갔다. 모두 17개 지방에서 모인 병사 수십만이 행렬을 지으니 그 길이는 1백여 리가 넘었다.

단결이 안 되는 동맹군

이날 낙양의 승상부는 점차 긴장이 더해 가고 있었다. 손견이 이끄는 군사가 사수관에 이르렀다는 급보가 들어와 있었던 것이다.

"역시 주모자는 원소와 조조였다."

동탁은 비대한 몸을 흔들면서 얼굴을 찡그렸다.

"모조리 목을 베어 버려야 해. 그래, 적의 선봉은 어느 놈이라고 하더냐?"

"손견이라고 합니다."

"손견이라면 장사의 태수가 아니냐? 놈의 솜씨는 어느 정도냐?"

"대단할 걸로 생각됩니다. 아무래도 놈은 병법의 대가 손자의 후손이니까요."

동탁의 참모 이유는 손견을 정확히 평가하고 있었다. 손견은 그 용맹이 뛰어날 뿐 아니라 전법에도 능한 타고난 무사였다.

"그래? 그렇다면 우리 쪽에서도 손견과 대적할 만한 장수를 내세워야겠는데 누가 좋을까?"

동탁은 참으로 난감한 듯 이유를 쳐다봤다. 그때 이유 곁에 서 있던 여포가 불만스런 표정으로 입을 열었다.

"승상, 이 여포를 잊으셨습니까? 원소와 조조 따위의 반군을 때려잡는 것은 어려운 일이 아닙니다. 제게 적토마는 왜 주셨습니까? 이런 때 제가 필요하기 때문이 아닙니까? 제게 맡겨 주시면 반군의 무리들을 한 놈 남김없이 목을 잘라 버리겠습니다!"

"여포 장하다! 그러나 자네는 더 큰 싸움을 위해 준비하고 있으니 대신 화웅이 적의 선봉인 손견을 맞아 싸우는 게 좋겠다."

동탁은 화웅에게 병력 5만을 주어 사수관으로 내보냈다. 호랑이 얼굴에 늑대의 허리, 표범의 머리에 원숭이의 엉덩이. 참으로 형상은 기이한 화웅이었지만 뛰어난 장수였다. 그러나 화웅의 군대가 사수관에서 첫 싸움을 벌인 것은 동맹군의 선봉인 손견의 군대가 아니라 동맹군의 또다른 부대인 포신의 군대였다.

"손견이 선봉을 맡고 있어 모든 공은 그에게만 돌아갈 것이다. 우리가 먼저 사수관을 점령하여 공을 세우자!"

포신은 손견을 시샘하여 군사를 아우인 포충에게 주어 몰래 산을 넘어가게 했던 것이다. 그러나 너무 적진 깊숙이 들어가는 바람에 화웅의 군대에 포위되어 포신군은 전멸에 가까운 대패를 하고 말았다.

한편, 손견은 수하 장수들을 거느리고 사수관 앞에 이르렀다. 관문이 크게 열리고 한 장수가 군사를 거느리고 나오니, 그는 화웅의 부장 호진이었다. 이에 손견 휘하의 정보가 철척사모를 쥐고 말을 달려 호진과 싸웠다. 그러나 서로 싸운 지 5합(싸움에서 칼이나 창이 마주치는 횟수를 세는 단위)이 미처 못 되어 정보는 호진의 목을 찔러 말 아래로 거꾸러뜨렸다.

손견은 곧 군사를 휘몰아 관문 앞까지 밀고 들어갔다. 머리 위로 화살이 빗발치듯 하여 군사를 잠시 거두었으나, 결국 손견은 싸움에서 크게 이기고 원소에게 그 소식을 올리는 한편, 원술에게 사람을 보내어 군량을 재촉했다.

그러나 손견에게도 문제가 생겼다. 후방에서 군량미가 오지 않고 있었던 것이다. 손견은 총대장 원소에게 군량미를 보내 달라고 계속 급보를 날렸다. 그러나 끝내 소식이 없었다. 그것은 동맹군의 총대장 원소와 그의 아우 원술의 장난이었다. 손견의 급보를 받고 원소가 약속대로 군량미를 보내려 하자 동맹군의 병참(군사 작전에 필요한 물자와 인원을 관리하는 일) 책임자인 원술이 애써 반대했다.

"형님, 그것은 안 됩니다. 손견은 강동의 호랑이입니다. 만약 손견이 우리보다 먼저 사수관을 깨고 낙양성으로 진군하여 동탁을 죽인다면, 손견이 제2의 동탁 노릇을 할 겁니다. 이것은 마치 고양이에게 생선을 디미는 꼴입니다. 형님이 군량미를 보내지 않는다면 손견은 화웅을 깰 수 없으며 또한 낙양성에 제일 먼저 입성할 수도 없을 겁니다."

원소는 원술의 제의에 따라 손견의 급보를 묵살했다. 손견의 선봉대는 굶주림에 지쳐 차츰 사기가 땅에 떨어졌다. 그리고 사수관의 염탐꾼에 의해 이런 사실들이 화웅의 귀에 들어갔다.

"요즘 적들의 후방에 무슨 변화가 있는 듯합니다. 병사들이 모두 야위고 지쳐 있습니다."

"그래? 적의 군량미 공급은?"

"바로 그게 이상합니다. 근 열흘 동안 보급 마차가 전혀 안 보입니다."

화웅은 즉각 부장들을 모아 놓고 작전 회의를 열었다.

"손견은 후방 제후들의 의심을 받아 군량 보급이 끊겼고, 따라서 손견군은 사기가 극도로 떨어져 있다. 이때 문을 열고 나가 기습하면 손견을 사로잡을 수 있을 것이다. 자네들의 의견은 어떤가?"

"절호의 기회입니다!"

"오늘따라 달도 밝으니 곧장 야습을 감행합시다!"

모두 찬성이었다. 이날 밤 자정 무렵 성을 나온 화웅군은 사수관 아래의 양동 고을로 홍수처럼 밀려들었다. 화웅의 군사들은 일시에 손견의 진지 안으로 뛰어들어 마음껏 칼을 휘두르고 불을 질렀다. 무장을 채 갖추지 못한 손견군은 무자비하게 죽임을 당했다. 그토록 용감하던 손견의 병사들은 전혀 대항해 싸울 생각도 못 하고 산골짜기로 도망쳤다. 기가 막히고 억울했다. 손견에게 일찍이 이보다 더한 참패는 없었다. 손견은 목이 잘려 나간 부하들의 시체를 보며 눈물을 흘렸다. 그러나 무엇보다도 우선 이 피의 지옥을 벗어나는 일이 급했다. 손견은 부장인 한당, 정보, 황개의 호위를 받으며 패전의 진지에서 정신없이 도망쳤다. 선봉 대장 손견이 참패해 도망쳤다는 보고가 들어오자 동맹군의 본진은 아연실색했다.

그러나 위소는 시치미를 떼고 여러 제후들을 불러 모아 군사 회의를 열었다.

"손견에게 경솔히 선봉을 맡긴 것이 잘못이었소. 그건 그렇고……. 적이 사기충천하여 우리 동맹군의 제2, 제3 진을 쳐부수고 이리로 쳐들어 온다니 어쩌면 좋겠소?"

좌중의 제후들은 한결같이 굳게 입을 다물고 말이 없었다. 시시각각 위급해 오는 전황도 전황이려니와 오히려 거드름만 피우는 무능한 총대장 원소에 대한 불만이 더 컸다. 이에 참다못한 조조가 굳어 있는 분위기를 풀 속셈으로 부하들을 시켜 술을 가져오게 했다.

"자아, 여러분. 술잔을 들고 기운을 차립시다. 이런 때일수록 여유를 가져야 합니다."

술잔은 여러 제후들의 탁자 위에 골고루 분배되었다. 그때였다. 피투성이의 전령이 또 달려와 원소 앞에 무릎을 꿇고 보고했다.

"동맹군의 제5 진도 적병에게 짓밟혀 이미 이곳 10리 앞까지 적장 화웅이 도달해 있습니다. 어서 본진을 후퇴시켜야 합니다."

좌중의 제후들은 일제히 고개를 들어 저 멀리 골짜기를 바라봤다. 과연 뽀얗게 일어나는 먼지 속에서 적병의 깃발이 수없이 나부끼고 있었다.

"우리 동맹군 장수 중에 화웅의 목을 베어 올 자가 하나도 없단 말이오?"

원소가 얼굴을 찡그리며 여러 제후들의 뒤에 서 있는 장수들을 쭉 훑어봤다. 그때 원술의 부하 장수인 유섭이 앞으로 나왔다.

"제가 싸우겠습니다."

유섭이 병사들을 이끌고 말을 몰고 나간 지 얼마 후 놀라운 소식이 들어왔다.

"유섭 장군은 용감히 적진으로 뛰어들어 적장 화웅과 6~7합을 싸웠으나 아깝게도 전사하고 그의 병사들도 모두 도망쳤습니다."

제후들은 깜짝 놀랐다. 이때 태수 한복의 부장인 반봉이 앞으로 나섰다.

"걱정 마십시오. 곧 화웅의 목을 잘라 오겠습니다."

"오오, 훌륭하오. 지금 곧 달려가 화웅을 무찌르시오!"

원소의 명령이 떨어지자 반봉은 부하들을 이끌고 적진으로 달려 나갔다. 수백 번의 싸움에서 한 번도 진 적이 없다는 반봉이었으므로 제후들은 이제 좋은 보고가 들어오겠지 하고 기대했으나 오히려 반봉은 전사하고 말았다.

원소는 길게 탄식했다.

"아아, 애석하다. 이럴 줄 알았으면 내 부하인 안량과 문추, 두 장수를 데려오는 것인데······."

원소를 비롯한 제후들이 기가 죽어 한숨만 쉬고 있을 때 한 장수가 청룡언월도를 움켜쥐고 앞으로 나섰다.

"저를 내보내 주십시오. 기필코 적장의 목을 베어 오겠습니다!"

모든 사람들의 시선이 그에게 쏠렸다. 낯선 얼굴이었다. 키가 8척에 가까웠고 수염은 길어 두 자 가량이나 되었으며 봉의 눈에 누에의 눈썹을 하고 있었다. 우렁찬 목소리에 대춧빛 얼굴. 마치 벼락을 몰고 다니는 천둥귀신 같았다.

"그대는 누구인가? 어느 부대 소속의 장수인가?"

원소의 질문에 공손찬이 나서서 대답했다.

"제 진영으로 들어와 저를 돕고 있는 평원현의 현령인 유비의 아우 관우라는 장수올시다."

"관우라, 처음 듣는 이름인데……. 그래, 무슨 관직에 있소?"

"평원현에서 마궁수를 하고 있는 것으로 압니다."

공손찬의 말에 원소는 대뜸 큰소리로 관우를 꾸짖었다.

"물러가라! 일개 병졸인 마궁수 따위가 어딜 함부로 나서느냐!"

그러자 조용히 이 광경을 지켜보고 있던 조조가 일어섰다.

"원 장군, 다 같은 동맹군의 동지끼리니 노여움은 거두시오. 일찍이 황건적의 난 때 유비의 능력이 뛰어난 것을 이 눈으로 똑똑히 보았소. 그의 아우라면 믿어도 좋을 거요. 수많은 제후들 앞에서 큰소리 치는 걸 보면 그에게도 다 생각이 있지 않겠소?"

"그것도 그렇소만, 동맹군을 대표해서 일개 마궁

중국의 고대 무기

청룡언월도青龍偃月刀

칼날은 반원형이며, 용이 새겨져 있다. 길이는 2~3미터이고 무게는 최대 50킬로그램이 되는 것도 있다. 청룡언월도는 대도大刀의 대명사라고 할 수 있는데, 화려한 장식이 붙어 있는 것이 특징이다.

수를 내보낼 수야 있겠소? 적이 알면 얼마나 우리를 비웃겠소?"

"비웃으려면 비웃으라고 내버려 두시오. 이 조조의 눈에 저 장수는 마궁수 이상의 비범한 인물로 보이오."

조조는 원소의 대답도 기다리지 않고 관우를 향해 말했다.

"자, 이 술을 마시고 어서 나가 싸우라."

그러나 관우는 술잔을 받아서는 다시 탁자 위에 내려놓았다.

"화웅의 목을 베어 가져온 다음에 마시겠사오니 여기 그대로 놓아 두십시오."

관우는 조조가 내준 군사들을 이끌고 쏜살같이 적진으로 달려들었다. 뒤이어 적진 깊숙한 곳에서 천지를 뒤엎는 듯한 격전의 함성이 들려왔다. 그리고 군마의 울부짖음과 북소리가 한동안 주위 산천을 가득 메웠다. 얼마나 시간이 흘렀을까. 돌연 한 무리의 군대가 동맹군의 진지를 향해 먼지를 일으키며 달려오고 있었다. 자세히 보니 검은 말을 탄 관우가 선두에 있었는데, 그의 한 손에는 피가 뚝뚝 떨어지는 적장의 머리가 들려 있었다.

"관우가 화웅의 목을 베었다!"

동맹군 진지에서는 일시에 우뢰와 같은 함성이 터져 나왔다. 관우는 유유히 원소 앞으로 다가가 적장의 머리를 땅바닥에 던져 놓았다.

"확인해 보십시오."

그리고 말에서 내려 아까의 술잔을 단숨에 들이켰다. 이때 유비 뒤에 서 있던 장비는 관우가 큰 공을 세우자 몸이 근질거려 배길 수가 없었다. 장비는 장팔사모를 들고 불쑥 앞으로 나갔다.

"여러분, 적은 지금 사기가 땅에 떨어져 있습니다. 이때를 놓치지 말고 군대를 전진시키십시오. 그러면 제가 선봉에 서서 낙양까지 단숨에 밀고 들어가 동탁을

산 채로 잡아 바치겠습니다."

장비의 큰소리에 비위가 상했는지 원술이 크게 꾸짖었다.

"제후들께서도 가만히 계시는데 일개 현령의 병졸 따위가 여기가 어디라고 감히 주둥아릴 놀리느냐! 어서 물러가라!"

장비의 장담이 아무래도 지나쳤다고 생각했는지 조조가 원술을 달랬다.

"원공, 저놈이 좀 버릇이 없으니 참으시오."

"아니, 참을 일이 따로 있지 이게 말이 됩니까? 저 따위 삽병들이 무질서하게 설친다면 본인은 돌아가겠소."

"알겠소. 내 저놈을 단단히 타이를 것이니 고정하시오."

사태가 심상치 않게 돌아갈 듯싶었으므로 조조는 공손찬에게 일러 유비 삼형제를 자리에서 물러가게 했다. 그러나 밤이 되자 다른 사람 몰래 주안상을 유비에게 보내 낮의 일을 언짢게 생각 말라고 위로했다.

호로관 전투

화웅이 전사하고 그의 군사들이 쫓기어 사수관으로 도망쳤다는 패보가 들어오자 낙양성은 발칵 뒤집혔다.

"사수관으로 들어간 군대에 일러 원군이 가기 전에는 절대 움직이지 마라고 전하라."

동탁은 참모 이유를 불러 지시했다. 그날 밤 관군 20만 명은 급히 낙양성을 떠났다. 그중 5만은 이각과 곽사 두 장수가 이끄는 사수관의 원군이었고, 15만은 동탁 자신이 이끄는 호로관의 방비를 위한 본진이었다. 본진의 장수로는 여포를 비롯하여 장제, 번주 등의 쟁쟁한 인물들이 끼어 있었다. 호로관의 관문은 낙양성 남쪽 5백 리 지점에 있는 중요한 요새였다. 군사가 호로관에 도착하자, 동탁은 여포에게 우수한 병사들 3만을 주어 호로관 밖의 요새를 지키게 한 뒤 자신의 나머지 군사를 이끌고 성 안으로 들어가 성의 수비에 임했다.

관군이 두 패로 나누어 진격해 왔으므로 동맹군도 두 편으로 나눠야 했다. 일부는 사수관에 남겨 놓고 나머지 여덟 제후의 군사는 호로관의 동탁 본진을 향해 진군했다. 그중에는 공손찬 휘하의 유비 삼형제도 끼어 있었다. 동맹군이 호로관 가까이까지 도달해 보니 그들을 기다리고 있는 것은 천하의 명장 여포였다.

"이놈들 어서 오너라! 기다리고 있었다!"

여포가 적토마에 올라탄 채 소리쳤다. 동맹군은 여포의 위풍당당한 모습에 그만 기가 질려 버렸다. 무려 10척이 넘어 보이는 거구, 황금 투구에 붉은 비단의 온갖 꽃무늬가 수놓인 전포, 사자가 그려진 띠에 활과 화살……. 여포는 커다란 방천극을 비껴들고 동맹군을 노려보고 있었다.

"공격하라! 모조리 목을 베어라!"

맨 먼저 여포 자신이 적토마에 채찍을 가해 동맹군의 선봉을 향해 덤벼들었다. 동맹군의 선두는 하내군의 태수 왕광이 이끄는 1만여 명의 기병이었다. 여포군 3천에 비하면 거의 3배에 가까운 숫자였다.

"에잇! 듣기보다 조무래기들만 모였구나! 자, 덤벼라!"

여포는 방천극을 번개처럼 휘두르면서 수백의 동맹군을 짓밟아 버렸다. 여포의 적토마가 지나는 곳마다 목이 잘린 동맹군의 시체가 산처럼 쌓였다.

"이놈, 여포야!"

왕광의 부장 방열이 반월창을 휘두르면서 여포에게 달려들었다. 그러나 방열은 2~3합도 싸우기 전에 여포의 방천극에 말과 함께 두 동강이 나고 말았다. 왕광의 하내군은 거의 전멸 상태였다.

'안 되겠다!'

왕광은 겨우 살아남은 군사들을 이끌고 허둥지둥 도망쳤다. 왕광군이 패주敗走하자 이번에는 상당의

중국의 고대 무기

방천극 方天戟
봉 끝에 강철로 된 창과 같은 뾰족한 날과 옆에 초승달 모양의 날을 부착했다. 강철 날은 뚫거나 찌르는 데 사용하고, 옆의 날은 내리찍거나 베기 위해 사용한다.

태수 장양의 부대가 여포군을 막고 나섰다. 그러나 그들도 역부족이었다. 창을 잘 쓰기로 유명한 장양의 부장 목순조차도 여포와 맞서자 창을 떨어뜨리고 도망쳤다. 여포군에 대항해 나가는 동맹군의 부대는 여지없이 박살이 나 도망치기에 바빴다. 실로 여포에겐 적이 없었다.

"이놈들아! 원소는 어디 있느냐? 쥐새끼 같은 조조 놈은 또 어딨느냐? 어서 나오너라!"

여포는 마치 성난 범처럼 동맹군의 본진을 향해 적토마를 몰았다.

"아아, 큰일이다! 여포와 대적할 자가 누구 없느냐?"

원소는 새파랗게 질렸다. 그때였다. 본진 뒤의 공손찬 부대에서 장팔사모를 휘두르며 뛰어나가는 고리눈의 사나이가 있었다.

"여포, 이 종의 자식아! 자기를 키워 준 은인의 목을 치고도 아직 뉘우침이 없단 말이냐? 오늘 이 장비가 기필코 네 목을 받으리라!"

여포가 살펴보니 사나이의 갑옷이 심히 빈약하여 일개 보궁수로밖에 보이지 않았다.

"아서라, 이놈! 너 따위 병졸과는 대적할 생각 없다."

여포는 장비를 거들떠보지도 않고 그대로 앞으로 내달렸다. 그러자 장비는 재빨리 말에 채찍을 가해 여포 곁으로 바싹 따라붙었다.

"유비 현덕의 아우 장비가 누군지 잘 모르는 모양이구나! 어디 맛을 보여주마!"

장비의 사모가 쌩! 하고 여포의 투구를 스쳤다. 여포는 방천극을 들어 장비의 머리통을 후려쳤으나 장비는 재빨리 머리를 돌려 여포의 옆구리로 파고들었다. 여포는 그제야 제정신이 드는지 자세를 가다듬었다. 두 장수는 불꽃을 튕기며 필사적으로 싸웠다. 장팔사모와 방천극의 대결은 그야말로 일진일퇴一進一退(한 번 나아갔다 한 번 뒤로 물러선다는 뜻으로 접전을 의미한다)로 좀처럼 결말이 나지 않았다. 용이 불을 내뿜는 듯, 호랑이가 울부짖는 듯 두 호걸은 50여 합을 싸웠으나 지칠 줄을 몰랐다. 오히려 말들이 숨을 가빠 쉬며 비지땀을 흘렸다.

싸움은 지침이 없고 기합 소리는 온통 주위를 압도했다. 양군의 장수들이며 병사들은 넋을 잃고 이 멋들어진 한판 승부를 숨을 죽이며 지켜보고 있었다. 그러던 어느 한 순간 팽팽하던 접전이 여포 쪽으로 유리해진 듯했다. 장비가 여포의 방천극을 막기에 급급해 하자, 말 두 필이 여포에게 내달렸다. 유비와 관우였다.

"장비, 힘을 내라! 우리가 가마!"

유비는 양손에 쌍고검을, 관우는 청룡언월도를 움켜쥐고 있었다. 세 사람이 일시에 여포를 에워싸고 세 방향에서 협공하니 천하의 여포라도 당해 낼 재간이 없었다. 적토마는 뒷걸음치기 시작했다.

"분하다. 뒷날 다시 싸우자!"

여포는 드디어 말머리를 돌려 도망치기 시작했다.

"게 섰거라, 이놈!"

유비 삼형제는 여포의 뒤를 쫓았다. 그러나 갈수록 여포와 거리는 멀어졌다. 여포가 타고 있는 말은 하루에 천 리를 달린다는 적토마였던 것이다. 여포가 달아나자 동맹군은 사기가 올라 채 피하지 못한 여포의 장병들을 짓밟으며 일시에 호로관으로 들이닥쳤다. 그러나 호로관은 공격하기가 어려운 천연의 요새로 동탁의 대군이 철통같이 수비를 하고 있었다. 동맹군이 성벽과 관문을 넘으려고 기어오를 때마다 이내 성 위에서 화살이 비오듯 쏟아졌으며 집채만 한 바위들이 정신없이 굴러 떨어졌다. 이래서는 희생자만 낼 뿐 전혀 승산이 없었다. 원소는 동맹군의 여러 장수들에게 명령하여 병사들을 십 리 밖으로 후퇴시켰다.

동탁, 낙양성을 버리다

낙양성에 머물고 있던 동탁은 호로관에서 패전한 이후 마음이 매우 언짢았다. 원소의 동맹군이 호로관과 사수관을 깨뜨리고 곧 낙양으로 쳐들어올 것만 같았던 것이다. 사실 호로관과 사수관은 낙양성 최후의 방벽이었다.

"어쩌면 좋으냐?"

동탁은 입맛을 쩍쩍 다시며 이유에게 물었다.

"유감이오나 도읍을 장안으로 옮겨야 할 것 같습니다. 여포마저 패한 지금, 호로관과 사수관은 언제까지나 적의 공격을 막아 낼 수는 없을 겁니다. 두 관문이 떨어지면 적은 곧 낙양으로 밀려들어 올 겁니다."

동탁은 크게 기뻐했다.

"네가 일러 주지 않았다면 모를 뻔했구나."

동탁은 모든 신하들을 모아 놓고 천도할 뜻을 밝혔다. 그러나 사도 순상이 백성들의 동요를 들어 반대하고 나섰다.

"내가 천하를 위하여 하는 일에 그까짓 백성 놈들의 동요쯤은 칼로 막으면 그만이다."

그러자 상서 주비가 다시 말했다.

"승상께서 까닭없이 종묘를 버리심은 불충입니다."

그러자 동탁은 크게 노하였다.

"내가 이미 뜻을 정했는데 웬 잔말이 그렇게 많단 말이냐!"

곧 무사를 꾸짖어 그의 목을 베게 하고, 엄하게 명령을 내렸다.

"내일 곧 장안으로 떠나도록 하라."

동탁이 낙양을 떠나기 전에 각 성문에다 불을 질러 궁궐이며 민가를 태워 버리니, 남북 양쪽에서 불길이 서로 이어져 낙양의 궁궐이 모두 다 초토로 변하고 말았다.

동탁이 이미 낙양을 버리고 장안을 향해 떠났다는 소식을 듣자, 제후들은 군사를 거느리고 모두 낙양성으로 들어갔다. 곳곳에 불길이 하늘을 찌르고 연기는 땅을 덮어, 낙양성은 사람은 물론 짐승 한 마리 구경할 수 없는 폐허가 되었다.

제후들은 성내로 들어오자 군사를 풀어 우선 불부터 잡고, 다음에 제각기 불탄 자리 위에다 영채를 세워 얼마 동안 머물러 있기로 했다. 그러나 조조는 즉시 자기 휘하의 하후돈, 하후연, 조인, 조홍, 이전, 악진 등과 함께 1만여 군사를 이끌고 동탁을 추격하고 있었다. 이것은 조조의 실수였다. 동탁에겐 이유라는 모사꾼이 있다는 것을 깜빡 잊고 있었던 것이다. 이유는 동맹군이 동탁을 뒤쫓을 것을 미리 계산하여 여포에게 길가 산속에 매복해 있다가 일시에 달려들어 처부수라고 일러 놓았던 것이다.

결국 조조는 여포의 복병에 의해 기습 공격을 당했다. 그 결과 조조는 병사 중 일부를 잃고 간신히 하내로 도망쳤다.

옥새를 손에 넣은 손견

조조를 제외한 동맹군의 모든 제후들은 낙양성으로 들어와 각기 진을 치고 있었다. 그들은 낙양성 궁궐의 이곳저곳을 허탈한 심정으로 둘러본 뒤 옛 황제들을 위한 제사를 지냈다.

그러던 어느 날 강동의 호랑이라고 불리는 손견의 부하 하나가 궁궐 뒤뜰 우물에 빠져 죽은 젊은 궁녀의 몸에서 오색 빛이 반짝이는 상자 하나를 발견했다. 병사는 그것을 즉시 손견에게 가져갔다.

상자의 자물쇠를 비틀어 열자 그곳에 인장이 하나 있었다. 보통 인장이 아니었다. 손견은 용 다섯 마리가 새겨진 황금 인장을 황홀한 듯 한참이나 들여다보았다.

"태수님, 소인이 한 번 살펴보겠습니다."

지혜와 학식이 뛰어난 정보였다. 인장을 받아든 그는 깜짝 놀랐다.

"아아, 황공하옵게도 이것은 한나라 대대로 내려오고 있는 옥새입니다!"

"뭐라고! 그게 정말이냐?"

"태수님, 아마도 지난번 환관의 난으로 황제께서 궁궐을 비우셨을 때 궁녀가 옥새를 감추기 위해 달아나다가 병사들의 칼에 맞아 우물에 빠져 죽은 게 틀림없습니다."

"음, 나도 그런 소문을 들은 적이 있다. 그렇다면 그 후의 황제들은 옥새 없이 황제 노릇을 했군."

옥새를 자기 손아귀에 거머쥔 손견은 망연히 눈을 감았다. 자신의 손에 옥새가 있다는 것을 믿을 수가 없었다.

그때 정보가 손견에게 귓속말로 일렀다.

"하늘의 뜻입니다. 태수님께서 황제의 자리에 올라 만백성을 다스리라는 계시입니다. 어서 빨리 본국으로 돌아가셔서 원대한 계획을 세우십시오."

"그래, 자네의 말이 맞이!"

손견은 그 자리에 있던 모든 부하들에게 엄명을 내렸다.

"오늘의 일을 절대 비밀로 하라! 만일 누설하는 자가 있으면 목을 베리라!"

다음 날 아침 손견의 군대는 태수께서 병이 깊어 본국으로 돌아간다고 제후들에게 전하고 즉시 낙양성을 떠났다. 그리고 손견군이 거의 동맹군의 추격 범위를 벗어날 즈음에야 원소를 비롯한 제후들은 손견이 한나라의 옥새를 훔쳐 달아났음을 알게 되었다. 손견의 부하 하나가 본국으로 회군하는 대열에서 이탈하여 원소에게 고자질한 것이었다.

원소는 형주 자사 유포에게 밀사를 급파해 손견의 저지를 부탁하였다. 따라서 손견은 중도에서 유포의 공격을 당해 큰 타격을 입고 겨우 양자강을 건넜다. 강을 보니 부하들은 모두 죽어 그를 따르는 자는 고작 황개와 정보 등 부장 열 서너 명뿐이었다.

유비, 조운을 만나다

제후들은 더는 낙양에 머물 필요가 없었다. 또한 동맹군이라는 이름 아래 뭉쳤어도 그들은 나름으로 야망과 탐욕을 지닌 사람들이었다. 그 한 예가 옥새를 갖고 달아난 손견이었다. 한편, 조조는 원소의 우유부단함에 실망하여 가슴 가득히 참담한 심정을 안고 양주 땅으로 사라졌다.

설상가상으로, 남은 제후들 사이에는 군량미가 모자라 서로의 군량미를 약탈하는 일이 빈번했다. 심하게는 같은 동맹군끼리 칼부림을 하는 일도 잦았다. 그리하여 유비 삼형제 역시 부하들을 거느리고 낙양성을 떠났다.

며칠 후 공손찬을 비롯한 제후들도 모두 군사를 모아 제각기 흩어졌다. 원소도 사람들이 흩어지는 것을 보고 군사를 이끌고 영채를 헐어 관동으로 향했다.

그러나 돌아가려면 우선 병사들을 먹여 살릴 수 있는 군량미 문제가 해결되어야만 했다. 원소와 그의 부장들은 하나의 방법을 생각해 냈다. 그것은 본국으로 돌아가는 도중, 기주 땅의 태수 한복을 쳐서 그의 성을 차지해 식량을 해결하고 아울러 영토도 넓힌다는 계책이었다. 모든 작전 계획이 세워져 출발 명령이 떨어질 즈음 봉기라는 장수가 원소에게 말했다.

"본국으로 돌아가 있는 북평 태수 공손찬에게 밀서를 보내 함께 기주를 쳐 나눠 갖자고 제의하십시오. 그런 다음 기주 태수 한복에게도 밀서를 보내 공손찬이 기주를 칠 생각을 갖고 있으니 조심하라고 일러 준다면 틀림없이 태수께 도움을 요청할 것입니다. 그 틈을 노려 손을 쓰면 식은 죽 먹기로 기주를 얻을 수 있을 것입니다."

"오오! 과연 묘책이로구나!"

원소는 흡족하여 봉기의 말대로 공손찬과 한복에게 각기 밀서를 보냈다. 공손찬이 밀서를 보니 함께 기주를 쳐 그 땅을 똑같이 나누어 가지자고 했다. 공손찬 또한 몹시 기뻐 그날로 군사를 일으켰다. 또한 원소는 한복에게 사람을 보내 공손찬이 기주를 치려 한다고 알려 주었다. 한복은 예상대로 원소에게 도움을 요청했다.

이리하여 원소는 피 한 방울 안 흘리고 기주 땅으로 들어갔다. 기주로 입성하여 군대를 각 성문에 배치한 원소는 드디어 속셈을 드러내 한복이 거느리던 기주의 장수들을 한꺼번에 목을 베었다. 태수 한복은 간신히 성을 빠져 나와 진류 땅의 태수인 장막에게 몸을 의탁했다.

북평의 공손찬이 군사를 몰아 기주성에 당도해 보니 원소가 벌써 기주를 차지하고 있었다. 공손찬은 즉시 아우인 공손월을 원소에게 보내 약속대로 기주의 반을 내놓으라고 독촉했다. 그러나 원소가 그 말을 들을 리 만무했다. 원소는 공손월의 목을 베어 성 밖으로 내던지며 호통을 쳤다.

"어리석은 놈! 당장 군사를 거둬 돌아가지 않으면 공손찬 너도 네 아우처럼 목이 떨어질 것이다!"

공손찬의 분노는 이만저만이 아니었다.

"네깐 놈이 뭐가 명문 귀족의 후예더냐! 신의를 간교로 대신하는 더러운 놈, 용기 있으면 나와서 대적해 봐라. 그럴 만한 위인은 되느냐?"

"저, 저놈이! 문추, 저놈을 잡아 혓바닥을 잘라 버려라!"

문추는 원소의 부장 중 가장 용맹한 장수였다. 얼굴은 게처럼 검붉었으며 키는 7척에 가까웠다. 문추는 병사들을 이끌고 나가 공손찬에게 달려들었다.

"여기가 어디라고 함부로 주둥이를 놀려 대느냐!"

공손찬은 사력을 다해 창을 휘둘렀으나 끝내 문추의 적수가 되지 못했다. 결국 말머리를 돌려 자기 진지로 도망치기 시작했다.

"태수인 주제에 도망치다니 비겁하다!"

문추는 추격의 고삐를 늦추지 않고 공손찬의 진지 중앙까지 뛰어들어 종횡무진 짓밟았다. 공손찬은 도망치는 자기편 군사들과 섞여 산기슭으로 말을 몰았다. 그러나 문추는 악착같이 공손찬의 뒤를 쫓았다.

"멈춰라! 독 안에 든 쥐다!"

드디어 공손찬 가까이 말을 몰아 온 문추가 소리쳤다.

'아, 이제 끝장이다!'

앞에는 절벽, 뒤에는 귀신 같은 문추의 장검이 기다리고 있었다. 그때였다. 저만치 절벽 옆에서 기골이 장대한 소년 장수 하나가 나타나 문추를 가로막았다.

"칼을 거두어라!"

소년 장수는 키가 8척이나 되었으며 얼굴은 서글서글하니 기품이 있어 보였고 그 목소리는 쩌렁쩌렁했다. 문추의 장검과 소년 장수의 창이 불꽃을 튀기며 겨루기를 50여 합. 그러나 결판은 나지 않았다. 이때 위기에서 탈출한 공손찬이 부하들을 재편성해 소년 장수 편으로 가세했다. 이번에는 문추가 말머리를 돌려 도망쳤다.

"고맙소. 그대가 아니었다면 난 목이 잘렸을 거요. 그대의 창은 과연 훌륭하오. 난 공손찬이라 하오만 그대는 뉘시오?"

"저는 상산 출신으로 성은 조요, 이름은 운이고, 자는 자룡입니다. 본래 원소의 군대에 있었으나 원소의 하는 짓이 못마땅하여 고향으로 돌아가는 길이었습니다."

공손찬은 조운이라는 인물을 자기 사람으로 만들고 싶었다.

"그렇다면 이 공손찬도 인물은 못 되나 나를 도와 주시는 게 어떻겠소? 함께 큰일을 도모해 봅시다."

이리하여 조운은 공손찬 휘하의 부장이 되었다. 조운의 등장으로 말미암아 원소군과 공손찬의 싸움은 일진일퇴 서로 물고 물리는 공방전이 며칠이고 계속됐다. 역시 수적으로 유리하여 점차 원소군의 승리로 결판이 날 듯했다.

그러나 바로 그때였다. 갑자기 저쪽 언덕에서 한 무리의 군마가 먼지를 일으키며 바람같이 달려와 원소군을 향해 돌진했다.

"원소야, 나를 알아보겠느냐! 평원의 유비다. 죽기 싫거든 항복하라!"

"뭐야! 유비 형제라고?"

원소는 그만 새파랗게 질렸다. 일찍이 동맹군의 싸움에서 관우, 장비의 실력을 충분히 보았던 것이다.

"일단 후퇴하라!"

원소가 제일 먼저 말머리를 돌려 뺑소니를 치기 시작하자 그의 병사들도 다투어 도망쳤다. 원소군이 모두 달아난 뒤 공손찬은 그를 도와 준 유비를 치하했다.

공손찬은 유비를 영채로 들여 주연을 베풀었다. 이 자리에서 유비와 조운은 처음으로 인사를 나누었다. 두 사람은 은연중에 서로 자석에 끌린 듯 상대방에게 호의의 미소를 보냈다.

"난 유비 현덕이라 하오."

"소생은 상산의 조운이옵니다. 소문만 듣던 유비님을 뵙게 되니 영광이옵니다. 부디 나이 어린 소인을 지도해 주십시오."

"무슨 소리요! 공 태수님에게서 그대의 무용담을 듣고는 이 몸도 놀랐습니다. 오히려 내가 배워야겠소. 하하하."

유비는 '이 젊은이는 비범한 장수야!' 하고 감탄했고, 조운은 '이분이야말로 내가 주군으로 받들어 모실 분이다!' 하고 존경의 마음을 가졌다.

그로부터 한 달쯤 지난 후, 원소와 공손찬은 장안으로 천도해 있는 동탁의 주선으로 서로 화해를 하게 되었다. 둘 다 시작도 끝도 없는 싸움을 계속하느라 지쳐 있던 터에 장안에서 황제의 칙사가 도착해 화해를 권고한 것이었다. 그것은 원소와 공손찬에게 모두 호감을 얻어 자기의 휘하 제후로 만들기 위한 동탁의 계책이었다.

그 후 공손찬은 장안으로 감사하다는 서신을 보내면서 아울러 유비 현덕을 태수로 봉해 달라고 청했다. 동탁은 즉시 황제의 칙서를 통해 유비를 평원현의 태수로 봉했다. 유비는 두 아우와 함께 평원으로 돌아갔다.

스러지는 강동의 호랑이

남양의 태수는 원소의 아우 원술이었다. 그는 지난 날 낙양성 공격에 참전하여 동맹군의 병참 책임자로 있으면서 손견에게 식량을 지원하지 않아 골탕을 먹인 장본인이었다. 그런데 그는 지금 형 원소에게 불만이 태산 같았다. 이후 형에게서 아무런 보상도 받지 못했기 때문이다.

원술은 당장 경제적으로 곤란을 겪고 있었으므로 형주 태수 유표에게 군량미 20만 석을 빌려 달라고 서신을 보냈다. 그러나 이것도 간단히 거절당했다.

"유표 놈도 형과 한통속이 되었구나."

원술은 화가 머리끝까지 치밀었다. 그는 마침내 손견에게 밀서를 보냈.

〈동맹군 시절 군량미를 지원하지 않은 것은 원소의 책략이었소. 원소는 또 귀하가 옥새를 가지고 본국으로 귀환할 때, 중도에서 유표에게 기습 공격을 하게 했소. 지금 원소와 유표는 서로 결탁하여 귀하의 영토를 침략하려 하고 있으니 태수께서는 급히 군사를 일으켜 형주를 빼앗으시오. 본인은 원소를 쳐 기주 땅을 빼앗을 것이오.〉

손견은 원술의 밀서를 보자 자리에서 벌떡 일어섰다.

"유표 놈에게 원수를 갚을 좋은 기회다!"

손견은 정보, 황개, 한당을 불러 병선 5백여 척을 이끌고 출발했다. 그중에는 그의 장남 손책도 끼어 있었다. 이 소식은 즉각 형주의 유표 귀에도 들어갔다. 유표는 여러 부장들을 불러 군사 회의를 개최했다. 괴량이라는 자가 대답했다.

"걱정하실 필요 없습니다. 강하성의 황조로 선봉을 삼으시고 형주와 양양의 대군을 전부 모아 철통 같은 방비를 한다면, 멀리서 강을 건너오는 손견으로서는 제대로 힘을 쓰지 못할 것입니다."

유표는 괴량의 말대로 전군을 두 갈래로 배치하여 손견군을 맞을 만반의 준비를 했다. 드디어 손견의 병선이 새까맣게 양자강을 건너오기 시작했다. 손견의 병선이 강 연안에 이르러 상륙을 시도하자 황조가 이끄는 유표군은 강변에 구축해 놓은 참호에서 한꺼번에 화살을 쏘아 대기 시작했다. 그러나 손견은 군사들에게 움직이지 말고 그저 배 안에 숨어 있으면서 적을 유인하라고 명령했다. 사흘 동안 배들이 수십 번 기슭에 다가갔다가 돌아왔다. 황조군은 화살이 다 떨어지고 말았다. 손견이 배에 꽂힌 화살을 뽑게 하니 십여만 대쯤은 되었다.

마침 순풍이 부는 나흘째 되던 날이었다. 손견은 군사들에게 일제히 활을 쏘게 했다. 그러자 황조군은 당해 내지 못하고 물러갈 수밖에 달리 도리가 없었다.

손견의 군사는 산기슭으로 올라갔다. 그리고 정보와 황개가 두 패로 나누어 번성을 양쪽에서 공격했다. 황조는 이곳에서도 더 버티지 못하고 산등성으로 달아났다.

손견의 추격군이 이번에는 산등성으로 몰려들었다. 그러자 황조는 산등성에서 나와 사생결단의 진지를 구축해야 했다. 그러나 한창 사기가 오른 손견의 군사를 맞아 싸우기에는 무리였다. 황조의 군사들이 모조리 손견의 군사에 의해 목이 잘렸고 황조는 겨우 단신으로 양양성의 유표에게 도망쳤다.

유표는 대경실색하여 장수들을 불러 모았다. 괴량이 말했다.

"이제는 이 양양성을 굳게 지키는 한편, 원소에게 구원을 요청하는 수밖에 없습니다. 우리가 손견의 침공을 받는 것도 알고 보면 원소의 요청에 의해 귀국하던 손견을 없애려 했기 때문이 아닙니까?"

"괜히 원소와 손견의 다툼에 말려들어 우리만 화를 당하게 된 셈이구나……."

그때 채모라는 장수가 앞으로 나와 유표에게 고했다.

"지난 일은 지난 일입니다. 오늘 우리가 원소에게 원군을 요청한다 해도 원소가 우릴 도와 줄 리 만무합니다. 그리고 만에 하나 그를 불러들일 수 있다 해도 오히려 그에게 먹히는 꼴이 될 겁니다. 기주 태수 한복의 예를 잊으시면 안 됩니다. 원소란 그처럼 의리 없는 인간입니다. 이제 더 무엇을 생각하겠습니까? 제가 나가 싸워 보겠습니다."

채모는 1만여 군사를 이끌고 양양성을 나가 손견의 군대와 일대 접전을 벌였다. 그러나 손견의 군대는 사기충천한 전승의 군대였다. 채모는 분전한 보람도 없이 패잔병들을 이끌고 양양성으로 되돌아왔다.

채모가 대패하고 돌아와 유표에게 용서를 빌자 앞서 원소에게 원군을 부탁하자고 제의한 괴량이 그거 보란 듯이 입을 열었다.

"의지할 것은 원소의 지원군과 이곳뿐입니다."

사실 이 양양성은 뒤쪽으로는 산이요, 나머지 삼면은 물로 둘러싸여 있는 형주 제1의 요새였다. 과연 손견군도 여기 양양성에 이르러서는 불리한 지형 조건 때문에 쉽게 덤벼들지 못했다. 유표에게 괴량이 말했다.

"주군, 현재로서는 성의 방비가 완벽한 상태이나 손견의 군세가 강해 언제 성이 함락될지 모릅니다. 한시바삐 원소에게 구원의 청을 보내십시오. 밑져야 본전 아닙니까?"

"그런데 누가 적의 포위망을 뚫고 원소에게 편지를 전할 수 있겠는가?"

"제가 가겠습니다."

큰소리로 대답하며 앞으로 나선 자는 여공이라는 장수였다. 그날 황혼 무렵 여공이 활을 쏘는 군사들을 거느리고 성을 나서려 하자 괴량이 여공에게 비밀 계책을 일러 주었다.

"성을 나가자마자 현산으로 달려가게. 손견은 반드시 군사를 이끌고 쫓아갈 걸세. 그러면 군사 100명은 산 위로 올려 보내 돌을 찾아 준비하도록 하고, 또 군사 100명은 활과 쇠뇌를 들고 숲 속에 매복하도록 하게. 추격하는 군사가 따라오면 곧장 가지 말고 구불구불 돌아가면서 매복한 곳으로 유인해 화살과 돌을 날리도록 하게. 만약 이기면 연주호포를 터뜨리게. 그러면 성 안에서 곧 군사가 달려나가 뒤를 받쳐줄 걸세. 만약 추격하는 군사가 없으면 신호포를 터뜨리지 말고 곧장 원소에게 가게."

여공은 괴량의 계책대로 성문을 열고 밖으로 나가자마자 현산으로 달렸다. 그때 마침 손견은 진지에 있다가 별안간 적이 성문을 열고 달려 나오자 급한 김에 30여 기만 거느리고 여공의 뒤를 쫓았다.

그러나 여공의 기병은 현산의 지리에 밝았으므로 어둠 속에서도 곧장 산꼭대기로 도망쳐 올라가 매복했다. 손견은 울화통이 치밀었다. 그는 계속 부하들을 독려하며 현산으로 숨어든 여공을 쫓았다.

그런데 손견이 막 산 중턱의 협곡(좁고 험한 골짜기)에 이르렀을 때이다. 난데없이 양쪽의 절벽 위에서 집채만 한 돌덩이들이 쏟아져 내리더니 동시에 불화살이 비 오듯 쏟아졌다. '아차, 속았구나!' 손견이 정신을 차렸을 때는 이미 늦었다. 손견은 돌과 화살을 맞고 뇌수가 터져 죽었다. 이때 손견의 나이, 겨우 37세였다.

"손견이 죽었다!"

여공은 손견의 시체를 확인하자 즉시 연주호포를 터뜨렸다.

양양성 안은 온통 환호의 도가니였다. 이제 전세는 완전히 뒤바뀌어 손견을 잃은 공격군은 허둥지둥 도망치기에 바빴다.

"모조리 베어 버려라!"

유표의 부장 황조, 채모, 괴량 등이 일시에 군사를 이끌고 성을 나와 혼비백산 아수라장을 이루는 손견의 병사들을 무찌르니 그 시체가 산을 이루고 그 피가 시내가 되어 흘렀다. 그때 한강의 병선에서 후방 지원을 하고 있던 손견의 수군 대장 황개는 손견이 전사했다는 소리를 듣자 크게 분노했다.

"주군의 원수를 갚자!"

황개는 수군을 몽땅 상륙시켜 양양으로 쳐들어가서 도망치는 적을 뒤쫓던 유표의 부장 황조와 대접전을 벌였다. 악에 바친 황개는 결국 황조를 사로잡았다.

손견을 없앤 여공은 사기충천하여 손견의 아들 손책과 정보를 뒤쫓았다.

"강동의 고양이 새끼야! 게 멈추어라! 넌 네 아비의 시체를 버려 두고 도망칠 작정이냐!"

"저놈을 그냥!"

손책은 말을 되돌려 여공에게 달려들었다. 정보 또한 손책을 도와 분전했다. 여공은 요행히 손견을 죽이긴 했으나 사실은 뛰어난 장수가 아니었다. 결국 여공은 목이 잘려 말에서 굴러 떨어졌다. 쫓기기만 하던 손견군은 손책의 통솔로 어느 정도 전열을 정비해 유표군을 맞아 싸우면서 한수 방면으로 철수했다.

날이 밝자 유표군은 손견군의 재침공이 두려워 양양으로 후퇴했다. 이날 손책은 양양의 유표에게 한 가지 제의를 해 왔는데, 그것은 유표의 영토 내에 있는 손견의 시체와 그들의 포로가 되어 있는 황조를 교환하자는 것이었다. 손책은 차마 부친의 시체를 적지에 남겨 두고 철수할 수 없었던 것이다.

괴량은 생각에 잠겨 있는 유표에게 강력하게 말했다.

"강동의 호랑이인 손견이 죽어 없는 이 마당에 시체와 포로를 교환하는 따위의 평화 정책은 불필요합니다. 이것은 하늘이 주신 기회입니다. 내친 김에 허약해진 적군을 무찔러 강동 땅을 차지해야 합니다."

"그건 나도 알고 있네. 그렇지만 어찌 황조를 주게 내버려 둘 수 있는가."

"우리의 신하 하나를 버려 강동 땅을 차지할 수 있다면, 그것이 보다 이 나라를 위하는 길이 아니겠습니까? 강동의 오는 모든 것이 풍부한 땅입니다. 저들을 오늘 그냥 돌려보낸다면 저들은 곧 강대해져 이 형주를 위협할 것입니다."

"아니야, 이 유표가 그토록 나를 지극하게 섬기던 신하 하나를 헌신짝처럼 버린다면 그 누가 나를 믿고 따르겠는가?"

유표의 생각은 이미 굳어진 듯했다. 결국 포로와 시체를 서로 주고받은 후 손책은 손견의 관을 병선에 싣고 강동으로 철수했다. 이때 손견의 장남 손책의 나이, 17세였다.

미인계로 역적을 처단하다

 사도 왕윤은 자나 깨나 나랏일을 걱정하고 있었다. 밤은 깊고 달은 밝아 더욱 마음이 편치 않았다. 그는 홀로 지팡이를 짚고 후원으로 들어가 거닐고 있었다.
 이때 모란정 가에 인기척이 있었다. 귀를 기울여 보니 누군가 이 밤중에 인적 없는 못가에서 한숨짓는 소리가 들려왔다. 가까이 가서 살펴보니 뜻밖에도 초선이었다. 어려서부터 소리와 춤을 익혀 이제는 제법 재색까지 갖춘 미색의 가기佳妓였으나 왕윤은 마음으로 사랑하여 친딸처럼 대해 오던 터였다. 왕윤이 다가가 물었다.
 "네게 무슨 사정이 있어 이러느냐?"
 초선이 깜짝 놀라며 무릎을 꿇고 아뢰었다.
 "대인께서 저를 은혜로 기르시어 노래와 춤을 가르치시고 예로써 대접하여 주시니, 제가 죽더라도 그 크신 은혜를 갚을 길이 없나이다. 그런데 요즘 대인께서 깊은 근심이 있으신 듯하온데 감히 여쭈어 보지는 못하고 저도 모르게 한숨만 지은 것입니다. 만약 제가 할 수 있는 일이 있다면 만 번 죽더라도 어찌 사양하겠나이까?"
 왕윤은 듣고 나서 한참 초선을 바라보다가, 갑자기 무릎을 꿇어 절을 했다. 초선은 놀라고 황공하여 곧 바닥에 엎드렸다.
 "대인께서 어찌하여 이러십니까?"

"이 나라를 바로잡고 백성을 구할 자가 참으로 너밖에 없구나. 모든 대신들은 오직 부질없이 한숨만 쉬고 있을 뿐이다. 내가 보니, 동탁과 여포 둘 다 극히 호색하는 무리라, 미인계로써 너를 먼저 여포에게 주기로 허락한 다음 동탁에게 보낼 것이니, 네가 중간에서 저들 부자를 이간질해 여포가 동탁을 죽이도록 할 수 있겠느냐?"

듣고 나서 초선이 말했다.

"제가 대인을 위해서라면 죽음도 두려워 하지 않는데, 어찌 그만한 일을 싫다고 하겠습니까?"

왕윤의 치밀한 계획과 초선의 능란한 교태는 마침내 동탁과 여포 사이를 갈라놓는 데 성공하였다. 원래 신의가 없고 재물에 밝은 호색한인 여포는 왕윤의 미인계에 걸려 그의 의부에게 노골적으로 분노를 터뜨리는 지경에 이르렀다.

"내 맹세코 이 늙은 도적을 죽여서 한을 풀고야 말 테다!"

어느 날 여포가 주먹을 쥐며 소리를 버럭 지르자, 왕윤은 급히 제지했다.

"함부로 그런 말을 하지 마시오. 이 말이 동 태사의 귀에 들어가게 되면, 이 사람까지 멸문을 당하고 마오."

그래도 여포는 입을 다물지 않았다.

"대장부가 천지간에 태어나, 어찌 남의 아래서 굴욕을 당하며 지내겠습니까? 내 반드시 저 도적놈을 없애고 말 것입니다."

왕윤은 여포의 마음이 이미 달라진 것을 알고 조용히 말문을 열었다.

"장군이 만약에 한실을 붙들어 세운다면 곧 충신이시니 역사에 기록되어 그 꽃다운 이름이 백세까지 전하려니와, 만약에 동탁을 도운다면 이는 바로 역적이라 역사에 그 부끄러운 이름이 만년까지 남을 것이외다."

"저의 뜻이 이미 굳은 터이니 사도는 다시는 의심하지 마십시오."

드디어 역적 동탁을 주살할 모든 준비를 마쳐 놓고 왕윤은 천자의 조칙을 받아 이숙에게 주었다. 이숙이 수십 기를 거느리고 미오로 내려가 동탁에게 천자의 조칙을 전하였다.

"천자께서는 문무백관 앞에서 태사께 황위를 넘기실 일을 의논하시려 합니다."

듣고 나자 동탁은 크게 기뻐했다.

"간밤에 용 한 마리가 몸을 휘감는 꿈을 꾸었더니, 이런 기쁜 소식을 듣는구나."

즉시 영을 내려 이각, 곽사, 장제, 번주 네 장수에게 3천군을 이끌고 미오를 지키게 하고, 동탁은 그날로 행차를 꾸려 장안으로 올라갔다.

이튿날 동탁은 무리들을 거느리고 상부를 나서 대궐로 향했다. 길 좌우에 수많은 장안 백성들이 늘어서서 그의 행차를 구경했다.

이윽고 북액문에 이르렀다. 이숙은 영을 전하여 호위하는 군사들을 모두 문밖에 머물러 있게 하고, 수레를 모시는 자 20여 명만 데리고 수레를 몰았다. 동탁이 북액문을 들어서서 멀리 바라보니, 사도 왕윤을 비롯한 조정의 원로 대신들이 전문 앞에 나와 서 있었는데, 자세히 보니 각기 손에 칼을 쥐고 있었다.

동탁은 마음에 의심이 들어 이숙을 돌아보고 물었다.

"칼들을 가지고 섰으니 저것은 무슨 뜻인고?"

이숙은 그 말에 아무 대꾸도 하지 않고 그대로 수레를 몰아 들어갔다. 전문 앞에 가까이 이르자 왕윤이 큰소리로 외쳤다.

"무사들은 역적 동탁을 주살하라!"

그러자 양편에서 무사 백여 명이 나오며 일제히 창을 들어 수레 위에 앉아 있는 동탁을 찔렀다. 그러나 동탁이 입은 갑옷이 워낙 두꺼워 창이 꽂히지 않고 겨우 팔

하나를 찔렀을 뿐이었다. 동탁은 수레에서 굴러 떨어지며 큰소리로 부르짖었다.

"여포는 어디 있느냐! 이놈들을 죽여라!"

말이 미처 끝나기 전에 수레 뒤에서 여포가 달려들었다.

"황제의 명에 따라 도적을 죽인다!"

크게 외치며 한 창에 동탁의 목을 찔렀다. 외마디 비명을 지르고 동탁이 뒤로 나자빠지자, 이숙은 곧 그 머리를 베어 손에 들었다. 왕윤은 동탁의 머리를 거리에 내어다 걸게 하였다. 남달리 살이 찐 동탁의 시체였다. 지키는 군사가 그 배꼽에다 심지를 박고 불을 붙여 밤이면 등불로 삼으니, 기름이 흘러 땅에 흥건했다.

그러나 아직도 남은 일이 있었다. 그것은 동탁이 거느리고 있던 부하들과 그를 옹호하던 대신들을 처리하는 문제였다. 군사들은 이유를 비롯한 동탁의 부하와 간신들을 잡아들여 목을 베었다. 그리고 왕윤의 명을 받은 여포는 다시 장안 근교에 있는 동탁의 미오성으로 달려갔다.

미오성을 지키고 있던 이각, 곽사, 장제, 번주 등은 동탁이 죽고 여포가 황보숭, 이숙과 함께 병사 5만을 거느리고 미오성을 향해 물밀듯이 쳐들어오고 있다는 놀라운 소식을 듣자 나머지 병사를 이끌고 서량 땅으로 달아났다.

여포는 미오성에 당도하자 가장 먼저 초선을 찾았다. 이리저리 헤매던 여포는 드디어 초선을 발견하고는 너무도 기뻐 그녀를 얼싸안았다. 여포는 꿈에도 그리던 초선과 함께 동탁의 창고에서 꺼낸 헤아릴 수 없을 만큼 많은 금은보화를 마차에 싣고, 위풍당당하게 장안성으로 출발했다. 그리고 군대를 연주로 철수시켰다.

조조, 서주를 치다

　조조의 부친 조숭은 진류에서 일어난 난을 피하여 낭야란 곳에 숨어 살고 있었다. 조조가 태산 태수 응교를 보내어 맞아 오게 하니, 조숭은 일가 노소 40여 명과 종 백여 명을 데리고 연주를 향하여 떠났다.

　조숭이 서주를 지날 때였다. 서주 태수 도겸은 일찍부터 조조의 영웅됨을 알고 서로 친분을 맺으려고 하던 차에, 마침 조조의 부친이 자기 고을을 지난다는 말을 듣고, 곧 나가서 맞아들여다가 크게 잔치를 베풀고 환대하였다.

　조숭이 그의 대접에 사례하고 하직을 고했다. 도겸은 다시 성 밖으로 몸소 나가서 배웅하고, 특히 장개에게 명하여 군사 5백 명을 거느리고 그의 일행을 보호하게 했다. 그런데 일이 묘하게 되느라고 그러는지 원래 황건적 출신인 장개가 도둑의 본색을 드러내었다. 장개는 조숭 일가의 수레에 실린 재물이 어마어마하다는 것을 생각하고는 수하 두목들을 불러 모아, 조숭의 일가를 모두 죽이고 그 재물을 빼앗아 편안하게 지내는 것이 어떻겠냐고 물었다. 수하들 또한 한목소리로 찬성이었다.

　이리하여 장개는 조숭의 일가 노소를 모조리 죽여 버리고 그 재물을 빼앗은 다음 수하의 무리 5백 명과 함께 회남 땅으로 도망하였다. 자기 부친을 비롯하여 일가 노소가 몰살을 당했다는 소식을 듣자, 조조는 그대로 땅에 쓰러져 혼절해 버렸다. 여러 사람이 구하여 얼마 만에 깨어난 조조는 이를 갈며 외쳤다.

"도겸이 우리 부친을 모살謀殺했으니 이 원수와 같은 하늘 아래에서 살 수 없다. 곧 대군을 일으켜 서주를 송두리째 박살내기 전에는 내 한을 풀 수가 없겠다!"

순욱과 정욱에게 군사 3만을 주어 동군을 지키게 한 다음 조조는 나머지 군사를 모조리 거느리고 하후돈으로 선봉을 삼아 서주를 향해 나아갔다. 조조는 영을 내리되, 성지를 얻는 날에는 성 안의 백성들을 모조리 죽여서 부친의 원수를 갚겠다는 것이었다.

도겸이 이 소식을 듣고 하늘을 우러러 탄식했다.

"내 죄를 하늘에 얻어 무고한 서주 백성들이 큰 환란을 당하게 하였으니, 이를 어찌하면 좋을고?"

그때 누군가 나서서 말했다.

"지금 조조의 군사가 많다고는 하나, 감히 우리 성을 넘보지는 못할 것입니다. 제가 재주는 없지만, 계책을 세워 조조에게 스스로 물러가게 하겠습니다."

모든 사람이 놀라 바라보니, 그가 바로 미축이었다.

"무슨 좋은 계책이라도 있으시오?"

"제가 몸소 북해로 가서 공융에게 구원을 청하고 다른 한 사람이 청주의 전해에게 구원병을 청하여, 만약 이 두 곳 군사만 모두 온다면 조조는 반드시 군사를 물려 돌아갈 것입니다."

미축이 공융에게 구원병을 청하자 공융은 다시 유비에게 가서 함께 조조를 물리치자고 했다. 유비가 이에 쾌히 응낙하고, 공손찬에게서 군사를 빌려 서주를 구하러 나섰다.

미축이 서주로 돌아가 도겸에게 공융이 유비와 함께 구원병을 거느리고 온다고 아뢰자, 하루가 지나 청주로 간 사람이 돌아왔다. 전해가 군사를 거느리고 구하러 온다는 것이었다. 도겸은 비로소 마음을 놓았.

이틀이 지나 과연 공융과 전해의 양쪽 군마가 이르렀다. 다시 하루가 지나자 유비도 군사를 거느리고 왔다. 공융이 유비에게 말했다.

"조조 군사의 형세가 원체 크고, 또 조조가 본래 용병에 능한 사람이라, 아직 좀 두고 동정을 본 다음에 군사를 나아가도록 하는 것이 좋을 것 같소."

그러자 유비가 말했다.

"그것도 좋은 말씀이지만, 다만 성 안에 양식이 넉넉지 않다니 오랜 시간을 끌 수가 없습니다. 제 생각에 관우와 조운은 군사 4천을 거느리고 공의 휘하에서 서로 돕고, 저는 장비와 함께 일천군을 거느리고 적의 포위망을 뚫은 뒤 서주성으로 들어가 도 대감을 만나 상의할까 하오."

"그것이 좋겠소."

공융이 전해와 회합하여 군사를 나누어 의각지세犄角之勢(앞뒤에서 적을 몰아친다는 뜻)를 이루니, 관우와 조운이 각기 군사를 거느리고 양쪽 길로 응하였다.

이날 유비는 장비와 함께 군마 1천을 이끌고 조조의 영채 옆을 지났다. 한창 가는 중에 영채 안에서 북소리가 크게 울리며 기병과 보병이 밀물처럼 몰려나오니, 그 선두에 우금이 있었다. 장비는 장팔사모를 쥐고 바로 우금에게 달려들었다. 두 장수가 서로 어우러져 싸운 지 겨우 두어 합에 이르자, 우금이 말머리를 돌려 달아났다. 장비는 그 뒤를 쳐서 무찌르고 앞장서 바로 서주성 아래로 달렸다.

도겸이 급히 군사를 시켜 성문을 열게 하고 유비를 맞아들였다. 조조가 이제 군사를 몰아 서주를 치려 할 때 급보가 들어왔다. 여포가 연주를 쳐서 승리하고 다시 나아가 복양을 함락했다는 것이다.

여포는 이각, 곽사의 난 때 도망하여 회남으로 원술을 찾아갔다. 그러나 원술이 그의 신의 없음을 미워하여 받아 주지 않았다. 그 후 여포는 여러 곳을 떠돌다가 진류의 장막을 찾아갔다. 때마침 진궁이 장막의 아우 장초를 따라 그곳에 와 있다가 여포가 온 것을 보고 장막에게 말했다.

"지금 천하가 어지러워 영웅이 벌 떼처럼 일어나고 있습니다. 이제 조조가 군사를 일으켜 서주를 치러 가 연주가 비어 있으니, 여포와 함께 연주를 얻는다면 큰일을 도모할 수 있지 않겠습니까?"

장막은 크게 기뻐하며 여포에게 군사를 주어 먼저 연주를 치고 다음에 복양을 함락하게 했다. 그리하여 오직 순욱과 정욱이 죽기로 싸워 동성만은 온전할 수 있었으나, 그 나머지는 모두 함몰되고 말았다. 조인이 여포와 싸웠으나 번번이 져서 마침내 조조에게 급보를 올린 것이다.

급보를 받고 조조는 크게 놀랐다.

"연주를 잃었다면 장차 나는 어디로 돌아간단 말인고?"

곽가가 말했다.

"회군하여 먼저 연주를 회복하시는 것이 옳을 듯합니다."

조조는 그의 말을 좇아 즉시 회군하기로 했다. 조조가 물러가자 도겸은 뛸 듯이 기뻐했다. 그는 공융과 관우, 그리고 조운을 성으로 불러들여 큰 잔치를

모矛
모는 대나무에 뾰족하고 폭이 넓은 양날의 창날을 부착한 무기이다. 사모는 날 부분이 뱀과 같이 생겼다고 해서 붙인 이름으로, 길이가 1장 8척인 장팔사모가 유명하다.

베풀었다. 이 자리에서 도겸은 뜻밖의 말을 꺼냈다.

"두 대감들도 알다시피 나는 너무 늙어 이 서주를 잘 다스릴 힘이 없소. 그리고 아들이 둘 있으나 그 아이들은 태수로서 적당치 못하오. 유공으로 말할 것 같으면 황실의 종친으로서 덕망이 높은 분이니, 서주의 태수가 된다면 백성들도 모두 기뻐할 거요. 부디 사양치 말아 주시오."

유비는 깜짝 놀랐다.

"천부당만부당한 분부이십니다. 제가 종친인 것은 사실이나 아직 미흡한 점이 많은 조그만 시골의 현령이올시다. 또 제가 서주를 도우러 온 것도 도 대감의 정의로운 마음을 존중한 때문입니다. 그런데 만일 제가 서주의 태수가 된다면 의를 저버린 간사한 놈이라고 모두 나를 비웃을 것입니다."

유비가 강력히 사양하자 이번에는 도겸의 중신 미축이 권했다.

"이것은 유비님을 위해서가 아니라 저의 주군과 이곳의 백성을 위해서입니다. 저의 주군 도 태수님은 병이 깊고 연로하셔서 정사를 잊고 쉬셔야 합니다. 따라서 오래전부터 새 태수님을 찾고 있었습니다. 신하인 저로서도 마땅히 연로하신 주군의 여생을 편안하게 해 드릴 책임이 있습니다. 서주에는 기름진 땅과 풍부한 물자가 있습니다. 유비님의 덕망과 관우, 장비님의 군사력이 어우러져 나라를 새롭게 한다면 서주는 크게 번성할 것입니다. 부탁입니다. 서주를 버리지 말아 주십시오."

미축이 간곡히 권유하자 관우와 장비가 번갈아 유비에게 말했다.

"태수님은 물론 미축 같은 중신마저 그것을 원하시니 받아들이는 것이 예의일 듯합니다."

"그렇습니다. 우리가 서주를 욕심내서 이곳에 온 것이 아님을 모두 아는데, 누가 감히 우릴 비웃겠습니까?"

그때 별안간 유비의 얼굴이 크게 일그러졌다.

"닥쳐라! 못된 놈들. 너희들은 이 형에게 의를 저버린 파렴치한 놈이 되라고 권하는 것이냐! 너희들이 나설 자리가 아니니 썩 물렀거라."

섣불리 말을 꺼냈다가 무안만 당한 관우와 장비는 아무 소리 않고 그 자리를 떠났다. 잠시 후 도겸이 조용히 말했다.

"미안하오. 내 욕심만 차렸구려. 그렇다면 이렇게 합시다. 내 영토 내에 소패라는 작은 성이 있으니 거기를 맡아 다스리면서 서주를 지켜 주심이 어떻소?"

"그거 참으로 좋은 생각입니다. 받아들이시오."

옆의 공융도 유비에게 권했다. 한참 눈을 감고 생각에 잠겨 있던 유비가 할 수 없다는 듯 고개를 끄덕였다.

"보잘것없는 저를 그토록 믿어 주시니, 은혜에 보답하기 위해서라도 그것만은 사양치 않겠습니다."

그리하여 유비는 두 아우를 데리고 소패로 들어가 성을 수리하고 병영을 만드는 한편, 백성들의 살림살이를 정성껏 보살펴 주었다. 공융도 자신의 영지로 돌아갔으며 조운도 군사를 모아 공손찬에게 돌아갔다. 그때 조운은 유비와 헤어지기가 못내 아쉬워 눈물을 뚝뚝 흘렸다.

조조와 여포의 싸움

　조조는 서주에서 철군하면서 군대를 두 편으로 나누었다. 우금, 여긴, 익래, 모개, 이전, 조홍 등을 거느린 조조의 본진은 여포가 있는 복양으로 달려가고, 조인이 지휘하는 제2진은 연주를 포위하고 공격했다.

　힘은 있으나 지혜가 모자라는 여포, 지혜는 차고 넘치나 지나치게 자신만만한 조조. 두 사람의 첫 번째 싸움은 조조의 승리로 돌아갔다. 여포의 태만에서 비롯된 것이었다.

　"이놈들 봐라! 건방진 놈들."

　술타령을 하고 있던 여포는 전령의 급보를 받자 재빨리 적토마에 올라 서쪽 성채로 달려갔다.

　"모두 나를 따르라! 조조란 놈은 주둥이만 살아 있는 놈이다!"

　여포는 우왕좌왕하는 병사들을 불러 모아 서쪽 성채를 포위했다.

　"자, 공격이다! 한 놈도 살려 보내선 안 된다!"

　방천화극을 종횡무진 휘두르는 여포의 모습은 귀신도 혀를 내두를 정도였다. 여포의 적토마가 가쁜 숨을 내뿜을 때마다 조조의 병사들은 여기저기에서 가을바람의 낙엽처럼 쓰러졌다.

　"조조는 어딨느냐? 썩 목을 내놓아라!"

여포는 눈을 부라리며 조조군의 중앙으로 내달았다. 조조는 그만 간이 콩알만 해져 황급히 말머리를 돌리며 소리쳤다.

"누구 없느냐? 나를 호위하라!"

즉시 조조의 장수 우금과 악진이 양쪽에서 여포를 막아섰다. 그 사이 조조는 재빠르게 몸을 피해 북쪽의 산모퉁이로 내달렸다. 위기일발의 순간이 지났는가 싶자 이번에는 여포의 부장 장요와 장패의 군마가 좌우에서 쏟아져 나왔다.

"천하의 간교한 놈, 도망치지 말고 대적하자!"

마침 조조의 부장들과 병사들이 조조를 쫓아와 장요, 장패의 칼을 막으며 포위망을 뚫으려 했으나 비 오듯 쏟아지는 불화살을 피하지 못해 불에 타 죽는 자, 목이 잘려져 나가는 자가 헤아릴 수조차 없었다.

벌써 어슴푸레하게 날이 밝아 오고 있었다. 전세는 조조에게 더욱 불리해질 것이 뻔했다. 조조는 침이 마르고 애가 탔다. 그러나 앞으로 나아갈 수도 뒤로 물러날 수도 없었다.

"저놈이 조조다! 조조를 사로잡아라!"

서서히 어둠이 가시고 조조의 모습이 드러나자 적장 장요가 조조에게 달려들었다.

"살려다오! 누가 나를 살려다오!"

조조는 체면 불구하고 소리쳤다.

이때 기병의 대오에서 한 장수가 뛰어내렸다. 전위였다. 쌍철극을 든 그가 크게 소리쳤다.

중국의 고대 무기
극戟
창 끝에 있는 날과 수직으로 돌출되어 있는 날이 있다. 창 끝의 날은 찌르는 데 사용하고, 돌출되어 있는 날은 내리찍은 뒤에 잡아당겨 앞으로 끌어내어 베는 데 사용한다.

"주군, 제가 있습니다! 염려 마십시오!"

몸을 날려 말에서 내린 전위는 쌍철극을 땅에 꽂고 짧은 극 10여 개를 손에 끼어 쥐었다. 전위는 조조 앞에 서서 적진을 뚫기 시작했다.

"주군, 제 뒤만 바짝 따르십시오. 반드시 안전한 곳으로 모시겠습니다."

과연 전위의 솜씨는 대단했다. 손에 쥔 짧은 극은 정확하게 적병 10여 명을 말에서 떨어뜨렸다. 그러자 나머지는 부랴부랴 달아나기 시작했다. 전위가 조조의 퇴로를 뚫고 전진하자 조조군은 다투어 그리로 몰려 나가 이제는 여포군의 포위망을 완전히 벗어나게 되었다. 그리고 때마침 장대 같은 폭우가 쏟아졌으므로 여포군의 추격전은 거기서 끝나 버리고 말았다.

"분하다! 여포 따위에게 대패하다니. 반드시 놈의 목을 베고야 말겠다."

조조는 이를 갈면서 다음 작전 계획을 세우기 시작했다. 조조는 패배를 분해 하면서도 그것에 얽매이지 않았다. 이것이 조조의 장점이기도 했다.

그로부터 며칠 후 보자기에 싼 삶은 닭을 대 끝에 매달고 조조의 진중을 찾아 온 사람이 하나 있었다.

"저는 복양성 안의 명문 부호 전씨의 밀서를 전하러 온 사람으로 다른 사람의 눈에 띄는 것이 두려워 농민으로 위장한 것입니다. 장군, 제 주인의 편지를 받아 보십시오."

〈여포는 잔인무도한 폭군입니다. 복양성 백성들은 하루빨리 조 장군께서 입성해 주시기를 손꼽아 기다리고 있습니다. 마침 여포는 여양으로 떠나고 성은 비어 있습니다. 오늘 밤 공격을 한다면 쉽게 성을 차지할 수 있을 겁니다. 우리들도 장군님이 공격하시는 때에 맞춰서 들고 일어나 봉화를 올리고 성문을 열겠습니다.〉

"하늘이 조조를 돕는 것이로다!"

그날 밤 어둠이 깃들자 조조는 대군을 셋으로 나누어 복양성으로 진격했다. 만일 밀서가 거짓일 경우에 셋 중 한 부대만 피해를 입기 위해서였다. 그들이 복양성 가까이까지 이르자 과연 성루에 봉화가 올랐으며 곧이어 성문이 활짝 열렸다.

"자, 성으로 들어가 여포군을 무찌르자!"

조조는 선두에 서서 병사들을 지휘했다. 조조군은 물밀듯이 성 안으로 덮쳐들었다. 그런데 성 안에는 보초병은 물론 백성들의 그림자 하나 보이지 않았다.

"이상하다……. 아무래도 적의 꼬임에 빠진 것 같다."

조조는 예감이 좋지 않아 하후돈과 조인의 부대를 성문 밖으로 나가 머물게 하고 자신의 부대만 앞으로 전진시켰다. 아니나 다를까. 돌연 사방에서 북소리가 울리는가 싶더니 까마귀 떼처럼 적병들이 쏟아져 나왔다.

"아차, 속았구나! 퇴각하라!"

조조군이 어찌할 바를 몰라 갈팡질팡하는 사이에 수많은 불화살이 날아들었다. 병사들의 갑옷과 투구, 군마 위에도 온통 시뻘건 불바다였다. 조조는 죽을힘을 다하여 북문으로 달렸다. 그러나 거기에도 복병이 숨어 있다가 아우성치며 달려들었다. 이번에는 서문으로 가 보았다. 물론 그것도 허사였다. 남문 또한 불길이 치솟고 있었다.

"아아! 적의 함정에 빠지다니 내가 어리석었구나……."

조조는 막연히 탄식을 했다. 여포의 진중에 진궁이라는 모사꾼이 있음을 알고 있었으나 그를 너무 깔본 것이 무엇보다도 실수였다. 이제는 불에 타 죽든지 아니면 창칼에 맞아 죽는 수밖에 다른 도리가 없었다.

횃불을 든 한 떼의 군마가 조조가 있는 곳으로 달려오고 있었다. 생각해 볼 것도 없이 그것은 적토마를 탄 여포와 그의 병사들이었다. 도망친다는 것은 이미 불가능했다. 조조는 문득 한 가지 꾀를 생각해 냈다. 그는 얼른 고개를 푹 숙이고 태연히 적토마 옆을 지나쳤다. 어둠이 조조를 여포의 병사로 착각하게 한 것이리라.

그런데 무슨 생각에서인지 여포가 말머리를 돌려 창 끝으로 조조의 투구를 툭 쳤다.

"이봐, 조조를 못 봤어? 분명 이곳으로 달아났는데……."

조조는 간이 콩알만 해졌다.

"저, 저쪽으로 달아났습니다. 그래서 지금 추격하고 있는 중입니다."

조조의 음성은 사뭇 떨렸다.

"그게 정말이야? 내가 방금 그쪽에서 오는 길인데 아무도 안 보이던데? 아무래도 수상한 놈이군."

'이제는 만사가 다 틀렸다.'

조조는 재빨리 말에 채찍을 가해 달아나기 시작했다.

"저놈 잡아라!"

여포가 눈치를 채고 추격했다. 그러나 이미 조조의 그림자는 자욱한 연기 속으로 사라져 버리고 없었다. 위기일발의 순간을 벗어난 조조는 무작정 퇴로를 찾아 이리 달리고 저리 달렸다. 그러나 성문은 모조리 잠겨 있지 않으면 불타고 있었고 그나마 적군들이 들끓고 있었다.

조조는 처참한 심정으로 사방을 둘러보았다. 조조는 말머리를 돌려 동문을 향해 달려가다가 마침 전위와 만났다. 전위가 조조를 보호하여 피로 물든 길을 뚫고 성문 앞에 이르렀다. 불길이 매우 거셌다. 성 위에서 장작과 풀을 아래로 던져 땅은 온통 불바다였다. 전위는 불타는 장작들을 화극으로 밀어 버린 뒤, 나는 듯이 말을 몰아 불길을 헤치고 먼저 성 밖으로 나갔다.

조조는 전위의 호위로 간신히 위기를 모면할 수 있었다. 돌아온 조조는 다시 위엄을 되찾고 명령했다.

"허허, 여포가 미련한 돼지는 아닌 모양이야. 내가 그를 너무 얕잡아 봐서 두 번씩이나 망신을 당했어. 허나 이번만은 혼을 내 줄 테다. 지금 즉시 내가 지난번 싸움에서 불에 타 죽었다고 소문을 퍼뜨려라. 그들이 전혀 눈치채지 못하게 말이다."

이 헛소문은 즉각 복양성의 여포의 귀에 들어갔다.

"쥐새끼 같은 조조 놈이 죽었다고? 그거 참 잘됐군. 지금 곧 전 병력을 총동원하여 조조의 본진을 짓밟아야겠다."

여포가 갑옷을 걸치자 책사 진궁이 가로막았다.

"좀더 소문의 진위를 확인해 본 뒤에 출진하셔도 늦지 않습니다. 적의 책략일지도 모릅니다."

"자네는 그게 탈이야. 조조가 죽었다는데 뭘 더 기다리겠나? 공격의 기회란 늘 있는 게 아냐."

여포는 진궁의 만류에도 전 병력을 몰아 성 밖으로 나갔다. 소문대로 조조군의 본진은 침통한 분위기가 감돌 뿐 전혀 싸울 기미가 없었다.

"음, 하늘이 날 도우신 거야. 공격하라!"

여포는 고양이가 쥐를 덮치듯 조조군의 중앙으로 적토마를 몰았다. 그러나 이번에는 여포가 혼날 차례였다. 기복이 심한 언덕 너머에서 조조의 복병이 산더미처럼 쏟아져 나왔다. 그리고 순식간에 여포의 병력 절반 이상이 조조군에게 죽임을 당했다. 여포는

여포
여포는 지혜가 없고 어리석지만 적토마를 타고 천하무적의 검술로 적을 두렵게 만들었다. 난세의 풍운아다.

태반의 병사들을 적진에 남겨 둔 채 혼자 뺑소니를 쳤다.

성으로 들어간 여포는 사방의 성문을 굳게 잠가 버린 다음 아무리 조조가 싸움을 걸어도 전혀 응하지 않았다. 그 후 수십 차례에 걸쳐 소규모 싸움이 계속되었지만 여포의 본진은 한사코 성 밖으로 나오지 않았다. 여포는 싸움이 싫었고 조조는 답답하기만 했다.

벌써 조조군과 여포군의 싸움이 시작된 지 석 달째였다. 그리고 전황은 두 사람에게 불리하기만 했다. 지독한 흉년으로 말미암아 군량미가 바닥났던 것이다.

"안 되겠어. 철수한다."

조조가 먼저 성을 포위하고 병사들을 거둬들여 전성으로 퇴각했다. 조조의 영지는 모두 여포에게 빼앗겼으나 순욱과 정욱이 지키고 있던 전성, 동아, 범현 세 곳은 아직 남아 있었던 것이다.

서주 태수가 된 유비, 여포를 받아 주고

소패성의 유비에게 서주성의 태수 도겸의 특사가 당도했다.

"태수의 병이 위독하셔서 유공을 급히 모셔 오라는 분부가 있으셨습니다."

유비는 부리나케 특사와 더불어 서주성으로 들어갔다. 그러나 유비가 도착하기 전에 도겸은 숨을 거두고 말았다.

"유비님, 이것을 읽어 보십시오. 돌아가신 주군의 유서이옵니다."

도겸의 제일 신하 미축이 내민 유서의 내용은 이러했다.

〈유비 현덕에게 서주의 패인(태수의 도장)을 물려줄 것이니, 모든 신하들과 백성들은 유비를 잘 받들어 섬기라. 유비는 분명 서주를 부흥시킬 큰 인물이니라.〉

미축을 비롯한 서주성의 관리들과 백성들이 관아에 엎드려 눈물로 하소연했다.

"제발 서주를 버리지 마십시오!"

이 광경을 지켜보고 있던 관우, 장비도 유비에게 권했다.

"저들의 진심을 받아들이지 않는다는 것은 죄악입니다."

유비는 마지못해 서주의 패인을 받아들였다. 그리고 엄숙하고 성대하게 도겸의 장례를 치룬 후 소패성의 군마와 재물을 서주로 옮겨 놓고 앞으로의 계획을 백성들에게 발표했다.

"고인의 뜻을 받들어 태수의 자리에 오르나 어진 주군이 못 되면 어쩌나 싶어 걱정이 앞서는도다. 그러나 최선을 다해 백성의 생활을 돌보고 나라의 방비를 튼튼히 할 것이니 안심하고 자신의 생업에 충실하라. 또한 고인의 옛 신하 미축과 손건을 변함없이 나의 중요한 신하로 삼을 것이니 기타 관아의 관리들도 지금 있는 그 자리에서 나를 도와 훌륭한 일꾼이 되어 다오."

유비는 우선 쌀 창고를 열어 굶주린 백성들에게 골고루 나눠 주었다. 이 소식은 곧 전국 각처로 퍼져 나갔는데, 특히 전성의 조조에게는 충격적이었다.

"괘씸한 놈! 내 원수의 땅을 화살 한 개 소비하지 않고 차지해 버리다니!"

조조가 애초에 서주를 공격했던 것은 부친의 원한을 풀기 위한 것이라기보다는 그것을 핑계로 기름진 서주의 땅을 차지하고 싶은 욕심에서였다.

그런데 유비가 힘 안 들이고 서주의 주인이 되었으니 화날 만했다.

"유현덕을 잡아 죽이고 도겸의 시체를 파내어 부친의 원수를 갚으리라."

조조가 이같이 이를 갈며 분통해 하자 그의 장자방(한나라 고조를 도와 천하를 통일한 건국공신)이라고 일컫는 순욱이 극구 반대했다.

"당장의 서주 정벌은 부당합니다. 지금의 군세로 서주를 치자면 연주를 되찾는 것은 포기해야 하는데 연주는 천하의 요충지로 장차 주군을 위해 크게 쓰일 땅입니다. 그리고 현재로선 식량난으로 서주 공격은 더더욱 불가능합니다."

"그래서? 계속하라."

"따라서 서주 공격을 일단 뒤로 미루시고 몇몇 장수에게 연주를 계속 포위하라 이르신 뒤 주군께서는 여남과 영주로 들어가 병마를 키우는 게 상책입니다. 그곳에는 황건적의 잔당이 아직도 남아 있으므로 그들의 양식을 빼앗아 사용하시면 됩니다."

"그래, 네 말이 맞다! 여남으로 진군하자."

언제나 옳은 말이면 곧장 받아들이는 것이 조조의 또다른 장점이었다. 조조는 서주 공격을 후일로 미루고 여남으로 군대를 이동시켰다.

그해 겨울 조조의 원정군은 여남과 영주 지방을 정복하여 도적의 무리들을 소탕함과 아울러 항복해 오는 자들을 자기의 군대에 편입시켜 병력을 증강시켰다. 그리고 조조는 이때 훗날 그를 위해 큰 공을 세우게 되는 허저라는 유명한 장수를 얻게 되었다. 그는 원래 초현 태생의 농민이었으나 황건적이 농가를 약탈하자 농민들을 규합하여 대적하던 중에 조조와 만나게 된 것이었다.

여남 지방의 황건적을 쳐 군세를 증강시키고 군량미를 얻게 된 조조는 드디어 새로운 명령을 내렸다.

"때는 왔다! 연주를 다시 공격한다. 여포는 지금 복양성에 있어 그의 부하 설란과 이봉이 지키고 있다. 허나 여포군의 횡포가 심해 주민들은 우리의 입성을 간절히 원하고 있다 한다. 자, 가자! 정든 우리의 땅으로!"

조조군은 사기충천하여 연주로 내달았다. 설란과 이봉은 갑작스런 조조의 총공세에 크게 놀랐으나 성문을 열고 나와 대항했다.

"내가 누군 줄 아느냐? 귀신도 놀라 도망친다는 초현의 도깨비 허저니라!"

"허전지, 돼진지 내 알 게 뭐냐! 어서 덤벼라!"

허저는 비호같이 적 중앙으로 파고들어 이봉의 목을 떨어뜨리고 다시 설란을 추격했다. 설란은 아무래도 상대를 깨뜨리지 못하겠다고 생각했는지 군사들을 모아 성 안으로 도망쳤다.

그러나 이전과 전위의 군대가 일시에 성 안으로 따라 들어가 설란의 군대를 여지없이 짓밟았으며 설란의 목을 화살로 꿰뚫었다. 그리하여 조조는 다시 연주의 주인이 되었다.

"멈추지 마라! 이대로 복양성을 치자!"

조조는 잠시의 휴식도 없이 계속 복양까지 밀어붙였다.

"조조는 대군입니다. 그리고 그들은 한창 기세가 올라 있어 지금 나가 싸운다는 것은 절대 불리합니다. 농성을 해야 합니다."

책사 진궁은 여포에게 힘주어 말했다.

"시끄럽다! 천하의 여포가 조조 따위를 겁낼 줄 아느냐!"

여포는 진궁의 만류에도 성문 밖으로 대적해 나갔다.

"네가 바로 아비를 팔아먹은 여포렷다!"

허저가 말을 몰아 달려들었다. 그러나 여포는 허저 따위는 상대조차 하기 싫다는 듯 '조조는 어딨느냐?' 하며 계속 앞으로 내달았다. 허저는 분하기도 하고 약도 올라서 적토마에 바짝 따라붙어 큰 칼을 힘껏 내리쳤다. 쌩! 하고 여포의 귓가에 바람 소리가 일었다.

"이놈이!"

그렇게 두 호걸이 맞붙어 싸우기를 20여 합. 승부가 쉽게 나지 않자 전위가 허저를 도와 달려들었다. 세 사람의 창칼이 어지럽게 바람을 갈랐으며 기합 소리가 터져 나올 때마다 말발굽 아래선 뽀얗게 흙먼지가 일었다. 여전히 승부는 나지 않았다. 오히려 여포의 화극이 허저와 전위의 공격을 압도했다.

"두 사람으로는 여포를 베지 못한다. 하후돈, 이전, 악진도 나가 사방에서 협공하라!"

아무리 여포라고 해도 한꺼번에 다섯 장수를 상대할 수는 없었다. 마침내 여포는 적토마에 채찍을 가해 복양성으로 도망쳤다. 그런데 그가 성문 앞에 이르러 안으로 들어서려는 순간 웬일인지 성문이 일시에 잠겨 버렸다.

"뭣들 하느냐? 어서 문을 열어라!"

그러자 성루 위에 사람이 하나 나타나 소리쳤다.

"복양성 주민은 오늘부터 성의 주인을 바꾸기로 결심했소."

성루의 사나이는 전날 조조를 꼬여 성 안으로 불러들인 전씨라는 부호였다.

"이놈! 널 가만두지 않겠다!"

여포는 펄쩍펄쩍 뛰면서 분해 했으나 이미 어쩔 수 없는 노릇이었다. 성벽은 높고 성문은 굳게 닫혀 있었다. 조조의 추격군이 들이닥치면 필시 죽음을 면치 못할 것이었다.

"어디 두고 보자!"

여포는 적토마를 몰고 정도로 도망치기 시작했다. 여포의 심복 진궁은 성 내에 남아 있던 여포의 가족을 데리고 몰래 성을 빠져나와 여포의 뒤를 쫓아갔다.

"먼저 원소에게 도피해 도움을 청한 뒤 그게 여의치 않을 때는 서주의 유비 현덕에게 몸을 의탁합시다. 현덕은 자기를 찾아오는 사람은 절대 박대를 않는 의인이라 합니다."

"그게 좋겠군."

여포는 약간의 군사와 가족을 이끌고 기주의 원소에게 가 도움을 청했다. 허나 원소로서는 의리부동하고 배은망덕한 여포가 반가울 리 없었다. 그리고 또 여포가 연주 땅을 차지한다면 기주까지 탐낼 게 뻔했다.

원소는 오히려 조조에게 여포 토벌군으로 5만 병력을 지원했다. 여포는 마지막 수단으로 서주성의 유비를 찾았다. 서주의 관아는 발칵 뒤집혔다.

"주군, 절대로 여포를 받아 줘서는 안 됩니다. 그는 자신을 길러 준 은인을 잡아먹는 늑대 같은 사내입니다."

미축은 유비의 어진 마음씨가 몹시 걱정이 되었다.

"내 집을 찾아온 손님을 어찌 거절하겠는가? 또한 여포는 내 일찍이 조조가 서주를 공격했을 때 연주를 쳐 서주의 위기를 구해 준 은인이 아닌가?"

"쳇, 그거야 서주를 돕기 위해서가 아니라, 연주를 차지하기 위해서였지요."

장비가 퉁명스럽게 대꾸했다. 관우는 입을 봉한 채 얼굴만 찡그리고 있었다.

"자네들의 말처럼 여포는 그리 환영받을 인물은 아니지. 하지만 원인이야 어떻든 결과적으로 서주는 그의 은혜를 입은 셈이야. 지금 저렇게 처량한 꼴로 찾아왔는데 그냥 되돌려 보낸다면, 장차 누가 이 유비를 의리 있는 사람이라고 하겠나?"

유비의 조리 있는 설명에 속으로는 그렇지 않으나 겉으로는 반대하는 사람이 없었다. 아니 그보다는 이미 유비의 결심을 되돌릴 수 없음을 깨달은 때문일지도 모른다. 오직 장비만이 고개를 가로저으며 계속 투덜거렸다. 유비의 영접을 받은 여포는 처음과는 달리 제법 거들먹거리며 서주성으로 들어왔다.

"호오, 유공, 별일 없었소? 내 역적 동탁을 죽여 한나라의 충신이 되고자 했으나 이각의 무리에게 쫓겨나고, 연주를 쳐 유공을 도왔으나 오히려 조조에게 쫓겨 유랑의 신세가 되었구려."

"장군, 세상사란 다 그런 것. 여기에서 편히 쉬시면서 후일을 도모하시오."

"평소에 늘 유공을 아우처럼 생각하여 보살펴 주었는데, 그 은혜를 잊지 않고 이처럼 환대하니 고맙소이다!"

가슴을 쑥 내밀며 허세를 부리는 꼴에 장비의 비위가 뒤틀렸다.

"무엇이 어쩌고 어째? 유비 형님을 아우처럼 생각했다고? 너 따위가 감히 황제의 집안 되시는 분을 아우니 뭐니 모욕하다니, 건방진 놈 같으니라고! 당장 요절을 내 주겠다!"

호랑이 수염의 장비가 고리눈을 부릅뜨고 덤벼들었다.

"닥치거라! 관우야, 저놈을 어서 끌어내거라."

관우 또한 여포가 못마땅했으나 별수 없이 장비를 밖으로 데리고 나갔다.

"장군, 노여워 마시오. 아우 장비는 성미가 워낙 불 같아서 터무니없는 말을 잘 합니다."

유비는 새파랗게 질려 있는 여포를 애써 달랬다.

이튿날 유비의 처소를 찾은 여포는 아무래도 서주는 자기를 반기는 것 같지 않으므로 다른 곳으로 떠나겠다고 말했다.

"유공의 호의는 감사하오나 인연이 없는 것 같소이다."

"무슨 말씀! 제가 아우를 잘못 다스린 때문이니 노여워 마시고 여기 그대로 눌러 계십시오."

유비는 떠나겠다는 여포를 간곡히 만류하여 소패성을 그에게 빌려 주기로 했다.

"소패성은 작은 성이나 식량이 풍부하므로 장차 장군에게 큰 도움이 될 것입니다."

여포는 딱히 갈 곳도 없었으므로 병사들과 가족들을 이끌고 소패성으로 들어가 머물게 되었다.

제 2 편
운명을 달리한 영웅들

"오늘 같은 난세에 그런 훌륭한 인물이 어디 있겠습니까?" "아니오. 영웅은 난세에 나는 법. 틀림없이 있습니다. 다만 아직 꼬리를 감추고 몸을 드러내지 않을 뿐입니다." "당대에 영웅이 틀림없이 있다 하셨는데, 그렇다면 승상께서는 누굴 영웅으로 생각하고 계십니까?" "내 입으로 그걸 꼭 말해야 알겠소?" "저로서는 도저히……." "그건 바로 나 조조와 유공 당신이오."

대권을 잡은 조조

조정의 이각과 곽사는 여전히 정사보다 부귀영화에만 눈이 어두워 백성들의 원성이 날로 높아졌다. 동탁은 죽었지만 동탁이 두 명이나 더 생긴 셈이었다. 그러나 황제를 비롯하여 조정의 대신들 중 누구도 이들을 비방할 수가 없었다. 사마 이각, 대장군 곽사의 권력이 너무나도 막강했던 것이다. 이런 가운데서도 진실로 황제를 생각하고 나라를 걱정하는 충신이 있었으니, 그는 양표라는 황제 측근의 대신이었다.

양표는 이각과 곽사가 서로 싸워 파멸로 이르도록 비밀 계획을 세웠다. 그것은 두 사람이 상대방의 세력을 시기하게 하는 것이었다. 과연 이각과 곽사는 양표의 이간질에 빠져 상대방이 자기를 죽이려 한다는 착각에 사로잡혀 싸움을 시작했다.

"곽사란 놈이 나를 없애고 혼자 권력을 차지하려 하다니. 절대로 가만두지 않을 테다!"

"뭐야? 이각이 나를 죽이고 혼자 권력을 독차지해? 어림도 없지!"

이각과 곽사는 서로 상대방을 비난하면서 군사들을 동원해 피비린내 나는 싸움을 계속했다. 장안성은 온통 두 군대의 고함 소리와 비명 소리로 가득했다. 그렇지 않아도 흉년이 들어 굶어 죽는 백성이 수만에 이른 이 마당에 양편의 군대가 패싸움을 하니 백성들의 고생은 이루 다 말할 수가 없었다.

애초에 이각과 곽사를 제거하려는 속셈에서 싸움을 붙인 양표였으나, 이제는 양표조차 크게 후회할 지경에 이르렀다. 이각, 곽사의 무리들은 서로 황제를 차지하려고 헌제의 궁궐에까지 함부로 들어와서 궁궐은 불에 타 잿더미가 되었다.

쌍방의 싸움으로 인하여 장안성은 초토화되었고 길거리에는 시체가 즐비했다. 날파리들이 날아들고 시체 썩는 냄새가 성 안에 진동했다.

"폐하, 더는 장안에 머물 수가 없습니다. 이각, 곽사 몰래 성을 빠져나가 옛 도읍지 낙양으로 거처를 옮기십시오."

양표의 제안에 따라 헌제는 몇몇 궁인들과 대신들을 거느리고 장안성을 나와 낙양성으로 향했다.

계속되는 흉년으로 백성들은 풀뿌리와 나무 껍질로 끼니를 대신했다. 물론 황제께 바칠 양곡도 관리들의 양식도 없었다. 조정의 대신들조차 산으로 올라가 열매를 따거나 날짐승들을 잡아 황제에게 바치는 것이 하루의 일과였다.

어느 날 태위 양표가 황제에게 아뢰었다.

"언제까지 이대로 조정을 황폐케 할 수는 없습니다. 산동의 조조를 불러 폐하를 보필케 하십시오. 조조는 산동 일대를 호령하는 군주로서 창고에는 물자가 넉넉하고 휘하에는 지혜와 무용이 뛰어난 문무백관이 수없이 많다 하옵니다. 폐하께서 칙서를 내려 그를 부른다면 기뻐 달려올 것입니다."

황제는 양표의 진언을 받아들여 조조에게 칙서를 급파했다.

이때 산동의 조조는 황제의 어가가 낙양으로 들어갔다는 소식을 이미 알고 있었다. 그리고 곧 황제가 자기에게 도움을 청할 것도 예견하고 있었다.

'이제부터다! 이제부터 세상은 이 조조 없이는 안 될 것이다!'

조조는 지금까지의 온갖 고난이 열매를 맺는 듯한 성취감을 느꼈다. 그런데 황제의 칙사가 산동의 조조에게 내려간 지 한 달 후쯤의 일이었다. 이각, 곽사의 무리가 서로 화합하여 낙양을 향해 대군을 몰고 온다는 소식이 들어왔다.

조정은 긴급 회의를 개최했다. 그러나 별 뾰족한 수가 나오지 않았다. 현재의 군세로는 이각의 대군을 맞아 싸울 수가 없었던 것이다.

"아직 칙사가 돌아오지 않아 정확한 것은 모르나, 조조는 분명 조정을 도와 줄 거요. 그러니 잠시 황제를 모시고 산동의 조조에게 갑시다."

양표의 제안이었다. 사태가 워낙 급박한지라 반대가 있을 리 없었다. 그들 일행이 낙양을 벗어나 1백 리쯤 왔을 때였다. 이각의 추격군이 먼지를 일으키면서 뒤쫓아 오고 있는 것이 보였다.

그때 돌연 전방의 언덕 너머에서 천지를 진동하는 듯한 말발굽 소리가 들렸다.

"어찌해야 좋단 말이냐!"

황제는 어가 안에서 탄식했고 군신들은 어가 주위를 빙빙 돌며 울부짖었다. 오직 양봉과 그의 부하 장수 서황만이 군사들을 격려하며 일전을 치를 준비를 하고 있었다. 특히 서황의 용기는 대단했다.

"사람은 한 번 태어나면 반드시 죽게 마련인 것. 떳떳하게 죽으리라!"

서황은 두 눈을 부릅떴다.

서황이 말에 채찍을 가하려는 순간, 전면의 병마 한가운데서 민간인 복장을 한 젊은이 하나가 어가를 향해 급히 말을 몰아왔다.

"폐하, 기뻐하십시오! 조신입니다!"

조신이라면 산동으로 떠난 황제의 칙사였다.

"조조 장군이 보낸 선발대 5만이옵니다."

"뭐라고, 우리를 돕고자 출병한 산동군이란 말이지?"

뒤이어 하후돈, 허저, 전위가 이끄는 군마가 창검을 번쩍이며 황제 앞에 도열했다.

"폐하의 안위가 염려되어 급히 달려오느라 이렇게 무장을 하고 예를 올리오니 용서하시옵소서."

세 장수는 말에서 내려와 정중히 무릎을 꿇었다.

"오오, 장하도다! 조 장군은 참으로 황실의 충신이로다! 어서 나가 적을 무찌르라."

하후돈의 지휘로 군마가 활처럼 양 날개를 벌리고 이각, 곽사의 군대를 향해 돌진하니 적병은 여지없이 대패하여 달아나기 시작했다. 중앙의 하후돈, 양 옆의 허저와 전위의 군사는 적병 1만여 명을 무찌르고 개선했다.

"조 장군이 입성했다! 영웅이 왔다!"

낙양 백성들은 태양을 우러러보듯 그를 향해 만세를 불렀다.

조조는 그럴수록 더욱 겸손한 자세로 황제 앞으로 나아가 엎드렸다.

"폐하, 하늘 같은 성은을 입었음에도 이제야 겨우 배알拜謁함을 용서하시옵소서. 오늘 부르심을 받고 폐하를 보필하게 되었으니, 천지신명께 맹세코 사직을 보존하고 백성을 편안케 하는 충신이 되겠습니다. 안심하시옵소서."

"장하도다, 조 장군! 하늘이 짐을 도우심이로다."

패망의 위기에 처한 헌제에게 조조는 구세주나 다름없었다. 헌제는 칙령을 내려 조조에게 대장군, 승상의 벼슬을 주어 정치, 군사의 대권 일체를 모두 내맡겼다. 조조는 20만 대군을 몰아 아직 재기를 노리고 있는 이각과 곽사의 잔당을 깨끗이 소탕해 버렸다. 적은 흩어지고, 쓰러지고, 사방으로 도망쳐 버렸다.

조조는 조정의 규율을 세우고 백성을 편안케 하는 한편, 황제의 명을 받들어 천하를 다스렸다. 이처럼 조조가 조정의 새로운 실력자로 떠오르자 이를 못마땅하게 생각하는 자가 있었으니, 그는 황제의 어가를 낙양까지 모시고 온 양봉이었다. 양봉은 부장 서황과 더불어 낙양성을 탈출하여 조조와의 일전을 꾀했다. 그러나 양봉의 군대는 조조의 상대가 될 수 없었다.

이제 세월은 태평하고 군마는 휴식을 취하게 되었다. 또한 조정도 조조의 통솔로 안정을 되찾았다.

그런데 문제는 재원의 궁핍으로 인하여 낙양의 재건이 불가능하다는 사실이었다. 생각다 못한 조조는 결정을 내렸다.

"낙양 땅은 지금 폐허에 가까워 부흥조차 힘들게 되었다. 문화의 재흥 면에서도 교통 면에서도 낙양은 불편하기 짝이 없다. 또한 인심조차 낙양을 저버리고 있다. 이에 비해 하남의 허창은 토양이 비옥하고 물 자며 인심도 뛰어나다. 그리고 성곽이며 궁궐도 남아 있어 도읍지로서 손색이 없다. 따라서 도읍을 허창으로 옮기고자 하니 준비토록 하라."

허창을 도읍지로 정한 조조는 즉시 낡은 성곽을 보수하고 궁궐에 색을 칠하여 면모를 새롭게 했으며, 종묘를 짓고 관아를 증축하여 활기를 불어넣었다. 그리고 조정의 옛 신하들과 자기의 부하들을 골고루 등용하여 조정을 새롭게 하는 한편, 자기는 대장군 무

중국의 고대 무기
창槍
창은 적을 찌르기 위해 예리한 철제 날을 부착한 무기이다. 일반적으로 군사의 키보다 길다.

평후라는 높은 지위에 올랐다.

"이리가 물러가면 또 다른 이리가 나타나는가!"

뜻이 있는 대신들은 장차의 한 황실을 걱정하며 눈물을 흘리기 시작했다. 황실을 손아귀에 넣어 천하를 호령하게 된 조조는 새삼 근심거리가 하나 둘 나타나기 시작했다. 실질상 천하의 주인이 되기에는 아직 까마득했다. 전국에는 각자 영토와 백성을 지닌 수많은 제후들이 있어 그들이 자신의 영토를 넓히려고 호시탐탐 기회를 노리고 있었던 것이다. 말하자면 황제의 조정은 상징적인 의미만을 지닐 뿐 지방의 제후들을 제압할 만한 통제권은 없었다. 제후들을 굴복시키려면 무력에 의한 정복뿐이었다.

그러나 그것은 결코 쉬운 일이 아니었다. 모든 제후들은 제 나름으로 천하의 영토를 자기 수중에 넣고 호령해 보고자 하는 욕심을 품고 있었으므로 쉼 없이 군사력을 키우고 있었던 것이다. 어쩌면 그들 중 몇몇은 허창의 조조를 거꾸러뜨려 권세를 탈취하고자 꿈꾸고 있을지도 몰랐다.

현재 조조가 제일 걱정하고 있는 것은 서주의 유비와 유비의 영토 소패에 머물고 있는 여포였다.

'여포의 용맹과 유비의 기량이 결합되어 허창을 친다면?'

생각만 해도 위험천만한 일이었다. 조조는 이번에야말로 서주를 정벌할 때라고 생각했다. 그러나 책사 순욱이 반대하고 나섰다.

"분명 여포와 유비는 거추장스러운 인물입니다. 마땅히 쳐 없애야 합니다. 하오나, 이제 겨우 안정을 찾은 마당에 막대한 군사와 재정을 축내면서 서주를 공략한다는 건 옳지 못합니다. 그보다는 책략을 써 두 사람 중 하나를 제거하는 방법이 좋을 듯싶습니다."

"두 사람 중 하나를 제거한다고?"

"유비는 도겸의 유언으로 서주의 태수 자리에 있으나 조정에서 정식 임명을 받은 것은 아닙니다. 이것을 미끼로 칙서를 보내 유비를 서주 태수로 봉하고, 아울러 여포를 죽이라는 밀명을 내리는 것입니다."

"과연 유비가 여포를 죽일까?"

"염려 마십시오. 유비가 여포를 안 죽인다 해도 우리가 이런 사실을 여포에게 슬쩍 귀띔해 주면 이번에는 여포가 유비를 가만두지 않을 것입니다."

그러나 그것은 순욱의 오산이었다.

유비는 조조의 밀서를 여포에게 보여주었다.

"조조가 우리 둘 사이를 갈라놓으려고 꾀를 쓰고 있습니다. 이것을 보시오."

유비의 솔직한 태도에 감동했는지 여포는 유비의 손을 힘껏 잡았다.

"고맙소이다. 조조란 놈, 간사하기 이를 데가 없구려."

칙사가 허창으로 돌아와 듣고 본 대로 소상히 보고했다.

"오히려 두 사람 사이를 더욱 가깝게 한 셈입니다."

순욱이 나서서 말했다.

"좋은 계교가 있는데 구호탄랑계(범을 몰아 이리를 삼킨다는 뜻으로, 적이 아닌데 서로 싸우게 만드는 계책)라는 것입니다. 가만히 원술에게 사람을 보내 유비가 밀서를 올려 남양을 치려 한다고 전하면, 원술이 분명 크게 노하여 유비를 칠 것입니다. 그때 유비에게 조칙을 내리시어 원술을 치라고 하십시오. 이래서 유비와 원술이 서로 삼키려 들게 되면, 신의 없는 여포가 틀림없이 이 틈을 타서 딴마음을 먹게 될 것입니다."

서주성을 빼앗긴 장비

조조는 또다시 남양과 서주로 칙사를 보냈다. 서주의 유비는 이것이 조조의 속임수임을 깨달았으나 즉시 원술 토벌군을 편성했다. 황족으로서 비록 잘못된 칙서라 해도 황제의 명령이 틀림없는 이상 받들지 않을 수 없었던 것이다.

"원술을 친다!"

유비의 결의는 확고부동했다. 관우, 장비를 비롯한 장수들과 미축의 간곡한 만류에도 출진은 결정되었다.

"좋습니다. 칙명을 받들어 출진한다 칩시다. 그러면 서주는 누구에게 맡기시렵니까?"

관우는 벌써 서주성 방비가 마음에 걸리는 모양이었다.

"미축이 맡으면 좋겠으나 그는 무장이 아니고, 자네는 내 곁에 있어 의논 상대가 돼 줘야 하는데……."

그때 장비가 앞으로 나섰다.

"그 일이라면 염려 마십시오. 제가 남아 철통같이 방비하겠습니다."

"자네의 성격은 공격에는 훌륭하나 남아서 지키는 데는 적당치 않아."

"내 성격이 어디가 그렇단 말입니까?"

"술을 좋아해 정신없이 마셔 대는 게 그렇고, 취하면 병사들을 매질하는 게 그렇고, 남의 충고를 귓등으로 흘려 버리는 독선이 그래. 자네를 남겨 두면 오히려 형님이 여기가 걱정돼 싸움을 제대로 못해."

"좋습니다. 형님이 돌아오실 때까지 술은 일절 입에도 대지 않겠다고 맹세하겠습니다. 그리고 주위의 의견도 충분히 고려하겠습니다. 이제 됐습니까?"

그래도 유비는 마음이 안 놓이는지 진등을 장비 곁에 남겨 놓으면서 당부했다.

"자네가 장비 곁에 붙어 있게. 술을 못 마시게 하고 실수가 없도록 도와 주게."

유비는 드디어 3만여 기를 이끌고 남양으로 진군했다. 유비가 출진한 며칠 후 장비는 성 내를 두루 돌아보며 장졸들을 격려했다. 그들은 누추한 잠자리며 보잘 것없는 음식에도 불평 한 마디 없이 맡은바 임무에 충실했다. 장비는 그들이 측은한 생각이 들었다.

"모두 모여라! 오늘은 잔치를 베풀어 주마!"

심성이 어질고 단순한 장비는 제 딴에는 좋은 일 한번 해 보자는 생각으로 성대한 잔치판을 벌려 장졸들을 위로했다. 거기까지는 그런대로 괜찮았으나 급기야 필요 없는 객기가 발동했다.

"술을 가져오너라. 잔치에 술이 없어서야 말이 되느냐. 나만 안 먹으면 될 게 아니냐."

병사들은 기뻐하며 마음껏 먹고 마셨다. 그런데 남이 먹는 술냄새만 맡고 있자니 장비는 미칠 지경이었다. 그는 코를 벌름거리며 마른 침만 꿀꺽꿀꺽 삼켰다. 옆에서 지켜보고 있던 병사 하나가 장비에게 술잔을 올렸다.

"장군님, 저희들만 마시자니 도저히 넘어가질 않습니다. 딱 한 잔만 드십시오. 한 잔인데 뭐 어떻겠습니까?"

"글쎄……"

유비와의 약속이 있어 마음은 술을 멀리하고 있었으나 손은 벌써 술잔을 받아 들어 입에 대고 있었다.

한 잔은 다시 또 한 잔을 부르고……. 장비는 곧 자제력을 잃고 항아리째 들이켜기 시작했다.

"술독을 몇 개 더 가져오너라!"

장비의 주량은 누구나 다 알 정도로 대단했다. 마셔도 마셔도 끝이 없었다. 장비는 크게 취해 옆에 있던 관원들에게까지 술을 권하기 시작했다. 그러고 나서 술이 바닥나자 비틀거리며 큰소리로 외쳤다.

"하하하. 기분 좋다! 더 가져와, 더!"

이런 장비를 곁에서 지켜보고 있던 조표라는 문관이 걱정스런 표정으로 말했다.

"장군, 이제 그만하시지요. 태수님의 당부를 잊으셨습니까?"

"무슨 소리야! 자네도 이리 와 한 잔 들게."

"아닙니다. 저는 안 마시겠습니다."

"마시라니까!"

"싫습니다!"

"아니, 이놈 봐라. 명령이다. 마셔!"

"장군님! 왜 이러십니까, 어리석게!"

"뭐라고! 어리석다고?"

장비는 들고 있던 술 항아리를 조표의 얼굴을 향해 내던졌다. 다행히 얼른 피했으므로 항아리는 저만치 맷돌에 부딪쳐 박살났다.

"아니, 이게 무슨 행패입니까? 아무리 문관이라도 어엿한 태수님의 관아 관리인데 이렇게 모욕을 주다니……."

"이놈이, 주둥이는 살아서. 여봐라! 저놈을 끌어내 곤장을 쳐라!"

병사들이 어쩔 수 없이 조표를 끌어내려 하자 조표가 분을 참지 못해 소리쳤다.

"반드시 후회할 거요! 내 사위가 여포라는 사실을 잊지 마시오!"

"으하하하! 여포라고? 그래서 건방지게 내게 대들었구나. 용서하려고 생각했는데 네 사위가 여포라니 더더욱 따끔한 맛을 보여줘야겠다. 어서 저놈을 끌어내 곤장 50대를 쳐라!"

매질이 시작되었다. 조표의 엉덩이에서는 피가 터져 옷과 살이 한 덩어리가 되었다. 병사들은 모두 조표가 안됐다 싶었으나 감히 장비를 말릴 생각을 못했다. 그의 술주정은 유비나 관우 정도가 아니면 막을 수 없다는 것을 잘 알고 있기 때문이었다.

조표는 끝내 곤장 50대를 고스란히 맞고 엉금엉금 숙소를 기어 나갔다.

"어디 두고 보자!"

조표는 곧 밀서를 써 부하에게 주었다.

"몰래 성을 빠져나가, 소패성의 여포에게 이걸 전하게."

조표의 밀서는 여포를 솔깃하게 했다.

〈지금 서주의 수비대장 장비는 만취해 있고 기타 장졸들도 술에 곯아 떨어져 있으니 주저하지 말고 서주를 정복하게.〉

밀서를 받아 본 여포는 어떻게 할까 망설였다.

"뭘 망설이십니까? 하늘이 내리신 기회입니다."

책사 진궁의 간언이었다.

"그래도 유비에게 큰 신세를 지고 있는데……."

"장군답지 않은 말씀입니다. 모름지기 영웅이라면 한낱 은혜 따위에 매달려 큰

일을 그르치면 안 됩니다."

그는 곧 진궁의 충동질에 빠져들었다. 그날 밤 여포군은 바람처럼 서주성으로 달려갔다. 성 내에서는 조표가 몰래 성문을 열고 여포를 맞았다. 여포군은 밀물처럼 세차게 성으로 들어가 술 취한 장비의 군사를 베기 시작했다. 전혀 싸울 준비가 안 된 수비군이었으므로 성은 순식간에 여포의 수중으로 떨어졌다.

그때 장비는 성락 서원에서 술에 취한 채 잠들어 있었는데 병사들의 비명 소리에 번쩍 잠이 깼다.

"아니, 큰일났구나!"

그는 장팔사모를 움켜쥐고 밖으로 달려 나갔다. 그러나 때는 이미 늦었다. 여포군과 조표의 반란군이 성을 완전히 장악하고 있었다.

"이놈들!"

장비는 생사 결단의 일전을 벌일 결심으로 말에 올랐다. 그러나 아직 술이 덜 깬 상태라 손발이 말을 안 듣고 눈앞의 물건들이 빙빙 돌았다.

"그 몸으로 싸울 수 없습니다. 어서 몸을 피하십시오!"

돌아보니 그의 부하 십여 명이 그를 호위하고자 달려와 있었다. 그중 하나가 다짜고짜 장비의 말고삐를 잡고 적군의 눈을 피해 성문을 빠져나갔다.

"아, 분하다! 이 장비가 한밤중에 도망이라니……."

길게 탄식하는 장비의 눈에서는 눈물이 주르륵 흘러내렸다. 그때 등 뒤에서 말발굽 소리가 들렸다.

"장비야, 이놈. 어딜 도망가느냐! 내가 여포와 내통하여 네게 복수한 거다!"

조표가 1백여 기를 이끌고 추격해 왔다.

"옳지, 잘 와 줬구나!"

장비는 서슴지 않고 말머리를 돌려 조표에게 달려들었다. 아무리 술 취한 장비라 해도 눈에 핏발이 선 한 마리 맹수였다. 그는 순식간에 조표의 군사들을 베어 버리고 조표에게로 다가갔다. 장팔사모가 번쩍 올려졌다 싶은 순간 조표의 몸뚱이가 두 동강이 나 말 아래로 굴러 떨어졌다.

한편, 유비가 군사를 이끌고 남양으로 진군했다는 소식이 원술의 귀에 들어갔다.

"누상촌에서 돗자리나 짜던 촌놈이 감히 나를 치러 와?"

원술은 크게 노해 기령이란 장수를 불러 명령했다.

"네게 10만 대군을 줄 터이니 유비의 목을 받아 오너라!"

산동 사람인 기령은 무게가 50근이나 되는 삼첨도를 휘두르는 명장이었다. 기령의 10만 대군과 유비의 5만 기병이 처음 마주친 곳은 우이 땅이었다.

기령이 유비군을 향해 소리쳤다.

"유비야, 듣거라! 일찍이 너희와는 원수진 일이 없거늘 무엇 때문에 남의 땅을 침범하려 드느냐?"

관우가 노하여 마주 소리쳤다.

"이놈 기령아! 너 따위가 감히 황족의 존함을 입에 담느냐! 우리 주군은 황제의 명을 받들어 역모를 꾀한 원술의 목을 거두고자 여기 왔느니라. 어서 너는 물러가고 원술을 나오라 일러라!"

급기야 관우와 기령이 각기 말을 달려 나와 양군이 지켜보는 가운데 한판 승부를 겨뤘다. 청룡언월도와

중국의 고대 무기

이랑도 二郎刀

이랑도는 검처럼 양날의 칼에 긴 손잡이를 부착한 것으로, 일명 '손잡이가 긴 검'을 말한다. 양날로 되어 있고 칼끝이 세 부분으로 나뉘어 있어 '삼첨양인도'라고 부른다. 길이는 3미터이고, 무게는 약 9킬로그램이다.

삼첨도가 불꽃을 튕기기를 30여 합. 여전히 승부는 나지 않았다. 기령이 먼저 힘이 다한 듯 말머리를 돌려 자기의 진으로 달아났다.

"허어, 그놈 참 맹랑한 놈이로구나! 그렇게 힘이 들면 잠깐 쉬고 다시 나오너라. 내 여기서 기다리마."

관우는 기령을 비웃으며 그 자리에 그대로 서 있었다. 본진으로 돌아간 기령은 자기 대신 부장 순정을 내보냈다.

"안 된다. 기령을 나오라 일러라!"

관우는 순정에게 호령했다. 그래도 순정이 들은 체를 않고 달려들자 관우는 그만 화가 치밀었다.

"너는 내 적수가 아니라고 했거늘 살기 싫은 모양이구나!"

단 1합도 겨루기 전에 80근의 청룡언월도가 순정의 허리를 댕강 잘라 버렸다. 무서운 괴력이었다. 피가 사방으로 튀어 햇빛조차 가리는 듯했다.

이 광경을 지켜보고 있던 유비는 일시에 공격 명령을 내려 기령의 대군을 짓밟기 시작했다. 기령은 대패하여 회음 하구까지 달아나 겨우 전열을 가다듬어 진지를 구축했다.

이 이후부터 싸움은 소강 상태로 접어들어 이렇다 할 큰 접전 없이 시간만을 소비하고 있었다. 회음의 지형이 험할 뿐 아니라 기령이 좀체 나와 싸울 생각을 않고 있었던 것이다. 이때 장비가 유비의 진영으로 찾아와 모두 깜짝 놀라게 했다.

"대체 어쩐 일이냐?"

심상치 않은 일임을 직감한 유비가 조심스레 물었다.

"형님, 죄송합니다. 스스로 목숨을 끊어 사죄할까도 생각했습니다만, 일단 두 형님을 뵙고 사실을 보고한 뒤에……."

장비는 힘없이 무릎을 꿇고 서주성을 빼앗긴 자초지종을 보고했다. 유비는 입을 꽉 다물고 말이 없었다. 그러자 관우가 호통을 쳤다.

"내가 애초에 너에게 뭐라 했더냐? 그토록 당부했거늘 술을 왜 마셨어! 오늘 성도 잃고 형수님들조차 안에 갇혔으니 어떻게 해야 한단 말이냐!"

장비가 칼을 빼 들고 자신의 가슴을 찌르려 하자 유비가 재빨리 장비의 손을 잡았다.

"아서라. 그런다고 틀어져 버린 일이 제대로 되겠느냐. 그까짓 성쯤이야 언제고 다시 찾으면 될 일……. 관우야, 장비를 너무 탓하지 말아라. 자기 심정이야 오죽 쓰라리겠느냐. 우리 모두 부족한 인간일진대 어찌 실수가 없겠느냐. 여포에게 성을 빼앗겼다 해도 그에게 조금이라도 양심이 있다면 어머님과 처자식은 죽이지 않을 것이다. 자, 눈물을 거두고 앞으로의 일이나 의논하자."

유비의 인자한 마음씨에 감동을 받았는지 장비의 울음소리가 더욱 커졌다.

"장비는 결코 자결하지 않겠습니다! 살아서 형님을 위해 이 몸 바치겠습니다. 오늘의 이 죄를, 부끄러움을 반드시 씻겠습니다."

한편, 여포가 서주를 차지했다는 소문은 원술에게도 전해졌다.

"잘됐구나. 여포에게 미끼를 던져 유비의 후면을 공격토록 해야겠다."

즉시 원술의 밀명을 받은 사자가 여포에게 당도했다.

"만일 현덕의 후면을 공격하신다면, 우리 주군께서 귀공에게 양곡 5만 석, 말 5백 필, 금은 2만 냥, 비단 1천 필을 제공한다 하셨습니다."

여포는 귀가 번쩍 했다. 재물욕이 남달리 강한 여포였다. 그는 장수 고순에게 군사 3만을 주어 유비를 치라고 명령했다.

그런데 고순의 대군이 유비군이 있다는 회음 땅에 당도해 보니 유비군은 벌써 광릉 땅으로 피해 버린 뒤였다. 기령군 10만과 고순군 3만을 앞뒤에서 막아 낸다는 것은 불가능한 일이었던 것이다.

"하하하, 유비란 놈, 이 고순의 이름을 듣고는 뺑소니를 쳤구나."

고순은 곧 원술군의 총대장 기령을 만나 약속한 물건을 내놓으라고 했다. 그러자 기령의 대답은 간단했다.

〈그것은 우리 주군과 여포 사이의 약조인 모양인데 나로서는 모르는 일이니 주군께서 별도의 통지를 할 때끼지 기다리시오.〉

너무나도 당연한 대답이었다. 고순은 서주로 돌아가 그대로 보고했다. 며칠 후 그에 대한 원술의 회답이 당도했다.

〈유비군이 광릉에 숨어 있으니 어서 그들을 섬멸하고 약조한 물건을 받아 가시오. 싸우지도 않고 물건만 달라니 그 무슨 무례한 요구요.〉

여포는 그만 분통이 터졌다.

"괘씸한 놈! 마치 부하에게 지시하듯 이래라저래라 명령을 하는구나! 유비는 둘째치고 이놈부터 요절을 내야겠다."

언제나처럼 책사 진궁이 나섰다.

"안 됩니다. 원술은 군사도 많고 재물도 넉넉합니다. 그를 가볍게 봐서는 큰 피해를 당합니다. 또한 원술에게는 보다 강한 원소라는 형이 있습니다. 그러니 이만 유비에게 화해를 청해 그를 소패성으로 불러들여 우리의 우방으로 삼은 뒤, 훗날 유비를 이용해 원술을 제거하고 천하통일의 발판으로 삼아야 합니다."

여포는 진궁의 제안을 받아들여 광릉의 유비에게 편지를 보내 돌아오기를 권했다. 유비는 크게 기뻐했으나 관우와 장비는 못마땅하여 이맛살을 찌푸리며 투덜거렸다.

"개만도 못한 놈의 말을 또 믿습니까?"

"믿고 안 믿고가 어디 있는가. 현재로서는 원술의 대군과 싸워야 승산도 없고, 또 돌아갈 성도 없는데, 그나마 소패성을 준다니 받아들일 수밖에."

"도적놈! 주인이 안방을 차지하고 앉아 정작 주인에겐 사랑채를 내주며 생색을 내는 격이군."

장비가 울화통을 터뜨렸다.

"마음을 크게 먹어라. 그 집 주인도 원래는 도겸이 아니었더냐."

유비가 소패성에 이르러 보니 유비의 어머니를 비롯하여 처자식이 이미 소패성에 머물며 그를 맞았다. 유비의 환심을 사기 위한 여포의 유화책인 셈이었다.

그 후 서주성의 여포와 소패성의 유비는 그런대로 우호 관계를 유지하며 가깝게 지냈다. 때때로 여포는 유비를 서주로 불러 향연을 베풀어 주는가 하면 식량이라든가 비단 따위를 실어 보내기도 했다. 아무래도 서주를 빼앗은 것에 대한 미안한 감정이 작용한 모양이었다.

손책, 일어서다

중국 대륙을 살찌게 하는 두 개의 큰 강이 있었으니, 그것은 말할 것도 없이 북쪽의 황하와 남쪽의 양자강이다. 오나라는 양자강의 흐름에 따라 동쪽에 있어 강동이라 불렸다.

일찍이 형주 자사 유표와 싸우다 37세의 아까운 나이로 죽은 태수 손견. 벌써 그의 아들 손책은 21세의 건장한 청년이 되어 있었다.

손책은 가족들을 곡아에 살게 하고 자신은 원술에게 의탁하고 있었다. 어린 나이에 장사 땅을 물려받은 그는 부친의 원한을 풀어 드리고 가문을 다시 일으키고자 했으나 끝내 뜻을 이루지 못하고 노모와 가족을 곡아의 친척집에 맡긴 채 여러 나라를 떠돌게 되었다.

그런데 2년 전 어느 날 수춘성에 이르렀을 때 원술이 그를 발견하고 자기 수하에 있을 것을 권했다. 수춘성 태수 원술은 손책을 아들처럼 사랑했다. 또한 손책도 최선을 다해 원술을 섬겼으며 기회 있을 때마다 싸움터에 나가 공을 세웠다. 인품이 부친 손견 이상이요, 학문이나 무예에 대한 욕심이 끝이 없었다.

'아아, 곡아의 어머님은 안녕하신지?'

손책의 노모는 어서 빨리 아들이 강동의 주인이 되어 부친의 유업을 계승해 주기만을 기다리고 있었다.

'못난 자식……, 못난 놈.'

오늘도 손책은 원술의 집 정원 한구석에 앉아 자신의 신세를 한탄하고 있었다. 그때였다. 누군가 짙은 나무 그늘 속에서 다가왔다.

"도련님, 매일 뭘 그리 한탄만 하고 있습니까? 앞길이 구만리 같은 젊음이 아깝지 않습니까?"

돌아보니 그는 주치였다. 원래는 손책의 부친 손견의 가신이었으나 지금은 원술을 섬기고 있었다.

"아, 당신이었군요. 나보고 한탄만 한다고 했습니까? 그래, 지금 제가 무엇을 할 수 있단 말입니까? 영토가 있습니까, 군사가 있습니까?"

주치가 눈을 빛내며 한 발짝 다가앉았다.

"도련님, 영토란 차지하면 생기는 것이고, 군사란 만들면 되는 것입니다."

주치는 손책 앞에 무릎을 꿇었다.

"지금의 안락한 생활은 몸을 망치고 정신을 병들게 합니다. 원술이 설사 지금 주군을 아낀다 해도 그것은 일시적인 감정에 불과합니다."

주치가 한창 열을 올리고 있을 때 그들의 등 뒤에서 사나이 하나가 또 다가왔.

"놀라게 해서 미안하오. 두 분의 말씀을 본의 아니게 엿들었습니다. 제 마음을 움직이게 하는 것이 있어서……."

"당신은?"

손책은 사나이의 얼굴을 유심히 살펴봤다. 어둠 속에서도 대충은 알 만한 얼굴이었다.

"나를 모르시겠소? 여범이오."

그는 원술의 부하로서 군대에 딸린 문관이었다.

"큰일을 도모하시는 것 같은데, 내 수하에 군사 1백 명이 있으니 손공이 맡아 쓰시오."

"글쎄요……."

"저를 의심하는 겁니까? 한마디로 귀공을 돕고 싶어서 그러는 겁니다."

세 사람은 곧 서로 뭉쳐 앞으로의 일에 대한 의논을 시작했다. 먼저 주치가 입을 열었다.

"제가 아까 군사는 만들면 된다고 했습니다만, 그것은 원술의 군대를 빌리는 것입니다."

"빌리다니?"

손책은 의아해 하며 물었다.

"간단합니다. 주군의 외삼촌으로 단양 태수인 오경님이 계시지요?"

"그런데?"

"그분이 불우한 처지에 놓여 있다는 것은 누구나 다 아는 사실입니다. 원술에게 그분을 돕고 싶으니 휴가를 달라고 하시고, 동시에 군사도 빌려 달라고 하십시오."

그러자 여범이 이의를 제기했다.

"그건 어려울 겁니다. 다른 건 몰라도 군사는 안 빌려 줄 겁니다."

그것은 사실이었다. 원술은 원래 의심이 많은 사람이었다.

세 사람은 한동안 말이 없었다. 그때 손책이 좋은 생각이 떠올랐는지 눈을 반짝거렸다.

"방법이 있습니다. 그가 탐하는 옥새를 담보로 제공하는 겁니다."

"옥새라면……?"

"선친께서 돌아가시기 얼마 전에 제게 주신 겁니다. 그런데 원술이 그것을 눈치채고 침을 흘리고 있는 중입니다. 제 딴에는 그것을 수중에 넣으면 황제가 될 수 있다고 믿는 모양입니다."

"아, 그래서 원술이 당신을 친자식처럼 사랑했군요."

여범은 역시 머리가 빨리 돌아가는 사내였다.

"그렇소. 그 속셈을 알면서도 모르는 체했기에 오늘날까지 나를 보호해 준 겁니다."

이튿날 아침 원술의 처소로 찾아간 손책은 사전에 모의한 대로 휴가와 군사를 요청했다. 예상대로 묵묵부답이었다.

그러자 손책은 옥새가 든 조그만 상자를 품에서 꺼냈다.

"선친이 물려주신 옥새입니다."

"뭐라고? 옥새?"

원술의 눈이 휘둥그레졌다.

"옥새를 담보로 맡기겠으니 부디 제 소원을 들어주십시오."

"옥새를 맡기겠다고? 그렇다면 여부가 있겠나! 말 5백 필과 군사 3천을 빌려줌세. 그리고 관직이 없으면 병사의 통솔이 안 될 테니, 교위의 직을 주고 진구 장군이란 칭호를 내려 주겠네."

원술은 그처럼 소원이던 옥새를 손에 넣고는 들떠서 손책에게 무기, 마구, 그리고 기타 모든 장비까지 갖추어 주었다.

손책은 즉시 강동을 향해 출발했다. 그를 따르는 부하 중에는 주치, 여범을 비롯하여 선친의 가신으로서 잠시도 그의 곁을 떠나지 않았던 정보, 황개, 한당 등의 장수들도 있었다.

손책의 군대가 역양 땅에 이르자 그를 반기는 자가 또 한 사람 있었으니, 그는 노강 태생의 주유였다. 이 젊은이는 손책과는 둘도 없는 죽마지우竹馬之友(대나무 말을 함께 타던 친구라는 뜻으로, 어릴 때부터 같이 놀며 자란 벗)로서 용모가 수려하고 지혜가 뛰어난 인물이었다. 위나라의 조조에게는 순욱이요, 촉나라의 유비에게는 제갈공명이라면 오나라의 손책에게는 주유인 것이다.

"주유, 자네를 만나니 천하를 얻은 기분이네!"

"형님이 군사를 이끌고 오신다는 소문을 듣고 이틀 동안이나 길목을 지키고 있었습니다. 하늘에 맹세하여 형님을 도와 대업을 성취하리다."

"고맙네."

여기에서 손책은 또다시 두 사람의 인재를 맞아들이게 되는데 그것은 주유의 강력한 제안에 의해서였다.

"형님이 큰일을 도모하시려면 강동의 두 현인이 반드시 필요합니다. 평성 사람인 장소와 광릉 사람인 장굉입니다. 이 두 사람은 학식이 깊어 천문, 지리에 능통하고 재주가 비상하여 세상을 다스리는 데 거침이 없다 합니다."

손책은 즉시 사신을 보냈다. 그러나 두 현인은 세상에 나갈 생각이 없다고 정중히 거절했다. 손책은 이 두 사람을 놓치고 싶지 않았다. 결국 손책 자신이 각지 그들의 거처로 찾아가 예를 다해 맞아들였다.

"부디 어리석은 저를 깨우쳐 주십시오."

손책의 겸손한 자세에 마음이 움직인 것일까? 두 사람은 비로소 손책의 진으로 들어왔다. 얼마 전까지만 해도 원술의 식객으로 있던 손책이었으나 이젠 완전히 위용을 갖춘 일군의 총대장이 되었다.

손책이 첫 싸움 상대로 삼은 것은 양주 자사 유요였다. 유요는 양자강 가의 험난한 산악 지형을 끼고 있는 우저라는 요새에 자리잡고 있었지만, 결국 손책군에게 점령됐으며 유요는 우저성을 버리고 말릉성으로 패주했다.

그러나 그것도 잠시뿐, 손책군은 우저를 점령한 기세를 몰아 단숨에 말릉성으로 추격해 왔다. 유요도 더는 물러날 수 없었다. 그는 군사를 이끌고 성 밖으로 나가 최후의 일전을 감행했다. 서로간의 피비린내 나는 혈투가 이틀 동안이나 계속됐다. 결과는 손책군의 승리였다. 이 싸움에서 유요는 부하 장병을 모두 잃었다. 마침내 유요는 말릉성을 버리고 형주의 유표에게 달아났.

이렇게 하여 강동 일부를 평정한 손책은 곡아의 노모를 꽃가마에 태워 모셔 왔으며 그의 일족을 신성에 들게 했다. 또 그의 아우 손권에게는 그 일대를 다스리게 했다.

손책의 야망은 이제부터 펼쳐지기 시작했다. 손책은 다시 남방을 제패하고자 떠났다. 그는 가는 곳마다 연전연승이었고 어지러운 치안을 바로잡아 가난한 백성들을 구제했으며 민심을 자기 편으로 끌어들였다. 그리고 악독한 지방 관리들은 가차없이 목을 베어 성문에 내걸었으며 어진 관리들은 후하게 상을 주어 자신이 떠난 뒤에 지방민을 다스리게 했다.

이제까지 탐관오리의 눈 밖에 나, 주와 현의 일터에서 쫓겨났던 사람들이 몰려와 새 생활을 시작하니 손책의 점령지는 새로운 활기를 띠기 시작했다. 이리하여 강남, 강동의 81주가 손책의 수중에 들어왔다. 강한 군대와 비옥한 땅, 수많은 인재와 풍부한 물자,

검 劍

검은 자르고, 베고, 찌르고, 꿰뚫는 것으로, 주로 한 손으로만 사용한다. 양손에 한 자루씩 사용하는 검을 쌍검이라고 한다.

나날이 발전하는 문화 문물……. 손책의 위치는 확고부동했다.

그러던 어느 날 손책은 문득 원술에게 맡겨 둔 옥새가 생각났다. 물론 담보로 맡겼다고는 하나 그것은 군사와 맞바꾼 것이나 마찬가지였다. 원술도 아마 그렇게 알고 있었을 것이다. 하지만 손책은 태연히 원술에게 편지를 보냈다.

〈그간 안녕하셨습니까? 다름이 아니오라 태수님께 맡겨 두었던 옥새는 아버님의 유물이라 돌려받고자 합니다. 그때 빌려 주신 병마에 대해서는 5배로 갚아 드리겠습니다.〉

한마디로 나도 이제 클 만큼 컸으니 옥새를 돌려주든가, 아니면 한 번 붙어 보자는 협박이었다.

"강동의 망나니를 쳐야겠다!"

원술은 정면 대결을 선언했다. 그러자 장사 양대장이 반대했다.

"손책을 치려면 장강을 건너야 할뿐더러 그들은 한창 기세가 올라 있습니다. 그보다는 북쪽의 유비를 쳐 전날의 침공을 벌하고, 그쪽으로 세력을 확장하여 내실을 취한 뒤에 손책을 응징함이 좋습니다. 유비는 지금 서주를 여포에게 뺏기고 소패에 가 있습니다. 유비만이라면 간단하나, 유비를 친다면 서주가 위협받게 되어 여포가 일어설 겁니다. 중요한 건 여포입니다. 지난번 우리가 여포에게 준다고 약속했던 양식 5만 석, 금 1만 냥, 말, 비단 등을 이번에 보내준다면 여포는 우리가 유비를 공격해도 가만히 있을 겁니다. 일단 소패를 차지한 연후에는 마음 놓고 여포를 치는 겁니다."

"좋아, 그렇게 하자!"

원술은 곧 편지와 함께 재물들을 여포에게 보냈다. 여포는 기분 좋게 두 사람의 싸움에 관여치 않겠다는 언질을 주었다. 원술은 장수 기령에게 10만 대군을 주어 출진 명령을 내렸다. 기령의 병사는 성난 파도처럼 소패성을 향해 진군했다.

아무리 유비 삼형제가 강하다고 해도 수적으로 월등히 우세한 기령의 군대를 꺾을 수는 없을 것이다. 유비는 곧 서주의 여포에게 사신을 보내 원군을 요청했다.

그제야 원술의 속셈을 알아차린 여포는 책사 진궁과 의논하였다. 욕심만 컸지, 단순하고 우직했던 여포는 유비의 청을 받아들여 기병 3만을 소패로 보내는 한편, 자신이 친히 3만의 기를 이끌고 기령군과 유비군의 경계 한가운데로 나가 진을 쳤다. 이쯤 되고 보니 기령은 유비를 칠 수가 없었다.

여포는 기령과 유비를 자기의 진영으로 불러들여 화해할 것을 종용했다. 한마디로 원술과 유비에게 모두 원망을 사지 않도록 일을 처리하자는 것이었다.

기령은 불같이 노했다.

"그게 무슨 소리요! 내가 10만 대군을 몰아온 것은, 주군의 명령대로 유비의 목을 받아 가기 위함이오!"

그때 유비를 호위하고 왔던 장비가 호통을 쳤다.

"이놈, 주둥아리를 닥치지 못하겠느냐! 네가 아무리 10만 대군을 믿고 거드름을 피워도 구더기 같은 너희쯤은 우리의 적수가 아니다. 그래, 그토록 우리 형님의 목이 소원이라면 어디 지금 당장 가져가 봐라!"

장비가 칼을 빼 들어 기령을 내리치려 하자 유비가 급히 말렸다.

"아서라. 여기는 싸움터가 아니지 않느냐."

"형님, 화해는 무슨 얼어 죽을 화해입니까! 어서 나가 싸웁시다."

장비는 호랑이 수염을 곤추세우며 기령을 노려봤다. 기령도 지지 않았다.

"흥, 그거 좋지. 내가 원하는 것도 바로 그거다. 이 촌놈아!"

장비와 기령이 으르렁거리며 입씨름을 하자 여포가 벌떡 일어나 호통을 쳤다.

"조용히들 하시오! 화해를 하자고 불러들였지, 누가 싸우라고 했소! 정히 그렇다면 이렇게 합시다!"

여포는 호위 병사에게 일러 자신의 화극을 가져오게 했다.

"자, 밖으로 나갑시다."

모두 진막 밖으로 나가 섰다.

"이 창을 저 앞에 세운 다음 내가 화살을 쏘겠소. 만일 화살이 창끝을 맞추면 하늘의 뜻이라고 생각하여 화해를 하고, 그렇지 못할 경우엔 싸우든지 말든지 두 사람 마음대로 하시오."

참으로 해괴한 제안이었다. 그러나 원술의 10만 대군을 앞에 놓고 바람 앞의 등불과 같은 위기에 처한 유비는 여포의 이 제안이 무엇보다도 고마웠다. 어떤 방법으로든 이 위기를 벗어나야만 했던 것이다.

여포는 활시위를 힘껏 잡아당겼다. 여포의 이마에는 구슬 같은 땀이 송글송글 맺혔고 모든 사람들은 숨을 죽이고 바짝 긴장했다.

유비, 여포를 피해 조조에게로

주위 사람들이 모두 숨을 죽이고 있는 가운데 여포는 뒤로 힘껏 잡아당겼던 활시위를 놓았다. 드디어 화살은 허공을 가르며 창을 향해 빠르게 날아갔다.

쨍그랑!

화살은 창 끝을 정통으로 때렸다. 여포는 활을 집어던지며 기령에게 다가갔다.

"틀림없지요? 하늘의 뜻이오. 어서 군대를 거두어 돌아가시오."

"그렇지만, 주군이……."

"그건 염려 마오. 내가 편지를 써 줄 테니 원술에게 갖다 주시오."

기령은 할 수 없이 철군을 했다. 원소의 대군이 돌아가자 여포는 의기양양하여 유비에게 말했다.

"어떻소? 나 아니면 당신은 망했을 거요."

"이 은혜 잊지 않으리다."

유비는 공손히 예의를 표한 뒤 소패로 돌아갔다.

그로부터 몇 달 뒤 유비와 여포가 숙명적으로 대접전을 벌이지 않으면 안 되는 사건이 벌어졌으니 그 자초지종은 이러했다.

산동 땅에서 군마를 구해 돌아오던 여포의 부하 송헌이 장비의 기습을 받아 군마를 모두 빼앗겼다. 불같이 노한 여포는 곧 군사를 일으켜 소패성으로 내달았다.

장비가 여포의 군마를 강탈한 것을 까맣게 모르고 있는 유비로서는 아닌 밤중에 홍두깨였으나 여하튼 군사를 이끌고 나가 대적하지 않을 수 없었다.

"고정하시오, 여 장군. 대체 왜 이러시는 거요?"

"뻔뻔스러운 놈! 지난번 원술의 대군을 철수케 해 위기를 막아 주었건만, 감히 장비를 시켜 나의 군마를 강탈한단 말이냐?"

유비가 깜짝 놀라 장비를 돌아보자 장비는 오히려 여포에게 큰소리쳤다.

"그래, 그 말들은 내가 가로챘다. 어쩔 테냐? 네놈은 성을 꿀꺽 삼키고도 미안한 기색 하나 없는데, 까짓 말 2백 필 정도 가지고 뭘 그리 소란이냐? 천하에 째째한 놈이로구나!"

"저, 저놈이……."

여포는 온몸을 부르르 떨더니, 장비에게 돌진했다.

"오냐, 좋다!"

장비도 지지 않고 앞으로 내달으며 장팔사모를 휘둘렀다. 유비로서도 말릴 새가 없었다. 두 용장의 대결은 그야말로 손에 땀을 쥐게 할 만큼 대단했다. 여포의 방천화극이 장비를 덮치는가 싶으면 어느새 장비의 장팔사모가 여포의 목을 노려 날아들었다.

이렇듯 격렬히 싸우기를 2백여 합. 사람도 말도 땀에 흠뻑 젖었다. 벌써 해는 산 너머로 가라앉아 어둑어둑 땅거미가 지고 있었다.

"여포야, 내일 다시 만나자."

장비는 말머리를 돌려 자기의 진지로 돌아왔다. 여포 또한 마찬가지였다. 성으로 돌아온 유비는 곧장 장비를 불러들였다.

"너에게 누가 말을 도적질해 오라고 하더냐. 한심한 노릇이야……. 그래, 그 말들은 어딨느냐?"

"성 밖에요."

"당장 여포에게 돌려보내라. 도적질이나 하자고 이 고생을 하는 건 아니지 않느냐."

그날 밤 장비는 말들을 여포의 진지로 보냈다. 이제 여포는 그만 성으로 돌아가려 했다. 목적한 성과를 올렸기 때문이다. 그러나 진궁은 철군에 완강히 반대했다.

"이 기회를 놓쳐서는 안 됩니다. 지금 유비를 베어 버리지 않으면 훗날 반드시 후회하게 될 겁니다."

"그럴까?"

"유비는 한 마리의 용입니다. 언젠가 때를 만나면 승천을 꾀할 겁니다. 서주의 백성들은 아직도 유비를 그리워하고 있습니다."

"음, 그건 그래……."

다음 날 여포는 전 병력을 동원하여 소패를 기습했다.

"어쩌면 좋은가? 현재 우리의 군세로는 여포를 막지 못한다."

유비는 신하들을 모아 놓고 길게 탄식했다. 도겸의 신하였던 손건이 앞으로 나와 말했다.

"사실입니다. 그와 대적한다는 것은 섶(불이 잘 붙는 땔나무를 통틀어 이르는 말)을 지고 불속으로 뛰어드는 격입니다. 일단 소패를 버리고 허창의 조조에게 몸을

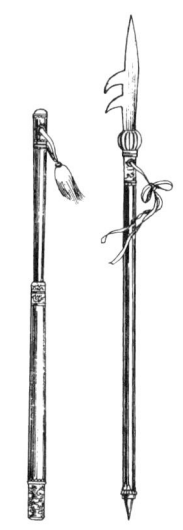

중국의 고대 무기

봉 棒

나무로 된 봉에 철을 씌워 강도를 높인 가리봉과 봉 끝에 칼날을 부착한 구봉이 있다. 특히 구봉은 적을 타격할 수도 있고 칼날로 찌를 수도 있다.

의탁한 후, 재기를 노리는 수밖에 없습니다."

그날 밤 삼경(밤 11시~새벽1시)에 이르러 유비는 성의 뒷문을 빠져나가 허창으로 서둘러 도피했고 관우와 장비는 여포군을 기습하여 큰 타격을 준 뒤 유비를 뒤쫓았다. 허창의 조조는 유비를 반갑게 맞았다.

"유공, 잘 오셨소."

유비는 여포와의 지난날을 자세히 설명하며 도와 줄 것을 청했다.

"걱정 마시오. 기회를 봐서 여포를 벌합시다."

조조는 역시 보통 인물이 아니었다. 자기를 찾아오는 사람을 거둬들일 줄 아는 도량을 지니고 있었다. 유비 일행이 조조가 정해 준 숙소로 돌아가자 책사 순욱이 조조의 처소로 들어왔다.

"승상님, 유비를 돕겠다고 하셨습니까? 위험한 일입니다. 유비는 장차 큰일을 도모할 위인입니다. 이때에 제거해야 합니다."

"좀더 두고 볼 일이야……. 서두를 것 없어."

이때 조조의 또 다른 책사 곽가가 들어왔다.

"두 분의 얘기를 본의 아니게 들었습니다. 유비를 없애는 일은 마땅히 중지하셔야 합니다. 지금 우리는 천하의 영웅들을 불러 모아 우리 사람으로 만들려 하고 있습니다. 그런데 제 발로 걸어 들어온 영웅을 제거한다는 것은 큰 손실입니다. 또한 유비로 말할 것 같으면 세상이 다 아는 어진 사람입니다. 그런 그를 우리가 죽인다면 세상은 우리에게 등을 돌릴 겁니다."

유비
눈물이 많고 카리스마도 없었던 유비. 권력보다 명분을 더 생각한 그였기에 주변에서 항상 인재들이 따랐다.

조조는 아무리 부하의 말이라도 쓸모 있는 말은 즉시 받아들이는 사람이었다.

"맞아! 자네의 생각이 옳아."

다음 날 조정으로 나간 조조는 황제에게 아뢰어 유비를 예주 목사로 봉했다.

"우선 귀공의 부하들을 이끌고 예주로 내려가 계시오. 때가 오면 우리와 함께 여포를 치기로 합시다."

사실 조조로서도 지금 당장 여포를 치기 위해 토벌군을 일으킬 수 있는 처지가 아니었다. 지난날 동탁이 죽자 그의 원한을 갚겠다고 일어섰다가 죽은 장제의 아들 장수가 형주의 유표와 동맹을 맺어 허창을 노리고 있었으므로 우선은 그들을 토벌하는 일이 더 급했던 것이다.

"고맙소. 이 은혜 결코 잊지 않으리다."

유비 일행은 곧 예주로 내려갔다.

조조의 대실수

그 며칠 후 조조는 대군을 일으켜 장수의 완성을 공격했다. 장수는 모사 가후와 의논하여 백기를 들고 항복했다. 승산이 없었던 것이다.

조조는 아량을 베풀어 이들의 죄를 용서해 줌과 동시에 계속해서 완성을 다스리도록 허락했다. 장수는 조조의 마음씨에 감동하여 앞으로는 그의 신하로서 충성을 다할 것을 맹세했다.

기분이 좋아진 조조는 그만 여기에서 큰 실수를 저질렀다. 술이 거나하게 취한 조조는 장수의 아버지인 장제의 젊은 미망인을 자기 여자로 만들어 버린 것이다.

"세상에 이런 치욕이 어딨어! 항복을 받았으면 됐지, 전 주군의 아내를 농락해? 이런 모욕을 받고 사느니 차라리 싸우다 죽자!"

장수의 완성군은 일시에 반란을 일으켜 조조군의 막사를 습격했다. 조조군으로서는 전혀 예상치 못한 반격이었으므로 갈팡질팡 성 밖으로 도망쳤다.

조조는 장제의 미망인과 더불어 관아에서 술에 취해 놀아나고 있었으므로 이 사실을 까맣게 모르고 있었다.

"와아! 조조를 때려죽여라!"

완성군의 아우성에 조조는 깜짝 놀라 전위를 불렀다. 전위는 갑옷도 걸치지 못하고 조조 곁으로 달려왔다. 전위 또한 술을 잔뜩 마시고 조조의 옆방에서 잠을 자고 있었던 것이다.

"이게 어찌된 일이냐?"

"장수가 딴마음을 먹은 모양입니다."

벌써 적들은 조조의 거처로 새까맣게 몰려오고 있었다.

"주군, 저를 따라오십시오!"

전위는 조조에 앞서 적을 맞아 싸우며 퇴로를 뚫기 시작했다. 적들은 전위의 칼을 맞고 무더기로 쓰러졌다. 기병이고 보병이고 간에 악귀처럼 달려드는 전위를 막지 못하고 뒷걸음질을 쳤다. 드디어 성문 앞까지 도달했다.

"주군, 먼저 성 밖으로 나가십시오. 어서!"

조조가 재빨리 성문 밖으로 나가자 전위는 성문을 가로막고 적의 추격을 결사적으로 저지했다.

그러나 아무리 전위라 할지라도 적의 화살은 어쩌지 못했다. 하나 둘 화살이 몸에 박히기 시작하더니 끝내는 전신이 고슴도치처럼 변했다. 전위는 그만 두 눈을 부릅뜬 채 앞으로 풀썩 쓰러졌다.

조조가 겨우 10여 리쯤 달려왔을 때 그제서야 흩어졌던 그의 장병들이 곁으로 모여들었다.

"주군, 살아 계셨군요!"

조조는 이 싸움에서 장남 조앙을 비롯하여 호위대장 전위를 잃었다.

그는 눈물을 흘리면서 도읍 허창으로 철군했다. 원정군이 모두 철군을 완료한 그날 조조는 허창의 시가

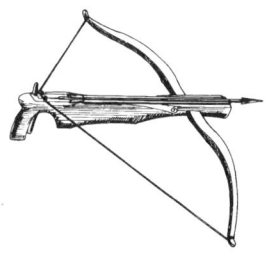

노쯤

방아쇠를 사용하여 발사하는 활이다. 보통의 활보다 사거리가 멀며 명중률이 높다. 최대 사정거리는 약 800미터이고, 유효 사거리는 약 300미터였다고 한다.

조조의 대실수 · 155

지 한가운데 제단을 쌓아 전사자들을 위한 위령제를 올렸다.

조조는 제단 앞에 무릎을 꿇고 엎드려 통곡했다. 한참이나 흐느낀 후 다시 일어나 병사들을 향해 말했다.

"나는 장수와의 싸움에서 장남 조앙과 조카 조안을 잃었다. 그러나 그 점에 대해서는 그다지 슬프지 않다. 그보다는 충성스런 전위의 죽음이 나를 슬프게 한다. 아, 원통하도다! 언제 다시 그를 만날 수 있단 말인가!"

모든 병사들은 그를 따라 눈물을 흘렸다. 저 같은 주군을 위해서라면 어찌 목숨이 아까우랴 싶었다. 조조는 이번 싸움에서 크게 패했어도 그보다 큰 것을 얻었으니 그것은 바로 병사들의 이 같은 마음이었다.

여포의 최후

완성의 장수는 비록 조조가 패하여 달아났어도 언젠가는 재차 침공해 올 것을 두려워했다. 그리하여 될 수 있는 한 조조의 비위를 거슬리지 않으려고 노력했다. 어떻게 보면 조조는 장수와의 싸움에서 기대만큼 성과를 거둔 셈이었다.

한편, 회남 땅의 원술은 여포의 배신으로 기령이 억지 화해를 하고 돌아오자 화가 머리끝까지 치밀었다.

"여우 같은 여포 놈! 물건만 슬쩍 하고 싸움을 가로막아?"

원술은 이를 갈며 여포를 토벌할 기회만을 노리고 있었다.

그런데 유비와 충돌이 생겨 유비를 소패에서 내쫓았다는 소식을 듣자 '때는 왔다!' 하고 토벌군을 서주로 보냈다.

"유비 삼형제가 곁에 없는 한 여포는 아무것도 아니야."

원술은 자신만만했다. 사실 그의 20만 대군 앞에 서주군은 가을 바람에 나뭇잎 지듯 무참히 쓰러져 갔다. 여포는 패잔병들을 거둬 성으로 들어가 방어만 했다.

이때 원술은 새로운 목표를 가지고 있었다. 그것은 스스로 황제의 자리에 오르는 것이었다. 여포와의 첫 싸움에서 대승을 거두자 천하가 곧 자기의 수중으로 떨어질 것 같은 생각이 들었던 것이다.

"황실 대대로 내려오던 옥새가 내게 들어온 것은, 하늘이 내게 제위의 자리를 내리심이다. 제군들은 짐을 보좌하여 충성을 다하라."

그리하여 자칭 황제가 된 원술은 앞서 보낸 20만 대군의 뒤를 이어, 친위대 2만을 거느리고 서주로 갔다. 지나는 고을마다 황제의 예우를 하게 하고 거역하는 자는 목을 베었으며 양식을 바치지 않는 고을에는 불을 질렀다.

서주성의 여포는 원술이 직접 서주 공격에 나서자 어찌할 바를 모르고 갈팡질팡했다. 원술의 군세가 워낙 어마어마했던 것이다.

"진궁, 이 일을 어쩌면 좋겠나? 괜히 유비를 두둔하여 기령을 쫓아 보냈지?"

"이왕 엎질러진 물입니다. 허창의 조조에게 원군을 청함이 어떨는지요?"

"조조가 들어줄까?"

"그야 모르지만, 원술이 황제라 자칭하고 나섰으니 이것은 분명한 역모가 아닙니까? 황제를 모시고 있는 조정의 승상으로서 가만 있지는 않을 것입니다."

여포는 곧 조조에게 밀사를 급파했다. 조조는 예상대로 원군을 보내 줌과 동시에 예주의 유비에게 연락하여 서주의 여포와 함께 역적 원술을 치라고 명령했다. 조조의 원군과 관우가 이끄는 예주의 원군이 당도하자 전세는 달라졌다. 그때까지 성 안에 웅크리고 앉아 있던 여포가 성문을 열고 나와 반격을 개시한 것이다. 앞에는 여포군이요, 뒤에는 조조의 원군과 관우의 원군……. 원술의 20만 대군도 사기를 잃고 흔들리기 시작했다.

이때 여포가 적토마에 앉아 방천화극을 휘두르며 원술의 선봉을 짓밟기 시작했다. 그와 동시에 여포군의 맹장 고순, 장요, 장패, 송헌 등이 이끄는 기병 5만이 여포와 합세하여 측면을 파고들었다. 원술의 진영은 크게 어지러워져 도망치는 병사가 속출했다.

설상가상으로 조조의 원군이 원술의 후면을 치고 들어왔다. 전후좌우에서 공격을 해 오니 당해 낼 재주가 없었다. 기령과 이풍이 이끄는 원술의 부대는 대패하여 달아났다.

여포는 신이 나 원술을 뒤쫓았다.

"쥐새끼 같은 놈아! 주제넘게 황제 행세를 하려 드느냐!"

그러나 원술은 들은 척도 않고 급히 말을 몰았다. 너무 급히 달아나느라고 황제의 휘장이며 깃발이 길바닥에 너저분하게 깔렸다. 원술이 정신없이 내빼고 있을 때 별안간 그의 앞을 가로막으며 호통을 치는 장수가 있었다.

"천하의 역적 놈! 관우의 칼을 받아라!"

원술은 또 한 번 혼비백산했다. 아마도 부하 장수가 관우를 막지 않았다면 원술의 목은 땅에 떨어졌을 것이다. 관우는 청룡언월도를 마음껏 휘둘러 원술의 병사를 수없이 짓밟았다.

원술은 패잔병들을 거둬들여 회남으로 철수했다. 회남의 수춘성으로 돌아온 원술은 분통이 터져 죽을 지경이었다. 어떻게든 다시 군사를 일으켜 여포를 치고 싶었다. 그러나 이제 병사도 물자도 넉넉지 못했다.

"오나라의 손책에게 청해 보자."

원술은 손책에게 군사를 보내 달라는 편지를 보냈다.

〈오늘의 그대가 있기까지 물질적, 정신적으로 도와 준 내 은공을 생각해서라도 병마와 금은을 보내 주게.〉

그러나 손책의 답신은 이러했다.

〈천만에, 그게 무슨 소리요! 내게 빌린 옥새를 돌려주지 않고 황제라 칭하는 그대는 만고의 역적. 내 어찌 그대를 도우리.〉

손책의 회답을 본 원술은 몸을 부들부들 떨며 소리쳤다.

"배은망덕한 놈. 어디 두고 보자!"

원술은 창피하고 분해 몇 달 동안 잠을 제대로 이루지 못했다.

그런데 원술이 서주를 치기는커녕 오히려 정반대의 일이 벌어졌다. 허창의 조조, 서주의 여포, 예주의 유비, 그리고 오의 손책이 원술의 본거지인 수춘성을 공격해 왔던 것이다. 원술은 허겁지겁 위하를 건너 도망쳤다.

수춘성을 손에 넣은 조조는 손책을 본국으로 철수시킨 다음 여포와 유비를 불러 의논했다.

"두 사람은 이제 동지나 마찬가지요. 여공은 소패를 유비에게 돌려주시오."

자신의 위기를 구해 준 조조였다. 유비 또한 관우를 보내 원술을 치지 않았던가. 여포는 별다른 이의 없이 그것을 승낙했다. 조조는 허창으로, 유비는 소패로, 여포는 서주로 각각 철군했다.

그런데 헤어지기에 앞서 조조는 은밀히 유비를 자신의 막사로 불러 말했다.

"범을 잡자면 범의 굴로 들어가야 합니다. 기회를 봐 연락하시오."

그 후 온 나라는 별다른 전란 없이 평온한 세월을 보냈다. 물론 형주의 유표가 조조를 괴롭혀 조그만 싸움이 있었다든가, 하북의 원소가 공손찬을 정복해 버린 사건 등이 일어나긴 했어도 백성들에겐 별 피해가 없었다.

강동의 손책, 하북의 원소, 허창의 조조, 서주 방면의 여포 등 강자들이 서로 세력 균형을 이루고 있어 불가피하게 생겨난 평화였는지도 몰랐다.

서주의 여포는 미희美姬들과 어울려서 술타령으로 밤낮을 지새우고 있었다. 그러다 그것도 지겨워진 그는 성 내의 민가로 나가 아녀자들을 희롱했으며 거역하는 자들은 가차없이 목을 날려 버렸다. 양곡을 바쳐라, 여자를 데려와라, 금은보화를 모아 와라……. 서주의 백성들은 한마디로 생지옥에서 살고 있었다.

"여포 놈이 스스로 자기 목을 조이고 있군……."

소패의 유비는 조조에게 급히 밀서를 보냈다.

〈……때가 되었습니다. 서주 백성들은 하루빨리 해방군이 도착하기만을 기다리고 있습니다. 우리가 여포를 친다면 서주 백성은 안에서 반기를 들 것입니다. 이 기회를 놓쳐서는 안 됩니다.〉

편지를 읽고 난 조조는 얼굴 가득히 미소를 지었다.

"좋아, 서주로 곰사냥이나 나가야겠다."

조조는 하후돈, 이전, 여건을 선발대로 뽑아 기병을 서주로 진격시켰다. 서주의 여포는 유비와 조조가 결탁하여 서주를 치려 한다는 보고를 받자 머리카락을 곤두세웠다.

"뭐야! 소패의 유비 놈이 배은망덕한 짓을 해? 좋다. 소패를 쳐부수어라!"

여포는 책사 진궁과 장요에게 소패 공격을 지시하고 고순에게 조조군의 방어진을 구축하게 했다. 진궁과 장요가 이끄는 공격군이 소패를 완전 포위하자 유비는 긴급 군사회의를 열었다.

"조조의 원군이 도착할 때까지는 성을 나가지 않는다. 이것을 명심하라. 관우는 동문, 장비는 남문, 미축은 서문, 손건은 북문을 맡는다. 개미 한 마리라도 성을 넘어오게 해서는 안 된다."

유비의 전략이 이러하니 여포군으로서도 별 도리

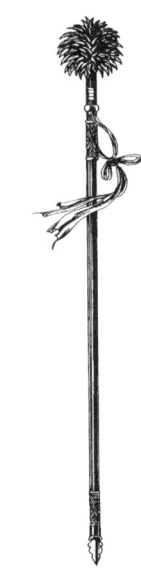

중국의 고대 무기

추錘
추는 긴 손잡이에 타격을 가할 수 있는 것을 부착하여 공격력을 강화한 곤봉이다. 특히 타격 강도를 높이기 위해 예리한 작은 칼날을 추에 단 질려골타가 유명하다.

가 없었다. 아무리 소리를 질러 야유하며 유비군을 끌어내리려고 하여도 유비군은 성 안에서 화살만을 쏘아 댈 뿐이었다.

이처럼 소강 상태로 며칠을 보낸 어느 날 조조군이 고순의 방어진을 쳐부수고 서주 땅으로 들어섰다는 소식이 여포에게 전해졌다. 여포가 정말로 무서워하는 것은 조조의 5만 기병이었다. 여포는 즉시 학맹, 조성, 후성 등의 장수를 고순에게 급파하는 한편, 소패를 포위하고 있던 병력의 일부를 그리로 보냈다.

"드디어 때는 왔다! 병력을 이동시키는 것으로 보아 조조군이 도착한 것이 분명하다."

손건, 미축, 장비는 물고기가 물을 만난 듯 사방팔방으로 휘저으며 적병을 휩쓸었다. 진궁과 장요로서는 유비 삼형제를 맞아 싸우기에 너무 무기력했다. 유비군은 달아나는 여포군을 악착같이 따라붙어 목을 날렸다.

한편, 여포가 적토마를 몰아 싸움을 지휘하기 시작했기 때문에 하후돈, 이전의 조조군은 더는 전진을 못하고 있었다.

여포는 이때를 놓칠 새라 좌충우돌하면서 보이는 대로 화극을 휘둘러 댔다. 그리하여 전세는 차츰 여포군의 우세로 변했다.

"뭐야? 여포에게 쫓겨 후퇴했다고?"

조조는 하후돈을 크게 나무란 다음 곧 전군에게 재진격 명령을 내렸다. 조조의 대군은 북을 울리며 물밀듯이 서주로 내달았다. 아연실색한 것은 여포였다. 유비군이 소패를 나와 서주성을 공략하고 있는 때에 조조의 대군이 또 밀려온다니 앞이 캄캄했다. 그때 진궁이 나서서 간했다.

"틀렸습니다. 서주를 버리고 하비성으로 갑시다. 그곳은 지형이 험해 방어하기 용이할뿐더러, 식량과 재물이 넉넉합니다. 서주의 백성들도 이미 우리에게서 등을 돌렸습니다. 그들이 들고일어난다면 큰 화를 당합니다."

"그런가? 이런 때를 대비하여 백성들을 잘 다스릴 걸……."

여포는 눈물을 글썽이며 길게 탄식했으나 진궁은 냉정했다.

"지난 일을 한탄해 뭘 합니까. 살길을 찾아야지요."

그날 야밤을 틈타 여포군이 북문을 빠져나가자 어떻게 알았는지 관우가 길목을 가로막고 나섰다.

"이놈 여포야! 어딜 도망가느냐!"

청룡언월도를 들고 달려드는 관우의 기세에 여포는 찔끔했다. 제발 관우만은 만나고 싶지 않은 것이 여포였다. 산천초목이 다 떠는 맹장 여포였으나 관우 앞에서는 왠지 오금이 저려 제대로 힘을 쓸 수가 없었던 것이다.

"누구 저놈을 대적할 자가 없느냐?"

여포는 스스로 꽁무니를 빼며 부하 장수들을 둘러보았다.

"주군, 제가 막을 테니 어서 하비로 가십시오!"

나선 이는 인품이 뛰어나고 충직하기로 소문난 장요였다.

"오냐, 우리가 빠져나가는 동안 자네가 수고를 해 주게."

관우군을 장요에게 맡기고 여포군은 재빨리 하비로 내달렸다. 주인은 도망치고 하인만 남은 격이 되자 관우는 오히려 장요의 충성심이 애처롭고 가여웠다.

"주인을 따라가거라. 자네의 목을 벤들 무슨 소용이 있으랴."

장요의 사람됨을 잘 알고 있는 관우였다. 그는 짐짓 패하는 척하고 군사를 후퇴시켰다. 장요는 곧 자신의 부하를 이끌고 여포의 뒤를 쫓으면서 혼자 중얼거렸다.

"나는 관우에게 빚을 졌구나. 여포에게 저런 장수 하나만 있어도 이처럼 비참한 패배는 당하지 않았을 것이다."

이렇게 하비성으로 들어간 여포는 자포자기하여 술타령만을 일삼았다. 주위에서는 조조와 유비가 언제 쳐들어올지 모르니 군사를 키우고 성벽을 튼튼히 해야 한다고 일렀으나 막무가내였다.

"듣기 싫다! 어서들 물러가!"

군사들은 사기가 떨어져 성을 도망쳐 나가기 시작했고 장수들은 밤낮 시름뿐이었다. 조조와 유비가 하비성으로 몰려온다는 급보가 날아들었다.

여포가 놀라 성루에 올라가 보니 성으로 이어지는 강에는 적의 병선이 가득했다. 여포는 그제야 병사들을 독려하여 전투 준비를 서둘렀다.

"모두 정신을 바짝 차려라! 아무리 조조라도 천연 요새인 이 하비성을 무너뜨리지 못할 것이다. 나도 술을 끊고 모범을 보일 터이니, 전 장병들도 나의 뜻을 따르라."

과연 조조군은 하비성 공략에 애를 먹고 있었다. 지형이 낯설고 험해 성으로 접근하는 것이 어려웠고 여포의 방비가 물샐틈없이 펼쳐졌던 것이다.

이렇다 할 접전 없이 시간만 흘러가고 있었다. 그러던 어느 날 하비성 내에 조그만 말썽이 일어났다. 후성이라는 장수가 부하들에게 주연을 베풀었던 것이다. 부하에게 술을 먹인 후성은 곧장 여포에게 끌려갔다.

"이놈, 나도 술을 끊고 성의 방비에만 열중하고 있거늘, 장수된 자가 부하에게 술을 먹여 군기를 흐트러뜨려? 용서할 수 없다!"

여포는 불같이 노해 호통을 쳤다.

"사실은 그런 게 아니옵니다. 병마를 훔쳐 달아나려는 도망병을 제 부하가 잡아왔기에 그 공을 치하하여 약간의 회식을 베푼 것입니다."

"뭐야? 회식? 누가 그 따위 일로 회식을 즐기라고 했더냐! 듣기 싫다. 저놈의 목을 쳐 성루에 매달아라. 누구든 군기를 어지럽히는 자는 용서 못한다."

이에 주위의 장수들이 여포에게 간했다.

"비록 명을 어긴 것은 중죄에 해당되나, 적을 앞에 두고 아군의 장수를 참수한다는 것은 사기에 큰 영향을 줍니다."

생각해 보면 그도 그랬다. 여포는 화를 풀고 다시 명령했다.

"여러 제신이 간하므로 곤장 1백 대로 선처할 것인즉, 다음부터는 주의하라."

후성은 성 내의 장병이 지켜보는 가운데 형장으로 끌려가 곤장 1백 대를 맞고 기절했다. 그날 밤 동료 장수들이 후성의 처소로 몰려와 그를 위로했다. 후성은 눈물을 흘리며 말했다.

"통증 따위가 아파서 우는 것이 아닐세. 내 신세가 가련해서 우는 것이야. 저 따위 여포를 주군이라고 믿고 따른 내 어리석음이 한스러워서 우는 것일세……."

"듣고 보니 그건 그래."

송헌 등 장수들은 이구동성으로 여포를 비난했다.

"여포를 따르다가 개죽음을 당할 거 없어. 아예 조조에게 항복해 버리는 게 좋겠어."

상황이 이렇게 되자 후성, 송헌 등은 구체적인 항복 절차에 대해서 논의하기 시작했다.

"한 사람은 성을 빠져나가 조조와 내통하고, 나머지 사람들은 여포를 급습하여 결박을 짓세. 오늘 밤 당장 결행하는 거야."

여포는 이런 사실도 모르고 침상에 누워 피로를 풀고 있었다. 바로 이때 위속이 여포의 머리맡으로 살금살금 다가가 거기 세워 둔 화극을 집어 들었다. 여포가 깜짝 놀라 눈을 떴다.

"누구냐!"

여포가 일어나려 하자 위속이 화극으로 그를 위협했다.

"움직이지 마!"

그 순간 송헌과 그의 부하들이 여포에게 달려들었다. 여포는 '이놈들! 이놈들!' 하고 소리를 지르며 반항했으나 끝내는 포박을 당하고 말았다. 여포를 사로잡은 송헌은 성루로 올라가 백기를 내걸고 다시 성문으로 내달려 문을 열었다.

조조군이 홍수처럼 들이닥쳐 반항하는 여포군을 모조리 도륙하기 시작했다. 성 안은 끓는 가마솥 속처럼 혼란스러웠다. 도망치는 자, 무기를 버리고 투항하는 자, 싸우는 자……. 그야말로 아비규환이었다.

어느새 희끄무레하게 동쪽 하늘이 밝아 오기 시작했다. 고순, 장요 두 장수는 끝까지 싸우다 생포되었고 진궁도 항복해 와 하비성은 완전히 조조, 유비의 연합군 수중으로 들어왔다.

그날 조조와 유비는 나란히 높은 누각에 앉아 포로들을 심문했다. 먼저 끌려 온 것은 여포였다. 후성, 송헌, 위속을 쳐다보며 여포는 악을 썼다.

"배은망덕한 놈들! 내가 너희를 박대한 적이 없거늘 어찌 나를 배반했느냐?"

그러자 송헌이 여포에게 손가락질을 하며 꾸짖었다.

"장수와 병사를 길가의 거렁뱅이만큼도 대접하지 않았던 너 아니더냐! 입이 열 개라도 말을 못할 거다. 네가 사랑한 건 계집과 술뿐이었다."

"저, 저런, 저놈이……."

여포는 제대로 말을 잇지 못했다. 그때 누상의 조조가 그를 내려다보며 쓴웃음을 지었다.

"여포야, 너를 죽이랴, 살리랴? 만일 내 곁의 유공이 너를 살리고 싶다면 살려

줄 것이니 유공에게 하소연해 보아라."

여포는 유비와 시선이 마주치자 짐짓 호통 비슷한 푸념을 했다.

"원술의 대군이 너를 베려 할 때 내가 화살을 쏘아 너를 구해 주었거늘 벌써 그 은공을 잊었단 말이냐?"

이때 조조의 병사에게 이끌려 들어오던 장요가 이 꼴을 보고는 여포를 나무랐다.

"주군, 깨끗이 죽으시오!"

여포는 고개를 푹 숙이고는 아무 대꾸도 못했다.

"끌어내 처형하라!"

조조가 지시하자 병사들이 여포를 끌고 형장으로 나갔다. 이어 진궁과 고순처럼 끝까지 항전한 여포의 부하들도 그 뒤를 따라 목이 베였으나, 단 한 명 장요만은 유비의 간곡한 권유에 의해 목숨을 건졌다.

천둥 속에 엎드린 영웅

여포를 무찌른 조조와 유비의 개선군이 하비성을 출발하여 서주에 이르자 거리에는 그들을 환영하는 백성들로 가득했다.

"유 장군께서 서주를 다스려 주십시오!"

이때 조조가 백성들을 향해 말했다.

"안심하십시오. 유 장군은 큰 공을 세웠으므로 나와 함께 도성으로 가 황제를 배알한 뒤, 다시 서주로 내려오게 될 겁니다."

그리하여 조조 일행은 도성으로 떠나고 서주와 소패는 조조가 임명한 차주라는 장군이 임시로 다스리게 되었다.

얼마 후 허창으로 개선한 조조는 그간의 싸움에서 공이 큰 장수와 병사들에게 골고루 상을 내리고 허창의 백성들에게는 3일간의 대축제를 열게 했다. 그와 함께 개선한 유비에게는 승상부 곁에 거처를 마련해 숙식에 전혀 불편이 없도록 했다.

다음 날 관복으로 갈아입은 조조는 유비를 불러 함께 대궐로 들어갔다. 조조는 황제에게 승전 보고를 올리는 도중, 특히 유비의 공에 대해 자세히 설명했다.

"오, 그런 인재가 다 있었는가?"

황제는 층계 아래에 엎드려 있는 유비를 전상殿上으로 오르도록 분부했다.

"그대의 조상은 누구인고?"

"소인은……."

유비는 너무도 감격하여 말이 제대로 나오지 않았다.

"경의 조상을 물었는데 대답은 않고 어찌 눈물만 흘리는가?"

"황송합니다. 폐하를 직접 뵈오니 절로 가슴이 뜨거워져서……. 신은 중산정왕의 후손으로서 효경 황제의 예손인 유옹의 손자요, 유홍의 아들이옵니다."

"오오, 경이 진정 한 황실의 일족이란 말인가?"

황제는 놀라 반색을 하면서 종정경을 불러 유비의 족보를 확인케 했다. 과연 유비의 말은 틀림이 없었다. 유비는 현 황제인 헌제의 아저씨뻘이 되었다. 황제는 기뻐 눈물을 흘리며 유비의 손을 잡았다.

"황숙, 반갑구려!"

황제는 유비를 따로 편전으로 청하여 주연을 베풀었다. 그날따라 황제의 표정은 밝고 즐거워 보였다. 조조가 조정을 손아귀에 넣고 제 맘대로 농락하는 때에 유비 같은 똑똑한 인물이 나타났으니 황제로서는 이보다 기쁜 일이 없었다. 황제는 특별히 칙서를 내려 유비에게 좌장군 성정후라는 높은 벼슬을 줌과 동시에 사람들에게 '유황숙'이라 부르게 했다.

"유비는 용입니다. 그는 지금 황숙이라는 칭호와 함께 높은 벼슬을 하사받아 하늘로 날아오를 준비를 하고 있습니다. 유비를 그냥 살려 두시면 후일 그로 인해 화를 당할 겁니다."

책사 순욱은 유비가 더 크기 전에 제거해야 된다고 조조에게 강력히 간했다.

삼국지 고사성어
등용문 登龍門
용문에 오른다는 뜻으로, 험한 관문을 통과하고 입신출세한 것 또는 그 관문을 비유하는 말이다.

"비록 유비가 황숙이 된다 하나, 내가 천자의 조칙을 들어 명하면 제가 복종하지 않을 수 없을 것이다.

천둥 속에 엎드린 영웅 · 171

더욱이 내가 저를 허도에 붙들어 놓은 것은, 명색은 천자 곁에 가까이 있다 하지만 실상은 내 손 안에 들어 있는 것이 되니, 뭐가 두려울 것이 있단 말이오."

그건 사실이었다. 황제조차 조조의 손바닥 안에 있어 조조가 조종하는 꼭두각시에 불과했다.

어느 날 달도 없는 어두운 밤이었다. 거기장군이자 국구(황제의 장인)인 동승이 유비를 찾아왔다. 야밤에 의외의 손님이 찾아왔다는 말에 의아해 하며 유비는 그를 맞아들였다.

"낮에 말을 타고 찾아오면 혹시나 조조가 의심할까 두려워 일부러 이렇게 밤에 왔습니다."

유비는 그 말에 대꾸하지 않고 곧 술을 내어 오라 하여 대접했다. 잔을 들며 동승이 다시 입을 열었다.

"조정의 신하들 중에서 조조를 죽이려 하는 자가 한 사람도 없다니, 참으로 통탄할 노릇이오."

말을 마치자 동승은 잔을 놓고 소매자락으로 낯을 가렸다. 그의 입에서 오열하는 소리가 들렸다. 유비는 문득 마음에 의심이 들었다. 혹시 조조가 자신의 속마음을 떠보려고 한 것이 아닐까 싶어서였다. 그래서 유비는 일부러 한마디했다.

"조 승상께서 나라를 잘 다스리고 계신 터에 어찌하여 그런 말씀을 하시오?"

동승은 그 말을 듣자 벌떡 자리에서 몸을 일으켰다.

"공은 곧 한조의 황숙이기에 내 속마음을 털어 진정을 말했는데, 어찌하여 감추려고만 하시오?"

"혹시나 국구께 거짓이 있을까 두려워 그랬습니다."

"자, 읽어 보시오."

동승은 유비에게 황제가 내린 혈서를 내밀었다. 유비는 등불의 심지를 올린 다음 천천히 혈서를 읽기 시작했다. 두 눈에서는 소리 없이 눈물이 흘러내렸다.

"그랬군요……. 국구의 뜻을 이제야 헤아릴 수 있겠습니다."

"황숙께서 제 심정을 이해해 주신다면 이것도 보아 주십시오."

동승은 혈서를 집어넣고 연판장을 유비 앞으로 내밀었다. 거기에는 동승을 비롯한 여섯 사람의 서명이 들어 있었다.

"만고의 역적 조조를 토벌하는 일인데 이 유비가 어찌 마다하오리까."

유비는 붓을 들어 여섯 사람들의 이름 밑에 일곱 번째로 '좌장군 유비'라고 쓰고 자필로 서명을 했다.

"어서 넣으십시오. 그리고 결코 목숨이 아까워서는 아닙니다만, 막중한 대사이오니 신중을 기해 움직이십시오."

벌써 어슴푸레하게 새벽이 밝아 오기 시작했다. 동승은 말을 타고 재빨리 새벽 안개 속으로 사라졌다. 며칠 후 유비는 조조를 찾아가 의외의 청을 했다.

"지금의 제 처소는 너무 크고 번거로워 불편하기 그지없습니다. 교외의 한적한 농가를 하나 마련해 주시면, 그곳에서 태평성대를 즐기며 한가롭게 살겠습니다."

"유공이 농사일로 세월을 보내겠다는 거요?"

조조는 의외라는 듯이 큰소리로 웃었다.

"꼭 그런 것은 아니오나, 좌장군이라는 조정의 관직이 그리 바쁜 것이 아니므로 정무에 시간이 나는 틈틈이 장차의 일을 생각하여 농사일을 배워 둘까 합니다."

유비는 그 다음 날로 관우, 장비와 더불어 도성 변두리의 농가로 처소를 옮겼다. 식솔이래야 유비 삼형제와 약간의 시종뿐이었다. 유비가 거느렸던 병사들은 이미 도성으로 들어오면서 승상부의 관군에 편입되었고 호위 병사마저 궁궐의 경비병으로 보냈다. 농가로 옮긴 이후 유비는 거의 매일같이 직접 분뇨통을 메고 채소밭으로 나갔다. 누가 보아도 영락없는 농부였다.

관우와 장비가 집을 비운 사이, 조조의 심복인 허저와 장요가 수레를 끌고 유비를 찾아왔다.

"좌장군님을 급히 모셔 오라는 조 승상님의 분부를 받고 왔습니다."

"무슨 일인가?"

"언제 그런 걸 저희들에게 말씀하시던가요. 하여튼 어서 수레에 오르시지요."

동승의 연판장에 서명한 것이 탄로난 때문일까? 오늘따라 유비의 마음은 무겁기만 했다. 유비가 조조의 부장들과 함께 승상부에 이르자 조조는 매우 유쾌한 얼굴로 유비를 맞았다.

"요즘 농사일에 열중이시라고요? 그것도 쉽지는 않지요?"

"아니올시다. 오히려 제게는 농사가 적성에 맞는 듯합니다."

"하하하. 후원의 매실이 봄을 시샘하길래 유공과 더불어 흥을 돋워 볼까 해서 부른 거요."

조조는 유비를 후원으로 안내했다. 과연 매화나무마다 매실이 가득 매달려 있었다. 후원의 정자에는 이미 술상이 마련되어 있었다.

"정사에 관한 일은 잊고 유쾌하게 한 잔 합시다."

조조의 표정은 밝고 꾸밈이 없었다. 유비는 비로소 마음이 놓였다.

"좋은 매화나무밭을 갖고 계시는군요. 소인을 친히 불러 주시니 송구스럽기 이를 데 없습니다!"

"허허, 거 무슨 말씀! 난 늘 유공이 곁에 계셔 주시기만 하면 기분이 좋고 마음 든든하다오."

"황송하옵니다."

두 사람은 매실을 안주로 하여 계속 술잔을 나누었다. 어느 정도 시간이 흘러 거나하게 취기가 돌았을 때 조조가 대뜸 유비에게 물었다.

"유공은 오늘날 진정한 영웅이 누구라고 생각하오?"

"영웅이라니요? 저 같은 게 그런 걸 어찌 알겠습니까?"

유비가 대답을 회피하는 듯하자 조조가 다그쳤다.

"유공의 생각은 덮어 두고라도 세상 사람들이 하는 소리를 들었을 게 아니오?"

유비는 조심스럽게 말했다.

"원술이 군사도 많고 물자도 풍부하니 영웅 재목이라 하더군요."

조조는 별안간 소리 높여 웃었다.

"뭐요? 원술이요? 하하하, 그만 웃기시오. 그는 이미 죽은 영웅이오. 멀지 않아 그는 이 조조에게 사로잡히고 말 거요."

"그러시다면 하북의 원소는 어떻습니까? 그는 명문 귀족 출신으로 수많은 인재와 명장을 거느리고 있습니다."

이번에도 조조는 고개를 내저었다.

"하하하, 원소 따위가 무슨 영웅이오? 속 좁고 겁 많고 결단력도 없으며, 언제나 자기 한 몸만 아끼는 옹졸한 인간이 바로 원소요."

"형주의 유표 정도는……?"

"유표라……. 그는 여포처럼 우둔하고 어리석소. 또한 술과 여자를 정치보다 좋아하니 얼마 안 가서 나라를 잃고 말 거요."

"그럼 오의 손책은 어떻습니까?"

이야기가 손책에 이르자 조조는 잠시 생각하는 듯하더니 이내 머리를 저었다.

"아니오. 그는 용맹하고 풍요로운 땅을 차지하고 있으나 너무 성질이 급하여 천하를 다스릴 영웅 재목은 아니오."

그 이외에 몇 사람을 더 입에 올렸지만 조조는 번번이 고개를 내저었다. 유비는 그만 부끄러워진 듯 입을 다물었다.

"유공, 그 따위 허수아비들 말고 좀더 그럴듯한 인물은 없겠소?"

"남들이 그렇게들 평하고 있으므로 말씀드린 것뿐입니다. 저로서는 그 밖에 더 들은 바가 없습니다."

"한심한 일이군요. 원래 영웅이란 용감무쌍한 혈기가 있다고 해서 되는 것도 아니고, 넓은 영토나 인재, 그리고 수많은 군사를 거느리고 있다 하여 되는 것도 아닙니다. 모름지기 영웅이란 가슴속에 원대한 꿈과 이상이 불타고 있어 그것이 미래를 밝힐 수 있어야 하며, 천지 만물의 조화를 깨달아 추호도 비겁함이 없어 만천하 백성을 올바르게 이끌 수 있는 역량을 갖춘 자라야 하는 것입니다."

"하지만 오늘 같은 난세에 그런 훌륭한 인물이 어디 있겠습니까?"

"아니오. 영웅은 난세에 나는 법. 틀림없이 있습니다. 다만 아직 꼬리를 감추고 몸을 드러내지 않을 뿐입니다."

"당대에 영웅이 틀림없이 있다 하셨는데, 그렇다면 승상께서는 누굴 영웅으로 생각하고 계십니까?"

"내 입으로 그걸 꼭 말해야 알겠소?"

"저로서는 도저히……."

"그건 바로 나 조조와 유공 당신이오."

유비는 그만 깜짝 놀라 술잔을 떨어뜨렸다. 그 순간 홀연 번갯불이 일고 천지를 가를 듯한 천둥 소리가 두 사람을 덮쳤다.

"앗!"

유비는 허겁지겁 상 밑으로 머리를 처박고 있다가 한참 만에야 숨을 몰아쉬며 허리를 폈다.

"하하하, 사람 싱겁기는……. 유공은 천둥이 그처럼 무섭소?"

조조는 가소로운 듯 유비를 쳐다봤다.

"죄송합니다. 못난 꼴을 보여드려서. 저는 어렸을 때부터 천둥만 일면 간이 콩알만 해져 오금을 못 씁니다. 타고나길 심약하게 타고난 모양입니다."

유비가 이 정도의 사내라면 조조로서는 안심이었다. 자기가 생각했던 영웅은 결코 아니었던 것이다. 유비의 허약한 성품을 발견한 조조는 매우 만족하였다.

"영웅론도 끝나고 천둥도 물러갔으니 자, 술이나 듭시다."

"아, 예. 그런데 술잔이 어디로 갔나?"

유비는 아직도 넋이 나가 있는 사람처럼, 바로 자기 앞에 놓여 있는 술잔을 이리저리 찾았다. 유비는 조조의 속마음을 훤하게 들여다보고 있었다. 역시 의심이 많은 인물임이 틀림없었다.

이런 일이 있은 지 며칠 후였다. 조조가 또다시 유비를 승상부로 초대했다. 이번에도 유비는 기꺼이 초대에 응했다.

"먼젓날은 천둥 번개가 쳐 유공을 놀라게 했소만, 오늘은 화창하니 마음껏 잔을 기울여 봅시다."

조조는 변함없이 밝은 표정이었다.

"번번이 폐만 끼쳐 죄송합니다."

두 사람은 화기애애한 분위기 속에서 술을 마시기 시작했다. 그때 시종이 술좌석으로 들어와, 하북의 원소를 살피러 갔던 만총이 돌아왔다고 전했다.

조조의 명령이 떨어지자 만총이라는 자가 들어와 보고했다.

"원소가 드디어 공손찬을 멸망시켰습니다."

"아니, 공 태수가 멸망했다고요? 그토록 덕망이 높고 세력이 단단했는데……."

곁에서 듣고 있던 유비가 크게 탄식했다.

"공손찬은 조만간 원소에게 먹히게 되어 있었소이다. 약한 자는 강한 자에게 잡아먹히는 것이 세상의 이치 아닙니까? 헌데 황숙은 어째서 공손찬의 멸망을 그처럼 가슴 아파하시오?"

조조는 도저히 이해할 수 없다는 표정이었다.

"저와 공손찬의 관계를 모르는 사람들은 그렇게 말할 것입니다. 하오나 공손찬은 깊은 스승 밑에서 글을 배운 친구일 뿐만 아니라 소인의 은인이기도 합니다."

"은인이라니?"

"지난날 황건적의 난 때 소인에게 군사도 빌려 주었고 조정에 주청하여 벼슬을 얻도록 힘써 주기도 했습니다. 오늘날 소인이 이만큼이나 큰 것은 알고 보면 모두 공 태수의 덕분입니다."

유비는 급기야 눈물을 뚝뚝 흘리며 어깨를 들썩였다.

"원, 사람도. 유공은 정에 너무 약하구려."

조조는 미소를 지으며 유비를 위로한 다음 만총에게 물었다.

"그 뒤의 하북 정세는?"

"원소는 공손찬의 영토와 군사들을 자기 것으로 만들어 그 세력이 날로 팽창하고 있습니다. 또한 동생 원술이 형의 세력과 합하려 하고 있습니다. 만일 원소, 원술 형제가 힘을 하나로 합친다면 대단히 위험한 존재가 될 것입니다."

"알았다. 물러가거라."

만총을 물린 뒤에도 한참이나 조조는 생각에 잠겨 있었다. 아무래도 원소가 마음에 걸리는 모양이었다.

"원소의 세력이 커진다……. 그래서는 안 되지."

조조가 이맛살을 찌푸리자 유비가 이때다 싶어 입을 열었다.

"승상, 청이 하나 있습니다. 저에게 군사를 주십시오."

조조는 유비의 말에 깜짝 놀라며 유비를 쳐다보았다.

"유공에게 지금 무슨 군사가 필요해서 그러시오?"

"만총의 보고에 의하면, 하북의 원소와 회남의 원술이 세력을 합치려 하고 있다고 하지 않습니까? 원술은 옥새를 훔쳐 스스로 황제라 칭하던 만고의 역적인데, 원술이 형에게 옥새를 바쳐 새로운 세력으로 등장하면 승상에게도 결코 이롭지 못할 것입니다. 제게 군사를 주신다면 원술을 쳐부숴 그들의 그릇된 음모를 꺾어 보이겠습니다."

"유공에게 무슨 좋은 수라도 있어서 그러는 거요?"

"있습니다. 원술이 원소에게 가자면 반드시 서주 땅을 밟아야 합니다. 제가 서주 근처에 군사를 매복시키고 기다리고 있다가 원술이 지나갈 때 급습한다면, 원소는 혼비백산하여 반드시 사로잡히고 말 것입니다."

유비의 주도면밀한 계획을 듣자 조조는 몹시 기뻐했다.

"좋소. 군사를 빌려 드리다. 내일 황제를 알현한 뒤 5만 병력을 이끌고 서주로 내려가시오. 공손찬의 원수도 갚고 조정에도 충성을 보일 수 있는 좋은 기회가 될 거요."

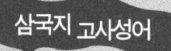

등용문 登龍門
용문에 오르다

　용문은 황하 상류에 있는 협곡인데, 이곳의 여울이 어찌나 세차고 빠른지 큰 물고기도 쉽게 거슬러 올라가지 못한다고 한다. 그러나 일단 오르기만 하면 그 물고기는 용이 된다는 전설이 있다. 따라서 '용문에 오른다'는 것은 극한의 난관을 돌파하고 발전의 기회를 얻는다는 말로, 중국에서는 진사 시험에 합격하는 것이 입신출세의 첫걸음이었으므로 이를 '등용문'이라 했다.
　'등용문'에 반대되는 말을 '점액點額'이라 한다. '점'은 '상처를 입는다'는 뜻이고 '액'은 이마인데 용문에 오르려고 급류에 도전했다가 바위에 이마를 부딪쳐 상처를 입은 채 하류로 떠내려가는 물고기를 말한다. 즉, 경쟁에서 패배한 사람이나 중요한 시험에 떨어진 사람을 가리킨다.

　후한 말 환제 때 대표적인 정의파 관료 중에 이응이라는 사람이 있었다. 그는 여러 벼슬을 거쳐 하남 지방의 장관으로 승진했지만 환관의 미움을 받아 투옥당했다. 그러나 그 후 사예 교위가 되어 환관 세력에 대항했고 그는 점점 유명해졌다. 태학의 청년들은 이응을 흠모하여, "천하의 본보기는 이원례(이응)다"라 평했으며 신진 관료들도 그의 추천을 받는 것을 최고 명예로 알았다.

登: 오를(등), 龍: 용(용), 門: 문(문)
용문에 오른다는 뜻이다. 곧 입신출세의 관문이나 영달榮達을 비유하는 말로, 중요한 시험 또는 유력자를 만나는 일을 말하기도 한다.
[출전]《후한서》〈이응전李應傳〉

용을 바다에 놓아주다

이튿날 유비는 황제에게 출전 보고를 올린 뒤 승상부로 나가 5만 기병을 얻어 그날로 도성을 떠났다. 한쪽에는 장팔사모를 든 장비, 다른 한쪽에는 청룡언월도를 든 관우가 유비를 호위하니, 그 위용은 하늘을 찌를 듯했고 창검과 군마의 울음 소리 또한 보는 이의 간담을 서늘케 했다. 유비군이 도성을 벗어나 20리쯤 왔을 때였다. 동승이 허겁지겁 말을 달려 왔다.

"유황숙, 이렇게 가시면 어떻게 합니까? 지난날의 약조는 다 잊으신 겁니까?"

"잊다니요? 그 무슨 섭섭한 말씀……. 내게도 생각이 있어서 그러니 걱정 마시오. 부디 조조가 눈치채지 못하게 조심하십시오."

동승을 달래 돌려보낸 유비는 진군을 독촉했다.

"빨리 행군하라! 쉬지 말고 말을 몰아라!"

매사에 지나치리만큼 서두르지 않던 유비가 진군을 재촉하자 관우가 의아해 물었다.

"주군, 웬일로 독촉하십니까?"

유비가 빙긋이 웃었다.

"관우, 아직도 모르겠는가? 그동안 내 신세가 새장 속의 새요, 그물 속의 고기가 아니었더냐. 이 길이 곧 그물 안 고기가 바다로 들어가고, 새장 속의 새가 하늘로 오르는 것인데, 어찌 내 마음이 급하지 않겠느냐?"

유비가 군사를 이끌고 도성을 떠난 뒤, 각 지방의 군대를 시찰하고 돌아온 정욱은 이 소식을 듣자 깜짝 놀랐다.

"승상께서는 일생일대의 큰 실수를 범하신 겁니다! 마치 용을 바다에 놓아주신 격이요, 범에게 날개를 달아 평야로 내보낸 격입니다."

조조는 그제야 자신이 경솔했음을 깨달았다.

유비가 서주에 이르자 그곳의 임시 성주인 차주가 영접을 나왔다.

"승상부의 직속 기병인 모양인데, 어인 일로 오셨습니까?"

"조정의 하명을 받은 역적 원술의 토벌군이오."

"그렇습니까? 먼 길을 오시느라 피곤하실 테니 우선 성으로 드시어 피곤을 푸십시오."

차주는 유비 일행을 성으로 맞아들여 잔치를 베풀어 주었다. 이 자리에서 유비는 옛 신하 손건과 미축을 만났다.

"잘들 있었는가?"

유비가 다정스레 손을 잡아주자 손건, 미축은 눈물을 글썽였다.

"건강하신 주군의 얼굴을 뵈오니 이제는 죽어도 여한이 없습니다."

"별 소릴 다 하는군. 이제부터 시작이네."

잔치가 끝난 후 유비는 미축과 더불어 옛집으로 갔다. 그의 노모와 가족들은 유비를 얼싸안고 재회의 눈물을 흘렸다. 유비가 가족과 시간을 보내고 다시 군영으로 돌아왔을 때 원술이 원소가 있는 하북으로 가기 위해 대이동을 단행한다는 보고가 들어왔다.

"관우와 장비는 나와 더불어 본진을 지휘하고, 승상부의 두 장수 주영과 노소는 각기 양쪽의 날개를 구성하여 학의 대형으로 출진하라."

유비의 5만 기병은 질서 정연하게 서주의 변방으로 나아갔다.

한편, 회남의 원술은 어쩌다 손책에게서 옥새를 얻게 되자 분수없이 스스로 황제로 칭하고 백성들을 호령했다. 그리고 막대한 비용을 들여 궁궐을 지었다. 따라서 재정은 고갈되었으며 과중한 세금을 견디다 못한 백성들은 이웃 나라로 도망치기 시작했다. 어디 그뿐인가. 원술에게 실망한 인재들은 하나 남김 없이 그의 곁을 떠났으며 장수와 병사들 역시 각기 살길을 찾아 도망치기 시작했다. 한마디로 민심이 그의 곁을 떠난 것이다.

설상가상으로 여기에 수해와 기근까지 겹쳤다. 이제 원술의 회남 땅은 극도로 황폐해져 사람이 살 곳이 못 되었다.

원술은 마침내 최후의 방법을 생각해 냈다. 형 원소에게 옥새를 내주고 대신 자기는 원소의 땅으로 옮겨가 일신상의 평안을 누리자는 것이었다. 이러한 원술의 편지를 받아 본 원소는 즉각 원술의 제의를 받아들였다. 원소는 무엇보다도 옥새가 탐났으며 그것으로 천하를 도모해 보고픈 욕심이 생겼던 것이다. 원소는 즉시 답장을 보냈다.

〈내 어찌 역경에 빠진 아우를 모른 체할 수 있으랴. 하북은 재물이 넉넉하고 마침 공손찬을 토벌해 영토도 넓어졌으니 지체 말고 내게로 오라.〉

원술은 원소의 회답을 받자 못 먹어 병든 백성들을 내팽개치고 모든 재물과 병마를 이끌고 하북으로 떠났다. 황실의 금은보화를 실은 마차만도 수백에 달했으며 후궁을 비롯하여 시녀들을 태운 수레의 행렬 또한 수십 리까지 이어졌다. 여기에 수만의 기병과 보병까지 합친다면 실로 그 규모는 상상을 초월할 정도였다.

그 엄청난 행렬이 서주 근교에 이르렀을 때였다. 갑자기 한 떼의 군마가 뽀얗게 먼지를 일으키며 앞을 가로막았다.

"천하의 불한당 같은 원술아! 여기 유비가 역적의 목을 받기 위해 기다리고 있었다!"

"옳지, 유비 이놈, 잘 만났다! 누상촌에서 돗자리나 짜던 촌놈이 시건방지게 거들먹거리기에 버릇을 고쳐 주려던 참이었다!"

원술의 선봉장 기령이 기세 좋게 말을 몰아 나오자 장비가 장팔사모를 들고 나

섰다.

"함부로 주둥이를 놀리다니, 네 놈의 혓바닥을 뽑아 버리겠다!"

장비의 우렁찬 소리가 끝나기도 전에 장팔사모가 원을 그리는가 싶더니 이내 기령의 목이 말 아래로 굴러 떨어졌다. 장비는 기령의 목을 원소군의 진영으로 내던졌다.

"이놈들! 이 꼴이 되고 싶은 놈이 있으면 얼마든지 덤벼라!"

몇몇 장수들이 장비에게 대적해 왔다. 그러나 그들은 장비의 적수가 아니었다. 장팔사모가 한 번 춤을 출 때마다 어김없이 적장의 목 하나가 땅바닥으로 굴렀다.

"전원 공격하라!"

드디어 유비의 명령이 떨어지자 기병은 일제히 적진을 향해 달려들었다. 원술의 진영은 한마디로 아비규환이었다. 시체가 들을 메우고 피가 내를 이루었다. 신변의 위험을 느낀 원술은 부하 몇 명만을 이끌고 강을 건너고 산을 건너 도망치기 시작했다. 며칠 동안을 그렇게 쫓겨 달아나다 보니 식량도 떨어지고 말도 지쳐 쓰러졌다.

"아아, 이제는 더 못 가겠다. 차라리 죽는 게 편하겠다……."

원술은 땅바닥에 주저앉아 통곡했다.

"형님, 저기 농가가 보입니다. 조금만 참고 가십시다."

이제 그의 곁에 남아 있는 것은 아우 원윤뿐이었다. 태양은 뜨겁고 숨은 턱까지 찼다. 원술은 일어나 걷다가 주저앉았다.

"원윤아, 물을 다오. 물을……."

원술은 피를 토해 내면서 뒤로 나자빠졌다. 그리고 영영 움직일 줄 몰랐다. 원윤은 원술의 품에서 옥새를 꺼내 간직한 뒤 그 시체를 묻었다. 원윤은 혼자가 되어 하북을 향해 나아갔다. 그러나 그도 광릉 지방에 이르러 서구라는 자에게 발견되어 죽임을 당했다.

서구는 원윤에게서 옥새를 탈취하여 도성의 조조에게 가져갔다. 조조는 크게 기뻐하며 서구를 광릉 태수로 봉했다.

제 3 편
변하는 것이 세상이다

서문을 빠져나온 유비는 한참 동안 정신없이 앞으로 내달렸다. 그러나 그를 기다리고 있는 것은 거센 물살로 유명한 단계천이었다. 도저히 강을 건널 재주가 없었다. 다시 오던 방향으로 말머리를 돌리려 하니, 그의 시야에 새까맣게 몰려오는 채모의 군사가 들어왔다. "이제는 죽었구나······." 앞은 시퍼런 단계천이요, 뒤는 채모의 추격군이었다. 벌써 채모의 군사가 가까이 와 있었다.

덕으로 시련을 극복하다

조조의 밀서를 받은 서주의 차주는 진등이라는 신하를 불러 의논했다.

"유비를 제거하라는 조 승상의 밀명인데, 경에게 뭔가 좋은 수가 없겠소?"

지금은 비록 차주의 신하이나 예전에는 유비의 신하였던 진등이었다. 그는 옛 주인을 죽이는 일에 진심으로 참여할 수 없었다.

"간단한 일입니다. 연회를 베푼다고 핑계를 대고 유비를 성으로 불러들이는 것입니다. 그때 군사를 성문 앞에 매복시켜 두었다가 유비를 비롯해 그의 두 아우가 성으로 들어오면 차례대로 주살하는 것입니다."

차주는 곧 진등의 계획을 받아들여 성 밖 진지에 있는 유비에게 초대 사자를 보냈다.

일이 이쯤에 이르자 진등은 남몰래 성을 빠져나가 유비의 진지로 들어갔다. 그렇지만 직접 유비를 찾지 않고 관우, 장비의 진막으로 가 이 사실을 고해 바쳤다.

"흥, 연회에 참석하라고 사자를 보낸 것은 함정이었군."

관우가 고개를 끄덕이자 곁의 장비가 부드득 이를 갈았다.

"죽일 놈은 차주요. 당장 성으로 쳐들어가 요절을 냅시다."

"자네는 매사에 성급한 게 탈이야. 차주도 이미 이런 일에 대비하고 있을 거야. 섣불리 쳐들어갔다간 큰코다쳐. 그러니 조심스럽게 계책을 세워야 해. 허나 이 일만은 주군께 알리지 말고 우리 둘이서 해결하세. 알겠나?"

"좋아요. 그렇게 합시다!"

관우와 장비는 의견의 일치를 보았다. 관우는 곧 도성에서 데리고 온 조조의 5만 기병을 이끌고 서주성으로 내달았다.

"웬 놈들이냐!"

한밤중에 때 아닌 군사 소리가 들리자 서주의 수문장이 소리쳤다.

"나는 조 승상의 밀명으로 도성에서 온 장요라는 사람이다. 어서 문을 열어라."

관우는 조조의 승상부 깃발을 흔들면서 재차 소리쳤다.

"여기 조 승상이 내리신 깃발이 보이지 않느냐?"

관우의 5만 기병은 원래 조조의 군대였기 때문에 모두 조조의 깃발을 가지고 있었다.

수문장의 급보를 받고 차주가 직접 성루로 올라왔다. 아직 어둠이 가시지 않아 성 밖의 군대가 정말 조조의 군대인지 적군인지 분간이 되지 않았다.

"자네들이 정말 승상부의 군대인지는 몰라도, 나로서는 날이 밝은 다음 확인을 해 본 뒤에 성문을 열겠다."

"한시가 급하오. 빨리 성문을 열지 않으면 승상부의 문책을 당할 거요!"

관우는 위협조로 소리쳤지만 차주는 쉽사리 의심을 풀지 않았다.

"잠시 후면 동이 틀 거요. 그때 문을 열어도 늦지 않소. 아무리 승상부의 군대라도 사전에 통보도 없이 왔으므로 자세한 확인 절차를 밟아야 하오!"

그때 관우와 헤어져 미리 성으로 들어와 있던 진등이 차주에게 말했다.

"승상군을 밤새 성 밖에 세워 둔다는 것은 말도 안 됩니다. 자, 보십시오. 모두 승상의 깃발을 들고 있지 않습니까?"

벌써 동쪽 하늘이 희끄무레하게 밝아 오기 시작했으며 그 여명 속에 승상의 깃발이 확실히 드러났다. 차주는 더는 버틸 이유가 없었다.

"과연 승상부의 군대인 것 같군. 자, 성문을 열어라!"

성문이 열리자 수만의 기병이 성난 파도처럼 안으로 뛰어들었다. 그리고 성의 수비병을 닥치는 대로 짓밟기 시작했다.

속은 것을 깨달은 차주가 재빨리 성루에서 내려와 몸을 피하려 하는 순간, 봉의 눈을 부릅뜬 관우가 80근이나 되는 청룡언월도를 들고 차주를 꾸짖으며 덤벼들었다.

"이놈! 네가 감히 우리 형님을 죽이려고 했더냐?"

차주는 그만 새파랗게 질려 말머리를 북문 쪽으로 돌려 도망쳤다. 그러나 북문에는 벌써 진등이 군사를 대기시켜 놓고 있다가 차주가 나타나자 화살을 비오듯 쏘아 댔다.

차주는 다시 서문을 향해 달렸다. 그런데 어느새 그곳도 장비에 의해 길이 막혀 있었다. 그는 다른 탈출구를 찾아 이리 달리고 저리 헤맸다.

차주가 이렇게 갈팡질팡하고 있을 때였다. 갑자기 등 뒤에서 관우의 찌렁찌렁한 소리가 들렸다.

"하하, 이놈 차주야! 어딜 도망치려 하느냐? 네 꼴이 하도 우스워 지켜보고 있었다만 이제는 그만 목을 받아야겠다."

청룡언월도가 번쩍 하늘로 치솟았다. 곧이어 차주의 목이 힘없이 말 아래로 굴러 떨어졌다. 관우는 차주의 머리를 청룡언월도에 찔러 들고 성 내를 돌며 소리쳤다.

"유비 현덕님을 암살하려는 차주를 내가 베었다! 누구든 항복하는 자는 살려 주겠지만 대항하는 자는 용서치 않으리라!"

차주의 병사는 태반이 죽어 쓰러졌다. 그리고 그나마 살아남은 자들은 다투어 항복했다. 관우는 군사를 정비하고 백성들을 안심시켜 성 내의 질서를 바로잡아 놓은 후 유비의 처소로 찾아가 간밤의 일을 자세히 고했다. 유비는 깜짝 놀랐다.

"너희가 큰일을 저질렀구나! 조조가 가만 있지 않을 거야."

유비의 걱정은 태산 같았다. 그렇지만 이미 엎질러진 물. 하나하나 사태를 수습해 나갈 도리밖에 없었다. 유비는 관우를 앞세우고 서주성으로 들어갔다. 서주의 백성들은 옛주인이 다시 서주의 주인 자리에 오르자 너나 할 것 없이 크게 기뻐했다. 유비는 관아로 나가 태수의 패인을 거두고 신하들과 병사들을 불러 말했다.

"어쩔 수 없이 내가 다시 서주의 주인이 되었다. 우선 내가 당부하고 싶은 것은 지위의 높고 낮음을 막론하고 백성의 재물을 탐하지 말 것이며, 함부로 인명을 해쳐서는 안 된다는 것이다. 앞으로 이를 어기는 자는 그 자리에서 목을 벨 것이다. 아울러 부정을 일삼는 자, 부녀자를 희롱하는 자, 상관의 명령에 불복종하는 자, 재물을 즐기는 자, 질서를 어지럽히는 자는 절대로 용서치 않을 것이다."

유비가 훈시를 마치고 단을 내려왔다. 그때까지 보이지 않던 장비가 싱글거리며 관아로 들어왔다.

"주군, 축하하옵니다!"

"고맙다. 그런데 넌 지금까지 어디 있었느냐?"

"차주의 간신들과 가족을 베고 오는 길입니다."

"뭐라고? 또 못난 짓을 했구나! 어쩌자고 그런 인정머리 없는 짓을 저질렀느냐? 조조가 만일 이걸 안다면 당장 군사를 일으켜 쳐들어올 것이다. 허어, 이거 큰일이군."

계획대로 조조의 병력 5만을 가로채 도성을 뛰쳐나온 것은 대성공이었으나, 조조가 임명한 서주 태수를 참살하고 서주에 입성했으니 유비의 근심은 이만저만이 아니었다. 조조가 화가 나서 수십만 대군을 몰아온다면 서주의 운명은 바람 앞의 등불이나 마찬가지였다. 유비는 여러 신하들을 한자리에 불러 모았다.

"조조는 반드시 대군을 몰고 올 거요. 이 일을 어쩌면 좋겠소? 의견들을 말해 보시오."

유비가 어두운 낯빛으로 좌중을 둘러보자 서주의 입성을 뒤에서 도운 진등이 나서서 말했다.

"오늘날 조조와 맞설 수 있는 것은 하북의 원소뿐입니다. 그는 범 같은 장수 수십에 1백만 대군을 거느리고 있습니다. 그에게 구원을 청하십시오."

"그걸 말이라고 하는 거요? 그의 아우 원술을 죽게 한 게 바로 나인데 그가 날 도와 줄 것 같소?"

"그러니까 원소를 설득할 만한 성인의 글을 받아 가자는 겁니다."

"그건 또 무슨 소리요?"

"서주 교외에 정현이란 유명한 선비가 살고 있습니다. 그는 예전에 원소와 함께 관직에 있었던 사람으로, 원소조차도 우러러보는 성인입니다. 주군께서 정현을 만나시어 화해의 글을 부탁하십시오. 원소가 정현의 글을 보고 어쩌면 마음을 돌릴지도 모릅니다."

유비는 진등의 제안에 따라 정현의 글을 받아서 하북으로 손건을 급파했다. 구원을 요청하는 유비의 사신이 당도했다는 소리를 들은 원소는 코웃음을 쳤다.

"도와 달라고? 참으로 뻔뻔스러운 자로구나. 어디 유비가 보냈다는 그 사신의 낯짝이나 구경해 보자."

손건이 들어와 무릎을 꿇자 원소는 손건을 향해 비웃음을 던졌다.

"아하! 구원을 요청하러 온 유비의 사신이라고? 자넨 내가 유비의 청에 응해 주리라고 생각하나?"

"그래 주실 걸로 믿습니다."

손건의 태도는 엉뚱하게도 전혀 흔들림이 없었다. 그러나 원소에게는 그것이 더욱 못마땅하게 느껴졌다.

"자네도 자신의 상전처럼 낯짝이 두껍군. 어림도 없는 소리! 유비는 내 아우 원술을 죽인 원수야."

"원수는 저희 주군이 아니라, 바로 조조이옵니다. 저희 주군이 회남을 공격한 것은 조조의 명령 때문이었습니다. 그런데 이제 와서 조조는 저희 주군을 죽이려 하고 있습니다. 조조는 이처럼 간사하기 그지없는 자입니다. 저희 주군은 태수님과 손잡고 조조를 토벌하고 싶어하십니다. 옛날의 감정은 부디 잊으시고 밝으신 처분 있으시기 바랍니다."

말을 마친 손건은 품에서 정현의 글을 꺼내 원소에게 올렸다. 정현의 글은 원소의 마음을 움직였다.

"정현 같은 성인이 내게 이렇게 권한다면 한번쯤 고려해 볼 만하군. 세상에 대해 욕심이 없는 정현으로서 어디 한 편을 이익되게 할 까닭이 없으니까."

원소는 사실 현재의 자기 영토에 만족하고 있지 않았다. 언젠가는 중앙으로 나가 조조를 꺾고 천하를 호령하고픈 생각이 간절했다. 그러자면 동생의 원수를 갚기보다는 유비를 자기 편으로 만들어 놓는 일이 무엇보다 중요했다. 그는 장수들과 책사들을 불러 오랫동안 토의를 한 끝에 결정을 내렸다.

"허창으로 출병한다! 역적 조조를 무찔러 천하를 태평케 하리라!"

원소의 20만 대군은 하북의 하늘을 온통 병마의 흙먼지로 뒤덮으며 허창을 향해 진격했다.

유비와 결탁한 원소가 군사를 일으켜 도성으로 침공해 온다는 소식은 곧 조조의 귀에 들어갔다.

"원소, 유비 따위가 감히 나에게 도전을 해? 그렇지 않아도 베어 버리고 싶은 두 놈이었는데 잘됐다!"

조조는 25만 관군을 총동원하여 전투 태세에 돌입했다. 본진 20만은 조조의 직접 지휘 하에 여양으로 나가 원소군과 대치했고 나머지 5만은 유대, 왕후 두 장수가 이끌고 서주의 유비를 치러 떠났다.

예상 외에 여양의 전투는 쉽게 불붙지 않았다. 원소, 조조 모두 수십만 대군을 지닌 엄청난 군세였으므로 서로 상대방을 경계하여 진지만 굳게 지킬 뿐 적보다 먼저 나가 공격하지 않았다. 이처럼 양군은 80리를 사이에 두고 8월부터 10월까지 거의 석 달 동안을 신경전만 계속했다.

한편, 병력을 이끌고 서주 공격에 나선 왕충, 유대 두 장수는 서주성 밖 1백여 리 지점에 진을 치고 승상기만 휘날릴 뿐 싸움을 걸어오지 않았다. 이는 모두 조조의 지시에 의한 것이었다.

조조는 처음부터 왕충, 유대는 유비의 적수가 아님을 알고 '너희는 유비군을 서주에 묶어 두어라. 내가 원소를 쳐부순 후 서주로 가 유비를 공격할 테니, 그

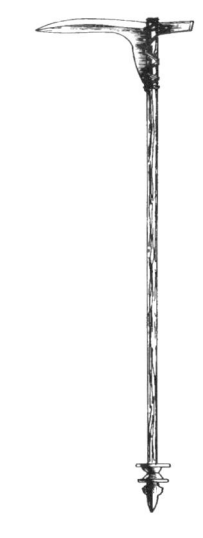

중국의 고대 무기

과 戈

과는 대나무 등의 나무로 된 손잡이에 청동 날을 수직으로 부착한 무기로 상대방을 칼날로 찌르거나 잡아당겨 벨 때에 사용하기 위해 만들어졌다.

때까지 내가 서주 공격군을 지휘하고 있는 것처럼 위장하여 내 깃발을 휘날리고 있어라' 하고 당부했던 것이다.

그런데 여양에서 원소군과 대치하고 있던 조조는 원소가 소극적인 자세로 나와 큰 접전 없이 세월만 보내자 전군의 지휘를 조인에게 맡기고 도성으로 돌아가 버렸다. 조정을 너무 오랫동안 비워 둘 수 없었던 것이다.

이처럼 상황이 의외의 방향으로 바뀌자 조조는 서주의 두 장수에게 그들끼리 유비를 공격하라는 명령을 내렸다. 그러나 조조의 예측대로 유대와 왕충은 장수다운 인물이 못 되었다. 정작 공격 명령이 떨어지자 두 사람 모두 겁을 집어먹고 서로 선봉을 상대에게 미루다가 결국 왕충이 선봉으로 나가게 되었다.

유비는 여러 장수에게 전투에 임할 태세를 갖추라는 명령을 내린 후 진등을 불러 의논했다.

"보고에 의하면 여양의 원소군은 몇 달째 탐색전을 벌일 뿐 쉽사리 총공격을 않는다고 합니다. 그러나 상식적으로 생각할 때, 조조는 이곳보다는 여양 전투를 중요하게 생각하고 있음이 분명할 거요. 따라서 조조는 아마도 여양에 있을 것이오. 그런데 서주 공격군의 진중에 조조의 깃발이 휘날리고 있으니 이게 어찌된 일이겠소?"

"소신의 생각으로는, 이것은 조조의 위장 술책이라고 생각합니다. 여양에서 자신이 원소를 무찌르고 이곳으로 올 때까지 우리 서주군을 제압하기 위해 꾸며 낸 일종의 속임수이지요. 서주 공격군을 조조가 직접 지휘하고 있다면 우리가 섣불리 군사를 움직이지 못할 것이라고 계산한 것입니다."

"조조가 여기에 없다……? 과연 그게 정말일까?"

"확신합니다. 그렇게 못 미더우시면 시험 삼아 누굴 내보내 보셔도 좋을 듯합니다."

"옳지, 그게 좋겠군."

유비는 곁에 있는 두 아우 중 관우에게 명령했다.

"지금 조조군이 서주로 밀려온다 하니 자네가 나가 가볍게 싸움을 한 번 치러 보게. 그러나 잊지 말 것은, 조조가 있는지 없는지 그걸 유심히 살펴봐야 하네. 조조만 거기 없다면, 승패는 염려할 게 못 되니까."

관우가 기병을 이끌고 성 밖으로 진격해 나갔다. 때는 마침 초겨울이었다. 잿빛 하늘에서는 목화송이같이 탐스런 흰 눈이 펄펄 쏟아져 내리고 있었다.

관우는 성루에 서서 자신을 지켜보고 있는 유비에게 청룡언월도를 치켜들어 출진의 예의를 갖춘 후 군사들을 몰아 눈보라 속으로 사라졌다. 그렇게 반나절 정도의 시간이 흘렀을까. 돌연 성 밖 호수 뒤쪽에서 요란한 군마의 소리가 들렸다.

"와아, 적장 왕충을 잡았다!"

성으로 들어온 관우는 왕충을 포박해 유비 앞으로 끌고 왔다.

"바른대로 고하여라. 너희 진중에 조 승상의 깃발이 보이는 것은 어찌된 연유이냐? 조 승상이 너희 진중에 정말 있다는 얘기냐?"

왕충은 겁에 질려 사실대로 말했다.

"조 승상은 저희 진중에 안 계십니다. 우리가 승상의 깃발을 내보인 것은, 승상의 지시대로 위장한 것이옵니다."

유비는 잠자코 고개를 끄덕인 뒤 시종을 시켜 왕충의 포박을 풀게 했다.

"불편하겠지만 잠시만 여기에서 머물도록 하라. 내 비록 조 승상의 노여움을 사 어쩔 수 없이 그대들과 싸움을 했지만 털끝만큼도 승상군인 너희들과 싸울 마음은 없었느니라."

덕으로 시련을 극복하다 · 197

유비는 의아해 하는 왕충을 성의 관아에 연금시켜 놓고 깨끗한 옷과 음식을 주어 환대했다. 관우가 유비에게 말했다.

"역시 주군의 뜻이 거기에 있었군요. 왕충과 처음 대적했을 때 단칼에 목을 베어 버릴까도 생각했습니다만, 혹시 조조의 다툼을 피하고자 하심이 주군의 뜻이 아닐까 생각하여 생포해 온 것입니다."

"맞네! 자네라면 내 마음을 짐작할 수 있을 것 같아 자네를 내보낸 것이네. 장비를 보냈다면 틀림없이 왕충의 목을 떨어뜨렸을 거야. 왕충의 목 따위 수천을 벤들 우리에게 무슨 이익이 있겠는가. 오히려 조조의 화만 부채질하는 셈이지……."

유비는 이번에는 장비에게 지시했다.

"이젠 내 뜻이 어디에 있는지 알겠지? 자네가 나가 남은 적장 유대를 마저 생포해 오게."

장비 또한 군사를 이끌고 성을 나간 지 얼마 안 되어 유대마저 묶어 왔다. 유비는 유대에게도 왕충이 감금되어 있는 곳으로 안내하여 술과 음식을 내렸다.

"두 분 장수에게 잠시나마 수치를 드려 미안한 마음 금할 길 없네."

유비는 포로가 된 그들에게 전혀 깔보는 기색 없이 진지하게 말했다.

"내 어쩌다 조 승상의 적이 되었으나 나도 좌장군의 벼슬을 받은 조정의 관리네. 그런 내가 관군의 장수인 자네들을 맞아 싸우다니, 내 심정이 오죽이나 쓰렸겠는가. 자네들은 어찌 생각하는지 모르지만, 내

장비
관우처럼 유비의 마음을 먼저 헤아리지는 못해도 호탕하며 의리가 깊다. 도원결의 이후로 관우와 함께 항상 유비 곁을 지켰다.

가 서주 태수 차주를 친 것은 그가 나를 암살하려 했기 때문일세. 그런데 이런 일을 까맣게 모르시는 승상께서는 나를 오해하셔서 자네들을 보내신 거네. 그러나 아무리 그렇다고 한들 내 어떻게 승상군을 대적해 싸울 수 있겠나? 도성으로 돌아가 조 승상께 이 유비의 진심을 잘 말씀드려 주게. 유비는 결코 승상과 싸울 생각이 없다고……."

왕충, 유대는 유비의 진정 어린 태도에 감동받아 눈물까지 흘렸다.

"조 승상께서도 유황숙님의 그 깊은 충절을 아신다면 결코 노여움을 품지 않으실 겁니다. 염려 마십시오. 저희들이 잘 말씀드리겠습니다."

이윽고 다음 날 아침 왕충과 유대는 서주성을 나와 자기의 진지로 돌아갔다. 그리고 곧 군사들을 모아 도성으로 회군을 서둘렀다.

조조군이 철수했다는 소식이 전해지자 유비는 수비에 불편한 서주성을 버리고 소패성으로 본거지를 옮기는 한편, 처자 일가는 관우에게 맡겨 원래 여포가 은거하던 하비성으로 보냈다.

유비가 이렇게 조조의 제2의 침공에 대비하여 전략적인 재편성을 완료할 즈음 도성으로 돌아간 왕충, 유대는 조조 앞에 엎드려 말했다.

"유비는 결코 승상님과 싸울 생각이 없습니다. 그보다 오히려 승상께서 그를 오해하신 겁니다. 유비는 참으로 충절 있는 어진 사람이었습니다."

조조는 멍청하기만 한 두 장수를 바라보고 있자니 저절로 분통이 터졌다.

"듣기 싫다! 어서 이놈들의 목을 베어 버려라!"

그때 순욱이 나서서 간했다.

"이 두 장수가 유비의 상대가 될 수 없음은 이미 승상께서도 알고 계셨던 것 아닙니까? 그런데 이제 와서 그 책임을 묻는다는 것은 옳은 처사가 아닌 줄 압니다."

순욱의 말에 조조는 약간 누그러졌다.

"그렇다면 좋다. 이 자들은 관직을 박탈하여 근신시키도록 하라."

조조는 생각 같아서는 당장 유비를 토벌하기 위해 군사를 일으키고 싶었다. 그러나 아직 원소와의 싸움이 끝나지 않았고 계절 또한 심한 추위가 계속되는 겨울이라 여러 면에서 제약이 따랐다.

조조는 유비를 치는 것을 일단 봄으로 미루고 원소와의 싸움에만 전력하기로 작정했다. 그러나 여양까지 진출한 원소의 본진은 추위로 인하여 대공세 계획을 뒤로 미루고 하북으로 철수했다.

실패한 반란 계획

한편, 조조가 황제를 무시하고 교만한 태도로 권력을 휘두르자 황제의 혈서를 받은 동승은 밤낮으로 조조를 제거하는 데 몰두해 있었으나 별 성과를 얻지 못해 끝내 병석에 눕고 말았다. 뜻을 함께 한 왕자복 등은 힘이 없고 유비는 서주로, 마등은 서량으로 떠나 버렸으니 동승의 병세가 호전될 리 없었다.

이 소식은 곧 궁궐의 황제에게도 전해졌다. 황제는 시의(왕을 치료하는 의사) 길평을 보내 동승의 병을 치료하도록 명령했다. 길평은 낙양 태생으로 진실한 사람이었으며 당대 중국 제일의 의사로 소문난 사람이었다.

동승의 치료를 위해 자주 동승의 집을 찾게 되면서 길평은 자연스럽게 동승의 병이 어디에서 시작된 것인지를 알게 되었다. 동승이 가끔 '조조를 죽여야 해! 죽여야 해!' 하고 잠꼬대 비슷한 헛소리를 했던 것이다.

길평이 동승의 치료를 맡은 지 거의 한 달이 지난 어느 보름날 밤이었다. 오늘도 동승은 고열 속에서 조조를 증오하는 헛소리를 토해 내고 있었다. 길평은 동승의 어깨를 가볍게 흔들어 깨웠다.

"대감, 정신 차리십시오! 누가 듣습니다."

동승이 깜짝 놀라 자리에서 일어나 앉자 길평이 동승의 손을 힘주어 잡았다.

"대감의 이상한 헛소리는 이번만이 아니었습니다. 허나 다행히 저말고는 아무도 들은 사람이 없으니 안심하십시오. 저는 대감의 병이 어떻게 해서 생긴 것인지 진작에 알고 있었습니다. 쓰러져 가는 한 황실을 구하기 위해 죽음도 두려워하지 않는 대감의 깊은 충성심에 눈물이 날 만큼 감동했습니다."

"그게 무슨 소리요? 난 절대로……."

"변명하지 마십시오. 그리고 이 길평을 의심하지 마십시오. 참다운 의원이란 사람의 병뿐만 아니라 나라의 병도 고치는 법. 저 같은 사람이라도 필요하시다면 써 주십시오."

"그게 진정이오?"

동승이 아직도 못 미덥다는 듯 길평을 쳐다보았다. 길평은 갑자기 손가락을 입에 넣어 버썩 깨물었다. 그의 손은 금방 피로 범벅이 되었다.

"이래도 못 믿겠습니까?"

동승의 두 눈에서는 눈물이 가득 고여 있었다.

"알겠소이다! 잠시나마 의심을 품었던 걸 용서하시오."

동승은 그동안 있었던 거사 계획에 대해 낱낱이 설명한 뒤 동지들의 연판장과 황제의 혈서가 새겨진 옥대를 내보였다. 길평은 한동안 엄숙한 표정으로 그것들을 내려다보고 있었다. 이윽고 고개를 들어 말했다.

"소인에게 한 가지 계책이 있습니다. 이것은 병사를 일으키는 것도 아니고, 백성들을 전란에 시달리게 하는 것도 아닙니다."

"어서 말해 보시오!"

"조조는 가끔 미칠 정도의 두통에 시달리고 있습니다. 그에게 약을 지어 주는 것이 저의 소임입니다."

동승은 길평이 무엇을 얘기하고자 하는 것인지 깨달았다.

"아니, 그럼……. 거기에 독을?"

"쉬잇, 더는 말하지 마십시오. 낮말은 새가 듣고, 밤말은 쥐가 듣는다고 하지 않습니까?"

동승은 길평의 말이 무엇인지 충분히 알겠다는 듯 조용히 고개를 끄덕였다. 그런데 아까부터 동승의 방 창가에 붙어 서서 두 사람의 이야기를 엿듣는 자가 있었으니, 그는 동승의 젊은 시종인 경동이라는 자였다.

길평을 돌려보내고 난 동승은 언제 아팠느냐 싶게 기분이 상쾌하고 몸이 가벼웠다. 마음의 병이란 마음먹기에 따라 이렇게 변할 수가 있는 모양이었다.

오늘은 달 또한 대낮같이 밝았다. 동승은 병실 문을 열고 뜰로 나갔다. 실로 오랜만에 즐겨 보는 산책이었다. 소나무 가지마다 흰 눈이 소복히 쌓여 있어 겨울밤의 정취를 더욱 새롭게 했다.

"폐하, 때가 이르렀습니다. 조금만 기다려 주십시오."

동승은 금방이라도 쏟아져 내릴 듯이 별이 총총한 하늘을 우러러 혼자 중얼거렸다.

나뭇가지를 스쳐 오는 추운 겨울 바람마저 싱그럽게만 느껴졌다. 동승의 발걸음은 어느덧 애첩 운영이 거처하고 있는 별당으로 옮겨지고 있었다. 병중이었으므로 몇 달째 운영을 잊고 있었으나 오늘은 문득 그녀의 품이 그리웠던 것이다.

동승이 막 별당의 문을 열려는 순간 안에서 도란도란 남녀의 속삭임이 들려왔다.

"왜 또 왔어? 대감님께 들키면 어쩌려고?"

"걱정 마. 대감님은 안채에 누워 계서. 좀 전에 길평 의원이 다녀가셨는 걸."

"그래도……."

"뭐가 그래도야? 대감님은 병환이 깊어 꼼짝 못하신다고. 아무도 우리가 서로

실패한 반란 계획 · 203

좋아하는 사이인 줄 모르고 있으니 안심해."

여자는 애첩 운영이 분명했고 남자는 시종인 경동임이 확실했다. 동승은 피가 거꾸로 흐르는 듯했다. 그는 즉시 바깥채로 달려가 잠자는 하인들을 깨웠다.

"당장 별당의 연놈들을 잡아 오너라!"

운영과 경동이 속옷만을 걸친 채 포박되어 끌려왔다.

"못된 것들! 여봐라, 이것들을 때려죽여라!"

동승이 화가 나 소리쳤다. 하인들이 몽둥이를 들어 두 사람을 쳐죽이려고 할 때 동승의 부인이 가로막았다.

"대감, 이들의 소행은 괘씸하오나 그 인생이 불쌍하지 않습니까? 죽이기보다는 심한 매로 다스림이 좋을 듯합니다."

부인의 간곡한 만류가 있었으므로 동승은 그들의 벌을 가볍게 했다.

"마님이 너희를 가엾게 여기시니 목숨만은 살려 주겠다."

그리고 힘깨나 써 보이는 험상궂은 하인에게 지시했다.

"각기 곤장 백 대로 다스린 다음 냉방에 따로따로 가두어라."

동승은 더는 아무 말 않고 자기 방으로 돌아가 버렸다.

그날 밤 경동과 운영은 나무 등걸에 거꾸로 매달려 곤장 백 대를 고스란히 맞았다. 하인들은 동승의 지시대로 기절한 두 사람을 각각 냉방으로 끌어다 넣고 문을 잠가 버렸다. 경동이 겨우 정신을 차린 것은 새벽녘이었다. 온몸이 참을 수 없을 만큼 쑤시고 아팠다.

"어디 두고 보자!"

경동은 잠긴 문을 비틀어 열고 밖으로 나간 다음 담을 넘어 멀리 사라져 버렸다.

이날 이른 아침 승상부의 조조는 동 승상 집 하인이라는 한 젊은이를 만나고 있었다. 조조는 경동을 승상부의 밀실에 숨겨 놓은 다음 그를 만난 사실을 일절 입 밖에 내지 말라고 주위에 엄명을 내렸다. 그리고 아무 일도 없었던 것처럼 며칠을 보낸 후 돌연 병상에 누워 시의 길평을 불러들였다.

"또다시 두통 때문에 죽을 지경이오. 어서 빨리 처방해 주시오."

"그래서 약을 준비해 왔습니다. 이것만 잡수시면 씻은 듯이 나을 겁니다."

길평은 곧 옆방으로 가 약을 달인 후 그것을 조조 앞에 가져왔다.

"어서 드십시오. 식으면 약효가 덜합니다."

조조가 약사발을 받아들었다. 길평은 보일 듯 말듯 입술을 약간 일그러뜨렸다. '네놈의 목숨도 이제 끝장이다' 하는 의미를 담은 비웃음이었다.

그런데 곧 약을 들이킬 줄 알았던 조조가 약사발을 들여다보며 의외의 질문을 던졌다.

"이번 약은 색깔이 좀 다르군. 어찌된 거요?"

길평은 내심 크게 놀랐으나 태연히 미소를 지으며 대답했다.

"잘 보셨습니다. 태산에서 새로운 약제가 들어왔기에 함께 넣었습니다. 효과가 전번의 몇 배는 더할 겁니다."

"새로운 약제라……. 너부터 마셔 보아라!"

길평의 얼굴이 새파래져 부들부들 떨었다. 조조가 약사발을 내던지면서 벌떡 일어섰다.

"찢어 죽여도 시원치 않은 늙은이 같으니라고! 이놈을 당장 포박하라!"

조조는 길평의 얼굴을 거푸 몇 번이고 걷어찼다.

그날 오후 조조는 허저에게 동승의 집을 급습하게 하여 황제의 옥대와 연판장을 승상부로 가져오게 했다. 이렇게 하여 동승의 하인 경동의 밀고로 인한 피의 회오리는 걷잡을 수 없이 몰아쳤다.

　동승, 왕자복, 오자란, 중집, 오석 다섯 사람은 승상부로 끌려가 혹독한 고문을 당한 끝에 목이 잘렸으며 길평은 돌기둥에 머리를 박고 스스로 목숨을 끊고 말았다. 어디 그뿐이랴. 7백여 명에 이르는 그들의 가족과 일가 친척들도 모조리 성 밖으로 끌려 나가 참수를 당했다. 이렇게 하여 조조 암살 계획에 관계된 사람은 하나 빠짐없이 피의 보복을 당했다.

　그러나 조조는 아직도 밤잠을 이루지 못했다. 역모를 꾀한 일곱 사람 중 유비와 마등이 살아 있었던 것이다. 조조는 여러 신하들을 승상부로 불러들였다.

　"서량 태수 마등과 서주의 유비가 아직 버젓이 살아 있다는 것은 도저히 용납될 수 없는 일이다. 당장 군사를 일으켜 이들을 치겠다."

　그때 책사 곽가가 말했다.

　"지당하신 말씀입니다. 그러나 현재로서는 마등보다는 유비를 정벌하는 것이 먼저이옵니다. 특히 유비는 절대 살려 둘 수 없는 자이옵니다. 그는 승상과 천하를 겨뤄 보고자 하는 욕심을 지닌 자입니다. 서량의 마등은 워낙 멀리 떨어져 있는 데다 서량군은 변방의 거센 기운으로 가득해 지금으로선 대적하기 어렵습니다. 따라서 유비부터 토벌하심이 좋을 듯합니다."

　"그러나 우리가 서주를 친다면 하북의 원소가 가만 있을까?"

　"염려를 놓으셔도 좋을 것입니다. 원소는 자신이 가장 아끼는 아들이 병중이라 군사를 일으킬 엄두조차 내질 않고 있습니다. 원소 자신의 우유부단한 성격과 군 내의 암투 등으로 하여 출병 결정은 불가능합니다."

　조조는 곽가의 의견을 받아들여 우선 유비부터 치기로 결심했다. 그의 20만 대군은 다섯 부대로 나뉘어 도성을 출발했다.

조조의 대군이 도성을 출발했다는 보고가 들어오자 소패의 유비는 하북의 원소에게 구원을 청하는 서신을 보냈다. 유비의 편지를 살펴본 원소는 이렇게 말했다.

"그거 참 안됐군. 자식놈이 중병에 걸려 있어 통 싸울 의욕이 안 생긴단 말이야. 나도 꽤 늙은 모양이야."

외교에 능한 손건도 애가 탔다.

"아드님의 병은 의원에게 맡기시면 될 게 아닙니까? 조조는 전 병력을 이끌고 서주 공격에 나섰습니다. 이때 하북군이 도성을 향해 쳐들어간다면, 도성은 멀지 않아 태수님의 수중에 떨어질 겁니다. 이 천재일우千載一遇(천 번에 한 번 만난다는 뜻으로, 좀처럼 만나기 어려운 좋은 기회)의 기회를 아드님의 병 때문에 잃어서야 되겠습니까?"

"자식을 잃은 뒤에 천하를 얻은들 무슨 소용이 있겠나. 나도 유비의 인품을 높이 사 도와 주고 싶지만 사정이 이러니 어찌하겠나? 하지만 유비에게 이렇게 전해 주게. 만에 하나 조조를 막아 내지 못하고 서주를 버리게 되거든 이 원소를 찾아 달라고."

손건은 할 수 없이 기주성을 나와 서주로 말을 몰았다. 손건이 원소를 설득하지 못하고 돌아오자 유비는 장수들을 불러 회의를 열었다.

"조조의 20만 대군은 벌써 소패를 에워싸고 있소. 저들이 공격을 개시한다면 우린 하루도 버틸 수가 없을 거요."

유비는 얼굴 가득히 근심을 지으며 좌중을 돌아보았다.

"주군, 어차피 저들과의 싸움을 피할 수가 없는 것이라면, 근심보다는 용기로 맞서야 합니다. 적이 아무리 대군이라고 하나 먼 길을 달려와 피로할 겁니다. 저들이 기운을 차리기 전에 오늘밤 야습을 한다면 반드시 승리를 얻을 수 있을 겁니다."

장비가 나서자 유비의 얼굴이 금방 환해졌다.

실패한 반란 계획 · 207

"좋아, 장비가 제법 그럴듯한 제안을 하는군!"

그런데 그날 저녁 무렵이었다. 조조의 진영에서 이상한 일이 일어났다. 별안간 광풍이 불어와 조조군의 붉은 기가 뚝 부러졌다. 조조는 매우 기분이 언짢아 책사 순욱을 불러 물었다.

"싸우기도 전에 군기가 부러지다니, 이게 무슨 불길한 징조인가?"

순욱은 한참 무엇을 생각하는 듯하더니 이내 입을 열었다.

"걱정하실 것 없습니다. 이것은 오늘밤 적의 야간 기습이 있음을 바람이 알려 준 것입니다. 서둘러 이에 준비를 하십시오."

이날 밤은 달이 밝아 대낮 같았다. 이미 조조군이 대책을 세워 놓은 줄도 모르고 유비와 장비는 군사를 휘몰아 조조의 진지 깊숙이 쳐들어왔다. 적의 진중에는 개미 한 마리 얼씬거리지 않았다.

"이상해. 아무래도 적의 술책에 빠져 든 거야. 빨리 후퇴하라!"

유비의 말이 채 끝나기도 전에 천지를 뒤덮을 듯한 적의 고함 소리가 들림과 동시에 20만 대군이 벌 떼처럼 사방에서 유비군을 휘몰아치기 시작했다. 사면초가였다. 동쪽에는 장요가, 서쪽에는 허저가, 그리고 남쪽에는 우금, 북쪽에서는 이전이 포위망을 좁혀 왔고 그 사이로 서황, 악진, 하후돈, 하후연 등 용장들이 유비의 본진으로 무섭게 덮쳐들었다.

"쥐새끼 같은 놈들!"

고리눈을 부릅뜬 장비는 수없이 달려드는 적을 무참히 짓밟으며 용맹을 떨쳤다. 그러나 이것은 도저히 승산이 없는 헛된 싸움이었다. 아군의 사기는 땅에 떨어지고 전열은 흩어졌으며 장비 자신도 온몸이 피범벅이었다.

"유비를 사로잡아라!"

"장비를 죽여라!"

적병은 더욱 거세게 밀려들고 있었다. 장비는 문득 주위를 둘러보며 유비를 찾았다. 그러나 적도 아군도 구별할 수 없는 아수라장이라 쉽게 유비를 발견할 수 없었다.

장비는 살아 남은 군졸들은 이끌고 퇴로를 찾아 싸웠다. 서황이 달려들어 간신히 피하고 보니 이번에는 악진이 칼날을 번뜩이며 협공해 왔다.

아무리 쫓기는 장수였지만 장비는 장팔사모를 눈부시게 휘둘렀다. 적병은 감히 장비의 앞을 가로막지 못하고 길을 열었다.

마침내 장비는 망탄산 방면으로 도망쳐 나오는 데 성공했다. 한숨을 돌려 뒤따라오는 자신의 병졸들을 살펴보니 그 숫자는 고작 20여 기에 불과했다.

위급한 상황에서 간신히 적진을 빠져나온 유비 또한 소패성을 향해 급히 말을 몰았다. 그러나 소패성 앞 강가에 이르러 보니 소패성의 성루며 시가지 위로 시뻘건 불길이 치솟고 있었다. 성은 이미 조조군에게 점령당한 것이었다.

유비는 재빨리 말머리를 돌려 서주성으로 달렸다. 그가 서주성으로 이르는 산기슭에 도착한 것은 다음 날 이른 새벽이었다. 그가 안도의 한숨을 토해 내며 성문 쪽으로 말을 몰려는 찰나였다. 유비는 망연자실해 버렸다. 새벽 하늘에 나부끼고 있는 성루의 깃발

중국의 고대 무기

삭朔

삭은 길이뿐만 아니라 무게가 많이 나가, 휘두르지 않고 한 손에 고정시킨 채 말을 타고 공격하는 무기이다.

은 모두 조조군의 붉은 기였다.

'나의 실수로다. 조조의 대군을 맞아 가볍게 장비의 말만 믿고 군사를 움직이다니……'

그러나 유비로서는 우선 몸을 피하는 것이 급했다. 일이 이 지경에 이르렀다면 어디를 가나 조조군을 만날 수 있을 것이다. 그때 그의 머리에 떠오른 것이 원소였다.

'그렇다! 원소에게 몸을 의탁하자. 손건이 원군을 요청하러 갔을 때 만일 조조에게 패하거든 자기를 찾아오라고 하지 않았던가.'

유비는 수하 병졸 하나 없이 밤낮을 가리지 않고 하북으로 말을 달렸다. 숱한 어려움과 위험을 뚫고 하북 땅에 겨우 발을 들여놓았다. 그가 처음 찾아간 것은 원소의 큰아들 원담이 성주로 있는 청주성이었다. 원소의 기주성은 여기에서도 30리나 더 멀리 있었다. 원담은 유비를 반갑게 맞아 좋은 음식과 옷을 제공함과 아울러 기주 본성으로 사신을 띄워 유비의 도착을 알렸다. 기주성의 원소는 옛날의 약속을 저버릴 수 없다며 수레와 군사를 청주성으로 보내 유비를 맞아 오라고 했다. 그리고는 친히 성 밖에 나가 유비를 환영했다.

"유황숙, 참으로 안됐구려. 아시다시피 나는 자식의 병으로 도움을 주지 못해 항시 그게 마음에 걸렸소. 여하튼 내 땅에서 몇 년이고 푹 쉬시구려. 그러다 보면 좋은 수가 있겠지요."

원소의 따뜻한 환대에 감격한 유비는 땅에 엎드려 절했다.

"자신의 군사와 처자식을 버리고 예까지 피신해 온 못난 사람을 따뜻하게 맞아 주시다니, 귀공의 은혜는 죽어도 잊지 않을 것입니다."

부끄러운 일이었으나 유비는 원소에게 자신을 맡길 수밖에 없었다.

관우의 세 가지 조건

 소패와 서주, 두 성을 점령해 버린 조조는 그 여세를 몰아 하비성 공략에 나섰다. 하비성 내에는 유비의 처자식이 있어 관우가 그들을 보호하고 있었다. 하비성으로 옮겨 간 것은 일찍이 여포가 조조, 유비군의 연합군을 맞아 항전을 벌일 때 난공불락難攻不落(공격하기 어려워 쉽게 함락되지 않는다는 뜻)의 요새로 그 가치가 충분히 인정되었기 때문이다.

 조조의 전군이 하비에 이르자 조조가 순욱에게 말했다.
 "하비가 험난한 요새인 것만은 사실이니, 한시바삐 성을 수중에 넣어야 하네. 아무래도 기주의 원소가 움직일 것만 같아 마음이 조마조마하네."
 "당연한 말씀이옵니다……."
 순욱은 한동안 무슨 생각에 골몰해 있는 듯 고개를 푹 숙이고 있더니 다시 입을 열었다.
 "하오나, 관우를 성에 두고는 백 번, 천 번을 공격해도 모두 허사입니다. 무슨 수를 쓰든지 관우를 성 밖으로 끌어내야 합니다."
 "그를 유인해 낼 방도가 있겠는가?"
 "있습니다. 먼저 소패성과 서주성의 포로군을 놓아주어, 하비성으로 들어가 교란 작전을 펴게 하는 것입니다. 포로들은 애초부터 승상에게서 빌린 병사들이므로 이제는 완전히 우리 편으로 돌아와 있습니다. 또한 하비성에 있는 관우의 병사도 대부분 승상의 옛 부하들이므로 우리를 적대하여 싸울 생각은 추호도 없을 것입니다. 그런 다음 거짓 공격을 하여 쳐들어갔다가는 후퇴하여, 관우를 성나게 하는 것입니다. 그러면 필시 관우는 군사를 휘몰아쳐 나올 것입니다. 그때 관우의 퇴로를 차단하면 간단히 그를 사로잡을 것입니다."

"순욱의 제안대로 작전을 수행하라. 그러나 한 가지, 절대 관우에게 상처를 입히지 말고 사로잡아야 한다는 것을 잊지 마라."

여러 장수들이 의아한 표정을 짓자 조조는 다시 말했다.

"관우는 무예가 출중한 용장일 뿐 아니라 인품이 뛰어난 장수 중에 장수다. 난 오래전부터 그를 흠모해 왔다. 이번 기회에 그를 내 부하로 만들고 싶다."

그때 곽가가 앞으로 나서서 말했다.

"관우를 생포한다는 것은 불가능한 일인 듯싶습니다. 그의 무예가 그것을 용납지 않을 것이기 때문입니다. 그리고 다행히 그를 사로잡을 기회가 생겨났다 해도 관우는 사로잡히기 전에 스스로 죽음을 택할 것이옵니다."

조조조차 난감한 표정을 지었다. 그때 장요가 나섰다.

"일단 관우를 밖으로 끌어내 포위하기만 한다면, 제가 한 번 그를 설득해 보겠습니다. 다행히 관우와 저는 약간의 친분이 있으므로 그도 모른 체는 안 할 겁니다."

순욱은 포로 20여 명을 포섭하여 하비성으로 거짓 도망치게 만들었다. 하비성의 관우는 아무 의심 없이 소패, 서주의 패잔병들을 성 내로 받아들여 자신의 병사에 편입시켰다. 하비성으로 들어간 패잔병들은 순욱의 지시대로 거짓 정보를 퍼뜨리기 시작했다.

"서주와 소패를 점령한 조조군은 자만심에 빠져 술타령만을 일삼고 있다. 하비를 공격하고 있는 적군은 조조의 대군 중 극히 일부분에 지나지 않는다. 조조의 본진이 서주에 머물고 있는 이때에 성을 열고 쳐들어간다면 이편의 승리는 누워서 떡먹기다."

관우는 일개 병사들의 말을 전적으로 받아들이는 경솔한 장수가 아니었다. 그는 더욱 성의 수비를 튼튼히 하며 적의 동태를 주시했다. 그럴 즈음 하후돈이 병사들을 이끌고 성루 밑까지 다가와 관우를 야유하기 시작했다.

"아, 수염 긴 촌놈이! 네 주인 유비 녀석은 벌써 죽어 까마귀밥이 되었는데, 넌 어쩌자고 아직까지 살아 있느냐?"

이제까지 갖은 욕설을 다 퍼부어도 성문을 걸어 잠근 채 눈 하나 까딱하지 않던 관우였다. 그러나 이번만은 참을 수가 없었다. 그리고 적군은 소문대로 몇 천에 불과한 것처럼 보였다.

"이놈, 애꾸야! 네가 감히 나의 주군을 헐뜯어!"

관우의 두 눈은 노여움으로 이글거렸다. 그는 드디어 군사를 이끌고 성 밖으로 쳐나갔다. 하후돈은 몇 차례 접전을 하는 듯하더니 이내 군사를 돌려 도망치기 시작했다. 그리고 어느 정도 관우군과 거리가 생기자 다시 돌아와 욕설을 퍼부으며 접전을 벌였다. 이렇게 하기를 대여섯 차례, 관우는 화가 머리끝까지 치밀었다.

"이놈, 당장 목을 잘라 주마!"

관우는 청룡언월도를 하늘 높이 치켜들고 하후돈을 뒤쫓았다. 관우의 거센 추격에 그의 부하들도 뒤따르지 못했다. 관우가 제정신이 들었을 때는 이미 적진 깊숙이 20여 리나 들어와 있었다.

"이상하다. 적의 계략에 빠진 것 같군."

관우는 추격을 포기하고 급히 말머리를 돌렸다.

그때였다. 서황, 허저가 이끄는 매복군이 좌우에서 튀어나와 그의 앞을 완전히 차단했다. 관우는 재빨리 다른 길을 찾아 말을 몰았다. 그러나 그쪽에서도 수천의 적군이 함성을 지르며 화살을 쏘아 댔다. 성으로 돌아간다는 것은 이제 불가능했다.

"그렇다면 좋다!"

관우는 청룡언월도를 무섭게 움켜쥐고 적의 정면을 향해 달려들었다. 좌충우돌, 검은 수염을 바람에 휘날리며 적진을 헤집고 다니는 관우의 모습은 마치 한 마리 성난 사자였다.

그러나 그것도 한순간의 일에 지나지 않았다. 산더미처럼 밀려오는 적병을 단혼자서 상대한다는 것은 마치 폭풍우 속의 가랑잎처럼 허망한 일이었다. 조조군은 차츰 힘이 빠져 가는 맹수를 울 안으로 몰듯 포위망을 좁혀 왔다.

해는 서산으로 기울어 어둠이 찾아오기 시작했다. 관우는 쏜살같이 근처의 산등성이로 도망쳐 올라갔다. 어둠이 그를 에워싸 적병으로부터 지켜 주기에 족했다.

"아아, 주군의 가족을 하비성에 남겨 두고 이 꼴이 되다니 원통하구나. 무슨 낯으로 주군을 만나 볼 것인가!"

관우는 저 멀리 불타오르고 있는 하비성을 바라보며 눈물을 흘렸다.

"살아서는 주군을 뵈올 수 없을 만큼 큰 죄를 지었

중국의 고대 무기
표창 標槍
손으로 던지는 창을 말하며, 약 1~1.2미터이다.

구나……."

 관우는 이미 살기를 포기하고 있었다. 날이 밝는 대로 최후의 결전을 치르리라 결심한 그는 숲 속에 몸을 뉘어 피로한 기운을 내보내고 새로운 원기를 온몸에 담았다.

 어느덧 밤이 가고 새벽이 다가왔다. 관우가 풀잎에 맺힌 이슬 방울을 모아 목을 축이고 있을 때 안개 속에서 불쑥 한 사람이 나타났다.

 "누구냐?"

 "관운장, 나 장요를 모르겠소?"

 장요는 언젠가 하비성의 싸움에서 여포와 함께 목이 잘려질 뻔한 적이 있었다. 그는 원래 여포의 부하였는데 유비와 관우의 도움으로 목숨을 건져 지금은 조조의 부하로 있었다.

 "내게 무슨 볼일이라도 있소?"

 관우가 적의에 찬 소리로 묻자 장요가 관우 앞으로 바싹 다가오면서 말했다.

 "내 비록 조 승상의 휘하에 있지만, 관운장의 최후를 방관할 수 없어 왔소이다."

 "하하, 그렇다면 내 편이 되어 나의 싸움을 도우러 왔단 말이오?"

 관우는 긴 수염을 쓰다듬으면서 빈정거렸다.

 "유황숙도 장비도 패하여 행방불명이고, 하비성도 어젯밤 우리 수중에 떨어졌소. 그러나 다행히 조 승상의 엄명으로 유황숙의 가족은 안전하게 보호를 받고 있으니 그 점은 염려 마시오."

 순간 관우의 얼굴에는 심히 불쾌한 빛이 떠올랐다.

 "이제야 알겠군. 귀공은 그걸 미끼로 내게서 항복을 받아 내려는 속셈이군요?"

 "관운장, 귀공은 이 장요를 그렇게 약삭빠른 놈으로 보시오?"

"듣기 싫소이다. 어서 산을 내려가시오."

"이 몸은 일찍이 관공의 은혜를 입어 목숨을 건진 바 있으므로 그 은혜에 보답하고자 여기 온 것입니다. 제발 헛된 죽음을 삼가십시오."

"가소롭군요. 어찌 사내로 태어나서 죽음이 두려워 적에게 무릎을 꿇으리오. 곧 마지막 결전을 치를 것이니, 어서 산을 내려가 나와 싸울 준비나 서두르시오."

"관공은 여기에서 최후를 마치는 것이 대장부된 도리인 줄로만 알고 계시나, 세상이 그것을 알면 비웃으리다. 왜냐하면 그것은 세 가지 죄를 짓는 것이기 때문이오."

"세 가지 죄라?"

"첫째, 귀공은 유황숙, 장비와 더불어 생사를 같이하기로 맹세했소. 한데 유황숙과 장비는 행방만 묘연할 뿐 아직 죽었다고는 볼 수 없소. 그런데 귀공은 혼자 죽을 작정이오?"

"둘째는 무엇이오?"

"유황숙의 가족은 지금 승상이 보호하고 있소. 관공께서 세상을 떠난다면 누가 그들을 돌봐 줄 거요?"

"마지막은?"

"귀공처럼 훌륭한 무장이, 쓰러져 가는 나라를 바로 세울 생각은 않고 헛된 죽음을 택한다면 그것은 황제에 대한 명백한 불충이오, 대의를 저버린 어리석은 행동입니다. 다시 말씀드리자면 한때나마 조조에게 무릎을 꿇어 생명을 연장시킴이 자신을 위해서도, 그리고 주위의 사람들을 위해서도 합당한 일입니다. 살아 있어야 유황숙의 소식을 알아볼 수 있으며 또한 유황숙의 부탁을 받은 가족을 보호할 수 있을 게 아닙니까?"

관우는 오랫동안 고개를 떨군 채 깊은 생각에 잠겼다. 장요의 말은 조리가 있었고 논리가 정연했다.

"좋습니다. 귀공의 말대로 조조에게 항복의 예를 취하리다. 그러나 나에게도 세 가지 항복 조건이 있소. 그 첫째로, 내가 항복하는 것은 조조에게 하는 것이 아니고 조정의 황제에게 하는 것이오. 둘째로, 유황숙의 두 부인과 아들, 기타 식솔들의 안전을 보장해 줘야 합니다. 물론 생활에 필요한 물자도 제공해야 합니다."

"셋째는 뭡니까?"

"유황숙의 행방을 알게 되는 날, 이 관우는 지체없이 조조의 곁을 떠나 천 리고 만 리고 달려갈 겁니다. 이 세 가지가 받아들여진다면 언제라도 산을 내려가 조조 앞에 무릎을 꿇으리다. 허나 이 세 조항 중 하나라도 거절한다면, 아무리 세상이 나를 비웃더라도 이 관우는 끝까지 싸우다 죽을 것이오."

"잘 알겠소. 조 승상께 뜻을 전하고 돌아올 테니 기다려 주시오."

장요는 단숨에 말을 몰아 산 아래에 있는 조조에게 가서 관우의 뜻을 낱낱이 설명했다.

"과연 훌륭한 장수로다."

조조는 관우의 세 가지 조건을 쾌히 승낙했다. 이리하여 관우는 조조 앞으로 나아가 항복의 예를 올린 후 그를 따라 허창으로 들어갔다.

조조는 서주 지방을 평정했을뿐더러 관우라는 명장을 수중에 넣게 되어 기쁘기 그지없었다.

도성으로 돌아온 그날, 조조는 부하에게 명령하여

관우
관우는 의리와 충성의 표본이 되는 인물로, 지혜와 용맹을 두루 갖추어 조조의 환심을 샀다. 송나라 때 이후로는 민중의 신앙적 대상이 되기도 하였다.

유비 일가와 관우가 머물 집을 마련해 주었으며 식량, 옷가지 등 일상생활에 불편이 없도록 신경을 써 주었다. 그런 모든 것들이 관우를 자신의 부하로 만들기 위한 선심 공세임은 두말할 것도 없었다.

관우는 조조에게서 하사받은 집을 안채와 바깥채로 구분하여 안채에는 유비의 두 부인이 살게 하고 바깥채에는 자신을 비롯해 하비성에서 데리고 온 병졸들의 거처로 삼았다. 관우는 거의 매일 바깥채에 들어앉아 책을 읽든지 아니면 부족한 병졸 대신 경비를 맡았다.

개선 장군으로서 또 승상으로서 눈코 뜰 새 없이 바쁜 나날을 보내고 있던 조조는 대충 귀성 후의 일처리가 마무리되자 관우를 궁궐로 데리고 들어가 황제를 알현한 후, 황제에게 관우를 편장군이라는 벼슬을 내리도록 부탁했다.

그날 조조는 관우를 승상부로 초대하여 크게 잔치를 베풀었다.

"관운장, 축하하오. 오늘부터는 황실의 어엿한 신하가 되었구려."

"고맙습니다. 모두 조 승상의 은혜입니다."

그러나 관우는 그것이 마음에서 우러나온 진심의 소리인지 아닌지 알 수 없을 만큼 표정이 굳어 있었고, 멋들어진 노랫소리와 산해진미山海珍味(산이나 바다에서 나는 온갖 귀한 음식)에도 흥겨워하지 않았다.

연회가 끝나자 조조는 금은과 비단을 넉넉히 수레에 실어 관우를 뒤따르게 했다. 집에 도착한 관우는 그것들을 몽땅 안채로 들여보내 유비 일가가 쓰도록 했다. 이 소식을 전해 들은 조조는 '참으로 충의 지사로다' 하고 경탄해 마지 않았으며 더욱더 관우를 깊이 흠모하게 되었다.

조조는 계속해서 여러 가지 선물을 보내기도 하고 솔직히 자신의 소망을 내비쳐 그의 마음을 끌어 보려고 애썼다. 그러나 관우는 전혀 기뻐하지도 않았고 거짓으로나마 마음을 굽히지도 않았다.

그러던 어느 날이었다. 관우가 타고 있는 말이 몹시 야윈 것을 보고 조조가 말했다.

"그대의 말은 너무 말라 있군. 내 새 말을 하나 드리리다."

조조는 곧 병졸을 시켜 말을 끌어 오게 했다. 몸집이 크고 전신의 털이 불꽃처럼 붉은 말이었다.

"관공, 이 말을 기억하시겠소?"

"글쎄요, 어디선가 본 듯한데……. 아! 여포가 타던 적토마 아닙니까?"

"그렇소. 하루에 천 리를 달린다는 준마駿馬요. 성질이 사납고 드세어 나에겐 맞지 않으니 그대가 써 보구려."

"진정 저에게 주신다는 말씀입니까?"

"내가 언제 두말을 합디까?"

조조는 시종에게 새 안장과 고삐를 장만해 오도록 일렀다. 관우가 얼굴 가득 기쁜 빛을 나타내며 두 번 큰절을 올렸다. 조조 또한 흐뭇한 표정으로 말했다.

"금은보화를 주어도 낯색 한 번 변하지 않던 그대가 한 마리 짐승을 앞에 하고 그토록 기뻐할 줄은 꿈에도 생각지 못했소. 여하튼 내 마음도 기쁘기 그지없소."

조조는 이제야 관우의 마음이 자신에게 기울기 시작하고 있다고 생각했다.

"모든 부장들이 한결같이 소원하고 있는 병마를 얻게 되어 기쁘기 그지없습니다. 하오나 제가 오늘 더더욱 기뻐하는 것은 옛 주군의 행방을 알았을 때 이 천 리 준마로 한걸음에 달려갈 수 있기 때문이옵니다."

조조는 매우 입맛이 썼다. 관우가 적토마에 올라타 자기 집으로 돌아간 이후까지도 조조는 우울한 얼굴로 승상부에 남아 있었다.

"그것 보십시오. 관우는 절대 승상 곁에 머물 자가 아닙니다. 이제라도 그를 없애 후환을 막으셔야 합니다."

"그게 무슨 소린가? 그 같은 의인을 죽인다면 세상은 나를 비웃을 것이다. 또한 나는 일찍이 그와 세 가지 약속을 했느니라. 그러므로 그가 자기의 주인 곁으로 가고자 하는 것은 당연한 일이니라. 아아, 유비가 부럽기만 하구나."

조조가 탄식을 하자, 장요가 말했다.

"관우는 또한, 이곳을 떠나게 되더라도 반드시 승상의 은혜에 보답한 뒤에 떠나겠다고 말했습니다. 따라서 관우에게 공을 세울 기회를 주지 않으면 그도 별 수 없이 도성을 떠나지 못할 것입니다."

조조에게 보답하는 관우

소패에서 조조에게 패한 유비는 홀로 원소의 기주성에 머물며 지루한 나날을 보내고 있었다. 유비가 시름에 잠겨 정원을 거닐고 있을 때 원소가 그에게 다가왔다.

"옛 생각을 하고 계시군요?"

"봄날이 따스해 그런가 봅니다."

"그렇겠지요. 하온데, 귀공에게 의논할 일이 하나 있는데 조언을 해 주시오."

원소는 봄도 되었고 아들의 병도 나았으니, 이제 조조를 치기 위한 군사를 일으키고 싶다고 말했다.

"그런데 전풍이라는 신하가 내 의견에 반대했는데, 지금은 때가 아니니 2~3년 더 군비를 튼튼히 한 연후에 그를 치자는 것입니다. 귀공의 생각은 어떻소?"

"글쎄요……. 전풍의 생각도 일리는 있습니다. 하오나 저는 그렇게 생각지 않습니다. 조조의 군대가 매우 강한 것만은 사실이오나 올해 들어 깊은 자만심에 빠져 기강이 문란해졌으며, 동승 등 충신들을 베어 버렸기 때문에 도성의 인심 또한 그에게서 등을 돌리고 있습니다. 이런 좋은 기회를 놓친다면 후회하실 겁니다."

원소는 유비의 의견에 따라 대군을 일으켜 조조의 국경으로 쳐들어갔다. 원소군의 선봉은 하북 최대의 장수 안량이라는 자였다. 안량은 일시에 국경 지방인 백마를 짓밟고 여양 방면까지 진출했다. 조조는 급히 15만 병력을 이끌고 여양으로 나가 안량과 대치했다.

과연 안량은 맹장이었다. 그는 조조의 우익右翼을 순식간에 무너뜨리고 물밀듯이 조조의 본진을 향해 달려들어 왔다.

"송헌, 송헌은 어딨느냐! 저놈의 목을 베어 오너라!"

송헌이 창을 잡고 달려 나갔다. 그러나 얼마 후 송헌은 안량의 칼에 목이 달아나 말 아래로 굴러 떨어졌다.

이번에는 송헌의 친구 위속이 말을 몰아 안량에게 덤벼들었다. 두 장수가 먼지를 일으키며 겨루기를 10여 합. 끝내 말과 함께 위속의 목이 피를 뿜으며 땅바닥으로 굴러 떨어졌다.

"아, 무서운 장수로다!"

조조는 간담이 서늘해졌다. 계속해서 조조의 무장들이 그에게 도전해 나갔으나 모두 안량의 칼에 피를 토하며 쓰러졌다.

"여봐라! 우리 진중에는 안량을 대적할 만한 장수가 하나도 없단 말이냐?"

조조가 발을 동동 구르자 서황이 앞으로 나섰다.

"저를 보내 주십시오! 반드시 목을 받아 오겠습니다."

"오오, 서황인가. 가라!"

서황 또한 맹장이라고 소문이 나 있는 장수였다. 서황의 서릿발 같은 도끼날이 좌우로 종횡무진 춤을 추면서 안량을 위협하기 시작했다.

안량은 속으로 '대단한 무예군!' 하고 감탄하면서 신중하게 접전을 펼쳐 나갔다. 두 맹장의 싸움은 손에 땀을 쥐게 할 만큼 아슬아슬했으나 좀체로 승부가 나지 않았다. 그러나 서황은 경험이 적은 젊은 장수인 데 비해 안량은 백전노장이었다. 회가 거듭될수록 안량이 서황을 압도하기 시작했다.

드디어 서황은 말머리를 돌려 자기 진지로 도망쳐 버리고 말았다. 이쯤 되고 보니 조조군의 사기는 말이 아니었다. 안량군에게 쫓긴 조조군은 10리쯤 후퇴하여 나지막한 언덕 위에 새로운 진지를 구축했다. 그때 책사 순욱이 간했다.

"적장 안량을 넘어뜨릴 사람은 단 하나, 관운장밖에 없습니다. 어서 그를 불러오십시오."

"나도 지금 그 생각을 하고 있었네. 하지만 공을 세우면 그가 내 곁을 떠날 것 아닌가?"

"아닙니다. 그 반대입니다. 유비가 살아 있다면 틀림없이 원소에게 의탁하고 있을 겁니다. 그런데 관우가 원소의 장수를 베어 버린다면 분노한 원소는 그 분풀이로 유비의 목을 베어 버릴 게 뻔합니다. 그리고 유비가 죽었다면 관운장이 어디로 가겠습니까? 그는 비로소 승상님의 사람이 되는 겁니다."

"옳지! 그런 방법이 있었구나!"

조조는 도성으로 전령을 급파해 관우를 불러왔다. 관우는 조조의 출전 요구를 기쁘게 받아들여 투구와 청룡언월도를 갖추고 적토마에 올랐다.

어제의 전투에서 안량에게 혼이 난 조조군은 일단 전투 대열을 지은 채 선봉장 관우의 행동을 지켜보고 있었다. 관우는 팔짱을 끼고 10만 원소군이 구름처럼 덮여 있는 평원을 한 번 훑어본 다음 적토마에 채찍을 가해 언덕을 달려 내려갔다. 오랫동안 마구간에 갇혀 있던 적토마는 제 세상을 만난 듯 바람에 갈기를 휘날리며 쏜살같이 적진으로 파고들었다.

"졸개들은 물러서라! 내가 원하는 것은 안량뿐이다!"

봉의 눈을 부릅뜬 관우는 청룡언월도를 바람개비처럼 휘저어 좌우의 적병을 쓰러뜨리기 시작했다. 한창 기세가 오르던 원소군은 관우의 위용에 눌려 바위에 부

덮친 파도처럼 사방팔방으로 흩어졌다.

한마디로 관우의 돌진은 성난 폭풍처럼 적진을 강타했다. 드디어 관우의 적토마가 적의 대장이 있는 곳까지 이르렀다. 관우는 청룡언월도를 높이 쳐들어 호령했다.

"안량이란 자가 바로 너냐?"

"그렇다! 너도 살고 싶지 않은 모양……."

안량은 채 말을 마치지도 못하고 비명을 질렀다. 어느새 관우의 청룡언월도가 그의 옆구리를 사정없이 내리쳤던 것이다. 관우는 재빨리 말에서 뛰어내려 안량의 목을 청룡언월도에 꿰고는 다시 적토마에 올라타 번개처럼 적진을 빠져나왔다. 실로 눈 깜짝할 사이의 일이었다.

멀리서 이 광경을 지켜보고 있던 조조는 '이때다! 전원 공격!' 하고 소리쳤다. 장요, 허저, 서황 등이 이끄는 조조군은 무서운 기세로 원소의 대군을 짓밟기 시작했다. 안량을 잃은 원소군은 제대로 싸움 한 번 펼쳐 보지 못한 채 대패해 달아났다. 관우가 돌아와 안량의 목을 내려 놓자 조조가 크게 기뻐하며 준비해 두었던 금은을 손수 주며 말했다.

"관공은 사람이 아니라 귀신이구려!"

관우가 겸연쩍은 듯 미소지었다.

"천만의 말씀입니다. 저 같은 건 아무것도 아닙니다. 제 의동생으로 장비란 자가 있사온데, 그는 대군 속에서 안량 정도 장수의 목 자르기를 주머니 속에서 물건을 꺼내듯 합니다."

조조는 간담이 서늘했다. 그는 농담 반 진담 반으로 부하 장수들에게 말했다.

"잘 들어라. 장비라는 이름을 옷깃에라도 적어 놓았다가 후일 그를 만나거든 가볍게 상대하지 마라."

안량의 죽음으로 인하여 패주해 갔던 원소군은 일단 전열을 가다듬어 재차 공격을 해 왔는데 이번의 선봉장은 안량과 함께 원소의 총애를 받고 있던 문추라는 맹장이었다. 그러나 문추 역시 관우의 청룡언월도를 막아 내지 못하고 목이 잘렸다. 문추의 말은 목 없는 그의 몸뚱아리만 태운 채 끝없이 이어진 황하의 하류를 향해 달아나 버렸다.

원소의 진영에 안량, 문추를 주살하여 원소군을 연패시킨 사가 나름 아닌 유비의 의형제 관우라는 사실이 밝혀지자, 원소는 불같이 노했다.

"네 이놈 유비야! 오갈 데 없는 너를 의인이라 생각하여 환대해 주었거늘 조조와 내통해 관우에게 나의 용장 둘을 베게 해? 저놈을 당장 참수해 버려라!"

시위하는 병졸들이 달려들었다. 유비는 당황해 하지 않고 조용히 말했다.

"아우 관우가 살아 있다는 것도, 조조 진영에 있다는 것도 저는 오늘 처음 알았습니다. 그런데 제가 언제 그와 내통할 수 있었겠습니까? 이건 필시 제가 살아 있다면 이곳에 있을 거라고 생각한 조조의 간계입니다. 깊이 통촉해 주십시오."

원소는 한참 무엇을 생각하는 듯하더니 곧 화를 풀었다.

"유공의 말이 옳소! 내가 하마터면 어진 사람을 죽인 죄인이 될 뻔했구려. 용서하시오."

원소는 유비를 상좌로 앉힌 다음 다시 말했다.

"우리가 패전을 거듭한 것은 관우가 적진에 있기

조조
뛰어난 군사전략가이자 난세의 간웅으로 평가받는 조조. 도덕보다는 실리를 추구한다는 점에서 유비와는 반대되는 군주의 모습을 보여준다.

때문이오. 기왕 관우가 살아 있다는 것을 알았다면 그를 이곳으로 데려올 수는 없겠소?"

"그야 간단하지요. 내가 여기 있다는 것을 관우에게 알려 주기만 한다면 그는 곧장 이리로 달려올 겁니다."

"그렇군! 빨리 소식을 전하시오. 관우가 우리 진영으로 와 주기만 한다면 안량, 문추가 되살아난 것보다 기쁜 일이오."

"알겠습니다. 마땅한 사람이 발견되는 즉시 밀서를 보내겠습니다."

유비는 공손히 절하고 자기의 처소로 돌아왔다.

그리운 주군에게로

　원소와 조조의 싸움은 장기전으로 들어갔다. 원소는 군사를 무양 방면으로 옮겨 요새를 구축하고는 싸움은 하지 않고 지키고만 있었다. 조조 또한 하후돈에게 지휘를 맡기고 허창으로 돌아갔다.
　조조가 도성에 이르러 이번 싸움에 공 있는 자들에게 상을 내리며 잔치를 베풀고 있을 때 홀연 여남 지방에서 전령이 달려왔다.
　"유벽, 공도를 두목으로 한 황건적의 잔당이 여남을 휩쓸고 있어 조홍 장군이 여러 번 대적했사오나 고전을 면치 못해 구원병을 요청해 왔습니다."
　이때 묵묵히 술잔만을 기울이고 있던 관우가 말했다.
　"승상, 저를 보내 주십시오."
　"허어, 귀공은 안량, 문추로 하여 매우 피로할 텐데?"
　"아닙니다. 저는 가만히 놀고 있으면 오히려 병이 납니다."
　"하하하, 과연 명장다운 말이로다. 좋소. 나가 보시오."
　조조는 우금, 악진을 부장으로 하여 5만 병사를 관우에게 주었다. 여남에 다다른 관우가 진지를 구축하고 있을 때 군사 여럿이 수상쩍은 사람이라며 잡아왔다. 첫눈에 관우는 그가 유비의 옛 신하 손건임을 알아봤다. 관우는 깜짝 놀라 주위 사람들을 물리고 손건의 손을 잡았다.

"아아, 이게 어찌된 일인가?"

"서주 패배 이후, 이 여남으로 도망쳐 와 이곳저곳으로 떠돌게 되었는데, 어쩌다 유벽, 공도 두 두목과 가깝게 되어 도적의 무리와 섞이게 되었습니다."

"도적의 무리와 휩쓸리다니 그렇다면 이젠 나의 적이군."

"글쎄, 제 말을 들어 보십시오. 우리는 원소에게서 많은 물자를 제공받고 있습니다. 조조의 후면을 치기 위해서 늘 하북의 소식을 듣고 있는데, 주군께서는 원소에게 몸을 의탁하고 계시다는 겁니다."

"뭐라고? 그게 정말인가?"

관우는 이것이 꿈인지 생시인지 분간할 수가 없었다.

"틀림없습니다. 그걸 알려 드리려고 일부러 제가 잡혀 온 겁니다."

"고마운 일이네. 살아 계시다니!"

감격에 겨워 말을 잇지 못하는 관우에게 손건이 낮게 속삭였다.

"목소리를 낮추십시오. 밖에서 엿들으면 큰일입니다. 말씀드렸듯이 여남의 도적은 원소의 지원을 받고 있으나 내일의 싸움에서는 거짓 패하는 척하고 도망을 칠 테니 장군은 적당히 공격하십시오."

"그게 무슨 소린가?"

"도적의 두목 유벽과 공도는 장군을 사모하고 있는 자들입니다. 벌써부터 그들은 장군이 여기 오신다 하여 기뻐하고 있었습니다. 그러나 원소의 눈치도 있고 해서 안 싸울 수 없는 처지입니다."

"알겠네."

"장군께서는 이곳 일이 대충 마무리되면 도성으로 돌아가 주군 일가를 모시고 다시 여남으로 오십시오."

"그야 이르다뿐인가. 주군의 행방을 알았으니 단숨에 다녀오겠네. 그런데 내가 원소의 장군들을 베었는데 하북으로 들어가도 괜찮을까 모르겠군."

"그렇다면 제가 하북으로 들어가 주군을 뵙고, 원소 측의 분위기를 탐지한 뒤에 장군이 주군 일가를 모시고 오는 중도에 나가 기다리겠습니다."

벌써 날이 밝았다. 관우는 손건을 뒷문으로 살짝 놓아주었다. 다음 날부터 본격적인 싸움이 시작되었다. 그러나 이미 짜고 하는 싸움인지라 치열할 수가 없었다. 관우는 별로 어려운 일 없이 여남을 평정하고 허창으로 돌아갔다.

조조는 친히 성문 앞까지 나와 관우를 맞았으며 그날 종일토록 잔치를 베풀어 그간의 노고를 치하했다. 저녁때가 되어 집으로 돌아온 관우는 안채로 들어가 두 부인에게 유비의 소식을 전했다. 두 부인은 눈물을 흘리면서 유비가 있는 하북의 하늘을 향해 두 번 절을 한 뒤 관우에게 당장 출발 준비를 하라고 재촉했다.

"이러시면 안 됩니다. 이 관우도 마님들 못지않게 주군 곁으로 달려가고 싶은 마음 태산 같습니다. 하오나 우리는 지금 조조의 감시를 받고 있습니다. 모든 걸 저에게 맡기시고 조용히 때를 기다려 주십시오."

그로부터 며칠 후였다. 허름한 차림의 낯선 사람 하나가 관우를 찾아왔다.

"저는 원소님의 부하로 진진이라 하온데 유황숙님의 편지를 가지고 왔습니다."

관우는 남이 볼까 조심하면서 편지를 읽어 본 뒤 곧 답장을 써 돌려보냈다. 아무 염려 말고 하북으로 달려오라는 주군의 편지를 받고 보니 그는 조바심이 나 견딜 수 없었다.

관우는 떠날 채비를 모두 끝내고 승상부 조조를 만나러 갔다. 주군의 행방을 알아내는 즉시 도성을 떠나도 좋다는 약속을 해 둔 바 있고, 또한 그간의 은혜에 대해서는 나름의 보답을 한 뒤였으므로 아무 거리낄 것이 없었으나, 그래도 승낙을

그리운 주군에게로 · 231

얻은 뒤에 출발하는 것이 예의일 것 같았다.

그러나 조조 또한 영리한 사람이었다. 관우가 이미 유비의 소식을 알아 근간 도성을 떠나기 위해 인사차 올 것이라는 걸 눈치채고 승상부 정문에 '회피패'라는 팻말을 걸어 두었다. 회피패란 주군이 아무도 만나고 싶지 않을 때 문루 위에 걸어 두는 것이었다.

그 다음 날도, 그리고 또 다음 날도 마찬가지였다. 관우는 연거푸 여섯 번이나 승상부 정문 앞에서 발길을 돌려야만 했다. 할 수 없이 장요의 거처를 찾았지만 그 또한 병중이란 핑계로 만나 주질 않았다. 관우는 이제 승낙 없이 그냥 떠나리라 결심했다.

그날 집으로 돌아온 관우는 그동안 조조에게서 받은 금은, 비단, 기타 재물들을 차곡차곡 곳간에 쌓아 놓고 그 목록을 만들어 보관한 뒤에 문을 굳게 잠갔다. 그리고 시종을 시켜 집 안 구석구석까지 대청소를 하게 한 후에 주군 일가를 수레에 태웠다.

"자, 출발입니다."

밤새도록 집 안팎 정리를 하느라 벌써 희끄무레하게 새벽이 다가와 있었다. 관우가 적토마에 올라 수레를 인도하자 시종 병사들이 수레 곁을 따랐다. 그들 일행이 새벽 안개를 뚫고 성문 앞에 이르렀을 때였다. 수비병들이 앞을 가로막았으나, 관우의 위용 앞에서는 꽁무니를 빼지 않을 수가 없었다.

날이 밝아 관우가 없어졌음을 알게 되면 조조는 반드시 추격군을 보낼 것이었다. 관우는 저 멀리 앞서 가는 수레를 유유히 쫓아가며 쉬지 않고 도성 쪽으로 눈을 돌렸다. 안개가 걷히고 동쪽 산허리에 햇살이 퍼질 즈음 과연 한 떼의 군사가 말발굽 소리도 요란하게 관우를 추격해 왔다.

"관운장, 관운장! 잠시 말을 멈추시오!"

그것은 뜻밖에도 장요였다. 관우는 적의 없는 목소리로 말했다.

"허허, 나를 잡아가려고 왔소? 그렇다면 단념하시오. 난 장공 같은 사람에게는 칼을 쓰고 싶지 않소."

"아, 아닙니다. 보십시오. 난 전혀 무장을 갖추지 않고 왔습니다. 다름이 아니라 조 승상께서 마지막으로 한 번 관운장을 만나 뵙고 싶다 하여 제가 먼저 달려온 것입니다. 곧 승상께서 이리로 오실 겁니다."

"승상께서 몸소 여기로 오신단 말입니까?"

"그렇습니다. 제게 관공을 멈추게 하라 이르셨습니다."

"황송한 일이군요……."

말을 마친 관우는 적토마를 다리 위로 몰아 그 한가운데 버티고 섰다. 필시 장요의 말을 믿지 않고 있어 많은 군사를 막기 위해서는 좁은 다리 위가 유리하다고 생각했기 때문이다. 잠시 후 과연 조조는 부장들을 거느리고 나는 듯이 달려왔다. 그런데 조조를 비롯해 서황, 허저, 우금, 이전 등 모든 장수들은 무장을 갖추지 않은 관복 차림이었다.

"관운장, 어찌 이렇게 빨리 떠나려 드시오? 정말 섭섭하구려!"

조조는 관우와의 헤어짐이 못내 아쉬워 이곳까지 전송을 왔노라고 말했다. 관우는 말 위에서 가볍게 예를 올렸다.

"불초 소생은 예전에 약속한 대로 주군이 하북에 있다는 소식을 듣고 출발을 서두른 것이옵니다. 떠나기 전 몇 번이나 승상부로 나가 승낙을 얻고자 했으나 회피패가 번번이 나붙어 있어 뜻을 이루지 못했습니다. 용서하시옵소서."

"아니오. 미리부터 운장이 찾아올 것을 예견하고 회피패를 걸어 둔 것은 나의 잘못이었소. 그리 하면 혹시 귀공이 나를 떠나지 않을 거라는 생각에……."
"승상님의 도량은 하늘보다도 넓고 깊사옵니다. 못난 소장에게 베풀어 주신 은혜, 태산에 비한들 그 어찌 다할 수 있사오리까."
"그대가 나의 진심을 알아주니 내 곁에 머물러 있는 것만큼이나 흡족하구려."
조조는 금은보화가 든 상자를 내밀었다.

그러나 관우는 끝내 사양했다.

"그동안 저희 일행이 받은 재물만도 수없이 많았는데 떠나는 마당에 또 무슨 염치로 그것을 받겠습니까? 제발 거둬 주십시오."

관우가 워낙 강경하게 사양했으므로 조조는 그것을 밀어 놓고 이번에는 장수가 입는 전포를 가져오게 했다.

"관운장은 천하의 명장이오. 내가 덕이 없어 떠나는 길을 막지 못해 한스럽기 짝이 없구려. 그러나 가을은 깊고 갈 길은 멀기만 한데 산을 넘고 내를 건너자면 점차 추위가 괴롭힐 것이오. 다른 것은 몰라도 이 전포는 내가 마음의 선물로 내놓는 것이니 사양치 말고 받아 주시오."

관우는 정중히 목례를 올린 후 어떤 음모가 도사리고 있을지도 모른다는 생각에 사방을 주시하면서 조조의 시종이 가져온 전포를 칼 끝으로 받아 겨드랑이에 꼈다. 그리고 인사를 올리기가 무섭게 말을 달렸다.

"과연 천하 제일의 무사로다!"

조조가 감탄해 하고 있자 허저가 퉁명스레 말했다.

"승상께서 내리신 전포를 칼 끝으로 받다니, 무례한 놈입니다! 저자를 잡아 혼찌검을 내줘야 합니다."

조조가 손을 내저었다.

"그냥 두어라. 저 사람은 혼자이고, 이쪽은 무장은 안 갖추었다 해도 부장들만 20여 명 아닌가. 의심하는 게 당연하다."

관우는 급히 말을 몰아 수레를 뒤쫓아 가고 있었다. 그런데 거의 30리를 가도 먼저 간 일행의 자취가 보이지 않았다.

"이런, 어찌된 일일까?"

관우가 조바심을 하며 적토마에 채찍을 가할 즈음 홀연 도적들이 사방에서 튀어나와 그에게 달려왔다.

"웬 놈들이냐? 길을 비키지 않으면 단칼에 목을 잘라 버리겠다!"

그러자 무리 중 두목인 듯한 자가 앞으로 나오더니 느닷없이 관우 앞에 무릎을 꿇었다.

"장군님, 소생은 요화라고 하는 자로서 5백여 명을 이끌고 이 지방에서 산적질을 하고 있는 미천한 놈입니다. 그런데 제 동료인 두원이란 자가 길에서 수레를 하나 끌고 왔습니다."

"뭐라고? 그 수레에 손을 댔단 말이냐!"

"그런 게 아니옵니다."

요화의 말인즉 수레를 살펴보니 예사 수레가 아닌 듯하여 수레를 호위하고 있던 병사에게 신분을 물어 보니 유황숙의 가족이라는 것이었다. 깜짝 놀란 요화는 귀한 분들이니 원래의 장소로 보내 드리자고 제의했다. 그러나 두원이 듣지 않았으므로 요화는 두원을 단칼에 베어 버린 뒤 이곳으로 와 관우를 기다리고 있었다는 것이다. 말을 마친 요화는 재빨리 근처 산속으로 달려 들어가더니 부하 1백여 명에게 수레를 밀게 하여 조심스레 산길을 내려왔다. 관우는 비로소 안심하고 수레로 다가가 무릎을 꿇었다.

"불초 관우가 못나서 곤욕을 치르시게 했습니다. 용서하십시오."

수레 안에서 첫째 부인이 말했다.

"일어나십시오. 그것이 어찌 관 장군의 잘못입니까? 다행히 요화 같은 어진 사람을 만났으니 망정이지 그렇지 않았다면 큰일을 당했을 겁니다. 그에게 깊이 사례를 하십시오."

수레를 호위하고 있던 병졸들도 요화의 착한 행동을 칭찬했다. 관우는 새삼 요화 앞으로 다가가 감사의 말을 했다. 요화는 산적의 두목답지 않게 겸손했다.

"별 말씀을 다하십니다. 당연한 일을 했는데 칭찬을 들으니 오히려 부끄러울 뿐입니다."

그리고 요화는 자기들을 관우의 부하로 삼아 달라고 간청했다.

"언제까지나 산적질을 하고 있을 수 있겠습니까? 이 기회에 저희들을 거둬 주신다면 죽기를 맹세코 장군을 따르겠습니다."

그러나 현재로서는 그만한 병사가 필요 없을뿐더러 먼 길을 가는 데 불편할 따름이었다. 관우는 애써 요화의 청을 거절했다.

"그대의 도움을 절대 잊지 않겠소. 주군이건 관우건 자리를 잡았다는 소문이 나거든 그때 찾아 주시오."

수레는 다시 길을 떠났다. 며칠 후 관우 일행은 낙양으로 접어드는 첫째 관문인 동령관이라는 곳에 이르렀다. 이곳은 조조의 부하인 공수라는 자가 병사들을 거느리고 지키고 있었는데 관우 일행이 통과하려 하자 길을 가로막았다.

"보아하니 그대는 관우 장군인 것 같은데, 두 부인의 수레와 함께 어디로 가는 길이오?"

"유황숙을 찾아 하북으로 가는 길이오."

"하북이라면 원소의 땅 아니오? 적국으로 가려면 승상의 통행증이 있어야 합니다. 그걸 보여줄 수 있겠소?"

"급히 오느라 깜빡 잊었소이다."

"그렇다면 통과시켜 드릴 수 없습니다. 도성으로 사람을 보내 허락을 받아올 때까지 이곳에 머물러 있으시오."

관우는 은근히 화가 치밀었다.

"그것도 좋으나 갈 길이 워낙 바빠서 그냥 지나가고 싶소."

"그 무슨 터무니없는 소립니까! 지금은 원소와 전쟁 중이오. 국법을 어기면서까지 그대를 통과시켜 줄 수는 없소이다."

"국법은 무슨 국법! 내가 언제 조 승상의 부하였더냐? 피를 보기 싫거든 어서 길을 비켜라!"

관우가 언성을 높이자 공수도 화가 치미는 듯 관문을 굳게 잠그고 창을 들고 나왔다.

"어디 지나가고 싶거든 가 보아라!"

제법 위엄스럽게 버티고 서 있는 공수의 모습은 누구든 덤빌 테면 덤벼 보라는 듯 관우를 잔뜩 노려보고 있었다. 관우가 적토마 위에서 청룡언월도를 치켜드는 순간 공수의 몸뚱이가 두 동강이 나 말 아래로 굴렀다. 이 광경을 지켜본 관문의 수비병들은 혼비백산하여 달아나기에 바빴다. 관우는 관문을 열고 두 부인의 수레를 통과시키면서 남아 있는 수비병들을 향해 소리쳤다.

"나는 승상의 전송을 받으며 떠나온 몸이다. 감히 너 따위의 지시에 따를 것 같으냐!"

동령관을 통과한 관우 일행은 또다시 길고 긴 여로에 올랐다. 벌써 계절은 바뀌어 싸락눈이 흩날리고 있었다.

다시 만난 의형제

황하 남쪽은 하남, 황하 북쪽은 하북이다. 관우 일행은 배를 타고 황하 북안에 올라섰다. 여기서부터는 원소가 다스리는 하북 땅이었다.

관우는 비로소 마음을 놓고 긴 한숨을 토했다. 그런데 저 앞쪽에서 말을 탄 무사 하나가 이쪽으로 달려오고 있었다. 자세히 살펴보니 여남에서 헤어졌던 손건이었다. 손건이 관우와의 재회를 기뻐하며 수레로 다가가 하례를 올리자 두 부인은 눈물을 흘렸다.

"두 분 마님을 제대로 모시지 못한 죄, 백 번 죽어 마땅합니다. 이제 곧 주군을 만나 뵙게 될 것인즉 심려 놓으십시오."

손건이 수레에서 떨어져 말머리를 나란히 하자 관우가 물었다.

"여남에서 약속한 이후, 어디선가 기다릴 거라고는 생각했지만 이렇게 늦게 나타난 까닭은 무엇이오?"

"저는 그 후 기주성으로 들어가 주군을 뵙고, 원소를 설득하여 주군을 여남 방면의 조조 토벌군으로 파견토록 하려고 노력했습니다. 그러나 원소의 부하들이 주군을 모함해 그 뜻을 이루지 못했습니다."

"그렇다면 주군께서 지금 기주성에 계신다는 말이오?"

"아닙니다. 며칠 전 주군은 기주를 빠져나와 여남의 유벽한테 가 계시다고 합니다."

"유벽이라면 언젠가 나와 거짓으로 싸웠던 황건적의 두목 아니오?"

"그렇습니다. 유벽과 공도는 장군께서 허창으로 들어가신 후, 다시 조조군에게서 여남을 빼앗아 차지하고 있습니다."

"이대로 기주성으로 들어갔더라면 큰일을 당할 뻔했군. 자, 어서 여남으로 떠납시다."

손건이 앞장서서 수레를 여남으로 안내해 나갔다. 인직이 끊긴 들을 지나 강을 건너고 내를 돌아 끝없이 이어지는 험난한 길이었다. 드디어 여남 가까운 경계에까지 이르렀다. 눈을 들어 앞을 바라보니 저편 구름에 덮인 험준한 산 중턱에 낡은 성이 하나 보였다.

"저 성은 망탕산에 하나밖에 없는 산성이온데, 석 달 전쯤 장비라 일컫는 호걸이 부하 40~50명을 데리고 와, 오래전부터 그곳을 본거지로 노략질을 해 오던 도적들을 몰아내고 새 주인이 되었습니다. 그새 병사의 숫자를 3천 이상으로 늘렸습니다. 하여튼 이 지방 관리들이나 나그네들도 그들이 두려워 저 산 가까이 가는 자가 없습니다."

관우는 너무 기뻐 소리를 지를 뻔했다.

"손건, 자네도 들었겠지? 저기 장비가 있다는 거야! 자네가 먼저 저 성으로 달려가 장비에게 내가 왔다는 것을 알리고 어서 주군의 두 마님을 맞으러 오라고 전하게."

그날 밤 망탕산의 고성에는 횃불이 휘황하게 밝혀지고 즐거운 음악 소리가 밤새도록 그치지 않았다. 다시 만난 형제와 주군의 두 부인을 위한 잔치가 베풀어진 것이다.

"형님, 꿈만 같소! 주군의 두 마님도 무사히 오셨고 우리도 다시 만나게 되었으니, 이제 주군만 모셔 오면……."

"여기서 여남까지는 산 하나만 넘으면 될 것이고 주군 또한 유벽, 공도의 여남성에서 편히 계실 것이니 마음이 놓인다네."

두 형제는 그동안 밀렸던 이야기를 하며 날이 환하게 샐 때까지 술잔을 기울였다. 다음 날 이른 아침 또 하나의 반가운 일이 생겼다. 장비가 고성에 진을 치고 있다는 소문을 들은 미축, 미방 형제가 부하들을 이끌고 고성으로 찾아왔던 것이다. 그들은 서주 패망 이후 여러 곳을 유랑하는 나그네 신세였는데 뜻밖에 옛 동료들을 만나 기쁘기 그지없었다.

그날 오후 두 부인을 고성에 남겨 놓고 관우와 손건은 유비가 있다는 여남으로 달려갔다. 그러나 여남성의 유벽은 뜻밖의 말을 했다.

"나흘 전, 유황숙께서는 이곳도 불안하다 하시며 다시 원소의 하북성으로 돌아가셨습니다."

관우와 손건은 유벽과 이별하고 다시 고성으로 돌아왔다. 유비가 하북의 기주로 되돌아갔다는 얘기를 들은 장비는 자기가 주군을 모셔 오겠다고 나섰다. 그러나 관우는 이에 반대했다.

"이 고성은 우리들의 유일한 본거지야. 자네는 여기 남아서 두 마님을 보살펴 드리게."

손건과 함께 관우는 주창과 몇 명의 부하만을 데리고 고성을 떠났다. 길을 떠난 지 며칠 후 와우산에 이르렀다. 관우는 주창을 불렀다.

"자네는 여기서 나를 기다리게. 사람이 많으면 위험해."

관우는 명령한 후 손건만을 데리고 기주성으로 떠났다. 기주 땅으로 잠입해 들어간 관우는 자기는 성문 밖 관정이라고 하는 사람 집에 머물면서 손건에게 성 안의 유비를 만나 보게 했다.

이때 유비는 서주 시절의 무장인 간옹과 함께 기주성 중심지의 한 거처에서 지루한 나날을 보내고 있었다. 손건이 나타나 아우들의 소식을 전하자 유비는 크게 기뻐했다.

"진정 그들이 살아서 나를 기다린단 말인가! 하늘이 도우신 거야."

"주군을 모셔 가려고 관운장이 성 밖에서 기다리고 있습니다. 준비를 서둘러 주십시오."

"어서 운장의 얼굴을 보고 싶구나. 한데 원소가 이것을 알면 쉽게 놓아주지 않을 거야. 어떻게 한다?"

이때 간옹이 한 계책을 일러 주었다.

"형주의 유표는 9군을 다스리고 있어 그 세력이 막강합니다. 유표와 종친의 관계이므로 유표로 하여 원소와 동맹을 맺어 조조를 치게 하겠으니 보내 달라고 원소에게 간하십시오."

이튿날 관아로 들어간 유비는 간옹의 계책대로 원소에게 간청했다. 원소는 좋은 생각이라며 쾌히 승낙했다. 원소의 허락을 받은 유비는 손건, 간옹과 더불어 성을 나가 관우가 묵고 있는 집으로 갔다. 관우는 유비가 왔다는 소리에 맨발로 달려 나왔다.

"오오, 주군! 무사하셨군요!"

중국의 고대 무기

질려 蒺藜
뾰족한 날이 4개 이상 있는 것으로, 적의 공격을 방해하는 무기이다.

"자네도 살아 있었군……."

두 사람은 더는 말을 잇지 못하고 눈물만 주르르 흘렸다. 댓돌 밑에 서 있던 손건, 간옹도 두 사람의 재회를 지켜보며 뜨거운 눈물을 흘렸다.

"더는 지체하실 수 없습니다. 원소는 우리의 술수에 넘어간 것을 깨닫고 군사를 보낼 게 틀림없습니다."

간옹이 재촉했으므로 일행은 서둘러 길을 떠날 준비를 했다. 그때 관우가 묶고 있던 집의 주인인 관정이 관우에게 간청했다.

"소인에게 관평이란 아들이 하나 있사온데 이놈이 한사코 관장군의 부하가 되겠다고 합니다. 부디 함께 데려가 주십시오."

관평은 이미 행장을 차리고 유비의 말고삐를 잡고 있었다. 비록 촌티를 벗지는 못했으나 체격이 건장하고 눈매가 날카로워 범상한 인물이 아님을 한눈에 알 수 있었다. 관우가 난처해 하며 유비의 눈치를 살피자 유비가 빙그레 미소를 지으며 말했다.

"사양 말고 노인의 청을 받아들이게. 같은 종친이고, 마침 자네에게 아들이 없으니 양자로 삼으면 될 게 아닌가?"

관우 또한 관평의 용모에 마음 깊이 흡족했으므로 흔쾌히 아들로 받아들였다. 이리하여 일행은 서둘러 말을 달려 기주를 벗어났다. 하늘은 맑고 날씨는 화창했다. 모든 것이 뜻대로 되어 기분 또한 날 것만 같았다. 벌써 저 앞으로 와우산이 드러나 보였다.

관우는 주창과 만나기로 한 산기슭으로 일행을 안내했다. 약속한 대로 주창이 마중을 나왔다. 그런데 산을 지키던 배원소라는 장수는 보이지 않았고 얼마 남지 않은 부하들마저도 그나마 피투성이가 되어 있었다.

"주창, 어찌된 일이냐?"

"지시대로 산채의 배원소와 부하들을 데리고 장군을 맞으러 산을 내려오니까, 난데없이 떠돌이 차림의 장수 하나가 나타나 길을 막았습니다. 배원소가 길을 비키라고 하자 그 장수는 산적인 주제에 웬 큰소리냐며 배원소를 단칼에 베어 버리고 부하들을 사정없이 짓밟았습니다. 저도 화가 나 달려들었으나 끝내는 이 지경이 되고 말았습니다. 평생 그토록 무서운 놈은 처음 봤습니다."

관우가 발끈하여 청룡언월도를 빼 들고 산속으로 말을 달렸다. 유비를 비롯하여 일행 모두 급히 뒤를 쫓았다. 산중턱에 이르렀을 때였다. 키가 8척 가까운 호걸이 큰 대자로 누워 잠을 자고 있었다. 관우가 적토마 위에서 소리쳤다.

"이놈아, 어서 일어나라!"

사나이가 부스스 일어서려 할 때 유비 또한 관우 곁에 이르러 사나이를 내려다보았다. 유비와 눈길이 마주친 사나이가 별안간 몸을 흠칫 떨며 소리쳤다.

"유황숙 아니십니까?"

"자네는 상산 출신의 조운이 아닌가?"

조운은 넙죽 땅에 엎드려 큰절을 올렸다.

"겨우 소원이 이루어졌습니다. 전국 방방곡곡을 돌며 유황숙님을 찾아다녔습니다."

조운은 자신이 여기까지 흘러온 사연을 대충 설명했다.

"공손찬님이 멸망하자 원소가 저를 불렀습니다만, 그 같은 소인배를 섬길 생각은 추호도 없어, 유황숙님의 행방을 수소문하고 있던 중이었습니다."

유비는 눈물을 흘리며 감격해 하는 조운을 일으켜 세웠다.

"잘 만났네. 우리 함께 힘을 합쳐 보세."

일찍이 공손찬 휘하에 있을 때부터 탐냈던 명장 조운이었다. 이런 어려운 시기에 그를 만나게 되어 유비는 한없이 기쁘고 마음 든든했다. 한편, 유비 일행이 고성으로 올라온다는 소식을 들은 장비는 단숨에 성채 밑 산기슭까지 달려 내려와 유비를 얼싸안고 통곡했다.

"형님, 형님……!"

"장비야……."

가슴속에 할 말은 태산 같았으나 말이 되어 나오는 것은 단지 이 몇 마디뿐이었다. 유비가 성으로 들어서자 이번에는 감부인, 미부인 등 가족의 울음이 터졌다. 성 안은 온통 기쁨의 울음바다였다.

손책과 원소의 죽음

주군과 신하들이 다시 만나 사기가 충천했다. 장비는 소와 말을 잡아 하늘에 제사를 지냈다. 이 소식은 곧 여남성의 유벽과 공도에게도 전해졌다. 그들은 한달음에 달려와 여남성을 맡아 달라고 유비에게 간청했다.

장비의 고성은 장소도 협소하고 군사도 5천여 명에 불과했으므로 유비는 그들의 청을 받아들여 여남성으로 본거지를 옮겼다. 한편, 기주의 원소는 유표에게로 떠난 줄 알았던 유비가 자기를 속이고 여남성에 들어가 있다는 보고가 들어오자 불같이 노했다.

"당장 여남을 짓밟고 유비놈을 베어 버려라!"

"아니 되옵니다. 지금 우리가 유비를 친다면 유비는 조조에게 붙어 우리에게 대항해 올지도 모릅니다. 괜히 긁어 부스럼을 만들 필요가 없습니다."

전풍과 여러 장수들이 이를 만류했다.

"으음, 알았다. 그렇다면 오래 미루어 둔 조조 토벌을 다시 시작하자."

원소는 조조를 치려고 50만 대군을 일으켜 관도로 진군했다. 도성의 조조도 이에 맞서 40만 대군을 이끌고 관도 지방으로 나왔다. 양군의 군마가 일으키는 먼지는 하늘을 가리고 양군의 깃발은 땅을 뒤덮었다.

첫날의 싸움은 원소의 대승리로 돌아갔다. 장합, 고람이 지휘하는 원소의 선봉군이 장요, 허저가 이끄는 조조의 선봉을 여지없이 쳐부숴 버렸던 것이다. 그러나 이튿날부터의 전투는 막상막하하여 승패를 가리기 힘들었다. 조조는 조조대로 원소는 원소대로 이번만은 기어코 상대를 멸망시켜 버리리라 굳게 마음을 먹고 있었던 것이다.

　원소는 조조의 진영 도처에 흙더미를 쌓아 올려 그 위에 사수를 배치한 다음 일제히 돌화살을 쏘아 댔다. 돌화살은 비오듯 쏟아져 조조의 진영을 쑥밭으로 만들

어 버렸다.

"이놈들, 어디 두고 보자!"

조조는 원소의 돌화살에 대응하여 석포차라는 것을 만들었다. 조조는 원소의 흙

더미 높이만큼 이쪽에서도 흙을 쌓아 올려 그 위에 석포차를 놓고 돌화살보다 몇 배 큰 돌덩이들을 적진 깊숙이 날려 보냈다. 이번에는 원소군이 큰 타격을 입었다.

이렇게 양쪽 군은 모든 지혜를 짜내어 싸웠지만 승패는 쉽게 나지 않았다. 양군 모두 군사의 숫자가 많고, 장수들 또한 천하의 맹장들이었던 것이다. 벌써 8월도 다 가고 9월 하순에 이르렀지만 싸움은 여전히 계속되었다.

조조는 속이 탔다. 어서 이 싸움을 끝내고 도성으로 돌아가야만 했다. 도성을 오래 비워 두면 누가 반란을 일으켜 조정을 차지할지 알 수가 없었던 것이다. 그때 허유라는 자가 조조의 진영으로 찾아와 좋은 계책을 일러 주었다. 그는 원래 원소의 신하였으나 사소한 일로 원소와 다투고 조조 진영으로 도망쳐 온 자였다.

"원소군의 식량과 무기는 전부 오소라는 곳에 저장되어 있습니다. 그곳만 습격하여 불질러 버리면 원소는 꼼짝없이 패망할 겁니다. 아무리 50만 대군이라고 해도 군량이 없이는 싸울 수 없는 것 아니겠습니까?"

"좋아! 훌륭한 계책이다!"

조조는 무릎을 치면서 기뻐했다. 신속한 판단과 과감한 행동은 조조의 장점 중 하나였다. 조조는 몸소 정예병과 서황, 허저를 이끌고 야밤을 틈타 오소를 공격해 들어가 불을 질렀다. 이 습격 사건을 계기로 원소군의 세력은 자꾸 줄어들기 시작했다. 더욱이 원소의 부장인 장합, 고람 등이 싸움에 대패한 후 조조에게 항복해 버려 원소군의 사기는 말이 아니었다. 원소는 이 싸움에서 50만 대군을 모두 잃고 겨우 8백 기 정도의 패잔병만을 이끌고 기주성으로 도망쳐 버렸다.

그리고 패주하여 돌아온 그 며칠 후 끝내 원소는 목구멍에서 검붉은 피를 토하며 숨을 거두었다. 이렇게 되고 보니 조조는 거칠 것이 없었다. 원소의 본거지인 기주성을 일시에 공격하여 점령해 버렸으며 그의 세 아들이 다스리고 있던 유주,

병주, 청주 등 원소의 영토를 모두 점령하여 자신의 영토로 만들어 버렸다.

조조가 하북의 원소를 멸망시키고 솟아오르는 그 위세를 만천하에 떨치고 있을 때 강동에 있는 손책의 오나라는 요즈음 수년 동안 눈부신 발전을 거듭하고 있었다.

양자강 유역 일대를 끼고 있어 산물이 풍부하고 기온이 높아 농사가 잘되었으며 남쪽과 북쪽의 문화가 서로 교차하는 지점에 있어 문화 문물이 풍족하여 백성들의 생활이 더없이 윤택했다.

손책은 20대 후반의 젊은 나이에도 군사를 길러 국방을 튼튼히 했다. 건안 4년 겨울에는 노강을 공략하여 황조, 윤훈 등의 항복을 받았고 예장의 태수도 항복을 해 왔다. 실로 대단한 세력 확장이었다. 손책은 한 황실에 대한 충성심 또한 깊어 매년 황제에게 공물을 올렸다.

물론 그것은 조조의 조정에게 보내는 것이 아니라 말 그대로 황실의 황제를 위한 것이었다. 조조는 이것이 마땅치 않았다. 그러나 두 영웅은 상대의 실력을 너무나도 잘 알고 있으므로 드러내 놓고 다투지는 않았다.

조조는 강동의 사자 새끼와 서로 물어뜯는 대신 오나라의 몇몇 태수를 매수하여 자신의 심복으로 삼았다. 그런데 그와 같은 조조의 심복 태수 중 하나인 허공이란 자가 허창의 조조에게 더 늦기 전에 손책을 치자는 밀서를 보내는 도중 허공의 부하가 손책의 양자강 감시대에 붙잡히는 바람에 들통이 났다.

손책은 크게 노하여 허공의 성으로 군사를 보내 그의 부하들은 물론 그들의 처자 일가 친척까지 모조리 죽여 버렸다. 그런데 그 살육전 속에서도 허공의 부하 셋이 간신히 몸을 피해 도망쳐 나왔다.

손책은 유난히 사냥을 좋아했다. 어느 날 손책이 사냥터에 이르렀을 때 이들 세 사람은 숲 속에 몸을 숨기고 있다가 일시에 손책에게 덤벼들었다. 세 사람 중 한 사람의 창이 손책의 넓적다리에 깊이 박혔다. 졸지에 습격을 받은 손책은 그래도 당황하지 않고 창을 잡은 사내의 목을 칼로 힘껏 내리쳤다. 동료 중 하나가 땅바닥에 피를 뿌리자 나머지 두 사내 중 하나는 도망하고, 하나는 활을 당겨 손책의 볼을 꿰뚫었다.

"으악!"

손책은 말 위에서 굴러 떨어지며 비명을 질렀다. 손책의 비명 소리에 근처에서 사슴을 쫓던 손책의 부하 장수 정보가 달려왔다. 정보는 달아나는 두 사내를 붙잡아 베어 버렸다. 정보가 상처 입은 손책을 안고 성으로 들어갔다. 오나라의 본성은 발칵 뒤집혔다.

"어서 화타를 불러라! 어서!"

손책은 애써 아픔을 참으며 소리 질렀다. 화타는 당시 오나라에 머물고 있던 중국 역사상 가장 뛰어난 의원 중 하나였다. 그러나 화타의 대답은 절망적이었다.

"어렵겠습니다. 창과 화살촉에는 독이 묻어 있었습니다. 더욱이 때가 너무 늦어 독물이 온몸에 퍼져 버렸습니다."

그래도 화타는 자신이 할 수 있는 최선의 치료는 다 했다. 그런 때문인지 손책은 한 달 정도 생명을 유지했다. 그러나 매우 고통스런 나날이었다. 손책은 거의 매일을 헛소리와 비명 소리로 지새웠다.

그러던 어느 날 손책은 드디어 자신의 죽음을 예감했는지 애써 정신을 가다듬어 가족들과 신하들을 둘러보며 말했다.

"오나라는 부강한 땅이다. 여러분은 내 아우를 주군으로 받들어 나라를 크게 일으켜 다오."

손책은 시종에게 인수를 가져오게 하여 아우에게 건네주었다.

"권아, 강동은 인재의 고장이다. 조조와 유비를 상대로 천하를 다투는 일은 네가 나만 못할 것이지만 인재를 어질게 쓰는 일은 네가 나를 능가할 것이다. 부디 인재들을 귀히 여기고 백성들을 사랑하여 조상이 물려준 성스러운 이 땅을 영원토록 보전하라."

인수를 손에 쥔 손권의 눈에서는 하염없이 눈물이 흘러내렸다. 손책이 다시 어머님과 아우들을 돌아보며 말했다.

"어머님, 먼저 가는 불효자식을 용서해 주십시오. 이제 권이 저 대신 어려운 짐을 졌습니다. 어머님께서 아침저녁으로 권을 훈계하시어 바른 길을 가도록 도와주십시오. 그리고 아우들아, 너희들은 딴마음 먹지 말고 권 형을 받들어 이 나라의 기둥이 되어 다오."

손책의 숨소리가 거칠어졌다. 손책은 다시금 손권의 손을 달라고 하여 힘껏 부여잡았다.

"부탁한다! 이 나라 이 백성을, 그리고 어머님과 아우들을……. 그리고 잊고 떠날 뻔했구나……. 만일 어려운 일이 있거든 안의 일은 장소에게 물어 결정하고 바깥일은 주유와 의논하여 결정하라. 꼭 그리 하여야 한다."

손책은 숨을 거두었다. 장사를 치른 후 손권은 장오, 주유, 정보, 한당 등 문무 제신들 앞에서 정식으로 오의 군주 자리에 오르는 예식을 치렀다. 그리고 주유의 청에 따라 노숙이라고 하는 지모智謀를 겸비한 자를 새로운 신하로 맞아들였으며 제갈근이라는 학자를 책사로 초빙했다. 이로써 손권의 위엄은 차츰 빛을 띠어 갔고, 오나라는 튼튼한 기반 위에서 발전을 더해 갔다.

조조의 함정에 빠진 유비

오나라의 사정이 이러할 때, 도성의 조조는 손책이 죽고 손권이 오의 주인이 되었다는 소식을 듣고는 몹시 기뻐했다.

"손책이 없는 오나라는 빈껍데기나 마찬가지다. 당장 오를 정벌해야겠다."

그러자 책사 순욱과 곽가가 만류했다.

"손책이 죽었다고 하나 오나라는 원래 물자와 인재가 풍부한 강국입니다. 절대로 가볍게 군사를 일으켜서는 안 됩니다. 그리고 도성의 주인인 승상께서 상을 당한 오를 친다면 세상은 승상의 도량을 의심할 것이옵니다."

옳고 그름의 분별이 정확한 조조였다. 조조는 즉시 오의 정벌을 미루고 그 대신 하북 땅 밖의 몽고와 산동 지방을 평정하기 위한 군대를 일으켰다. 조조의 욕심은 끝이 없고 그 정열은 꺼질 줄 몰랐다. 조조가 1백만 대군을 일으켜 몽고 정벌을 나섰다는 소식은 즉각 여남의 유비에게도 전해졌다.

여남의 유비는 잃었던 옛 신하들을 만나 우후죽순雨後竹筍(비가 온 뒤 여기저기서 솟는 죽순이라는 뜻으로, 어떤 일이 한꺼번에 일어나는 것)처럼 하루가 다르게 그 세력이 커 가고 있었다. 우선 군사적인 면에서 관우, 장비, 조운, 주창, 관평 등 막강한 명장들이 버티고 있었다. 또 옛날의 황건적이었던 유벽, 공도의 군세 또한 무시할 수 없었다. 비록 병사들의 수에서는 조조의 대군에 비할 바가 못 되지만 유비군은 8만의 소수 정예 부대였다.

"때는 왔다. 기껏해야 도성을 수비하고 있는 조조군은 10만이 안 될 것이다. 조조가 도성을 비운 사이 점령해 버리자!"

유비군은 허창을 향해 진격을 개시했다. 그러나 이것은 유비의 크나큰 실수였다. 조조라는 인물을 과소평가한 것이다. 조조는 이미 유비가 군사를 일으킬 것을 간파한 나머지 놀라울 만큼 정교한 함정을 파 놓고 있었다. 처음 조조가 몽고 정벌 계획을 전군에 발표했을 때 이것이 실상 유비를 잡기 위한 위장 전술이라는 것을 아무도 눈치채지 못했다.

백만에 가까운 대군을 이끌고 도성을 출발한 조조는 관도 지방에 이르러 갑자기 전군을 정지시키고 책사 곽가와 하후돈, 조홍, 장합, 고람 등을 불러 지시했다.

"자네들에게 30만 군사를 줄 테니 조홍의 지휘 아래 몽고와 요동을 평정하고 오너라. 나는 지금부터 곧장 남으로 내려가 유비의 목을 베어 버리겠다."

70만 대군은 모두 길을 바꾸어서 남으로 내려갔다. 그의 전술은 이와 같이 언제나 막히는 데가 없었다.

한편, 이미 여남을 출발한 유비군은 몽고 쪽으로 갔다던 조조군이 너무나도 빨리 남하해 왔으므로 유비군이 허창에 당도하기도 전에 거꾸로 양산 지방까지 쳐내려왔던 것이다.

"아차, 조조의 간계에 넘어갔구나!"

70만 조조군과 8만 유비군은 싸움이 될 수 없었다. 유비는 조조의 간계에 속아 섣불리 군사를 일으킨 것을 후회했다. 아무리 조조가 대군을 몰아왔어도 여남성에 머물러 있었다면 험난한 지형과 철벽 요새를 배경으로 몇 달이고 항전을 벌일 수 있었을 것이다. 그러나 여기는 병량이 이동하기도 쉽지 않은 조조의 영토 내였다. 이왕지사 맞닥뜨렸으니 안 싸울 수도 없었다. 퇴진한다면 오히려 저들의 맹추격을 받아 하루아침에 전멸할 것이 뻔했다.

유비군은 전군을 3개조로 나누어 진지를 구축했다. 본진의 지휘는 조운과 유비, 동쪽은 장비, 서쪽은 관우였다. 새까맣게 들을 메운 조조군은 20여 리에 걸쳐 8개의 형상으로 포진했다. 그날 저녁은 양군 모두 적진을 살피는 것으로 끝났고, 다음 날 새벽에 이르러 드디어 전투를 시작했다. 양군이 북과 나팔을 불어 사기를 올릴 때 조조가 선봉으로 나와 소리쳤다.

"은혜를 모르는 짐승 같은 놈! 네가 감히 황제가 계신 도성으로 활을 쏘아 대겠다는 것이냐?"

유비도 지지 않고 대꾸했다.

"내가 도성을 치려 함은 황제를 치려 함이 아니라 황제의 뜻을 받들어 조조 너를 제거하려 함이니라. 내가 종친임은 만천하가 다 아는 일이로다."

유비는 동승이 지녔던 황제의 혈서 사본을 꺼내 큰소리로 읽기 시작했다. 침착한 태도, 엄숙한 목소리. 양군 모두 숨죽이고 귀를 기울였다. 유비가 혈서를 다 읽고 나자 유비군은 '와아!' 하고 일제히 함성을 내질렀다. 언제나 조정의 관군임을 자처하고 나서던 조조군은 이번엔 그 위치가 바뀌어진 듯한 느낌이 들었다. 조조는 분통이 터져 미칠 지경이었다.

"거짓 황제의 혈서를 가지고 세상을 어지럽히는 저놈을 당장 잡아 오너라!"

조조의 명령이 떨어지자 조조군의 선봉장 허저가 달려 나갔다. 이쪽에서는 조운이 맞서 나갔다. 허저의 철극과 조운의 창이 불꽃을 튀기며 혈전을 벌였다. 그러나 승부는 쉽지 않았다. 그때 관우군과 장비군이 좌우에서 조조군의 중앙을 찌르며 들어갔고 유비의 본진도 정면으로 돌격했다. 실로 전광석화電光石火(번갯불이

나 부싯돌의 불이 번쩍거리는 것과 같이 매우 짧은 시간) 같은 신속한 공격이었다. 조조군의 팔괘진은 일시에 흩어져 50리 이상이나 퇴각해야만 했다. 그 후부터 조조군은 진을 친 채 전혀 움직일 줄을 몰랐다. 조운이 시험 삼아 도전해 보았으나 역시 마찬가지였다.

"이상하군. 70만 대군을 두고도 계속 웅크리다니……. 조조는 결코 이런 소극 전법을 좋아하지 않는 자인데?"

유비는 초조하고 불안했다. 아니나다를까 급보가 날아들었다.

"큰일났습니다! 여남성에서 병량을 운반해 오던 공도가 조조군에게 포위되어 전멸 위기에 빠졌습니다."

유비는 급히 장비에게 공도를 구원하라고 명령을 내렸다. 장비가 떠나자마자 또다시 급보가 들어왔다.

"조조군의 서황, 장요가 우회하여 여남성을 맹공하고 있습니다."

여남성에는 유비의 가족들이 남아 있을뿐더러 그곳을 잃는다면 유비군은 오갈 데 없는 신세가 되고 말 것이었다. 유비는 관우와 그의 아들 관평을 여남성으로 급파했다. 그런데 그 며칠 후에 들려온 소식은 유비를 더욱 난감하게 했다. 여남성의 수비를 도우러 간 관우도 오히려 적에게 포위되어 있다는 것이었다.

나아갈 것인가 물러설 것인가? 유비는 근심 끝에 퇴군을 결심했다. 그러나 완벽한 퇴군이란 완벽한 공격보다도 어려운 일이었다. 낮에는 싸우는 척 사기를 돋우다가 야밤을 틈타 재빨리 전군을 양산으로 빼돌렸다. 그렇지만 그 정도도 예측하지 못할 조조가 아니었다. 유비군이 겨우 양산 밑에 이르렀을 때 돌연 절벽 위에서 조조군의 함성이 터져 나왔다.

"유비를 놓치지 마라!"

절벽 위에서는 돌덩이들과 불붙은 나무가 비오듯 쏟아졌다. 병마는 울부짖고 병사들은 돌과 불을 피하느라 아우성이었다.

"아아, 이를 어쩌란 말인가!"

유비는 한탄하며 퇴로를 찾기에 여념이 없었다. 병사들은 불에 타 죽지 않으면 돌에 맞아 머리통이 터지고 팔다리가 잘려 나갔다.

"유비를 따르다 개죽음을 당할 필요 없다! 용서할 테니 어서 항복하라!"

절벽 위에서 조조가 소리치자 살아남은 유비의 병사들은 다투어 조조군에게 항복해 나갔다.

"주군, 저를 따르십시오!"

조운이 유비 곁으로 바싹 붙어 서며 소리쳤다. 조운은 혼자서 유비를 보호하며 포위망을 뚫었다. 그러나 조조군의 우금, 이전, 악진 등이 번갈아 그에게 달라붙었으므로 맹장 조운도 힘이 다해 유비를 보호할 수 없었다.

"주군, 혼자 피하십시오! 여긴 제가 막고 있겠습니다."

유비는 혼자의 몸으로 재빨리 산속으로 달려 들어가 몸을 숨긴 다음 정신없이 남쪽으로 말을 몰았다. 어느덧 밤이 지나고 아침이 되었다. 그때 저쪽에서 한 떼의 군마가 나타났다. 다행히 그들은 적이 아니었다. 여남성을 지키고 있던 유벽, 미축, 손건, 간옹이 1천여 명의 수비군과 유비의 가족을 이끌고 도망쳐 나왔던 것이다.

유비는 그들과 합류하여 조심스레 산길을 빠져나갔다. 하지만 적은 도처에 깔려 있었다. 드디어 적의 장수 악진이 유비 일행을 발견하고 달려들었다. 미축, 간옹은 문관이지 무관은 아니었다. 유벽이 악진을 대항해 나갔지만 3합도 싸우지 못하고 목이 땅에 떨어졌다. 유비 일행은 꼼짝없이 악진의 포로가 되지 않으면 죽음을 당할 판이었다.

"이놈, 악진아!"

유비 일행이 혼비백산하여 우왕좌왕하고 있을 때였다. 유비를 찾아 산속을 헤매고 있던 조운이 이 광경을 목격하고 악진에게 달려들었다. 조운의 합세로 힘을 얻은 여남의 패잔병 1천여 명도 악진이 이끄는 조조군에 대항하여 일대 혈전을 벌였다. 그러나 시간이 갈수록 조조군은 숫자가 불어나고 유비군은 반대로 숫자가 줄어들었다.

힘에는 한계가 있었다. 조운도 지치고 병사들도 기진맥진했다. 그때였다. 관우와 관평이 3백여 기를 이끌고 달려왔다. 악진은 관우에게 쫓겨 달아나고 그의 군대는 자기 대장의 뒤를 쫓아 도망치기 시작했다. 아마도 조조군은 관우의 이름만 들어도 겁을 집어먹는 모양이었다.

그 얼마 후 이번에는 장비까지 유비를 찾아와 합세했다. 병사들의 숫자는 별것 아니지만 유비의 무장들이 모두 모인 셈이어서 뿔뿔이 흩어져 공격해 오는 조조군의 수색대를 뚫기에는 그리 어렵지 않았다.

드디어 유비 일행은 적진을 완전히 벗어나 한수 유역에 이르렀다. 조조도 이제는 추격을 단념하고 군사들을 불러들였다. 오갈 데 없는 유비는 부하들을 이끌고 그곳에서 멀지 않은 형주의 유표를 찾아갔다. 형주 태수 유표는 유비와 같은 한 황실의 종친으로서 9주 24군을 다스리는 당대의 영웅이었다. 유표는 예상대로 종친인 유비를 따뜻이 맞아 주었다. 물론 유비를 물리쳐야 한다고 말하는 유표의 부하들도 있었다. 그 중 하나가 형주군의 대장 채모였다.

"유비를 받아들여서는 안 됩니다. 그는 은혜를 모르는 사람입니다. 처음에는 여포와 가까이 지내다가 죽게 하였고, 다음에는 조조의 편이 되었다가, 최근에는 원소에게 몸을 의탁했으나 그를 배신했습니다. 그리고 만일 우리가 유비를 받아들인다면 조조의 노여움을 사 조조와 일전을 치르게 될지도 모릅니다."

이 말을 듣고 있던 유표가 채모를 꾸짖었다.

"여포는 유비와 벗할 만큼 어진 자가 아니었고, 조조는 황실의 역적이며, 원소는 진정 나라를 사랑할 줄 아는 영웅이 아니었다. 유비가 이들을 버렸다 해서 그게 왜 흉이 되겠는가. 또한 그는 이 유표와 함께 황실의 종친으로서, 멀게는 나의 동생뻘 되는 사람이다. 오늘날 9주 24군의 주인인 유표가 오갈 데 없어 찾아온 종친 하나를 버린다면 세상은 나를 얼마나 비웃겠는가? 다시는 내게 그 따위 간언은 하지 마라!"

유표는 채모의 반대를 무시해 버리고 유비 일행을 받아들여 잔치를 베푼 다음 유비에게 성을 하나 주었다.

"형주성 안에 오래 머물게 되면 지루하실뿐더러 무예를 닦는 데도 불편할 겁니다. 나의 영토 내인 양양 근처에 신야라는 성이 하나 있는데, 거기에는 무기와 곡식이 많이 저장되어 있으니 지내시기에 편할 겁니다. 일족과 부하들을 데리고 신야성에 가 계시면서 그 지방을 다스려 주시오."

채씨 남매의 음모

 유비가 유표의 도움으로 신야성에 머물게 된 지도 2년이라는 세월이 흘렀다. 신야는 한 지방의 시골 성이었다. 하남의 봄은 따스했다. 이곳에 와서 유비는 기쁜 일이 생겼다. 정실 부인인 감부인이 아들을 하나 낳은 것이다. 아이의 이름은 아두라 짓고 또 다른 이름으로 유선이라 했다.

 유표는 유비를 친아우처럼 후하게 대했으며 유비 또한 유표를 형님으로 대우했다. 어느 날 유비가 형주성으로 들어가 유표와 술잔을 기울이고 있을 때 전령이 들어와 급보를 알렸다.

 "강하의 땅에 난이 일어났습니다. 장호, 진손이란 자가 그 주모자이온데, 그들은 조조와 내통하여 형주까지 넘보고 있는 듯합니다."

 유비는 자청하여 그 토벌에 나섰다. 그리하여 관우, 장비, 조운 세 장수만으로 간단히 반란을 평정한 유비는 장호, 진손의 머리를 유표 앞에 내놓았다. 유표는 그의 공을 높이 치하했다.

 "자네 같은 아우가 형주 땅에 있는 한, 난 아무것도 걱정할 게 없네."

 유표는 개선군을 위해 성대한 향연을 베풀었다. 술좌석의 분위기가 한창 고조될 무렵 유표가 유비에게

삼국지 고사성어
비육지탄 髀肉之嘆
넓적다리에 살이 찌는 것을 한탄한다는 뜻이다. 장수가 전쟁에 나가 싸우지는 않고 시간만 헛되이 보내고 있음에 대한 탄식을 비유하는 말이다.

말했다.

"아까도 말했지만 자네 같은 영웅이 내 곁에 있어 마음이 든든한 것이 사실이네. 하지만 남월南越(한나라 때 중국과 베트남 북부지역에 세워졌던 나라)이 가끔 우리 영토를 침범하고 있고 한중의 장노와 오의 손권도 호시탐탐 형주를 노리고 있어 그게 걱정이네."

"그러시다면 장비에게 남월 경계지역을 지키게 하고, 관우에게는 장노를, 조운에게는 오를 감시케 함이 어떻겠습니까?"

유표는 유비가 그처럼 신경을 써 주는 것이 무척 고마웠다. 그는 유비가 신야성으로 떠난 뒤 대장 채모에게 유비의 제의를 말했다. 채모는 유표의 부인 채씨의 오빠 되는 사람으로, 남을 모략하기 좋아하는 소인배였다. 그는 유표가 유비를 너무 신임하고 있어 비위가 상했다. 그는 곧 후원으로 찾아가 채 부인과 밀담을 나누었다. 물론 유비 제거에 관한 것이었다. 그날 저녁 유표와 단둘이 있게 되었을 때 채 부인은 넌지시 유비를 헐뜯기 시작했다.

"대감님, 요즘 유비를 너무 믿으시는 것 같은데 조심하셔야 합니다. 그는 원래 누상촌에서 짚신이나 짜 팔던 장사치입니다. 그리고 그의 동생 장비란 자는 또 누구입니까? 그는 얼마 전까지만 해도 여남에서 도적질이나 일삼던 불한당이 아닙니까?"

사람을 좀체로 의심하지 않는 유표였건만 채 부인이 그렇게 말하자 당황하지 않을 수 없었다. 다음 날 아침 유표는 채모를 불러 물었다.

"자네 생각으로는 유비가 어떤 자인 것 같은가?"

채모는 기회는 이때다 싶어 대답했다.

"오래전에 허창의 승상부에서 조조와 유비가 매실을 안주로 술잔을 기울이면서 큰소리를 쳤다던 그 영웅론을 들어 보신 적이 있으십니까? 결국 오늘날 영웅은 조조와 유비라는 것이었습니다. 만일 유비에게 한 나라가 있고 그에 견줄 만한 병력이 있다면 오늘처럼 그가 신야에 얌전히 틀어박혀 있겠습니까? 천만의 말씀입니다. 우리는 지금 거대한 용을 집 안에 들여놓고 있는 것입니다. 그 용이 승천을 꾀하는 날, 제일 먼저 먹이로 삼을 곳은 어디겠습니까?"

"형주?"

"그렇습니다. 그는 족히 우리 땅을 집어삼킬 욕심이 있는 자입니다. 지금 그를 제거하지 않으면 큰 후환이 있을 겁니다."

"과연 그럴까? 그는 나의 종친이고 어진 사람인데……."

"야심이 깊고 음흉한 자일수록 겉은 착해 보이는 법입니다."

"음……. 그럴 수도 있겠지. 하지만 좀더 두고 지켜보세."

유표는 유비를 의심하는 듯하면서도 정작 유비를 없애 버리는 일에 관해서는 더는 말하지 않았다. 그러나 유비를 미워하는 채씨 남매의 마음은 집요하기만 했다. 그들이 이처럼 유비를 미워하는 것은 유표가 유비를 신임하여 자연 채모의 세력이 약화되는 것에 대한 반발 때문이기도 했지만, 보다 근본적인 것은 다른 데 있었다.

유표에게는 현재 유기와 유종이라는 두 아들이 있었다. 유기는 어질고 현명하나 몸이 허약했고, 차남 유종 또한 가문을 이을 만한 재목이 아니었다. 그래서 유표는 다음 후계자를 누구로 세울까 심히 망설이고 있었다. 어느 날 술좌석에서 유표가 이에 대한 고민을 의논해 왔을 때 유비는 서슴없이 말했다.

"그야 순리대로 장자인 유기를 세우심이 마땅합니다. 서열을 무시하고 차남을 세운다면 신하들 사이에 논란이 분분하여 국론이 통일되지 않습니다."

그렇다고 해서 즉각 유표가 누구를 후계자로 결정한 것은 아니었지만 유비의 말을 장막 뒤에서 엿들은 채 부인은 이를 갈았다.

"건방진 놈! 식객인 주제에 남의 가문 일에 간섭이야. 두고 보자!"

이후 채 부인은 오빠 채모와 더불어 사사건건 유비를 헐뜯고 비방했다. 유표가 유비를 없애는 일을 후일로 미룬 뒤에도 채모와 채 부인은 끊임없이 기회를 엿보고 있었다. 그리고 어느덧 계절은 바뀌어 가을이 되었다. 채모는 관아로 들어가 유표에게 간했다.

"금년은 농사가 잘되어 대풍입니다. 각지의 지방 관리들을 양양으로 불러 잔치를 베풀고 그들의 노고를 치하해 주십시오."

풍년제는 매년 해 오던 연례행사였다. 그러나 유표는 달갑지 않았다.

"그래야겠지. 하지만 요즘 난 심신이 피로하다네. 나 대신 유기나 유종을 주인으로 삼아 방백(현재의 도지사)들을 위로함이 어떨까?"

"글쎄요……. 아드님들은 아직 나이가 어려 예절을 잘 모를 수도 있겠군요."

"그렇다면 신야의 유비는 내 아우나 마찬가지인 종친이니, 그를 주인으로 내세워 나를 대신하게 함이 어떨까?"

"좋은 생각이십니다."

채모는 선뜻 동의했다. 그가 웬일로 너그럽게 나오는 것일까? 유표는 의아했으나 그 이유는 묻지 않았다.

채모는 즉시 각 지방으로 초대장을 보내면서 신야의 유비에게 유표가 풍년제의 주역을 명령했다고 통보했다.

드디어 그날이 왔다. 유비는 조운을 비롯하여 3백여 명의 호위 군사를 이끌고 양양으로 나갔다. 처음에는 유비 혼자 가기로 했으나 조운이 끝내 유비의 신변 경호를 고집했으므로 그의 동행을 허락한 것이었다. 양양성에 이르러 보니 이미 채모 이하 유기, 유종 형제를 비롯한 문무 대신들이 성문 앞에 도열해서 유비를 맞아 들였다.

유비는 성으로 들어갔다. 지방 각주의 수천 관리들이 관복을 입고 기다리고 있었다. 유비가 상좌에 앉자 조운이 대검을 치켜들고 그의 등 뒤로 가 섰다. 누구든 허튼 수작을 하면 당장 요절을 내고 말겠다는 듯 두 눈을 부릅뜨고 있었다. 그리고 조운의 3백 경호군도 반월형으로 그 뒤에 늘어섰다.

음악이 울려 퍼지고 행사가 시작되었다. 유비은 단으로 올라가 유표 대신 격려문을 읽있다.

푸른 하늘에는 구름 한 점 없고 사방은 맛있는 음식 냄새로 가득했다. 간단한 예식이 끝나자 아름다운 무희들이 음식과 술이 가득 담긴 상을 대신들 앞에 날라다 놓고 춤을 추기 시작했다. 평화롭고 흥겨운 분위기 속에서 풍년 잔치는 한창 무르익어 갔다. 유비도 대신들과 술잔을 나누며 즐겁게 이야기했다. 그때 채모가 장수 괴월을 주연장 밖으로 끌고 나갔다.

"여보게, 괴월. 자네도 알겠지만 유비는 악당 중에 악당이야. 그는 장남 유기를 꾀어 형주를 송두리째 집어삼키려 하고 있네. 오늘 난 그를 베어 버릴 작정이네."

"뭐요?"

"놀라지 말게. 오늘의 잔치는 유비를 죽이기 위해 내가 마련한 거네. 부디 협조해 주게."

괴월이 망설이는 듯했다. 채모는 따끔한 일침을 가했다.

"뒷일은 걱정 말게. 이미 주군께서 허락하신 일이야. 주군은 우리들의 충성심을 시험하고 계시네."

"준비는 어느 정도?"

"이미 동문은 내 동생 채화의 5천 군사가 지키고 있고, 남문 일대는 채중의 3천 군사가, 북문은 채훈의 수천 기병이 철통같이 가로막고 있네. 오직 서문만이 비어 있으나 그곳은 물살이 센 단계천이 흐르고 있어 배 없이는 건너지 못하네."

"대단하십니다. 언제 그렇게……"

"한 달 전부터 계획된 거야. 그런데 문제는 유비를 지키고 서 있는 저 조운이란 장수야. 그가 버티고 있는 한, 유비의 목은 고사하고 머리카락 하나 자를 수 없을 걸세."

"맞습니다. 조운은 일당백一當百(한 명이 백 명을 당해 낸다는 뜻으로, 매우 용감함)의 맹장입니다."

"그러니까 자네가 문빙과 왕위 두 사람을 시켜서 조운을 별석(특별히 따로 만든 자리)으로 끌어내 술판을 벌이라는 거네. 조운이 술에 취해 흥청거릴 때, 뒤에서 그의 목을 찌르고, 다시 연회석으로 나와 유비를 벤다면 일은 간단할 거야."

채모와 괴월은 이미 일이 성사된 것처럼 미소를 지으며 연회장으로 돌아왔다. 괴월의 지시를 받은 문빙, 왕위가 조운의 곁으로 다가왔다.

"조 장군, 그렇게 서 계시면 피곤하지 않습니까? 이미 식은 끝났고 지금은 모두 술상에 둘러앉아 연회를 즐기는 때이오니 우리와 함께 후원으로 갑시다."

"고맙습니다만, 나는 여기 그대로 있겠소."

조운은 무뚝뚝하게 한마디 내뱉고는 더는 상대도 안 했다. 그래도 두 사람은 끈질기게 권했다. 유비가 보다 못해 말했다.

"자네도 그렇지만 부하들이 견디기 힘들 거야. 그만 됐으니 경호를 풀고 음식을 즐기게."

주군의 명령이 그러하니 조운도 어쩔 수 없었다. 그는 문빙과 더불어 별석으로 물러났다. 채모는 회심의 미소를 지었다. 이때 이적이 유비에게로 다가와 눈을 찔끔 감으며 말했다.

"유황숙님, 정장을 하신 채로 술을 드시니 불편하지 않습니까? 옷을 갈아입으시지요?"

"그렇군. 의장을 바꿔야겠다."

유비는 이적의 의중을 알아채고는 태연히 후원으로 나갔다.

사람들을 피해 나오자마자 이적이 말했다.

"지금 채모는 황숙님을 해치려 하고 있습니다. 동문, 북문, 남문은 매복 군사가 있사오니 서문으로 달아나십시오. 어서!"

유비는 깜짝 놀랐다. 재빨리 별채로 빠져나가 마구간에 매어 둔 말을 타고 서문으로 달렸다. 수문장이 저지할 사이도 없이 서문을 통과했다. 옷을 갈아입는다고 별채로 나간 유비가 돌아오지 않아 궁금해 하고 있을 때 서문의 수문장이 채모에게 달려왔다.

"유황숙이 서문을 빠져나갔습니다!"

채모는 5백의 군사를 이끌고 서둘러 유비를 뒤쫓았다.

한편, 서문을 빠져나온 유비는 한참 동안 정신없이 앞으로 내달렸다. 그러나 그를 기다리고 있는 것은 거센 물살로 유명한 단계천이었다. 도저히 강을 건널 재주가 없었다. 다시 오던 방향으로 말머리를 돌리려 하니, 그의 시야에 새까맣게 몰려오는 채모의 군사가 들어왔다.

"이제는 죽었구나……."

앞은 시퍼런 단계천이요, 뒤는 채모의 추격군이었다. 벌써 채모의 군사가 가까

이 와 있었다.

"이왕지사 이렇게 된 바에야."

유비는 무턱대고 말을 물속으로 몰았다. 유비는 물결에 휩쓸리지 않으려고 말을 힘껏 부둥켜 안았다. 말은 온몸을 흔들며 물살과 싸웠다. 어느덧 한가운데를 지나 건너편 기슭 근처까지 이르렀다. 말은 히잉! 하고 소리를 내지르며 솟구치더니 순간 강기슭으로 뛰어올랐다.

"살았구나, 살았어!"

유비는 자신도 모르게 중얼거렸다. 아무리 생각해도 단계천을 건너온 것은 기적이나 다름없었다. 그때 강 건너편에서 채모가 소리쳤다.

"유황숙, 무엇을 겁내 도망치시오?"

유비가 큰소리로 대꾸했다.

"내 너와 원수진 적이 없거늘 어째서 날 죽이려 하느냐?"

"그게 무슨 소리요? 내가 뭣 때문에 황숙을 죽이려 하겠소?"

그러면서도 채모는 시위를 당겨 화살을 쏘았다. 유비는 급히 말머리를 돌려 남쪽으로 도망쳤다.

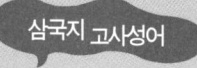

비육지탄 髀肉之嘆

넓적다리에 살이 찌는 것을 한탄하다

유비는 조조와 협력하여, 한 마리 늑대와 같이 날뛰는 맹장 여포를 하비에서 격파한 후 임시 수도 허창으로 갔다. 조조가 주선하여 헌제를 배알하고 좌장군에 임명되었지만, 그대로 조조의 휘하에 있는 것이 싫어 허창을 탈출한 뒤 각지로 전전한 끝에 같은 황족인 형주의 유표에게 의지했다. 그곳에서 신야라는 작은 성을 받아 할 일 없이 머무를 수밖에 없었다. 그때 하북에서는 조조와 원소가 격돌하여 싸움을 계속하고 있었다.

어느 날 유표에게 초대되었을 때였다. 볼일을 보러 간 유비가 넓적다리에 살이 많이 붙은 것을 깨닫고, 깜짝 놀라 눈물을 흘렸다. 유비의 얼굴에서 눈물의 흔적을 본 유표가 그 까닭을 묻자, 유비가 대답했다.

"나는 지금까지 항상 말을 타고 돌아다녀서 넓적다리에 살이 붙은 적이 없었습니다. 그런데 요즈음 너무 말을 타지 않았기 때문에, 살이 들러붙었습니다. 세월 가는 것이 빨라 이렇게 늙어 가는데도 아직 큰 공을 세우지 못하고 있으니, 그저 슬플 뿐입니다."

髀: 넓적다리(비), 肉: 살(육), 之: 어조사(지), 嘆: 탄식(탄)
재능을 발휘하지 못하고 헛되이 시간만 보낸다는 뜻으로, 원래 장수가 전쟁에 나가지 못하여 넓적다리에 살이 피둥피둥 찌는 것을 한탄하는 것을 말한다.
[출전] 《삼국지》〈촉지蜀志〉

제 4 편
영웅의 비상

그해 7월 유비의 군신들은 남정 서축에 있는 면왕에다 9층의 단을 쌓았다. 유비는 여러 군신들의 절을 받으며 한중왕의 지위에 올랐다. 그리고 유선을 태자로 삼고, 법정을 상서령, 공명을 군사에 봉했으며 관우, 장비, 조운, 마초, 황충 다섯 장수를 5호 장군에 임명하고 위연을 한중 태수로 임명했다. 이 밖에 신하들에게도 각자의 공로에 따라 적당한 직위를 주었다.

와룡과 봉추

 해는 서산에 걸려 있고 대지는 저녁 노을로 불타고 있었다. 유비는 오늘도 말을 달려 도망치는 자신의 신세가 처량하고 가련했다.

 '싸움이 없고 평화만 있는, 악한 자 없이 어진 자들만 사는 그런 곳은 세상에 정말 없는 것일까?'

 유비는 그런 곳이 어디엔가 있다고 생각했다. 그리고 그곳이 현재에는 없을지라도 그의 꿈이 세상에 펼쳐질 미래에는 반드시 있으리라고 생각했다.

 산기슭을 돌아가니 조그만 마을이 하나 나타나고 마을 어귀에 조그만 소년이 소잔등에 올라 앉아 피리를 불고 있는 모습이 보였다. 유비가 지나치려 하자 소년이 유비를 불러 세웠다.

 "신야성에 계시는 유황숙님이 아니십니까?"

 유비는 깜짝 놀랐다.

 "네가 나를 어떻게 아느냐?"

 "저의 사부께서 손님들과 말씀하실 때, 유황숙은 팔이 길어 무릎까지 내려오고 귀가 얼굴을 전부 덮을 만큼 크다고 말씀하셨습니다. 그래서 금방 알아본 것입니다."

 "너의 사부가 누구시냐?"

"사마휘 혹은 수경 선생이라고 합니다."

소년의 얘기를 듣고 있자니 유비는 호기심이 일었다.

"수경 선생에게 날 안내해 줄 수 있겠느냐?"

소년은 근처의 아담한 초당으로 유비를 안내했다. 유비는 소년이 유비의 말과 자신의 소를 마구간에 매고 올 때까지 초당에서 흘러나오는 청아한 거문고 소리를 듣고 있었다.

"선생님, 손님이 뵙자고 하십니다."

소년이 작은 소리로 고했다. 거문고 소리가 그치고 초당의 문이 열렸다.

"뉘시오? 조금 전부터 거문고 줄이 튕겨 음조가 잘 맞지 않는 것으로 봐서 필시 전쟁터를 헤매는 무인이 틀림없는 것 같소만……."

유비가 바라보니 이 사람의 나이는 50세쯤 된 듯했다. 생김새는 단아하고 고고한 품위가 깃들어 보였다.

"저는 신야성에 머물고 있는 유비라 하옵니다. 목동을 길에서 만나 우연히 안내를 받게 되었습니다. 조용한 거처를 시끄럽게 한 죄, 용서해 주십시오."

사마휘는 깜짝 놀라 유비를 초당 안으로 안내했다.

"누구신가 했더니 바로 유황숙이시구려!"

사마휘는 유비에게 상좌를 권하면서 의외의 소리를 했다.

"오늘은 큰 고초를 당하셨구려."

"어찌 그걸……?"

"하하하, 그러셨던 모양이구려. 난 귀공의 얼굴색에서 그걸 읽었습니다."

유비는 더는 숨길 필요가 없겠다 싶었다. 비로소 채모에게 쫓겨 단계천을 건너온 일을 소상이 밝혔다. 이야기를 듣고 난 사마휘가 안됐다는 듯이 말했다.

"난 오래전부터 황숙의 이름을 들어 알고 있습니다. 그런데 내가 답답한 것은 귀공 같은 인물이 어찌하여 식객 노릇이나 하다가 소인배들에게 쫓겨 심신을 피로케 하는지 그걸 모르겠소."

"세월이 그런 걸 어쩌겠습니까……."

"그건 세월 탓이 아닙니다. 귀공의 주위에는 인물이 없기 때문이오."

"그렇지 않습니다. 저의 휘하에는 간옹, 미축, 손건 등의 문사가 있고 관우, 장비, 조운 등의 용장이 있습니다."

유비가 힘주어 말했다. 사마휘는 딱하다는 듯이 빙긋 웃었다.

"부하를 사랑하는 귀공의 뜻은 가상하오. 하지만 그것은 한낱 감상에 불과한 것이오. 냉철하게 자신을 돌아보는 눈이 있어야 큰일을 이룰 수 있는 것이오."

"그렇다면 이들이 재목이 아니란 말씀입니까?"

"그렇게는 말하지 않았소. 관우, 장비, 조운이 이름난 장수들인 것만은 틀림없지만 병사들을 제대로 부릴 줄 아는 재주는 없다는 것이오. 손건, 미축, 간옹도 이른바 평범한 선비일 뿐 세상을 구할 만한 능력을 지닌 재사士는 아니오. 모름지기 한 나라를 세우고자 하는 사람은 반드시 그에 알맞은 인재들을 갖추고 있어야만 하는 겁니다."

유비는 문득 자신이 부끄러워졌다. 세상에 태어나서 이처럼 자신의 약점을 명쾌하게 들여다본 적이 없었던 것이다. 이제야 관우, 장비 같은 천하의 용장을 가진 자신이 왜 실패만 거듭해 왔는지 그 이유를 알 수 있을 것 같았다. 지금 그에게 필요한 것은 관우, 장비, 조운과 같은 장수들을 잘 쓸 줄 아는 조련사, 즉 경륜을 지닌 재사였다.

"선생님 말씀은 저에게 큰 깨우침을 주셨습니다. 한데 요즘 세상에 그런 어진 인재가 어디 그리 흔합니까?"

"어느 시대든 인재는 있는 법이오. 다만 그들을 등용해 쓸 줄 아는 사람이 없을 뿐이지……. 공자님 말씀에, 열 집 사는 고을에도 하나의 충신은 있다고 하지 않았소?"

"불초 소생은 인물을 보는 눈이 없습니다. 선생님께서 가르쳐 주십시오."

"글쎄, 와룡이나 봉추 그 중 하나만 얻는다면 천하를 손안에 넣을 수 있을 거요."

유비의 눈이 번쩍 떠졌다.

"와룡, 봉추는 어떤 사람입니까!"

사마휘는 끝내 그들에 대해서는 자세한 이야기를 하지 않았다. 밤이 깊었으므로 유비는 사마휘의 집에서 묵을 수밖에 없었다. 사마휘는 유비에게 음식을 대접한 뒤에 방을 하나 내주면서, 그만 자고 내일 마저 이야기하자고 말했다. 유비는 더 이야기하고 싶었지만 사마휘가 일부러 피하는 것 같아 객이 묵는 별실로 건너갔다. 잠이 올 리 없었다.

'와룡은 누구고, 봉추는 누구일까? 그들은 어디에 있을까?'

사마휘가 일러 준 두 사람의 이름이 머리에서 떠나지 않았다. 유비가 잠 못 이루고 이런저런 생각에 골몰해 있을 때 초당 쪽에서 두 사람의 대화 소리가 들렸다.

하나는 사마휘가 분명한데, 다른 하나는 낯선 목소리였다.

"형주의 유표가 인물인 줄 알고 찾아갔더니 형편없는 소인이더군. 아무 소리도 않고 도망쳐 나왔네."

"하하하, 원직 자네도 그런 실수를 다 하는군. 자네 같은 큰 재목이 유표 따위에게 소용될 리 없지. 바로 코앞에 훌륭한 사람이 있건만 엉뚱한 사람을 찾아갔군."

"수경, 그건 자네 말이 옳으이."

'원직이란 저 사람이 와룡이 아니면 봉추인지도 모르겠다!'

다음 날 아침 유비는 서둘러 초당으로 건너갔다. 한데 어젯밤의 그 사람은 어디로 갔는지 사마휘 혼자뿐이었다.

"간밤에 손님이 오셨던 것 같은데, 그분은 가셨습니까?"

"귀공도 알고 있었소? 그는 내 친구이온데 벌써 떠났소이다."

"그분이 어제 말씀하셨던 두 사람 중의 한 분입니까?"

"아, 아니오."

사마휘는 그 사람에 대해서도 긴 얘기를 하지 않으려 했다.

"수경 선생, 선생님께서 이 초당을 나와 저를 도와 주실 수는 없겠습니까?"

"하하하, 나 같은 늙은이가 무슨 소용이 되겠소. 난 그저 산수나 즐기는 한가로운 사람이오. 너무 조급히 생각지 마시오. 곧 나보다 열 배는 더 나은 인물이 귀공을 도와 드리게 될 것이오."

"그게 누굽니까? 와룡입니까, 봉추입니까?"

"글쎄……. 그건 나도 모르겠소이다."

그때 마을 어귀가 떠들썩하더니 한 떼의 군마가 사마휘의 초당 쪽으로 몰려왔다. 유비가 놀라 나가 보니 그들은 뜻밖에도 조운과 그의 부하들이었다. 유비는 수경 선생 사마휘에게 하직 인사를 올리고 조운과 함께 마을을 떠났다.

떠나는 서서, 공명을 천거하니

어느 날 유비가 저잣거리를 지나고 있을 때 남루한 옷차림의 사내 하나가 이상한 노래를 부르고 있었다.

"산속에 어진 이 있네. 밝은 주인을 찾아가려 하네. 밝은 주인은 어진 이를 구한다 하면서 어찌 나를 몰라 보는가."

사내의 음성은 맑고 깨끗했다. 유비는 이 사내가 혹시 수경 선생이 말하던 와룡이나 봉추가 아닐까 하고 생각했다. 유비는 그를 관아로 불러들여 물었다.

"그대는 누구길래 그처럼 길가에서 주인을 찾고 있소?"

"저는 영상 사람 단복이라 합니다. 황숙께서 어진 선비를 구하고 계신 것 같아 힘이 돼 드리고 싶었으나 길이 없어 저잣거리에서 노래로 호소한 것입니다."

유비는 크게 기뻐하여 주연을 베풀고 천하의 일을 이야기해 보았다. 단복은 학문이 뛰어날뿐더러 병법에 거침이 없었다. 유비는 그를 곧 군사 자리에 앉혔다. 단복이 군사의 자리에 앉자 신야의 군대는 눈부시게 달라졌다. 군대를 훈련시키고 군마를 조련하는 그의 방법은 남다른 면이 있었다.

이 무렵 도성의 조조는 하북을 이미 평정한 후였으므로 이번에는 형주 방면을 엿보고 있었다.

"여남에서 달아난 유비가 유표에게 신야를 얻어 군사를 훈련시키고 있다고 한다. 유비란 놈은 크도록 내버려 둘 수 없는 위험한 자이다. 또한 형주, 양양으로 쳐들어가려면 필시 방해가 될 것이다. 먼저 신야를 쳐 없애라."

조조는 조인을 대장으로 이전, 여광, 여상에게 군사를 주어 번성으로 나아가게 했다. 번성은 한수 상류의 백하를 멀리 바라보며 신야성과 마주해 있는 성이었다. 토벌대장 조인은 우선 여광, 여상 형제에게 군사 5천을 주어 신야 공격을 명령했다. 유비는 아연실색하여 군사 단복에게 의논했다. 그러나 단복은 태연했다.

"아군의 병력이 겨우 2천밖에 안 됩니다만, 적병 5천쯤은 연습 상대에 불과합니다."

단복이 군사의 자리에 오른 후 이것이 첫 번째 실전이었다. 관우 등 장수들의 분전이 큰 몫을 했지만, 특히 단복의 지휘야말로 훌륭했다. 적을 유인하고 혼란시켜 짓밟아 버리는 전법에는 한 치의 오차도 없었다. 처음에 5천이던 적군은 겨우 2천 정도만 살아 도망쳤다. 특히 패주하던 적장 여광, 여상은 단복의 지시대로 산간의 좁은 골에 매복해 있던 관우와 장비에 의해 참살되었다.

이처럼 단복의 용병은 확고한 병법에 의해 이루어졌다. 우연이라든가 천우신조 같은 면은 전혀 찾아볼 수 없었다.

두 부장의 참패에 화가 치민 조인은 이번에는 더 많은 병력을 동원해 신야 공격에 나섰다. 단복은 미소를 지었다.

"주군, 놀라실 것 없습니다. 이것은 오히려 소인이 바라던 바이옵니다. 조인 자신이 2만 5천을 끌고 왔다면 필경 번성은 비워 두었을 겁니다. 이번에는 번성까지 빼앗아 보이겠습니다."

단복이 작전 계획을 설명하자 유비는 크게 미소를 지었다. 단복은 군대를 성 밖으로 지휘해 나가 적군과 대치했다. 드디어 양군의 선봉장 조운과 이전 간에 치열한 공방전이 벌어졌다. 양군의 싸움은 백중세伯仲勢(우열을 가리기 힘든 상황)인 것 같아도 사실은 그렇지 않았다. 단복이 멀리 언덕 위에서 지휘채를 흔들자 조운이 이전의 진중 깊숙이 파고들어 가 산산이 짓밟기 시작했다. 이전의 선봉군은 순식간에 짓밟혀 패주하기 시작했다. 이렇게 되니 조인의 본진까지 타격을 입어 흔들렸다. 조인은 후퇴 명령을 내렸다.

다음 날 또다시 양군은 싸움터에서 만났다. 그런데 이번에 조조군은 매우 특이한 진형을 이루고 있었다. 단복은 유비를 전방 높은 언덕으로 안내했다.

"보십시오. 저 진형을! 주군께서는 지금 적이 펴고 있는 진형이 무엇인지 아시겠습니까?"

"모르겠소."

"이것은 팔문금쇄진八門禁碎陣이라는 것입니다. 제법 잘 짜인 진형입니다만, 안타깝게도 중군의 주력 부대에 허점이 있는 게 흠입니다."

"팔문이란 뭐요?"

유비는 자신의 무식을 부끄러워하면서 물었다.

"진형 속에 휴·생·상·두·경·사·경·개의 8문이 있는데, 생生·경景·개開문으로 들어가 싸우면 승리하고, 상傷·경驚·휴休문으로 들어가 싸우면 반드시 상처를 입으며, 두杜·사死문으로 들어가 싸울 때는 반드시 망하는 진형입니다."

이런 것도 모르고 지금껏 싸움을 해 왔으니! 유비는 단복의 설명에 깊이 탄복했다.

"군사, 이전은 후진에 있고, 조인이 홀로 서 있는 중군에는 기가 없으니 이곳이 찔러야 할 허점이겠군요?"

"그렇습니다. 잘 보셨습니다. 생문으로 돌격하여 서쪽의 경문으로 나온다면 모든 진형이 실밥 뽑히듯 흩어져 무너질 것입니다."

"그대의 한마디는 실로 백만 기병과 견줄 만하구려!"

유비는 조운에게 군사를 주어 단복의 지시대로 공격할 것을 명령했다. 조운의 선봉군은 일시에 생문으로 파고들었다. 동시에 유비의 본진도 함성을 지르며 기세를 올렸다. 조운의 5백 기가 조인의 진을 돌파함에 따라 적진은 혼란스러워지기 시작했다. 그리고 그 혼란이 조인의 본진까지 퍼지자 조인은 조운을 유인할 생각으로 북문을 향해 달아났다. 그러나 조운은 조인의 뒤를 쫓지 않고 서편 경문으로 짓밟고 나아갔다.

"원래의 생문으로 돌파를 감행하라!"

단복의 명령에 따라 방향을 완전히 틀어 재차 적을 쳐부수기 시작한 것이다. 팔문금쇄의 진형은 조조군에게 아무런 도움이 되지 못했다. 조인의 2만 5천 병사는 사방으로 흩어져 도망치기에 바빴다.

"전원 돌격!"

유비가 총공격령을 내리자 신야군은 적은 병력이지만 좌충우돌 승리의 쾌감을 만끽했다. 신야군에게 쫓겨 멀리 후방까지 도망친 조인은 분해 견딜 수가 없었다.

"좋다! 이번에는 야습으로 설욕해 보겠다!"

그러자 이전이 극구 반대했다.

"팔문금쇄의 진형마저 간파하고 깨뜨리는 걸 보면 적진 속에 유능한 책사가 있음이 분명하오. 이러

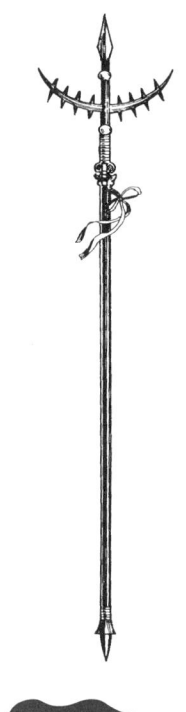

중국의 고대 무기

당鐺

당은 공격뿐만 아니라 양쪽에 있는 창날로 방어에 능하다. 길이가 3미터이고, 가운데 창날은 30센티미터이다.

다가는 번성마저 위험하니 일단 철수하여 다음 기회를 엿봅시다."

"뭐요? 그대같이 겁이 많은 사람이 어떻게 장수가 되었소? 지휘자는 나요. 나의 말을 따르시오!"

이전은 조인의 전략에 반대였지만 할 수 없이 그날의 야습에 참가했다.

"적군입니다!"

이날 밤 이경(밤 9~11시) 때쯤 유비의 보초병이 보고했다. 단복은 빙긋 웃으며 유비를 돌아보았다.

"예상대로입니다. 이미 그물을 쳐 놓았으니 낚아 올리기만 하면 됩니다."

조인이 적진 깊숙이 쳐들어갔을 때 사방에서 함성이 터지고 불화살이 비오듯 쏟아졌다. 퇴로도 벌써 막혀 있었다. 완전히 적의 함정에 빠져든 것이었다. 조인군은 일시에 풍비박산되었다. 조인도 이전도 일반 병사 속에 섞여 정신없이 달아났다. 그들이 겨우 북하 언덕에 이르렀을 때였다. 이번에는 강가의 갈대밭에 매복해 있던 장비의 복병이 몰려들었다.

"여기 장비가 기다리고 있었다. 한 놈도 강을 건너가지 못한다!"

조인은 기절초풍했다. 다행히 뒤에 오던 이전이 간신히 적을 막아 내면서 배를 구해 강을 건넜다. 건너편 강기슭에 당도했을 때는 벌써 훤하게 동이 트고 있었다.

"아아, 원통하다……."

조인을 따르던 병사 태반은 장비에 의해 주살되고 그나마 살아난 자들은 강을 건너다 물에 빠져 죽었다. 조인과 이전이 살아 남은 패잔병들을 모두 모아 번성으로 철수해 왔을 때였다. 성문은 굳게 닫혀 있고, 성루 위에서 웬 장수 하나가 삼각 수염을 바람에 휘날리며 소리치고 있었다.

"조인, 반갑다! 관우가 너를 위로하고자 여기 왔노라!"

조인과 이전은 대경실색하여 허겁지겁 말머리를 돌렸다. 관우는 빙그레 미소를 지을 뿐 애써 그들을 추격하지 않았다. 조인은 지친 말에 채찍을 가해 산을 넘고 강을 건너 도성으로 달아났다.

마침내 유비는 단복을 거느리고 번성으로 입성했다. 번성의 현령은 유필이라는 사람이었는데 그는 대신들과 함께 성문 앞에 나란히 서서 유비를 맞아들였다. 유비는 백성들을 안심시켜 평안케 한 후에 유필이 베푼 향연장으로 나갔다. 유필은 유비를 사모해 오던 터였으며, 또한 조인까지 물리쳐 주었으니 그 기쁨이야 더할 수 없었다. 그는 가족들을 유비 곁으로 불러들여 일일이 인사를 시켰다. 큰아들 유봉의 차례가 되었다.

"봉아, 이분이 바로 내가 늘 말하던 유황숙님이시다. 이 어른을 네 마음의 등불로 삼아야 한다."

유비가 바라보니 유필의 아들 봉이란 젊은이는 그 기상이 씩씩하고 눈매에 총기가 어려 보였다. 유비는 어떤 생각에서인지 봉을 자신의 양자로 달라고 청했다. 유필은 감격하여 눈물을 흘렸다.

"저희 집안의 다시없는 영광이옵니다."

유봉 또한 기뻐한 것은 말할 것도 없었다. 하루를 번성에서 보낸 유비는 단복과 상의하여 조운에게 군사 1천을 주어 번성을 지키게 하고 다시 신야로 돌아왔다.

한편, 도성의 승상부에서는 조인이 조조 앞에 엎드려 통곡했다.

"장수된 자로서 부하들을 모두 잃고 홀로 도망쳐 왔으니 죽어 마땅합니다."

조조는 의외로 부드러웠다.

"이기고 지는 것은 흔히 있는 일. 싸움이란 질 때도 있는 것이니라. 그런데 자네의 팔문금쇄진을 격파한 것으로 봐서는 적진에 인재가 있는 모양인데, 그가 누구라고 하더냐?"

"소문에 의하면 단복이라는 자가 유비의 군사로 있다 합니다."

"단복이라……. 처음 듣는 이름인데."

그때 책사 정욱이 웃으며 말했다.

"단복이란 가명입니다. 그는 원래 영주 출신의 서서라고 하는 자이온데 사람들은 그를 서원직이라고 부릅니다. 그는 남의 원수를 갚아 주느라 사람을 죽였기 때문에 가명을 쓰며 피해 다니고 있습니다."

"자네는 어째서 그를 잘 아는가?"

조조가 의아해 묻자 순욱이 다시 말했다.

"어렸을 때 함께 공부를 한 적이 있기 때문입니다."

"그는 어떤 사람인가?"

"병법에 관한 지식이 깊고, 육도 경서를 두루 읽었습니다. 그리고 그가 가까이 사귀는 친구들은 당대의 인재들로서 양양의 사마휘도 그의 친구입니다."

한참 무엇을 생각하는지 고개를 숙이고 있던 조조가 말했다.

"그대의 재주와 서서의 재주를 비교한다면 누가 더 나은가?"

상당히 난처한 질문이겠으나 정욱은 거침없이 말했다.

"서서의 재주가 열 갑절은 나을 겁니다."

"아깝도다! 그런 재사를 유비에게 빼앗기다니! 그를 내 편으로 끌어올 수는 없을까?"

"있습니다. 서서의 노모가 현재 도성 안에 살고 있습니다. 그는 남달리 효심이 지극하오니 그의 노모에게 편지를 쓰게 하여 그를 불러들이면 됩니다."

"그거 명안이군! 즉시 서서의 노모에게 손을 쓰도록 하게."

정욱이 그 길로 노모의 집을 찾아가 설득했다. 그러나 서서의 노모는 여간 절개가 굳은 여자가 아니었다. 좋은 집과 금은보화를 가득 주어도 편지 쓰기만은 절대 거절했다. 조조가 친히 그 노모를 찾아가 간청했으나 역시 눈 하나 까딱하지 않았다.

"나는 조조 당신보다는 유황숙을 더 존경하고 있소. 어미로서 아들이 그분을 도와 큰일을 하도록 도와 주지 못할망정 일을 망치게 할 수는 없습니다."

조조는 자존심이 상했으나 일부러 호탕하게 웃었다.

"하하하, 유황숙을 존경한다고요? 그는 겉은 군자처럼 보이나 속은 이리처럼 교활한 만고의 역적이오."

노모는 조용히 고개를 저었다.

"늙은이라고 무시하는 겁니까? 아무리 촌부村婦라도 세상 돌아가는 것쯤은 알고 있습니다. 유황숙이야말로 이 세상을 구원할 한 줄기 밝은 빛입니다. 비록 가난하게 살망정 아들을 당신 같은 간사한 역신의 앞잡이로 만들 수는 없소!"

"역신이라고!"

조조는 대노하여 서서의 노모를 베어 버리려고 했다. 그러나 정욱이 말렸다.

"참으셔야 합니다. 이 노모는 이미 죽기를 작정하고 있습니다. 만일 승상께서 노모를 죽이시면 서서는 더욱더 이를 갈며 유비에게 충성할 겁니다. 노모는 그것을 노리고 있는 겁니다."

정욱은 부하들을 시켜 서서의 노모를 계속해서 극진히 대접하게 한 뒤 조조와 함께 승상부로 돌아왔다.

"이제 방법은 단 한 가지. 거짓 편지를 띄우는 겁니다."

정욱의 제의에 조조도 동의했다. 정욱은 노모의 필적을 흉내 내어 거짓 편지를 써서는 몰래 신야성에 있는 서서에게 보냈다. 조인군을 상대로 대승을 얻은 단복, 즉 서원직은 아담한 초당을 하나 얻어 글읽기로 하루를 보내고 있었다. 오늘도 초당에 앉아 경서를 읽고 있는데 낯선 사내 하나가 살며시 다가와서는 편지 한 통을 놓고 달아나 버렸다.

"이상한 일이로군."

편지를 본 서서는 깜짝 놀랐다. 어머니가 보낸 편지였다.

〈그간 잘 있었느냐? 아우 강이 죽어 무척 쓸쓸하구나. 더구나 요즘은 네가 역신 유비와 한패가 되었다고 승상부로 끌려가 큰 고욕을 치렀다. 다행히 정욱의 도움으로 풀려나긴 했지만 고통스럽구나. 하루빨리 허창의 이 어미 곁으로 와 다오.〉

서서의 눈에서는 눈물이 비오듯 했다.

"아, 불쌍한 어머님!"

다음 날 아침 일찍 서서는 관아로 나가 유비에게 편지를 보였다.

"이것은 서서라는 사내에게 보낸 모친의 편지가 아니오? 혹시 그대가……?"

"그렇습니다. 일찍 사실대로 말씀드려 용서를 빌었어야 했습니다. 저의 원래 이름은 서서 혹은 원직이라고 하는 사람이온데, 고향에서 남을 돕다가 사람을 죽이게 되어 단복이라는 가명을 사용하며 숨어 살았습니다. 그러던 중 형주의 유표에게 몸을 의탁하려다 단념하고 친구인 사마휘 수경 선생을 찾아가 신세를 한탄하던 중 유황숙님의 얘기를 듣게 되어 오늘에 이른 겁니다."

유비는 이제야 사마휘의 집에서 사마휘와 이야기를 하다 새벽에 자취를 감춘 원직이란 사람이 바로 단복, 즉 서서임을 알았다. 서서는 말을 이었다.

"선비는 자기를 알아주는 사람을 위해 죽는다 했습니다. 제가 박복하여 이제야 비로소 어진 주인을 만났는데……. 그러나 어쩌겠습니까. 어머님께서 고통을 당하시는 걸 그냥 보고만 있을 수는 없는 일 아닙니까?"

서서가 흐느껴 울자 유비도 따라 눈물을 흘렸다.

"우리의 만남은 인륜이요, 모자간의 인연은 천륜입니다. 어서 어머님 곁으로 떠나십시오."

다음 날 날이 밝자 서서는 간단한 행장을 꾸려 가지고 유비에게 작별을 고했다. 관우, 장비, 조운 등이 성문 앞에 모두 서서 군사와의 이별을 서러워했다. 서서가 비통해 하며 성을 나가자 유비는 그를 따라 말을 몰았다.

"군사, 내가 성 밖 교외까지 배웅하리다."

"소인도 눈물이 앞을 가려 길을 찾지 못하겠습니다."

유비와 서서가 말머리를 나란히 하여 산기슭을 돌아갔다. 이윽고 성에서 20리쯤 왔을 때 서서가 말고삐를 당기며 울먹이는 목소리로 유비에게 말했다.

"이만 돌아가십시오."

"알았소. 그래야겠지. 언제 또 군사 같은 선비를 만날 수 있으랴!"

"주군의 하늘 같은 은혜, 죽을 때까지 잊지 않겠습니다. 비록 조조에게 항복할지라도 맹세코 평생 그를 위한 일은 하지 않겠습니다."

서서는 울면서 계속했다.

"하오나 다시는 주군 곁으로 오지 못할 것입니다. 부디 학식 높은 인재를 구하시어 대업을 이루십시오."

유비가 눈물을 흘리며 탄식했다.

"천하에 그대보다 훌륭한 인재가 어디 또 있겠는가!"

"아닙니다. 저 같은 것은 조그만 재목에 불과합니다. 어딘가에 굵고 튼튼한 재목이 있을 겁니다. 그럼 이만!"

서서가 말 위에서 큰절을 올리자 유비도 허리를 굽혀 절했다. 인사를 마친 서서는 소매로 눈물을 닦으며 저쪽 계곡 쪽으로 사라져 갔다. 그런데 유비가 홀로 되돌아오고 있을 때였다. '주군! 주군!' 하고 등 뒤에서 부르는 소리가 들렸다. 말을 세워 돌아보니 방금 헤어진 서서였다. 어인 일인가, 혹시 마음이 변한 것일까 하고 유비가 기뻐할 때 서서가 다가와 말했다.

"마음이 어지러워서 귀중한 말 한마디를 잊고 떠났습니다. 양양에서 서쪽으로 20리쯤 가면 융중이라는 작은 마을이 있는데 그곳에 선비 하나가 있습니다. 주군께서 꼭 그 사람을 찾아가 보십시오. 이것이 이 서서가 두고 가는 마지막 이별의 선물입니다."

서서는 말을 마치고 돌아가려 했다. 유비가 황급히 그의 길을 막았다.

"군사! 그곳에 있는 사람이 대체 누구요?"

"그 사람은 낭야 양도 사람이오며, 성은 제갈이고 이름은 량, 자는 공명이라 합니다. 한나라의 사예 교위 제갈풍의 후손으로, 그의 아버지 이름은 규 또는 자공입니다. 부친 제갈규가 벼슬을 지내다 일찍 돌아가셨으므로 제갈량은 그의 숙부 제갈현을 따라 양양으로 왔습니다. 그 후 숙부가 세상을 뜨자 아우 제갈균과 함께 농사일을 하며 세월을 보내고 있습니다. 제갈량이 있는 곳에 언덕이 있는데, 이 언덕의 이름이 와룡인지라 그는 스스로 와룡이라 부르고, 친구들과 사람들은 그를 와룡 선생이라 부릅니다."

서서는 공명에 관한 것을 모두 설명해 준 후 재빨리 말에 채찍을 가해 사라져 버렸다.

삼고초려 끝에 와룡을 얻다

서서와 헤어진 뒤 공허한 며칠을 보낸 유비는 드디어 그가 말한 공명을 찾아봐야겠다고 생각했다. 유비는 부하들을 불러 그에 대한 준비를 서두르라고 지시하고 자신도 깨끗한 옷으로 갈아입었다. 그때 관아의 경비병들이 들어와 고했다.

"귀인 같은 차림새를 한 노인장 한 분이 주군을 뵙겠다고 합니다."

혹시 서서가 말한 공명은 아닐까? 유비는 어서 모시라고 말했다.

그런데 잠시 후 문을 밀고 들어온 사람은 뜻밖에도 수경 선생 사마휘였다. 유비는 자리에서 벌떡 일어나 그를 상좌로 안내했다.

"그렇지 않아도 소인이 한 번 찾아가 뵐까 했는데……. 여하튼 이렇게 찾아와 주시니 영광입니다."

"지나가는 길에 귀공도 보고 싶고, 또 서원직이 이곳에 몸을 담고 있다기에 궁금해 들렀소이다."

"서서는 지금 이곳에 없습니다. 조조가 괴롭히고 있다는 노모의 편지를 보고 도성으로 갔습니다."

유비는 그동안 있었던 일들을 자세히 설명했다. 눈을 감고 유비의 이야기에 귀 기울이고 있던 사마휘가 혀를 찼다.

"아까운 일이오. 서서가 가지 않았다면 노모는 무사했을 텐데, 서서가 갔으니 노모는 무사하지 못할 거요."

유비는 무슨 소릴 하는 것인지 도무지 이해가 안 갔다.

"서서가 갔는데 어째서 노모가 죽는단 말입니까?"

"난 그의 노모를 잘 알고 있소. 여간 강직한 분이 아니지. 자신의 생명을 구하고자 아들에게 편지를 보낼 분이 아니오. 그건 아마도 조조가 꾸며 낸 거짓 편지일 거요. 따라서 노모는 분명 아들을 대하자마자 아들이 조조에 속박되지 않게 하기 위해 스스로 목숨을 버릴 거요."

"아……!"

유비는 사마휘의 높은 통찰력에 새삼 감탄했다.

"그런데 서서는 떠나기 전에 제갈공명이란 사람을 제게 추천했습니다. 선생께서도 공명을 잘 아시죠?"

"허허, 그 사람. 떠나려면 그냥 떠날 것이지 다른 사람을 끌어들여 난세의 제물로 삼을 게 뭐람……."

"난세의 제물이라뇨?"

"하하하, 그냥 해본 소리요. 그냥……."

사마휘가 말끝을 대충 얼버무려 버리고는 자리를 털고 일어섰다. 유비가 그를 만류했다.

"모처럼 제 집을 찾아 주셨는데 주안상이라도 올릴 수 있게 해 주십시오."

그러나 사마휘는 막무가내였다.

"다음에 기회를 봐서 그렇게 합시다. 오늘은 왠지 마음이 편치 않군요."

섭섭했으나 어쩔 수 없었다. 유비는 성문 밖까지 그를 배웅했다. 유비가 발길을 돌려 성 내로 들어가자 사마휘는 하늘을 우러러 탄식했다.

"안타깝도다. 공명은 어진 주인을 만났으나, 때를 얻지 못했구나, 때를 얻지 못했어……."

사마휘와 헤어져 관아로 돌아온 유비는 관우와 장비를 데리고 융중으로 떠났다. 하늘은 푸르고 물소리, 새소리 또한 싱그럽게 들려왔다. 구불구불 한없이 이어지는 들길을 한참 가다 보니 저 멀리 언덕이 보였다. 유비는 밭에서 일하고 있는 농부를 불러 물었다.

"와룡 선생은 어디 사시오?"

"저기 보이는 산 남쪽의 높은 언덕이 와룡인데, 그 앞 숲이 우거져 있는 곳에 있는 초가집이 와룡 선생의 집입니다."

유비 일행은 농부에게 고맙다고 인사한 후에 와룡 언덕을 향해 나아갔다. 가파른 언덕길을 지나니 주변의 경치는 깨끗하고 아름다웠으며 어디선가 폭포 소리가 새소리와 어우러져 들려왔다. 유비는 다시 사람들에게 물어 공명의 집을 찾아냈다. 바로 냇가의 징검다리를 지나 호젓한 숲 속에 자리잡은 초가집이었다. 공명의 집에 이르자 유비는 말에서 내려 사립문으로 들어갔다.

"주인 계십니까?"

얼마 있다가 안에서 소년이 나왔다.

"누구십니까?"

"와룡 선생 계시냐? 나는 신야에서 온 유비라는 사람인데, 선생님을 잠깐 뵐까 해서 찾아왔느니라. 어서 그렇게 전하라."

"선생님은 지금 집에 안 계십니다."

"그래? 어딜 가셨느냐?"

"그건 저도 모릅니다. 아무 소리 없이 아침 일찍 집을 나가셨으니까요."

"언제쯤 돌아오실 것 같으냐?"

"그것도 잘 모릅니다. 한 번 나가시면 4~5일 지나야 돌아오실 때도 있고, 몇 달씩 소식이 없을 때도 있으시니까요."

"그래……?"

유비는 침통한 표정으로 신야로 돌아왔다.

며칠이 지나 시종을 시켜 공명이 집에 돌아왔는지를 알아보았더니 집에 있다고 하여, 유비는 또다시 관우와 장비를 데리고 융중으로 떠났다. 때는 건안 12년 12월이었다. 추위가 심했으며 앞을 분간하지 못할 정도로 눈발이 날리고 있었다. 성미가 급한 장비가 퉁명스럽게 말했다.

"아아, 눈은 쉽게 그칠 것 같지 않고 날씨 또한 지독하게 춥군요. 형님, 날짜를 잘못 택한 것 같습니다. 그냥 신야로 돌아갑시다. 만일 눈으로 길이 막혀 오도 가도 못하면 어쩌려고 그럽니까? 신야로 돌아가 사람을 시켜 그를 성으로 불러 오도록 합시다."

"헛소리 마라! 위대한 현인을 어찌 이래라저래라 할 수 있겠느냐. 정녕 추위가 싫거든 너 혼자 돌아가거라."

"추위라니요? 이보다 더한 전쟁터에서조차 죽는 것이 두렵지 않았던 저입니다. 하지만 이런 바보 같은 짓은 아무 의미 없는 고생일 뿐입니다."

"그렇게 생각할 수도 있겠지. 그러나 너는 공명의 가치를 잘못 판단하고 있기 때문이다. 만일 그가 내

제갈공명

제갈공명과 유비는 다른 어느 군신관계보다도 의리가 깊었다. 인정만 많은 유비와는 달리, 제갈공명은 엄격한 법으로 사람들을 다스렸고, 유비가 나라를 세우고 부강하게 만드는 데 큰 기여를 했다.

가 듣던 대로의 대현인이라면 이만한 고생쯤 아무것도 아니니라."

유비의 꾸지람을 들었건만 장비는 아직도 이해가 안 가는지 계속 투덜거리며 말을 몰았다. 일행이 공명의 초가집에 닿을 무렵에는 온 천지가 백설로 뒤덮여 있었다. 얼마 전에 보았던 소년이 달려나와 유비를 맞았다.

"오늘은 눈도 오고 하니 집에 계시겠지?"

"아닙니다. 또 잘못 찾아오셨습니다. 오늘 아침까지 집에 계셨는데, 방금 친구 분과 함께 나가셨습니다."

그때 방에서 젊은이 하나가 나왔다.

"손님은 신야성의 유황숙님이시군요. 지난날 오셨다가 그냥 가신 것을 시동侍童에게서 들어 알고 있습니다."

"당신은?"

"예, 저는 제갈균이라고 합니다. 유황숙님이 찾으시는 제갈량의 동생입니다."

"아, 그렇습니까?"

"두 번씩이나 헛걸음을 하게 해 드려 죄송합니다."

"아니, 제가 좋아 나선 길인데……."

유비는 안으로 들어가 제갈균과 몇 마디 이야기를 주고받은 다음, 글을 써 놓고 신야성으로 돌아왔다.

유비는 공명을 한시도 잊지 않고 있었다. 어느덧 해가 바뀌어 건안 13년 1월이 되었다. 유비는 미리 점장이를 시켜 좋은 날을 택해 사흘 동안 정성들여 목욕을 하고 마음과 몸을 깨끗하게 한 다음, 다시 공명을 찾아 융중으로 떠났다. 그러나 유비를 수행하고 있는 관우와 장비는 유비의 지나친 정성에 불만이었다.

"두 번씩이나 찾아갔고, 게다가 글월을 남겨 놓았건만 아무 소식이 없는 것으로 봐서, 공명이란 자는 예의조차 모르는 못된 사람입니다. 아니면 실제로는 아는 것이 없는 무식꾼이라 우리를 만나기가 두려워 더 피하는 것인지도 모릅니다. 그런데도 형님은 그런 자를 만나기 위해 갖은 정성을 다하시니, 참으로 딱합니다."

관우의 불평이었다. 유비가 조용히 타일렀다.

"그게 무슨 소리냐? 옛날 주나라 무당은 강태공을 찾아가 하루 종일 낚시질하는 그의 뒤에서 기다렸다 하지 않더냐. 모름지기 현인과의 만남이란 그렇게 어려운 정성이 있어야 이루어지는 것이니라."

그러자 이번에는 장비가 나서서 말대꾸를 했다.

"그야 그렇지만 공명 같은 촌사람이 어찌 강태공 같은 현인이랄 수 있단 말입니까? 이렇게 직접 찾아가시지 않아도 저에게 오랏줄만 주신다면 당장 꽁꽁 묶어 올 텐데."

"그게 무슨 무례한 말버릇이냐! 너는 그 입 때문에 언젠가 큰일을 당하고 말리라. 각별히 조심하라."

세 사람은 급히 말을 몰아 와룡 언덕을 넘어갔다. 저만큼 공명의 초가집이 보이자 유비가 먼저 말에서 내려 걸어갔다. 관우와 장비도 할 수 없이 말에서 내려 유비의 뒤를 따랐다.

"와룡 선생 계십니까?"

유비가 공손히 사립문을 밀고 들어섰다. 곧이어 제갈균이 달려나와 일행을 맞아들였다. 유비는 오늘에서야 공명을 만날 수 있었다.

공명은 곧바로 의관을 갖춘 뒤 유비를 공손히 방으로 맞아들였다. 주인과 손님이 자리를 잡고 앉을 즈음 소년이 차를 끓여 내왔다. 공명이 차를 권하면서 말했다.

"저는 본래 게으른 농군이라 귀하신 분이 여러 번 제 집을 찾아 주셨는데도 번

삼고초려 끝에 와룡을 얻다 · 295

번이 실례만 거듭해 죄송하기 짝이 없습니다."

"무슨 말씀을. 선생같이 귀한 분을 만나 뵙는데 몇백 번 헛걸음을 한들 뭐가 아까울 것이 있겠습니까?"

"겸손의 말씀입니다. 유황숙 같은 황실의 웃어른께 이렇게 차대접을 해 드리는 것만으로도 다시없는 영광입니다."

"아니올시다. 황숙이라고 해도 조정의 보잘것없는 신하요, 얼마 전까지만 해도 누상촌에서 돗자리나 짜던 우둔한 몸이올시다. 선생의 높은 이름을 들어 본 지 이미 오래이니, 원컨대 좋은 가르침을 내려 주십시오."

"그건 잘못 아신 것입니다. 보시다시피 저는 미련한 시골 농사꾼입니다. 지난번 눈 오는 날에 두고 가신 글월을 보고, 황숙께서는 백성을 사랑하시는 어진 분이라는 것을 알았으나, 저는 아직 어리고 재주가 없어 거기에 보답할 수가 없겠군요. 죄송합니다."

공명은 이미 유비의 방문 목적을 알아차리고 은근히 사양하는 것 같았다. 그러나 유비는 공명의 생김새나 말투에서 풍겨 나오는 은은한 인품에 점점 깊이 빠져들고 있었다. 유비는 천천히 차를 마시면서 다시 한 번 공명을 살펴보았다. 공명의 나이는 27~28세 정도로 그에 비해 훨씬 어려 보였으나, 키는 8척에 가까운 장사였으며 얼굴은 백옥같이 희었다. 또 머리에는 윤건을 쓰고 몸에는 학창의(학의 날개로 지은 옷)를 걸치고 있었는데, 마치 하늘나라의 신선처럼 맑고 깨끗했다. 유비는 허리를 굽혀 예를 올린 후 정중하게 말했다.

"수경 선생이나 서원직에게서 선생이 학식 높은 선비라는 걸 이미 들어 알고 왔습니다. 어찌 그분들의 말씀에 거짓이 있겠습니까? 부디, 이 미련한 유비

삼국지 고사성어
삼고초려 三顧草廬
초가집을 세 번이나 찾아간다는 뜻으로, 사람을 맞이하는 데 진심으로 예를 다하는 것을 말한다.

에게 가르침을 주십시오."

공명이 미소를 지으며 대답했다.

"사마휘나 서서는 세상이 다 아는 학덕 높은 선비입니다만 저는 아직 거기에 미치지 못하는 사람이올시다. 그런 제가 어찌 유황숙께 가르침을 드릴 수 있겠습니까?"

유비는 다시금 옷깃을 바로잡고 말했다.

"돌을 옥으로 보려고 해도 안 되듯 옥을 돌이라 말해도 믿을 사람은 아무도 없는 법입니다. 지금 선생은 세상을 바로잡고 백성들을 도탄에서 건져 낼 만한 지혜를 갖추고 계시면서도 몸을 산속에 숨긴 채 나 몰라라 하고 계십니다. 이것은 분명 나라에 대한 불충이요, 선비된 도리가 아닌 줄 압니다."

"하하, 점점 더 모를 소리를 하시는군요."

공명이 미소를 지어 얼버무리자 유비가 다시 말했다.

"옛날 공자께서도 나라가 어지러워지자 세상에 나오시어 사람들을 교화하고 다니셨습니다. 오늘날은 공자의 시대보다 어려운 시기입니다. 과연 선생 같은 현인이 팔짱만 끼고 구경만 하셔야 되겠습니까? 선생, 제발 가슴을 열고 본심을 말씀해 주십시오."

공명은 워낙 신중하고 겸손한 사람이라 쉽사리 속내를 드러내지 않았으나, 유비가 끈질기게 붙들고 늘어졌기 때문에 더는 버텨 내기 어려워진 모양이었다. 공명은 가늘게 내리깔고 있던 눈을 들어 조용히 유비를 바라보았다. 공명은 유비와 어느새 마음과 마음이 닿는 것 같음을 느꼈다. 이윽고 공명이 말했다.

"황숙께서 진실로 저와 같은 못난 사람의 이야기를 들어주신다면, 한 말씀 드리겠습니다. 역적 동탁이 나라를 어지럽힌 후, 천하의 영웅들이 벌 떼처럼 일어났습니다. 처음에는 원소의 세력이 제일 강했으나, 그는 조조의 지혜를 따르지 못해 멸망했습니다. 조조는 지금 백만 대군을 이끌고 황제의 이름을 빌려 천하를 호령하고 있습니다. 따라서 지금 조조와 싸우는 것은 이롭지 못합니다. 황숙께서는 지형적으로 수비하기에 유리한 오나라의 손권과 손을 잡고 조조의 세력에 대항하심이 옳을 것입니다. 또한 형주의 유표는 멀지 않아 세상을 뜨게 될 것입니다. 만일 황숙께서 큰일을 도모하시려면 반드시 형주를 손에 넣으셔야 합니다. 그럴 자신이 있으십니까?"

유비는 이렇다 할 대답은 않고 묵묵히 공명의 말만을 듣고 있었다.

"형주 땅이야말로 하늘이 황숙께 내리신 은혜의 땅입니다. 강북 일대는 모두 조조의 땅이요, 강남과 강동은 오나라의 손권이 지배하는 땅입니다. 천하는 조조와 손권에 의해 나뉘어져 황숙은 어느 곳으로도 발을 뻗을 수 없습니다. 그런데 아직 양쪽의 세력이 닿지 않은 곳이 있으니, 그곳이 바로 형주 땅과 익주 땅입니다."

"아아, 그렇군요!"

유비는 무릎을 쳤다.

"선생의 설명을 듣고 보니 무엇인가 답답했던 의문이 풀리는 것 같습니다. 비로소 이 유비의 나아갈 길이 보이는 듯합니다."

유비가 기뻐하자 공명은 소년을 불러 큼직한 두루마리 지도를 가져오게 했다.

"자, 보십시오. 이것이 서쪽 촉나라 54주의 지도입니다. 큰 뜻을 이루시려면 당분간 북쪽은 조조에게, 남쪽은 손권에게 양보해 두십시오. 우선 황숙은 형주, 익주를 차지하셔서 민심을 얻으신 다음, 이 넓은 촉나라 땅을 빼앗아 나라를 세우십시오. 그러면 천하는 일단 셋으로 갈라진 형태가 되겠지만 차츰 중심은 이쪽으로 기울어져 유황숙의 천하가 될 것입니다."

공명은 이제 겨우 27세의 젊은이였으나 장차 중국 땅이 삼등분된다는 사실을 예견하고 있었다.

유비는 공명에게 자기를 도와 함께 일을 해 달라고 간청했지만 공명은 승낙을 하지 않았다.

"오늘 이렇게 제 의견을 말씀드린 것은 지난번 두 번에 걸친 실례를 사과하는 뜻에서였을 뿐, 황숙의 곁에 머물 생각은 추호도 없습니다. 저는 지금의 제 생활에 만족하고 있습니다."

공명의 완강한 거절에 유비는 눈물을 흘리며 호소하였다.

"하오나 선생이 일어서지 않는다면 모든 것은 수포로 돌아갈 것입니다."

유비의 눈에서는 눈물이 뚝뚝 떨어져 옷깃과 소매를 적셨다.

"선생께서 나를 버리심은 나 하나를 버리심이 아니라 만백성을 버리심입니다. 제발 저의 간절한 뜻을 저버리지 마십시오."

유비는 단념하지 않고 두 번, 세 번 간청했다. 이처럼 유비의 정성이 지극한지라 공명도 마음이 편치 못했다. 이윽고 공명이 결심한 듯 말했다.

"알겠습니다. 끝끝내 저를 믿어 주시니 정성을 다해 황숙을 주군으로 받들어 모시겠습니다."

유비의 기쁨은 이루 다 말할 수가 없었다. 밖에 있는 관우와 장비를 불러 금은, 비단, 예물을 가져오게 하여 공명에게 주었다. 공명이 극구 사양하며 받지 않으려 하자 유비가 간곡하게 말했다.

"대현인을 내 사람으로 부르는 데 간단한 예물이 없다는 것은 도리에 어긋난 처사이오니 받아 주십시오."

공명은 할 수 없이 그것을 받아들이며 말했다.

"정 그러시다면 이것을 황숙의 신하된 정표로 알고……."

공명은 아우 제갈균을 불러 예물을 넘겨주면서 말했다.

"형은 내일 아침 유황숙님을 따라 신야성으로 들어갈 것이니, 네가 이 집의 주인이 되어 집안일을 잘 돌보아라. 훗날 공을 세우게 되면 그때 나는 다시 이리로 오게 될 것이다."

유비 일행은 공명의 초가에서 잠을 자고 이른 새벽에 말머리를 나란히 하여 신야로 돌아왔다.

이때 유비 나이 40세, 공명은 27세였다. 신야로 돌아온 두 사람은 자는 데도 방을 따로 하지 않고 식사를 하는 데도 상을 따로 함이 없이 밤낮 붙어 앉아 장차의 일을 의논하고 역사와 인물들을 토론했으며 병법과 정치에 대해서 연구했다.

그리고 공명이 보증인이 되어 남양 땅의 부호인 대성 민씨에게서 군자금을 빌려 병마의 수를 늘리고 군사들을 훈련시키는 등 비밀리에 군대를 강화시켜 나갔다.

> 삼국지 고사성어

삼고초려 三顧草廬

초가를 세 번 찾아가다

　유비는 군의 기강을 잡고 계책을 세워 전군을 통솔할 군사軍師가 없어 늘 조조군에게 고전을 면치 못하고 있었다.
　어느 날 유비가 사마휘에게 군사를 천거해 달라고 청하자 사마휘는 "와룡이나 봉추 중 한 사람을 얻으시오"라고 말했다.
　그 후 제갈공명이 와룡임을 알고 유비는 즉시 수레에 예물을 싣고 양양 땅에 있는 제갈공명의 초가집을 찾아갔다. 그러나 제갈공명은 집에 없었다. 며칠 후 또 찾아갔으나 역시 외출하고 없었다.
　관우와 장비가 계속해서 말렸지만 유비는 단념하지 않고 세 번째 방문 길을 나섰다. 그 정성에 감동한 제갈공명은 마침내 유비의 군사가 되었고 적벽대전에서 조조의 백만 대군을 격파하는 등 많은 전공을 세웠다. 유비는 그 후 제갈공명의 계책에 따라 위나라의 조조, 오나라의 손권과 더불어 천하를 삼등분하여 한 황실의 맥을 잇는 촉한을 세웠다. 지략과 식견이 뛰어나고 충심이 강한 제갈공명은 촉한의 재상이 되었다.

三 : 석(삼), 顧 : 돌아볼(고), 草 : 풀(초), 廬 : 풀집(려)
초가집을 세 번 찾아간다는 뜻으로, 사람을 맞이하는 데 진심으로 예를 다하는 것을 가리킨다.
[준말] 삼고三顧
[동의어] 초려삼고草廬三顧, 삼고지례三顧之禮
[출전] 《삼국지》 〈촉지 제갈량전諸葛亮傳〉

공명, 싸움에서 크게 이기다

 제갈공명이 유비의 휘하로 들어와 장래를 대비하여 하나하나 준비를 해 나갈 즈음이었다. 강동의 오나라 또한 손책의 뒤를 이은 손권이 많은 인재들을 등용하여 나라의 기반을 튼튼히 하고 있었다. 특히 장소, 주유, 노숙, 능통, 서성, 여몽 등은 오나라뿐 아니라 중국 천지를 통틀어 쉽게 찾아보기 어려운 훌륭한 인재들이었다.

 오의 손권은 일찍이 부친 손견을 전사하게 만든 유표의 부장 황조를 치기 위해 군사를 일으켰다. 황조는 형주 땅 강하의 성에 요새를 구축하고 있었다. 손권은 명목상 부친의 오랜 원수를 갚기 위한 출정이라고 했으나 그것은 표면상의 이유였고, 실제로는 조조가 형주 지방을 노리고 있었으므로 조조보다 먼저 형주를 오나라의 영토로 만들기 위한 술책이었다.

 공명도 유비에게 설명한 것처럼 형주 땅은 강북, 강남을 잇는 교통의 중심지로, 문물이 풍부할뿐더러 기름진 땅이 끝없이 이어져 있어 식량이 차고 넘쳤다. 그리하여 오나라는 지난 수년에 걸쳐 기회 있을 때마다 형주를 탐내 군사를 일으켰으나 번번이 강하의 황조에게 패해 그 뜻을 이루지 못하고 말았다. 형주로 들어가려면 반드시 강하를 지나야 하는데 그곳을 지키고 있는 황조라는 장수는 한 번도 오군의 침입을 허락하지 않고 있었다.

형주는 백성의 살림이 넉넉하였으며 강천의 흐름이 온 영토를 굽이굽이 누비고 있었다. 군사들의 경계 또한 철통 같아 쉽게 다른 나라 군대의 접근을 용서치 않고 있었다.

형주를 다스리는 유표 또한 도량이 넓고 학문이 깊어 인재를 잘 키웠으며 문화를 사랑하여 천하의 현인들은 모두 형주 땅으로 들어와 살았다. 공명, 사마휘, 서서, 방통 등이 모두 형주의 양양 등지에 거처를 마련하고 있었던 것만으로도 그것을 알 수가 있었다.

그러나 그것은 오로지 유표가 한창 젊었을 때의 일이었고, 늙고 병들어 의욕을 잃은 지금은 모든 것이 안팎으로 시들어 모든 면에 걸쳐 망조亡兆를 감출 길이 없었다. 특히 유표의 적자와 서자 사이에서 암투가 심해 나라의 기강이 극도로 문란해져 있었다.

이런 형주의 사정을 알아차린 오의 손권은 주유를 총사령관으로 임명하고, 평소에 자신에게 엄하게 굴었던 것에 앙심을 품고 황조를 배신한 감녕을 동습과 함께 부장으로 삼아, 오군 10만 대군을 강하로 출병시켰다.

오군의 병선은 새까맣게 양자강을 거슬러 올라가 황조의 수군과 일대 격전을 벌이기 시작했다. 감녕의 배신으로 하여 황조군은 모든 병선들을 오의 수군에게 빼앗기고 육지로 달아나야만 했다. 그리고 급기야는 오의 추격군에 의해 황조는 화살을 맞아 말에서 떨어졌다.

이렇게 하여 강하성을 점령해 버린 오의 손권은 황조의 목을 베어 부친의 원수를 갚고는 일단 본국으로 철수해 버렸다. 물론 황조를 쳐부순 그 기세로 형주까지 밀고 들어갈 수도 있었으나, 형주의 유표가 황조군을 짓밟아 버려 보다 수월하게 형주를 점령하고자 하는 계산 하에서 행해진 철군이었다.

그 후 본국으로 개선한 손권의 기세는 날로 더해 갔다. 오나라의 국력은 하루가 다르게 커져 갔으며 그 기운은 하늘을 찌를 듯했다. 특히 오는 큰 병선들을 만들어 그것들을 파양호에 모아 주유를 수군 대도독으로 하여 맹훈련을 계속했다.

이 무렵 유비는 공명과 함께 손권의 움직임을 하나도 빠짐없이 지켜보면서 그 대책을 논의하고 있었다. 그러던 어느 날 유표의 사자가 신야성의 유비에게 달려왔다. 의논할 게 있으니 형주로 급히 와 달라는 전갈이었다. 유비는 공명과 함께 형주로 들어가 유표를 만났다.

"유공, 강하의 패전과 황조의 전사 소식을 들으셨소?"

"참으로 슬픈 일입니다. 황조는 훌륭한 장수였는데······."

"그렇소. 그의 복수를 위해서라도 오를 치지 않으면 안 되겠소. 귀공은 어찌 생각하시오?"

"글쎄요······. 현재로서는 어려울 것 같습니다. 만일 오를 치고자 남방으로 군사를 보낸다면 북방의 조조가 그 틈을 타 쳐내려올 것이 분명합니다."

"그도 그렇겠군. 요즘 나는 노령에 병까지 얻어 정신이 혼미해 뭐가 뭔지 통 갈피를 잡을 수가 없구려. 귀공은 같은 종친으로서 내가 늘 귀공을 아우처럼 대하는 것을 잘 알 거요. 그러하니 그대가 나를 대신하여 이 나라를 다스리다가 내가 죽은 후에 이 형주를 이어받지 않겠소?"

유비가 펄쩍 뛰었다.

"그게 무슨 말씀이십니까? 형주는 마땅히 큰아드님이신 유기님이 맡아 다스려야 하옵니다."

유비는 막무가내로 유표의 제의를 받아들이지 않았다. 그날 신야로 돌아오는 길에 공명이 물었다.

"어째서 유표의 제의를 받아들이지 않으셨습니까? 제 생각으로는 그보다 좋은 기회는 없을 것 같사온데……."

"은혜를 입은 사람의 불행을 나의 기쁨으로 삼을 수는 없었소."

"그렇지만 억지로 나라를 빼앗는 것이 아니지 않습니까?"

"아무리 그렇더라도 나는 은인의 불행을 기회 삼아 나의 욕심을 채우는 그런 자는 되고 싶지 않소."

"아, 주군은 너무나 인자하십니다!"

공명은 길게 탄복했다.

한편, 강동과 형주 지방의 정세가 이러할 때 북방의 조조는 오나라의 형주를 쳐서 천하를 자기의 손아귀에 넣으려고 기주에다 현무지라는 큰 연못을 만들어 수군을 훈련시키기 시작하였다. 조조의 군대는 대부분 육지에서만 싸워 온, 말하자면 육군뿐이었던 것이다. 이렇게 형주와 오를 목표로 군사를 훈련시키고 있는 조조에게 신야의 유비가 공명을 얻어 힘을 키우고 있다는 소식이 들어왔다.

"건방진 녀석! 더 크기 전에 제거해 버려야지!"

조조는 누구보다도 유비를 꺼림칙한 인물로 점찍어 놓고 있었다. 그는 하후돈을 총대장으로 하고 우금, 이전을 부장으로 한 10만 대군을 즉시 신야로 출병시켰다.

유비는 공명에게 근심스런 눈빛으로 물었다.

"우리의 군사는 겨우 수천 명, 적은 10만 대군이니 이를 어쩌면 좋겠소?"

"제게 계책이 있으니 걱정하실 것 없습니다. 다만 관우, 장비가 제 지시를 따를지 그게 걱정입니다."

"그거야 쉬운 일이오. 이렇게 합시다."

유비는 여러 장수들을 불러 모은 뒤 자신의 칼과 인수를 공명에게 넘겨주면서 말했다.

"지금 이 시각부터 군의 모든 작전 명령은 공명 군사께서 직접 맡아 하실 것이다. 공명의 명령을 거역함은 곧 나의 명령을 거역함이니 이런 자는 추호도 용서치 않을 것이다!"

유비가 중앙에 있는 자신의 자리에 가 앉자 공명이 군사의 자리로 걸어가 위엄 있게 명령했다.

"이곳 신야에서 90리 밖에 박망파라는 험한 길이 있는데 그 왼편의 산을 예산이라고 하며 오른편의 숲을 안림이라 한다. 이곳이 우리들의 주요 전쟁터가 될 것이니 명심해 두어야 한다."

공명은 여러 장수들을 쭉 훑어본 다음 말을 계속했다.

"우선 관우는 1천 5백의 군사를 이끌고 예산에 매복해 있다가 적이 반쯤 통과했을 때, 그 후미後尾를 끊어 공격함과 아울러 적의 수송 부대를 모조리 불태워 버려라. 또한 장비는 1천 5백의 병력을 안림 뒷골짜기에 숨겼다가 남쪽에서 불이 올라가거든 지체없이 적의 중군 선봉을 쳐부수어라. 그리고 관평과 유봉은 각기 5백씩의 병사를 이끌고 유황과 염초를 가지고 있다가 박망파 양쪽에 불을 놓아 적군을 불로 포위해 버려라."

공명은 잠시 좌우를 살펴본 뒤 조운에게 명령했다.

"조운, 그대는 주군과 더불어 선봉을 맡아라."

조운이 기뻐 어쩔 줄 몰라 하자 공명이 조용히 꾸짖었다.

"선봉이라 하여 공을 세우기에 급급하라는 얘기는

삼국지 고사성어
수어지교 水魚之交
물고기와 물의 관계를 뜻한다. 왕과 신하의 친밀한 관계 또는 아주 친하여 떨어질 수 없는 사이를 일컫는 말이다.

아니다. 명심할 것은, 싸워서 이길 생각은 말고 짐짓 지는 체 도망쳐 와야 한다. 다시 말해 적을 깊이 유인해 들이는 것이 그대의 임무이니라."

모든 작전 명령이 끝나자 장비가 기다리고 있었다는 듯이 비꼬며 물었다.

"군사의 지시는 잘 알아들었습니다. 그런데 정작 군사께서는 어느 방면에서 싸울 거요?"

"나는 여기 신야를 지킨다."

"하하하, 이제야 공명 군사의 지혜를 알 수 있을 것 같소이다. 주군을 비롯해 우리들에게는 멀리 성을 떠나 위험 지대에서 싸우라고 하고, 자신은 신야를 지킨단 말이오? 우히하, 참으로 묘안이로소이다."

장비가 소리 내어 비웃자 공명은 전혀 흔들림이 없이 호통을 쳤다.

"닥쳐라! 주군의 칼과 인수가 내 손에 들려 있음을 보지 못하느냐! 누구든 군기를 어지럽히고 명령에 따르지 않는 자가 있으면 목을 베어 버릴 것이다!"

무안을 당한 장비가 공명에게 대들려고 하자 유비가 재빨리 장비를 꾸짖었다.

"공명 군사의 말씀은 절대적이니라. 어서 물러나지 못하겠느냐!"

이쯤 되고 보니 장비로서도 어쩔 도리가 없었다. 그는 관우의 손에 이끌려 그 자리를 떠났다.

때는 건안 13년 가을이었다. 하후돈의 10만 대군은 박망파까지 다가왔다. 주로 병량을 보급하는 부대로 이루어진 후진의 수비는 우금, 이전 두 장수에게 맡겨 버리고 하후돈은 선봉을 맡아 전진을 계속했다.

유비군의 선봉장 조운이 보이자 하후돈은 선봉의 병사들에게 적을 단숨에 무찔러 버리라고 외치며 말을 몰아 앞으로 나갔다. 그때 조운도 기세를 올려 맞서 나왔다. 그런데 몇 합도 겨루기 전에 조운이 하후돈을 피해 도망치기 시작했다.

"게 섰거라! 이 겁쟁이야!"

하후돈은 승리감에 도취되어 계속 조운의 뒤를 쫓았다. 그때 하후돈의 부장 하나가 재빨리 다가와 충고했다.

"더는 쫓는 것은 위험합니다. 아무래도 조운만 한 장수가 도망만 치고 있는 데는 무슨 까닭이 있음이 틀림없습니다."

"바보 같은 소리 마라! 까닭이라야 겨우 복병이 아니겠느냐? 그 까짓 복병쯤 짓밟아 버리면 될 게 아니냐."

어느새 하후돈의 선봉은 박망파를 밟고 있었다. 이때 북소리와 함께 유비군이 숲 속에서 튀어나와 조운의 군대와 합세했다.

"하하하, 이것이 적의 복병이라는 것이겠지? 귀찮다! 단숨에 무찔러 버려라!"

하후돈은 조운과 유비가 합세하여 재공격해 왔으나 순식간에 그들을 짓밟아 버렸다. 마침내 유비는 조운과 함께 도망치기 시작했다. 이 모든 것이 공명의 지시에 의한 것이었다.

하후돈의 사기는 그야말로 하늘을 찌를 듯했다. 이 정도라면 오늘 밤 안으로 적의 본거지인 신야까지 달려가 단숨에 성을 점령해 버릴 수 있을 것만 같았다. 어느덧 해는 지고 안개와 같은 구름 위에 달빛이 희미하게 비치고 있었다. 하후돈이 계속 전진을 서두르고 있는데 후미의 병량 수송 부대를 수비하고 있던 우금이 하후돈을 찾아 달려왔다.

하후돈
늘 조조를 따라 다니며 충성을 맹세한 하후돈은 성격이 강직했다.

"장군, 장군, 잠깐 기다리시오!"

"웬일인가? 무슨 일이라도 있었는가?"

"그게 아니오라, 장군의 전진이 너무 빠른 것 같아서……."

"그래?"

"짓밟을 것조차 없이 적이 패주해 가는 것은, 우리가 강한 것이 아니라 적의 계교가 있기 때문이 아닐까요?"

"글쎄……. 나도 지금 막 뭔가 이상하다는 느낌이 들긴 들었어."

"장군, 병법에서도 적의 세력이 상상 외로 약해 보이는 때가 아군이 가장 위험한 때라고 했습니다. 자, 보십시오. 점점 갈수록 길이 좁아지고 초목이 우거심은 적의 화공 계략이 있다는 것이 아닐까요?"

"음, 과연 그렇군. 후미와 나는 얼마나 떨어져 있는가?"

"벌써 십 리 이상은 될 겁니다."

"뭐야! 그렇게 내가 앞서 달려왔는가? 큰일이다. 너무 깊이 들어왔어. 왜 좀더 빨리 말해 주지 않았는가?"

오랫동안 전쟁터에서 잔뼈가 굵어 온 하후돈이었다. 일종의 살기랄까, 예감이랄까, 그런 것이 온몸을 뒤덮었다.

"퇴각하라! 빨리, 빨리!"

하후돈이 말머리를 돌려 소리치는 바로 그 순간 사방의 산봉우리에서 번쩍 불꽃이 튀었다. 그리고 그것은 금방 광풍에 실려 와 산의 나뭇가지로 옮겨 붙었고, 다시 계곡의 숲 속으로 강물처럼 굽이져 흘러내렸다.

"화공이다! 말을 버리고 물을 따라 도망쳐라!"

하후돈은 서로 짓밟혀 죽는 놈, 말에 차여 목숨을 잃는 놈, 불에 타 죽는 놈들을 뒤로하고 나머지 부하들을 지휘했다. 그러다 결국 말을 버리고 개울물 속으로 뛰어들어 도망치기 시작했다.

이때 거짓으로 도망가기만 하던 유비와 조운이 달아나는 하후돈에게 달려들어 무를 베듯 목을 치니 천지는 비명 소리로 가득하고 계곡을 흐르는 물은 하후돈의 피로 붉게 물들었다.

후미에서 병량 수송 부대를 수비하고 있던 이전은 전방의 화공을 보고 급히 구원하러 말을 몰았으나 돌연 앞에 관우의 병마가 길을 막았다. 할 수 없이 다시 후미의 박망파로 돌아가 병량을 지키려고 했으나 거기에도 이미 장비가 다가와 병량을 모조리 불사르고 있었다. 하후돈이 이끄는 조조의 10만 대군은 잠깐 사이에 풍비박산이 되어 시체로 나뒹굴었다.

싸움은 새벽이 가까워서야 겨우 끝났다. 산은 불타고 계곡은 시체로 메워져 있었다. 불에 타 죽거나 창칼에 찔려 죽은 적군의 시체는 대략 6만이 넘었다. 유비군은 막대한 병기와 전리품을 거둬 의기양양하게 신야로 철수했다. 처음부터 나이 어린 공명을 얕보고 비웃던 장비, 관우 이하 모든 장수들은 진심으로 공명을 존경하게 되었다.

삼국지 고사성어

수어지교 水魚之交
물고기가 물을 만나다

　관우와 장비 같은 용장이 있었지만 천하의 계교를 세울 만한 지략가 없었던 터에 제갈공명과 같은 사람을 얻었으니, 유비의 기쁨은 몹시 컸다. 제갈공명은 유비에게 몇 가지 방침을 가르쳐 주었다. 형주와 익주를 차지해 근거지로 할 것, 서쪽과 남쪽의 이민족을 어루만져 불안한 민심을 회복할 것, 내정을 다스려 부국강병의 실리를 높일 것, 손권과 결탁해 조조를 고립시킨 후 때를 보아 조조를 토벌할 것 등이었다. 유비는 전적으로 찬성하며 그 실천에 주력했다.
　유비는 제갈공명을 절대적으로 신뢰했고, 두 사람의 관계는 날이 갈수록 친밀해졌다. 그러자 관우와 장비는 유비가 자기들을 가볍게 대하는 줄로 생각하여 불만을 품게 되었다. 그러자 유비가 말했다.
　"내가 제갈공명을 얻은 것은 마치 물고기가 물을 얻은 것과 같다. 곧 나와 제갈공명은 물고기와 물과 같은 사이이다. 더는 아무 말도 하지 마라."

水: 물(수), 魚: 물고기(어), 之: 어조사(지), 交: 사귈(교)
물고기와 물의 관계처럼 아주 친밀하여 떨어질 수 없는 사이를 뜻한다. 임금과 신하 사이의 깊은 친밀감이나 부부의 화목함을 이르는 말이기도 하다.
[출전] 《삼국지》 〈촉지 제갈량전〉

백성은 나라의 근본

하후돈의 패전 보고를 들은 조조는 크게 분통을 터뜨렸다.

"이번에는 내가 직접 나서서 유비의 목을 받아 오겠다!"

기주에서 훈련 중인 조조의 수군도 이미 정예군이 되어 있었다. 조조는 80만 대군을 다섯 진으로 나누어 도성을 떠났다. 제1진의 지휘는 조인과 조홍, 제2진은 장요, 장후 형제, 제3진은 하후돈, 하후연 형제, 제4진은 우금, 이전, 제5진은 조조 자신이 맡았다. 신야의 유비뿐만 아니라 형주의 유표와 오나라의 손권마저 한꺼번에 토벌해 버릴 속셈이었다.

이때 형주의 태수 유표는 전과 마찬가지로 병석에 누워 있었다. 조조가 80만 대군을 이끌고 몰려온다는 소식을 들은 유표는 유비를 형주로 불러들였다.

"언젠가 내가 말한 바 있는 것처럼, 내가 죽거든 아우가 이 나라를 맡아 주게나. 조조의 대군이 벌써 도성을 떠났다는데 누가 있어 이 나라를 지켜 주겠는가. 제발 부탁하네. 나의 청이 이렇게 간절한데, 누가 형주를 빼앗았다고 의심하겠나?"

"아닙니다. 형님에게는 아들들이 있습니다."

유비가 유표의 유언과도 같은 간청을 물리치고 신야로 돌아오자 공명은 어두운 표정으로 말했다.

"이번에는 받아들였어야 했습니다. 주군의 그 대쪽 같은 품성이 오히려 형주에 큰 화를 불러일으킬 것입니다."

 그 후 얼마 안 가서 유표는 세상을 떠났다. 그런데 죽기 전 유표는 유언장을 만들어 큰아들 유기를 태수로 봉하는 한편, 유비에게 새 태수 유기를 도와 달라는 부탁의 글을 남겼다. 하지만 그 유언장은 신야성의 유비에게도, 강하성을 지키고 있는 큰아들 유기에게도 전해지지 않았다. 유표의 임종을 지켜본 채 부인과 그의 오빠 채모가 중간에서 그것을 방해한 것이다. 그들은 거짓 유언장을 만들어 둘째 아들인 유종에게 형주 태수의 자리를 잇게 했다.

 부정한 방법으로 형주를 손아귀에 넣어 버린 채모는 이번에는 보다 엄청난 음모를 꾸몄다. 그것은 형주를 송두리째 조조에게 주어 항복한 뒤 새로운 벼슬을 얻어 평안히 살아 보겠다는 욕심이었다.

 조조의 80만 대군은 벌써 하남의 완성까지 쳐내려와 인근 마을에서 양곡과 군수품을 징발하여 형주 공격을 준비하고 있었다. 채모는 송충이라고 하는 자를 급히 완성으로 보내 형주의 항복서를 조조에게 전달했다. 조조는 대만족이었다. 그는 송충을 높이 칭찬하고 나서 말했다.

 "유종의 부하 중에는 현명한 자들이 많은 모양이구나. 유종을 충열후에 봉해 오랫동안 형주 태수의 자리에 있게 해 주겠다. 그러니 우리 군대가 형주로 돌아갈 때 성을 나와 나를 맞이하라 일러라."

 송충은 조조의 명령서를 가지고 형주로 돌아갔다.

 채모와 조조 사이에 이런 비밀 서신이 오가는 동안 신야성의 유비도 신하들을 모아 놓고 군사 회의를 하고 있었다.

 "지난번 하후돈의 군사 10만을 처부순 것만도 기적에 가까운 일이었는데, 이번에는 조조가 직접 이끄는 80만 대군이오. 이를 어쩌면 좋단 말이오?"

아무도 대답이 없자 공명이 나서서 말했다.

"사실 지금의 우리 군대로서는 전혀 승산이 없습니다. 지금이라도 늦지 않으니 어서 신야를 버리고 더 튼튼한 성을……."

그때 형주의 관리인 이적이란 자가 유비를 찾아왔다. 이적은 언젠가 풍년제가 있었을 때 채모가 유비를 죽이려 하자 사전에 그것을 알려 유비를 도피시킨 사람이었다. 이적이 형주에서 벌어진 채 부인과 채모의 음모들을 털어 놓자 유비는 기가 막혀 말을 제대로 하지 못했다.

"그, 그게 정말이오?"

"제가 어찌 거짓을 고하리이까."

"죽일 놈들!"

"황숙께서는 어서 형주로 가시어 채모 일당을 몰아내 주십시오."

"아니오. 그렇게는 할 수 없소. 유 태수가 살아 계실 때도 사양했는데, 이제 와서 형주로 쳐들어간다는 것은 은혜를 저버리는 일이오."

그때 전령이 달려와 조조 대군 80만의 선봉이 이미 박망파까지 다가왔다고 보고했다. 이적은 바삐 형주로 돌아갔고, 신야의 유비군은 즉각 비상 체제로 돌입했다.

"먼저 손건은 성 내의 모든 백성들에게 피난 준비를 시킨 다음 서하를 건너도록 하라. 다음은 미축이 그 백성들을 이끌고 번성으로 들어가라. 그리고 관우는 1천여 기와 함께 백하 상류로 가서 보(돌과 흙으로 쌓아 만든 작은 성)를 만들고 숨어 있다가, 내일 밤 삼경쯤, 강 하류에서 병마의 우는 소리가 들리거든 그것은 분명 조조군일 테니, 일시에 보를 터뜨려 공격하라. 장비도 1천여 기를 이끌고 백하의 건널목에 매복해 있다가 관우와 함께 조조의 중군을 완전히 짓밟아 버려라."

공명은 다시 여러 장수들 틈에서 조운을 앞으로 불렀다.

"그대에게는 병사 3천을 줄 것이니, 마른 풀과 갈대 등을 충분히 준비하고, 그 속에 유황과 염초를 넣어 신야성 곳곳에 쌓아 두고 성을 나오라. 내일 싸움에 이겨 교만해진 조조군은 바람이 불면 분명 진을 성 안으로 옮길 것이다. 그때 그대는 병력을 세 방향으로 나누어 서문, 북문, 남문을 봉쇄하고 불화살과 기름 묻은 횃불들을 던져 성을 완전히 불바다로 만든 후, 봉쇄하지 않은 동문으로 일제히 병력을 돌려 도망쳐 나오는 적을 모조리 섬멸하라. 필시 조조군은 대부분 동문으로 빠져나오려 할 것이다. 그런 연후에 백하의 건널목으로 철수하여 관우, 장비군과 합세하여 번성으로 급히 들어오라."

대충 작전 지시가 끝난 셈이었다. 그러나 아직 미방, 유봉 등이 남아 있었다. 공명은 그들을 가까이 불렀다.

"그대들은 이것을……."

공명은 미방, 유봉 두 사람에게 각기 붉은 기와 푸른 기를 나누어 주면서 귓속말로 지시를 내렸다. 두 장수는 각기 1천여 기를 이끌고 신야에서 30리쯤 떨어진 작미파로 내달렸다.

다음 날이었다. 완성의 조조는 조인, 조홍 지휘하의 10만 선봉군과 함께 허저의 3천 기병을 신야성 교외의 작미파까지 진격시켰다. 그때 돌연 앞산의 좌우 봉우리 위에서 적군으로 보이는 한 떼의 군사가 함성을 지르며 푸른 기와 붉은 기를 흔들어 대기 시작했다. 허저가 이상하게 생각하여 급히 조인에게 달려가 보고했다.

"무슨 신호 같은데, 복병이 있는 것 아닙니까?"

조인은 고개를 흔들었다.

"그건 적이 우리를 혼란시키기 위한 거짓 계책이오. 복병은 없을 테니 빨리 쳐들어가시오."

백성은 나라의 근본 · 315

과연 군사를 몰아 쳐들어갔으나 적군은 하나도 없었다. 허저가 다시 진격을 서두르려고 할 때 이번에는 건너편 산꼭대기에서 칠현금(7개의 줄로 만든 고대 중국의 현악기) 소리가 들려왔다. 바라보니 기치창검(군대에서 쓰던 깃발, 창, 칼 따위)이 번쩍이는 가운데 유비와 공명이 한가롭게 술잔을 기울이며 담소를 즐기고 있었다.

"저놈들이 누굴 놀리는 거야?"

허저는 약이 바짝 올랐다. 그는 3천 군사를 휘몰아 그리로 쳐올라갔다. 그런데 산중턱에 이르렀을 때였다. 돌연 산꼭대기에서 바윗돌과 커다란 나무들이 쏟아져 내렸다. 허저의 3천 군사는 태반이 부상을 당하거나 죽었다. 뒤이어 달려온 조인, 조홍의 10만 군사가 유비군을 쳐올라가려 했으나 유비군은 어디론가 철수하고 없었다. 조인, 조홍, 허저의 병사들은 합세하여 신야성으로 몰려갔다. 그러나 신야성은 개미 한 마리 얼씬거리지 않고 텅 비어 있었다. 조인이 명령을 내렸다.

"유비란 놈, 당해 낼 수 없으니까 백성들을 데리고 도망친 것이 분명하다. 오늘 밤은 성 안에서 편히 쉬고 내일 다시 추격전을 벌인다."

먼 길을 달려온 조조군은 피곤하여 아무렇게나 쓰러져 잠이 들었다. 한밤중이었다. 돌연 광풍이 불기 시작하자 서문, 남문, 북문에서 일제히 불길이 치솟았다.

"불이야, 불이야!"

중국의 고대 무기
화창 火槍

창 끝에 화약 성분이 들어 있는 통을 부착한 무기로 활이나 창보다 유효 사거리가 짧다. 화창 중에서 이화창이 가장 유명하다.

성 안은 별안간 큰 소동이 일어났다. 거리마다 불바다였으며 하늘과 땅이 온통 시뻘겠다.

"이런! 속았구나! 동문은 불길이 없으니 급히 그리로 성을 빠져나가라!"

조조의 대군은 한꺼번에 동문으로 밀려갔다. 서로 먼저 빠져나가려고 아우성치는 소동 속에 짓밟혀 죽는 자가 이루 헤아릴 수 없이 많았다. 총대장 조인을 비롯해 조홍, 허저 등도 간신히 몸만 성 밖으로 빠져나왔다. 그때 난데없이 함성을 지르며 조운의 매복군이 들이닥쳤다. 여기에 유봉, 미방의 2천여 기도 합세했다. 그리하여 조인이 거느리는 10만 대군은 겨우 수천 기로 줄어들어 새벽이 되어서야 백하 강가로 달아났다. 그런데 다행히 강물의 깊이가 무릎밖에 안 되었다. 조조군은 서둘러 강을 건너기 시작했다.

한편, 강의 상류를 막고 매복해 있던 관우는, 하류에서 말이 우는 소리가 들리자 재빨리 강을 막아 놓았던 보를 터뜨려 거세게 물을 흘려보냈다. 조조의 군사들은 갑자기 폭풍처럼 밀려드는 물결에 휩싸여 빠져 죽거나 떠내려가는 자가 부지기수였다. 조인 등의 장수들을 비롯하여 겨우 수백 기만이 건너편 강기슭으로 간신히 올라섰다.

그런데 이게 또 웬일인가? 매복해 있던 장비군이 벌 떼처럼 달려들었다.

"조인은 목을 놓고 가거라! 장비가 벌써부터 기다리고 있었다!"

장비가 조인에게로 달려들자 조홍, 허저 등의 장수가 일제히 조인을 에워싸고 근처의 산속으로 도망쳤다. 그때 계획대로 공명과 유비가 그곳에 나타났다.

"그만 됐다. 더는 쫓지 마라."

유비는 여러 장수들을 불러 모아 번성으로 들어갔다.

조인의 10만 대군 중 살아 돌아온 것은 조인, 조홍, 허저 등 장수 몇 명과 병사

수십 기에 불과했다. 참으로 엄청난 대패였다. 조조는 화가 머리끝까지 치밀어 즉각 70만 대군에게 총공세를 펼치라고 명령했다.

조조군이 한꺼번에 밀려온다는 소식을 들은 유비는 곧 공명과 의논하여 보다 큰 성인 양양을 향해 출발했다. 신야 백성뿐 아니라 번성의 백성들도 유비와 떨어지기 싫다면서 따라나섰다. 십여 만의 백성들과 유비군이 강을 건너 양양에 이르렀다. 그런데 양양에는 뜻밖에도 조조에게 항복할 것을 작정한 채모가 유종과 함께 들어와 있었다. 그들은 성 위에서 유비군을 향해 어지럽게 활을 쏘아 댔다. 유비를 따라온 수많은 백성들에게도 화살이 비오듯이 쏟아졌다. 비명, 통곡, 혼란……. 참으로 기막힌 광경이었다. 유비가 성루를 향해 소리쳤다.

"유종 조카야, 어서 성문을 열어 다오! 나는 백성들의 생명과 재산을 보호하기 위해 여기 온 것이다. 절대로 다른 생각은 없다!"

그러나 유종은 어리고 나약했다. 모든 실권은 채모가 쥐고 있었다.

"어서 물러가라!"

채모가 소리치자 다시금 성루에서 새까맣게 화살이 쏟아졌다. 그런데 채모의 이런 무정한 처사를 성 안에서 지켜보고 있던 장수 하나가 있었으니 그는 형주 제일의 무사 위연이었다. 위연이 돌연 채모를 향해 소리쳤다.

"유황숙은 어진 사람이다! 그가 언제 형주를 탐낸 적이 있느냐? 유표님의 무덤에 흙도 마르기 전에 조조에게 항복하여 나라를 팔아먹는 도적놈! 너희들이야말로 만고의 역적이다! 자, 보아라. 내가 성문을 열어 유황숙을 맞아들이겠다."

채모는 깜짝 놀라 부하들을 시켜 위연을 막으려 했다. 하지만 위연은 자신의 부하들을 이끌고 성문으로 다가가 수문장을 단칼에 베어 버리고 문을 열었다.

"유황숙, 어서 들어오십시오! 어서!"

그때 채모의 심복 장수 문빙과 장윤 등이 위연에게 달려들어 일대 접전을 벌이기 시작했다. 성 밖에 있던 관우, 장비, 조운 등이 곧장 말을 몰아 성 안으로 뛰어들려고 하자 유비가 잠깐 기다리라며 그들을 가로막았다. 아무래도 성 안의 공기가 험악했으므로 그리로 들어갔다가는 백성들만 다칠 것 같았던 것이다. 유비는 공명을 돌아보며 의견을 물었다.

"나는 백성들을 구하고자 양양으로 돌아가고자 한 것인데, 일이 이 지경에 이르렀으니 입성할 수가 없구려. 군사의 생각은 어떻소?"

"그러시다면 강릉으로 가시는 것이 좋겠습니다. 강릉성은 형주 제일의 요새로 물자와 식량이 풍부합니다. 좀 멀기는 하지만……."

유비는 곧 백성들을 거느리고 강릉을 향해 나아갔다. 채모를 싫어하는 수많은 군사들과 양양의 백성들도 아수라장이 된 성을 빠져나와 유비 일행을 뒤따랐다. 그러나 맨 처음 유비에게 성문을 열어 주었던 위연은 문빙 등 채모의 장수들과 사투를 벌이느라 유비를 따를 수 없었다. 위연이 간신히 성을 빠져나왔을 때는 이미 유비 일행은 그림자도 찾아볼 수가 없었다. 그는 할 수 없이 장사 땅으로 도망쳐 그곳의 태수 한현에게 몸을 의탁했다.

유비 일행이 한참 강릉을 향해 길을 재촉할 때 후방에 남아 조조군을 살피고 있던 정찰병이 급보를 알려왔다.

"조조의 대군이 신야는 물론 번성까지 점령한 후, 배와 뗏목으로 강을 건너 우리의 뒤를 맹추격하고 있습니다!"

유비는 수십만에 이르는 백성들의 긴 행렬을 바라보며 한숨을 내쉬었다. 백성들만 아니라면 그까짓 조조군쯤 단숨에 따돌리고 강릉성으로 들어갈 수 있을 것이었다. 그를 따르는 백성들 중에는 병자와 부녀자들이 많았다. 이런 형편이라면 하루에 고작 10리 정도밖에 나아갈 수 없었다. 보다 못한 공명이 설득하고 나섰다.

"주군, 눈물을 머금고 백성들을 버리셔야 합니다. 하루빨리 강릉성으로 들어가 조조군에게 대비하지 않으면 안 되는 이 마당에 오히려 도중에 길을 지체한다면, 조조군의 좋은 먹이가 될 겁니다."

그러나 유비는 고개를 저었다.

"아니오. 오직 나를 어버이같이 생각하며 고향 땅을 버리고 쫓아오는 저 불쌍한 백성들을 어찌 버릴 수가 있단 말이오. 백성은 나라의 근본입니다. 이 유비는 나라는 잃었지만 그 근본인 백성은 잃지 않았소. 그런즉 백성들과 함께 죽을 것이오."

이 말을 공명에게서 전해 들은 장수들은 눈물을 흘렸고 백성들도 모두 울었다. 공명은 유비의 의견대로 작전 계획을 세워 관우에게 지시했다.

"그대는 손건과 함께 5백 군사를 거느리고 강하성에 있는 유표의 장남 유기님에게 급히 가서 우리 주군의 편지를 전하라. 그런 다음 유기님이 원군을 주거든 그들과 함께 물길을 이용해서 강릉으로 오라."

관우가 명령대로 군사를 이끌고 떠나자 이번에는 장비를 불러 지시했다.

"언제 조조의 대군이 밀이닥칠지 모르니, 그대는 3천 기를 이끌고 일행의 맨 뒤에서 후방을 살피며 진군하라."

다음 조운을 불렀다.

"주군의 말씀대로 백성은 나라의 근본이다. 그대는 백성들을 보살펴 행군을 도와라."

그런 다음 공명은 유비와 함께 선두로 나아가 행군을 시작했다.

헤어진 장수들, 다시 뭉치다

　번성을 출발한 조조의 대군은 이윽고 양양성에 이르렀다. 채모와 유종은 약속대로 성을 나가 조조에게 항복하고 조조를 비롯한 여러 장수들을 성 내로 맞아들였다. 조조는 매우 기분이 좋은 듯 높은 자리에 앉아 유종을 비롯하여 항복한 여러 대신들을 내려다보았다.

　"유표는 살아 있는 동안에 형주의 왕이 되고 싶어했다. 내가 장차 황제께 아뢰어 아들 유종을 왕위에 오르도록 하겠다."

　유종이 매우 기뻐하자 조조는 다시 말했다.

　"그러나 지금은 때가 아니니 잠시 청주로 가 그곳의 자사로 있음이 좋겠다."

　유종의 얼굴이 금방 새파래졌다.

　"그게 무슨 말씀이옵니까? 약속과는 다르지 않습니까? 저는 벼슬을 원하지 않습니다. 다만 부친의 무덤이 있는 이 형주 땅에서 살고 싶습니다."

　조조는 싸늘하게 고개를 내저었다.

　"그건 안 된다. 청주는 도성에서 가까운 좋은 곳이다. 그대가 성인이 된 다음에 형주의 왕으로 만들어 주고 싶어 그러니, 아무 말 말고 오늘 즉시 떠나라."

　어쩔 수 없는 일이었다. 유종은 어머니 채 부인과 함께 울면서 고향을 떠났다. 옛날의 부귀영화는 다 어디로 갔는지 신하 하나 따르지 않고 오직 몇 명의 시종만이 그들을 호위할 뿐이었다.

유종이 떠난 뒤 조조는 심복 장수 우금을 불러 무엇인가 비밀 명령을 내렸다. 우금은 군사 5백여 기를 거느리고 곧장 유종의 뒤를 쫓았다. 드디어 어느 강가에서 유종 일행을 따라잡은 우금의 군사들은 다짜고짜 이리 떼처럼 달려들어 그들을 전부 몰살시켜 버렸다.

이날 조조는 채모에게 수군 대도독의 벼슬을 주었고, 장윤은 부도독에 임명했다. 두 사람은 조조의 은혜에 크게 감사하며 자기의 처소로 돌아갔다. 이때 조조의 책사 순유가 나서서 간했다.

"승상께서는 어찌 자기의 나라를 팔아먹는 그 따위 간사한 놈들에게 그런 중요한 벼슬을 내리십니까? 거둬들이십시오."

조조는 태연히 대답했다.

"허허, 내가 왜 그걸 모르겠나. 우리 장수들은 모두 수전에는 어두운 기마병 출신들이 아닌가? 배를 타고 싸우는 방법, 배를 만드는 방법 등은 저들이 우리보다 훨씬 우세하므로 잠시 그들을 이용하자는 것뿐이네. 후일 쓸모가 없어지면 그때 없애 버리면 될 게 아닌가?"

조조는 참으로 무서운 사람이었다. 순유는 아무 말도 못하고 물러갔다.

그런데 유표의 부하 중 조조가 진심으로 자기의 부하로 받아들인 장수가 있었으니 그는 문빙이었다. 문빙은 채모 휘하의 장수였으나 채모와는 달리 의리가 강한 사람이었다. 다른 사람들은 모두 조조 앞에 나가 무릎을 꿇었으나 그는 자기 집에 틀어박혀 나오지 않았다. 이유인즉 조조가 약속을 어기고 유종을 청주 자사로 내쫓았으므로 죽으면 죽었지 조조의 부하가 될 수 없다는 것이었다.

"기특한 사람이군. 문빙이야말로 형주 유일의 충신이로다."

조조는 크게 감동하여 직접 문빙의 집으로 찾아가 자기의 부하가 되어 달라고 청했다. 얼핏 보기에는 매정하고 잔인한 것 같은 조조였으나 또한 충절을 지키는 인재들을 아낄 줄 아는 사람이었다. 문빙은 끝내 조조의 청을 받아들여 그의 부하가 되었다.

일단 형주 땅의 본거지인 양양을 점령한 조조는 또다시 유비의 추격에 나섰다. 조조는 그 지방 지리에 밝은 문빙에게 5천의 기병을 주어 선봉으로 출병시킨 뒤 자신도 대군을 이끌고 양양을 출발했다.

유비는 아직도 십수만 백성과 3천여 명의 병사를 이끌고 강릉으로 나아가고 있었다. 후방에서는 계속 조조의 추격군이 밀려온다는 급보가 날아들고 있었으나 강하성으로 원군을 청하러 간 관우는 소식조차 없었다. 참다못한 유비는 공명에게 의논했다.

"아무래도 관우가 유기를 설득하지 못하고 있는 모양이오. 군사께서 직접 강하성으로 가 보는 게 어떻겠소?"

"그렇다면……. 아무래도 제가 가 봐야겠습니다."

공명은 유봉과 함께 군사 5백을 거느리고 강하성으로 급히 달렸다. 유비는 간옹, 미축 등과 함께 선봉을 맡고, 장비에게는 1천 기병을 주어 후방을 경계하게 하고, 조운에게 1천 기병을 주어 백성들의 좌우를 살피게 하면서 앞으로 나아갔다.

유비 일행이 겨우 당양현에 이르렀을 때였다. 문득 한 줄기 광풍이 불어 그 먼지가 하늘 높이 치솟았으며 그 소리가 땅을 뒤흔들었다. 미축, 간옹 등은 무서워 떨며 유비에게 말했다.

"이것은 큰 재난이 일어날 징조입니다. 빨리 백성들을 버리고 가셔야 합니다."

"쓸데없는 소리! 그건 그렇고, 앞에 있는 저 산은?"

"경산이라 하옵니다."

"잠깐 산기슭으로 가 백성들을 쉬게 하자."

때는 늦가을, 날이 저물기 시작하자 싸늘한 바람은 뼛속으로 스며드는데 백성들은 배고픔을 참지 못해 소리내어 울고 있었다.

한밤중이었다. 돌연 적군의 함성이 천지에 진동하고 백성들의 울부짖는 소리가 산과 들의 어둠을 뒤흔들었다. 유비는 크게 놀라 좌우의 병력을 정비하여 달려드는 적을 맞아 싸웠다. 그러나 유비의 병사는 고작 몇 천에 불과했으며 더구나 긴 행군으로 몹시 지쳐 있었다. 죽을힘을 다해 싸웠으나 도저히 막아 낼 도리가 없었다. 유비는 겨우 적의 포위망을 뚫고 후진으로 달렸다. 그러나 거기에는 온통 적군 투성이었으며 장비 혼자 적에 맞서 싸우고 있었다.

"주군, 어서 이쪽으로 피하십시오!"

장비가 한쪽으로 길을 트며 소리쳤다.

"오냐, 부탁한다!"

유비가 뒷일을 장비에게 부탁하고 쏜살같이 내달리니 강이 나왔다. 그러나 거기에도 적병이 기다리고 있었다.

"유황숙, 깨끗이 포기하고 목을 내놓시오!"

바라보니 유표의 부하인 문빙이었다. 유비는 오히려 다행이라고 생각했다. 문빙의 어진 성품을 잘 알고 있었던 것이다.

"자네는 형주 무인의 표본이라고 칭찬받던 문빙이 아닌가? 자네 같은 훌륭한 장수가 조조의 앞잡이가 되다니 하늘도 땅도 슬퍼할 일이로다. 자, 어서 내 목을 받아 가게."

문빙은 대꾸를 못하고 고개를 숙이고 있다가 그냥 모르는 척 말머리를 돌렸다.

유비가 겨우 숨을 돌리고 강기슭을 따라 도망치기 시작하자, 이번에는 조조의 심복 허저가 다가왔다.

"유비를 놓치지 마라!"

허저가 눈을 부릅뜨고 달려들었다. 정말로 유비의 목숨은 바람 앞의 촛불이었다. 그때 어디서 나타났는지 허저의 앞을 가로막는 장수가 있었다.

"이놈아! 감히 너 따위가 누구를 해치려 드느냐? 당장 네놈의 목을 날려 버릴 테다!"

유비가 염려되어 뒤쫓아온 장비였다. 장비는 장팔사모를 종횡무진 휘둘러 허저와 그의 병사들을 물리치고 유비를 보호하며 달아났다. 동이 훤히 트일 무렵에야 유비와 장비는 겨우 적진에서 멀리 떨어진 곳에 이르렀다. 비로소 정신을 차려 돌아보니 너무도 기가 막혔다. 따라온 군사는 고작 1백 명 정도였고 미축, 미방, 간옹, 조운 등은 물론 유비의 가족들도 어디서 헤어졌는지 하나도 보이지 않았다.

"백성들은 어찌되었는가. 부하들과 처자식은 어디에 있는가. 아, 하늘도 무심하구나!"

유비는 흐르는 눈물을 닦을 생각도 않고 소리쳐 울었다. 이때 미방이 온몸을 시뻘겋게 피로 물들여 가지고 달려왔다. 그의 몸에는 아직 화살이 꽂혀 있었다. 미방이 말에서 내려 유비에게 무릎을 꿇으며 말했다.

"조운이 변심하여 적진으로 달아났습니다."

"뭐야? 조운이 변심했다고? 허튼 소리 마라! 그는 나와 깊이 사귀어 온 벗이다. 그의 마음은 눈과 같이 깨끗하고, 그의 가슴은 강철보다 단단하다. 나는 믿는다. 그는 결코 조조에게 항복하지 않았을 것이다."

"그러나 제 눈으로 똑똑히 보았습니다. 그리고 저뿐만이 아니라 다른 사람들도 그가 조조의 진영 쪽으로 달려가는 것을 보았습니다."

"아니다. 조운은 이 유비를 버릴 사람이 아니다. 그를 의심하지 마라."

그때 장비가 불쑥 끼어들었다.

"사람의 일이란 알 수 없습니다. 우리가 쫓기고 있으니까 조조에게 붙어 부귀영화를 누리려고 했는지도 모릅니다. 만일 그게 사실이면 당장 놈의 목을 날려 버리겠습니다."

유비가 간곡히 말렸으나 장비는 듣지 않았다. 장비는 기병을 이끌고 장판교로 나갔다.

한편, 조운은 양양을 출발할 때부터 유비의 아들 아두와 두 부인, 즉 감부인과 미부인의 호위를 책임지고 있었다. 그런데 한밤중에 조조의 대군을 만나 정신없이 싸우다가 새벽에 이르러 살펴보니 유비의 가족이 하나도 보이지 않았다.

"아아, 이 일을 어쩐단 말인가!"

조운은 눈에 핏발이 서서 아군과 적군 사이를 미친 듯이 헤매고 다니며 그들의 행방을 찾았다. 산과 들은 온통 조조의 군사들로 가득했으나 조운의 눈에 그런 것들은 보이지도 않았다. 마치 성난 사자처럼 휘몰아치는 적들을 닥치는 대로 베어 버리며 사방팔방으로 내달렸다. 그는 피난민들 가운데로 들어가 소리쳤다.

"이 가운데 혹시 감부인은 안 계십니까?"

"아아, 조 장군이오?"

감부인이 한가운데서 달려 나오며 통곡을 했다. 조운은 급히 말에서 내려 울면서 말했다.

"마님을 이같이 고생시키는 것은 모두 저의 죄이옵니다. 미부인과 아기씨('도련님'의 옛말)는 어디 계십니까?"

"처음에는 모두 함께 도망쳤는데, 어느 사이에 서로 헤어져 버렸소. 아기는 미부인이 안고 있었소."

갑자기 백성들이 흩어져 달아나기 시작했다. 바라보니 조인의 부하 순우도라는 장수가 1천여 병사들을 휘몰아 달려오고 있었는데, 미축이 그들의 포로가 되어 말 위에 매달려 있었다.

"이놈!"

조운은 벼락같이 달려들어 단칼에 순우도를 베어 버렸다. 대장을 잃은 순우도의 부하들은 뿔뿔이 흩어져 도망치기 시작했다. 조운은 급히 미축을 구하여 말에 태운 후에 적병의 말을 빼앗아 감부인도 태우고 장판파를 향해 말을 몰았다. 장판파의 다리 위에는 장비가 장팔사모를 들고 버티고 있었다.

"아까 간옹이 알려 주지 않았다면 당신은 내 손에 죽었을 거요. 어서 다리를 건너가 보시오. 주군이 기다리고 계시니."

그러자 조운이 미축에게 말했다.

"귀공이 감부인을 부축해 먼저 주군께 가시오. 나는 미부인과 아두님을 찾아서 모시고 와야겠소."

조운은 말을 마치자마자 재빨리 말머리를 돌려 사라져 버렸다. 조운이 또다시 적진으로 파고들자 조조의 보검을 책임지고 있는 배검장 하후은이 멋모르고 대들었다. 조운은 단 1합에 하후은을 베어 버리고 그가 메고 있던 조조의 보검을 허리에 차고는 그곳을 빠져나갔다.

"미부인을 못 보았소?"

그는 만나는 백성마다 미부인과 아기씨의 행방을 물었다. 그러기를 수십 차례, 드디어 어느 노파가 길가의 허름한 집을 가리키며 말했다.

"마님께서는 다리를 다치셔서 저 집 앞 우물 곁에 앉아 계십니다."

조운은 쏜살같이 그리로 달려갔다. 과연 미부인이 아기를 안고 울고 있었다.

"마님!"

"오, 조 장군!"

"잠시도 지체할 수 없습니다. 어서 말에 오르십시오. 적군이 달려올 겁니다."

조운이 재촉하자 미부인은 고개를 흔들었다.

"장군이 왔으니 나는 죽어도 한이 없소. 나는 여기 내버려 두고 장군께서는 어서 이 아기를 대감님께 데려다 주오."

"적병의 함성이 들립니다. 어서!"

"아니 됩니다. 부상당한 나를 데리고 적진을 통과할 수 없습니다. 이 아기나 품에 안고 가십시오."

조운이 말에 탈 것을 거듭 권했으나 부인은 듣지 않았다.

"이러다가는 아기마저 위험하니 어서 떠나시오."

벌써 적병들이 저만큼 다가와 있었다.

"부디, 아기를!"

미부인은 말을 마치자 말릴 사이도 없이 깊은 우물 속으로 몸을 날렸다. 갑작스럽게 큰일을 당한 조운은 시체마저 적병에게 빼앗길 수 없다고 생각하여 근처의 울타리를 뜯어 우물을 덮었다. 그리고 갑옷을 풀어 세 살 난 아두를 그 속에 단단히 비끄러매고는 재빨리 그곳을 벗어나 내달리기 시작했다. 이때 조홍의 부하인 안명이 조운의 길을 막고 달려들었다. 조운은 단 3합에 안명을 거꾸러뜨렸다. 군사들이 아우성을 치며 흩어져 달아났다. 조운이 아두를 품은 채 날개 달린 호랑이처럼 달리는데 이번에는 조조의 장수 중 그 용맹이 뛰어난 장합이라는 자가 군사

를 몰고 와 길을 막았다. 조운은 장합과 10여 합을 어우러져 싸웠으나 승부가 나지 않았다. 조운은 가슴에 아기를 품고 있어 마음껏 싸울 수가 없었던 것이다. 그도 그럴 것이 싸움의 승패보다 지금은 도망치는 것이 문제였다. 조운은 슬슬 건성으로 대적하다가 재빨리 말머리를 돌려 달아나기 시작했다. 적군은 이미 도망을 예상하고 조운이 달아나는 길 앞에 웅덩이를 파 놓고 있었다. 그러나 어찌 그걸 알 수 있으랴! 조운은 말과 함께 웅덩이 속으로 빠져 버렸다.

"이놈 꼴 좋다!"

장합은 웅덩이 속으로 긴 창을 디밀어 찌르려 했다. 그러나 조운이 날쌔게 피했으므로 창은 옆의 흙벽 속으로 깊이 박혔다. 그 순간 조운은 그 창대를 휘어잡고 공중으로 힘껏 솟구쳤다. 눈 깜짝할 사이에 말과 함께 구덩이 밖으로 뛰어오른 조운은 다시 적진을 가로질렀다. 서너 명의 장수들이 힘을 합쳐 조운의 질주를 막고 나섰다. 그러나 그는 신들린 사람처럼 펄펄 날았다. 좌측으로 베는가 하면 우측으로 찌르고 다시 뒤로 돌아 순식간에 범 같은 장수들의 목을 땅에 떨어뜨렸다. 이날 경산 위에서 조조는 싸움의 진행을 살펴보고 있다가 문득 혀를 찼다.

"세상에, 저런 훌륭한 장수가 있다니! 여봐라, 도대체 저자의 이름이 뭐냐?"

아무도 대답을 못하자 조조는 빨리 알아보고 오라고 재촉했다. 조홍이 급히 산을 내려와 자기 곁으로 말을 몰고 오는 조운에게 물었다.

"이보시오. 그대의 이름이 뭐요?"

"나는 상상 출신의 조운이오! 내 앞을 가로막으려는 거요?"

조운이 눈을 부릅뜨자 놀란 조홍은 곧장 예산으로 올라가 조조에게 보고했다.

"저 맹수 같은 장수의 이름은 조운이라고 합니다."

"참말로 장수 중 장수로다. 저자를 사로잡아 나의 부하로 만들어야겠다."

조조는 즉각 각 부대에 전령을 보내 화살을 쏘지 말고 사로잡으라고 엄명을 내렸다. 그러나 조운을 사로잡을 만한 장수가 조조의 진영에는 없었다. 하후돈의 부장 종신과 종진 형제가 '빨리 항복하라!' 하고 호통을 치며 달려들었으나 오히려 그들의 몸뚱이가 각기 두 쪽으로 쪼개져 땅 아래 떨어졌다. 마침내 조운은 넓은 들을 가로질러 장판과 가까운 산길까지 이르렀다. 거기에서도 장요의 대부대와 허저의 기병이 까마귀 떼처럼 아우성을 치며 달려들었다.

'조금만 더 기운을 내자.'

조운은 이를 악물고 혼신의 힘을 다해 적병을 헤쳐 나갔다. 온몸이 피와 땀으로 뒤범벅이 되었으며 말조차 힘이 빠진 듯 비틀거리기 시작했다. 그렇게 해서 겨우 장판파의 다리까지 이르니 아직도 다리 중간에서 장비가 장팔사모를 비껴들고 서 있었다.

"장비, 나를 구해 다오!"

"알았다! 걱정 말고 다리를 건너!"

조운은 쓰러질 듯 다리를 건너 유비 일행이 쉬고 있는 숲 속으로 달려갔다.

"오오, 주군!"

조운은 말에서 미끄러져 내리자마자 땅바닥에 풀썩 엎어졌다. 유비가 달려들어 그의 어깨를 안아 일으켰다.

"조 장군, 살아 있었구려!"

조운이 다시 기운을 차려 무릎을 꿇고 통곡했다.

"주군, 용서해 주십시오! 면목이 없습니다……"

"그게 무슨 소리요? 그대가 이렇게 살아 온 것만도 하늘에 감사할 뿐이오."

"아두님은 여기……"

조운은 가슴 쪽 갑옷 속에서 아두를 꺼내 유비에게 건네주었다. 언제 그 처참한 사투가 있었냐는 듯 아기는 새근새근 잠들어 있었다.

"유감스럽게도 미부인께서는 아기를 살리고자 근처의 우물 속으로 뛰어드셨습니다. 몇 번이고 함께 탈출할 것을 권했으나 중상을 입어 짐이 된다고 하시며, 말릴 사이도 없이……."

"아두를 대신해서 미부인이 죽었는가!"

유비는 자기도 모르는 새 자기의 뺨을 아기의 볼에 대고 비벼 댔다. 그의 눈에서는 구슬 같은 눈물이 뚝뚝 떨어졌다. 순간 유비는 웬일인지 아두의 몸을 풀섶으로 내던졌다.

"앗!"

조운이 깜짝 놀라 소리쳐 우는 아두를 안아 올렸다. 너무도 갑작스럽게 변한 유비의 태도에 주위의 여러 신하들은 멍하니 유비의 얼굴만 쳐다봤다.

"귀찮다. 저리 데리고 가거라! 하마터면 이 못난 아이 때문에 자룡과 같은 귀한 장군을 잃을 뻔했구나. 아이야 다시 낳으면 되지만 천하의 용장은 한 번 가면 그만인 것을……."

"주군!"

조운은 땅에 이마를 조아리고 눈물을 흘렸다. 아두를 살려 내기 위해 자신이 겪은 모든 고통이 일시에 사라지는 듯했다. 이런 주군을 위해서라면 백 번 천 번 죽어도 아까울 것이 없을 것 같았다. 주위에 모여 있던 여러 신하들도 감격에 겨워 조용히 흐느꼈다.

조운이 장판교를 건너 사라지고 장비가 장판교 한가운데서 길을 막고 서 있자 유비의 피신처를 알아챈 조조는 일시에 대군을 몰고 왔다.

조인, 이전, 하후돈, 하후연, 악진, 장요, 허저, 장합 등과 함께 장판교 앞에 당도한 조조는 사방을 조심스럽게 둘러보았다. 다리 건너 동쪽 숲 속에는 유비의 군사가 숨어 있는 듯 먼지가 자욱했고 나뭇가지 부러지는 소리와 병마의 울음 소리가 요란했다. 다시 앞을 보니 고리눈에 호랑이 수염을 한 장수 하나가 1장 8척의 장팔사모를 비껴들고 다리 중앙의 말 위에 높이 앉아 조조를 노려보고 있었다.

"그대가 관우의 아우 장비라는 장수인가?"

"그렇다! 내가 바로 유황숙과 관우와 더불어 의형제를 맺은 장비다. 자, 어서 승부를 겨루자!"

장비의 호통 소리는 마치 천둥과 같았다. 조조의 병사들과 장수들은 다리가 후들후들 떨렸다. 조조도 겁이 나 장수들에게 타일렀다.

"그대들은 함부로 달려들지 마라. 옛날 관우가 내게 말하기를, 장비는 백만의 적진에 뛰어들어 적장의 목을 베기를 마치 주머니 속의 물건을 꺼내듯 쉽게 한다고 했다. 이제 보니 그 말이 사실인 듯하다."

수십만 대군을 단지 혼자서 막아 내겠다는 장비의 그 대담성에 조조는 그만 기가 질려 버렸다. 조조가 그렇게 경탄하고 있을 때, 돌연 하후패라는 장수가 장판교 위의 장비에게 달려들었다.

"오냐, 죽고 싶단 말이지!"

장팔사모가 공중에서 한 바퀴 회전을 하더니 번개처럼 하후패의 가슴을 향해 날아들었다. 피바람이 일고 곧 하후패의 몸뚱이가 두

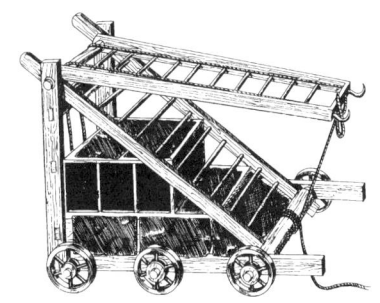

중국의 고대 무기

운제 雲梯

긴 사다리가 수레에 부착되어 있어 성을 공격하기에 알맞은 무기이다. 두 사다리를 성벽에 갖다 대면, 병사들이 이것을 타고 기어 올라간다.

조각으로 갈라져 장판교 아래의 물속으로 떨어져 버렸다. 그 모양을 지켜본 수십만의 조조군은 정신이 아찔해져 싸울 마음이 없어져 버렸다.

사기가 떨어져 동요하기 시작하자 조조는 곧장 퇴각 명령을 내렸다. 장비도 그렇지만 장판교 건너 숲 속에 유비의 매복군이 숨어 있는 것으로 봐서 아무래도 이 모든 것이 공명의 계교일 것 같았던 것이다.

조조의 대군이 물러가자 장비는 크게 웃음을 터뜨렸다.

"하하하, 병신 같은 놈들! 내 꾀에 넘어갔구나."

장비는 숲 속에 숨어 위장 전술을 꾸미고 있던 병사들을 불러내 장판교를 끊어 버리고 유비에게 돌아갔다. 장판교를 끊었다는 말을 듣자 유비는 깜짝 놀랐다.

"저런, 큰 실수를 저질렀구나! 다리를 그대로 두었으면 조조가 의심하여 추격해 오지 않을 텐데. 조조는 분명 다시 추격해 올 것이다. 어서 이곳을 떠나자."

유비는 서둘러 1백여 기를 이끌고 한진으로 길을 재촉했다. 이제 강릉으로는 갈 수 없었던 것이다. 한편, 군대를 철수시키고 있던 조조는 후미의 전령에게서 장비가 장판교를 끊고 달아났다는 소리를 듣자 무릎을 치면서 분해 했다.

'아차, 내가 속았구나! 다리를 끊고 도망칠 정도라면 숲 속에는 병사들이 얼마 없었던 거야. 먼지와 병마 소리는 매복군이 아니라 눈을 속이기 위한 위장 전술이었어.'

조조는 다시 명령을 내렸다.

"세 군데에 다리를 놓아 유비를 추격하라!"

유비 일행은 조조의 추격을 받으며 겨우 한진까지 왔으나 앞에는 양자강이 흐르고 배 한 척도 없었다.

"하늘이 나를 버렸는가……."

유비는 점점 더 가까이 다가오는 조조군의 함성 소리를 들으며 길게 탄식했다.

"지금이야말로 유비는 독 안에 든 쥐다. 어서 유비를 사로잡아라!"

조조는 산천이 떠나갈 듯 북을 울리며 무섭게 추격해 왔다. 군사 백여 명으로 조조의 70만 대군을 막아 낸다는 것은 절대로 불가능한 일이었다. 유비군은 강가에 서서 갈팡질팡하며 떨고만 있었다. 드디어 조조의 대군이 저만큼 언덕 위에 이르렀을 때였다. 갑자기 동편의 산 위에서 북소리가 둥둥 울리며 한 떼의 군마가 쏟아져 내려와 조조군의 앞을 가로막았다.

"내가 이미 여기에서 기다리고 있었다!"

선두에 선 장수는 새까만 수염을 바람에 휘날리며 적토마 위에서 청룡언월도를 높이 쳐들고 있었다. 지난번 강하성의 유기한테 원군을 얻으러 갔던 관우였다.

"관우의 복병이 숨어 있는 것으로 봐서 공명의 꾀에 넘어간 것이로구나. 잘못하다간 저번처럼 대패할지 모르니 일단 철수하자."

조조의 대군이 물러가자, 관우는 즉시 강가의 유비에게 갔다.

"걱정 마십시오. 강하성의 유기님께서 배를 가지고 오실 겁니다."

과연 남쪽 강기슭에서 수십 척의 병선이 이쪽으로 다가오고 있었다. 하얀 갑옷에 은으로 만든 투구를 쓴 유기가 뱃머리에서 소리쳤다.

"강하의 조카 유기가 도우러 왔습니다!"

유비는 매우 기뻤다. 곧 유비 일행은 유기의 병선에 올라타 쏜살처럼 물 위를 미끄러져 내려갔다. 그런데 서쪽 강변에서 한 무리의 병선이 나타나 빠른 속도로 다가오고 있었다. 유기가 깜짝 놀라 말했다.

"강하성의 병선은 제가 모두 끌고 왔는데, 저토록 많은 병선이 떠오르는 것으로 봐서, 저것은 손권이 아니면 조조의 수군일 겁니다."

유비가 불안한 표정으로 뱃머리에 나가 보니 병선의 맨 앞에 윤건도복綸巾道服을 단정히 차려입은 선비 하나가 유비를 향해 미소를 짓고 있었는데, 그는 다름 아닌 공명이었다. 그 뒤편에서는 손건이 유비를 향해 손을 흔들고 있었다. 이렇게 하여 헤어졌던 모든 사람들이 한곳에 모이게 되었다. 유비가 공명에게 물었다.

"우리가 만나기로 한 건 강릉성 밖이었는데 어떻게 여기로 왔소?"

"가만히 생각해 보니, 조조가 뒤를 쫓는다면 주군께서는 강릉으로 가실 수 없어 한진으로 향하실 듯했습니다. 그리하여 유기님에게 부탁하여 강하의 배들을 모아 주군을 맞으러 가라 하고, 관우에게는 육로에서 조조의 추격군을 저지하라고 일렀습니다. 또한 저는 곧장 하구성으로 가, 그곳에 주둔하고 있던 유기님의 수군을 몰고 온 것입니다."

공명은 그동안의 이야기를 하나도 빠짐없이 보고한 다음 앞으로의 대책에 대해서 의논했다.

"하구성은 성벽이 튼튼할뿐더러 재물이 넉넉하여 오래 버틸 수가 있습니다. 그러므로 하구로 들어가 주둔하심이 좋을 듯합니다."

"그게 좋겠군. 유기의 강하성과 우리의 하구성이 서로 협조하여 조조에 대항하는 것이 훨씬 유리할 거야."

그때 유기가 나서서 말했다.

"저도 그 의견에 찬성입니다. 하오나 아저씨께서는 너무 지쳐 계십니다. 일단 강하성으로 들어가 피로를 푸시고 병마를 정돈하신 뒤에 하구로 드시는 것이 순서일 겁니다."

유비는 곧 관우에게 유기 휘하의 군사 5천을 주어 하구성으로 가 지키라고 명령했다. 그런 다음 유비를 비롯한 다른 장수들은 유기를 따라 강하성으로 배를 몰았다.

 마침내 큰 위기를 모면하고 강하성으로 들어온 유비는 조조의 대군이 다시 쳐들어올 것만 같아 마음이 편치 못했다.

 "염려하실 것 없습니다. 오나라가 조조와 싸우게 하십시오. 그들이 싸우는 동안 우리의 기반을 튼튼히 하면 됩니다. 진짜 대책을 세우는 것은 그 다음부터입니다."

 공명이 미소를 지으며 유비에게 넌지시 자신의 계책을 말했다.

 "오나라가 우리의 뜻대로 조조와 싸우게 되겠소?"

 유비는 못 믿겠다는 눈치였다.

 "조금만 더 지켜보십시오. 이제 틀림없이 오나라에서 사신이 올 겁니다. 그때 제가 오나라에 가서 손권에게 조조를 치게 할 겁니다. 그러면 우리는 어느 편에도 가담하지 않았다가 형주 지방을 손쉽게 차지해 버리는 것입니다."

 오나라에서 사신이 올 것이며 더구나 형주까지 얻을 수 있다니. 유비는 도저히 믿어지지 않았다. 그러나 공명의 그 말이 서서히 사실로 나타나고 있었으니……

손권을 찾아간 공명

 오나라 사신이 유비를 찾아올 것이라고 장담한 공명의 말이 있은 그 며칠 후였다. 그때까지도 공명의 말을 믿지 못하고 있던 유비를 조롱이라도 하는 듯한 일이 벌어졌다.
 그것은 오나라 손권의 신하인 노숙이 강하성으로 유비를 찾아온 것이었다. 표면상으론 유기의 부친 유표의 죽음에 대한 애도의 뜻을 전하기 위함이라고 하나 실은 유비의 실력을 염탐해 보고자 하는 게 더 큰 목적이었다.
 유비는 오나라 사신 노숙을 정중히 맞아들였다. 노숙은 먼저 유기에게 조의를 표하고 유비에게 준비해 온 예물을 올렸다. 이윽고 술자리가 베풀어졌다. 노숙은 술잔을 기울이면서 슬슬 유비군의 군병 숫자며 병량 등에 대하여 묻기 시작했다. 그러나 유비는 말끝을 흐리며 대답을 회피했다. 이런 것 모두 공명의 충고에 의한 것이었다.
 "조조는 어떤 인물입니까? 그의 부하 장수 중에서 누가 제일 뛰어납니까?"
 "글쎄, 그것도 잘 모르겠습니다."
 "무슨 말씀을……. 황숙께서는 두 번씩이나 화공으로 조조를 혼내 준 적이 있지 않습니까?"
 "그런 것 모두 공명 군사의 공입니다. 군사에게 물어보면 자세하게 대답해 드릴 겁니다."

"그러면 공명 선생을 만나 보게 해 주십시오."

공명이 유비의 부름을 받아 술좌석으로 나갔다. 간단하게 인사를 나눈 후에 공명은 노숙이 궁금해 할 것 같은 여러 가지에 대하여 자세히 설명해 주었다.

"……그건 그렇고, 우리 주군께서는 오와 손을 잡고 조조를 치고 싶어하십니다만, 귀공의 생각은 어떻습니까?"

"물론 오나라도 찬성입니다."

"그야 당연한 일이겠지요. 만일 우리 주군께서 마음을 돌려 조조와 합세한다면 오나라로서는 큰 위협이 될 테니까요."

말은 정중했으나 그 말 속에는 노숙을 두렵게 하는 것이 있었다.

"틀림없이 오나라는 유황숙을 도울 생각을 갖고 있습니다. 그러니 공명 선생께서 저와 함께 오나라에 가셔서 저의 주군을 만나 보시지 않겠습니까?"

공명으로서도 듣고 싶은 말이었다. 공명은 유비의 사신 자격으로 노숙과 오나라로 떠났다. 날이 저물고 아침이 되었어도 양자강 강변의 풍경은 변함이 없었다. 노숙과 공명을 태운 배는 밤낮없이 오나라의 북쪽 끝 시상군을 향해 내려갔다.

노숙은 공명을 외국의 사신들이 묵는 역관으로 안내한 다음, 손권을 만나러 회의장으로 나갔다. 손권은 노숙을 만나자마자 대뜸 편지 한 통을 내밀었다.

"이걸 보게. 그대가 강하에 있는 동안 조조가 보낸 최후통첩이네."

"으음, 그런 일이 있었습니까!"

노숙은 재빨리 편지를 펼쳐 보았다.

〈지난번 편지에 답장이 없어 참으로 유감이다. 다시 말하지만 내게 항복하고 강하의 유비를 쳐라. 만약 이번에도 답장이 없으면 거절한 것으로 알고 1백만 대군

을 몰아 오를 멸망시킬 것이다.〉

"이것 때문에 회의 중이었습니까?"

"그렇다네. 벌써 며칠째인지 모르겠네."

"여러 대신들의 의견은 어떻습니까?"

"아직 결정은 못 내렸지만 대부분 싸움을 피하는 게 좋다는 의견이네."

그때 곁에 있던 대신 장소가 말했다.

"지금은 주저하실 때가 아닙니다. 조조는 1백만의 기병뿐 아니라, 수천 척의 병선을 이끄는 수군도 훈련시키고 있습니다. 오나라의 병력으로 조조와 싸운다는 것은 계란으로 바위를 치는 꼴입니다."

"결국 조조에게 무릎을 꿇으라는 것이군."

손권이 탄식하자 장소가 다시 말했다.

"그것만이 오나라를 보존하는 길이요, 백성들을 편안케 하는 길입니다."

대부분의 문신들은 장소의 의견에 찬성이었고, 무장들은 죽기를 각오하고 싸워야 된다고 주장했다.

"머리가 아프니 잠깐 쉬었다 계속합시다."

손권이 피로한 기색으로 안으로 들어가자 노숙이 따라 들어갔다.

"주군, 항복을 주장하고 있는 것은 그들이 조조의 부하가 되어도 현재와 비슷한 벼슬을 얻을 수 있기 때문입니다. 그러나 주군은 다릅니다. 항복하는 그 순간부터 기껏해야 시골의 현령이 아니면 현의가 고작일 겁니다. 나라의 주인이신 주군께서 어찌 그런 수모를 당하실 수 있겠습니까?"

"그렇다면 그대에게 어떤 좋은 방법이라도 있단 말인가?"

"그건 차차 말씀드리기로 하고 우선 강하성에서 데리고 온 제갈공명이라는 자를 만나 보십시오. 그러면 조조의 장단점을 잘 알 수 있을 겁니다."

"뭐라고 했소? 공명이 정말 여기 와 있단 말이오?"

손권은 공명의 명성을 오래전부터 들어온 터였으므로 매우 기뻐했다. 더욱이 공명은 손권의 신하 제갈근의 동생이기도 했다.

다음 날 아침 노숙은 손권이 있는 관아로 공명을 데리고 가면서 말했다.

"우리 주군은 항복보다는 싸움을 원하고 계시나, 뾰족한 수가 없어 망설이고 계십니다. 그대가 간곡히 항복을 만류해 주시오. 그리고 주군을 만나시거든 절내로 조조의 군사가 많다는 것을 말씀해서는 안 됩니다."

"알았소이다. 걱정 마십시오."

관아에 이르러 보니 오늘도 손권의 부하들은 항복이냐 싸움이냐에 대해 격론을 벌이고 있었다. 공명이 예를 올리고 자리로 가 서자 손권이 입을 열었다.

"먼 길에 수고가 많았소, 공명 선생. 선생은 뛰어난 지혜를 지닌 사람이라고들 하던데 좋은 의견이 있다면 들려주시오."

공명은 거침없이 대답했다.

"만일 손 태수님께서 대대로 물려받은 이 훌륭한 오나라를 영원히 지킬 뜻이 계시다면, 우리 유황숙님과 힘을 합하시어 조조와 싸우십시오. 그리고 만일 스스로 조조와 다툴 만큼 힘과 자격이 없다고 생각하신다면 간단한 계책이 있습니다."

"간단한 계책이라니?"

"싸우지 않고 온 나라가 평안히 지낼 수 있는 유일한 방법이지요."

"그게 뭔지 어서 말해 보시오."

"항복하는 것입니다. 갑옷을 벗고 만백성이 보는 앞에서 조조에게 무릎을 꿇어 동정을 구하는 것입니다. 조조도 사람인데 태수님을 괄시야 하겠습니까?"

손권을 찾아간 공명

"선생……!"

손권은 공명을 뚫어지게 노려보았다. 부모의 무덤에 머리를 조아리는 것 이외에는 아직 남에게 무릎을 굽힌 일이 없는 손권이었다.

"선생은 남의 나라 일이라고 아무렇게나 말하는 것 같은데 그렇다면 선생은 정작 유황숙에게는 어째서 항복을 권하지 않는 것이오? 유황숙이야말로 나보다 훨씬 싸움에 승산이 없는데?"

"말씀 잘하셨습니다. 우리 유황숙님은 한 황실의 종친으로서 만백성이 우러러보는 고귀한 어른이십니다. 싸움에 지고 이기는 것은 흔히 있는 일. 어찌 역적 조조 따위에게 항복을 할 수 있겠습니까? 만일 제가 유황숙님에게 항복 같은 것을 권해 드린다면 천하에 못된 신하라고 당장 목을 베실 것입니다."

"그, 그만 물러가시오!"

손권은 자리에서 벌떡 일어나 내전으로 들어가 버렸다. 아마도 공명의 거침없는 말에 분노를 느낀 모양이었다. 그리고 그것이 공명이 의도한 바였다. 손권의 자존심을 건드려 분노케 해야만이 여기에 온 목적이 달성될 것이기 때문이었다.

손권은 파양호에서 수군을 훈련시키고 있는 수군 대도독 주유에게 전령을 보내서 급히 성으로 들어오라는 명령을 내렸다. 안의 일은 장소와 의논하고, 밖의 일은 주유와 의논하라던 형 손책의 유언이 생각났던 것이다.

주유는 손권의 형 손책과 같은 나이로 지혜와 용기를 겸비한 오나라 제일의 무장이었다. 시상성으로 들어온 주유는 노숙에게서 공명이 시상성에 들어와 있다는 이야기를 듣고 노숙과 더불어 공명이 묵고 있는 역관으로 갔다. 그 자리에서 공명은 그가 가지고 있는 모든 지식을 총동원하여 주유를 설득했다. 처음에는 과연 조조와 상대할 수 있을까 의심하던 주유도 끝내는 공명의 지혜와 말재주에 느낀 바가 있어 조조와 대적할 것을 결심했다. 공명과 헤어져 역관을 나오면서 주유가 노숙에게 말했다.

"공명은 무서운 사람이야. 나를 이 정도로 설득한 것으로 봐서 주군은 물론, 오의 여러 대신들을 떡 주무르듯이 했을 게 뻔하지……. 장차 오나라를 크게 위협할 인물이야."

주유는 곧장 관아로 들어가 손권을 만났다.

"주군, 항복이란 있을 수 없습니다. 제가 살아 있는 한, 우리의 주군께서 누구의 앞이든 무릎을 꿇게 하지는 않겠습니다."

주유의 용기 있는 말에 손권은 탄복했다.

"오, 그대의 충성스런 소리에 가슴이 탁 트이는 것 같네. 하지만 과연 조조군을 상대할 수 있겠소?"

"조조의 기병은 확실히 강합니다. 그러나 이곳에서 벌어진 전투는 대부분 강을 전쟁터로 한 수전이 중심입니다. 아무리 대군을 거느린 조조라 하더라도 말 위에서는 큰소리를 칠지 모르나 우리의 수군을 당해 낼 수는 없을 것입니다."

"음……. 그대에게 전군을 맡기겠다!"

손권이 자리에서 벌떡 일어나 칼을 빼는 순간 앞에 놓인 탁자가 두 동강이 났다.

손권은 그 칼을 높이 들어 선언했다.

"오늘 이후 다시는 이 문제를 논하지 마라! 만일 조조에게 항복해야 된다는 말을 입에 담는 자가 있다면 이 탁자처럼 몸뚱이를 갈라놓으리라."

그리고 다시 주유를 돌아보며 말했다.

"장군, 받으시오. 명령에 불복하는 자는 서슴지 말고 베시오."

주유는 손권의 칼을 받아 허리에 차고는 여러 사람들에게 말했다.

"이제부터는 내가 주군을 대신하여 명령하겠다. 우리 오군은 죽기를 각오하고 조조와 싸울 것이다. 만일 명령을 따르지 않는 자는 가차없이 목을 베리라. 내일 새벽까지 전 병력은 출전 준비를 마치고 강변에 모여라."

그 자리에서 주유는 정보를 부도독, 노숙을 참군 교위로 임명했다. 그날 저녁 집으로 돌아온 주유는 노숙을 불러 말했다.

"공명은 무서운 인물이오. 주군은 이미 싸울 것을 결심하고 계셨소. 그건 모두 공명이 주군을 설득했기 때문이오. 그렇지 않다면 설사 나를 깊이 신임하셨다 해도 장소를 비롯한 여러 신하들이 그토록 반대하는데도 그리 쉽게 결전을 승낙하실 까닭이 없지 않소? 항상 주군을 가까이서 모시고 있는 우리들 이상으로 주군의 마음을 움직일 수 있는 공명이란 사람, 이 주유보다 몇 갑절 뛰어난 인물이오."

"과연 그럴까요?"

"틀림없소. 공명은 장차 오나라에는 절대 위험한 인물이오. 그가 오나라에 와 있는 이 시기에 죽여 버려야 합니다."

노숙은 놀라 눈을 동그랗게 뜨고 입을 열지 못했다.

"우리가 조조와 싸움을 하는 것은 오나라를 위한 것이기도 하지만, 한편으로는 공명의 주인 유비를 위기에서 구해 주는 것도 됩니다. 공명이 노리는 것이 바로 그겁니다. 그리고 그들은 우리가 조조와 사투를 벌이는 동안 어떤 계교를 부려 야욕을 채울지 모릅니다."

"주공, 아무리 그렇다고 해도 지금 당장 공명을 제거한다는 것은 찬성할 수 없습니다."

"글쎄……."

"우선 이렇게 해봅시다. 공명의 형 제갈근을 이용하는 겁니다."

주유와 노숙은 의논한 끝에 제갈근을 제갈공명이 묵고 있는 역관으로 보내 함께 손권님을 모시자고 권유하게 했다. 그러나 공명이 형의 권유에 따를 리가 없었다.

다음 날 주유는 몰래 강하성의 유비에게 사신을 보내 '공명이 현재 오나라에 있지만, 함께 조조를 치자면 꼭 유황숙과도 긴밀한 작전 계획을 세워야 하니 수고스럽더라도 한 번 와 주십시오' 하는 편지를 전했다.

이 편지를 받아 본 유비는 낌새가 이상해 망설이기도 했지만, 끝내 관우를 비롯한 수비병 20여 명을 거느리고 오나라의 진중으로 배를 몰았다. 유비 일행이 강언덕의 진지에 닿았다는 보고를 들은 주유는 속으로 크게 기뻐했다.

'내 계략에 빠져들었구나!'

주유는 조조와 싸우기 전에 우선 유비를 베어 버리고 다시 공명을 설득하든지 아니면 그마저도 죽여 버릴 속셈이었던 것이다. 주유는 유비를 자기의 군막으로 맞아들여 주연을 베풀었다.

그때 마침 공명은 강기슭의 주유군에 머물면서 군사들이 훈련하는 것을 지켜보고 있었는데, 한 병졸에게서 '오늘의 손님은 강하성의 유황숙'이라는 소리를 듣고는 급히 주유의 본진으로 달려갔다.

그리고는 주유와 유비가 술좌석을 벌이고 있는 군막 밖에서 동태를 살폈다. 공명에게도 알리지 않고 유비를 오게 한 주유의 속셈은 불 보듯 뻔한 노릇이었다.

중국의 고대 무기
새문도차 塞門刀車
성문이 파괴되어 적이 성 안으로 침입해 올 때 이 차로 성문을 막고 앞에 붙어 있는 칼로 적의 접근을 막는다.

그런데도 유비는 그런 낌새를 전혀 느끼지 못하는 듯 술잔을 기울이고 있었다. 그러나 다음 순간 공명은 안도의 한숨을 내쉬고는 슬쩍 그곳을 빠져나가 강가의 자기 숙소로 사라졌다.

유비 뒤에는 청룡언월도를 든 관우가 두 눈을 부릅뜨고 있었던 것이다. 군막 안의 술자리는 밤이 깊어 가는 줄 모르고 계속되고 있었다. 주유와 유비는 조조군을 칠 전략과 준비 등에 대해서 열심히 의논했다. 얼마 후 대강 작전 계획이 이루어졌다 싶을 때 유비는 공명을 만나 보고 싶다고 말했다. 그러자 주유는 웬일인지 당황해 하는 낯빛이었다.

"그거야 뭐 어렵지 않지만……. 여하튼 곧 모셔오겠습니다."

그때 관우가 유비의 옷소매를 살짝 잡아당기며 눈짓을 했다. 아무래도 뭔가 석연치 않으니 빨리 자리를 뜨자는 의미였다.

"아하, 오늘은 참으로 기쁜 날이었습니다. 조조를 무찌른 후에 다시 축하의 술잔을 나누기로 하고, 오늘은 이만……."

유비는 재빨리 자리를 털고 일어나 군막을 나갔다. 너무나도 순간적으로 일어서 버렸기 때문에 주유는 어리벙벙했다. 실은 유비와 관우가 취하면 이 군막을 나가기 전에 살해해 버리려고 사방에 무사와 자객들을 숨겨 두었던 것인데 너무도 빨리 일어서 버려 신호를 보낼 틈도 없었던 것이다.

주유의 진중을 벗어난 유비 일행이 나는 듯이 말을 달려 배가 있는 강기슭까지 서둘러 왔을 때였다. 갈대숲 근처에서 사람의 그림자 하나가 불쑥 나타났다.

"주군, 무사하셨습니까?"

자세히 보니 꿈에도 그리던 공명이었다. 유비는 너무도 반가워 그를 덥석 끌어안았다.

"오오, 공명!"

공명은 그동안 오나라에서 있었던 여러 가지 일에 대해 설명한 뒤 급히 일행을 배로 안내하면서 말했다.

"주유는 주군을 해치려고 하고 있습니다. 우리를 두려워하고 있는 거지요. 어서 배에 오르십시오."

"그렇다면 군사께서도 위험하지 않소. 우리와 함께 떠납시다."

"아닙니다. 저는 아직도 할 일이 더 남아 있습니다. 제 걱정은 마시고 어서 서두르십시오. 다만 한 가지 꼭 기억하실 것은 오는 11월 20일이 갑자甲子에 해당되는 날이라는 겁니다. 그날에는 반드시 동남풍이 불 것이오니, 잊지 마시고 조운을 시켜 배 한 척을 몰고 강의 남쪽 기슭에서 저를 기다리게 해 주십시오."

"동남풍이 불다니. 장차 있을 일을 어떻게 알 수가 있소?"

"아마도 제 생각이 틀림없을 겁니다. 어서 남의 눈에 띄기 전에 서두르십시오."

유비 일행이 어둠 속으로 배를 몰고 사라지자 공명은 아무 일 없었던 것처럼 자기의 숙소로 돌아갔다.

불타는 적벽

유비가 강하로 돌아간 며칠 후 조조의 최후통첩을 지닌 사신이 오나라의 강가에 닿았다. 사신이 내놓은 조조의 친서를 읽어 본 주유는 불같이 노해 그 즉시 사신의 목을 베어 조조의 진영으로 돌려보냈다.

"괘씸한 놈들!"

조조는 이윽고 결심을 굳혀 수군 대도독 채모에게 명령했다.

"먼저 수군인 주유를 깨뜨리고, 오나라 전 국토를 짓밟아라!"

건안 13년 11월의 일이다. 채모를 수군 선봉으로 한 조조군의 대병선은 일제히 남하를 시작했다. 조조의 대군과 오의 수군은 강 한가운데서 대접전을 벌였다. 수십 척의 작은 병선을 몰고 선봉으로 앞질러 나간 오의 장수 감녕은 채모의 아우 채훈이 이끄는 조조군의 선봉을 여지없이 무찌르고, 부장 채훈마저 화살을 맞혀 물속으로 처박아 버렸다.

그리고 그 여세를 몰아 도망치는 조조군의 병선에 뛰어올라 닥치는 대로 적병의 목을 잘라 버렸다. 조조의 군사는 태반이 배 위에서 싸우는 것에 익숙지 않았다. 배가 흔들리자 현기증과 구토를 일으켜 싸움은 고사하고 제 몸 하나 가누기에 급급했다. 여기에 주유의 본진 수십 척이 포와 화살을 쏘아 대면서 덤벼드니 조조군의 병선은 대패하여 후퇴했다. 첫 싸움에 참패한 조조는 수군 대도독인 채모와 부도독 장윤을 불러 책망했다.

"오늘 싸움은 적군의 수보다 아군의 수가 많은데도 패했다. 이것은 너희들이 힘을 쓰지 않았기 때문이다. 이번만은 용서하겠지만 다음에는 군법에 따라 목을 베어 버릴 것이다."

채모와 장윤은 수전에 익숙지 못한 군사들을 훈련시키기 위해 우선 강 연안에 요새를 만들어 놓고 24개의 수문을 설치했다. 그리고 큰 배는 철책 삼아 밖에 정박시켰으며 작은 배는 안에 두어 수시로 훈련에 사용했다. 또한 밤이 되면 배미디 불을 밝히니 그 모습이 장관이었다. 첫 싸움에서 이겨 의기양양한 주유는 조조군의 불빛에 놀라 작은 배를 보내 적진을 살펴보고 오게 했다.

"그들이 그토록 요새를 단단히 구축하고 맹훈련 중이라면 적진에는 분명히 수전에 능한 명장이 있을 것이다. 너희들 중 조조군의 수군 대도독이 누구인 줄 아는 사람 있느냐?"

그때 감녕 휘하의 부장 하나가 앞으로 나와 말했다.

"며칠 전 소문에 의하면, 형주의 옛 신하로서 조조에게 항복한 채모라는 자라고 하옵니다."

"그러면 그렇지……. 북쪽에서 온 장수 중에는 그만한 인물이 없어. 조조를 치려면 우선 채모부터 죽여야 해."

주유는 채모를 죽일 계획을 세웠다. 우선 채모가 오나라와 내통한 것처럼 거짓 편지를 만들어 그것을 일부러 적의 눈에 띄게 하여 조조가 의심하도록 했다. 조조 또한 채모가 유표의 신하였으므로 애초부터 그를 신임하고 있던 것은 아니었다. 다만 수전에 능한 장수가 없어 임시로 그를 등용한 것에 불과했다. 마침내 조조는 주유의 계책에 속아 채모와 장윤을 죽이고 말았다. 대신 모개와 우금이 수군의 책임자가 되었다. 채모가 죽었다는 소식이 들어오자 주유는 매우 기분이 좋았다.

그러나 그것도 한 순간이었다. 공명이 이미 계책을 써서 채모를 죽게 한 것을 알게 되자 그만 소름이 끼쳤다.

'공명은 절대 살려 둘 수 없는 인물이야. 저런 자가 장차 오나라의 적이 된다면 그 누구도 당해 낼 수 없어.'

주유는 본격적으로 조조와 싸우기 전에 공명을 죽여 버릴 결심을 했다. 어느 날 주유는 공명을 자기의 진중으로 초대했다.

"공명 선생, 가까운 시일 안에 조조를 짓밟아 버리고 싶건만, 아시다시피 우리는 해전에 필요한 화살이 부족한 실정이오. 선생께서 한 번 오나라를 위해서, 아니 귀공의 주군인 유황숙을 위해서 화살 10만 개를 만들어 주시지 않겠습니까? 필요한 재료나 인력은 얼마든지 지원해 드릴 테니."

"좋습니다. 만들어 드리지요."

공명은 쾌히 승낙했다. 이유야 어떻든 유비를 대신하여 싸워 주는데 그 정도는 봉사해야 마땅할 것 같았던 것이다. 그런데 주유의 그 다음 말이 사뭇 엉뚱했다.

"열흘 안에 만들어 주실 수 있겠지요?"

"열흘이요?"

공명은 주유가 자신을 죽이고자 꾸며 낸 함정임을 문득 깨달았다.

"그렇소. 워낙 시일이 급하거든요."

공명은 무언가 골똘히 생각하는 듯하더니 이윽고 고개를 들었다.

"좋습니다. 만들어 드리기로 하겠으나 열흘 안이 아니라 사흘 안에 만들어 드리겠습니다. 언제 전쟁이 터질지 모르는 이 마당에 열흘은 너무 길지 않습니까?"

"뭐요? 사흘이라고 했습니까?"

주유는 자기의 귀를 의심했다. 귀신이 아닌 다음에야 그것은 절대 불가능한 일이었다.

"물론이지요. 만일 사흘에서 한나절이라도 어긴다면 군법에 따라 제 목을 바쳐도 좋습니다. 단, 재료와 인부 대신에 저에게 20척의 배를 빌려 주시고 각 배에 병사 1명씩 타게 해 주십시오. 그리고 배에는 푸른 휘장을 친 후에 짚을 1천 개 묶어서 좌우에 갈라 놓아 주십시오. 그리고 내일부터 사흘째 되는 날 밤, 5백 명 군사를 강변으로 보내 화살을 나르게 하십시오."

'이놈이 무슨 꿍꿍이 수작인지는 몰라도 이번에는 스스로 무덤을 파는구나.'

주유는 마음속으로 환호성을 올리며 공명의 장담을 받아들였다.

"그거야 어렵지 않지요. 배와 병사를 마련해 드리겠소. 허나 약속을 어길 때는 각오해야 합니다."

"두말하면 잔소리가 됩니다."

화살 10만 개를 만드는 것은 사흘은 고사하고 한 달이라도 어려운 일이었다. 공명이 돌아간 뒤 병기 부대에 연락하여 3일 동안은 일절 일을 하지 말라고 지시하고, 공명과의 약속대로 배 20척과 병사들을 준비시켰다. 그리고 그날이 어서 오기만을 손꼽아 기다렸다.

하루가 지나고 이틀이 되었다. 다시 더 하루가 지나 약속한 사흘째 되는 날 저녁 무렵이었다. 공명은 그때까지 주유가 보내온 배와 병사들을 그대로 강가에 놔 둔 채 술잔만 기울이고 있었다. 주유와는 달리 공명을 진실로 좋아하고 있는 노숙은 걱정이 되어 찾아왔다.

"오늘이 10만 개 화살을 약속한 마지막 날인데 어찌 술타령만 하고 있습니까?"

"걱정 마십시오. 오늘 자정이 지나기 전에 반드시 약속을 이행하겠소."

공명은 술잔을 내려놓고 노숙과 함께 배 위로 올라갔다.

"자아, 이제부터 화살을 빌러 가는 겁니다."

"공명 선생, 빌러 가다니 누구한테 말입니까?"

"하하하, 그야 조조한테지요."

"지금 뭐라고 했습니까? 조조라고 했습니까?"

"그렇소, 조조요. 지금은 궁금하시겠지만 저와 함께 배를 타고 나가 보시면 아실 겁니다."

의아해 하는 노숙에게 빙그레 미소를 지어 보인 공명은 배를 상류로 방향을 잡아 나아갈 것을 지시했다. 곧 날이 저물고 사방은 앞을 분간하지 못할 정도로 안개가 짙게 끼었다. 조조의 요새 가까이 이르러 공명은 배에 탄 각각의 병사들에게 모두 공명과 노숙의 배로 옮겨 타라고 지시한 연후에 그 배와 나머지 19척의 배를 밧줄로 단단히 연결시켰다.

그리고는 병사들에게 일제히 북을 두드리고 함성을 올리라 했다.

"조조의 백만 대군 앞에서 이게 무슨 엉뚱한 짓입니까? 그들이 쏟아져 나오면 어쩌려고 그러시오?"

노숙이 새파래져서 묻자 공명이 태연히 말했다.

"안심하시오. 적은 짙은 안개 때문에 군사를 내보내지 않을 거요. 우린 술이나 마시면서 놀다가 안개가 걷히거든 돌아갑시다."

과연 공명의 예측은 틀림이 없었다. 안개가 짙어서 섣불리 나왔다가는 적의 계략에 빠지기 쉬울 것으로 생각한 조조는 1만 궁수들을 동원하여 화살을 쏘아 대기 시작했다.

공명과 노숙은 지붕처럼 판자가 덮인 배 안에 앉아 술을 마셨고 그곳에 함께 몸을 숨기고 있는 병사들은 거듭 몇 번이고 북을 치며 고함을 질러 댔다. 북소리가 점점 커지자 당황한 조조군은 모든 화살을 동원하여 비오듯 쏘아 댔다.

얼마나 시간이 흘렀을까.

드디어 20척 가득 쌓아 올린 짚더미 위에는 수십만 개도 더 될 만큼 산더미처럼 화살이 꽂혀 있었다. 차츰 안개가 걷히고 대낮같이 밝은 보름달이 구름 사이로 얼굴을 내밀었다. 공명은 갑판으로 나가 조조군의 요새를 향해 소리쳤다.

"승상께 화살을 빌려 줘 고맙다고 인사 전하라! 언젠가는 싸움터에서 다시 돌려드린다고!"

그리고 쏜살같이 오나라의 강기슭으로 배를 몰았다. 저만큼 오의 진영이 보일 때쯤 노숙이 물었다.

"공명 선생, 오늘 밤의 안개를 어떻게 예측하셨습니까?"

"참된 현인은 모름지기 보통 학문뿐만 아니라 병법, 천문, 지리 등에도 통달해야 합니다. 나는 오늘 밤 안개가 끼었다가 사라진다는 것을 이미 며칠 전부터 알고 있었소."

공명의 말에 노숙은 그저 머리가 숙여질 뿐이었다. 배가 돌아오자 약속대로 군사들이 화살을 받으려고 기다리고 있었다. 세어 보니 20척의 배에서 뽑은 화살은 무려 20만 개가 넘었다. 이 소식을 들은 주유는 깜짝 놀랐다.

"나의 잘못이었다. 공명 같은 훌륭한 인재를 죽이려고 잔꾀를 부리다니……. 그는 나보다 훨씬 뛰어난 사람인 것을……."

주유는 공명을 정중히 맞아들여 지금까지의 무례함을 깊이 사과했다.

"사실 나는 선생을 미워하고 있었소. 하지만 이제부터는 그런 마음을 버리겠소. 아무쪼록 오가 조조를 쳐부술 수 있도록 도와 주시오."

불타는 적벽 · 353

"별 말씀을. 제가 무슨 재주가 있어야지요. 그러나 힘 닿는 데까지는 도와 드리리다."

"고맙습니다. 이제 주군께서 빨리 싸우라는 명령을 내리셨습니다. 하지만 선생께서도 아시다시피 조조와 대결한다는 것이 얼마나 어려운 일입니까? 제가 한 가지 계책을 마련하고 있으나 선생의 생각은 어떠신지 한 번 들어주시겠습니까?"

"그럴 게 아니라, 제게도 평소에 생각해 둔 방법이 있으니, 우리 두 사람의 생각이 같은가 다른가 각기 자기의 생각을 손바닥에 써서 건주어 봅시다."

두 사람은 상대방 몰래 손바닥에 글자를 써서 일시에 펴 보았다. 공명의 손바닥에는 '불로 공격한다' 라고 써 있었고 주유의 손바닥에도 '불로 공격한다' 라고 써 있었다.

"하하하, 우리는 모두 같은 생각을 하고 있었군요."

공명이 유쾌하게 웃자 주유 또한 호탕하게 웃었다.

"선생의 의견마저 그렇다면 그 이상 좋은 방법이 없겠군요. 이 일을 절대로 남에게 누설하지 마시기 바랍니다."

"두 집안의 일인데 어찌 그럴 리가 있겠습니까. 여하튼 빨리 일을 서둘러야겠습니다."

조조는 공명에게 빼앗긴 화살 때문에 심히 걱정하고 있었다. 조조의 모든 군사들은 첫 번째의 싸움에 대패한 이후 또다시 이런 일이 일어나자 사기가 꺾여 있었다.

어디 그뿐이랴. 멀리 고향을 떠나 낯선 땅에 주둔해 있자니 병자도 늘어나고 병사들은 날로 야위어 가고 있었다. 조조는 이런저런 일로 하여 빨리 오를 무찌르고 도성으로 돌아가고 싶었다.

그런데 적은 공명과 주유뿐만 아니라 수전에 능한 장수와 병사들을 거느리고

불타는 적벽 · 355

있어 이렇다 할 만한 공격 방법이 떠오르지 않았다. 조조가 이렇게 괴로워하고 있자 장간이라고 하는 부하 장수가 앞으로 나와 간했다.

"저는 오의 주유와 어릴 적 친구입니다. 제가 오의 진중으로 들어가 친구를 만나러 간 척하고 그들의 책략을 살펴보고 오겠습니다. 그런 연후에 그들을 공격하시면 쉬울 것입니다."

조조는 장간의 제의를 받아들여 즉시 그를 오나라로 들여보냈다. 그러나 주유쯤 되는 사람이 장간의 속마음을 모를 리 만무했다. 주유는 자기의 진중으로 찾아온 옛 친구를 단번에 옥에 처넣었다.

이날 밤 장간은 옥문을 부수고 밖으로 나와 근처의 서산으로 도망쳤다. 그가 한참 산속을 헤매고 있을 때 저만치 불빛이 보였다. 가까이 다가가 보니 그것은 조그마한 암자였는데 방에는 선비 하나가 소리 내어 글을 읽고 있었다. 장간은 문을 두드려 하룻밤 묵을 것을 청한 뒤 안으로 들어가 선비와 자리를 같이했다.

"선생은 누구시기에 홀로 이곳에서 공부를 하십니까?"

장간이 사내 앞에 놓인 여러 권의 병서를 훑어보며 물었다.

"저는 방통이라고 하는 시골 선비입니다. 세상이 싫어 이렇게 숨어 살지요."

장간은 깜짝 놀랐다.

"그렇다면 선생이 바로 그 유명한 봉추 선생이 아니십니까?"

"그렇소이다. 사람들은 나를 방통 혹은 봉추라고 부르지요."

"선생같이 학식 높은 분이 어째서 세상을 등지고 이곳에 계시는지 궁금합니다."

"손권과 주유가 나의 재능을 시기하여 미워하기 때문에 그들을 피해 이곳에서 사는 것입니다."

'그렇다면 잘된 일이군.'

장간은 방통을 데리고 가면 조조가 크게 기뻐할 것이라고 생각했다.

"방통 선생, 그러시면 조 승상을 만나 뵙게 해 드릴 테니 저와 함께 가십시다. 조 승상은 인재를 사랑하시는 분이니 선생에게 높은 벼슬을 주어 중요하게 쓰실 겁니다."

방통은 한참을 망설였으나 장간이 거듭 권하는 바람에 조조를 만나 보기로 작정했다. 서산의 산길과 그 근방의 지리는 방통이 잘 알고 있었다. 장간과 방통은 날이 새기도 전에 서산을 내려와 배를 구해 조조의 진중으로 달아났다.

장간이 방통과 더불어 왔다는 소리를 듣자 조조는 크게 기뻐하여 달려 나왔다. 인재라면 남보다 몇 배는 더 정성을 들여 받아들이는 조조였다. 더욱이 방통이라면 공명에 버금가는 대현인으로 소문이 나 있는 사람이 아닌가. 방통을 맞아들인 조조의 진중에서는 주연이 베풀어졌다. 방통과 조조는 오래 사귄 친구처럼 정답게 술잔을 기울였다. 둘은 특히 병법에 대하여 많은 이야기를 나누었는데 방통의 물 흐르듯 거침없는 이야기에 조조는 크게 감탄했다.

다음 날 아침 조조는 방통과 함께 갑판 위로 나갔다.

"오나라를 쳐부수기 위해서는 우선 수전에서 승리를 거둬야 하는데 우리는 첫 싸움에서 크게 패하고 말았습니다. 그리하여 강기슭에 저렇게 요새를 만들고 수문을 설치하여 수군을 훈련시키고 있습니다. 선생이 둘러보시고 좋은 의견이 있으시면 들려주십시오."

"하아, 승상의 지혜에 참으로 감탄했습니다. 이런 정도라면 주유는 크게 패하여 도망칠 겁니다."

방통은 짐짓 조조를 칭찬하고 나서 다시 덧붙였다.

"모든 것이 다 훌륭합니다만 꼭 한 가지, 북쪽 사람들은 배에 익숙지 못하여 병

불타는 적벽 · 357

자가 많이 날 겁니다. 그러니 크고 작은 병선을 30척, 혹은 50척씩 쇠줄로 묶어 놓고 그 위에다 널빤지를 깔아 자유롭게 건너다닐 수 있게 한다면 육지에서 돌아다니는 것과 별 차이가 없게 되어 병자가 줄어들 겁니다."

"그거 좋은 의견입니다! 병자뿐 아니라 수십 척의 배가 하나의 군선처럼 되어 풍랑에도 끄떡없을 것 같군요."

조조는 그날로 배와 배를 쇠줄로 묶어 시험 삼아 강 한가운데로 내보내 보았다. 마침 그날은 바람이 심해 집채만 한 물기둥이 쉴새없이 솟아 올랐으나 30척, 50척씩 묶인 배는 육지에 놓여 있는 것처럼 별로 요동하지 않았다. 또한 예전처럼 배멀미를 하는 병사도 드물었다.

"방통 선생, 하늘이 이 조조를 도와 선생을 보내 주신 겁니다."

조조는 순유, 순욱 등 신하들과 하후돈, 조언 등의 여러 장수들을 모아 놓고 방통을 책사로 맞아들일 것을 선언했다. 그 후 조조와 방통은 한시도 떨어지지 않고 오의 수군을 쳐부술 의논을 했다. 그러던 어느 날 방통이 조조에게 말했다.

"주유는 쥐꼬리만 한 재주를 믿고 여러 장수들을 업신여기기 때문에 원한을 품고 있는 사람이 많습니다. 제가 한 번 오나라로 가서 그 사람들을 승상께 항복하도록 하겠습니다. 만일 그렇게만 된다면 싸움 없이 오를 차지하실 수 있을 겁니다."

"그거 좋은 의견이오. 말씀대로만 된다면 후일에 반드시 큰 상을 내리리다. 오늘 즉시 출발해 주시오."

드디어 방통은 조조의 환송을 받으며 양자강 가로 나왔다. 막 배에 오르려할 때였다. 갑자기 베옷을 입은 사내 하나가 튀어나와 방통의 뒷덜미를 움켜잡았다.

"이놈! 연환계(배를 쇠줄로 묶는 계책)를 써서 조조의 병선을 모조리 불태우려고 하고 있지? 조조는 속였는지 몰라도 내 눈은 속일 수 없다!"

방통은 정신이 아찔할 정도로 깜짝 놀랐다. 급히 고개를 돌려 보니 다름 아닌 서원직, 즉 서서였다. 그제야 방통은 마음을 놓았다. 서서는 공명과 더불어 방통의 오랜 친구로서 언젠가 유비의 군사로 있다가 조조가 노모를 인질로 잡고 위협하므로 어쩔 수 없이 도성으로 간 바로 그 사람이었다.

그 후 서서의 어머니는 과연 사마휘의 말대로, 아들이 역적 조조의 신하가 되었다고 해서 스스로 목숨을 끊고야 말았다. 그러나 서서는 한 번 조조의 신하가 되기를 맹세했으므로 어쩔 수 없이 오늘까지 그대로 머물러 있었던 것이다. 방통은 서서에게 간청했다.

"자네니까 솔직히 말하겠네. 내가 처음 서산의 암자에서 장간을 만나게 된 것은 우연한 일이 아니라, 주유와 짜고 한 계책이었네. 장간이 옥을 탈출하여 그리로 도망칠 것을 예측하고 미리 거기서 기다린 셈이지. 서서, 잘 생각해 보게. 자네가 만일 나의 이 계획을 방해한다면 오나라 8주의 백성들은 조조에게 짓밟히고 마네. 그들이 가엽지도 않은가?"

"그야 그렇지만, 자네의 계획이 성공한다면 수군 80만은 모두 물귀신이 되고 마네."

"그거야 어쩔 수 없는 일이지. 싸움을 걸어온 것은 오가 아니라 조조인 걸. 여하튼 자네의 결심이 그렇다면 나를 잡아다 조조에게 바치게나."

방통이 얼굴을 찡그리며 한탄하자 갑자기 서서가 싱긋 미소를 지었다.

"하하하, 아니야 아니야. 내가 농담을 해본 걸세. 나는 유황숙의 은덕을 잊지 않고 있네. 조조를 위해서는 평생 한 가지 계책도 내지 않겠다고 맹세했지. 더욱이 조조는 내 어머니를 죽게 한 원수 아닌가? 이번 일을 아무에게도 말하지 않을 것이니 안심하게……. 그리고 나는 그대 때문에 불에 타 죽게 될 거야."

"그건 안 되네. 서서, 이 싸움터에서 떠나게."

"조조의 명령 없이는 불가능한 일이야."

"자네 같은 재주꾼이 뭘 그렇게 어렵게 생각하는가. 이렇게 하게."

방통이 서서의 귀에다 대고 뭐라고 몇 마디 건네자 서서는 알았다는 듯이 고개를 끄덕였다. 이윽고 두 사람은 헤어졌다. 방통은 무사히 강을 건너 오나라로 들어갔다.

이튿날부터 조조의 진중에는 이상한 소문이 퍼지기 시작했다. 서량 태수 마등이 조조가 도읍을 비우고 있는 동안 허창을 공격하려고 군사를 모으고 있다는 것이었다. 조조가 깜짝 놀라 군사 회의를 열었다. 그때 서서가 앞으로 나가 간했다.

"제가 허창으로 가 정세를 살펴본 뒤 그게 사실이라면 도성 수비군을 정비하여 마등을 쳐부수겠습니다."

서서라면 조조도 마음이 놓였다. 조조는 군사 3천을 주어 도성으로 떠나게 했다. 조조는 그날부터 쇠줄을 만들게 하고 목수를 불러 두껍고 넓은 널빤지를 준비시켰다.

"이건 너무나도 위험한 병법입니다. 만일 적이 화공을 써 온다면 배들이 모두 연결되어 있어 전멸하고 말 겁니다."

책사 정욱과 순유의 말을 들은 조조는 껄껄 웃었다.

"하하하, 그대들 같이 지혜로운 사람들도 어린애 같은 소릴 할 때가 다 있군. 적은 남쪽에 있고 우리는 서북쪽에 있네. 따라서 남풍이 부는 따뜻한 계절이라면 위험이 따르겠지. 그러나 지금은 한겨울로 접어드는 11월이야. 서풍과 북풍은 불어도 동풍, 남풍은 없네. 그들이 만일 화공을 써 온다면 오히려 자기들 편에 불이 붙고 말 거야."

모든 장수들은 조조의 말에 감탄하여 머리를 숙일 뿐이었다. 그때 조조의 진중에는 또 하나의 경사가 겹쳤다. 오나라의 장수 황개가 주유와의 다툼 끝에 피가 터지도록 곤장을 맞고 물러나온 뒤, 그 앙갚음을 하기 위해 그의 부장 감녕을 시켜 조조와 협조할 것을 제의해 왔던 것이다.

"주유는 거만하기 짝이 없는 자이올시다. 장군으로 말할 것 같으면, 주유보다 30여 년 위인 노장으로서 오를 위해 평생을 몸 바쳐 온 훌륭한 장수입니다. 그럼에도 자기의 의견에 반대한다고, 주유는 장군을 거의 죽도록 곤장을 쳤습니다."

황개의 밀명을 받아 조조의 진중으로 잠입한 감녕은 분개하며 하소연했다.

"조 승상님, 황 장군과 저는 절대로 주유를 용서할 수 없습니다. 주유가 쓰러져 죽는 것을 봐야 속이 풀릴 것입니다. 장차 싸움이 벌어지는 날, 황 장군과 저는 오의 병량을 모조리 싣고 승상에게 도망쳐 올 것이니 그리 알고 준비해 주십시오."

감녕이 다시 오나라로 돌아간 뒤 조조는 그들의 말이 사실인지 아닌지 첩자들을 오나라로 보내 확인해 보았다. 그 결과 황개가 주유에게 매를 맞아 집에 누워 있다는 것도 사실이고 주유와 황개가 서로 원수지간처럼 미워하고 있다는 것도 사실로 드러났다. 조조는 황개에게 밀서를 보내, 싸움이 벌어지는 날 그가 적의 병량을 모조리 싣고 도망쳐 온다면 훗날 큰 상을 내리겠노라고 약속했다.

그러나 이것 또한 주유와 황개가 합심하여 조조를 쳐부수기 위해 짜낸 계략임을 조조는 짐작도 못하고 있었다.

그 며칠 후 조조는 병선으로 올라가 수군을 점검하고 임무를 분담시켰다. 우금, 모개가 이끄는 중앙의 병사들에는 모두 황색 기를 꽂아 중군의 표식을 했으

삼국지 고사성어
고육지책 苦肉之策
어쩔 수 없이 제 몸을 괴롭히는 방책으로, 적을 속이기 위해 자신의 괴로움을 무릅쓰고 꾸며내는 계책을 말한다.

며, 전열의 병선들에는 모두 홍색 기를 꽂고 여기의 대장에는 서황을 임명했다. 흑색 기를 달고 열지어 있는 배는 여건의 진, 청색 기를 휘날리는 것은 악진의 병선들이었다. 반대쪽의 백색 기를 꽂은 병선들은 하후연의 배였다. 이 병선들을 강과 육지에서 지원하는 것은 하후돈, 조홍, 허저, 장요 등의 이름난 무장들이었다.

"때는 왔다! 오를 공격하라!"

조조는 병선에 높이 서서 총진격 명령을 내렸다. 드디어 조조의 대병선은 양자강 한복판으로 이동을 개시했다. 이날 풍랑은 천지를 뒤덮었고 그 큰 강의 뱃길은 미친 듯이 날뛰었다. 그러나 쇠줄로 이어진 조조의 병선들은 별로 흔들리지 않았고 병사들의 사기는 매우 드높았다.

그러나 풍랑이 계속되었기 때문에 모든 병선들은 강을 내려가기 겨우 수십 리, 오림의 만 입구에 정박했다. 물론 여기까지 조조의 점령지였으며 강기슭을 따라 수문으로 연결된 요새가 세워져 있었다.

그리고 이곳은 맑은 날이면 오나라의 진지인 남쪽 강기슭이 한눈에 바라보여 전략적으로 좋은 곳이었다.

"좋다! 좀더 와라. 한꺼번에 물귀신으로 만들어 주마."

주유가 입술을 깨물었다. 그때 갑자기 남쪽 산기슭에서 한 줄기 광풍이 불어와 주유 옆에 세워 둔 대장기를 후려쳤다.

"아앗!"

주유가 외마디 비명을 질렀다. 주유의 무장들이 놀라 뛰어가 보니 부러진 깃대가 주유의 등을 깔고 있었다. 주유는 잠시 정신을 잃었던 모양이다. 곧 깨어났으나 한 움큼의 피를 토해 냈다. 주유가 진중의 방에 누워서 신음하게 되자 노숙은 걱정스러웠다. 조조의 대군은 이미 움직이기 시작하고 있었다. 노숙은 황급히 본성의 손권에게 알리는 한편, 다른 곳의 배에 머물고 있는 공명을 주유가 누워 있는 방으로 데리고 왔다. 주유가 눈을 들어 공명을 바라보았다.

"공명 선생이 오셨구려."

"주 도독, 힘을 내십시오."

"글쎄 그게 안 되는구려. 약을 먹어도 토하기만 하니……."

"제가 보기엔 주 도독의 몸은 별 이상이 없는 것 같습니다. 다만 마음의 병이 깊을 뿐이오."

"마음의 병이라니? 그런 건 없소."

"그렇다면 어서 일어나 전군을 지휘하시오. 한시가 급합니다."

"그게 안 됩니다. 일어나기만 하면 머리가 어지럽습니다."

"그러니까 그게 모두 마음의 병이라는 겁니다. 그 병에는 약이 하나뿐입니다."

"어떤 약이오?"

"하하하, 주 도독 자신이 더 잘 알면서 왜 능청을 떠십니까? 동남풍, 바로 그거 아닙니까? 조조를 격파하는 것은 화공이 제일이라서 모든 준비를 완료했는데 동남풍만이 없어 병이 된 게 아닙니까?"

"아하, 공명 선생의 눈은 참으로 신통합니다. 선생에게는 아무것도 숨길 수가 없군요."

계절은 지금 북동풍만이 부는 겨울이었다. 양자강 북쪽에서 쳐내려오는 조조군에 대해 화공을 쓰게 되면 오히려 남쪽 기슭으로 불이 옮겨 붙어 배도 진지도 모두 불을 뒤집어쓸 염려가 있었다.

"공명 선생, 일이 급하게 되었소. 조조의 수군은 파도처럼 밀려 내려오는데 대체 이를 어쩌면 좋겠소?"

불타는 적벽 · 363

공명은 한참 동안 눈을 감고 있다가 조용히 말했다.

"오래전에 바람을 불게 하는 신통술을 배워 둔 적이 있습니다. 만약 지금 도독이 동남풍을 바란다면 한 번 정성을 다해 바람을 일으켜 보겠습니다."

공명이 신통술이라고 한 것은, 그에게 그런 신통술이 정말 있어서가 아니라, 다만 동남풍에 대해서만은 자신이 있었기 때문이다. 해마다 겨울의 동짓달이면 조류로 인하여 계절과는 관계없이 하루나 이틀 동안 동남풍이 불고는 했다.

공명은 오랫동안 천문에 대해 연구하고 있었으므로 그런 이치를 잘 알고 있었다. 한 해라도 동남풍이 불지 않은 해는 없었다. 그리하여 머지않아 그런 현상이 있으리라 확신하고 있었던 것이다.

"11월 20일은 갑자에 해당됩니다. 이날을 기해 제사를 지내면 밤낮 동남풍이 불어올 겁니다. 남병산 위에 제단을 세워 주십시오. 공명이 정성으로 빌어 보겠습니다."

이것은 오나라의 운명이 걸린 일이었다. 주유는 병석에서 벌떡 일어나 제사를 올릴 수 있도록 제단 공사를 손수 지휘했다. 11월 20일, 드디어 공명은 깨끗이 목욕을 하고 흰 도복으로 갈아입은 뒤 남병산으로 올라갔다. 그리고 기도에 들어가기 전에 노숙을 불러 말했다.

"하늘이 나의 정성을 어여삐 여겨 바람을 주시거든, 즉시 주유에게 알려 공격을 서두르라 하시오. 그리고 내가 기도하는 동안 제단 근처에는 한 사람도 남지 말고 멀리 물러나 있게 하십시오."

공명이 남병산의 제단에서 기도를 시작했다는 전갈이 전해지자 주유는 전 병력을 전투 대형으로 늘어놓고 동남풍이 불면 일제히 공격할 수 있도록 만반의 준비를 완료했다.

밤이 깊어갈수록 하늘은 더욱 조용하고 구름도 물결도 움직이지 않았다. 동남풍은커녕 그 흔한 북풍도 불지 않았다.

"어찌된 일이냐? 전혀 기도의 효과가 없지를 않느냐? 하기야 이런 겨울날에 동남풍이 불 리가 없지. 우리가 공명에게 속은 거야."

그러나 공명을 깊이 믿고 있는 노숙이 좀더 기다리자고 타일렀다. 아니나다를까, 그날 자정께부터 동남풍이 불기 시작했다. 주유가 놀라 급히 진막 밖으로 나가 보니 수많은 깃발이 북서쪽으로 쏠려 펄럭이고 있었다.

"오오, 동남풍이다! 동남풍이야!"

주유와 노숙은 기뻐 소리쳤다. 그리고 공명의 놀라운 신통력에 등골이 오싹하도록 겁이 났다.

"공명은 도대체 사람이냐, 귀신이냐? 천지신명도 제 마음대로 움직이는구나."

주유는 또다시 공명에 대해 두려운 생각이 들었다.

"안 되겠어……. 공명을 살려 두면 반드시 오나라에 해를 끼칠 거야."

주유는 노숙의 반대에도 아랑곳하지 않고 정봉, 서성 두 장수에게 군사를 주어 남병산으로 급파했다.

"무조건 공명의 목을 베어 오라! 만일 명령을 어긴다면 용서치 않으리라."

정봉과 서성은 육지로 나뉘어 남병산으로 달려갔다. 그러나 제단 위에는 향로를 지키는 시동뿐 공명은 이미 거기에 없었다. 그들은 말에 채찍을 가해 다시 산을 내려와 강가로 달려갔다. 어부에게 물으니 흰 도복을 입은 선비 하나가 배를 타고 강 한가운데로 가, 큰 배에 옮겨 타고 북쪽으로 사라졌다는 것이다.

정봉과 서성은 수척의 빠른 배를 띄워 상류로 추격해 나갔다. 그들은 곧 저만큼 앞에서 미끄러지듯 달아나는 배 한 척을 발견했다.

불타는 적벽 · 365

"공명 선생, 잠깐 기다리시오! 여기 주 도독의 전갈이 있어 뒤쫓아 온 겁니다."

서성이 손을 흔들며 소리치자 앞서 가는 배의 뒷전에 공명의 모습이 나타났다.

"하하하, 잘 왔다! 주 도독의 전갈은 듣지 않아도 잘 안다. 내 목을 내놓고 가라는 거겠지. 쓸데없는 헛수고 말고 어서 돌아가 주 도독에게 전하라. 동남풍이 불고 있으니 당장 적을 공격하라고. 나는 지금 유황숙님에게 가는 중이다. 그동안의 환대, 고맙다고 전하라."

그러나 서성은 악착같이 쫓아왔다.

"놓쳐서는 안 된다! 뒤쫓아라!"

"허어, 귀찮은 놈들이군."

공명은 빙긋 미소를 지으며 앞에 있는 장수를 쳐다보았다. 그 장수는 천천히 뱃전으로 나와 소리쳤다.

"야, 이놈들아! 눈이 있으면 봐라. 나는 유황숙의 분부로 군사 공명님을 모시러 온 조운이다. 살고 싶거든 어서들 돌아가라!"

"아니오, 우리는 당신들을 해치려는 게 아니오! 잠깐 주 도독의 말씀을 전해 드리려는 기요!"

"웃기지 마라. 수백 명의 군사를 싣고 추격하면서 해칠 뜻이 없다니, 어린아이도 안 속겠다!"

조운은 손에 들고 있던 화살을 활에 끼우면서 다시 소리쳤다.

"네까짓 놈들, 쏘아 죽이기는 식은 죽 먹기보다 쉬운 일이다. 그러나 우리는 너희와 친선을 맺은 터라 참고 있는 중이다. 자, 기념으로 이거나 받아라!"

다음 순간 쌔앵! 하고 조운의 손을 떠난 화살이 서성의 목을 스치고 그의 머리 위에 있는 돛의 팽팽한 줄을 끊었다. 돛은 커다랗게 원을 그리며 물속으로 떨어졌다. 돛을 잃은 배는 방향을 못 잡아 빙글빙글 한 자리에서 맴돌았다. 그동안 공명의 배는 쏜살같이 물 위를 미끄러져 사라져 버렸다. 서성과 정봉은 할 수 없이 돌아가 그대로 보고했다. 어느 때인가는 진심으로 공명에게 호감을 지닌 적이 있던 주유건만 일이 이 지경에 이르자 공명이 더욱 두렵고 무서웠다.

"공명은 오나라를 위해 오에 온 것이 아니다. 아, 역시 공명을 죽였어야 했다."

주유는 조조보다 먼저 유비를 쳐야 할 것 같은 생각까지 들었다. 그때 노숙이 타일렀다.

"유비의 무리쯤은 조조를 쳐부순 다음으로 미뤄도 늦지 않을 거요. 지금 조조의 대군이 강을 온통 덮고 있소이다."

"그거야 그렇지."

사실 급한 것은 조조와의 싸움이었다. 주유는 모든 것을 꾹 눌러 참고, 전군에게 공격 명령을 내렸다. 오의 병선들은 밤이 되기를 기다렸다가 일제히 닻을 올려 적의 수군 요새를 향해 나아갔다. 계속해서 동남풍은 크게 일어 오의 병선들에게 속력을 더해 주었고, 강물은 뛰는 듯 급히 몰아쳤다.

오군의 선봉은 계획대로 황개가 거느린 수십 척의 작은 배였는데, 그 배에는 각기 마른 풀과 기름, 화염병 등이 가득 숨겨져 있었다.

오의 병선이 쳐들어온다는 보고를 받은 조조는 대장선의 뱃전에 올라 멀리 다가오는 오의 병선들을 살피고 있었다. 조조가 참모 정욱에게 말했다.

"아아, 하늘이 도우시는 거야. 적의 선봉은 청룡기를 꽂은 황개의 병선들이야. 자, 저걸 보게."

과연 선두의 수십 척 뱃머리에는 청룡기가 펄럭이고 있었고 '선봉 황개'라는 글씨가 달빛 아래 뚜렷이 드러나 보였다. 조조가 이처럼 기뻐하는 것은 싸움이 시작됨과 동시에 황개가 적의 병량을 모두 싣고 조조에게 도망쳐 오기로 약속되어 있었기 때문이다. 그리하여 조조는 황개의 선봉군이 요새 가까이 다가오자 공격을 하지 않고 지켜보고만 있었다. 그때 책사 정욱이 황급히 말했다.

"아무래도 지금 불고 있는 동남풍이 마음에 걸립니다. 그리고 저렇게 다가오는 황개의 배들도 수상합니다. 요새에 너무 가까이 다가오지 못하도록 하십시오."

"황개가 우릴 속였다는 건가?"

"황개는 군량과 병기를 싣고 항복해 오겠다고 했는데, 사실이 그렇다면 군량과 병기는 무거우므로 뱃전이 깊이 가라앉아 있어야 합니다. 그러나 지금 눈앞에 보이는 배는 모두 수심이 낮고 빠릅니다."

"음, 그렇군, 큰일이다! 적이 지금의 동남풍을 이용해 화공을 쓴다면 막을 길이 없다!"

조조는 사색이 되어 문빙에게 명령했다.

"적의 선봉이 요새 안으로 들어오지 못하게 막아라!"

문빙은 수십 척을 이끌고 나가 황개의 병선을 가로막았다.

"승상의 명령이다. 배를 멈춰라! 요새 밖에서 대기하라!"

그때 쌩! 하고 화살이 날아와 문빙의 왼팔을 맞혔다. 문빙은 비명을 내지르며 배 안으로 나뒹굴었다.

"항복이란 거짓이다!"

황개의 병사들은 비오듯 화살을 쏘았다. 조조군은 흩어져 수백 척의 병선들이 쇠줄로 연결되어 있는 해상 요새 안으로 쫓겨 들어왔다. 이때 오의 병선 한복판에 있던 황개의 배는 질풍처럼 물보라를 뚫고 조조군의 해상 요새 안으로 돌진했다.

"자, 지금이다! 요새 안에 정박해 있는 적의 병선들을 한꺼번에 태워 버려라!"

이미 교묘하게 위장하고 선두에 온 한 무리의 화공 선단은 마른 풀, 기름, 유황 등을 선창에 가득 싣고 일시에 화염을 일으키며 쇠줄로 연결된 조조의 거대한 병선에 충돌해 갔다. 꽝! 꽝! 하는 폭음이 천지를 삼키는 듯했다. 더구나 오의 병선들에는 날카로운 못이 수없이 박혀 있어 한 번 부딪치면 떨어지지 않았다.

　　게다가 조조의 병선들은 방통의 계교에 의해 30척, 혹은 50척씩 쇠줄로 비끄러매져 있었기 때문에 흩어져 도망칠 수도 없었다. 불은 드디어 조조군의 모든 병선에 옮아 붙어 그 연기가 하늘과 땅을 뒤덮었다.

　　조조의 배들은 거대한 불기둥에 휩싸여 차례로 물속으로 가라앉았다. 맹렬한 불길은 바람을 타고 강기슭까지 휘몰아쳐 육지의 진지마저 불태우고 있었다. 군량미 창고, 무기 창고, 병마와 기타 군수물자까지 순식간에 삼켜 버렸다. 싸움터에서 잔뼈가 굵은 조조였건만, 일찍이 이처럼 한꺼번에, 그것도 눈 깜짝할 사이에 적에게 짓밟혀 보기는 이번이 처음이었다.

　　"화공은 대성공이다. 총공격하라!"

　　오의 도독 주유는 유유히 대병력을 이끌고 오림의 적벽으로 몰아쳐 왔다. 조조의 80만 대군은 불길 속에 갇혀서 갈팡질팡 아우성이었다. 불에 타 죽고 물에 빠져 죽고 오군의 창칼에 찔려 죽고……. 조조의 병사들은 차마 눈뜨고 볼 수 없을 정도로 무참히 죽어 갔다.

　　그때까지 대장선의 뱃전에서 이 광경을 지켜보고 있던 조조는 그만 등골이 오싹해져 작은 배를 타고 달아나려고 했다. 그때 불빛에 드러난 조조의 모습을 발견하고 황개가 벼락 같은 호통을 치면서 달려들었다.

　　"역적 조조는 게 섰거라! 황개가 여기 있다!"

　　조조는 오금이 저려 도망치지도 못하고 이상한 신음 소리를 냈다. 황개의 칼이

불타는 적벽

조조의 머리 위로 떨어지려는 찰나, 쌩! 난데없이 화살이 하나 날아와 황개의 오른쪽 어깨에 박혔다. 장요가 조조가 위험에 처한 것을 보고 활을 쏜 것이었다.

황개가 그 자리에 쓰러지는 순간 조조와 장요는 재빨리 몸을 피해 간신히 포위를 뚫고 육지로 올라왔다.

"저게 조조다! 사로잡아라!"

조조와 장요는 앞뒤 가릴 것 없이 말을 몰아 근처의 산속으로 도망쳤다. 그러나 뛰어도 뛰어도 불길 가득한 숲뿐이었다. 산도 타고 물도 끓었다. 부지직부지직 나뭇가지가 불길에 덮였고 불에 달구어진 바위들이 한 길이나 튀어올라 쪼개졌다. 그때 상처 입은 문빙이 10여 기를 끌고 뒤쫓아 왔다.

"오, 문빙인가! 여기는 어디쯤 되는가?"

"이 부근도 아직 오림입니다. 이 숲은 모두 적진이므로 쉬고 있을 사이가 없습니다."

모두 합한 군사가 겨우 10여 기뿐이었다.

"이게 꿈은 아니겠지! 아아!"

조조는 탄식하며 말등에 채찍을 가했다. 그러나 얼마 못 가서 한 떼의 군마가 쏟아져 나왔다. 오의 여몽과 능통의 군사였다.

"조조야, 말에서 내려 항복하라."

조조가 간담이 서늘하여 길을 바꿔 도망치려 하자, 앞의 숲 속에서 또 다른 군마가 튀어나왔다.

"승상, 여기 서황이 기다리고 있었습니다. 안심하십시오."

서황, 장요, 문빙 세 장수가 적의 여몽, 능통의 군사를 물리치고 포위망을 뚫었다. 조조의 일행은 다시 동북쪽으로 달아났다. 도중에 막영 장의가 수백의 군사를 거느리고 조조를 도우러 왔다. 이제야 조조는 겨우 숨을 돌렸다. 멀리서 적벽의 불빛이 보였다.

조조가 이렇게 주유에게 쫓겨 달아날 즈음 적벽에서 대전이 벌어지기 직전 유비의 진지로 몸을 피한 공명은 돌아오자마자 군사를 모아 놓고 작전 지시를 내렸다.

"먼저 조운에게 명한다. 그대는 군사 2천을 이끌고 오림의 숲 속에 매복해 있다가, 오늘 밤 사경(새벽 1시~3시)쯤 조조가 도망쳐 오거든 마음껏 쳐부숴라. 조조는 그곳을 통과하여 형주로 나아가 허창으로 돌아가려 할 것이다."

공명은 다시 장비를 불렀다.

"그대는 3천 군사를 이끌고 강을 건너 이릉으로 통하는 길을 막으라. 그곳 호로구에 군사를 매복시켜 기다리고 있으면, 내일 비가 갠 뒤에 조조의 패군이 그 부근에서 밥을 지을 준비를 하리라. 그때 연기가 오르면 일시에 함성을 지르며 뛰어들어라."

공명은 장차 일어날 일을 손바닥에 펴 보이듯 말하며 각 장수들에게 예리한 지시를 내렸다. 이어 공명은 유비를 돌아보며 말했다.

"이제 주군과 저는 번구성의 언덕에 올라가 주유가 조조를 쳐부수는 것을 구경이나 해야겠습니다."

유비와 공명이 갑옷을 입고 번구성으로 떠나려 하자 이때까지 아무런 명령도 받지 못한 관우가 퉁명스럽게 말했다.

"군사, 이게 어찌된 일입니까? 이 대전에 저는 쓰지 않을 작정입니까?"

"아아, 그대는 이곳에 남아 유기님을 도와 주게."

"뭐라고요? 이 관우더러 수비나 하란 말입니까? 저는 언제나 선두에 서서 싸웠습니다. 절대로 그럴 수는 없습니다."

"그대는 언젠가 어쩔 수 없는 사정으로 잠시 허창에 머문 적이 있잖은가? 그때 조조의 후한 대접을 받아 그 은혜를 아직도 잊지 않고 있을 것이네. 그러니 싸움에 져서 도망치는 조조를 만나게 된다면 인정상 그를 죽이지 못할 게 아닌가? 그래서 여기 남겨 두는 것이니 섭섭하게 생각 말게."

관우는 공명이 자신을 의심하자 매우 불쾌했다.

"은혜는 은혜요, 싸움은 싸움입니다. 절대로 조조를 놓아주지 않겠습니다. 맹세합니다. 보내 주십시오."

"그래? 만약 맹세를 어긴다면?"

"군법에 따라 제 목을 내놓겠습니다."

"그렇다면 좋네. 조조는 오림에서 크게 패하여 반드시 화용도를 통해 도망칠 것이네. 그대는 그 길목을 지키고 있다가 조조의 목을 거둬 오게. 그러나 잊지 말고 산마루에 이르거든 불을 놓아 연기를 올리게."

그때 관우가 공명의 말을 가로막았다.

"연기를 올리다니요? 적에게 위치를 알리게 되는 셈 아닙니까?"

공명은 빙그레 웃었다.

"조조는 매우 꾀가 많은 사람이네. 꼭대기에서 연기가 오르면 적이 자기를 속이려 한다고 오히려 산길을 택해 도망칠 걸세. 자, 빨리 떠나게."

관우는 탄복하며 물러났다. 그리고 양자 관평과 심복 주창을 부장으로 삼아 군사 5천을 거느리고 화용도를 향해 힘차게 떠났다.

> 삼국지 고사성어

고육지책 苦肉之策
제 몸을 괴롭혀 어려운 상황에서 벗어나다

　삼국시대의 주유는 오나라 장수로 지혜가 뛰어났다. 적벽대전 때 조조가 오나라를 공략하기 위해 장강에 수십만 대군을 배치하자, 도저히 승산이 없다고 본 주유는 궁여지책으로 화공 작전을 세워 보았다. 그리고 노장 황개와 머리를 맞대고 각본을 짰다. 거짓으로 항복하는 이른바 사항계詐降計를 쓰기로 한 것이다. 연극이 시작됐다.
　작전 회의에서 황개가 비장한 어조로 말했다.
　"조조의 대군을 도저히 이길 수 없소. 항복하는 게 좋을 것 같소."
　황개의 말이 채 끝나기도 전에 주유는 벽력 같은 호통을 치며, 황개를 곤장형에 처했다. 살갗이 터져 유혈이 낭자할 정도로 엄격한 체형體刑이었다. 이 이야기를 들은 제갈공명이 말했다.
　"제 몸에 고통을 주는 계책 말고는 조조를 속일 수 없었겠지."
　황개가 심복 부하를 시켜 보낸 거짓 항복 편지를 읽고 조조는 조금도 의심하지 않았다. 결국 항복을 위장한 황개는 인화물을 실은 배를 몰고 가 조조군의 배가 화염에 휩싸이게 만들었다. 이리하여 황개의 계획은 성공했고 오는 대승을 거두었다.

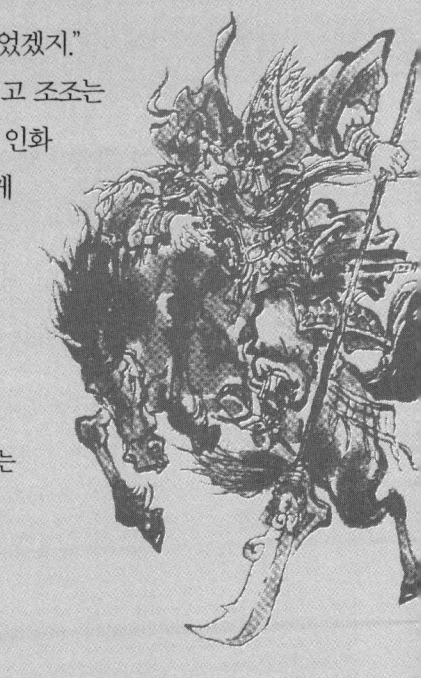

苦:쓸(고), 肉:고기(육), 之:어조사(지), 策:채찍(책)
제 몸을 괴롭히면서까지 어려운 상황에서 벗어나려고 하는 계책을 말한다.
[출전] 《삼국지》〈오지吳志〉

조조, 세 번 웃고 울다

 적벽에서 대패한 조조는 숲이 무성하고 길이 험한 오림 깊숙한 곳까지 도망쳐 와 있었다. 그때 좌우를 살펴본 조조가 하늘을 쳐다보며 껄껄 웃었다. 옆에 따르던 여러 장수들이 의아해 하며 그 까닭을 물었다.

 "공명과 주유의 생각이 별거 아니라서 웃는 것이네. 만일 여기에다 군사를 매복해 두었다면 나는 꼼짝없이 당하고 말았을 거야."

 그러나 그 말이 채 끝나기도 전에 북소리도 요란하게 한 떼의 군사가 쏟아져 나왔다. 자세히 살펴보니 선봉의 장수는 다름 아닌 조운이었다.

 "상산 조운이 벌써 기다리고 있었다!"

 장판파의 싸움에서 유비의 아들 아두를 구해 낸 조운의 용맹을 직접 눈으로 본 조조였다. 조조는 어찌나 놀랐는지 말에서 떨어질 뻔했다. 장요와 허저가 죽기를 각오하고 달려들어 싸우니 조조는 그 틈을 이용하여 재빨리 도망쳤다. 조운 또한 공명의 지시가 있었으므로 더는 추격하지 않았다.

 벌써 날이 밝아 아침도 한참 지나 있었다. 검은 구름이 하늘을 뒤덮어 장대 같은 빗줄기가 사정없이 쏟아졌다. 조운의 매복군에 찔려 죽어 얼마 남지 않은 조조의 패잔병들은 비에 젖은 채 추위와 배고픔으로 기진맥진해 있었다. 그래도 멈출 수 없는 게 패잔병의 서글픈 신세였다.

거의 다섯 시간 이상이나 달아나 호로구에 이르렀을 때야 겨우 하늘이 맑아졌다. 조조 일행은 이제야 나무 등걸에 몸을 기대고 휴식을 취했다. 그때 별안간 조조가 하늘을 쳐다보며 크게 웃었다. 여러 장수들이 웃는 이유를 물었다.

"하하하, 역시 주유와 공명은 지혜가 모자라는 인물이야. 이곳에 또다른 매복군을 두었다면 우린 살아날 수 없을 텐데. 그들은 그걸 생각 못한 거야."

그러나 바로 그 순간이었다. 천지를 진동하는 듯한 고함 소리와 더불어 불화살이 비오듯 쏟아졌다.

"장비가 여기 있다! 역적 조조는 어서 목을 내놓아라!"

주위는 삽시간에 불바다가 되었으며, 장비의 기병들은 무자비하게 조조의 패잔병들을 짓밟았다. 조조는 전포도 입지 못한 채 말에 뛰어올라 도망쳤다. 서황, 허저, 장요 등 조조의 장수들은 장비 한 사람을 막는 데 정신이 없었다.

얼마나 시간이 흘렀을까. 장비는 군사들을 거둬들였다. 비록 조조는 놓쳤다 하더라도 충분히 적을 혼내 주었던 것이다. 장비는 서황, 허저 등 조조의 장수들이 도망치는 것을 막지 않고 말과 갑옷 등을 주워 철군했다.

이제 남은 조조의 병사는 겨우 3백여 명에 불과했다. 그나마 부상을 입지 않은 자가 거의 없었다. 조조는 장수와 병사들을 기다려 합류한 다음 다시 길을 재촉했다. 얼마를 나아가다 보니 두 갈래의 갈림길이 나왔다. 조조가 이곳 지리에 밝은 문빙에게 물었다.

"그대의 생각에는 어느 길이 좋을 것 같은가?"

"그야 오른쪽의 큰길로 가는 게 당연하지 않겠습니까? 저것 보십시오. 왼쪽 화용도의 산길은 험할뿐더러, 적이 이미 기다리고 있습니다."

"너희들은 병법도 모르느냐? 저건 공명의 속임수다. 일부러 연기를 피워 복병이 있는 것처럼 꾸며, 우리들을 오른쪽의 큰길로 이끌려는 수작이야."

생각해 보니 그럴 듯했다. 장수들은 조조의 지혜에 감탄한 듯, 아무 소리 않고 산길로 올라갔다. 이곳이 바로 험난하기로 이름난 화용도였다. 원래 산이 가파른 데다, 아침 나절에 쏟아진 비로 길이 끊어져 있었다. 조금 오르다가는 쉬고, 조금 오르다가는 길을 잃고 이리저리 헤맸다. 때마침 산중턱의 구름은 차가운 눈보라를 뿌리기 시작했다. 병사들은 지쳐 움직이려 하지 않았다. 조조는 칼을 빼 들고 호통을 쳤다.

"전쟁이란 다 이런 것이다! 물을 만나면 다리를 놓고, 산을 만나면 길을 만들어 가는 것이 병사들의 의무이니라. 어서 앞으로 나아가라. 말을 듣지 않는 자는 베어 버리겠다."

이리하여 겨우 산마루까지 올라왔다.

"이제 얼마 남지 않았다. 이 산만 내려가면 형주까지는 쉽게 갈 수 있다."

조조가 사기를 돋워 주자, 병사들은 힘을 얻어 고개를 서둘러 넘어갔다. 그때 조조가 말 안장을 두드리며 또 웃었다. 여러 장수들은 그 웃음에 이제는 오싹 소름이 끼쳤다.

"승상, 두 번의 그 웃음으로 조운과 장비를 불러 병사들을 모두 잃었습니다. 어찌하여 또 웃으십니까?"

"그렇다고는 하나, 공명은 여기에 마지막 매복군을 두는 것을 잊어버렸어. 여기라면 지형이 험해 꼼짝없이 사로잡히고 말 텐데. 역시 공명은 지혜가 모자라. 아하하, 하하!"

조조는 어깨를 추스르며 유쾌하게 웃었다. 그런데 그 웃음이 채 끝나기도 전에 저편 숲 속에서 철포가 터졌다. 순간 앞뒤, 좌우에서 수천의 병사가 조조 일행을 에워쌌다.

"조 승상, 오래간만이오!"

적병 한가운데서 새까만 수염을 바람에 휘날리며 관우가 나타났다. 그는 천리를 달린다는 적토마 위에 앉아 청룡언월도를 움켜쥐고 있었다.

"아아, 이제는 다 틀렸다!"

조조는 모든 것을 체념해 버린 듯, 힘없이 눈만 껌벅였다. 다른 장수들과 병사들도 마찬가지였다. 그러나 조조는 역시 지혜가 있는 대장이었다. 그는 관우의 성품이 어질고 의리가 깊다는 것을 문득 생각해 냈다. 조조는 천천히 말을 몰아 관우에게 다가갔다. 그리고 이를 악물고 비굴하게 미소를 지었다.

"관공, 허창에서 작별한 이후 참으로 오래간만이오. 지금 나는 적벽에서 크게 패해 겨우 여기까지 왔소. 지난날 우리 사이의 정과 은혜를 잊지 않았다면 나를 놓아주시오."

"그게 무슨 비겁한 말씀이오. 옛날 허창에서 입은 은혜는 백마, 여진의 싸움에서 안량과 문추의 목을 베어 보답했습니다. 또한 정을 말씀하셨는데, 저는 주군의 명령을 받은 장수입니다. 승패를 좌우하는 싸움터에서 어찌 정 때문에 적장을 놓아주겠습니까? 깨끗이 소인에게 목을 내어 주십시오!"

"아아, 그대의 생각이 정녕 그렇다면 할 수 없는 일……. 어서 내 목을 가져가시오. 하지만 한 가지만 말하겠소. 사내 대장부란 신의를 중요하게 여긴다고 했소. 나는 그 신의 때문에 그대가 오관에서 나의 여섯 장수를 베었어도 굳이 추격하여 벌하지 않았소."

관우는 어느덧 머리가 숙여졌다. 도저히 조조의 목을 칠 수 없었던 것이다. 조조의 뒤쪽을 바라보니 그의 부하 패잔병들이 모두 말에서 내려 무릎을 꿇고 눈물

을 흘리고 있었다.

"애처롭도다. 어찌 이들을 칠 수 있으랴!"

관우는 드디어 정에 지고 말았다. 말없이 말머리를 돌려 자기 편 진영으로 들어가 일부러 시간을 끌었다. 그 순간 조조 일행은 재빨리 이 고개에서 도망쳐 버렸다.

조조는 겨우 목숨을 구해 달아났지만, 조조를 살려 보낸 관우는 무거운 발걸음으로 하구성으로 돌아와 공명 앞에 목을 내놓았다.

"죄송합니다. 군법에 따라 죽여 주십시오."

"그야 당연하지! 소원대로 목을 잘라 주겠다."

공명은 불같이 노해, 관우를 당장 끌어내 목을 치라고 명령했다. 그때 곁에서 이를 지켜보고 있던 유비가 간청했다.

"내 얼굴을 봐 살려 주십시오. 훗날 공을 세워 죄 값을 갚게 하면 될 거 아니오?"

주군의 부탁이었으므로 공명도 어쩔 수 없었다.

"그렇다면 좋습니다. 후일 공을 세울 때까지 벌 주는 것을 미뤄 두겠습니다."

날개를 펴는 유비

 적벽에서 대패한 조조는 잠시 형주에서 머물다가 곧장 허창으로 돌아갔다. 그래도 그의 1백만 대군이 모두 전멸한 것은 아니었다. 그의 몇몇 장수들은 아직도 형주 등지에 남아 그들이 예전에 점령한 성들을 지키고 있었다. 유비는 조인이 지키고 있는 남군성을 공격할 준비를 했다. 이 소식을 들은 주유는 크게 성을 냈다.
 "우리는 허다한 병사와 무기를 들여 적벽에서 싸움을 했는데, 유비는 가만히 구경만 하고 있다가 남군을 가로채려 하다니 괘씸하구나."
 주유는 노숙과 함께 유비를 찾아왔다.
 "유황숙님께서 남군성을 차지하신다면 매우 곤란한 일이 벌어질 겁니다. 남군은 우리 주군께서 오래전부터 차지하려고 하던 땅입니다. 우리가 막대한 군비를 들여 조조를 물리치고 비로소 남군을 차지하려는데, 귀공께서는 아무 공도 없으시면서 그것을 가로채려 하다니, 손권님께서는 절대 가만 있지 않을 것입니다."
 만일 남군을 차지한다면 전쟁이 벌어지고 말 것이라는 위협이었다. 유비는 공명과 의논한 끝에 웃으면서 대답했다.
 "좋습니다. 남군 공격을 포기하겠소. 그렇지만 만일 오가 남군을 공격하여 점령하지 못한다면, 대신 우리가 차지해 버리겠소이다. 약속할 수 있소?"
 "그거야 당연하지요. 오가 남군을 점령하지 못한다면 유황숙께서 그 성을 쳐 차지하십시오."

그 길로 주유는 날쌘 군사를 이끌고 남군성 공격에 나섰다. 그러나 그곳을 지키고 있던 조인은 뜻밖에도 강했다. 주유는 옆구리에 화살을 맞아 중상을 입고 물러났다.

드디어 약속대로 유비의 차례가 되었다. 공명은 이럴 것을 예상하고 귀신도 놀랄 만큼 치열한 작전을 펴 남군을 점령해 버렸다.

그러나 유비와 공명은 이것에 만족하지 않고 싸움을 계속해 나갔다. 이들은 하후돈이 지키는 양양성을 쳐 빼앗고 다시 숨 돌릴 겨를도 없이 형주, 강릉까지도 점령해 버렸다. 이때 유비는 마량, 마직이라는 두 형제를 부하로 맞아들였는데, 특히 마량은 지혜가 뛰어난 사람이었다. 유비는 잠시 형주에 머물면서 군대를 정비한 다음 마량의 권유로 양자강을 건너 무릉, 장사, 계양, 영릉 등의 고을을 관우, 장비, 조운에게 치게 하여 수중에 넣었다.

이제 유비의 세력은 유표의 42주의 태반을 차지하여 강동의 손권 이상으로 막강하게 커져 갔다. 이에 비해 오나라는 대군을 일으켜 조조를 격파했음에도 국력만 소비한 탓에 겨우 파릉, 한양 두 성을 차지하는 데 그쳤다. 그래서 주유는 노숙을 유비에게 급파했다.

"유황숙, 다른 곳은 몰라도 형주만큼은 오가 차지해야 마땅합니다. 귀공의 군대가 조조에 대항하여 형주를 빼앗을 때 오나라에 속한 아홉 고을이 군사를 일으켜 싸우지 않았습니까?"

유비는 또다시 공명과 의논한 끝에 시치미를 떼고 말했다.

"그게 무슨 말이오? 형주로 말할 것 같으면 애초부

삼국지 고사성어

백미 白眉
흰 눈썹을 가진 마량이 형제들 중에서 재주가 가장 뛰어나다는 말로, 여럿 중에서 가장 뛰어난 사람이나 물건을 뜻한다.

터 유표의 큰아들 유기의 것이 아니오? 유기의 삼촌뻘 되는 내가 유기의 요청이 있어 함께 다스리고 있는데 뭐가 잘못되었단 말입니까? 유기가 살아 있는 한, 그리고 유기의 요청이 있는 한 형주를 내놓을 수 없소이다."

그 대신 강하성을 오에 주기로 하였다. 그러나 죽을힘을 다해 싸움에 이긴 주유가 이것에 만족할 리가 없었다. 그는 여러 가지 계책을 써 유비와 공명을 죽이려고 했다. 그때마다 공명은 그것을 예측하고 요리조리 잘 빠져나갔다.

마침내 주유는 울화병에다, 앞서 남군성을 추격할 때 조조군에게 입은 상처가 도져 목숨을 잃고 말았다.

주유 다음으로 오의 대도독이 된 사람은 노숙이었다. 노숙은 공명의 지혜가 자기보다 몇십 배 앞선다는 것을 잘 알고 있었다. 그는 주군 손권에게 새로운 인재 하나를 추천했다.

"적벽대전에 연환계를 써서 조조와 대병선을 침몰케 한 바로 그 사람입니다. 그가 거짓으로 조조의 부하가 되어 조조에게 연환계를 쓰게 하지 않았다면 우리의 화공 전법은 아무 쓸모가 없었을 겁니다."

"오호, 그런 사람이 다 있었던가?"

"일찍이 사마휘 수경 선생께서 와룡과 봉추 중 하나만이라도 얻으면 천하를 얻은 것이나 마찬가지라고 칭찬한 봉추, 그 사람입니다. 그는 봉추 혹은 방통이라고도 부르는데, 오늘날 공명과의 지혜 싸움에서 승리를 거둘 수 있는 사람은 오직 방통 하나뿐입니다."

손권도 이미 듣고 있었던 이름이라 즉시 불러오라고 지시했다. 그러나 정작 방통이 앞에 나타나자 손권은 탐탁지 않은 표정을 지었다. 그것도 그럴 것이 방통은 얼굴이 심하게 얽은 곰보에다 추남이었으며, 코가 낮고 수염도 짧아 그 모양새가 말이 아니었다.

　노숙이 간청했으므로 받아들이기는 했으나 그에게 내려진 벼슬은 시골 구석의 밀단 관리였다. 얼마 동안 그곳에서 술만 퍼마시던 방통은 온다 간다 말 한 마디 없이 손권에게서 받은 인수를 관아에 남겨 놓고 자취를 감추었다.

　그 후 방통이 찾아간 곳은 형주의 유비였다. 유비는 방통이 자기를 만나러 왔다는 소리를 듣자 맨발로 뛰어나가 맞아들였다. 물론 방통과 친분이 두터운 공명도 크게 기뻐했다. 방통은 그날로 부군사에 임명되었다. 군사 공명의 한쪽 팔이 된 중요한 직위를 맡은 셈이었다. 이 소식은 허창에 있는 조조의 귀에까지 전해졌다. 조조는 깜짝 놀라 신하들을 불러 상의했다.

　"유비는 제갈공명 외에 방통까지 얻어 그 세력을 확장하고 있다. 이대로 내버려 둔다면 언젠가는 도성으로 쳐들어올 게 뻔하다. 그러기 전에 우리가 먼저 그들을 정벌하는 게 좋지 않겠는가?"

　순유가 나서서 말했다.

　"승상의 말씀도 일리가 있습니다. 하오나 우리가 남쪽으로 군사를 이동시켜 유비를 치려 한다면 서량 태수 마등이 도성을 공격해 올지도 모릅니다."

　"맞는 말이야. 지난번 적벽대전 때도 도성이 빈 틈을 타 서량의 마등이 허창으로 쳐들어온다는 뜬소문이 나돌았기 때문에 여간 마음이 조이지 않았어."

　"제 생각으로는, 마등에게 손권을 치라는 황제의 칙서를 내려 그를 도성으로 불러들인 다음에 감쪽같이 죽이는 게 좋을 듯합니다."

　조조는 순유의 계책을 받아들여 그날로 황제의 칙서를 만들어 서량의 마등에게 보냈다.

　마등은 황제에 대한 충성심이 대단히 강한 사람이었다. 별로 마음이 내키지 않는 일이었으나 서량의 지휘를 큰아들 마초에게 맡기고 둘째 마휴, 셋째 마철, 조카 마대와 함께 5천 병사를 거느리고 도성으로 들어갔다.

　그런데 마등 일행이 도성 안으로 들어서려는 순간이었다. 난데없이 철포 소리가 천지를 진동하고 화살이 빗발치듯 날아들었다. 마등의 장수와 병사들은 사방에서 달려드는 허저, 서황, 하후연, 조홍의 병사들을 상대로 용감하게 싸웠으나 워낙 갑작스런 포위 공격이고, 또 숫자가 적어 무참히 짓밟히고 말았다. 이 싸움에서 마등과 두 아들은 전사하고 조카 마대만이 살아 도망쳤다.

　조조는 이것으로 그치지 않고 50만 대군을 몰아 마등의 본거지인 서량으로 쳐들어갔다. 마등의 장남 마초는 마대와 힘을 합쳐 조조에 대항했다. 첫 싸움에서는 마초가 대승을 올렸다. 그러나 조조의 병력이 워낙 많은지라 당해 내지 못하고 도망쳐 버리고 말았다. 황제는 마초를 물리치고 돌아온 조조를 손수 성 밖까지 나가 환영했다.

> 삼국지 고사성어

백미 白眉
흰 눈썹을 가진 사람이 가장 뛰어나다

    천하가 위, 오, 촉 세 나라로 나뉘어 서로 패권을 다투던 삼국시대의 일이다. 유비의 촉나라에 문무를 겸비한 마량이라는 이름난 참모가 있었다. 그는 제갈공명과 문경지교刎頸之交(목을 쳐도 후회하지 않을 정도로 친한 사이)를 맺은 사이로, 한 번은 세 치 혀로 남쪽 변방의 흉포한 오랑캐의 무리를 모두 부하로 삼는 데 성공했을 정도로 덕성과 지혜가 뛰어난 인물이었다.
    다섯 형제 중 맏이인 마량은 태어날 때부터 눈썹에 흰 털이 섞여 있었다. 그래서 고향 사람들은 그를 '백미白眉'라고 불렀다. 그들 오형제는 '읍참마속泣斬馬謖'으로 유명한 마속을 포함하여 모두 재주가 비범했는데 그 중에서도 마량이 가장 뛰어났다. 그래서 사람들은 마씨네 다섯 형제 중에서 '흰 눈썹'이 가장 뛰어나다며 마량을 특히 칭송해 마지않았다.

    이때부터 '백미'란 같은 부류의 여럿 중에서 가장 뛰어난 사람이나 물건을 가리키는 말이 되었다.

白 : 흰(백), 眉 : 눈썹(미)
흰 눈썹을 가진 사람이 가장 뛰어나다는 말이다. 곧 여러 형제 중에서 가장 뛰어난 사람 또는 여럿 중에서 가장 뛰어난 사람이나 물건을 일컫는 말이다.
[출전]《삼국지》〈촉지 마량전馬良傳〉

유비, 서촉을 차지하다

언제부터인가 양자강 이북의 도성을 중심으로 조조가 다스리는 영토를 위나라라고 불렀고, 양자강 동쪽의 손권의 영토를 오나라라고 불렀다. 물론 아직까지 도성에 황제가 있어 중국 전체는 '한나라'였고 조조라든가 손권 등은 황제의 명을 받아 자기가 차지한 지방을 다스리는 제후에 불과했다. 그러나 황제는 이름뿐 실제로 그 영토를 다스리는 제후들이 그곳의 왕이나 다름없었다.

한나라를 세운 유방의 후손인 유비는 조조, 손권 등을 쳐부수고 천하를 다시 하나로 통일해 한 황실의 옛 영화를 되살리고 싶었다. 그러나 아직까지 그의 세력은 조조는 물론 손권보다도 훨씬 보잘것없었다. 유비는 좀더 영토를 넓히고 세력을 키워야겠다고 생각했다. 그런데 아직 위의 조조와 오의 손권이 손을 대지 않고 있는 땅이 있었다.

그곳은 바로 양자강 서쪽 끝에 자리잡은 익주땅, 다시 말해서 촉의 41주였다. 익주는 기름지고 드넓은 고원지대로, 물자가 풍부하고 외부의 적을 격퇴하기에 알맞은 지형을 이루고 있었다. 촉의 중심인 익주성을 다스리고 있는 것은 유비와 같은 집안인 유장이었는데, 그는 생긴 것도 시원치 않고 기운도 재주도 없는 나약한 사람이었다. 그렇게 넓은 땅에 많은 식량과 백성을 다스리고 있으면서도 북쪽의 장노라는 자에게 위협을 받고 있었다.

장노는 익주성 북쪽 한녕이라는 고을의 태수로 있는 자였는데 그의 집안은 대대로 이상한 종교를 믿고 있었다. 하루는 어쩌다 그를 찾아온 노인의 병을 고쳐 준 일이 근처 지방에 소문이 나 그를 도사로 알고 사람들이 떼지어 몰려들었다. 장노는 점점 백성들의 존경을 받아 마치 왕처럼 행세하게 되었고 욕심도 따라 커졌다. 그는 마침내 그 커진 세력을 이용하여 익주의 유장을 몰아내고 자기가 촉의 주인이 되어야겠다고 생각했다.

촉의 유장에게는 장송이라고 하는 신하가 있었다. 장송은 머리통이 한쪽으로 일그러졌고 코는 주먹코에다 이빨마저 늘어져 보기 흉할뿐더러 키는 난쟁이처럼 작았다. 그러나 그의 음성은 힘이 있고 지혜 또한 대단했다. 장송은 장노가 쳐들어온다는 소리에 유장의 허락을 받아 허창으로 가서 조조에게 도움을 청했다. 그러나 조조가 군사를 보내기에는 촉이 너무 멀리 있었다. 또한 장노는 조조가 한녕의 태수로 임명한 자였으며 매년 수많은 물건을 바치고 있었으므로 들은 체도 하지 않았다. 장송은 자신을 상대조차 하지 않는 조조가 괘씸하고 미웠다.

"좋다. 그렇다면 내게도 생각이 있다. 반드시 후회하게 될 것이다."

장송은 도성을 나온 즉시 마주의 유비에게 갔다. 유비는 사흘 밤낮 잔치를 베풀어 장송을 정중히 대접했다. 그도 그럴 것이 촉 지방으로 관심을 돌리고 있던 때에 제 발로 찾아와 도움을 청하니 그보다 좋은 기회가 없었던 것이다. 장송은 자신이 만든 촉 41주의 지도를 내놓으며 말했다.

"이 지도와 함께 촉 땅을 유황숙께 바치겠습니다. 저의 주군 유장은 자기 자신의 힘으로 나라를 지킬 수 없습니다. 만일 유황숙께서 유장을 도와 촉에 들어와 있다면 장노도 감히 넘보지 못할 것입니다."

유장이 장송을 보낸 것은 원군을 청해 오라는 것이지, 촉을 다른 사람에게 넘겨

주겠다는 것은 아니었다. 그러나 장송은 생각이 깊은 사람이었다. 조조든 누구든 유장을 돕는다고 일단 촉으로 들어오면 반드시 나약한 유장을 밀어내고 자기가 주인 노릇을 할 게 뻔했으므로 그럴 바에는 차라리 덕망이 높은 유비에게 나라를 바치는 것이 옳다고 생각한 것이었다.

"글쎄요. 생각 좀 해봅시다. 이 유비가 만일 군사를 보낸다면 종친인 유장을 돕기 위한 것이지, 촉에 욕심이 있어서는 아닐 것이오."

며칠 후 장송은 익주성으로 돌아가 유비를 만나고 온 얘기와 유비의 인품에 대해 설명했다.

"북쪽의 조조는 장노를 시켜 이 촉 지방을 노리고 있음이 분명합니다. 하루빨리 유비의 도움을 받는 것이 상책입니다."

"그건 그래. 유비라면 나와 같은 유씨 집안이라 욕심 없이 도와 줄 거야."

유장은 장송의 친구 법정이라는 사람을 시켜 자신의 생각을 담은 편지를 유비에게 보냈다. 유장의 편지를 받은 유비는 공명과 방통을 불러 의논했다. 방통은 이번 기회를 절대로 놓치지 마라고 주장했다.

"이것은 하늘이 주신 기회입니다. 이곳 형주는 동쪽에는 손권이 있고 북쪽에는 조조가 있어, 더는 뜻도 펼 수 없고 영토도 넓힐 수 없습니다. 그러나 익주는 인구가 백만이요, 토지는 넓고 재물이 풍부하여 나라의 기초를 세우기에 좋은 땅입니다."

공명도 방통의 의견에 찬성이었다.

"주군, 결심하십시오. 나라를 다스릴 만한 자격이 없는 사람은 절대로 주인이 될 수 없는 겁니다."

유비는 드디어 결심했다.

"좋소! 촉으로 갑시다."

이 일을 계기로 유비의 운명은 크게 뒤바뀌기 시작했다. 원정군의 총대장은 유비 자신이 맡고 참모로는 방통이 임명되었으며, 선봉은 황충과 위연이 맡았다. 유봉과 관평은 유비를 좌우에서 보좌하기로 했다. 그렇지만 막상 떠난다 해도 형주 지방을 버려 둘 수는 없었다. 형주 또한 유비에게 없어서는 안 되는 중요한 땅이었다.

공명은 관우, 장비, 조운과 함께 형주에 남아 그곳을 지키기로 했다. 건안 16년 12월, 기병과 보병 모두 합쳐 유비군 5만이 촉의 국경을 넘어시자 유장의 장수 맹달이 병사 5천을 거느리고 나와 유비를 맞았다. 유장 자신도 익주의 동쪽 부성까지 마중 나왔다.

하지만 유비의 마음은 편치 않았다. 원래 촉으로 들어온 목적은 장노를 물리쳐 주는 것이 아니라 촉을 차지하는 데 있었다. 유비가 이곳까지 와서 처음의 결심이 변한 것은 아니었으나, 그는 마음속으로 양심과 싸움을 하고 있었다.

드디어 건안 17년 봄 정월, 유비가 주인이 되어 유장을 진중으로 초청하는 잔치가 베풀어졌다. 멀리 형주에서 가지고 온 귀한 술과 맛있는 음식들이 상에 가득 올려졌다. 이윽고 분위기가 한창 무르익을 무렵 방통이 황충에게 슬쩍 눈짓을 하고 밖으로 나갔다. 두 사람은 인적이 없는 곳에 이르러 속삭였다.

"모든 게 순조롭게 돼 가는 것 같소. 계획대로 유장의 목을 베어 버리시오."

"여부가 있겠습니까? 위연과 짜 두었으니 실패는 없을 것입니다."

"유장이 죽으면 그의 부하들이 가만 있지 않을 것이니 경계를 튼튼히 하시오."

"염려 마십시오."

두 사람은 시치미를 떼고 원래의 자리로 되돌아갔다. 유비도 유장도 만족스러운 듯 술잔을 기울이고 있었다. 그때 돌연 좌석 한쪽에서 위연이 앞으로 나와 말

했다.

"모처럼의 흥겨운 자리가 마련되었는데 춤이 없어 섭섭합니다. 소인이 여러분을 즐겁게 해 드리겠습니다."

위연은 곧 허리에서 긴 칼을 빼 들고 덩실덩실 칼춤을 추기 시작했다. 유장의 좌우에 앉아 있던 촉의 장수들 얼굴이 하얗게 변했다.

"저건 속임수야! 큰일이다!"

촉의 장수 장임이 칼을 빼 들고 곧장 위연 앞으로 달려들어 그의 춤에 맞춰 칼춤을 추면서 말했다.

"옛부터 칼춤은 마땅히 상대가 있어야 한다고 했습니다. 무례를 용서하시오."

두 사람은 마주 서서 칼소리도 요란하게 춤을 추었다. 그래서 위연의 발걸음이 유장에게 가까이 다가가는 듯싶으면 장임은 재빨리 유비에게 다가가 살기를 띠었다. 그것은 위연이 만일 유장을 해친다면 자신도 유비를 베고 말겠다는 암시였다. 이를 바라보고 있던 방통은 입맛을 다시면서 곁에 앉아 있는 유봉에게 눈짓을 했다. 무슨 뜻인지 알아차린 유봉이 칼을 빼 들고 두 사람 사이로 뛰어들었다.

"하하하, 정말 흥이 나는구나!"

유봉도 또한 춤을 추기 시작했다. 순간 유장의 부하들이 웅성댔다. 곧이어 냉돈, 유제, 등형 등이 칼을 빼 들고 일어섰다.

"나도 칼춤을 추겠다!"

"아하, 신난다. 춤을 추자."

이번에는 유비 곁의 황충, 관평 등도 이에 합세했다. 순식간에 장내는 칼춤을 추는 사람들로 가득했다. 그때 유비가 벌떡 일어나 소리쳤다.

"이게 뭣하는 짓이냐? 황충, 위연, 유봉, 어서 물러가지 못하겠느냐? 이건 종친간의 연회다!"

유장도 자신의 부하들을 사정없이 꾸짖었다.

"유황숙과 나는 피를 나눈 종친이다. 쓸데없는 시기심을 나타내는 걸 보니, 너희들은 황숙과 나를 이간질하려는 속셈이로구나. 계속 소란을 피우면 용서치 않으리라!"

그래서 이날 밤의 연회는 실패로 돌아가고 말았다. 그 후에도 촉의 문무 대신들은 유장에게 수차례 간언했다.

"유비는 어떨지 몰라도 그의 부하들은 촉을 노리고 있습니다. 어서 무슨 구실이라도 붙여 유비를 촉에서 쫓아내십시오."

그러나 유장은 태연한 얼굴로 대답했다.

"유황숙은 절대로 두 마음이 없는 분이다. 그것은 내가 보증한다."

이쯤 되니 중신들도 할 말이 없었다. 오직 신하들끼리 뭉쳐 유비를 감시할 수밖에 없었다. 드디어 한중의 장노가 대군을 이끌고 촉을 쳐들어왔다. 유장은 이 사실을 유비에게 알리고 협력을 요청했다. 유비는 조금도 사양하지 않고 곧장 병력을 이끌고 국경으로 달려갔다.

봉추, 낙봉파에서 지다

 가맹관은 사천과 협서의 경계에 있는 땅이었다. 이곳에서 유비군과 장노군이 치열하게 싸움을 벌이고 있었다. 그러나 지형이 험해 공격도 방어도 어려웠다. 양군은 10여 차례에 걸쳐 싸움을 하면서도 별 성과를 얻지 못한 채 시간만 보냈다. 유비가 가맹관에 진을 친 지도 벌써 수개월이 지났다. 그때 북방의 조조가 오나라로 쳐들어갔다는 보고가 들어왔다.

 "방통, 그대는 이를 어떻게 생각하오?"

 "조조가 승리하든, 손권이 승리하든 결과는 마찬가지입니다. 승리하는 측은 그 세력을 몰아 형주를 점령하려 할 것이 뻔합니다."

 "그렇다면 이거 큰일이 아니오?"

 "하지만 걱정하지 마십시오. 공명이 있지 않습니까? 그보다는 이런 소식을 이용해서 유장에게 편지를 보내십시오. 형주가 위태로워 돌아가겠으니 정병 3~4만 명과 군량미 10만 석을 빌려 달라고 말입니다."

 "요구가 좀 지나친 게 아니오?"

 "주군과 유장은 같은 종친이고, 또 이번 일로 신세를 졌으니 유장의 생각이 어떤지 살필 수 있는 좋은 기회도 될 겁니다. 다행히 빌릴 수 있다면 제게 다른 계책이 있습니다."

유비는 방통의 제의를 받아들여 성도의 유장에게 사신을 보냈다. 유장은 유비의 은혜에 보답하는 뜻에서 요구대로 군사와 병량을 빌려 주어야겠다고 말했다. 그러나 양회, 유파, 황권 등의 장수들은 강력히 반대했다.

"유비는 양의 탈을 쓴 이리입니다. 그는 촉으로 들어온 이후 백성들에게 은덕을 베풀어 민심을 자기 편으로 끌어들이고 있습니다. 이것이 모두 촉을 탐내고 있다는 증거입니다. 지금 유비에게 양식을 주고 병량을 빌려 준다면 호랑이에게 고기를 던져 주는 거나 마찬가지입니다."

이렇듯 모든 중신들이 입을 모아 반대하므로 유장도 마음이 흔들리지 않을 수 없었다. 그러나 무작정 거절한다는 것도 곤란한 일이었다. 유장은 전투에 별로 쓸모가 없는 늙은 병사 4천과 곡물 1만 석, 그리고 고물이나 다름없는 무기를 가득 실어 사신과 함께 유비에게 보냈다.

유비는 수송을 맡은 관리가 보는 앞에서 유장이 보낸 편지를 갈기갈기 찢어 버렸다. 유장의 관리는 아무 소리 못하고 도망치듯 성도로 돌아갔다. 이에 대해 방통은 세 가지의 대책을 내세웠다.

"첫 번째는, 곧장 성도로 쳐들어가는 것입니다. 틀림없이 성공할 것이므로 제일 좋은 방법입니다. 두 번째로는 거짓으로 형주로 돌아간다고 알리고 부수관을 지키고 있는 촉의 두 병장 고패와 양회를 급습하여 베어 버린 후 그곳을 점령해 버리는 것입니다. 이는 두 번째로 좋은 방법입니다. 다음은 제일 나쁜 세 번째의 방법인데 조용히 백제성으로 군사를 후퇴시켜 기다리는 것입니다."

"첫 번째 방법은 너무 과격하고, 세 번째 방법은 너무 느려……. 두 번째 방법이 가장 알맞겠소."

가맹관을 떠난 유비군은 부수관의 부성을 향하여 진군해 나갔다. 부수관이라면 촉의 제일 중요한 요새로 형주로 가기 위해서는 반드시 통과해야만 하는 곳이었다. 형주로 철수하는 유비군이 부성을 통과하기 위해 성문 앞에 다다랐다는 전갈을 받은 양회, 고패 두 장수는 의외로 유비를 반가이 맞아들였으며 술과 음식을 만들어 환송의 잔치를 베풀었다.

그들의 음모를 눈치챈 방통은 잔치가 한창 무르익을 무렵 황충과 위연에게 슬쩍 눈짓을 했다. 순식간에 술자리는 아수라장이 되고 고패, 양회 두 장수는 위연의 칼에 맞아 두 동강이 났다. 유봉, 관평도 재빨리 기병 5만을 휘몰아 부성 내의 촉병을 여지없이 짓밟았다.

양회, 고패 두 맹장을 죽이고 유비가 부수관의 부성을 점령했다는 소식이 전해지자 성도는 발칵 뒤집혔다. 유장은 유괴, 냉포, 장임, 등현에게 대군을 주어 부수관의 유비를 쳐부수라고 명령했다.

그러나 이들은 힘만 있을 뿐 방통의 지혜를 따를 수 없었다. 드디어 이들 촉군은 사기충천한 유비군에게 협공당해 냉포는 위연에게 사로잡혀 목이 베어졌고 등형은 황충의 칼에 허리가 잘렸다. 나머지 촉군은 낙성으로 도망쳤다. 방통이 유비에게 말했다.

"아무리 낙성이 견고한 요새라고 하나 적군의 사기는 서쪽 산마루로 지는 해와 같고, 우리는 떠오르는 태양과 같습니다. 지체 마시고 빨리 공격하십시오."

유비는 싸움을 끝내고 형주로 돌아가고 싶었다. 그러나 방통은 계속 낙성을 공격하기를 고집했다.

"공명이 별자리를 볼 줄 안다고 합니다만 소인도 그쯤은 알고 있습니다. 큰 별이 낙성 쪽으로 기운다는 것은 적의 장수 하나가 죽는다는 암시입니다. 이런 좋은 기회를 놓쳐서야 되겠습니까?"

방통이 연거푸 재촉하자 유비는 할 수 없이 출병 명령을 내렸다.

"나는 황충을 선봉으로 삼아 남쪽 좁은 길로 나아갈 테니 군사는 위연을 선봉으로 하여 북쪽 큰길로 나가 낙성을 공격하시오."

이 문제에도 방통은 반대하고 나섰다.

"아닙니다. 제가 남쪽의 좁은 길을 택하겠습니다. 제가 아무리 전투에 익숙지 못하다고 하나 복병이 있을지도 모르는 남쪽 좁은 길로 주군을 가시게 할 수는 없습니다. 주군은 북쪽의 큰길로 가십시오."

아무리 말해도 소용이 없었다. 방통은 끝끝내 남쪽의 좁은 산길로 가겠다고 우겨 댔다.

"할 수 없군요. 좋을 대로 하시오. 하지만 조금이라도 이상한 느낌이 들거든 주저 말고 군대를 물리시오."

"주군은 참으로 인자한 분이십니다."

방통은 유비의 인자함에 눈물이 맺혔다. 방통이 위연을 앞세워 출전하려는 순간이었다. 타고 있던 말이 갑자기 뛰어오르는 바람에 방통은 말 위에서 떨어졌다. 유비는 깜짝 놀라 방통을 부축해 일으켰다.

"군사께서는 어째서 이런 사나운 말을 타시오? 내 말은 얌전하니 이것으로 바꿔 타시오."

유비는 자기가 타고 있던 백마를 방통에게 주고 자기는 방통이 타고 있던 흑마를 탔다. 방통은 또다시 감격했다.

"하늘 같은 주군의 은혜를 어찌 다 갚을 수 있사오리까!"

출전에 앞서 낙마한다는 것은 결코 좋은 징조가 아니었으므로 유비는 방통에게 길을 바꿔 가자고 했다. 그러나 방통은 막무가내로 출발을 서둘렀다.

한편, 적장 장임은 유비군이 쳐들어온다는 소식을 듣고 3천 군사를 거느리고 낙성 남쪽 좁은 산길로 달려가 매복했다. 얼마 후 유비의 선봉장 위연이 군사를 휘몰아 장임의 매복군 앞에 나타났다. 숲 속의 장임은 가만히 병사들에게 지시했다.

"그대로 몸을 숨기고 있어라. 위연은 필시 선봉군일 테니까 그냥 통과시키고 유비의 본진이 도착하거든 공격하라."

이때 저 앞에 본진이 나타나고, 유비의 백마가 눈에 들어왔다.

"자, 공격이다! 저 흰 말 위의 유비를 쏴라!"

장임의 3천 군사는 일제히 흰 말을 향해 화살을 퍼부었다. 그러나 불행인지 다행인지 그것은 유비가 아니고 방통이었다. 방통이 가엾게도 수십 개의 화살을 온몸에 맞고 쓰러지니, 이때 그의 나이 겨우 36세였다. 그리고 방통이 쓰러진 그 계곡의 이름은 공교롭게도 낙봉파였다. 낙봉파란 '봉이 떨어지는 언덕' 이라는 뜻으로 방통의 또다른 이름이 바로 봉추였던 것이다.

방통의 전사 소식을 들은 유비는 땅을 치며 통곡했다.

"아아, 내가 잘못을 저질렀도다!"

유비는 위험한 처지에 빠진 위연을 간신히 구해 내, 곧장 부수관으로 철수했다. 유비는 편지를 써 관평에게 주었다.

"급히 말을 몰아 형주의 공명 군사에게 이 편지를 전하라!"

때마침 이날은 7월 7일 칠석날이었다. 형주에서는 공명 이하 여러 장수들이 모여 앉아 술잔을 기울이고 있었다. 그때 창밖의 하늘을 쳐다보고 있던 공명이 소스라치게 놀라 술잔을 떨어뜨렸다.

"드디어 별이 낙봉파로 떨어졌어! 아깝도다, 봉추……. 그대만한 인재가 어디 또 있으랴!"

여러 장수들은 잠꼬대 같은 공명의 말을 믿지 않았다.

"주군께서 위험한 처지에 계시니, 나는 촉으로 가야겠네. 그대는 형주의 수비를 튼튼히 하여 동으로는 오에, 북으로는 조조를 막아 한 치의 땅도 물러서지 말게."

관우와 더불어 이적, 미축, 미방, 주창 등이 형주에 남겨졌다. 공명은 장비의 1만여 기, 조운의 1만 5천 기를 각기 수로와 육로를 통해 촉으로 출발시켰다.

육로로 출발한 장비의 1만여 기는 파군성을 점령했다. 그러나 장비는 그곳의 엄안을 죽이지 않고 정중히 귀빈 대우를 해 주었다. 엄안은 그만 감격하여 장비군의 장수로 들어갔다.

"파군성으로 부수관의 부성까지는 아직도 통과하기 어려운 관문의 수가 37개나 됩니다. 힘으로만 밀고 나간다면 1백만의 병력으로 3년이 걸려도 어려울 겁니다. 그러나 이 엄안이 앞장서서 나아간다면 태풍 속의 낙엽처럼 항복해 올 겁니다."

정말로 그를 선봉으로 내세워 나가니 요새를 지키고 있던 장수와 병사들은 다투어 문을 열고 길을 비켰다. 그리하여 피 한 방울을 흘리지 않고 유비가 머물고 있는 부성에 도착했다. 며칠 후 공명과 조운이 이끄는 1만 5천 기도 부성으로 들어왔다. 유비군의 사기는 하늘을 찌를 듯했다.

"가자! 방통 군사의 원수를 갚자!"

유비는 자신만만하게 낙성으로 휘몰아쳤다. 공명이 있고 좌우에는 조운과 장비가 있으니 천하에 무서울 게 없었다. 유비는 단숨에 낙성을 점령하고 장임, 유괴 등 적장의 목을 모조리 잘라 버렸다. 아마도 이것은 방통을 잃은 분노 때문인지도 몰랐다. 그러나 백성들의 재물은 건드리지 못하게 했으며 죄 없는 자를 함부로 잡아오지 못하게 했다. 유비의 마음이 이러하니 낙성의 백성들은 자연 유장보다는 유비를 따르는 자가 많았다.

유비는 촉의 본거지인 성도를 공격하는 것을 별로 서두르지 않았다.

"어떻든 성도의 백성들은 유황숙의 백성이 될 사람들입니다. 그들을 놀라게 하여 전쟁의 피해를 입게 해서는 안 됩니다. 그보다는 먼저 인근 주민들에게 선정을 베풀어 인심을 얻은 다음 천천히 유장이 항복하기를 기다리는 것이 순서일 겁니다."

유비는 법정의 제의대로 항복한 촉의 장수들과 조운, 장비 등을 동원하여 백성들의 인심을 얻기에 노력했다. 그러나 유비의 선정에 감동한 촉의 병사들이 다투어 유비군 쪽으로 도망쳐 버렸다. 유장은 크게 놀라 한녕의 장노에게 구원을 청하며, 만일 유비를 쳐서 승리해 준다면 그 답례로 촉의 땅 20주를 주겠다고 했다. 구미가 당긴 장노는 마초에게 2만여 병사를 주어 유비를 치게 했다.

그런데 마초란 어떠한 장수인가? 언젠가 황제의 혈서를 보고 조조를 죽이자고 연판장에 서명한 서량의 태수 마등의 큰아들이다.

아버지 마등이 두 아우들과 함께 허창으로 불려가 죽임을 당하자 그 복수를 하기 위해 군사를 일으켰으나, 오히려 조조군의 침입을 받아 서량 땅을 잃게 된 마초는 여기저기 전국을 방황하다가 한녕의 장노에게 몸을 의탁하게 된 것이다. 부수관에 이른 마초는 하얀 전포에 사자 모양을 한 투구를 쓰고 선두로 나와 싸움을 걸었다.

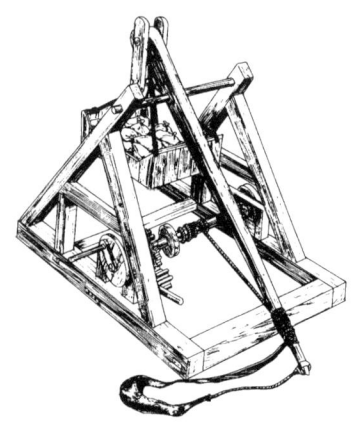

중국의 고대 무기

양양포 襄陽砲
추를 이용하여 탄환을 발사하는 무기이다. 추를 들어올릴 때 힘이 들지 않으며, 그 인원도 적게 든다.

"서량 마초의 이름은 들어 보았을 것이다. 유비는 어서 나와 무릎을 꿇어라!"

유비는 깜짝 놀랐다. 마초라면 관우와 장비, 조운과 맞먹는 무서운 장수였던 것이다. 이때 장비가 성문을 열고 뛰쳐나가려는 것을 말렸던 유비는 한낮이 지나 마초가 지치는 것을 기다려 비로소 나가 싸우라고 지시했다.

"자, 덤벼라! 바로 내가 자는 아이도 놀라 깨어난다는 장비다!"

마초는 눈 하나 까딱하지 않고 껄껄 웃었다.

"하하, 촌놈이 제법 허풍을 떠는구나. 그래, 어디 솜씨나 구경해 보자."

장비는 벌컥 화가 치밀었다. 번개처럼 사모를 휘두르며 마초에게 덤벼들었다. 그러나 무려 1백여 합을 겨루도록 승부가 나지 않았다. 두 사람 모두 당대를 주름잡는 명장들이었던 것이다. 이에 유비와 공명은 북을 울려 장비를 불러들였다. 잠시 몸을 쉰 뒤 장비는 또다시 투구를 쓰고 달려갔다. 마초도 꺾이지 않고 마주 나왔다. 두 장수는 한 덩어리가 되어 다시 150여 합을 싸웠다. 어느덧 해는 기울고 있었고 여전히 싸움은 계속됐다. 양쪽 진영에서 세 번씩이나 햇불을 갈아 들고 나왔으나 어느 쪽도 지친 기색이 없었다. 그러자 유비는 성루에 올라가 소리쳤다.

"두 장수는 싸움을 내일로 미루고 각기 자기의 진영으로 돌아가라. 나는 내가 한 말은 반드시 지키는 사람이다. 결코 뒤를 쫓지 않을 테니, 마초 그대도 깨끗이 본진으로 물러가 쉬도록 하라."

그제야 장비도 마초도 말머리를 돌려 자기의 진영으로 돌아갔다. 그날 밤 공명은 유비에게 한 가지 계책을 말했다.

"내일 또 두 장수가 어울려 싸운다면 한 명은 꼭 죽고 맙니다. 두 사람 모두 주군에게는 필요한 사람이니, 아예 마초를 우리 편으로 끌어들여야겠습니다."

다음 날 아침 금은을 잔뜩 품은 손건은 한녕 땅으로 들어갔다. 장노의 땅으로 들어간 손건은 장노가 신임하는 신하 한 사람에게 금은을 주며 마초가 다른 마음을 품고 있으니 조심하라고 귀띔해 주었다. 이 소리를 들은 장노는 깜짝 놀라 마초에게 일체의 병량을 지원하지 않았다.

이제 마초는 오갈 데 없는 처량한 신세가 되었다. 마초는 이윽고 마대라는 장수와 더불어 유비에게 항복해 왔다. 이에 앞서 공명은 조운, 황충을 면죽관으로 보내 그곳을 점령해 버렸다. 면죽관은 낙성과 성도 사이에 있는 험한 요새였다. 이제 남은 것은 오직 유장이 머물고 있는 성도뿐이었다. 이때 간옹이 유비의 사신 자격으로 성도로 들어가 유장을 만났다.

"유황숙은 어진 분입니다. 백성들을 생각하여 항복하십시오. 만일 그렇게만 하신다면 아무도 해치지 않겠습니다."

유장은 간옹을 성도에 머물게 하고 다음 날 아침 문득 무엇을 깨달은 듯 항복문을 써 간옹에게 넘겨준 뒤 함께 성을 나가 뜻을 전했다. 성도의 백성들은 이제야 평화가 왔다는 듯이 향을 피우고 꽃을 꽂고 길을 쓸었다.

성도의 주인이 된 유비는, 형주를 떠나 3개월 동안 피흘려 싸운 여러 장수와 병사들에게 골고루 상을 내리고 잔치를 베풀어 그들의 노고를 칭찬해 주었다. 또한 항복한 유장에게도 따뜻한 인정을 보였다.

한중왕이 된 유비

헌황제는 복황후를 바라보며 길게 한숨을 쉬었다.

"한나라 4백 년 역사 가운데 나처럼 한심한 황제가 또 어디에 있을까……."

"너무 슬퍼하지 마세요. 아직 유비와 손권 같은 충신들이 있지 않습니까? 그들에게 밀서를 보내 조조를 무찌르라고 하십시오."

그때 조조가 안으로 들어왔으므로 황후는 말끝을 흐리고 황제 곁에서 물러갔다. 황후의 당황한 빛을 본 조조는 황제에게 허리도 굽히지 않고 말을 꺼냈다.

"무슨 의논들을 하고 계셨습니까?"

황제는 아무 대꾸도 않고 잠자코 있었다.

"사실은 한 가지 여쭤 볼 것이 있어서 왔습니다. 유비가 촉의 유장을 몰아내고는 그곳의 주인이 되었습니다. 이 역적 놈을 어떻게 해야 좋겠습니까?"

"그야 승상의 뜻대로 하시오."

황제의 대답은 늘 이런 식이었다. 그밖에 다른 말을 할 수 있는 처지가 아니었던 것이다.

한편, 복황후는 유비에게 보내는 밀서를 써서 믿을 만한 궁궐의 수비병 하나를 촉으로 보냈다. 그러나 불행하게도 그 편지를 가지고 가던 병사가 조조의 군사에게 붙잡히고 말았다. 조조는 항상 병사들을 시켜 황제와 황후를 엿보게 하고 있었던 것이다. 조조는 황후의 수비병을 사정없이 고문했다. 드디어 밀서를 손에 넣은 조조는 그 길로 궁궐로 달려가 황후를 마당으로 끌어내 꿇어앉혔다.

"쳐라! 죽을 때까지 계속 쳐라!"

끝내 조조의 병사들은 복황후를 때려죽이고 말았다. 그래도 조조는 화가 안 풀렸는지 복황후의 두 아들뿐 아니라 그의 일가 친척 2백 명과 밀서 연락을 맡았던 수비병의 가족까지 모조리 잡아 죽였다. 건안 21년 5월 조조의 부하들은 조조를 위왕으로 삼으라는 진정서를 황제에게 올렸다. 이 소문을 들은 조조의 책사 순욱과 순유는 펄쩍 뛰었다.

"사람은 분수를 알아야 합니다. 위왕이 된다면 천하 만백성이 승상에게서 등을 돌릴 겁니다."

이 말은 곧 조조의 귀에 들어갔다. 조조는 불같이 노했다.

"그것들이 날 업신여기고 있구나! 당장 옥에 가두어라."

순욱과 순유는 오늘날의 조조가 있기까지 몸바쳐 충성해 온 심복이 아닌가. 그러나 요즘의 조조는 나이 들어 몸이 쇠약해진 탓인지 예전의 총기는 다 어디로 가고 노망기마저 띠고 있었다. 그러다 순욱과 순유가 옥에 갇힌 며칠 후 그들이 안됐다 싶었는지 집으로 가 반성하라고 명령했다.

그러나 두 사람은 모두 집으로 돌아간 지 한 달이 못 되어 세상을 하직하고 말았다. 순욱은 약을 먹고 죽었고 순유는 마음의 병을 이기지 못해 시름시름 앓다가 죽었다. 정말로 조조에게는 천금보다 귀한 인재들이었다.

"아깝도다. 그들 없이 내 어떻게 세상을 다스릴까!"

조조도 이때만은 진정으로 눈물을 흘리며 한탄했다.

건안 25년 5월 조조에 의해 조종되고 있는 조정의 대신들은 조조를 위나라의 왕으로 삼으라는 진정서를 다시 황제에게 올렸다. 그리고 도장을 찍으라고 황제를 위협했다. 헌황제는 조조가 두려워 순순히 진정서에 도장을 찍었다. 이제 조조는 강북 땅 위나라의 왕이 되었다. 조조는 황제가 머물고 있는 궁전보다 호화로운 궁전을 짓고 자기 아들을 왕자라고 불렀다.

조조는 서쪽 고원 지대에 많은 군사를 보내어 한중 땅에 세력을 떨치고 있던 장노를 쳐 항복을 받았다. 그것은 촉을 차지하고 있는 유비를 공격하기 위한 준비 작업이었다. 이때 조조의 신하로 사마의 혹은 중달이라고 부르는 인물이 있었다. 사마의가 조조에게 말했다.

"유비는 촉을 얻은 지 얼마 안 되어 민심이 평온치 않습니다. 이 기회에 촉으로 쳐들어간다면 쉽게 정복할 수가 있습니다."

조조는 벌써부터 그것을 생각하고 있었다는 듯 친히 4만 대군을 이끌고 허창을 떠나 동관, 장안을 거쳐 남정에 도착했다.

그러나 이미 유비가 촉나라의 주인이 된 지도 어언 4년이라는 세월이 흐른 후였으므로 촉의 세력도 왕성해져 있었다. 드디어 유비의 촉병과 조조의 위병 간에 큰 싸움이 벌어졌다. 오랫동안 맹렬한 싸움이 계속되었으나 결국 조조는 한중을 잃고 허창으로 돌아가 버리고 말았다.

옛 유장의 신하였으나 지금은 유비의 참모가 된 법정이 공명에게 말했다.

"별볼일 없는 자들까지 제위를 바라고 있습니다. 하물며 유황숙님은 황실의 종친입니다. 이제 넓은 한중, 서촉을 얻어 세력 기반이 튼튼하니, 황숙께서는 한중의 왕위에 오르심이 좋을 듯합니다."

공명도 법정의 의견에 대찬성이었다. 곧 유비 앞에 나아가 자신들의 의견을 말했다. 그러나 유비는 눈이 휘둥그레졌다.

"아니, 그게 무슨 소립니까? 나는 아직도 한 황실의 신하입니다. 황제의 칙명도 없는데 왕위에 오르다니, 그건 역적 행위입니다."

유비는 좀처럼 공명의 제의에 따를 생각을 하지 않았다. 공명은 할 수 없이 허창의 황제에게 밀사를 보냈다. 황제는 황숙의 일이었으므로 두말 않고 유비를 한중왕에 봉한다는 칙서를 내렸다.

그해 7월 유비의 군신들은 남정 서축에 있는 면왕에다 9층의 단을 쌓았다. 유비는 여러 군신들의 절을 받으며 한중왕의 지위에 올랐다. 그리고 유선을 태자로 삼고, 법정을 상서령, 공명을 군사에 봉했으며 관우, 장비, 조운, 마초, 황충 다섯 장수를 5호 장군에 임명하고 위연을 한중 태수로 임명했다. 이 밖에 신하들에게도 각자의 공로에 따라 적당한 직위를 주었다. 이 소식을 들은 조조는 크게 분개했다.

"건방진 놈! 시골 구석에서 멍석이나 짜던 상놈이 촉나라의 왕위에 올라? 흥, 이놈을 당장 요절을 내 줘야겠다."

그때 사마의가 앞으로 나서서 말했다.

"진정하십시오. 그까짓 유비를 치기 위해서 직접 나서실 필요는 없습니다. 제게 한 가지 계책이 있습니다. 촉의 제2장수 관우가 형주를 지키고 있으니, 우선 말 잘하는 사신을 오나라의 손권에게 보내 오나라가 형주를 처부수게 한 뒤에, 그때 가서 손권이든 관우든 둘 중에 남은 하나를 없애 버리면 될 것입니다."

조조는 그날로 마총이라는 신하를 강동의 오나라로 급파해 위와 오가 손을 잡고 형주를 처부수자고 제의했다. 형주는, 본시 적벽의 싸움에서 조조를 대파한 오나라가 차지하려 했으나 공명의 계교에 의해 빼앗긴 땅이었다.

손권은 장소를 비롯한 몇몇 신하들과 의논한 뒤 즉시 조조의 제의를 받아들이기로 결정했다. 이번에야말로 형주를 손에 넣을 수 있는 좋은 기회라고 생각했던

것이다.

조조의 공격 명령을 받은 번성의 조인 군대는 물밀듯이 형주 지방의 국경 양양으로 밀려들었다. 물론 형주의 관우는 이들의 공격을 눈치채고 만반의 준비를 하고 있었다. 그런데 관우의 선봉을 맡은 미방과 부사인 두 장수가 밤 늦게까지 술을 마시고 있다가 그만 부주의하여 병량을 태워 버렸다.

관우는 두 장수를 불러다 놓고 크게 호통을 쳤다.

"병사도 아닌 장수들이 이게 무슨 꼴인가! 출진에 앞서 우리 측 장수를 베어 버리는 것은 불길하므로 당장 목숨을 끊지는 않겠으나 싸움이 끝난 뒤에는 반드시 국법에 따라 처리할 것이다."

관우는 두 장수에게 각각 곤장을 50대씩을 쳐 미방은 강릉성, 부사인은 공안성으로 쫓아 보내 그곳을 지키고 있으라고 명령했다. 그리고 새로 선봉장을 고르고 부장으로는 양자인 관평을 세웠다. 관우는 이적, 마령을 거느리고 스스로 총사령관이 되어 전군을 이끌고 양양으로 나아갔다.

첫 싸움에서 조인의 조조군은 썩은 갈대잎처럼 우수수 무너져 버렸다. 조조군은 관우가 직접 전장에 나타났다는 것만으로 지레 겁을 먹고 도망치기에 정신이 없었다. 조인의 부장인 하후돈은 관우의 청룡언월도에 목이 잘려 나갔고 적원이 관평의 창에 찔려 번성으로 도망쳐 들어갔다. 관우는 이 승리의 기운을 몰아 한강 너머 번성까지 추격하여 숨 돌릴 사이도 없이 맹공을 퍼부었다. 조인은 이 위급한 상황을 조조에게 알리고 구원병을 요청했다. 조조는 우금을 총대장, 방덕을 부대장으로 뽑은 뒤 자기 휘하의 용감한 병사 수만을 골라 번성으로 급파했다.

그런데 이번 구원병의 부대장인 방덕이라는 장수는 본래 마초의 부하로 자기의 옛 주인 마초는 물론 친형인 방유까지 서촉의 유비를 섬기고 있는 것과 달리, 그 혼자만이 조조를 받들고 있었다. 이런 사정 때문에 조조가 방덕을 의심하고 출진을 시키지 않으려고 하자 방덕이 관을 하나 만들어 조조 앞으로 끌고 나가 맹세했다.

"대왕, 이 방덕의 충성을 의심하지 마십시오. 이 관 속에 관우의 목을 넣어 오던가, 아니면 제 목을 넣어 오겠습니다."

"호오, 자네의 마음을 잘 알겠노라. 처음부터 그대를 의심한 것은 아니었다."

이번에는 방덕 쪽에서 크게 감동했다. 그는 죽기를 맹세하고 싸움터로 나아갔다. 우금과 함께 방덕은 번성 30리 떨어진 곳에 진을 치고 전세를 잠시 살펴보았다. 과연 관우군의 사기는 하늘을 찌를 듯했다.

이 소식을 들은 관우는 번성 공격을 요화에게 맡기고 자신은 관평과 함께 뒤로 돌아 우금의 군대를 치기 시작했다. 그런데 이번 싸움은 그렇게 쉽게 승리를 얻을 수 없었다. 몇 차례 밀고 밀리는 격전이 있은 뒤 조조군 진중에서 방덕이 혼자 백마를 몰아 나오며 소리쳤다.

"적장 관우는 들어라! 나는 그대의 목을 베어 위왕에게 바치기 위해 관을 하나 준비해 왔다. 어서 항복하라!"

관우는 검은 수염을 쓰다듬으면서 웃었다.

관우와 방덕은 일시에 양군의 가운데로 달려나가 세차게 맞붙었다. 히힝, 히힝! 두 필의 말이 숨을 가쁘게 몰아쉬며 뽀얗게 먼지를 일으켰다. 방덕의 장검과 관우의 청룡언월도가 수십 차례 불꽃을 튀겼다. 그러나 승부는 좀처럼 나지 않았다. 점차 사방이 어두워지고 땅거미가 지기 시작했다. 저만치 자신의 진영에서 관우의 싸움을 지켜보고 있던 관평이 혹시 아버지가 다친 것은 아닐까 근심이 되어 싸움을 중단시켰다. 관우와 방덕은 이튿날 날이 밝거든 다시 겨루자고 약속을 하고 각자 자기 진영으로 돌아갔다.

다음 날 아침이었다. 관우는 오랜만에 적수를 만나 힘이 솟았다. 적토마를 급히 몰아 적진으로 달려갔다. 그러자 방덕도 기다렸다는 듯이 마주 나왔다. 그날 관우와 방덕은 1백여 합도 더 싸웠다.

그러나 역시 승부가 나기는 어렵기만 했다. 마침내 방덕은 관우가 자기의 적수가 아니라는 것을 깨닫고 재빨리 말을 몰아 달아나기 시작했다. 관우는 청룡언월도를 휘두르며 벼락같이 소리를 질렀다.

"이 비겁한 놈! 사내 대장부가 승부를 겨루다 말고 달아나는 것은 어디서 배웠느냐? 게 멈춰 서지 못하겠느냐!"

관우는 뺑소니를 치는 방덕을 쫓아 적토마에 채찍을 휘둘렀다. 그 순간 앞서 도망치던 방덕이 별안간 말을 옆으로 돌려 화살을 쏘았다. 화살은 곧장 관우의 오른 팔에 명중했다. 승부를 겨룰 자신이 없던 방덕이 달아나는 척 꾀를 쓴 것이었다.

이 광경을 멀리서 지켜보고 있던 관평이 깜짝 놀라 군사들을 몰고 와 관우를 부축해 자기의 진영으로 돌아갔다. 다행히 상처는 깊지 않았다. 관평은 만일을 생각하여 적이 싸움을 걸어와도 수비만 할 뿐 싸움을 하지 않았다. 그 사이 방덕과 우금의 조조군은 좀더 앞으로 다가와 번성 10리쯤 떨어진 후방에 새로운 진지를 구축했다. 그렇게 며칠이 지났다. 관우는 상처가 얼마쯤은 나아 기운을 차릴 수 있게 되었다. 적진을 돌아본 관우는 손뼉을 치면서 기뻐했다.

"생각한 대로 적은 새롭게 진지를 구축했구나. 잘됐어. 위군은 이제 독 안에 든 쥐야."

관우는 몰래 관평을 시켜 한강 갈래인 증구라는 강으로 올라가 강을 막으라고 지시했다. 마침 8월도 하순으로 접어들어 매일 큰 비가 내리고 있었다. 그 사이 관우는 조조군 몰래 높은 언덕으로 진지를 옮겼다. 위군이 이것을 눈치챘을 때는 이미 모든 게 틀려 버린 뒤였다. 관우가 봉화로 신호를 보내자 관평은 재빨리 막았던 강둑을 헐었다. 성난 물결은 일시에 위군의 진중을 덮쳐 버렸다.

"홍수다! 홍수야!"

위군은 순식간에 강물에 떠내려가면서 아우성을 쳤다. 관우의 촉나라 군사들은 미리 준비한 뗏목을 타고, 물에 빠져 허우적거리는 위군을 모조리 쳐부수기 시작했다. 위군 병사들은 관우군의 뗏목을 붙잡고 물에 떠내려가지 않으려고 바둥거렸다.

관우는 부하들에게 명령하여 항복해 오는 위군은 살려 주게 했다. 생각해 보면 병사들은 아무 죄도 없었던 것이다. 관우의 병사들은 항복해 오는 수천의 위군을 뗏목으로 끌어올려 육지로 실어 날랐다. 그러던 중 적의 대장 우금을 뗏목을 휘몰아 사로잡았다. 그러나 방덕은 한사코 항복을 하지 않고 5백여 군사를 이끌고 끝까지 덤벼들었다. 관우군의 화살이 비오듯 방덕에게 날아들었다. 삽시간에 그의 부하들은 고슴도치처럼 온몸에 화살을 맞고 쓰러졌다. 혼자 남은 방덕은 재빨리 관우군의 뗏목으로 뛰어올라 눈 깜짝할 사이에 모두 베어 버리고 번성으로 뗏목을 몰아가려고 했다. 그때 관우군의 장수 하나가 물속으로 깊이 들어가 방덕이 타고 있는 뗏목을 번쩍 들어 뒤집어 놓았다. 그리고 물에 빠져 허우적거리는 방덕을 사로잡아 육지로 끌고 왔다.

적장 둘이 사로잡혔으므로 싸움은 완전히 끝났다. 관우는 포로가 된 두 장수를 끌어내 심문을 했다. 이 자리에서 적의 총대장 우금은 간곡하게 빌었다.

"목숨만 살려 주신다면 항복해 촉의 장수가 되겠습니다."

관우는 그것이 심히 못마땅했다.

"더러운 놈! 장수된 자의 입에서 나온다는 소리가 고작 그 모양이냐? 아서라.

한중왕이 된 유비 · 413

너 같은 놈의 목을 쳐 칼을 더럽히고 싶지도 않다."

관우는 우금을 형주로 보내 감옥에 가두라고 명령한 뒤 이번에는 방덕에게 말했다.

"너도 목숨이 아까우냐?"

"흥, 사람이 태어나 한 번 죽지 두 번 죽겠느냐? 듣기 싫다. 어서 죽여라."

관우는 방덕이 항복해 온다면 진정으로 받아들일 생각이었으므로 그의 마음을 돌리려고 여러 모로 타일러 보았다. 그러나 방덕은 끝내 항복을 하지 않았다.

"아까운 장수로다……."

항복을 원치 않는 장수를 억지로 살려 주는 것 또한 옳은 일이 아니었다. 관우는 방덕의 목을 치게 했다. 그러나 관우는 방덕의 기개가 가상하다고 생각하여 그의 시체를 좋은 곳에 묻어 장사를 후히 지내 주었다.

관우군은 또다시 번성을 공격하기 시작했다. 그러나 번성 안에는 뛰어난 책략가인 만총이 조인을 돕고 있어 쉽게 정복할 수 없었다.

어느 날 공격군을 지휘하고 있던 관우가 번성 안의 위군이 쏘아 대는 화살에 맞아 땅에 떨어졌다. 그런데 공교롭게도 화살을 맞은 자리가 지난번 전투에서 방덕에게 부상을 당한 그 자리였는데 이번에는 화살촉에 독이 묻어 있었다. 관우군은 형주로 철수해 와 관우의 치료에 전력을 기울였다.

이때 화타라는 명의가 형주로 찾아와 관우의 치료를 지원했다. 관우의 상처를 살펴본 화타는 혀를 끌끌 찼다.

"이것은 오두라는 무서운 맹독입니다. 어서 준비를 서둘러 주십시오. 네 개의 기둥에 팔다리를 모두 묶은 다음에 수술을 해야 합니다. 그렇지 않으면 고통을 참아 내지 못해 수술이 불가능합니다."

한중왕이 된 유비 · 415

관우는 껄껄 웃었다.

"의원은 별 소리를 다하는구려. 그까짓 수술쯤 무엇이 그리 아프다고 팔다리를 기둥에 얽어맵니까? 너무 걱정 마시오. 그대의 수술에 전혀 지장을 안 주도록 할 테니까."

관우는 마량을 불러 바둑을 두기 시작했다. 곧이어 화타가 칼로 상처 난 부위를 도려내기 시작했다. 그러나 관우는 눈 하나 까딱하지 않았다. 이번에는 화타의 칼끝이 썩어 들어가고 있는 뼈를 사정없이 긁어냈다. 다른 사람 같으면 까무라쳤어도 서너 번 까무러쳤을 무시무시한 수술이었다. 오히려 주위의 다른 사람들이 처참한 수술 광경에 놀라 고개를 돌릴 정도였다. 수술이 끝난 후 화타가 말했다.

"오랫동안 의원 생활을 해 왔습니다만, 장군 같은 분은 처음 보았습니다. 듣던 대로 하늘이 내리신 분입니다."

화타는 답례의 예물도 받지 않고 돌아갔다.

제 5 편
하늘로 돌아간 용

다음 해인 장무 3년 4월 유비는 병이 깊어 눈마저 보이지 않았다. 유비는 성도에 있는 공명을 연안궁으로 불러오게 했다. 아무래도 죽을 때가 가까웠음을 깨달은 것이다. 황제의 위독을 전하는 급사가 성도에 이르자 공명은 급히 여장을 갖춘 후 태자 유선에게 성도를 맡기고 아직 어린 태자 유영, 유리와 함께 연안궁으로 달려갔다. "가까이 오시오, 가까이……."

주인을 잃은 적토마

우금이 사로잡히고 방덕이 죽었다는 소식에 조조는 깜짝 놀랐다.

"과연 관우는 무서운 장수로다. 안 되겠구나. 이번에는 서황과 여건을 보내야겠다."

제2차 구원병 5만을 서황에게 주어 번성으로 내려 보낸 조조는 또 한편으로 손권에게 편지를 보내 빨리 형주를 치라고 재촉했다. 형주의 관우도 상처가 완쾌되어 적의 공격에 대비하고 있었다.

오나라의 총사령관 여몽은 관우의 봉화 체계를 알고 있었으므로 쉽사리 형주를 공격해 들어갈 수 없었다. 여몽은 한 가지 계책을 생각해 냈다. 자신은 손권과 사이가 나빠서 총사령관의 직책에서 물러났다는 소문을 퍼뜨리고 이제까지 전혀 이름이 알려지지 않은 육손에게 전군을 지휘하게 했다. 육손은 나이는 젊으나 뛰어난 지략과 용기를 지닌 장수였다. 그는 형주의 관우에게 예물을 보내 서로 사이좋게 쳐들어오는 조조군을 쳐부수자고 제의했다.

'흐음, 오나라가 나에게 조조를 막아 달라고 간청을 해 오는군.'

마침 조조군과의 싸움에서 이기고 있는 때인지라, 관우는 육손의 예물을 아무 부담 없이 받아들인 후 군사들을 휘몰아 형주성을 빠져나갔다. 이번에야말로 조조군을 모조리 없애 버리리라 벼르면서……. 여몽이라면 몰라도 육손 따위는 어린애로만 여겼던 것이다.

그러나 이것은 관우의 돌이킬 수 없는 큰 실수였다. 육손에게 관우를 안심시켜 놓은 여몽은 날쌘 군사들을 장사꾼으로 변장시킨 후, 삼양강 강변에 있는 봉화대를 급습하여 연락망을 끊어 버렸다. 그리고 사로잡은 포로들에게 후한 상금을 주어 자기 편으로 끌어들였다.

그리고 포로들을 이용해 봉화대라는 곳은 모조리 급습해 나가면서 대군을 몰아 형주성으로 다가갔다. 형주성에 이르러서도 항복한 앞잡이들을 이용해 급한 용무가 있으니 문을 열라고 속였다. 아무 영문도 모르고 수문장이 문을 열자 오군은 일시에 성 안으로 물밀듯이 휘몰아쳐 순식간에 형주성을 정복해 버렸다. 너무도 뜻밖의 일이라서 촉진의 장수들은 제대로 싸워 보지도 못하고 손을 들고 말았다.

손쉽게 형주성을 점령해 버린 여몽은 이번에는 미방과 부사인이 지키고 있는 공안, 강릉 두 성으로 말 잘하는 재주꾼들을 보냈다.

"출진 전날 병량을 태워 버렸으므로 관우는 틀림없이 싸움이 끝나면 두 사람을 죽일 것이오. 이 기회에 오에 항복하면 높은 벼슬을 주어 후하게 대접할 것이니 성문을 열고 오군을 맞아들이시오."

그리하여 공안성과 강릉성도 오군의 수중으로 떨어지고 말았다. 관우가 후방을 너무나 가볍게 본 결과였다. 최전선의 전투에만 온 정신을 기울인 탓으로 성 내의 수비와 방어 면에서 너무나도 크나큰 실수를 저질러 버린 것이다. 또한 오군의 손권과 총대장 육손을 너무 가볍게 여겼으며 거기에 또 여몽이라는 지략을 겸비한 장수가 있었음을 생각지 않았던 것이다.

그리고 봉화대를 설치함으로써 오의 침공을 사전

삼국지 고사성어
괄목상대 刮目相對
눈을 비비고 상대방을 본다는 뜻이다.
즉, 눈을 비비고 볼 만큼 상대방의 학식이나 재주가 크게 발전한 것을 말한다.

에 알 수 있으리라 믿었겠지만, 그것을 적에게 빼앗기면 오히려 더 무서운 함정이 될 수 있음을 깊이 생각했어야 했다.

이러한 사실을 까맣게 모르고 있던 관우의 선봉인 관평과 요화 두 장수는 낙양 남쪽 양릉파라는 곳에서 위의 선발대인 서황군 5만과 피나는 전투를 벌이고 있었다.

적장 서황이 관평을 맞아 싸우면서 크게 소리쳤다.

"관평, 이 철없는 어린 놈아! 형주는 이미 오나라의 손권에게 점령된 것을 모르느냐? 집 없는 불쌍한 것아, 무엇을 바라고 아직도 전장을 헤매고 다니느냐?"

"뭣이? 형주가 떨어졌다고?"

관평은 서황을 버리고 후퇴했다. 요화 또한 싸울 용기마저 잃고 관평을 따라 번성을 공격하고 있는 관우군의 진지로 후퇴했다.

"면목이 없습니다. 형주가 오의 손권에게 정복되었다는 소리를 들은 병사들이 다투어 적에게 항복해 버리거나 도망쳐 버려 도저히 적에 대항해 싸울 수가 없었습니다."

그들은 관우 앞에 엎드려 주먹으로 연신 비통한 눈물을 닦아 냈다.

"싸움이란 이길 때도 있고 패할 때도 있느니라."

관우는 그들을 꾸짖지 않았다.

"그러나 한 가지, 형주가 오에 떨어졌다는 것은 적의 헛소리에 지나지 않음을 왜 깨닫지 못했는지 그게 안타깝구나. 형주의 수비는 태산처럼 안전하다. 우리는 적의 침입에 대비하여 오의 접경 지역 여러 곳에 봉화대를 설치하지 않았느냐?"

이런 와중에도 서황의 선발대는 도성에서 내려온 조조의 중군과 합세하여 파도처럼 밀려오고 있었다. 몇십만인지 헤아리기조차 어려운 조조의 대군이 시야를 가득 메우고 관우군의 진지로 바싹 다가왔다.

"아버님, 서황은 피하는 것이 좋을 듯합니다."

관평이 근심스런 표정으로 말했다. 그러나 관우는 긴 수염을 쓰다듬으면서 고개를 저었다.

"서황은 옛날의 벗이다. 한마디로 그에게 내가 늙지 않았다는 것을 보여 줘야 한다. 그리고 또 그래야만 우리 병사들이 사기를 잃지 않을 것이다."

마침내 양쪽의 군대가 정면으로 맞닥뜨린 날 관우는 적토마를 타고 서황과 마주 섰다. 서황은 등 뒤에 십여 명의 맹장들을 거느리고 있었다. 서황이 말 위에서 관우에게 목례를 올리며 말했다.

"장군과 헤어진 지 벌써 수년, 장군의 머리칼이 이렇게 눈처럼 희어졌으리라고는 생각지 못했소······. 오늘 다행히 장군을 뵙게 되니 감개가 무량합니다."

"오오, 서황인가. 지나간 과거의 일은 어찌 되었든 오늘은 결코 그대를 살려 보낼 수 없으니 그리 알고 각오를 단단히 하게."

"그것은 소인도 바라는 바입니다. 자, 당신의 백발을 베어 말 안장에 달고 개선할 터인즉 섭섭하게 생각 마십시오."

서황은 배후에 있는 맹장들과 함께 도끼를 휘두르며 관우에게 덤벼들었다.

'나는 늙지 않았다. 나는 늙지 않았어.'

관우는 자신에게 타이르며 청룡언월도를 휘둘러 수십 합을 싸웠다. 그러나 화살의 상처는 아직 낫지 않은 것이 분명했다. 더구나 병을 앓고 난 지 얼마 되지 않은 늙은 몸이었다. 관평은 퇴각의 북을 울려 병사들을 불러들였다.

그때 번성의 병사들이 문을 열고 뛰어나왔다. 죽음을 각오하고 날뛰는 병사들 이어서 관우군의 포위망은 어려움 없이 돌파되어 거기에 있던 관우군은 양강의 언덕까지 무너져 도망쳤다. 위나라의 대군은 이미 여기까지 점령해 버려 길목마다 지키고 있다가 허겁지겁 도망치기에 바쁜 관우군을 짓밟았다. 참담한 상황이었다. 관우마저 눈물을 뿌리지 않을 수 없었다. 어디 그뿐인가. 여기에 이르러서야 비로소 형주 함락이 근거 없는 헛소리가 아니었음을 알았다.

오나라의 장수 여몽의 손아귀에 자신의 처자식이 사로잡혀 있다는 말을 듣고 하늘을 우러러 탄식했다.

"그 쥐새끼 같은 여몽에게 속았구나. 아, 무슨 면목으로 한중왕을 대할 것인가!"

관우는 적에게 잃은 공안, 강릉, 형주 세 성을 다시 찾으려고 마량과 이적을 성도로 급파해 한중왕 유비에게 구원을 요청하는 한편, 자신은 나머지 병사들을 이끌고 형주로 말을 달렸다. 그러나 가는 길마다 오의 군사들로 꽉 차 있었다. 숨 돌릴 사이도 없이 오의 장수들이 뛰어나와 관우에게 덤벼들었다.

여몽의 계책에 의해 오군 진중에 섞여 있던 병사의 부모와 가족들이 크게 남편과 아들의 이름을 부르며 관우군을 향해 울부짖었다. 그 소리를 들은 관우의 병사들은 하나 둘 아군을 이탈하여 달아났다. 이제 관우를 따르는 병사는 고작 5백여 기에 불과했다. 이 정도의 군세로는 죽었다 깨어나도 형주를 되찾을 수 없었다.

관우는 관평의 권유로 맥성으로 달아나 성문을 굳게 닫았다. 손권의 오군은 맥성을 수십 겹으로 에워싸고 맹공을 퍼부었다.

관평과 요화는 입을 모아 간했다.

"농성도 한계가 있습니다. 어서 상용의 유봉에게 구원을 청하신 후 새롭게 병사를 일으켜 형주를 탈환하심이 좋을 겁니다."

그러나 이 엄청난 포위망을 뚫고 나갈 만한 장수가 없었다. 이때 요화가 앞으로 나와 말했다.

"저를 보내 주십시오. 죽기를 맹세코 사명을 다하겠습니다."

"그렇게 하게나."

관우의 명령이 떨어지자 관평은 군대를 이끌고 성을 나가 오군과 대적하고 그 틈을 타 요화는 어둠 속으로 스며들어 성을 빠져나갔다. 요화는 죽을 고비를 몇 번인가 넘긴 끝에 거지꼴이 다 되어 상용성에 이르렀고 유봉을 만나 자세한 내막을 알렸다.

"지금 관우 장군은 맥성에서 갇혀 오갈 데 없는 신세가 되었습니다. 어서 구원병을 보내지 않는다면 장군께서는 비참한 최후를 맞으실 겁니다."

요화는 눈에 불을 켜고 간절히 호소했다. 유봉은 알겠다는 듯이 고개를 끄덕였다. 그러나 무엇을 생각했는지 그는 이렇게 대답했다.

"부장 맹달과 의논해 본 뒤에 좋은 조처를 취하겠소."

유봉은 요화를 방에 남겨 두고 맹달과 단둘이서만 파병 문제를 의논했다. 상용성에 남아 있는 군대는 겨우 수비군 일부뿐인데, 이들 중 일부를 맥성으로 보낸다는 것은 결코 달가운 일이 아니었다.

"지금 원군을 보내지 않는다면 관우 장군은 죽습니다! 그래도 좋단 말입니까? 관우 장군은 한중왕의 동생 되시는 촉나라 제1의 장군입니다. 훗날 한중왕의 노여움을 어찌 받으려고 이러십니까?"

요화는 머리를 땅에 찧으면서 소리쳤다. 그러나 유봉과 맹달은 들은 체도 않고 안으로 들어가 병을 핑계로 요화를 만나 주지 않았다.

요화는 한시가 급했다. 눈물을 뿌리며 상용성을 나와 한중왕 유비가 있는 성도로 급히 말을 몰았다. 이때 맥성의 관우군은 형편이 말이 아니었다. 아무리 기다려도 원군은 오지 않고 식량은 바닥이 났다. 더욱이 밤마다 몰래 성을 빠져나가는 병사의 수가 늘어 이제는 고작 2~3백 명의 군사가 남아 있을 뿐이었다.

"더 기다려 봐야 원군은 오지 않을 모양이다. 내가 직접 들어가 병사를 이끌고 오는 수밖에 없다."

관우는 왕보와 주창에게 1백여 기를 주어 백성을 지키게 하고, 관평과 함께 2백여 기를 이끌고 맥성을 빠져나가기로 작정했다.

왕보는 지략이 뛰어난 인물이었다.

"장군, 북문 앞 좁은 길에는 반드시 복병이 있습니다. 원컨대 남문의 큰길을 택하십시오."

그러나 관우는 왕보의 말을 듣지 않았다. 다음 날 새벽 관우는 복병쯤은 단칼에 베어 버릴 작정으로 일부러 북문을 뛰쳐나가 어둠 속으로 급히 말을 몰았다. 그런데 이곳에는 왕보의 예견대로 오의 장수 주연이 5천 기를 매복시켜 관우가 도망쳐 나오기를 기다리고 있었다. 관우는 바람처럼 적토마를 달리면서 청룡언월도를 휘둘러 적병의 목을 수없이 내리쳤다. 그러나 적병은 무찔러도 그치지 않고 계속 몰려들었다. 50여 리를 빠져나가는 사이에 뒤따르던 관우군은 절반 이하로 줄어들었다. 그리고 끝내는 관평을 비롯해 군졸 10여 기만을 이끌고 근처의 결석산으로 피해 달아나는 신세가 되었다. 아직도 주위는 칠흑처럼 어두웠다.

이때 또다시 북소리가 산이 떠나갈 듯이 일었다. 오의 장수 반장이 기다리고 있었다. 돌연 사방의 산에서 눈사태처럼 바위가 무너져 내려와 말의 다리며 사람의 몸뚱이를 사정없이 내리쳤다. 관우의 주위를 떠나지 않고 끝까지 그를 호위하던 병사들은 한꺼번에 바윗덩이에 짓눌려 목숨을 잃었다.

이제 남은 건 관우와 그의 아들 관평뿐이었다.

"아아, 이것이 도대체 지옥인가 생시인가?"

관우는 이젠 모든 것이 틀렸다고 생각하고 말머리를 돌려 적진 한가운데로 달려들었다. 그러나 수십 명의 힘센 장수들이 달려들어 말을 쓰러뜨리고 관우와 관평을 밧줄로 묶어 버렸다.

다음 날 이른 새벽 손권은 관우를 자기 앞으로 데려오라고 명령했다.

"나는 일찍부터 장군을 깊이 생각하여 장군 딸을 내 아들의 아내로 맞아들이려고도 했소. 그대가 거절하여 뜻을 이루지 못했지만……."

관우는 아무 대꾸도 않고 묵묵히 하늘만 올려다보고 있었다. 손권이 다시 입을 열었다.

"내가 알기론 그대는 천하제일의 장수라고 들었소. 그런데 어찌하여 이같이 결박되는 몸이 되었소? 이런 건 모두 촉에서 원군을 보내 주지 않았기 때문이라고 생각지 않소? 이 모든 것이 내게 항복하여 오나라를 섬기라는 하늘의 계시라고 생각하는데, 그대의 생각은 어떻소?"

그제야 관우는 천천히 손권을 바라보면서 두 눈을 부라렸다.

"네 멋대로 생각하지 마라! 붉은 수염을 단 강동의 쥐새끼야! 나는 결코 참다운 장수의 도리를 저버리는 그런 어리석은 자가 아님을 명심해 두어라. 유황숙과 나는 도원에서 의를 맺은 사이다. 비록 내 오늘 실수를 저질러 오나라의 계략에 빠져 목숨을 잃는다 해도 무엇이 아깝고 무엇이 두려우랴. 다만 한중왕 유황숙을 끝까지 돕지 못하고 너희 오나라를 쳐부수지 못한 채 세상을 떠나는 것이 한스럽고 원통할 뿐이다. 우스갯소리 말고 어서 목을 쳐라!"

관우는 입을 굳게 다물고 바윗덩이처럼 곧게 앉아 있었다. 손권은 좌우를 돌아보며 조용히 속삭였다.

"나는 저 같은 영웅을 아낀다. 무슨 수가 없겠느냐?"

그때 좌함이라는 자가 자기의 의견을 밝혔다.

"단념하십시오. 모두 헛된 일입니다. 옛날 조조도 이 사람을 얻기 위해 3일 잔치, 5일 주연을 베풀어 그의 마음을 돌리려 했지만 다섯 관문의 장수를 벤 후에 결국은 유비의 곁으로 돌아가지 않았습니까?"

"으흠……."

"실례의 말씀인지 모르겠으나, 조조에게조차 그러했거늘 어찌 오나라에 안주하겠습니까? 지금 그를 죽이지 않는다면 후일 오나라에 큰 해가 될 것입니다."

한참 동안이나 입술을 깨물며 무엇인지를 생각하고 있던 손권이 마침내 자리에서 벌떡 일어나 큰 소리로 말했다.

"당장 끌어내 목을 베어라!"

무사들은 관우와 그의 양자 관평을 장막 앞 언덕으로 끌고 올라가 나란히 세운 다음 일시에 두 사람의 목을 내리쳐 땅에 떨어뜨렸다. 때는 건안 24년 10월 늦가을이었다. 구름은 맥성의 들을 낮게 뒤덮고 비인지 안개인지 모를 뽀얀 물방울들이 축축이 산야를 적셨다.

이때 한중왕 유비는 왕궁에서 정치 일로 바쁜 나날을 보내던 어느 날 별안간 가슴이 따끔하고 명치끝을 찌르는 것 같은 아픔을 느꼈다. 그리고 온몸이 와들와들 떨리면서 식은땀이 등줄기를 타고 흘렀다.

'이상한 일이구나.'

유비는 다음 날 공명을 불러오게 했다.

"군사, 하도 꿈이 괴상해 그대의 의견을 들어 볼까 하여 불렀소. 꿈에 나타난 관우가 하도 괴이했소이다."

유비는 꿈 이야기를 자세히 들려주었다.

"별것 아닙니다. 항상 관우 생각을 하고 계시므로, 그것이 꿈이 되어 나타난 것입니다. 근심하실 것 없습니다."

공명이 유비를 위로해 주고 방을 나서자마자 왕자 유선의 호위병인 허정이 급히 다가왔다.

"긴히 올릴 말씀이 있습니다. 방금 도착한 급보이온데, 관우 장군께서 오의 손권과 싸우다 그만, 전사하셨다는 보고입니다."

공명이 침통한 표정으로 말했다.

"벌써 알고 있었다. 동쪽의 큰 별이 오늘 밤 길게 꼬리를 끌며 떨어졌거든."

그때 공명의 등 뒤에서 한중왕 유비의 노한 얼굴이 나타났다.

"뭐라고? 관우가 죽었단 말이냐?"

"……."

"공명 군사는 그것을 알고 있으면서 어째서 내게는 거짓말을 했소?"

유비의 두 눈에서는 하염없이 눈물이 흘러내렸다. 그 옛날 복숭아밭에서 의형제를 맺으면서 죽어도 같이 죽고 살아도 같이 살자던 관우가 아니었던가. 유비는 그만 넋이 나가 그 자리에 힘없이 주저앉았다. 병석으로 옮겨진 유비는 꼬박 3일 동안 물 한 모금 마시지 않고 눈물만 흘렸다.

"내 아우 관우의 원수는 꼭 갚고 말겠다. 오나라의 손권, 이놈을 죽이기 전에는 난 결코 눈을 감지 않으리라!"

곁의 공명이 유비를 위로했다.

"아직 이 공명이 곁에 있습니다. 기필코 관우의 원수는 갚아 드리고 말겠습니다. 어서 일어나 음식을 드십시오."

자리에서 일어난 유비는 곧장 오나라 토벌군을 일으키자고 제의했다. 그러나 공명은 간곡히 만류했다.

"뜻은 사무치도록 잘 알고 있습니다. 하오나 지금은 때가 아닙니다. 오와 위가 손을 잡고 촉을 호시탐탐 노리고 있는 이때, 섣불리 군사를 일으켰다가는 큰 패배를 당할 게 뻔합니다. 훗날 지금의 몇 갑절로 갚도록 하시고 지금은 참으셔야 합니다."

한편, 오의 손권은 장차 있을 촉의 보복을 위에게 돌리기 위해 관우의 목을 위왕 조조에게 보냈다. 모든 것이 조조의 지시에 의한 것이므로 자기들에게 죄가 없다는 것을 세상에 알리고자 하는 얕은 꾀였다.

그러나 이러한 손권의 속셈을 조조가 모를 리 없었다. 조조는 한술 더 떠서 몸뚱이가 없는 관우의 목에 나무로 몸뚱이를 깎아 맞춰 후하게 장사를 치러 주었다. 그러고 황제에게 고하여 죽은 관우에게 형주의 왕이라는 칭호를 내리게 했다.

형주를 손에 넣은 오의 손권은 기쁘기 그지없었다. 그는 이번 싸움에서 공이 큰 여몽에게 큰 상을 내림과 동시에 성대하게 주연을 베풀고 그동안의 노고를 칭찬하였다.

"여몽 장군, 그대는 아버지 손견, 형 손책, 그리고 나까지 3대에 걸쳐 싸웠던 원한의 땅 형주를 급기야 우리 쪽으로 편입시켰으니 충신 중 최고의 충신이구려."

손권은 금술잔에 술을 가득 따라 여몽에게 내밀었다. 그런데 여몽의 눈빛이 별안간 이상하게 뒤틀렸다.

"강동의 쥐새끼야! 나를 알아보겠느냐?"

여몽은 술잔을 내동댕이치고 손권을 상좌에서 밀쳐 버린 후 자기가 상좌에 앉으려고 했다.

"어어?"

손권과 신하들은 하도 어처구니가 없어 입을 딱 벌리고 있을 뿐이었다. 여몽이 계속했다.

"황건족을 토벌한 이후, 유황숙을 모시고 천하를 바로잡자고 전장을 누비기를 수십 년. 내가 바로 한중왕의 아우 관우다!"

그런 후에 여몽은 입과 코에서 피를 콸콸 토하며 그 자리에 풀썩 쓰러져 영영 일어나지 못하고 죽어 버리고 말았다. 아마도 관우의 혼백이 여몽에게 들어가 그를 쓰러뜨린 모양이었다.

여몽이 피를 토하며 죽은 얼마 후 이번에는 위왕 조조가 시름시름 앓기 시작했다. 소문으로는, 죽은 관우가 밤마다 조조의 꿈속에 나타나 그를 괴롭히기 때문이라는 것이다. 꿈에 나타난 관우는 생시와 마찬가지로 성난 호랑이처럼 청룡언월도를 휘두르며 조조에게 덤벼들었다.

아마도 조조는 꿈에서조차 관우에게 쫓길 만큼 관우가 무서운 모양이었다. 이러한 조조의 꿈은 하루도 거르지 않고 계속되었다. 아니, 오히려 날이 거듭될수록 관우의 망령은 조조를 더욱 불안에 떨게 했다. 어디 그뿐이랴. 관우의 망령과 더불어 그가 이제까지 죽인 수많은 사람들의 망령들이 떼지어 몰려와 목을 졸라 댔다. 목숨만 살려 달라고 애걸하던 어린 황후를 끝내 때려죽인 일, 철없는 황태자를 목 졸라 죽인 일 등이 그의 마음을 어둡게 하고 급기야는 그의 꿈속에 나타나 그들이 울부짖고 통곡하는 것이었다.

조조는 밤마다 살려 달라고 헛소리를 질렀으며 하루가 다르게 야위어 갔다. 맛있는 음식을 먹어도 목구멍으로 넘기지 못하고 토해 냈다. 조조는 마침내 자신의 최후가 가까워졌음을 깨달았다. 그는 큰아들 조비에게 위왕의 자리를 물려준다는 유언을 남긴 그 다음 날 새벽, 홀연 이 세상을 떠나 버렸다. 때는 건안 25년 정월

하순 그의 나이 66세 때였다.

그날 낙양의 성 밑에는 돌과 같은 우박이 사정없이 내리퍼부었다. 조조의 죽음은 천하의 봄을 일시에 적막하게 만들었다. 단지 위나라 하나뿐 아니라 오나라, 촉나라 등 모든 나라 사람들의 가슴에 인간이란 누구든 죽음을 피할 수 없다는 것을 깊이 깨닫게 했다. 위나라의 문무백관들도 조조의 장례를 치른 후 유언대로 조비를 위왕의 자리에 오르게 했다. 위왕에 오른 조비는 제 마음대로 연호를 새로 연강이라 정했다. 그리고는 이렇게 선언했다.

"한나라는 본래 패국의 일개 건달(한나라를 세운 유방)이 진시황의 진나라를 멸망시키고 세운 나라다. 그동안 헌황제는 어리석어 백성들을 잘 다스리지 못했으니 이제 그만 황제의 자리에서 물러나야 한다."

조비는 조홍, 조휘 등에게 궁궐을 침범케 했다. 그해 10월 많은 사람들이 모인 가운데 헌제는 친히 옥새를 조비에게 바치고 궁궐 밖으로 쫓겨나는 신세가 되었다. 한고조 유방에서 시작된 6백여 년의 한나라는 드디어 멸망해 버린 것이다. 제위에 오른 조비는 그때까지의 나라 이름인 '한'을 버리고 새로 '대위'라는 이름을 정해 부르게 하였으며 연호를 황초, 자신을 태조 우황제라 부르게 했다. 그 후 조비는 도읍을 허창에서 다시 낙양으로 옮겼다.

"이 얼마나 통탄할 일인가!"

유비는 모든 정사를 공명에게 맡겨 버리고 밤낮으로 더러운 세상을 한탄했다. 그 다음 해에는 황제의 자리에서 쫓겨난 헌제, 즉 유협이 시골의 한 지방에서 쓸쓸히 죽어 갔다는 소식이 들려왔다. 유비는 촉 땅의 모든 백성들에게 상복을 입게 하고 음식조차 거들떠보지 않은 채 통곡으로 밤낮을 지새웠다.

공명은 유비가 어서 정신을 차려 나랏일을 돌보기를 바랐으나 유비는 아예 병석에 누워 버렸다. 후한의 조정이 망해 버린 다음 해 3월이었다. 양양의 양강에서 고기잡이를 하며 살아가는 한 노인이, 고기 그물에 황금 도장 하나가 걸려 나왔다고 하며 그것을 궁으로 가져왔다. 공명은 도장의 글을 읽어 보고 깜짝 놀랐다.

"이것이야말로 진짜 한 황실의 옥새다. 낙양에서 반란이 일어났을 때 사라져 버렸다던 바로 그 황제의 도장 말이다. 조비에게 전해진 것은 난이 끝난 뒤 조정에서 임시로 만든 옥새일 것이다."

공명은 매우 기뻤다. 이것이야말로 한 황실의 종친인 유비가 한나라를 이어받아야 한다는 하늘의 계시인 것만 같았다. 공명은 여러 대신들과 의논한 뒤 유비에게 황제의 자리에 오르도록 권하였다. 그러나 유비는 펄쩍 뛰었다.

"나를 천하의 불충한 사람으로 만들 생각이오?"

공명은 지지 않고 계속 간했다.

"전하, 그것은 말도 안 됩니다. 조비가 빼앗은 천하를 한 황실의 종친인 황숙께서 그 자리를 다시 차지하심이 어째서 불충입니까? 더욱이 지금은 헌제마저 세상을 뜨신 뒤가 아닙니까?"

공명과 더불어 여러 대신들도 입을 모아 간청했다. 드디어 그해 4월 날을 택하여 궁 안에 단을 높이 쌓고 유비는 황제의 자리에 올랐다.

나라 이름은 대촉이라 하고, 연호는 새로 장무라고 고쳤다.

그리고 공명을 신하 중 제일 높은 승상으로 봉하고 나머지 문무백관에게 그에 알맞은 직위를 내렸다. 촉의 황제에 오른 뒤 유비는 군신들을 모아 놓고 대대적인 군사 회의를 열었다.

"관우가 죽은 지 어언 1년 반이라는 세월이 흘렀다. 짐의 인생에 반드시 갚아야 할 한 가지 크나큰 빚이 있다면, 그건 오나라를 쳐 아우 관우의 원수를 갚는 일이다. 그대들은 모두 나를 따라 최선을 다해 주기 바란다."

조정에 모인 모든 군사들은 기침 소리 하나 없이 숨을 죽이고 있었다. 존귀한 황제의 말에 무슨 대꾸가 있을 수 있단 말인가? 그때 조운이 자리에서 앞으로 나와 조용히 간했다.

"폐하, 그것은 안 됩니다. 지금 오나라를 친다는 것은 매우 위험천만한 일입니다. 먼저 위나라를 멸망시켜 버리면 오는 자연 망할 것입니다. 만약 위를 남겨 두고 오를 친다면, 반드시 오와 위가 동맹을 맺게 되므로 우리가 위험에 빠집니다."

황제는 눈꼬리를 치켜뜨고 조운을 쏘아보았다.

"당치도 않은 소리! 오나라는 원수의 나라이니라. 짐의 아우를 죽였을 뿐 아니라, 짐을 배반한 부사인, 미방 등 역적의 무리를 끌어들인 불한당들의 소굴이다. 무엇보다 먼저 그놈들의 목을 베어 손권을 멸망시키지 않는다면 세상이 짐을 비웃을 것이다."

"아닙니다. 아우의 원수를 갚는 것도, 역적의 무리를 벌주는 것도 모두 폐하의 개인적인 감정입니다. 그보다는 대촉 제국의 앞날을 생각하심이 더욱 중요한 일입니다."

"개인적인 감정만이 아니다. 관우는 촉제국의 중요한 장군이요, 부사인 미방 등은 이 나라의 역적이니라. 백성들도 원통한 생각을 품어 그들을 쓰러뜨려 주기를 원하고 있다. 그대의 말이 이치에 안 맞는 것은 아니나, 나의 생각이 이러하니 더는 군소리 마라. 앞으로 이에 대해 말하는 자 있으면 법으로 다스릴 것이다."

유비의 결심은 굳어진 듯했다. 그러나 공명을 비롯한 여러 신하들은 조운의 의견이 옳다고 생각하여 계속 반대했다. 결국 유비는 파군 낭중의 태수로 나가 있는 장비를 불러들여 그의 의견을 묻기로 했다.

> 삼국지 고사성어

괄목상대 刮目相對

눈을 비비고 보다

오왕 손권의 장수 중에 여몽이란 자가 있었다. 그는 학식이 부족한 사람이었으나 전공을 쌓아 장군이 되었다. 여몽은 공부하라는 손권의 충고를 받고 전쟁터에서조차 '손에서 책을 놓지 않고(수불석권手不釋卷)' 학문에 정진했다. 전쟁터를 시찰하던 노숙이 대화를 나누다가 너무나 박식해진 그의 모습에 그만 놀라고 말았다.

"아니, 여보게. 언제 그렇게 공부했나? 자네는 예전의 여몽이 아닐세 그려."

그러자 여몽은 이렇게 대꾸했다.

"무릇 선비란 헤어진 지 사흘이 지나 다시 만났을 땐 '눈을 비비고 볼刮目相對' 정도로 달라져 있어야 하는 법이라네."

후에 여몽은 노숙의 뒤를 이어 재상으로서 손권을 보필하고 나라를 안정시키는 데 힘썼다. 촉 땅을 차지하면 형주를 돌려주겠다던 약속을 지키지 않는 유비의 촉군을 치기 위해 기회를 노리던 중 형주를 지키고 있던 촉나라의 명장 관우가 중원으로 출병하자 여몽은 때를 놓치지 않고 출격했다. 마침내 관우까지 사로잡는 큰 공을 세워 백성들에게 명장으로 추앙받았다.

刮: 비빌(괄), 目: 눈(목), 相: 서로(상), 對: 대할(대)

눈을 비비고 상대방을 본다는 뜻으로, 남의 학식이나 재주가 전에 비하여 딴사람으로 보일 만큼 부쩍 발전한 것을 일컫는 말이다.

[출전] 《삼국지》〈오지 여몽전주 呂蒙傳注〉

의형제 중 유비만 남다

장비는 밤낮으로 술을 마시며 관우의 죽음을 슬퍼하고 있었다. 그는 울다가 웃고, 웃다가 울고, 때로는 칼을 휘두르며 오나라의 하늘을 향해 이를 갈았다.

황제의 부름을 받아 성도로 들어온 장비는 옥좌 아래 땅바닥에 엎드려 크게 울음을 터뜨렸다. 유비는 장비를 옥좌 가까이 오르게 해 그의 손을 잡았다.

"잘 왔다, 아우야. 관우는 이미 이 세상에 없고, 복숭아밭에서 결의하던 형제도 이제는 너와 나 둘뿐이구나."

장비는 불끈 주먹을 쥐었다.

"폐하께서도 그 옛날의 맹세를 잊지 않으셨군요! 소인도 관우 형님의 원수를 갚기 전에는 어떤 부귀영화도 벼슬도 기쁘지 않습니다."

유비 형제는 슬픈 눈물을 흘리면서 말했다.

"장하구나, 장비야. 짐의 마음도 마찬가지다. 나와 함께 오나라를 때려 부숴 관우의 넋을 위로해 주자."

"폐하, 이제야 제가 살아 있는 보람을 얻은 것 같습니다."

"몇몇 반대하는 신하도 있었지만, 이미 오의 정벌은 정해져 있었다. 너는 곧 군사를 갖추어서 낭중에서 남쪽으로 나아가라. 짐은 대군을 이끌고 강주로 나아가 너와 합류하여 오를 공격할 것이다."

장비는 기뻐 어쩔 줄을 몰라 하며 단숨에 낭중으로 되돌아갔다. 그러나 황제의 갑작스런 출진 명령에 나라의 앞날을 생각하는 신하들의 반대 소리가 드높았다. 모두 그것이 잘못된 결정임을 간했다.

"짐과 관우는 한몸이나 마찬가지다. 더는 반대하는 자가 있다면, 목을 베리라."

유황제는 신하들의 간언에 전혀 귀를 기울이지 않았다. 예전에는 그처럼 인자하고 신하들의 말을 귀담아 듣던 유비였으나 이제는 완전히 딴사람 같았다.

"오를 치는 것은 좋지만 지금은 때가 아닙니다."

공명도 참다못해 간곡히 만류했으나 끝내 유비의 마음을 되돌릴 수는 없었다.

드디어 촉군 75만은 성도를 출발했다. 출병에 반대하던 승상 공명은 황제의 명령에 따라 성도에 남아 태자 유선을 도와서 정사를 돌보게 되었다. 조운에게는 후방에서 병량이나 돌보는 일을 맡겼으며 마초와 마대 형제에게는 위연과 함께 한중의 수비를 맡겼다.

구름처럼 땅을 메운 촉군의 행렬은 촉의 변두리 지역에서 남으로 남으로 홍수와 같이 밀려 내려갔다. 그런데 이게 또 무슨 변인가. 촉나라에서는 땅을 치고 통곡해야 할 일이 또 하나 벌어졌다. 그것은 장비에게 일어난 크나큰 재난이었다.

성도를 떠나 낭중으로 돌아간 장비는 벌써 오나라와 접전이 시작된 것처럼 자기 휘하의 장수들을 다그쳤다.

"이번 오나라 정벌은 나의 형 관우를 위한 복수전이다. 따라서 마구, 갑옷, 깃발, 전포 모두 백색으로 하여 출발할 것이다. 이것 모두 관우 장군에게 조의를 표시하기 위한 것이니 그대들은 3일 안으로 준비하도록 하라."

장비의 부하 장수 중 범강과 장달이라는 자가 있었다. 이들은 아무리 생각해 봐도 3일 안에 이 모든 것을 갖추기가 불가능했으므로 장비에게 시간을 더 달라고 호소했다.

"뭐라고? 3일 안에 안 된다고?"

"그렇습니다. 적어도 열흘 정도는 시간을 주셔야 합니다."

장비는 당장이라도 때려죽일 듯이 얼굴에 핏대를 세웠다.

"무슨 개소리야! 출전을 코앞에 두고 열흘씩이나 연기해 달라고? 당장 내 명령대로 해! 만일 이를 어기는 자는 목을 날려 버릴 테다."

사흘이 흘렀다. 그러나 범강, 장달 두 장수는 너무나도 시일이 급박했으므로 장비의 군령대로 준비를 완료시켜 놓지 못했다. 성미가 급한 장비는 불같이 성을 냈다.

"저런 죽일 놈들! 여봐라, 출진에 앞서 목을 벨 수는 없으므로 태형 1백 대씩을 안겨 줘라!"

병사들에게 이끌려 나간 두 장수는 군영 앞의 큰 나무에 꽁꽁 매달렸다. 많은 병사들이 보는 앞에서 장수된 자가 태형을 맞으니 아픔보다는 부끄러움이 더 컸다. 두 장수는 온몸이 피범벅이 되도록 매를 맞았다. 그러나 1백 대를 맞으려면 아직도 멀었다. 두 사람은 이윽고 비명을 내지르며 무조건 죄를 빌었다.

"용서해 주십시오. 내일까지는 무슨 일이 있어도 명령하신 물건을 준비해 놓겠습니다."

성격이 지극히 단순한 장비는 그만 풀어 주라고 명령했다.

"그것 보아라. 매를 맞으니 할 수 있을 것 같지? 용서해 줄 테니 죽을힘을 다해 내일까지 준비하라."

그날 밤 장비는 여러 장수들과 함께 곤드레가 되도록 술을 마시고 잠이 들었다. 그런데 이경이 지났을 무렵 두 개의 검은 그림자가 장비의 방으로 숨어들어 와 오

의형제 중 유비만 남다 · 439

랫동안 장막 뒤에 서서 장비의 숨소리에 귀를 기울이고 있었다. 말할 것도 없이 범강, 장달 두 장수였다. 틀림없이 깊은 잠에 빠져 있음을 확인한 두 사람은 품속에서 날카로운 칼을 꺼내 일시에 장비에게 달려들었다.

아무리 힘이 센 장사라 할지라도 잠들어 있을 때는 어린아이와 같은 것. 범강과 장달은 순식간에 장비의 목을 베어 버렸다. 그들은 장비의 목을 들고 날아가는 새처럼 어둠 속을 달려 미리 남강 가에 대기시켜 놓은 배에 뛰어올랐다. 그리고는 자기들의 가족과 함께 강을 따라 내려가 마침내 오나라로 도망쳐 버렸다. 실로 슬프고도 슬픈 일이었다. 호걸로서는 나무랄 데 없었으나 성질이 너무 급하고 생각이 깊지 못한 장비였다.

아직도 그의 용맹은 촉나라를 위해 쓰일 날이 많았으나 아깝게도 이처럼 허무하게 인생을 마치니 그의 나이 55세였다. 그때 촉나라 75만 군대는 이미 도성을 떠나 1백리 밖까지 나와 있었다.

"뭐라고? 장비가……."

장비의 부하 오반에게서 장비의 사망 소식을 들은 유비는 그 자리에 쓰러지듯 주저앉았다.

"아, 이게 무슨 날벼락인고. 어쩐지 어젯밤 꿈이 좋지 않더니만……."

유비는 목놓아 통곡을 하더니 이내 기절해 버렸다. 가까스로 깨어난 유비는 슬픔에 싸여 모든 음식을 먹지 아니 하므로 이를 걱정한 신하들이 간절히 고했다.

"폐하! 폐하께서는 관 장군의 원수를 갚으려 하시는데, 이렇게 아무것도 드시지 아니하면 원수를 갚기는커녕 오히려 큰 화만 당하실 것이옵니다. 부디 큰일을 위해 옥체를 보존하시옵소서."

유비는 그제서야 몸을 일으켜 세우며 명령을 내렸다.

"어쩔 수 없구나……. 제단을 만들어라. 오늘 밤 제사를 지내리라."

다음 날 아침 이곳을 출발하려 하자, 하얀 전포를 입은 젊은 장수가 한 무리의 군마를 이끌고 유비의 진으로 달려왔다.

"폐하, 저는 장비의 아들 장포이옵니다."

그는 자신의 이름을 밝히고 유비 앞으로 가 무릎을 꿇었다.

"저를 선봉의 말단에라도 서게 해 주십시오. 돌아가신 아버님을 대신하여 나라에 공을 세우고 아버님의 원수를 갚아 드리고 싶습니다."

"오오, 장하도다. 아버지를 닮아서 그대도 용감하구나. 좋다! 선봉에 서서 적을 무찔러 다오."

그런데 같은 날에 관우의 아들 관흥도 군사를 이끌고 유비를 찾아왔다. 유비는 이 젊은이에게도 흔쾌히 선봉에 서라고 승낙했다. 유비가 다시 기운을 차려 행군을 시작하려 하자 여러 신하들이 간했다.

"폐하께서 친히 출전하시는데 장비 같은 용장이 쓰러진다는 것은 아무래도 불길한 징조인 것만 같습니다. 누구 다른 장수를 시켜 오를 정벌하심이 좋지 않겠습니까?"

그러나 유비는 고개를 저었다.

"말도 안 되는 소리. 이미 두 아우가 죽었고, 그 원수 또한 저 강동의 오나라이니라. 내가 어찌 발길을 돌릴 수 있단 말이냐……."

유비는 장비의 죽음을 마음속으로 슬퍼하며 더욱 힘차게 행군을 계속했.

서로 적병을 상대로 선봉에 서겠다던 관흥과 장포는 황제의 명에 따라 형제의 의를 맺고 말머리를 나란히 하여 선봉으로 나아가 선봉장 황충 장군의 부대로 들어갔다.

적장 손항과 주연이 벌써 접근해 온다는 정보가 날아들었다. 곧 선봉을 수륙 양군으로 나누어 전진을 계속했다. 그날 이후 전 병력은 완전히 전투 대형을 이루어 파도처럼 오나라의 국경을 향해 진격했다. 촉군의 사기는 산이라도 무너뜨릴 듯 충천했다. 유비의 대군은 거침없이 사천, 호북의 경계인 무협의 험준한 지형을 넘어 오의 대장 손항과 주연의 군대를 단번에 짓밟아 버렸다. 장포와 관흥의 활약은 눈부실 정도였다.

손항과 주연의 패배에 놀란 손권은 급히 낙양으로 사신을 보내어 위의 부하가 될 것을 약속하고 뇌물을 바쳐 구원을 청했다. 그러나 조비 또한 어리석은 사람은 아니었다. 오나라의 제의를 받아들여 손권을 오의 왕으로 봉하긴 했으나 실제로 구원병을 보내진 않았다. 그의 생각은 오와 촉이 서로 맞붙어 싸워 지치게 내버려 두고, 후에 천하를 손아귀에 넣는다는 계산이었다.

손권은 할 수 없이 한당을 총대장으로 삼고 주태를 부장으로 임명했으며 선봉에는 반장, 후진에는 능통을 세우고 10만 대군을 주어 촉군을 막게 했다. 이때 촉군의 선봉장 황충은 이미 나이가 75세로 실제의 선봉 싸움은 젊은 장수인 장남과 빙습이 맡아 하고 있었다. 황충은 그것이 안타깝고 괴로웠다.

'관우와 장비가 죽은 지금 나마저 제대로 실력을 발휘하지 못하고 있으니 유비 황제는 얼마나 쓸쓸해 하고 있을까.'

황충은 부장들이 말리는 것도 듣지 않고 급히 말을 몰아 적진 깊숙이 뛰어들어 갔다. 황충은 적장 사적을 단칼에 베어 버리고 적의 선봉장 반장에게 달려들었다. 반장은 관우의 목을 벤 오의 맹장이었다.

"이놈, 관운장의 원수 반장아!"

삼국지 고사성어
칠보지재 七步之才
일곱 걸음을 옮기는 동안에 시를 짓는다는 뜻이다. 그 정도로 시를 짓는 재주가 뛰어난 것을 말한다.

황충이 장검을 들어 내리치자 반장도 관우에게서 뺏은 청룡언월도를 휘둘러 맞서 싸웠다. 그러나 반장 정도는 황충의 적수가 아니었다. 반장은 불과 10여 합을 싸우다가 기겁을 하고 도망치기 시작했다.

"비겁한 놈, 도망치지 마라!"

황충은 버럭 고함 소리를 내지르며 반장의 뒤를 바짝 뒤쫓았다. 아마도 30리는 더 추격해 들어갔을 것이었다. 황충이 너무 적진 깊이 들어왔다 싶어 말을 돌리려는 순간 사방에서 함성이 터져 나오고 오른쪽에 주태, 왼쪽에 한당, 뒤에서는 능통이 달려들었다. 달아나던 반장마저 말머리를 돌려 포위해 왔다.

"이놈들아, 한꺼번에 덤벼라! 나는 관우의 원수를 갚으려고 혼자서 여기까지 왔노라!"

황충은 종횡무진 적장들을 상대로 칼을 휘둘렀다. 포위되었다고 조금도 두려워하거나 비겁하게 등을 보이지 않았다. 아마도 그의 70평생을 부끄럽지 않게 장식하고 싶었는지도 모른다.

아무리 용감한 황충이라도 혼자 여러 명의 적장을 상대한다는 것은 애초부터 어려운 일이었다. 드디어 그의 몸에 몇 대의 화살이 박히고 타고 있던 말은 돌에 맞아 넘어졌다.

그때 관흥과 장포가 노장군의 위험을 눈치채고 급히 돌진해 왔다. 그리고 날쌔게 황충을 구출하여 촉군 진영으로 피해 나갔다. 노익장 황충의 상처는 매우 절망적이었다. 소식을 들은 유비 황제가 몸소 황충의 장막으로 찾아와 그의 등을 어루만지며 위로했다.

"아, 폐하……."

노장군은 감격하여 눈물을 주르르 흘렸다.

"폐하, 폐하처럼 덕이 높으신 분 곁에서 눈을 감을 수 있다는 것이 참으로 영광이옵니다. 이 목숨 언제 가도 아까울 것은 없으나 좀더 폐하를 도와 드리지 못하고 가는 것이 한스럽습니다. 부디 옥체를 보존하시어 천하를 구원해 주십시오."

이렇게 말을 마치고 황충은 홀연히 숨을 거두었다. 장막 밖의 새하얀 천지에는 또다시 눈보라가 세차게 몰아치고 있었다.

"아아, 5호 장군 중 세 사람이나 벌써 잃었구나. 아직도 원수는 저렇게 살아 있는데······."

유비는 향나무 관에 황충의 시체를 넣어 성도의 공명에게 보내 성대하게 장사를 지내 주라고 일렀다.

삼국지 고사성어

칠보지재 七步之才

일곱 걸음을 옮기는 동안에 시를 짓다

위왕 조조는 무장 출신이었음에도 시문을 애호하여 우수한 작품을 많이 남겼다. 그 영향인지 맏아들 조비와 셋째 아들 조식도 글재주가 출중했다. 특히 조식은 대가들 사이에서도 칭송이 자자했다. 조조는 역시 그런 조식을 더 총애했다. 그러나 어릴 때부터 조식의 글재주를 시기해 오던 조비는 점점 동생을 미워하게 되었다.

조조가 죽고 마침내 위나라 왕이 된 조비는 헌제를 폐하고 스스로 문제라 칭하며 제위에 올랐다. 어느 날, 동아왕으로 책봉된 아우 식을 불러, 일곱 걸음을 옮기는 동안 시를 짓지 못하면 벌을 내리겠다고 말했다. 조식은 걸음을 옮기며 이렇게 읊었다.

"콩대를 태워서 콩을 삶으니煮豆燃豆其 / 가마솥 속에 있는 콩이 우는구나 豆在釜中泣 / 본디 같은 뿌리에서 태어났건만本是同根生 / 어찌하여 이다지도 급히 삶아 대는가相煎何太急."

조비는 '부모가 같은 친형제간인데 어째서 이다지도 핍박하는가'라는 뜻의 이 칠보시七步詩를 듣고 얼굴을 붉히며 부끄러워했다.

七 : 일곱(칠), 步 : 걸음(보), 之 : 어조사(지), 才 : 재주(재)
일곱 걸음을 옮기는 사이에 시를 지을 수 있는 재주라는 뜻으로, 아주 뛰어난 글재주를 이르는 말이다.
[동의어] 칠보재七步才, 칠보시七步詩
[출전] 《세설신어世說新語》〈문학편文學篇〉

슬프다! 꿈을 이루지도 못하고

　유비가 출병한 다음 해 2월이었다. 유비는 마량의 만류를 물리치고 전 병력을 휘몰아 효정으로 나아갔다. 처음에는 싸울 때마다 대승을 거둬 적장 한당과 주태의 군대를 여지없이 짓밟았다.

　더욱이 장포와 관흥은 성난 사자처럼 적진을 파고들어 오의 두 장수 하순과 주평을 단칼에 베어 버렸다. 이 싸움에서 오나라 수군 총대장 감녕은 육상군의 퇴각과 함께 강기슭을 따라 도망치다가 그곳에 매복해 있던 남만南蠻군의 장수 사마가에게 저지당하여 한 사람도 살아 남지 못할 정도로 크게 패했다.

　감녕은 병에 시달리던 몸에다가 사마가가 쏜 화살에 어깨를 맞아 피를 토하며 도망쳤다. 그러나 드디어는 기진맥진하여 팽나무 아래 말을 세우고 나무 등걸에 기대앉은 채 숨을 거두었다.

　이날 관흥은 아버지의 원수 반장과 맞닥뜨렸다. 마침 적들은 대패해 한창 도망치기에 바빴다. 반장도 어지러워진 군사들 틈에 섞여 도망치기 시작했다.

　"이놈, 아버지의 원수!"

　이 순간이 오기를 얼마나 기다렸는가. 관흥은 도망쳐 달아나는 반장의 뒤를 사력을 다해 쫓아갔다. 그런데 반장이 숲이 우거진 산속으로 도피했으므로 아깝게도 원수를 놓치고 말았다. 벌써 날은 저물어 사방이 칠흑같이 어두웠다. 관흥은 길을 잃고 산속을 헤매기 시작했다. 저쪽 골짜기 아래 불빛이 하나 보였다. 그는 불빛을 쫓아 그리로 내려가 오막살이의 문을 두드렸다.

"나쁜 사람은 아니올시다. 길을 잃고 산중을 헤매다가 하룻밤 신세를 질까 해서 찾아왔습니다."

주인은 마침 관우 장군을 흠모해 오던 노인이었다. 관흥은 배불리 음식을 얻어먹고 잠자리에 누웠다. 밤이 깊어 10시쯤 되었을까. 누군가가 또다시 오막살이의 문을 두드렸다. 관흥은 자리에서 벌떡 일어나 밖의 소리에 귀를 곤두세웠다. 사나이가 노인에게 하는 말이 또렷이 들려왔다.

"나는 오의 장수 반장이다. 길을 잘못 들었으니 하룻밤 쉬게 해 주게. 섭섭지 않게 상을 내려 줄 것이네."

순간 관흥은 문을 박차고 밖으로 뛰어나갔다.

"아버님의 원수! 내 칼을 받아라!"

관흥은 단칼에 반장의 목을 떨어뜨렸다. 이튿날 아침 관흥은 아버지가 쓰던 청룡언월도를 빼앗아 가지고 본진으로 돌아왔다. 유비 황제의 기쁨은 더 말할 나위가 없었다. 이제야 원수 중 하나를 베어 버렸던 것이다. 관흥을 비롯하여 어제의 싸움에 공이 많은 장수들에게 상을 내리고 주연을 베풀어 그들의 노고를 치하했다. 이렇게 연전연승하는 촉군의 기세에 제일 겁을 내고 있는 사람은 공안, 강릉 두 성을 열고 오에 항복한 미방과 부사인 두 장수였다.

이 두 장수는 얕은 계책을 생각해 내 반장의 부하 장수로 역시 관우를 사로잡는데 공이 컸던 마충이라는 장수의 머리를 베어 가지고 유비 앞으로 항복해 왔다.

"더러운 놈들! 관흥아, 저놈들의 목을 베어 아버지의 넋을 달래 드려라."

관흥은 미방과 부사인을 한데 묶어 놓고 단칼에 그들의 몸뚱이를 두 동강으로

쪼개 버렸다.

"관우의 원수는 모조리 죽였다. 이제는 장비의 원수인 범강, 장달 두 놈 차례다. 내 반드시 이 두 놈을 찾아내고 말 테다."

이때 오의 왕 손권은 범강과 장달의 처리 문제를 놓고 군신들과 회의를 거듭하고 있었다.

"원래 오나라와 촉나라는 그런대로 평화를 유지해 왔습니다. 그런데 우리가 관우를 죽이고 형주를 빼앗았기 때문에 이런 큰 싸움이 벌어지게 된 것입니다. 아니, 빼앗긴 형주보다도 큰 이유는 우리가 관우를 죽였기 때문에 원수를 갚고자 유비가 직접 군대를 몰고 온 것입니다. 그러나 관우를 죽게 한 여몽, 부사인, 미방 등은 이미 죽어 버렸고 남아 있는 것은 장비의 목을 잘라 온 범강과 장달뿐입니다. 빨리 형주를 촉에 돌려주고 이들을 장비의 목과 함께 촉나라로 보내야 합니다. 쓰레기 같은 두 놈 때문에 오나라가 촉의 복수전에 휘말려 고통을 당하다니 말도 안 되는 소립니다."

이런 제안에 반대하는 사람들도 많았으나 손권은 드디어 마음을 정했다.

"좋다. 형주를 촉에 돌려주고, 소금에 절인 장비의 목과 함께 범강, 장달 두 사람을 촉의 유비에게 보내라. 이쯤 되면 유비도 마음을 누그러뜨려 군사를 퇴각시킬 것이다."

그 며칠 후 화평을 제안하는 손권의 편지와 함께 장비의 목과 두 배반자가 유비 앞에 도착했다. 유비는 조인의 수레에 실린 두 사람을 무섭게 노려보았다.

"개만도 못한 것들! 말 못하는 짐승들도 자기를 길러 준 주인은 물지 않는 법. 꼴도 보기 싫다. 장포야, 네가 저들을 베어 아버지의 원수를 갚아라."

"고맙습니다, 폐하."

장포는 재빨리 수레의 철문을 열어젖히고 그들을 끌어내리자마자 맹수라도 도살하듯 단칼에 베어 버렸다. 그는 두 사람의 목을 아버님 영전에 올리고는 소리 내어 통곡했다. 모든 일이 끝나자 유비는 오의 사신을 바라보며 엄숙히 선언했다.

"나는 오와의 화평을 원치 않는다. 오나라가 멸망하여 자취가 없어지기 전까지 나의 분노는 식지 않으리라. 가서 너의 주인 손권에게 전하라. 조만간 오의 도성으로 들어가 손권의 목을 벨 것인즉, 목을 깨끗이 씻고 기다리라고."

일이 이쯤 되자 이제는 온 나라의 힘을 모아 싸우지 않을 수 없었다. 그런데 오나라에는 예전의 주유나 노숙 혹은 얼마 전에 죽은 여몽만한 인물이 없어 그게 큰 고민이었다. 아무리 날랜 군사가 많다고 해도 그들을 거느릴 만한 장수가 없다면 질 게 뻔한 노릇이었다.

손권이 마지막으로 생각해 낸 인물은 여몽과 함께 관우를 무찌른 육손이었다. 나이는 아직 젊고 지위 또한 낮으나 육손은 누가 보아도 지혜와 재주가 뛰어난 오나라 최고의 인물이었다. 손권은 육손에게 대도독이라는 벼슬과 함께 10만 군사를 주어 촉군을 맞아 싸우라고 명령했다. 과연 육손은 지략이 풍부한 인물이었다. 그는 전군을 휘몰아 촉군과 싸우다가 거짓 패하는 척 달아났다. 그리고는 좀처럼 정면 공격을 하지 않았다. 이 모든 것이 적을 피로하게 하고 조급하게 하고자 하는 전술이었다. 싸움을 하지 않고 오래 대치하면 할수록 사기가 떨어지는 것은 촉군 쪽이었다.

그렇게 몇 개월이 지나 6월이 되었다. 더위는 사정없이 덮쳐들고 병량은 부족했으며 오랜 원정에 시달린 탓에 병자가 늘어났다. 유비는 일단 가을까지 기다릴 속셈으로 70리에 걸쳐 40여 개의 진지를 그늘진 산 쪽으로 옮기라고 명령했다. 마량이 근심스런 얼굴로 유비에게 간했다.

"75만이나 되는 엄청난 대군을 한곳으로 모아 진을 치는 것은 좋은 생각이 아닌 듯싶습니다. 반드시 육손은 우리가 이렇게 하리라고 생각하여 음모를 꾸미고 있을 겁니다."

"걱정하지 마라. 육손 따위에게 무슨 계략 같은 것이 있겠는가. 그들의 군대는 10만이고 우리의 군대는 75만이다."

그래도 마량은 마음을 놓을 수 없었다.

"폐하, 지나친 걱정 같습니다만, 요즘 제갈공명께서 한중까지 나와 그곳의 수비를 튼튼히 하고 있다 합니다. 한중이라면 여기서 그리 멀지 않은 곳이니 시급히 이 부근의 지형과 포진을 자세히 그려 보내 공명 군사의 의견을 들어 보심이 어떻겠습니까? 그런 다음에 진지를 이동해도 늦지 않을 것입니다."

"짐도 병법을 모른 사람은 아니다. 어서 진지를 옮겨라. 그러나 이왕 승상이 한중까지 나와 있다면 이곳의 안부도 전할 겸 이곳 사정에 대해 의견을 물어보는 것도 나쁘지 않을 것 같군. 그대가 직접 다녀오도록 하라."

그리하여 아군의 진지 이동이 끝난 후 마량은 황제의 명령이 떨어지자마자 적과 아군이 포진한 지형을 간단 명료하게 그려 가지고 길을 떠났다. 마령이 한중으로 들어가 공명에게 지도를 펴 보이자 공명은 '이럴 수가!' 하고 비명을 내질렀다.

"누가 이처럼 진지를 옮겼는가? 적이 화공을 쓰면 아군은 하나도 살아 남지 못해! 누구든 이런 전법을 전한 사람은 촉이 멸망하기를 바라는 역적임이 틀림없다. 단칼에 베어 버려라."

"그게 아니고, 폐하께서 친히……."

"폐하가 직접 생각해 내신 것이라? 아, 대촉의 운명도 이제는 다한 모양이로구나. 육손이 싸우지 않고 피하기만 한 것은 우리가 이렇게 하기만을 기다린 것이야. 빨리 효정으로 돌아가 다시 진지를 구축하라고 전하게. 만일 때가 너무 늦었거든 폐하를 백제성으로 드시도록 권하게. 내가 촉으로 들어올 때 이미 어복포에다 10만 대군을 두었으므로 적도 더는 추격해 오지 못할 것이다. 나도 지금부터 성도로 돌아가 구원병을 모집해야겠다."

마량은 밤낮을 가리지 않고 효정으로 말을 달렸다. 이보다 앞서 육손은 유비가 숲 쪽으로 진지를 옮겼다는 보고를 듣자 오랜만에 어깨를 쭉 펴고 활짝 웃었다.

"하늘이 유비를 버렸어. 지금 공명이 저 진중에 없다는 것은, 하늘이 오나라를 도우신 거야."

기상을 살펴본 육손은 바람이 불기 시작하자 준비시킨 유황과 염초를 선봉군에게 나누어 주어 각기 허리에 차게 한 다음 몰래 촉의 진지 깊숙이 숨어들어 가 일제히 불을 지르라고 명령했다. 순식간에 불길은 촉군 진지를 뒤덮었다. 불길은 하늘을 찌르고 촉군의 아우성은 천지에 가득했다. 육손을 비롯한 전 오군은 촉군의 진지 바깥에 대기하고 있다가 불길을 피해 빠져나오는 촉군을 모조리 도륙하기 시작했다.

"아아, 나의 운명도 이제 끝이구나."

유비는 비오듯 쏟아지는 적의 화살을 피해 이리저리 말을 몰았으나 가는 곳마다 불길이요, 쓰러지는 것은 모두 아군 병사들뿐이었다. 아무리 둘러봐도 퇴로는 있을 것 같지 않았다.

드디어 불길이 좀 누그러지자 이번에는 오의 기병들이 앞을 다투어 밀려들었다. 유비의 눈앞에서 격렬한 전투가 벌어지기 시작했다. 유비는 어느 사이에 여러 장수들에게 둘러싸인 채 억지로 말을 달려 불길을 빠져나가기 시작했다. 전포의 소맷자락에도 말 안장에도 불이 붙었다. 어디 그뿐인가. 달리는 땅 위에도 공중의 나뭇가지에도 벌겋게 불이 붙어 있었다. 널따란 숲 속은 온통 불바다가 되어 마치 이 세상에 종말이 다가온 듯했다.

"모든 게 틀렸습니다. 어서 백제성으로! 어서!"

호휘하여 따라오던 누군가가 소리쳤다. 유비는 정신없이 말을 달렸다. 도중에 적장 서성과 정봉이 매복해 있다가 길을 막았지만 장포와 관흥이 그들을 짓밟고 계속 길을 뚫어 나갔다. 몇 번인가 죽을 고비를 넘긴 끝에 겨우 강가에 이르렀지만 다시 새로운 적과 부딪쳤다. 오의 장수인 주연이 길을 막고 기다리고 있었던 것이다. 유비 일행은 급히 말머리를 돌려 골짜기 쪽으로 내달렸다. 그때 골짜기 쪽에서 산이 떠내려갈 듯한 함성과 육손의 오병들이 쏟아져 내려왔다.

"이제 여기서 죽는구나……."

유비가 탄식하고 있을 때 뜻하지 않던 구원병이 나타났다. 병사들을 이끌고 조운이 오자, 지옥에서 부처님을 만난 것과 같았다. 육손의 오군은 일찍이 조운의 용맹을 알고 있었으나 흩어져 도망하지 않고 떼지어 덤벼들었다. 그러나 종횡무진 말을 달리는 조운의 창 앞에 가을 바람의 낙엽처럼 힘없이 쓰러져 갔다.

그리하여 조운과 관흥, 장포 등은 황제를 무사히 백제성으로 모셔 들인 다음 다시 성 밖으로 나가, 도망쳐 오는 아군을 돕기 위해 오던 길로 되돌아갔다.

그러나 그들이 구할 수 있었던 아군은 처음의 75만 대군 중 겨우 수백 기에 불과했다. 처참한 패배였다. 이 중 전사한 촉의 장수만도 수백 명에 달했다.

오나라의 대도독 육손은 이번에야말로 촉의 황제 유비를 사로잡아 후환을 없앨 작정으로 유비의 도망친 방향으로 물밀듯이 쳐들어갔다. 이윽고 어북포라는 낡은 성 근처에 이르렀다. 육손은 이곳에서 야영할 생각으로 병사들을 쉬게 하고 정찰을 위해 근처의 산 위로 올라갔다.

"이상한 일이군……."

육손은 몹시 놀란 표정으로 좌우의 부장들을 바라보았다.

"멀리 보이는 산골짜기와 강가를 따라 하늘이라도 찌를 듯 살기가 느껴진단 말이야. 틀림없이 적의 복병이 숨어 있을 거야. 함부로 움직이거나 나아가지 마라."

그는 곧 10리 정도 진을 물린 후 정찰병들에게 앞길을 자세히 살펴보고 오라고 했다. 얼마 후 수색을 나갔던 정찰병들은 약속이나 한 듯 똑같은 보고를 했다.

"사면은 쥐죽은 듯 고요하고 적병은커녕 개미 새끼 한 마리 보이지 않습니다."

"그럴 리가?"

육손은 다시 산 위로 올라가 저쪽 지평선을 한동안 노려보았다. 그리고 신음 소리처럼 중얼거렸다.

"안개처럼 살기가 자욱한데 복병이 없다니 말이 안 돼. 정찰병이 잘못 본 거야. 다시 재빠른 몇 놈을 보내 좀더 자세히 살펴보고 오도록 하게."

그는 곁의 부장에게 재정찰을 명령했다. 그 다음 날 새벽 무렵 노련한 수색대의 한 장수가 말했다.

"그곳에 적병이 없는 것만은 사실입니다. 그러나 강가의 좁은 길목에서부터 산골짜기의 후미진 비탈길까지 크고 작은 수천 개의 돌무더기가 마치 사람의 형상을 하고 서 있습니다. 제가 그곳에 이르러 보니 음산한 바람이 일고 소름이 오싹 끼쳤습니다."

"그래? 어디 내가 직접 살펴보지."

육손은 무엇을 생각했는지 수십 기만을 데리고 장수가 말한 강가로 달려갔다. 근처의 이곳저곳을 돌아다니다가 그물을 깁고 있는 어부들에게 다가가 물었다.

"여봐라, 그대들은 이 지방 사람이니 저쪽 강가에서 산을 따라 쌓아 놓은 석상이 무슨 사연이 있는지 알고 있겠지?"

그중 나이 든 어부가 대답했다.

"지난해 제갈공명이라는 사람이 군사들을 데리고 촉나라로 들어가는 도중에 배를 강가에 대고 훈련시킨 적이 있었습니다. 그들이 배를 타고 돌아간 후에 보니, 이 근처에 석문과 석탑과 사람 형상을 한 돌무더기가 수없이 만들어져 있었습니다. 그 후부터는 강물도 묘하게 다른 곳으로 흐르고 때때로 돌들이 일어나기 때문에 감히 저 안으로 들어가는 사람이 없습니다."

"그럴 리가?"

육손은 좀더 높은 언덕으로 올라가 다시 한 번 그 묘한 석진石陣을 살펴보았다. 석진에도 무언가 질서 정연한 모양이 보였고 길을 따라 사방팔방에 문이 있었다.

"저건 분명 공명의 못된 장난임이 분명하다."

육손은 몇 명의 병사들을 데리고 석진 안으로 들어갔다. 그런데 이상하게도 일단 안으로 들어가자 여우에게 홀린 듯 길을 잃고 헤매기 시작했다. 아무리 애를 써도 석진에서 밖으로 나가는 길을 찾을 수가 없었던 것이다. 그러는 사이 해는 서산으로 기울어져 광풍은 모래를 나르고 흰 파도는 강변을 쉴 사이 없이 때려 부숴 눈 깜짝할 사이에 천지는 괴상한 형상으로 변했다.

"아니, 저건 군대의 북소리 아니냐?"

"아닙니다. 물결 소리 같습니다."

"아아, 내가 잘못했구나. 가짜 병사들이라고 깔보고 석진 안으로 들어오다니, 공명의 계교에 빠진 거야. 밤이 되어 풍파가 심해지면 이대로 시체가 되고 말지도 모르겠구나. 해가 지기 전에 어서 출구를 찾아라!"

모두 눈에 핏발이 서기 시작했다. 그러나 아무리 안간힘을 써도 석진 밖으로는

나갈 수가 없었다.

그때 문득 한 백발 노인이 나타나 그들 앞을 가로막았다.

"당신은 누구십니까?"

"나는 제갈량의 장인 황승언의 친구로, 오랫동안 요 앞산에 살고 있는 두보라는 사람이오."

육손은 허리를 굽혀 절을 하고 길을 물었다.

"당신들이 길을 잃고 헤매는 것 같아 산을 내려와 이리로 들어온 거요. 자, 나를 따라 나오시오."

육손과 그의 부하들은 손쉽게 석진 밖으로 나올 수 있었다.

"안녕히들 가시오. 그러나 내가 당신들을 구해 준 일을 아무에게도 말하지 마시오. 황승언이 알면 못마땅하게 생각할 테니."

노인은 지팡이를 끌며 근처 산속으로 사라져 버렸다.

"나 육손이 여기까지 들어온 것은 큰 잘못이었다. 그렇다. 우리는 이 이상 전진해서는 안 된다."

육손은 그 길로 전군을 이끌고 오나라로 철수해 버렸다. 이 돌로 만든 병사와 진지가 공명이 마량에게 말한 10만 대군이었다. 육손이 유비의 추격을 중단하고 돌아오자 오나라의 장수들은 육손을 비웃었다.

"모처럼 백제성 가까이까지 가서 돌로 만든 병사들과 돌로 만든 진지를 보고 철수해 오다니, 당신은 공명이 그처럼 두렵소?"

육손은 태연히 말했다.

"그렇소, 공명은 무서운 사람이오. 그러나 내가 군대를 철수시킨 것은 또 다른 이유가 있기 때문이오. 앞으로 5일만 지나면 당신들도 내 뜻을 알게 될 거요."

사람들은 육손이 철군해 온 것이 부끄러워 변명하는 것으로 알았다. 그러나 하루가 지나고 이틀이 지나고 닷새가 되자 그의 말이 진실이었음을 깨달았다. 오나라의 국경 지대에서 위의 대군이 3개 조로 나뉘어 오로 쳐들어온다는 보고가 들어왔던 것이다. 사람들은 그때부터 육손을 제2의 주유라고 칭찬하기 시작했다.

한편, 급히 한중을 떠나온 마량은 싸움이 끝난 뒤에야 도착했다. 그는 패전 소식을 듣고 급히 백제성으로 뛰어 들어가 공명이 하던 이야기를 유비에게 했다.

"승상의 의견을 들었더라면 이런 꼴을 안 당하는 건데……. 무슨 면목으로 여러 장수들의 얼굴을 대한단 말인가?"

유비는 눈물을 흘리며 크게 후회했다. 그 후 유비는 백제성을 연안궁이라고 이름짓고, 그곳에서 밤낮으로 죽은 장수들을 생각하며 슬픈 나날을 보내다가 마침내 병을 얻어 자리에 누웠다.

다음 해인 장무 3년 4월 유비는 병이 깊어 눈마저 보이지 않았다. 유비는 성도에 있는 공명을 연안궁으로 불러오게 했다. 아무래도 죽을 때가 가까웠음을 깨달은 것이다. 황제의 위독을 전하는 급사急使가 성도에 이르자 공명은 급히 여장을 갖춘 후 태자 유선에게 성도를 맡기고 아직 어린 태자 유영, 유리와 함께 연안궁으로 달려갔다.

"가까이 오시오, 가까이……."

황제는 오랜 병환으로 야윈 가냘픈 손으로 공명의 등을 어루만졌다.

"승상, 용서하시오. 짐이 그대의 충고를 듣지 않고 싸움에 패하여 이처럼 병을 얻었구려. 내가 오늘날 황제의 자리에 오를 수 있었던 것은 모두 그대 같은 재목을 얻었기 때문인 것을……."

유비의 눈에서도 공명의 눈에서도 하염없이 눈물이 흘러내렸다.

"무엇인가 남기실 말씀이 계시면 주저 마시고 내려 주십시오. 공명이 비록 재주는 없사오나 목숨이 붙어 있는 한 가슴속에 새겨 끝까지 지키겠습니다."

"승상, 죽는 사람은 거짓말을 않는 법이오. 명심해 들으시오. 그대의 재주는 손권의 열 배나 되고, 조비 따위와는 비교도 안 되오. 태자 유선이 아직 나이가 어리고 세상 물정을 잘 모르나, 만일 황제로서 재목이 된다면 승상이 곁에 붙어서 그를 키워 주고 이끌어 주시오."

유비는 거의 꺼져 가는 목소리로 다시 말을 이었다.

"그러나 유선이 그대가 보기에 황제가 될 자격이 없다면 냉정하게 그를 황제의 자리에서 내리고 그대가 촉의 황제가 되어 주시오. 이 나라는 짐의 나라가 아니고 만백성의 나라가 아니오?"

"폐하! 폐하……!"

세상에 이처럼 어질고 훌륭한 황제가 어디 또 있었는가! 공명은 유비의 곁에 엎드려 가슴이 미어지도록 울음을 터뜨렸다.

공명은 용상 아래에 머리를 부딪고 통곡했다. 붉은 피가 눈물과 함께 흘러내렸다. 유비는 다시 어린 아들 유영과 유리를 가까이 불렀다.

"내가 죽은 후에는 공명을 아버지로 섬겨라. 만일 불효하는 자식이 있다면 저승에서라도 내가 용서치 않으리라."

유비는 자기 앞에서 두 아들이 공명에게 자식으로서 큰절을 올려 맹세하게 했다.

"아, 이제 안심이오."

유비는 길게 한숨을 토해 내고 이번에는 조운을 가까이 불러 손을 잡았다.

"그대는 나의 손발이나 다름없었는데, 이제는 헤어질 때가 되었나 보오. 촉을 위해 충성을 다해 주시오. 또 승상과 함께 나의 어린 자식들을 돌봐 주시오. 자룡,

그대는 정말로 훌륭한 장……수……였소."

말을 마치자 유비는 스르르 눈을 감아 버렸다. 그때 유비의 나이 63세, 촉나라 장무 3년 4월 24일이었다.

공명은 연안궁에 슬픈 곡성을 남겨 두고 유비의 시신을 받들어 성도로 들어갔다. 태자 유선이 성 밖까지 나와 애통함을 억누르려는 듯 조용히 눈물을 삼켰다.

만백성이 통곡하는 가운데 유비의 장례식이 성대하게 치러진 그 다음 날이었다.

"나라 안에는 하루라도 주인이 없어서는 안 되오."

공명은 여러 대신들과 의논하여 태자 유선을 황제의 자리에 오르게 하고 모두 유선 황제 앞에 엎드려 충성을 맹세하게 했다. 이때 유선의 나이는 아직 17세였다. 그 후 그는 아버지 유비의 뜻을 받들어 공명을 아버지처럼 존경하며 따랐다.

잡았다 놓아주기를 일곱 번

유비가 세상을 떠난 후로 제갈공명은 일의 대소를 막론하고 친히 살피어 처리하니, 백성들은 태평을 노래하고 밤이면 문 닫을 필요조차 없었으며 길에 떨어진 물건이라도 그냥 줍는 자가 없었다.

건흥 3년 공명이 황제 유선에게 아뢰었다.

"만왕 맹획이 10만군을 일으켜 경계를 침범하니 남민은 참으로 나라의 우환이 옵니다. 그리하여 이번에 신이 몸소 대군을 거느리고 가서 물리칠까 하나이다."

황제 유선이 근심하며 대답했다.

"동쪽에는 손권이 있고 북쪽에는 조비가 있어 항상 틈을 노리고 있는데, 상부가 짐을 버리고 갔다가 만일 오, 위가 쳐들어온다면 어찌합니까?"

공명이 허리를 굽히며 다시 아뢰었다.

"이미 빈틈없이 준비를 해 놓았사오니, 조금도 심려 마옵소서. 신은 이번 기회에 남만을 소탕한 연후에 북벌하여 중원을 무찌름으로써, 선황제의 은혜와 폐하를 신에게 부탁하신 중임에 보답할 것이나이다."

"짐은 어리고 아는 게 없으니, 상부는 모든 일을 잘 짐작해서 하오."

황제는 제갈공명이 떠난다니 한없이 불안하였으나 하는 수 없었.

이날 공명은 50만 대군을 이끌고 익주 남만을 향해 떠났다. 총지휘는 자신이 맡았으며 조운과 위연을 대장으로, 왕평과 장익을 부장, 마속을 참모로 삼았다. 이 밖에 마대, 마충, 장의, 관색 등 수십 명의 장수들도 이번 원정군에 끼어 있었다.

맹획이 비록 10만 내군을 일으켰으나 그는 공명의 적수가 될 수 없었다. 여섯 번 싸움에 여섯 번 모두 패하여 포로가 되었으나, 공명은 그때마다 풀어 주면서 오직 그가 마음으로 복종하기만을 기다렸다.

마침내 맹획이 일곱 번째 붙잡혀 왔는데도 공명이 풀어 주자, 맹획은 눈물을 주르르 흘리며 말했다.

"일곱 번 사로잡혀 일곱 번 용서받음은 싸움터에서 일찍이 없는 일이니, 제가 무슨 염치가 있겠습니까?"

말을 마치자 맹획은 자신의 가족과 수하들을 거느리고 공명의 장막 아래로 가서 무릎을 꿇고 땅바닥에 엎드려 사죄하였다.

"승상의 하늘 같은 은혜를 어찌하면 갚을 수 있단 말입니까?"

공명은 친히 내려가 그의 손을 잡고 장상으로 올라갔다. 그리고는 즉시 연회가 벌어졌는데, 공명이 술잔을 들고 맹획을 돌아보며 말했다.

"내 길이 공으로 하여금 동주로 삼는 동시에 뺏은 땅은 남김없이 모두 돌려줄 것이니, 공은 명심하여 잘 다스리도록 하오."

공명의 후한 뜻에 맹획은 말할 것도 없고 그의 수하와 모든 백성들까지도 크게 감격하였다.

이리하여 공명은 맹획을 일곱 번 잡아 일곱 번 놓아주는, 이른바 칠종칠금七縱七擒의 계책으로써 소원대로 남만을 평정하였다.

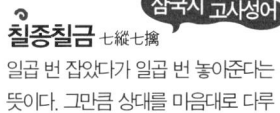

삼국지 고사성어
칠종칠금 七縱七擒
일곱 번 잡았다가 일곱 번 놓아준다는 뜻이다. 그만큼 상대를 마음대로 다루는 것을 의미한다.

삼국지 고사성어

칠종칠금 七縱七擒

일곱 번 놓아주고 일곱 번 사로잡다

나랏일을 맡기고 유비가 세상을 뜨자 제갈공명은 새 황제 유선을 극진히 보필했다. 그때 각지에서 반란이 일어났는데, 가장 큰 골칫거리는 남만南蠻의 오랑캐였다.

제갈공명은 내란부터 수습해야 했다. 그래서 이간책을 이용해 오랑캐에게 절대적 신임을 얻고 있던 맹획이라는 장수를 사로잡았다. 곁에 있던 마속은 그를 죽이는 것이 능사는 아니라고 건의했다.

"무릇 용병의 도리는 민심을 공략하는 것이 최우선이며, 그 다음이 성을 함락시키는 것입니다. 곧 심리전이 우선이요, 군사전은 그 다음일 따름입니다. 원컨대 승상께서는 그들의 마음을 정복하십시오."

제갈공명은 맹획을 풀어 주었다. 하지만 고향에 돌아온 맹획은 전열을 재정비해 또다시 반란을 일으켰다. 물론 제갈공명은 자신의 지략을 이용해 맹획을 다시 사로잡았지만 이번에도 풀어 주었다. 이렇게 사로잡았다가 풀어 주기를 일곱 번. 마침내 맹획은 제갈공명에게 감격하여 스스로 부하가 되기를 청했다.

七: 일곱(칠), 縱: 놓을(종), 七: 일곱(칠), 擒: 생포할(금)
일곱 번 잡았다가 일곱 번 풀어 준다는 뜻으로, 상대를 마음대로 다루는 것을 의미한다.
[준말] 칠금七擒
[출전] 《삼국지》

공명, 드디어 출사표를 올리고

공명이 남만을 평정하고 돌아온 그 다음 해 위나라의 조비가 세상을 떠났다. 조조의 뒤를 이어 왕위에 올랐다가 헌제를 쫓아내 한나라를 멸망시키고 대위 황제가 되었던 조비, 이때 그의 나이 겨우 40세로 7년 동안 황제의 자리에 있었다.

조비의 뒤를 이어 태자 조예가 황제가 되었다. 말하자면 조조의 손자가 황제에 오른 셈이었다. 예전에 이름을 날리던 사람들은 늙고 병들어 죽지 않으면 시골의 자기 영지로 내려가 편안히 쉬고 있었다. 이것은 촉나라나 오나라 또한 마찬가지였다.

지금 위나라를 끌고 가는 조예의 신하는 조진, 진군, 조휴, 사마의 등이었다. 그 중 제일 뛰어난 자가 사마의였는데 그는 공명조차 만만히 보지 않는 인물이었다. 사마의는 조조 때부터 위나라의 인재로 알려져 있었으나 그때는 아직 젊어 경험이 부족했으므로 중요한 위치에 서지 못했으나 오늘날은 달랐다. 그의 지략은 위·촉·오나라 사람들이 모두 인정하고 있는 터였다.

공명은 남만이 평정되어 한시름 놓았으므로 이번에는 유비 시절부터의 숙원인 위나라를 칠 계획을 세웠다. 그런데 제일 마음에 걸리는 것이 사마의였다. 공명은 마속의 의견을 받아들여 촉의 첩자들을 위에 들여보내 헛소문을 퍼뜨리게 했다. 그것은 사마의가 조예를 배반하고 자기가 황제의 자리에 오르려 한다는 유언비

어였다. 이 말은 마치 날개가 돋친 듯이 이 입에서 저 입으로 이 집에서 저 집으로 순식간에 퍼져 나갔다. 공명의 작전은 보기 좋게 들어맞았다. 이 소리를 들은 조예는 불같이 노해 사마의를 먼 시골 땅으로 귀양을 보냈다. 사마의는 어처구니가 없었다.

"정신들 차리시오. 이거야말로 촉의 공명이 꾸며 낸 계략입니다."

귀양을 가 있으면서도 사마의는 계속 자신의 결백을 주장했으나 아무 소용이 없었다. 이 일은 촉의 첩자에 의해 곧 성도의 공명에게 보고되었다. 공명은 여간해서는 즐거워하지 않는 사람인데 이번만은 한없이 기뻐했다. 그는 곧 붓을 들어 황제 유선에게 올리는 글월을 작성했다.

그것은 자신이 직접 위를 치러 나가지 않으면 안 된다는 사연이 담긴 긴 글로 공명의 출사표였다. 공명이 올린 출사표를 읽어 본 유선 황제는 깜짝 놀랐다.

"상부, 남만을 정복하고 돌아오신 지 겨우 1년밖에 안 됐는데, 아무래도 몸에 무리가 가지 않겠습니까? 만일 상부께 무슨 일이라도 일어나면 이 나라는 어찌하겠습니까?"

유선 황제는 진심으로 공명을 걱정했다. 그러나 공명의 결심에는 흔들림이 없었다.

"늙었다고 하나 아직 몸에 병은 없습니다. 지금 위를 치지 않으면 다시는 기회가 없습니다. 나중에는 오히려 우리가 위에게 당할 것입니다. 제가 더 늙어 죽기 전에 이 모든 근심을 제거해야 합니다."

건흥 9년 3월 드디어 공명은 30만 대군을 이끌고 북쪽의 고원 지대 한중 땅으로 진격을 개시했다. 중국 통일의 대업을 이루기 위해서였다. 그를 뒤따르는 장수는 조운, 위연, 장익, 왕평, 마대, 요화, 마충, 장의, 등지, 마속, 장포, 관흥 등 촉의 쟁

쟁한 장수들이었다. 촉군이 황하강의 한 줄기인 위수까지 진출했다는 보고를 받은 위의 조예는 급히 하후무에게 20만 대군을 주어 나가 싸우게 했다.

하후무는 지난날 한중의 싸움에서 황충에게 죽임을 당한 하후연의 아들, 즉 하후돈의 조카였다. 양군은 위수 상류에서 서로 맞닥뜨려 일대 격전을 벌였다. 촉의 선봉장인 조운은 70세가 넘은 노장이 되었음에도 위군 선봉인 한덕과 그의 4명의 아들들을 순식간에 짓밟아 버렸다.

여기에 또 천하의 제갈공명이 있으니 하후무쯤은 어린아이에 불과했다. 공명이 이끄는 30만 촉군은 위의 총대장 하후무를 사로잡고 단숨에 남정, 안정 두 개의 군과 10여 성을 빼앗아 버렸다.

이때 안정에서 그리 멀지 않은 곳에 천수성이라는 위나라의 성이 있었는데, 촉의 대군은 이 조그마한 성 하나를 깨뜨리지 못하고 수십 일을 허비하고 있었다. 그도 그럴 것이 이 성을 지키고 있는 수비대장 강유라는 자의 지략과 용기가 대단해 번번이 공명의 계책을 눈치채고 역습으로 나와 여간 피해가 큰 것이 아니었다. 하다못해 촉의 노장 조운마저 강유에게 패해 도망쳐 올 정도였다.

"강유란 자는 도대체 어떤 사람인가? 내 이처럼 재주가 많고 용감한 사람은 처음 보는구나."

공명도 강유의 뛰어남을 솔직하게 인정하지 않을 수 없었다. 그때 강유와 고향이 같다는 소성이라는 자가 말했다.

"강유는 무예와 지혜가 뛰어나고 글을 즐기며, 교만하지 않고 효성이 지극하여 천수군에서는 모르는 사람이 없는 소년이옵니다."

"소년이라고?"

"예, 스무 살 정도일 겁니다."

곁에 있던 조운이 끼어들었다.

"아마 그게 정확할 겁니다. 제가 여러 번 그와 겨루어 보아서 잘 압니다. 작은 체구의 미소년입니다만, 어찌나 날쌔고 용감한지 제 70평생 창으로 겨루다가 패해 오기는 이것이 처음인 것 같습니다. 이건 제가 늙은 탓도 있지만 그의 무예가 워낙 뛰어났기 때문입니다."

공명은 혀를 내둘렀다.

"그게 어디 무예뿐이겠소. 나도 마찬가지 꼴을 당했지 않았소. 그와 같은 천재가 이 조그만 시골에 묻혀 있으리라고는 꿈에도 생각 못한 일이오. 어떻게든 내게 항복하게 하여 촉의 인재로 키울 작정이니 그대들은 강유를 절대로 죽이지 않도록 주의하시오."

천수성의 강유는 벌써 수십 일째 적군이 성을 포위하고 있었으므로 성 내의 주민들과 병사들에게 먹일 식량이 부족했다. 천수성의 식량은 모두 근처의 기성에 있는 식량 창고에 있었던 것이다.

어느 날 밤 강유는 날쌘 군사 수십 기와 함께 천수성을 빠져나가 기성으로 식량을 가지러 왔다. 그런데 이것이 공명의 계략에 빠져든 원인이 되었다. 성 밖으로 강유가 나온 것을 이미 눈치챈 공명은 그동안의 싸움에서 포로로 잡은 하후무를 슬쩍 풀어 주었다.

촉의 진중을 벗어난 하후무는 근처의 농가로 들어가 끼니를 얻어먹으며 천수성으로 도망쳤다. 그런데 그가 지나온 곳의 마을 주민들은 한결같이 강유가 촉군과 내통하고 있다는 소리를 했다. 하후무가 성에 이르자 성주 마군이 급히 성문을 열고 맞아들였다.

"하 장군, 살아 계셨군요!"

"음, 그런데 이곳의 수비대장은 누구요? 혹시 강유가 아니오?"

"그렇습니다. 그는 지금 기성으로 식량을 가지러 떠나고 없습니다. 곧 돌아올 겁니다."

"그래요? 그거 큰일이군."

"왜요?"

"내가 들은 바로는, 그가 촉과 내통하고 있다는 거요."

"그럴 리가……."

"내가 지나온 마을의 농부들 대부분이 그렇게 저희들끼리 주고받는 소리를 들었소. 농부들이 무슨 허튼소릴 꾸며 낼 줄이나 알겠소?"

하후무와 마준은 깊이 생각할 줄 모르는 자들이어서 소문을 퍼뜨리고 다니는 농부들이 변장한 촉의 군사들임을 전혀 눈치채지 못했다.

기성으로 식량을 가지러 떠났던 강유는 그곳도 이미 촉군의 수중으로 떨어졌으므로 다시 천수성으로 와 성문을 열라고 소리쳤다. 그러자 성루 위에서 이 광경을 보고 있던 하후무가 강유를 향해 크게 호통을 쳤다.

"반역자! 너는 식량을 가지러 간다고 나가 촉과 내통하고 돌아왔음이 틀림없다. 어서 저놈을 쏘아 죽여라!"

우군의 화살이 비오듯 쏟아졌다. 아무리 소리쳐 변명해도 소용이 없었다. 우선 몸을 피하는 것이 제일 급했으므로 그는 장안성을 향해 말을 달렸다. 그러나 얼마 못 가 촉의 장수 관흥이 앞을 가로막았다. 그리고 옆쪽 숲에서 수레가 하나 나와 강유 앞으로 다가왔다.

"내가 아까부터 여기서 기다리고 있었네."

바라보니 그는 다름 아닌 공명이었다. 강유는 도망갈 생각조차 못하고 얼어붙

은 듯 그 자리에 서 있었다.

"강 장군, 노여워 마시오. 그대 같은 큰 인물이 탐나 내가 좀 잔꾀를 부렸지만 결코 그대를 욕되게 하려는 것은 아니었소."

그때 공명의 수레 속에서 강유의 어머니가 걸어 나왔다. 강유가 효성이 지극하다는 것을 알고 그의 모친을 설득하여 데리고 온 것이었다. 두 모자는 얼싸안고 눈물을 흘렸다.

"천 명의 군사를 얻기는 쉬워도 장수 하나 얻기는 하늘의 별따기보다 어려운 것이다. 그래서 참새 하후무를 놓아주고, 대신 봉황인 강유를 얻은 것이다."

어느덧 강유는 공명의 호의에 감격하여 진심으로 공명을 받들어 모셨다. 그 후 강유의 지혜로 몇 개의 성을 더 점령하며 촉의 대군은 장안을 향해 계속 진군했다. 낙양의 조예는 줄이어 날아드는 패보에 몸둘 바를 몰랐다. 이번에는 조진을 총대장으로 하여 군사 20만을 파병했다.

그러나 조진 또한 공명의 적수가 아니었다. 조진의 위군은 첫 싸움에서 그 병력의 절반을 잃고 후퇴했다. 더욱이 위나라의 사정을 잘 알고 있는 강유와, 늙었으나 여전히 용맹한 조운의 활약에 위군은 싸울 때마다 패해 도망쳤다.

생각다 못한 조진은 낙양의 조예에게 연락하여 서량 땅 국경 밖에 있는 서강 오랑캐에게 군사를 빌려 오기로 작정했다. 서강의 국왕 철리길은 20만이나 되는 대군을 이끌고 달려왔다. 예전에 조조의 은혜를 입은 일도 있고, 조조 측에서 금은을 잔뜩 보내왔으므로 쉽게 지원 요청에 응한 것이었다. 서강군은 유목민이었으므로 모두 기병이었다.

또 당시로서는 처음 보는 무기를 갖고 있었는데, 그것은 두꺼운 철판에 뾰족한 못을 가득 꽂은 전차였다. 철리길이 이끄는 서강군은 이 전차를 앞세우고 촉군의 후방으로 밀물처럼 진격해 들어와 물샐틈없이 에워쌌다. 공명은 강유와 의논하여 우선 기병을 급히 진지 밖으로 내보내 서강군의 측면을 공격하게 했다. 이때 촉의 장수는 마대, 관흥, 장포 세 사람이었는데, 특히 마대는 서량 출신으로서 오랑캐들의 작전을 잘 알고 있었으므로 관흥, 장포와 더불어 서강군을 여지없이 깨 버리는 데 한몫 했다.

서강군은 너무나도 크게 패해 다시는 일어설 수 없을 정도였다. 그러나 공명은 포로로 잡은 철리길과 그의 부하들을 모두 풀어 주었다.

"너희들에게 무슨 잘못이 있겠느냐. 어서 너희 나라로 돌아가 다시는 중국 땅에 발을 들여놓지 마라."

서강의 국왕 철리길은 공명의 은혜에 감격하여 눈물을 흘리며 돌아갔다. 이렇게 하여 촉군은 기산을 본거지로 삼고 위나라를 공격할 준비를 서둘렀다.

서강군이 패했다는 보고를 받은 조예는 얼굴이 새파래졌다. 이러다가는 위의 도읍지인 낙양마저 위태로울 것만 같았다. 조예는 대신들과 의논한 끝에 시골로 귀양을 가 있는 사마의를 불러들였다.

조예 황제의 명령을 받은 사마의는 용장 장합을 선봉으로 삼아 35만 대군을 이끌고 낙양을 출발했다. 이것이야말로 위가 동원할 수 있는 마지막 군대이자 마지막 장수였다. 이 소식을 들은 공명은 깜짝 놀랐다. 상대가 사마의라면 싸움이 매우 어렵게 될 것임이 분명했기 때문이다.

"사마의가 대군을 이끌고 온다면 반드시 가정을 먼저 칠 것이다. 가정은 우리의 목줄기나 다름없는 곳이니, 그곳을 잃으면 병량이 끊겨 크게 패할 것이다. 누구 가정으로 달려가 그곳을 지킬 자가 없느냐?"

공명이 주위를 둘러보자 마속이 앞으로 나왔다.

"저를 보내 주십시오."

공명이 고개를 저었다.

"아니야, 그대는 너무 어려서 사마의 적수가 될 수 없어. 만약에 가정을 잃는다면 우리는 전멸하고 말아."

마속의 얼굴이 붉어졌다.

"승상, 그 무슨 섭섭한 말씀입니까? 제가 비록 어리다고는 하나 병법을 열심히 익혀 오늘에 이르렀습니다. 만일 가정을 지키지 못한다면 저와 제 일족의 목숨을 내놓겠다는 군령장을 쓰겠습니다."

마속의 결의는 대단했다. 물론 마속 또한 재주가 뛰어나 여러 번 적장의 목을 베어 오기도 했다. 그러나 마속은 자신을 너무 믿고 남의 말에 귀를 기울이지 않는 버릇이 있었다.

유비도 죽기 전에 '마속은 재주가 너무 많아 중하게 써서는 안 됩니다' 하고 공명에게 당부한 적이 있었다. 그러나 이 순간 공명은 마속을 사랑하는 마음이 지나쳐 유비의 충고를 잊고야 말았다. 공명은 마속의 뜻을 받아들여 마침내 군령장을 받기로 했다.

"내 그대에게 정병 2만 5천을 주겠으니 왕평과 함께 가라."

두 사람은 공명의 간절한 당부를 받은 후 군사를 거느리고 나아갔다. 왕평과 함께 가정에 도착한 마속은 곧 사방 지세를 살피고는 크게 웃으며 말했다.

"승상은 어찌 그리 근심이 많은가. 이런 산골짜기에 위병들이 어떻게 감히 들어온다는 말인가?"

그러나 왕평의 생각은 달랐다.

"비록 지세가 험준하나 이곳은 다섯 갈래 길을 총괄하는 긴요한 곳이오. 서둘러 영채를 만들어야 하오."

"그 무슨 소리를 그렇게 하오. 다행히 한편에 산이 있고, 사면이 서로 연접하여 있지 않아 수목이 극히 무성하니, 이는 곧 하늘이 내린 요새요. 그저 산 위에 군사를 주둔하고 있으면 그만이오."

왕평은 어쩔 수 없이 마속의 명령을 따를 수밖에 없었다.

한편, 위의 총대장 사마의는 공명의 예상대로 군사들을 이끌고 가정으로 들이닥쳤다. 그러나 촉군이 벌써 가정에 진을 치고 있는 것을 보고 깜짝 놀랐다.

"역시 공명은 귀신이야. 이미 내 작전을 눈치채고 있었어."

사마의는 공명의 신속함에 감탄하며 높은 곳에 올라 촉의 진지를 관찰했다.

"이상한데? 적은 어째서 포위당하기 알맞은 산꼭대기에 진지를 구축했을까?"

사마의는 공명이 지금 적진에 없기 때문이라고 판단했다.

"하늘이 우릴 돕는 거다!"

조운
유비와 제갈공명을 도와 싸움에서 공을 세운 조운은 의리와 충성을 목숨처럼 여겼다.

사마의는 전군을 두 패로 나누어, 장합의 군대로 적의 지원병이 올 것 같은 다섯 갈래의 좁은 길목을 막고, 사마의 자신의 군대는 산기슭을 빙 둘러 포위했다. 촉의 군대는 왕평의 말처럼 싸우기도 전에 물이 떨어져 기진맥진했다. 촉군은 죽기를 각오하고 적의 포위망을 뚫기 위해 힘껏 싸웠으나 모두 허사였다. 날로 병력만 줄어들 뿐이었다.

공명의 지시대로 양평관에 주둔해 있던 위연이 이 소식을 들었다.

"그거 큰일이구나!"

위연의 군대는 한밤중에 사마의의 군대 측면을 공격하여 겨우 퇴로를 열고 마속의 촉군을 구출해 내는 데 성공했다. 그러나 양평관에 이르러 보니 살아 남은 자는 마속, 왕평 등 몇몇 장수들과 상처투성이의 병사 3천 정도뿐이었다.

　이때 공명의 본진은 서성이라는 작은 성에 머물면서 사마의의 군대와 일대 격전을 벌일 준비를 착착 진행시키고 있었다. 그것은 조운이 적의 후방을 쳐서 병량 수송로를 끊어 버리면, 공명이 적의 중앙으로 휘몰아 순식간에 적을 짓밟아 버린다는 계획이었다. 이럴 때 왕평이 보낸 사자가 진지를 자세히 그린 지도를 가져왔다. 지도를 본 공명은 소스라치게 놀랐다.

　"아, 모든 게 틀렸구나! 어째서 마속 따위를 믿었는고……."

　하늘이 무너지고 땅이 꺼지는 듯한 충격이었다.

　"서둘러 사람을 보내 진지를 다른 곳으로 옮기라고 하심이 어떻겠습니까?"

　곁에 있던 조운이 입을 열었다.

　"아니오. 이미 때는 늦었소. 지금쯤 사마의에 의해 가정은 점령당했을 거요."

　아니나다를까, 마속이 가정을 적에게 내주고 위연의 도움으로 양평관으로 도망쳐 왔다는 보고가 들어왔다. 가정이 적의 수중에 떨어졌다면 하루라도 더 여기 있을 필요가 없었다. 어서 빨리 점령했던 땅을 버리고 한중으로 물러가야만 했다. 조금이라도 늦는다면 촉의 대군은 모조리 전멸할지도 모르는 위험천만한 순간이었다. 공명은 재빨리 장수들을 불러 모아 작전 지시를 내렸다.

　"관흥과 장포는 3천 기를 이끌고 무공산으로 가 길목을 지켜라. 위군이 보여도 절대로 치지 마라. 다만 북을 울리고 함성을 지르는 데 그쳐야 한다. 적이 스스로 물러설 때를 기다려 양평관으로 들어가라."

　공명은 침통한 표정으로 장익을 불렀다.

"그대는 병력을 이끌고 검각의 야산으로 가 내가 돌아갈 길을 지켜라."

"알겠습니다."

"마대와 강유는 먼저 본진을 이끌고 산길로 철수해 가라. 나는 끝까지 여기 남아 있다가 마지막 병량 수송 부대를 이끌고 철수하마."

이번에는 마충의 차례였다.

"그대의 임무가 매우 중요하다. 그대는 조진의 진을 측면에서 공격하라. 그러면 그 대담한 기세에 눌려 적은 꼼짝달싹 못하리라. 그러는 사이에 우리는 사람을 보내어 천수성, 남안성, 안정성의 수비군을 한중 땅으로 옮기리라."

"명심하겠습니다."

"끝으로 조자룡 장군은 만일을 위해 서성 밖 20리쯤에 매복해 있다가 사마의의 군사들이 퇴각하거든 사정없이 짓밟아 버리십시오."

모든 작전 지시가 끝나 각자 자기가 맡은 곳으로 떠난 그 이튿날이었다. 공명이 얼마 안 되는 병량 수송병들을 이끌고 서성을 막 출발하려는 때에 전령이 급히 달려와 고했다.

"큰일났습니다! 사마의가 몸소 15만 기를 이끌고 곧장 이리로 쳐들어오는 중입니다."

공명은 아연실색했다. 지금 성 안에는 2천 명 정도의 늙은 병량 수송병뿐, 힘을 쓸 수 있는 장수는 하나도 없었던 것이다. 공명은 조용히 높은 성루에 올라가 새파랗게 기가 질려 있는 병사들을 향해 침착하게 명령을 내렸다.

"걱정 마라. 이 공명이 있는 한 누구도 우리를 치지 못할 것이다. 자, 이제부터 내가 시키는 대로 하라. 우선 성의 사대문을 활짝 열어라. 그리고는 문마다 물을 뿌리고 모닥불을 크게 피운 다음 귀한 손님을 맞아들이듯이 깨끗이 청소하라."

의아해 하는 병사들을 향해 다시 소리를 높여 명령했다.

"떠드는 자는 베리라. 적군이 다가와도 절대로 조용히 해야 한다. 모두 자기의 깃발 밑을 떠나지 말고 태연히 앉아 있어라. 또한 사대문의 수비병은 적이 가까이 오더라도 한가로운 표정으로 앉아 있어라."

모든 지시를 끝낸 공명은 스스로 깨끗한 학창의로 갈아입고 윤건을 바꿔 쓴 뒤 시종에게 거문고를 꺼내 오라고 지시했다. 그는 동자를 데리고 성루의 가장 높은 곳에 앉아 거문고를 타기 시작했다. 드디어 사마의가 대군을 이끌고 서성 가까이 몰려왔다.

사마의가 보니, 이상하게도 성의 사대문이 활짝 열려 있고 수비병들은 적을 멀거니 쳐다보며 졸고 있었다.

"이렇게 조용하고 한가할 수가 있나!"

사마의는 전군에게 공격을 중지시키고 성에 가까이 다가가지 마라고 지시했다. 아무래도 무슨 속임수가 있을 것 같았던 것이다. 그때 성루 높은 곳에서 거문고 소리가 들려왔다. 바라보니 공명이 창문을 활짝 열어젖히고 거문고를 타고 있었다. 쳐들어올 테면 쳐들어와 보라는 듯한 모습이었다.

"아하, 이상한 일이야……."

사마의는 도대체 뭐가 뭔지 어리둥절하기만 했다. 한참 고개를 숙이고 생각에 잠겨 있던 사마의가 문득 고개를 들고 명령했다.

"공명이란 무서운 지혜를 지닌 사람이다. 이건 분명 우리를 속이기 위한 함정이니 전군은 빨리 후퇴하라! 빨리!"

마침내 위의 대군은 후진을 선봉으로 하여 밤새도록 철군해 갔다. 공명은 손뼉을 치며 기뻐했다.

"사마의가 자기 꾀에 자기가 빠져 버렸구나! 만약 그들이 쳐들어왔다면 어떻게 되었겠는가? 생각만 해도 소름이 끼치는 일이지."

그때쯤 사마의의 대군은 무공산 쪽으로 급히 철수해 가고 있었다. 그런데 그곳에는 이미 공명의 지시를 받아 관흥, 장포의 촉군이 매복해 있었다.

갑자기 양편의 골짜기에서 함성 소리가 산이 떠나갈 듯이 터져 나왔다. 그렇지 않아도 잔뜩 겁을 먹고 있던 위군은 기절초풍하여 사방으로 흩어져 도망쳤다.

그러나 장포와 관흥은 그들을 추격하지 않고 양평관으로 철수했다. 이렇게 하여 양평으로 일차 집결했던 촉군은 한중 땅을 향해 다시 철군을 계속했다. 몇 번인가 위의 추격이 있기는 했으나 그때마다 철군의 마지막 부대를 맡은 조운이 여지없이 무찔러 버렸다. 그뒤 사마의는 촉군이 모두 한중으로 퇴각한 것을 확인한 후에야 서성으로 군사를 옮겨 아직 그곳에 남아 있는 주민들을 불러 모았다.

"자네들은 공명이 여기 있을 때도 이 성 안에 있었을 테니까 모든 걸 잘 알고 있겠구나. 전에 공명이 성루에서 거문고를 타던 것을 기억하고 있겠지?"

한 농부가 대답했다.

"물론이지요. 장군님께서 이 성으로 쳐들어왔을 때 공명 곁에는 불과 2천 정도의 늙은 병사들뿐이었지요. 공명은 태연히 성루에 올라가 거문고를 타고, 장군 또한 무슨 이유에서인지 갑자기 철수해 버리시더군요. 저희들은 지금까지 그게 무슨 조화인지 알 수가 없습니다."

"으음……."

비로소 공명의 계략에 속은 것을 안 사마의는 그 자리를 떠나 홀로 탄식했다.

"결국 내가 싸움에 이겨 촉군을 격퇴시키기는 했지만, 지혜 싸움에서는 지고 말았구나……."

사마의가 군사들을 모아 장안으로 돌아갔을 때쯤 촉군의 각 부대도 거의 모두 한중으로 철수해 왔다. 아직 도착하지 않은 부대가 있다면 그것은 다른 부대가 완전히 철수할 때까지 뒤에 남아 적의 추격군을 맞아 싸우는 임무를 지닌 조운의 부대뿐이었다.

공명은 입버릇처럼 '아직 오지 않았느냐?' 하고 매일 수십 번씩 조운의 안부를 물었다. 그야말로 유비 시절부터 고난을 함께 해 온 마음의 벗이었던 것이다. 조운이 도착했다는 보고가 들어오자 공명은 제일 먼저 달려 나가 맞았다.

"모든 부대가 안전하게 철수하도록 적의 추격군과 맞서 싸운 그대의 수고는 진정 하늘만큼 크구려. 당신 같은 사람이야말로 참다운 장수라고 해야 옳을 거요."

공명은 금은 50근과 비단 1만 필을 상으로 주었다. 그러나 조운은 끝내 받지 않았다.

"승리한 것도 아니고 싸움에 패해 돌아왔는데 상은 무슨 상입니까? 정녕 저에게 상을 내리실 생각이시라면 싸움에 지쳐 추위에 떠는 병사들에게 그것을 나누어 주십시오."

공명은 깊이 감격했다. 일찍이 유비가 이 사람에게 중요한 직책을 주고 사랑하여 신임한 까닭을 새삼 절실하게 느꼈다. 조운까지 완전 철수한 뒤 공명은 이번 패전에 큰 책임이 있는 마속을 잡아들여 호통을 쳤다.

"마속, 너는 어려서부터 재주가 많고 병서 읽기를 게을리하지 않아 나 또한 너를 가르치기에 인색하지 않았다. 그런데 너는 이번 가정의 수비에서 내가 그토록 주의하라 일렀건만 마침내 돌이킬 수 없는 잘못을 저질렀다. 약속대로 목을 내놓을 준비는 되었겠지?"

읍참마속 泣斬馬謖
울면서 마속을 벤다는 뜻이다. 큰 목적을 위해 아끼는 사람까지도 버리는 것을 비유하는 말이다.

"승상, 제가 나빴습니다. 저를 베는 것이 군법을 세우는 본보기가 된다면 이 마속은 죽어도 원망하지 않겠습니다."

마속은 장수답게 목을 내밀었다.

"보기도 싫다! 당장 저놈을 끌어내 목을 베어라!"

공명은 한마디 내뱉고는 안으로 들어가 버렸다. 얼마 후 마속은 형장으로 끌려가 목이 떨어졌다. 마속을 베었다는 보고를 받은 공명은 소매로 얼굴을 가리고 상에 엎드려 울었다. 아들처럼 사랑하고 아끼던 마속이 아니었는가.

"용서하라, 마속. 내가 아무리 너를 아낀다 해도 촉을 위해서는 어쩔 수 없었다."

공명이 마속을 베고 홀로 방에 들어가 울었다는 소문이 퍼지자 모든 촉군 병사가 함께 울었다. 그해 6월이있다. 아직도 공명은 성도로 돌아가지 않고 한중 땅에 남아 새로이 병사를 키우고 있었다. 끝내 위를 정복하지 않고는 성도로 돌아가지 않을 결심이었던 것이다.

그때 뜻하지 않게 오나라와 위나라가 싸움을 하기 시작했다. 그것은 오나라 영토의 태수로 있는 주방이란 자가 위의 황제 조예에게 신하가 되겠다는 밀서를 보내면서 시작된 싸움이었다. 주방은 조예가 손권을 공격하는 데 필요한 정보까지 보내왔다. 처음 위의 대신들은 손권의 계략인지도 모른다고 반대했으나 사마의는 주저하지 않고 공격을 개시했다.

갑작스런 위의 침공을 받은 손권은 육손을 총대장으로 하여 위군을 막고, 촉의 공명에게 밀사를 보내 위군의 측면을 공격해 달라고 부탁했다. 기회는 이때다! 하고 생각한 공명은 성도의 유선 황제에게 두 번째로 출사표를 올려 허락을 받았다. 촉의 30만 대군이 한중을 출발하여 위의 영토로 진격을 개시했다.

그런데 이 출병에 앞서 촉의 노장 조운이 병으로 세상을 떠났다. 공명은 울음을 터뜨리며 한탄했다.

"나라는 기둥을 잃고 나는 한쪽 팔을 잃었도다!"

조운의 죽음은 곧 성도의 유선 황제에게 알려졌다. 황제도 눈물을 흘리며 서러워했다.

"아버님 시절의 충신은 이제 승상 하나뿐이구나. 조 장군은 일찍이 장판파의 싸움에서 어린 나를 팔에 안고 혼자 적진을 뚫고 나온 용장이었는데, 아깝도다. 그 같은 충신 없이 나 혼자 이 나라를 어찌 끌고 나갈 수 있단 말인가……."

유선은 조운의 시신을 성도로 옮겨 와 순평후라는 높은 벼슬을 주고 좋은 곳을 골라 후히 장사를 지내 주었다.

촉의 군마 30만이 위의 진창성으로 밀려들 즈음 위군은 오의 육손에게 크게 패해 낙양으로 철수해 와 있었다. 때는 벌써 눈보라 몰아치는 한겨울이었다. 이때 공명의 나이 48세였다. 천하에 험난하기로 이름난 진창성 앞의 사산은 백설로 뒤덮이고 북풍의 찬바람에 숨결조차 얼어붙었다. 위연을 선봉 대장으로 한 촉의 대군은 진창성을 철통같이 에워쌌다. 그런데 이 성은 학소라는 지략을 겸비한 위의 장수가 지키고 있었다. 사마의가 이미 공명의 재침공이 있을 것을 예상하고 위나라 제일의 명장을 여기에 배치해 놓은 것이다.

며칠을 공격해도 성은 함락되지 않았다. 학소는 성벽 앞에 깊은 구덩이를 만들고 성벽을 높이 쌓아 수비만 튼튼히 할 뿐 좀체로 나와 싸우지 않았던 것이다. 촉의 장수들은 차라리 길을 바꾸어 기산으로 쳐들어가자고 제의했다. 그러나 공명은 받아들이지 않았다.

"이 조그마한 성 하나 함락하지 못한다면 기산으로 나아간들 위의 대군을 이길 수 없다. 진창성의 북쪽은 가정이다. 이 성을 함락시켜 우리 수송 부대의 중간 기지로 삼아야 한다. 어서 함락시켜라!"

그러나 역시 학소는 뛰어난 장수였다. 거듭되는 공격에도 끄떡하지 않고 성을 지켜 냈다. 그때 위의 도읍지 낙양에서 보낸 조진의 원군이 촉의 배후로 들이닥쳤다. 오랫동안 추위에 떨며 격전을 벌이고 있던 촉군은 극도로 사기가 떨어졌다. 원군이 도착한 것을 본 학소가 성문을 열고 공격해 오니, 촉군은 앞뒤에 적을 두고 싸우는 꼴이 되었다.

"이래서는 승산이 없다. 돌아가자!"

공명은 즉시 퇴각 명령을 내려 한중 땅으로 군사를 몰았다.

삼국지 고사성어

읍참마속 泣斬馬謖

울면서 마속을 베다

위나라 명장 사마의가 대군을 몰고 와 기산의 산야에 부채꼴의 진을 치고 촉군과 대치하고 있었다. 제갈공명은 진을 깰 계책을 생각해 두고 있었으나, 군량 수송로인 가정을 수비하는 것이 문제였다. 그 중책을 맡길 만한 장수가 마땅치 않았던 것이다. 그때 마속이 자원하고 나섰다. 그는 마량의 동생으로, 평소 제갈공명이 아끼는 장수였지만, 노련한 사마의와 대결하기에는 아직 어렸다. 제갈공명이 주저하자 마속은 만약 자신이 패하면 목을 바치겠다는 약속까지 하며 거듭 간청했다.

"좋다. 그러나 군율에는 두말이 없다는 것을 명심하라."

그러나 가정에 도착한 마속은 산기슭에서 길목을 지키라는 제갈공명의 명령을 어기고 산꼭대기에 진을 쳤다. 그러나 위군은 산기슭을 포위한 채 위로 올라오지 않았다. 어느새 식수가 끊겼고 결국 마속은 참패하고 말았다.

제갈공명은 마속에게 중책을 맡긴 것을 크게 후회하며 결국 군율을 어길 수 없다는 이유로 마속을 처형했다. 그러나 마속이 형장으로 끌려가자 제갈공명은 소맷자락으로 얼굴을 가린 채 마룻바닥에 엎드려 울었다.

泣 : 울(읍), 斬 : 벨(참), 馬 : 말(마), 謖 : 일어날(속)

울면서 마속을 벤다는 뜻이다. 곧 법의 공정을 지키기 위해, 또는 큰 목적을 위해 자기가 아끼는 사람을 가차 없이 버리는 것을 비유하는 말이다.

[출전] 《삼국지》 〈촉지 제갈량전〉

오장원에 떨어지는 별

다음 해 4월이었다. 오나라의 손권도 드디어 황제의 자리에 올라 도읍을 건업성에 정하고 연호를 황룡이라 불렀다. 오의 황제 손권은 촉에 사신을 보내 촉, 오 두 나라가 힘을 합쳐 위를 치자고 제의했다.

유선은 기꺼이 승낙했다. 공명은 재빨리 군사를 이끌고 한중을 나가 진창성을 공격했다. 그리고 그보다 앞서 촉의 첩자를 진창성에 잠입시켜 공격 개시와 동시에 불을 지르라고 지시했다. 이 같은 공명의 작전이 어찌나 신속하게 이루어졌는지 눈 깜짝할 사이에 진창성은 촉군의 수중으로 떨어졌다. 마침 학소가 병으로 누운 탓도 있었다. 촉군의 사기는 하늘을 찌를 듯했다.

공명은 가는 곳마다 승리를 거두고 세 번째로 기산까지 나와 진을 쳤다. 이때 위의 대장은 역시 사마의였는데 그는 위수 강가에 진을 치고 총공세를 시작했다. 양군은 모든 힘을 다해 격전을 벌였다. 피가 내를 이루고 시체가 산을 이루었다.

장비의 아들 장포는 말에서 떨어져 치료를 받던 도중 세상을 떠났다. 이 소식을 들은 공명은 별안간 피를 토하고 쓰러졌다. 얼마 후 숨을 돌리기는 했으나 이래서는 싸움을 할 수가 없었다. 촉군은 일단 군사를 모아 한중으로 물러갔다.

그리고 공명은 곧장 성도로 돌아가 건강을 회복하는 데 힘썼다. 공명이 성도에 머물러 있은 지도 벌써 2년이 되었다. 그동안 병량이며 군사들도 빈틈없이 준비

되었다. 이럴 즈음 관우의 아들 관흥도 병으로 세상을 떠났다. 공명의 슬픔은 이루 말할 수 없었다.

"장포도 가고 관흥도 갔구나. 이제 쓸 만한 장수는 하나도 없구나."

위연이 있다고 하나 그는 늙은 장수였으며, 강유는 용장이 아니라 지장智將이라고 해야 옳았다. 왕평, 장의, 마충, 요화 등도 대장 재목이 아니었다. 그런데 더욱 안타까운 것은 공명 역시 건강이 예전 같지가 않다는 사실이었다. 언젠가 장포의 죽음으로 충격을 받아 피를 토한 이후 하루가 다르게 쇠약해져 갔다. 자신의 생명이 얼마 남지 않았음을 공명은 뼈저리게 느꼈다.

'만일 내가 죽으면 촉은 어찌될 것인가!'

생각에 생각을 거듭해 봐도 참담할 뿐이었다. 위에 비해 촉은 땅덩어리도 3분의 1정도요, 인재 또한 위에 견줄 바가 못 되었다. 공명이 죽고 나면 위나라든 오나라든 촉은 두 나라 중 한 나라에 정복당할 것이 뻔했다. 그렇다면 길은 한 가지. 살아 있는 동안에 위를 쳐 촉을 제일 강대한 나라로 키워 놓는 수밖에 없었다.

건흥 12년 2월 공명은 드디어 최후의 결심을 했다.

'이것이 마지막이다. 위를 무찌르지 못한다면 나는 죽을 것이다!'

공명은 위연, 강유를 선봉으로 삼아 30만 대군을 이끌고 기산으로 나아갔다. 이에 맞선 위의 총대장은 말할 것도 없이 사마의였다. 위군 40만은 위수 강가에 진을 치고 공명이 싸움을 걸어오기만을 기다리고 있었다. 공명이 세상에 둘도 없는 전략가라면 사마의 또한 둘도 없는 용장이었다. 이 싸움이야말로 두 나라의 운명을 결정짓는 최후의 일전이었던 것이다. 밀고 밀리는 싸움은 승부 없이 거듭되었다. 이때 사마의는 한 가지 계책을 생각해 내고 모든 장수에게 명령했다.

"오늘부터 얼마 동안 우리는 진지를 튼튼히 할 뿐 적과의 접전을 하지 않는다.

싸움이 길어지면 병량 보급 문제로 애를 먹는 것은 촉군이다. 그들이 지쳐 쓰러질 때쯤에 공격을 재개한다."

그 후 사마의는 진지 속에 틀어박혀 방어만 할 뿐이었다. 그러나 공명은 당황하지 않고 미소를 지었다. 사마의의 속셈을 간파한 것이다.

"너무 조급하게 서둘지 마라. 적이 몇 년이고 싸움에 나오지 않는다면 우리도 마찬가지다."

공명은 성도에서 데리고 온 농사꾼들에게 씨앗을 나누어 주고는 밭에 나가 농사를 지으라고 지시했다.

사마의는 혀를 내둘렀다.

"공명은 참으로 무서운 놈이다. 아예 농사를 지어 가며 싸울 작정이군."

오히려 이번에는 공명이 위의 병량 보급로를 차단하려 했다. 위수에 놓인 9개 다리를 불질러 낙양까지 이어진 수송로를 끊어 버리는 작전이었다.

그러나 그것은 위연의 잘못으로 물거품이 되어 버렸다. 일이 이쯤 되고 보니 사마의라고 가만히 있을 수가 없었다. 다시 양군은 맹렬히 맞붙어 싸웠다. 촉군은 이 싸움에서 대승리를 거뒀다. 촉군은 여기에 머물지 않고 그 기세를 그대로 몰아 이번에는 복원에 있는 위의 식량 저장소를 뺏으려고 덤벼들었다. 이 급보를 전해 들은 사마의는 몸소 본진에서 나와 복원으로 달려갔다. 그가 복원으로 나올 것임을 간파한 공명은 장의, 요화 두 맹장을 도중의 산기슭에 매복시켜 두었다.

"저놈이 사마의다! 사로잡아라!"

촉군이 사방에서 고함을 지르며 달려들었다. 사마의를 따르던 위군은 순식간에 전멸해 버리고 사마의 혼자 산속으로 도망쳤다.

"게 섰거라, 사마의!"

요화가 사마의를 뒤쫓아 산속으로 들어왔다. 50보에서 20보, 다시 10보 정도로 간격이 좁혀졌다. 드디어 요화의 칼이 사마의의 목을 향해 날았다. 그러나 하늘이 사마의를 도운 것일까? 요화의 칼이 내리친 것은 사마의의 목이 아니라 그의 황금 투구였다. 투구 때문에 목숨을 건진 사마의는 쏜살같이 숲 속으로 뛰어들어 요화의 추격에서 벗어났다.

겨우 자신의 본진으로 도망쳐 들어간 사마의는 굳게 진을 지키고 있을 뿐 여간해서 나와 싸우려 하지 않았다. 촉군은 사마의의 황금 투구를 들고 위의 진에 가까이 가 욕설을 퍼붓고 놀려 댔으나 여전히 적은 움직일 줄 몰랐다.

그러나 위의 여러 장수들은 불만이 태산 같았다.

"싸우든지 죽든지 결판을 내야 합니다! 적이 이미 복원에 있는 우리의 식량 창고를 점령해 버렸으니 더 기다린다는 것은 우리 쪽에 불리합니다."

사마의가 그것을 모를 리 없었다. 다만 조급하게 서둘러 공명의 계책에 빠져 들까 그게 두려웠던 것이다. 그때 적을 염탐하러 나갔던 첩자가 돌아왔다.

"장군님, 공명은 지금 기산의 본진에 없는 것 같습니다. 아마 호로곡으로 가 병량 수송을 돕고 있는 듯합니다. 게다가 촉군은 거듭된 몇 번의 승리로 마음이 해이해져 술타령을 일삼고 있습니다."

"뭐라고? 그게 사실이렸다?"

"제 눈으로 똑똑히 보았습니다."

"됐어! 이제 촉군을 전멸시킬 때가 온 거야."

사마의는 전군을 휘몰아 촉의 본진이 있는 기산을

위연
용맹하고 호탕한 성격의 위연은 제갈공명이 자신의 재능과 무예를 의심하자 못마땅했다.

급습했다. 아니나다를까, 촉병은 싸울 생각은 하지 않고 허겁지겁 도망치기에 바빴다. 기산을 점령해 버린 사마의는 다시 정병 5천을 이끌고 호로곡으로 들이닥쳤다. 아예 촉의 병량 창고마저 불질러 버릴 속셈이었다. 중도에서 위연이 이끄는 촉군이 덤벼들었으나 이들 또한 제대로 힘을 쓰지 못하고 대패해 달아났다.

호로곡에는 과연 병량이 산더미처럼 쌓여 있었다. 사마의는 크게 기뻐하며 불을 질러 버리라고 명령했다. 그런데 자세히 살펴보니 그것은 병량이 아니라 마른 나뭇잎과 풀뿐이었다.

"아차, 공명에게 속았구나! 어서 이 산을 빠져나가라!"

사마의가 당황하여 소리치는 순간 산골짜기 절벽 위에서 바윗덩이와 불화살이 비오듯 쏟아졌다. 그 근처는 삽시간에 불바다가 되어 위의 기병 태반이 갈팡질팡하다 불에 타 죽었다.

그런데 하늘이 사마의를 도왔다. 갑자기 소나기가 쏟아지기 시작한 것이다. 땅속에 묻어 두었던 촉군의 화염, 유황 등이 터지지 못하고 꺼져 버렸다.

"지금이다! 빨리 함정에서 벗어나라!"

사마의와 살아남은 그의 병사들은 죽어라고 골짜기 입구로 달려 나갔다. 이번에는 촉의 장수 마대가 골짜기 입구에 매복해 있다가 도망쳐 나오는 위군을 주살하기 시작했다. 이제 위군의 생존자는 사마의를 포함해서 4~5기 정도에 불과했다.

그때 기산을 공격한 뒤 후진에 남아 있던 악림 등의 군대가 마대군의 포위망을 뚫고 사마의를 구출해 달아나 버렸다. 잠시 기산을 점령하고 있던 본진도 위연의 군대에 짓밟혀 쑥밭이 되었고, 위군은 본거지마저 빼앗긴 채 간신히 위수 북쪽으로 건너갔다. 위의 대군을 크게 무찌른 촉군은 위수 남안의 적진 근처까지 나아가 진을 쳤으며 공명도 기산을 나와 오장원에다 본진을 구축했다. 이제 한 번만 더 싸워 이긴다면 장안까지도 점령할 수 있는 기세였다.

어느덧 가을이었다. 아름다운 달빛이 진중을 대낮같이 밝히던 어느 날 밤, 공명은 강유를 자신의 장막으로 불렀다.

"오늘 밤 우연히 하늘의 별을 바라보고 있다가 내 생명이 얼마 남지 않았음을 알았네……. 사람은 누구나 한 번은 죽는 것. 내 자네에게 꼭 말해 두고 싶은 것이 있어 불렀네. 공연히 슬픔을 보여 병사들의 사기를 떨어뜨리지 않도록 부탁하네."

"아, 승상께서는 어찌 슬퍼하지 말라 하십니까……."

강유는 어깨를 들먹이며 슬피 울었다.

"울지 마라. 이미 정해진 일이니……."

"용서해 주십시오. 이젠 울지 않겠습니다. 허나 옛날부터 별에 기도를 드려 생명을 연장하는 방법이 있다는 말을 들었습니다. 왜 기도를 드려 보지 않으십니까?"

"그래, 그런 방법이 있었던 것을 생각 못했구나."

"분부해 주십시오. 제가 맡아서 준비하겠습니다."

"나는 방 안에 제단을 만들고 7일 동안 기도를 드릴 것이다. 7일 동안 제단에 켜 놓은 촛불이 꺼지지 않는다면 지금부터 12년은 더 살 수 있을 것이다. 그러나 만일 기도 도중에 촛불이 꺼진다면 내 생명은 그것으로 끝날 것이다. 그러니 내가 기도 드리는 동안 그대가 문 앞을 지켜 아무도 들어오지 못하게 하라."

공명은 그날로 제단을 만들고 밤낮 없이 하늘의 북두칠성에게 빌기 시작했다. 기도하는 동안 단 한 번도 자리에서 일어나지 않았다.

"하늘이시여, 역적들을 몰아내고 나라를 통일할 수 있을 동안만 제 생명을 거두어 가지 마시옵소서. 10년 동안만 생명을 빌려 주십시오."

그리하여 하루만 지나면 모든 기도가 끝나는 6일째 되는 날 저녁이었다. 사마의가 진중을 돌아보고 있는데 갑자기 동쪽 하늘에서 제일 큰 별이 긴 불꽃을 끌며 오장원에 있는 촉의 진중으로 떨어졌다.

'이상한 일이로다! 아무래도 병석에 있다던 공명이 위독한 듯하다.'

사마의는 곧 하후패를 불러 명령했다.

"유성이 공명의 진중으로 떨어지는 것을 보니 오늘 밤 공명이 죽을지도 모른다. 그것이 사실인지 아닌지 그대는 천여 기를 이끌고 오장원으로 가 촉진을 살펴보고 오너라. 만일 촉군이 동요 없이 나와 싸운다면 공명의 병이 위독한 것이 아니니, 피해를 입기 전에 돌아와야 한다."

하후패는 곧 군사를 이끌고 별빛 가득한 들을 가로질러 오장원으로 달려갔다. 이때도 공명은 머리를 풀어헤치고 제단 앞에 꿇어앉아 빌고 있었다. 그런데 갑자기 밖이 술렁대기 시작하며 수많은 함성이 일어났다.

"무슨 일인가?"

공명의 방을 지키고 있던 강유가 깜짝 놀라 자리에서 일어날 즈음, 위연이 놀란 얼굴을 하고 달려왔다.

"승상은 안에 계신가? 적군이 쳐들어왔다. 어서 알려야겠다."

위연이 방문을 열려고 하자 강유가 황급히 막아섰다.

"안 됩니다! 지금 기도 중이십니다."

"그게 무슨 소리야? 적이 쳐들어왔다는데."

위연은 재빨리 강유를 밀어젖히고 방으로 뛰어들었다.

"승상, 적군이 몰려오고 있습니다."

위연이 공명 앞으로 다가가 무릎을 꿇으려는 순간 열어 놓은 문으로 강풍이 몰아쳐 제단의 촛불을 꺼 버렸다. 그때까지 화석처럼 기도를 계속하고 있던 공명이 앞으로 푹 고꾸러지며 큰 소리로 탄식했다.

"아, 나의 생명이 끝이 난 모양이구나!"

곧 강유가 뛰어들어 칼을 빼 들고 위연을 베려고 했다.

"이놈, 죽여 버리고 말겠다!"

그때 공명이 머리를 들고 강유를 나무랐다.

"강유, 그만두지 못하겠느냐. 분노를 참아라. 촛불이 꺼진 것은 위연 때문이 아니라 하늘이 그렇게 하도록 만든 것이다."

공명은 강유의 부축을 받고 밖으로 니가 저 멀리 진중을 살펴보았다.

"걱정 마라. 오늘 밤의 기습은 사마의가 나의 병이 깊다는 것을 눈치채고 과연 그것이 어느 정도인지를 알아보기 위해 소부대를 보낸 것일 뿐이다. 위연 그대가 나가 쫓아 버려라."

다음 날 병이 심해져 자리에 누운 공명이 강유에게 말했다.

"내가 오늘까지 병법을 연구해 온 것이 책으로 24권이다. 이것을 너에게 줄 테니 촉을 위해 큰일을 해 다오. 내가 이 세상에서 너를 만난 것은 참으로 행운이었다. 내가 죽거든 나 대신 촉의 기둥이 되어 다오."

울고 있는 강유를 옆에 두고 다시 양의를 불러들여 말했다.

"양의, 그대는 지혜가 많은 사람이다. 강유와 더불어 나라가 망하지 않도록 힘써라. 내가 죽기 전에 한 가지 일러 두겠는데 위연을 조심해야 한다. 위연은 용감한 장수이나 내가 죽은 후에는 반역을 도모할 것이니, 그때는 이것을 열어 보아라. 이 안에 모든 방책이 준비되어 있다."

공명은 양의에게 비단 주머니를 하나 건네주었다. 공명의 방 앞 뜰에 촉의 장수들이 꿇어앉아 눈물을 흘리고 있을 때, 멀리 성도에서 유선이 보낸 문병 사절이 도착했다. 공명은 책사 이복을 불러들여 황제 유선에게 보내는 유언장을 넘겨주었다.

〈책임을 다하지 못하고 떠나게 되는 불충한 신하를 용서해 주십시오. 폐하는 아직 어리시나 주위에는 총명한 신하들이 많습니다. 그들과 합심하여 백성들을 사랑하고 덕을 널리 펴는 성군이 되어 주십시오. 또한 신하들 중 겉과 속이 다른 자를 골라내는 것이 중요합니다. 남이 칭찬한다고 무조건 쓰지 말고 결점이 있다고 함부로 버리지 마십시오. 특히 마대는 충성심이 깊고 병사들이 우러러보는 인물이니 전군의 총대장으로 삼으십시오. 그리고 더 세월이 흐른 뒤에는 강유와 양의에게 중책을 맡기시면 큰 실수가 없을 것입니다.〉

유언장을 받아들고 이복이 공명에게 물었다.

"승상이 돌아가신 뒤에 누구를 승상의 자리에 앉혀야 좋겠습니까? 폐하께서도 이 점을 제일 염려하셨습니다."

"장원이 덕이 있고 총명하니 승상의 직에 적합할 것이오."

공명은 모든 장수들을 방 안으로 불러들여 놓고 마지막 유언을 했다.

"내가 죽었다는 말이 사마의의 귀에 들어가게 해서는 안 된다. 그는 반드시 좋은 기회라고 여겨 쳐들어올 것이다. 내 모습을 본 딴 목상을 만들어 놓았으니, 그 목상을 수레에 태워 내가 아직 세상에 살아 있는 것처럼 위장을 하라. 그러면 큰일 없이 성도로 철군할 수 있으리라. 더는 할 말이 없다……. 모두 힘을 합쳐 나라를 지키고 받들……어……라."

공명은 이윽고 조용히 눈을 감았다. 때는 촉나라 건흥 12년 8월 23일, 공명의 나이 54세였다.

하늘도 비를 뿌리고 땅도 슬퍼하였으며 태양마저 그 빛을 잃었다. 강유와 양의

오장원에 떨어지는 별

는 공명의 유언대로 위에 이 소문이 퍼지지 않도록 주의하면서 조용히 철군을 시작했다. 이틀 후 사마의는 천문을 보고 있다가 별안간 소리쳤다.

"공명의 별자리가 사라졌어! 죽은 것이 분명해. 공격을 개시하라!"

그러나 위의 대군이 오장원으로 휘몰아쳐 왔을 때 이미 촉군은 그림자도 보이지 않았다. 사마의는 다시 대군을 이끌고 추격했다. 위군이 50리쯤 추격해 갔을 때였다. 갑자기 근처의 산골짜기에서 촉군이 쏟아져 나왔다.

"아아, 세상에!"

사마의는 소스라치게 놀랐다. 새까맣게 밀어닥치는 촉진 한가운데 죽었다고 생각한 공명이 수레에 높이 앉아 백우선白羽扇(새의 흰 깃털로 만든 부채)을 들고 미소를 짓고 있었다. 수레를 에워싼 장수는 마대, 왕평, 강유 등 촉군의 맹장들이었는데 그들은 상을 당한 장수같지 않게 혈기 왕성해 보였다.

"아, 또 실수를 저질렀구나! 공명은 죽지 않았어. 어리석게도 또 그의 꾀에 빠져든 거야. 자, 돌아가자! 돌아가!"

사마의가 맨 먼저 말에 채찍을 내리쳐 정신없이 도망쳤다.

"비겁한 놈, 총대장이라는 자가 등을 보이고 도망치다니 부끄럽지도 않느냐!"

공명의 수레를 호위하고 있던 강유가 쏜살같이 추격해 나갔다. 일이 이쯤 되자 위군은 공명이 살아 있다는 것을 의심할 수 없었다.

"공명이 살아 있다! 공명이 수레에 앉

중국의 고대 무기

분온차轒轀車
성을 공격하거나 성에 접근할 때 사용하는 것으로, 적의 화살, 돌, 쇳물 등의 공격을 피하기에 적당하다.

아 있다!"

 장수, 병졸 할 것 없이 위의 병사들은 흩어져 도망치기 시작했다. 이제까지 성난 파도처럼 밀려오던 위군은 갑자기 대혼란에 빠져 저희들끼리 먼저 도망가겠다고 밀치고 짓밟는 등 아비규환을 이루었다. 이렇게 50리쯤 후퇴한 위군이 숨을 돌려 뒤돌아보니 어찌된 영문인지 촉의 추격군은 하나도 보이지 않았다.

 장수들 중에는 병력을 정비하여 다시 추격해 가자고 제안하는 자도 있었으나 사마의는 들은 체도 않고 전군에게 철수 명령을 내렸다. 공명이 징그러울 정도로 무서웠던 것이다. 후에 공명의 죽음을 확인한 사마의는 하늘을 우러러 한탄했다.

 "죽은 공명이 산 사마의를 골탕먹였구나……. 아마도 이 세상에 그와 같은 인재는 다시 찾아볼 수 없으리라."

 한편, 무사히 한중 땅으로 들어간 촉군이 재차 성도로 철군을 시작하려는 때에 노장 위연이 반란을 일으켰다. 공명이 죽은 후 모든 병권이 자기에게 돌아올 줄 알았는데 뜻밖에도 새파랗게 젊은 양의에게 전권이 있었던 것이다. 위연은 부장인 마대와 더불어 자신의 부하들을 선동해 행군을 가로막았다.

 "당장 양의의 목을 베어 버리고 총대장의 인수를 내놓지 않으면 모조리 짓밟아 버리겠다!"

 양의는 공명이 준 주머니를 끌러 본 후에 태연히 위연에게 소리쳤다.

 "위연, 생각해 보아라. 한 말밖에 안 되는 그릇에 백 석의 물을 담으려고 하는 자가 있다면 그는 틀림없이 바보이다. 너는 그릇이 작아 틀렸다."

 "주둥아릴 함부로 놀리지 마라. 누구나 목은 하나뿐이다."

 "하하하, 위연. 진정 네가 큰 인물이 되고 싶거든 하늘에 대고 '누가 나를 죽일 수 있으랴!'를 세 번 외쳐 보아라. 만일 그럴 수 있다면 총대장의 인수를 너에게 주마. 아마도 너는 그만한 대장부는 못 되리라."

위연의 얼굴이 붉어지며 말 위에서 보란 듯이 거듭 소리쳤다.

"누가 나를 죽일 수 있으랴! 누가 나를 죽일 수 있으랴! 있다면 누구든지 나서 보아라!"

"너를 벨 수 있는 사람이 여기 있다!"

그때 돌연 그의 등 뒤에서 장수 하나가 다가가 소리치며 단칼에 위연의 목을 잘라 버렸다. 모든 사람들이 놀라 쳐다보니 그는 다름 아닌 마대였다. 마대는 공명에게 미리 오늘의 일에 대해 지시를 받고 빈틈없이 일을 처리한 것이었다.

그리하여 양의와 강유는 아무 탈 없이 공명의 관을 성도로 인도해 갈 수 있았다. 촉의 황제 유선은 30리 밖까지 마중 나와 공명의 시체를 붙잡고 목놓아 크게 울었다.

모든 백성들도 거리로 몰려나와 땅을 치며 통곡했다. 관을 호위하여 성으로 돌아온 황제 유선은 신하들에게 상복을 입으라고 지시한 후 자신도 상복으로 친히 갈아입었다. 황제 유선은 양의를 중군사로 임명하고, 마대에게는 위연의 벼슬을 주었다. 이어 공명의 시호를 '충무'라 하고 한중의 정군산에 안장하라고 일렀다.

공명의 장례식 날 황제 유선은 친히 성 밖까지 나와 공명의 마지막 가는 모습이 점이 되어 사라질 때까지 슬피 울며 바라보았다. 이제 공명은 육신만을 땅에 남긴 채 다시 돌아올 수 없는 곳으로 떠나 버린 것이다. 융중 땅에서 은둔 생활을 하던 자신을 세 번씩이나 찾아온 유비의 지극한 정성에 감격하여 돕기를 허락한 제갈공명. 그로부터 54세의 나이로 세상을 떠날 때까지 온갖 지혜와 전술로 나라를 부흥시키려던 그의 노력은 그의 죽음과 함께 서서히 막을 내렸다.

천하통일

 위, 촉, 오 세 나라 중 가장 강대한 위나라의 황제 조예는 거대한 궁궐을 많이 지어 재정을 물 쓰듯 하고, 사치와 향락을 즐겨 백성들의 원망하는 소리가 끊이지 않았다. 이때 유주 자사 관구검은 요동의 공손연이 반란을 일으킨 것을 알고 그를 토벌한 후에 고구려까지 쳐들어왔으나 고구려의 소년 장수 유유와 밀우에게 패해 위나라로 돌아갔다.

 제멋대로 방자한 생활을 하던 조예는 그가 죽인 모황후(조예의 부인)의 유령에 시달리다 36세의 나이로 죽었다. 8세밖에 안 된 조방이 그의 뒤를 이었으나 모든 실권은 이미 사마의에게 넘어간 뒤였다.

 이후 위와 촉은 사마의와 강유를 총대장으로 하여 여러 차례 싸움을 벌였다. 한때 싸움에 불리해진 강유는 제갈공명이 물려준 연노법(한꺼번에 열 개의 화살이 날아가게 만든 쇠뇌를 사용한 전술)으로 위의 군사를 돌아가게 했다. 이 싸움 후 사마의는 병에 걸려 죽고 그의 두 아들 사마사와 사마소가 위의 전군을 지휘하게 되었다.

 이즈음 오나라의 손권도 병으로 죽어 그의 아들 손량이 황제에 올랐으나 오의 실권은 제갈근의 아들 제갈각이 갖게 되었다. 제갈각의 세력이 점점 확대되어 가는 것을 두려워한 손준(손견의 동생 손정의 증손자)과 그의 무리들은 꾀를 내어 제갈각을 죽이고 그가 쥐고 있던 모든 권력을 빼앗아 버렸다.

위에서는 사마사가 모든 실권을 잡고 날이 갈수록 횡포가 심해지자 관구검과 문흠이 사마사를 벌하려고 군사를 일으켰으나 끝내 패하고 말았다. 관구검은 신형 땅의 현령 송백의 속임수에 빠져 죽고 문흠은 오나라로 도망쳐 버렸다.

이후 사마사는 오나라로 원정을 나갔다가 눈 밑의 혹을 찢은 자리가 곪아 터져 죽고 동생 사마소가 대장군이 되어 조정을 손아귀에 넣었다. 그러나 형보다도 더욱 방자하고 오만한 사마소는 기어이 황제의 자리를 차지하려고 호시탐탐 때만 노렸다. 이를 알아차린 제갈탄(제갈공명의 친척 동생으로 위나라에서 벼슬을 하였다)은 사마소를 치기로 하고 오나라에 친아들을 인질로 바쳐 구원을 청하였다. 제갈탄과 오의 연합군이 죽기를 각오하고 싸웠으나 전세가 불리해짐을 깨달은 오나라 장수들이 하나 둘씩 위에 항복해 버려 결국 제갈탄은 고립된 채 싸우다가 죽고 말았다.

한편, 오에서는 손침(손준의 사촌동생)의 권세가 점점 커져 횡포가 심했다. 이에 불안을 느낀 황제 손량은 손침을 제거하려다가 들켜 황제의 자리에서 쫓겨나고 그 자리에 손권의 여섯째 아들 손휴가 오르게 되었다. 손휴 역시, 손침의 세력이 크게 걱정되어 결국 손침과 그의 형제들까지 제거해 버렸다.

이럴 즈음 촉의 황실은 패망하여 구덩이로 정신없이 빠져 들고 있었으니, 그것은 바로 내시 황호의 손아귀에 놀아나고 있기 때문이었다. 충신이었던 장완과 비위가 세상을 떠나자 황호는 제 세상을 만난 듯 황제 유선에게 항상 거짓을 고하고, 조정에는 간신배들만 들끓게 되었다. 황제는 정사를 멀리하고 술과 여자들에게 파묻혀 지냈다.

강유가 여러 차례 위나라로 쳐들어가 승리를 눈앞에 두고 있을 때마다 그를 시기한 황호는 유선을 움직여 조정으로 불러들였다. 그러니 아무런 까닭을 모르는 강유로서는 울화통이 터질 지경이었다. 황호의 횡포를 안 강유는 크게 호통을 쳐

나무랐으나 황호는 유선에게 거짓말을 하여 그를 도성에서 멀리 내쫓았다. 촉의 충신이요, 기둥인 강유가 내쫓기자, 이를 알아챈 사마소는 '강유 없는 촉은 한낱 종이 호랑이에 불과하다' 하며 등애와 종회에게 촉을 치라 명령을 내렸다. 과연 사마소의 말은 정확히 들어맞아 촉으로 나아가는 길은 거칠 것이 없었다. 위가 처들어오자 나라의 위태로움을 느낀 강유는 한시바삐 그들을 막아야 한다고 계속 상소를 올렸으나 유선은 황호의 말만 듣고 그의 출병을 허락하지 않았다.

위군이 그다지 큰 싸움 없이 한중 땅을 점령하려는데, 이때 제갈공명의 혼령이 종회의 꿈에 나타나 촉의 백성을 보호해 달라는 말을 전하고 이내 사라졌다. 이에 감격한 종회는 백성을 따뜻이 위로하고 보살펴 주었다. 한편, 등애가 서천 땅을 빼앗자 강유는 흩어진 병사들을 모아 죽을힘을 다해 싸우다가 검각으로 후퇴했다.

뒤늦게 위태로움을 느낀 유선은 제갈공명의 아들인 제갈첨을 총대장으로 임명하고 위군에 대항하게 했으나 이미 엎질러진 물이었다. 제갈첨은 이길 수 없는 싸움인 줄 알면서도 아들 제갈상과 마지막까지 용감히 싸우다 전사했다. 등애가 제갈첨 부자를 죽이고 성도에 점점 더 가까이 다가오고 있다는 소식을 전해 들은 유선은 더럭 겁이 났다. 어찌해야 할지 몰라 대신들에게 의논을 청하는데 모두 항복하기를 바라니 유선은 스스로 결박을 짓고 등애에게 항복했다.

강유는 이 사실을 듣고 땅을 치며 원통해 하다가 곧 정신을 차리고 한 황실을 재건할 음모를 꾸몄다. 강유는 종회에게 거짓으로 항복하여 안심시킨 후 등애와의 사이를 갈라놓아 등애를 제거하고 종회와 함께 반란을 일으키려 했으나 실패하고 말았다. 결국 수많은 위의 병사들을 죽인 후 칼로 자신의 목을 찔러 자결하였다.

황호는 유선을 따라 낙양으로 들어갔지만 사마소에게 가장 처참한 방법으로 죽었다. 얼마 뒤 사마소도 중풍을 앓아 죽게 되자 사마염이 위의 황제를 몰아내고 나

라 이름을 진晉으로 하여 스스로 황제가 되었다. 이리하여 6대에 걸친 조조의 위나라도 멸망해 버렸다.

오나라의 손휴는 이 소식을 듣고 사마염이 반드시 오를 치리라는 것을 지레짐작하여 걱정하던 나머지, 병을 앓다가 죽고 말았다. 이후 손권의 태자인 손화의 아들 손호가 그 뒤를 이었다.

그러나 손호는 원래 성질이 포악하고 술과 여자만 좋아하는 방탕한 자였다. 자신이 하고픈 일을 충신이 반대하면 그 즉시 목을 베고 간신들의 말만 귀담아들었다. 이러하니 손호가 즉위한 지 10여 년 동안 죽인 충신의 수기 40여 명이나 되었고 백성들의 원망 소리가 하늘을 뒤흔들었다.

이때를 놓칠 리 없는 사마염은 두예에게 오를 치라는 명을 내렸다. 두예가 수십만 대군을 거느리고 온갖 전술과 꾀로써 가는 곳마다 승리하니, 오는 곧 멸망해 버렸다. 그리하여 삼국으로 분할되어 있던 중국의 땅덩이는 진 황제 사마염에 의해 통일이 되었다.

청소년을 위한 삼국지

나관중 지음 · 이상인 편역 · 구수한 그림

발행처 | 도서출판 평단
발행인 | 최석두

신고번호 | 제2015-00132호
신고연월일 | 1998년 7월 6일

초판 1쇄 발행 | 2007년 1월 15일
초판11쇄 발행 | 2023년 6월 21일

주소 | (10594) 경기도 고양시 덕양구 통일로 140 삼송테크노밸리 A351
전화번호 | (02) 325-8144(代)
팩스번호 | (02) 325-8143
이메일 | pyongdan@daum.net
블로그 | http://blog.naver.com/pyongdan

값 · 14,000원

ISBN | 978-89-7343-242-4 03820

ⓒ 도서출판 평단, 2007

* 잘못된 책은 구입하신 곳에서 바꾸어 드립니다.
  이 도서의 국립중앙도서관 출판시도서목록(CIP)은 e-CIP 홈페이지(http://www.ni.go.kr/cip.php)에서 이용하실 수 있습니다.
  (CIP제어번호: CIP2006002767)